Christine

LA PEUR DANS LA PEAU

DE ROBERT LUDLUM

Aux Éditions Grasset

Série « Réseau Bouclier » :

OPÉRATION HADÈS, avec Gayle Lynds.
LE PACTE CASSANDRE, avec Philip Shelby.
LE CODE ALTMAN, avec Gayle Lynds.
LA VENDETTA LAZARE, avec Patrick Larkin.

LE COMPLOT DES MATARÈSE.
LA TRAHISON PROMÉTHÉE.
LE PROTOCOLE SIGMA.
OBJECTIF PARIS, avec Gayle Lynds.
LA DIRECTIVE JANSON.

Aux Éditions Robert Laffont

LA MÉMOIRE DANS LA PEAU.
LA MOSAÏQUE PARSIFAL.
LE CERCLE BLEU DES MATARÈSE.
LE WEEK-END OSTERMAN.
LA PROGRESSION AQUITAINE.
L'HÉRITAGE SCARLATTI.
LE PACTE HOLCROFT.
LA MORT DANS LA PEAU.
UNE INVITATION POUR MATLOCK.
LE DUEL DES GÉMEAUX.
L'AGENDA ICARE.
L'ÉCHANGE RHINEMANN.
LA VENGEANCE DANS LA PEAU.
LE MANUSCRIT CHANCELLOR.
SUR LA ROUTE D'OMAHA.
L'ILLUSION SCORPIO.
LES VEILLEURS DE L'APOCALYPSE.
LA CONSPIRATION TREVAYNE.
LE SECRET HALIDON.
SUR LA ROUTE DE GANDOLFO.

d'après
ROBERT LUDLUM

ERIC VAN LUSTBADER

LA PEUR DANS LA PEAU

L'héritage de Bourne

Traduit de l'américain
par
FLORIANNE VIDAL

BERNARD GRASSET
PARIS

L'édition originale de cet ouvrage a été publiée par St. Martin's Press, à New York, en juin 2004, sous le titre :

THE BOURNE LEGACY

ISBN 978-2-246-68511-1

A la mémoire de Bob

Prologue

Le chef des rebelles tchétchènes, Khalid Murat, immobile comme une statue, traversait les rues bombardées de Groznyï à bord d'un blindé placé au centre d'un convoi de trois. Ces véhicules de type BTR 6BP réservés au transport de troupes, étaient un matériel militaire russe standard, donc impossible à distinguer de tous ceux qui patrouillaient la ville au même moment. Les hommes de Murat, lourdement armés, s'entassaient dans les deux véhicules roulant devant et derrière le sien. Leur destination, l'Hôpital n° 9, était l'une des six ou sept cachettes que Murat utilisait selon ses besoins, au nez et la barbe des forces russes qui le traquaient inlassablement.

Frisant la cinquantaine, Murat était taillé en force. Son épaisse barbe sombre achevait de le faire ressembler à un ours. Quant à son regard flamboyant, il trahissait la farouche détermination de ceux qui sont prêts à mourir pour leur cause. Il avait appris très tôt que pour bien gouverner, il fallait se montrer d'une radicale intransigeance. Il avait assisté au coup de force de Jokhar Dudayev, à sa vaine tentative d'imposer la *Shariah*. Il avait vu de ses propres yeux le tout premier carnage, à l'époque où les chefs de guerre basés en Tchétchénie, complices d'Oussama Ben Laden, avaient envahi le Daghestan et perpétré une série d'attentats à la bombe à Moscou et Volgodonsk, qui avaient coûté la vie à deux cents personnes. On avait ensuite rejeté la responsabilité de ces actes sanglants sur les activistes tchétchènes. Aussitôt, les Russes sautèrent sur l'occasion pour commencer le bombardement de Groznyï. Peu de temps après, la capitale n'était plus qu'un tas de décombres.

Une brume épaisse planait sur la ville. Le ciel bouché par de constants tourbillons de cendres semblait scintiller, comme envahi de nuages radioactifs. Un peu partout, ponctuant le paysage dévasté, des brasiers arrosés d'essence n'en finissaient pas de se consumer.

A travers les vitres teintées, Khalid Murat regarda le squelette calciné d'un bâtiment trapu au toit écroulé. A l'intérieur, vacillaient encore les flammes d'un incendie. Il grogna, se tourna vers son second Hasan Arsenov et dit : « Autrefois, Groznyï était un havre de paix et de bonheur. Les amoureux arpentaient ses larges avenues bordées d'arbres. Les jeunes mères promenaient leurs bébés dans les parcs verdoyants. Le soir, le grand cirque résonnait de rires, de cris de joie. Les architectes du monde entier venaient ici en pèlerinage découvrir les superbes bâtiments qui faisaient de Groznyï l'une des plus belles villes de la terre. »

Il secoua tristement la tête et assena une tape amicale sur le genou de son compagnon d'armes. « Allah, Hasan ! s'écria-t-il. Regarde un peu ça ! Les Russes ont réduit à néant tout ce qui était bon, ils ont broyé tout ce qui était beau ! »

Hasan Arsenov approuva d'un hochement de tête. C'était un homme énergique, plus jeune que Murat d'une bonne dizaine d'années. De son passé de champion de biathlon, il gardait un physique d'athlète. Lorsque Murat avait pris la tête de la rébellion, il s'était rangé à ses côtés. Arsenov désigna la carcasse noircie d'un immeuble, à la droite du convoi. « Avant la guerre, dit-il d'un air empreint de gravité, quand Groznyï était encore un important centre de raffinage, mon père travaillait à l'institut pétrolier. Aujourd'hui, alors que nous pourrions profiter de nos puits, le pétrole enflammé pollue l'air que nous respirons et l'eau que nous buvons. »

Les édifices bombardés se succédaient, les deux hommes se taisaient. Le long de ces rues désertes, on n'apercevait que des charognards, humains ou animaux. Après quelques minutes de silence, ils se tournèrent l'un vers l'autre. Leur regard révélait toute la souffrance endurée par leur peuple. Murat ouvrit la bouche pour parler mais s'arrêta net en entendant le bruit bien reconnaissable de la mitraille. Il lui suffit d'un instant pour comprendre que leur blindé résisterait sans peine aux tirs d'armes légères qui ne faisaient qu'effleurer l'épaisse plaque d'acier. Arsenov, toujours en alerte, sauta sur la radio.

« Je vais donner l'ordre de riposter. »

Murat secoua la tête. « Non, Hasan. Réfléchis. Nous portons des uniformes russes. Nous roulons dans des blindés russes. Ceux qui nous tirent dessus sont très probablement des alliés. Il faut vérifier sinon nous risquons de répandre le sang d'innocents. »

Il prit la radio et commanda au convoi de s'arrêter.

« Lieutenant Gochiyayev, dit-il. Constituez une équipe de reconnaissance. Je veux savoir qui nous prend pour cible. Mais pas d'effusion de sang, surtout. »

Dans le véhicule de tête, le lieutenant Gochiyayev rassembla ses hommes et leur ordonna de se disperser sans quitter l'abri formé par le convoi. Le dos rond pour se protéger du froid mordant, il les suivit dans la rue jonchée de gravats. Avec des gestes précis, il leur indiqua le chemin à suivre. Ils se déployèrent en deux groupes puis convergèrent vers l'endroit d'où venaient les tirs.

Ses hommes étaient bien entraînés ; ils se déplaçaient vite et sans bruit, en bondissant adroitement d'une pierre vers un mur, d'un mur vers un amas de poutres métalliques tordues. Ramassés sur eux-mêmes, ils constituaient une cible minime et donc difficile à atteindre. Leur avancée rapide ne suscita pas d'autres détonations. L'assaut s'acheva sur une prise en tenailles, destinée à piéger l'ennemi et à le soumettre à un tir croisé.

Dans le véhicule blindé du centre, Hasan Arsenov fixait obstinément l'endroit où les troupes de Gochiyayev s'étaient rassemblées. Il s'attendait à des coups de feu mais rien de tel ne se passa. En revanche, la tête et les épaules du lieutenant Gochiyayev apparurent au loin. Ce dernier se tourna vers Murat, leva le bras et le remua d'avant en arrière pour lui signaler que le secteur était sécurisé. Voyant cela, Khalid Murat passa devant Arsenov, descendit du blindé et, sans la moindre hésitation, traversa les décombres glacés pour rejoindre ses hommes.

« Khalid Murat ! », s'affola Arsenov en cavalant derrière son chef.

L'ignorant, Murat s'avança vers le petit mur écroulé d'où la fusillade était partie. Il examina les tas de détritus ; sur l'un d'eux était étendu un cadavre cireux, décharné. Quelqu'un l'avait dépouillé de ses vêtements. Même de loin, l'atroce odeur de putréfaction vous prenait à la gorge. Arsenov le rattrapa et sortit l'arme qu'il portait au côté.

Quand Murat atteignit le muret, il vit ses hommes de l'autre côté, prêts à tirer. Le vent soufflant en rafales gémissait entre les ruines. Le ciel gris acier s'était encore assombri, la neige commençait à tomber. Très vite, une fine poudre blanche recouvrit les bottes de Murat et s'accrocha à sa barbe broussailleuse, formant comme une toile d'araignée.

« Lieutenant Gochiyayev, vous avez trouvé les assaillants ?

— Oui, chef.

— Allah est mon guide ; il l'a toujours été. Montrez-les-moi.

— Il n'y en a qu'un, répondit Gochiyayev.

— Un? s'écria Arsenov Qui? Il sait que nous sommes tchétchènes ?

— Vous êtes tchétchènes ? », fit une petite voix. Un visage pâle émergea de derrière le muret, celui d'un enfant de dix ans à peine. Il portait une toque en loutre crasseuse, un pull élimé, enfilé par-dessus plusieurs chemises, un pantalon rapiécé et une paire de bottes en caoutchouc abîmées, bien trop grandes pour lui, probablement volées sur un cadavre. Ce n'était qu'un gosse mais il posait sur tout ce qui l'environnait un regard d'adulte, à la fois circonspect et méfiant, tout en dissimulant, tant bien que mal, une bombe russe non explosée qu'il comptait sans doute échanger contre un peu d'argent, seul moyen d'épargner aux siens les affres de la faim. De sa main gauche, il tenait une arme ; quant à son bras droit, il s'arrêtait au niveau du poignet. Murat détourna aussitôt les yeux ; Arsenov, lui, continua de le dévisager.

« Une mine, lâcha le petit garçon avec une indifférence bouleversante. Posée par ces salauds de Russes.

— Allah soit loué ! Quel brave petit soldat ! s'exclama Murat en adressant au garçon un grand sourire bienveillant. Viens. Viens. » Il lui fit un petit signe puis tendit ses mains ouvertes pour bien lui montrer qu'elles étaient vides. « Comme tu vois, nous sommes tchétchènes, tout comme toi.

— Si vous êtes comme moi, répondit le garçon, pourquoi vous roulez dans des blindés russes ?

— Tu connais une meilleure manière de se cacher du loup russe ? » Murat plissa les yeux et se mit à rire en voyant que le gamin tenait un Gyurza. « C'est une arme des forces spéciales russes. Tu l'as volée. Un tel courage mérite récompense, pas vrai ? »

Murat s'agenouilla près du garçon et lui demanda son nom. Lorsque l'enfant répondit, il dit : « Aznor, sais-tu qui je suis? Je m'appelle Khalid Murat et moi aussi je souhaite me débarrasser du joug russe. Ensemble, nous y parviendrons, hein ?

— Je n'avais pas l'intention d'abattre des compatriotes tchétchènes », s'écria Aznor. De son bras mutilé, il montra le convoi. « Je croyais que c'était une *zachistkaf.* » Par ce terme, il désignait les monstrueuses opérations de ratissage menées par les soldats russes pour dénicher les rebelles. Plus de douze mille

Tchétchènes avaient été tués durant les *zachistkafs* ; deux mille avaient disparu et on ne comptait plus les gens blessés, torturés, mutilés, violés. « Les Russes ont assassiné mon père et mon oncle. Si vous étiez russes, je vous aurais tués jusqu'au dernier. » Un spasme de rage et de frustration déforma ses traits.

« Je te crois », déclara Murat sur un ton solennel. Il chercha quelques billets au fond de sa poche. Le garçon dut enfoncer son arme dans sa ceinture pour les prendre avec son unique main. Se penchant vers l'enfant, Murat lui chuchota d'un air complice : « Maintenant, écoute-moi. Je vais t'indiquer où te procurer d'autres munitions pour ton Gyurza, afin que tu sois prêt quand viendra la prochaine *zachistkaf*.

— Merci. » Un large sourire éclaira le visage d'Aznor.

Khalid Murat lui murmura quelques mots à l'oreille puis recula, souleva la toque de fourrure et ébouriffa les cheveux de l'enfant. « Qu'Allah t'accompagne dans tout ce que tu entreprendras, brave petit soldat. »

Le chef tchétchène et son second regardèrent le petit garçon escalader de nouveau les tas de décombres, la bombe russe sous le bras. Puis ils regagnèrent leur véhicule. Avec un grognement de dégoût, Hasan claqua sa portière blindée et se coupa ainsi du monde extérieur, le monde d'Aznor. « Ça ne te dérange pas d'envoyer un enfant à la mort ? »

Murat lui décocha un coup d'œil acerbe. Sur sa barbe, la neige fondue formait un réseau de gouttelettes tremblotantes. Arsenov lui trouva l'air d'un imam plus que d'un chef militaire. « J'ai donné à cet *enfant* – qui doit nourrir, vêtir et, plus important, protéger toute sa famille comme un adulte –, je lui ai donné de l'espoir, un objectif précis. En bref, je lui ai fourni une *raison de vivre.* »

L'amertume rendait le visage d'Arsenov dur et pâle ; ses yeux avaient une expression sinistre. « Les balles russes vont le réduire en miettes.

— Tu penses vraiment ce que tu dis, Hasan ? Prendrais-tu Aznor pour quelqu'un de stupide ou, pire, de négligent ?

— Ce n'est qu'un gosse.

— Quand la graine est plantée, les branches s'élèvent, même de la terre la plus inhospitalière. Les choses ont toujours été ainsi, Hasan. La foi et le courage d'un seul homme croissent et se répandent de manière irrépressible. Et bientôt en voilà dix, vingt, cent, mille !

— Et en attendant ce jour, notre peuple est assassiné, violé, battu, affamé et parqué comme du bétail. C'est insuffisant, Khalid. Très insuffisant !

— L'impatience de la jeunesse bout toujours en toi, Hasan. » Il lui empoigna l'épaule. « J'ai beau le savoir j'ai parfois tendance à l'oublier, hélas. »

Remarquant le regard de pitié dans les yeux de Murat, Arsenov serra les dents et détourna la tête. Le long de la rue, des volutes de neige balayées par le vent dessinaient des fantômes livides tourbillonnant comme des derviches tchétchènes emportés dans une transe extatique. Murat y vit un signe : ce qu'il venait de faire revêtait une grande importance. Ce qu'il allait dire aussi : « Aie foi en Allah, chuchota-t-il d'un air solennel, et en ce courageux petit garçon. »

Dix minutes plus tard, le convoi s'arrêtait devant l'Hôpital n° 9. Arsenov consulta sa montre. « Il est presque l'heure », annonça-t-il. Ils n'auraient pas dû se trouver à bord du même véhicule, mais l'importance de l'appel qu'ils s'apprêtaient à recevoir justifiait à leurs yeux cette infraction aux règles de sécurité.

Murat se pencha pour appuyer sur un bouton. La cloison d'insonorisation se releva, les coupant du chauffeur et des quatre gardes du corps assis à l'avant qui, en soldats aguerris, ne se laissèrent nullement distraire et gardèrent les yeux braqués sur l'espace qui s'étendait devant eux, au-delà du pare-brise à l'épreuve des balles.

« Dis-moi Khalid, l'instant de vérité se profile, c'est le moment de m'exposer tes réserves. »

Murat haussa ses sourcils touffus en signe d'incompréhension. « Mes réserves ?

— Khalid, tu n'as pas envie de récupérer ce qui nous revient de droit, ce que Allah nous a accordé par décret ?

— Tu as le sang chaud, mon ami. Je suis bien placé pour le savoir. Nous avons souvent combattu côte à côte – nous avons tué ensemble et nous nous devons mutuellement la vie, n'est-ce pas? Alors écoute-moi. Je souffre pour notre peuple. La douleur des nôtres me remplit d'une rage que j'ai du mal à contenir. Je crois que tu sais cela mieux que quiconque. Mais l'histoire nous apprend à nous méfier de nos désirs. Les conséquences de ce qu'on nous propose...

— De ce que nous avons mis en place !

— Oui, mis en place, reprit Khalid Murat. Mais ne nous précipitons pas. Pesons les conséquences.

— La prudence, rétorqua amèrement Arsenov. Toujours la prudence.

— Mon ami. » Dans un sourire, Khalid Murat pressa l'épaule de son compagnon. « Je ne veux pas me fourvoyer. L'ennemi imprudent est le plus facile à détruire. Tu dois apprendre les vertus de la patience.

— La patience ! cracha Arsenov. Ce gosse, tout à l'heure, tu ne lui as pas demandé d'être patient. Tu lui as donné de l'argent, tu lui as dit où acheter des munitions. Tu l'as envoyé combattre les Russes. Jour après jour, des milliers de gamins comme lui risquent leur vie. Du choix que nous sommes appelés à faire maintenant dépendra l'avenir même de la Tchétchénie. »

Murat ferma les yeux et se massa les paupières avec les pouces dans un mouvement circulaire. « Il y a d'autres manières de s'y prendre, Hasan. Il y a *toujours* d'autres manières. Nous devrions peut-être prendre en considération...

— Le temps est écoulé. L'annonce a été faite, la date fixée. Le Cheik est d'accord.

— Ah oui, le Cheik. » Khalid Murat secoua la tête. « Toujours le Cheik. »

A cet instant, le téléphone sonna. Khalid Murat lança un coup d'œil à son fidèle compagnon et, d'un geste posé, enclencha le haut-parleur. « Oui, Cheik, dit-il d'une voix respectueuse. Hasan et moi sommes arrivés. Nous attendons vos instructions. »

*

A plusieurs mètres au-dessus de la rue où le convoi s'était arrêté, une silhouette se tenait accroupie sur un toit en terrasse, les coudes appuyés au parapet, près d'un fusil de précision, un Sako TRG-41 finnois à un coup modifié par son propriétaire, spécialiste en la matière. Grâce à sa carcasse en aluminium et polyuréthane, il était aussi léger que mortellement précis. Quant à l'homme, son uniforme vert camouflage de l'Armée russe s'harmonisait assez bien avec son visage lisse d'Asiatique. Par-dessus, il avait enfilé un harnais en Kevlar d'où pendait un mousqueton. Dans la paume de sa main droite, il cachait une boîte noire pas plus grosse qu'un paquet de cigarettes. C'était une télécommande munie de deux boutons. De l'homme émanait un grand calme, le genre d'aura qui intimide les gens. On aurait dit qu'il savait apprivoiser le silence, pouvait s'en remplir, s'en servir et le faire jaillir de lui comme une arme.

Le monde entier défilait au fond de ses yeux noirs et la rue, les bâtiments sur lesquels son regard fixe se posait, n'étaient qu'un décor de théâtre. Quand ils émergèrent des véhicules blindés, il compta les soldats tchétchènes. Il y en avait dix-huit en tout : les chauffeurs encore assis au volant et, dans le véhicule du centre, au moins quatre gardes ainsi que les deux personnalités.

Au moment où les rebelles passèrent la porte principale de l'hôpital afin de procéder à la sécurisation du site, il appuya sur le bouton supérieur de sa télécommande. Les charges de C4 explosèrent. Le hall de l'hôpital s'écroula. La déflagration se propagea jusque dans la rue, faisant tanguer les blindés sur leurs énormes amortisseurs. Plusieurs rebelles moururent déchiquetés ou écrasés sous le poids des décombres. Mais, parmi ceux qui avaient pénétré en premier dans le couloir de l'hôpital, certains avaient sans doute survécu. En élaborant son plan d'attaque, l'homme avait tenu compte de cette éventualité.

Les échos de la première explosion résonnaient encore, la poussière n'était pas retombée, que la silhouette sur le toit baissait de nouveau les yeux vers l'engin au creux de sa main et appuyait sur le bouton du bas. La rue devant et derrière le convoi fut ébranlée par une déflagration assourdissante qui arracha le macadam déjà creusé par les obus.

Puis, tandis que les soldats couraient en tous sens, tentant vainement de reprendre la situation en main, après le déluge de feu qui venait de s'abattre sur eux, l'assassin saisit le Sako d'un geste tranquille, méthodique. Le fusil était chargé avec des balles spéciales à non-fragmentation, du plus petit calibre possible pour une arme de cette taille. A travers sa lunette à infrarouge, l'homme aperçut trois rebelles ne souffrant que de blessures superficielles. Ils couraient vers le véhicule du milieu en criant à ses occupants de sortir avant qu'il n'explose à son tour. Il les regarda tirer violemment sur les portières de droite, pour faire descendre Hasan Arsenov et un garde. Restaient donc à l'intérieur le chauffeur et les trois derniers gardes du corps, avec Khalid Murat. Quand Arsenov s'éloigna du blindé, le tueur visa sa tête. Dans la lunette, il remarqua l'expression autoritaire plaquée sur le visage du Tchétchène. Puis il déplaça le canon d'un geste fluide, visa cette fois la cuisse et pressa sur la détente. Arsenov porta la main à sa jambe gauche, avant de tomber en hurlant. Un des gardes courut vers lui, l'empoigna et le traîna pour le mettre à couvert. Les deux autres, ayant vite repéré la provenance du coup de feu, traversèrent la rue à toute vitesse et pénétrèrent dans l'immeuble sur le toit duquel la silhouette était toujours tapie.

Lorsqu'il vit surgir trois autres rebelles d'une porte latérale de l'hôpital, l'assassin laissa tomber le Sako. Le véhicule blindé abritant Khalid Murat faisait demi-tour. Sous ses pieds, il entendait les rebelles monter bruyamment les escaliers menant au toit. Sans se presser, il fixa des pointes de titane et de corundum sur ses bottes, prit une arbalète composite, tira un trait prolongé par un filin sur un poteau électrique planté derrière le véhicule du milieu et s'assura que la corde était bien tendue. Les cris de rage se rapprochaient. Les rebelles n'étaient plus qu'à un étage de lui.

Le blindé lui faisait face, à présent. Son chauffeur s'efforçait de contourner les gros blocs de béton, de granit et de macadam soulevés par l'explosion. L'assassin discerna le vague scintillement des deux carreaux de verre composant le pare-brise. C'était le seul problème technique que les Russes n'avaient pas encore réussi à résoudre : le verre blindé était tellement lourd qu'il fallait deux vitres pour constituer un pare-brise. Le point névralgique du véhicule était donc la bande de métal les séparant.

Il attrapa le mousqueton agrafé à son harnais et s'accrocha au filin. Derrière lui, à une trentaine de mètres, il entendit les rebelles surgir et se ruer sur le toit. Repérant l'assassin, ils pivotèrent sur eux-mêmes et s'apprêtaient à le mitrailler quand ils trébuchèrent sur un fil discrètement tendu sur leur passage. Instantanément, ils disparurent dans le jaillissement de flammes produit par la dernière charge de C4 posée par l'assassin la nuit précédente.

Sans prendre la peine de se retourner pour constater l'étendue du carnage, l'homme testa la résistance du filin et sauta du toit. Il glissa le long du câble, jambes tendues, le bout de ses bottes pointé sur la bande de métal divisant le pare-brise. A présent, tout reposait sur la vitesse et l'angle sous lequel il heurterait ce point névralgique. S'il déviait un tant soit peu, le métal résisterait, et il risquerait une mauvaise fracture.

La puissance de l'impact lui traversa les jambes et fit vibrer jusqu'à ses vertèbres. Les pointes de titane et de corundum fixées au bout de ses bottes défoncèrent la bande de séparation qui se déforma comme une boîte de conserve ; les vitres blindées, privées de leur support, cédèrent. Il passa à travers le pare-brise et atterrit à l'intérieur du véhicule, emportant les vitres brisées avec lui. Un gros éclat de verre gicla sur le chauffeur et le décapita presque.

L'assassin pivota sur sa gauche. Le garde du corps assis à l'avant était couvert du sang de son camarade. Il saisissait son arme quand l'assassin lui serra la tête entre ses deux mains puissantes et lui brisa la nuque sans lui laisser le temps de tirer.

Les deux autres gardes du corps, assis sur le strapontin juste derrière le chauffeur, vidèrent leurs chargeurs sur l'assaillant qui se protégea derrière l'homme à la nuque brisée dont le corps absorba l'impact des balles. Puis s'emparant de l'arme de son bouclier humain, il tira deux coups très précis qui atteignirent les deux hommes en plein front.

Ne restait plus que Khalid Murat. Le leader tchétchène, le visage figé par la haine, avait ouvert la portière d'un coup de pied. Il appelait ses hommes à la rescousse. L'assassin se jeta sur lui et, malgré sa forte corpulence, le secoua comme un pantin; les mâchoires de Murat claquèrent près de sa tête. L'homme faillit y laisser une oreille. D'un geste calme, méthodique, presque joyeux, il saisit Murat à la gorge puis le regardant au fond des yeux, enfonça son pouce dans le larynx du leader tchétchène, au niveau du cartilage cricoïde. Aussitôt, la gorge de Murat s'emplit de sang. Il étouffait. L'hémorragie le priva très vite de ses dernières forces. Il faisait de grands gestes avec les bras, martelant le visage et la tête de l'assassin. En vain. Murat se noyait dans son propre sang. Plus ses poumons s'engorgeaient, plus son souffle devenait haché, pénible. Finalement, il vomit un liquide rouge sombre et ses yeux se révulsèrent.

Laissant choir le corps inerte, l'homme regrimpa sur le siège, éjecta le cadavre du chauffeur, passa la première et enfonça la pédale de l'accélérateur. Avant que les derniers rebelles aient eu le temps de réagir, le véhicule bondit comme un cheval de course et s'éloigna de la barrière, dérapant sur le caoutchouc et le tarmac, puis disparut.

L'assassin poursuivit sa course folle, le long d'un caniveau que les Russes avaient élargi pour l'utiliser lors de leurs assauts clandestins contre les bastions rebelles. Chaque fois que le pare-chocs de métal raclait les parois de béton incurvées, des étincelles jaillissaient. En tout cas, il s'en était sorti. Sa mission s'était terminée comme elle avait commencé : avec la précision d'un mécanisme d'horlogerie.

Juste après minuit, les nuages toxiques se dissipèrent. La lune apparut enfin. L'air ambiant, saturé de détritus, prit une teinte rougeâtre, chatoyante, encore troublée çà et là par la lueur des derniers incendies.

Deux hommes se tenaient au centre d'un pont d'acier. Sous leurs pieds, les restes calcinés d'une guerre interminable se reflétaient à la surface d'une eau paresseuse.

« C'est fait, annonça le premier. Khalid Murat a été tué d'une manière qu'on n'est pas près d'oublier.

— Je n'en attendais pas moins de vous, Khan, répondit le deuxième homme. Votre réputation, vous la devez en grande partie aux missions que je vous ai confiées. » Dominant l'assassin de dix bons centimètres, il avait les épaules larges, de longues jambes. Un simple détail gâtait son apparence : sur le côté droit, la peau de son visage et de son cou était étrangement lisse, presque imberbe. Il possédait le charisme d'un homme né pour commander. On sentait qu'il ne souffrait pas la plaisanterie. De toute évidence, il devait se mouvoir avec la même facilité dans les antichambres du pouvoir et les grandes assemblées que dans les bas-fonds.

Khan revoyait les yeux de Murat à l'instant de sa mort. Chaque être avait un regard différent quand il se sentait partir. Khan le savait d'expérience. Il n'y avait pas de commun dénominateur car chaque vie était unique et bien que tous les hommes soient des pécheurs, l'action corrosive produite par leurs péchés changeait d'un individu à l'autre, comme la structure d'un flocon de neige ne se répète jamais. Dans le regard de Murat, qu'avait-il aperçu ? De la peur ? Non. De l'étonnement oui, de la rage sûrement, mais pas seulement. Quelque chose de plus profond – le regret de laisser inachevé le travail de toute une vie. L'analyse du dernier regard ne le satisfaisait jamais pleinement, pensa Khan. Il aurait tant aimé savoir si Murat avait compris qu'on l'avait trahi. Murat connaissait-il le nom de son pire ennemi ?

Stepan Spalko venait de sortir une enveloppe bourrée de billets de banque.

« Vos honoraires, dit Spalko. Plus un bonus.

— Un bonus ? » L'apparition de l'argent brisa le fil de ses réflexions. « Il n'a jamais été question d'un bonus. »

Spalko haussa les épaules. Le clair de lune rougeâtre faisait luire la peau de sa joue et de son cou comme une chair à vif. « Khalid Murat était notre vingt-cinquième contrat. Prenez cela comme un cadeau d'anniversaire, si vous voulez.

— Vous êtes très généreux, monsieur Spalko. » Khan rangea

l'enveloppe sans même regarder ce qu'elle contenait. Agir autrement eût été par trop grossier.

« Je vous ai demandé de m'appeler Stepan. Moi je vous appelle bien Khan !

— C'est différent.

— En quoi ? »

Khan se tenait parfaitement immobile. Le silence coulait vers lui, s'assemblait en lui, le faisant paraître beaucoup plus grand, plus imposant.

« Je n'ai pas d'explication à vous fournir, monsieur Spalko.

— Allons, allons, fit Spalko avec un geste conciliant. Nous sommes loin d'être des étrangers l'un pour l'autre. Nous partageons des secrets on ne peut plus intimes. »

Le silence s'installa. Quelque part dans les faubourgs de Groznyï, une explosion illumina la nuit. Le crépitement des armes légères leur parvint. On aurait dit qu'une bande de gamins s'amusait avec des guirlandes de pétards.

Enfin, Khan reprit la parole. « Dans la jungle, j'ai appris deux leçons essentielles. La première : ne faire confiance qu'à moi-même. La seconde : ne jamais perdre de vue les limites de la civilisation, parce que connaître sa place dans le monde est le seul moyen d'échapper à la loi de la jungle. »

Spalko le regarda longuement. Les lueurs intermittentes de la fusillade jouant dans les yeux de Khan lui donnaient un aspect féroce. Spalko l'imagina seul dans la jungle, en proie aux privations, victime de l'avidité et des massacres arbitraires. La jungle d'Asie du Sud-Est était un monde en soi. Un territoire barbare, pestilentiel, possédant ses propres lois. Le fait que Khan y ait non seulement survécu mais prospéré, alimentait, dans l'esprit de Spalko du moins, le mystère essentiel qui l'entourait.

« J'aime à croire que nous sommes plus l'un pour l'autre qu'un homme d'affaires et son client. »

Khan secoua la tête. « La mort possède une odeur particulière. Je la sens sur vous.

— Et moi sur vous. » Un sourire glissa sur les traits de Spalko. « Alors nous sommes d'accord. Il y a quelque chose de particulier entre nous.

— Nous sommes des hommes de l'ombre, dit Khan. N'est-ce pas ?

— Nous vivons dans le culte de la mort ; nous comprenons son pouvoir. » Spalko approuva d'un hochement de tête. « J'ai amené ce que vous m'avez demandé. » Il lui tendit un dossier noir.

Khan regarda Spalko dans les yeux, l'espace d'un instant. Il était assez fin observateur pour avoir saisi l'intonation légèrement condescendante de son interlocuteur. Bien que touché au vif, il sourit devant l'offense. Il savait depuis longtemps qu'il valait mieux cacher ses blessures derrière un masque impénétrable. La jungle lui avait aussi enseigné qu'agir sous le coup de la colère conduisait souvent à des erreurs irréversibles ; pour se venger efficacement, mieux valait attendre de recouvrer son sang-froid. Pour passer à autre chose, il prit le dossier et l'ouvrit. A l'intérieur, il trouva une simple feuille dactylographiée. Y figuraient trois courts paragraphes et la photo d'un homme plutôt avenant. Sous la photo un nom : David Webb. « C'est tout ?

— Nous avons fouillé toutes nos sources. C'est tout ce qu'on a pu obtenir. » Spalko parlait d'une voix tellement neutre que Khan devina qu'il avait préparé sa réponse.

« Mais c'est lui ? »

Spalko hocha la tête.

« Il n'y a aucun doute ?

— Pas le moindre. »

A en juger d'après les éclairs qui jaillissaient au loin, la fusillade avait dû s'intensifier. On entendit des explosions de mortier. Ensuite un déluge de feu dissipa les ténèbres. Au-dessus d'eux, la lune semblait luire d'un rouge plus intense.

Khan plissa les yeux. Son poing droit se crispa lentement, dans un élan de haine. « Je n'ai jamais réussi à trouver sa trace. Je croyais qu'il était mort.

— Il l'est, répliqua Spalko... dans un certain sens. »

Tout en regardant Khan traverser le pont, Spalko sortit une cigarette, l'alluma, aspira la fumée et la recracha lentement. Dès que l'homme eut disparu dans la pénombre, il prit son téléphone cellulaire et composa un numéro à l'étranger. Quand on lui répondit, Spalko annonça : « Il a le dossier. Tout est prêt ?

— Oui, monsieur.

— Bien. A minuit, heure locale, vous lancerez l'opération. »

Première partie

CHAPITRE UN

PRESQUE caché derrière une pile de copies d'examen non notées, David Webb, professeur de linguistique à l'université de Georgetown, longeait d'un pas rapide les couloirs annexes sentant le renfermé du gigantesque Healy Hall. Theodore Barton, son chef de département, l'attendait dans son bureau. Il était en retard, d'où ce raccourci qu'il avait autrefois découvert en s'aventurant dans ces passages étroits et mal éclairés que peu d'étudiants connaissaient ou consentaient à emprunter.

Webb menait une vie paisible, doucement bercée par le rythme lénifiant des semestres de cours. Cet établissement avait quelque chose de sclérosant. L'année universitaire commençait au début de l'hiver, se prolongeait tant bien que mal jusqu'aux timides apparitions du printemps pour s'achever dans la moiteur de l'été, avec la dernière semaine des épreuves terminales. Au fond de lui, quelque chose se révoltait contre cette excessive sérénité. Cette chose l'empêchait d'oublier son ancienne existence au sein des services secrets du gouvernement américain et gardait intacte son amitié pour son ancien patron, Alexander Conklin.

Arrivé à un détour du couloir, il perçut des éclats de voix et des rires moqueurs. Des ombres menaçantes se profilaient sur les murs.

« Espèce d'enculé, on va t'arracher ta sale langue de gnak ! »

Bourne laissa tomber la pile de copies qui l'encombrait et se dépêcha de passer le coin. Aussitôt, il vit la scène. Trois jeunes Noirs à la mine patibulaire, vêtus de manteaux qui leur arrivaient aux chevilles, coinçaient un Asiatique contre un mur. Leur manière de se tenir, en se balançant doucement, genoux légèrement fléchis, bras loin du corps, leur donnait une allure menaçante, hideuse, comme une arme prête à servir. Webb frémit en reconnaissant leur victime. C'était Rongsey Siv, l'un de ses étudiants préférés.

« Espèce d'*enculé* », grogna l'un des jeunes Noirs, un type sec et nerveux, au visage provocant, au regard fixe, comme abruti par la drogue, « on est là pour ramasser de quoi s'offrir de la came.

— La came, on n'en a jamais assez », lança un autre individu à la joue tatouée d'un aigle. Il portait plusieurs bagues à la main droite et jouait avec un énorme anneau d'or de forme carrée. « Hé, dis donc, me dis pas que tu sais pas ce que c'est, gnak !

— Ouais, gnak, répéta le premier, les yeux exorbités. T'as pas la gueule d'un mec qui connaît le *shit*.

— Tu crois que tu nous fais peur ? dit le tatoué en se penchant vers Rongsey. Qu'est-ce que tu vas nous faire, sale gnak ? Nous tuer avec ta connerie de kung-fu ? »

Ils partirent d'un rire rauque en balançant des coups de pied en l'air, comme s'ils dansaient. Rongsey recula encore comme s'il voulait se fondre dans le mur. Ils avancèrent d'un pas.

Le troisième Noir, une véritable armoire à glace, écarta les plis de son long manteau et en sortit une batte de base-ball. « C'est bon. Lève les mains, gnak. Qu'on te pète les articulations. » Il tapota la batte sur sa paume à demi fermée. « Tu veux qu'on te les pète toutes à la fois ou une par une ?

— Yo ! hurla le camé, pourquoi tu lui donnes le choix ? » Lui aussi sortit une batte de base-ball et s'avança vers Rongsey en roulant des mécaniques.

A l'instant même où le camé leva sa batte, Webb intervint. Son approche était tellement furtive, ils étaient tellement obnubilés par le mauvais sort qu'ils s'apprêtaient à faire subir au jeune Asiatique, qu'ils s'aperçurent trop tard de sa présence.

De la main gauche, Webb arrêta la batte en plein vol, juste avant qu'elle ne s'abatte sur la tête de Rongsey. Le tatoué, placé à la droite de Webb, poussa un juron et visant les côtes, balança un poing hérissé d'anneaux coupants.

Instantanément, d'une zone sombre enfouie tout au fond du crâne de Webb, le personnage de Bourne prit la situation en main. Webb dévia l'attaque du tatoué avec son biceps, fit un pas en avant et enfonça son coude dans le sternum du type qui s'écroula en se tenant la poitrine.

Le troisième larron, plus costaud que les deux autres, lança un juron, lâcha sa batte, brandit un couteau à cran d'arrêt et se jeta sur Webb qui para l'assaut en assenant un coup rapide et douloureux à l'intérieur du poignet de son agresseur. Le couteau tomba par terre et ricocha hors de portée. Webb glissa son pied gauche derrière la cheville du type et balaya. Le balaise bascula, s'écroula sur le dos, se releva à quatre pattes et recula.

Le camé tenait encore sa batte de base-ball. Bourne l'empoigna et la lui arracha des mains. « Espèce d'enculé », marmonna le voyou. La drogue qu'il avait absorbée dilatait ses pupilles, rendait son regard flou. Il sortit un pistolet – une arme minable pour un truand minable – qu'il braqua sur Webb.

Avec une précision mortelle, Webb leva la batte qui atterrit entre ses deux yeux. Le camé hurla, recula en titubant. Son pistolet valsa dans le couloir.

Alertés par le vacarme, deux vigiles qui patrouillaient sur le campus firent irruption sur les lieux. Ils passèrent rapidement près de Webb et se lancèrent à la poursuite des voyous qui venaient de battre en retraite. Les deux qui tenaient encore debout traînaient leur camarade. Ils franchirent la porte arrière du bâtiment et sortirent sous le soleil éclatant de l'après-midi, les vigiles sur les talons.

Malgré l'intervention des gardes, Webb sentait encore monter l'adrénaline. Au-dedans de lui, Bourne trépignait d'impatience. Il avait terriblement envie d'en découdre. Ce désir irrépressible avait émergé des zones ensommeillées de son cerveau. David Webb perdait le contrôle de ses actes. Était-ce sa faute ? Avait-il voulu cela ? Webb respira profondément et réussit tant bien que mal à se recomposer une attitude. Il se tourna vers Rongsey Siv.

« Professeur Webb ! » Rongsey essaya de s'éclaircir la voix. « Je ne sais pas... » Soudain, il sembla perdre tous ses moyens. Derrière ses verres de lunettes, il le fixait de ses grands yeux noirs. Webb lut dans son regard une terreur indicible. Et pourtant l'étudiant ne s'était pas départi de son habituel masque d'impassibilité.

« Tout va bien. » Webb posa son bras sur les épaules de Rongsey. Il éprouvait de l'affection pour ce jeune réfugié cambodgien. Avec Rongsey, il se comportait plus en ami qu'en professeur. C'était plus fort que lui. Le jeune homme avait triomphé de situations beaucoup plus dramatiques – il avait perdu presque toute sa famille durant la guerre. Rongsey et Webb avaient vécu dans les mêmes jungles du Sud-Est asiatique. Malgré ses efforts, Webb ne parvenait pas à s'extirper des méandres baignés de moiteur de ce monde infernal. Ils lui revenaient régulièrement en mémoire, comme des crises de malaria ; jamais il ne s'en débarrasserait. Un souvenir surgit en lui comme un rêve éveillé. Il tressaillit.

« Loak soksapbaee chea tay ? » Comment ça va ? demanda-t-il en khmer.

« Bien, professeur, répondit Rongsey dans la même langue. Mais je ne sais pas... je veux dire, comment avez-vous... ?

— Si on allait prendre l'air ? » suggéra Webb. Il venait de rater son rendez-vous avec Barton mais s'en fichait comme d'une guigne. Il ramassa le couteau à cran d'arrêt et le pistolet pour en vérifier le mécanisme. Le percuteur céda. Webb jeta l'arme inutile dans une poubelle et empocha le couteau.

Rongsey l'aida à ramasser ses copies d'examen puis ils se mirent à déambuler en silence le long des couloirs. Au fur et à mesure qu'ils approchaient de l'entrée du bâtiment, la foule des étudiants devenait plus dense. Webb identifia la nature singulière du silence qui les accompagnait. Comme si le temps, reprenant son cours normal après ce déchaînement de violence partagée, revêtait une pesanteur, une épaisseur particulières. Normalement, on ne vivait ce genre d'expérience qu'en plein combat, et surtout au cœur de la jungle ; éprouver cette sensation sur un campus américain grouillant de monde lui paraissait étrange et troublant.

Emergeant du couloir, ils rejoignirent l'essaim d'étudiants qui franchissaient dans les deux sens les portes du Healy Hall. Au beau milieu du grand vestibule, sur le pavage, luisait le fameux blason de l'Université de Georgetown. La plupart des étudiants faisaient un détour pour l'éviter car, selon la légende, celui qui marchait dessus ratait ses examens. Rongsey l'évita soigneusement. Webb, lui, le traversa sans le moindre état d'âme.

Un soleil printanier les accueillit. Sa douce tiédeur les enveloppa. En face d'eux, se dressaient quelques arbres vénérables et le Vieux Quadrangle. Leurs poumons se gorgèrent d'un air parfumé par l'éclosion des tout premiers bourgeons. Derrière eux, l'imposant Healy Hall surplombait le parc de sa façade géorgienne en brique rouge, ses lucarnes du dix-neuvième siècle, son toit d'ardoise et sa flèche centrale haute de quarante mètres où s'enchâssait une horloge.

Le jeune Cambodgien se tourna vers Webb. « Merci, professeur. Si vous n'aviez pas été là...

— Rongsey, répondit Webb d'une voix posée, tu veux qu'on en parle ? »

Les yeux de l'étudiant étaient sombres, indéchiffrables. « Qu'y a-t-il à en dire ?

— Je suppose que tu es mieux placé que moi pour répondre à cette question. »

Rongsey haussa les épaules. « Je serai honnête, professeur Webb. Vraiment. Ce n'est pas la première fois qu'on m'insulte. »

Webb fixa Rongsey pendant quelques secondes puis une émotion soudaine lui embua les yeux. Il aurait voulu prendre le jeune homme dans ses bras, le serrer, lui promettre qu'il n'aurait plus jamais d'ennuis. Mais il savait que l'enseignement bouddhiste de Rongsey lui interdisait de se prêter à ce genre d'effusions. Comment savoir ce qui se passait derrière ce visage fermé à double tour ? Webb avait rencontré beaucoup de gens comme Rongsey, contraints par les contingences de la guerre, les conséquences de la haine entre les peuples, à être témoins de la mort, de l'écroulement d'une civilisation. Le genre de tragédies que la plupart des Américains étaient incapables de comprendre. Il avait l'impression d'appartenir à la même famille que Rongsey. Et ce lien émotionnel se teintait d'une formidable tristesse, comme s'il rouvrait la blessure qu'il portait au-dedans de lui. Une blessure qui ne guérirait jamais tout à fait.

S'ils l'admettaient de manière tacite, jamais ils n'auraient avoué l'émotion qui les unissait et les séparait tout à la fois. Avec un sourire presque amer, Rongsey remercia encore une fois Webb sur un ton cérémonieux et ils se dirent au revoir.

*

Webb se tenait seul parmi la foule des étudiants et des professeurs tournoyant autour de lui. Mais il savait qu'il n'était pas vraiment seul. En dépit de tous ses efforts, l'agressive personnalité de Jason Bourne s'était de nouveau manifestée. Il respira de nouveau, suivant les techniques de concentration que son ami psychiatre, Mo Panov, lui avait enseignées pour mieux refouler la personnalité de Bourne. Il se focalisa d'abord sur ce qui l'entourait, les couleurs bleu et or de cet après-midi de printemps, la pierre grise, la brique rouge des bâtiments encerclant la grande cour, les déplacements des étudiants, les visages souriants des filles, les rires des garçons, les conversations sérieuses des professeurs. Il absorba chaque élément de ce tout de manière à s'inscrire dans le temps et l'espace. Ensuite seulement, il regarda au-dedans de lui.

Voilà des années de cela, il travaillait pour les Affaires étrangères à Phnom Penh. Il était marié, pas avec Marie son épouse actuelle, mais avec une Thaïlandaise prénommée Dao. Ils habitaient une maison au bord du fleuve avec leurs deux enfants, Joshua et Alyssa. En ce temps-là, l'Amérique faisait la guerre au Nord-Viêtnam mais le conflit s'était étendu jusqu'au Cambodge. Un après-midi, alors qu'il était à son travail, un avion de chasse était descendu en piqué sur la rivière où sa famille était en train de se baigner. Sa femme et ses enfants étaient tombés sous ses balles.

La douleur avait failli lui ôter la raison. Finalement, fuyant sa maison et la ville de Phnom Penh, il était arrivé à Saigon, comme un homme sans passé ni futur, à demi fou, le cœur déchiré. C'était Alex Conklin qui avait sorti David Webb des rues de Saigon et fait de lui un agent secret de premier ordre. A Saigon, Webb avait appris à tuer, extériorisant la haine qu'il portait en lui en exerçant sa rage contre les autres. Quand on découvrit que l'un des collaborateurs de Conklin – un type instable et pervers nommé Jason Bourne – était une taupe, Webb fut chargé de l'exécuter. Avec le temps, Webb en était venu à détester l'identité de Bourne, mais pour tout dire, il n'arrivait pas à s'en débarrasser. Jason Bourne lui avait sauvé la vie un nombre incalculable de fois. La chose aurait pu prêter à sourire mais hélas !, c'était la stricte vérité.

Des années plus tard, Conklin et lui regagnèrent Washington. On lui confia une mission à long terme. C'est ainsi que Webb devint une sorte d'agent dormant sous le nom de Jason Bourne, un homme mort depuis longtemps, oublié de tous. Pendant trois ans, Webb *fut* Bourne, assassin international de grand renom chargé de pourchasser un terroriste insaisissable.

Hélas, à Marseille, sa mission avait mal tourné. Blessé par balle, on l'avait jeté dans les eaux sombres de la Méditerranée et laissé pour mort. Mais il s'en était sorti grâce à l'équipage d'un chalutier. Un médecin du port où les pêcheurs l'avaient débarqué s'était occupé de lui jusqu'à sa guérison. Malheureusement, le traumatisme qui avait failli lui coûter la vie l'avait rendu amnésique. Peu à peu, quelques souvenirs avaient refait surface. Or ces souvenirs étaient ceux de Bourne. Ce ne fut que plus tard, avec l'aide de Marie, sa future femme, qu'il était parvenu à se reglisser dans la peau de David Webb. Pourtant le mal était fait. La personnalité de Jason Bourne était trop bien implantée en lui, trop puissante, trop maligne pour disparaître totalement.

A la suite de cela, il s'était scindé en deux : David Webb, professeur de linguistique remarié, père de deux enfants, et Jason Bourne, l'agent qu'Alex Conklin avait transformé en espion de haute volée. De temps en temps, en période de crise, Conklin faisait appel aux précieux services de Bourne; Webb partait accomplir son devoir à contrecœur. A dire vrai, Webb avait toujours du mal à contrôler la personnalité de Bourne. Ce qui venait de se passer avec Rongsey et les trois voyous en était la preuve. Lorsque Bourne s'imposait à lui, Webb ne pouvait que lui obéir, en dépit du travail que Panov et lui avaient entrepris pour le débarrasser de cet hôte encombrant.

Khan regarda un instant David Webb et l'étudiant cambodgien discuter de l'autre côté de la grande cour, puis s'enfonça dans un bâtiment construit de biais, à l'opposé du Healy Hall, et grimpa les escaliers jusqu'au deuxième étage. Khan était vêtu comme tous les étudiants. Pantalon kaki, veste en jean, gros sac à dos. Il ne faisait pas ses vingt-sept ans et personne ne lui prêtait attention. Quand il s'engagea dans le couloir et passa devant les portes des salles de cours, ses baskets ne produisirent aucun bruit. Son esprit abritait l'image précise de la scène qu'il avait vue de l'autre côté de la grande cour. De nouveau, il calcula les angles, prenant en compte les arbres feuillus pouvant s'interposer entre lui et sa cible.

Il s'arrêta devant la sixième porte, entendit à l'intérieur la voix d'un professeur. Le discours sur l'éthique fit s'épanouir un sourire ironique sur son visage. Son expérience – qui était vaste et variée – lui avait appris que l'éthique était une matière aussi morte et inutile que le latin. Il poursuivit son chemin, s'arrêta devant la salle suivante qu'il savait vide, et entra.

Très vite, il referma et verrouilla la porte derrière lui, s'avança vers les fenêtres donnant sur la cour, en ouvrit une et se mit au travail. De son sac à dos, il sortit un fusil de précision SVD Dragunov 7.62 mm muni d'un fût démontable, fixa la lunette de visée sur l'arme qu'il appuya sur le rebord de la fenêtre, y colla son œil et centra sur David Webb, seul devant le Healy Hall. Il y avait des arbres juste à sa gauche. De temps en temps, un étudiant passait devant lui. Khan prit une profonde inspiration, relâcha lentement l'air et visa la tête de Webb.

Webb s'ébroua pour chasser ses souvenirs nauséeux et se focalisa sur ce qui l'entourait. Les feuilles bruissaient sous la brise, la lumière du soleil se reflétait sur leurs fines dentelures. Non loin de là, une fille tenant ses livres serrés contre sa poitrine éclata de rire en entendant une blague. Quelques accents de musique pop sortirent d'une fenêtre ouverte quelque part. Songeant encore à tout ce qu'il aurait aimé dire à Rongsey, Webb était sur le point de rejoindre les marches de Healy Hall quand un léger *futt!* siffla à son oreille. Par instinct, il se retrancha dans l'ombre mouchetée des grands arbres.

La voix trop familière de Bourne émergea de nouveau dans son esprit. *On te tire dessus!* hurla-t-elle. *Dégage!* Et le corps de Webb réagit aussitôt, changeant de position juste au moment où une autre balle écorchait l'écorce de l'arbre, tout près de sa joue. Un silencieux avait étouffé sa percussion initiale.

Un tireur d'élite. En réponse à l'agression, les pensées de Bourne commençaient à alimenter le cerveau de Webb.

Sous les yeux du professeur Webb, la vie ordinaire suivait son cours mais un autre monde, un monde extraordinaire – secret, indicible, privilégié, mortel –, celui de Jason Bourne, se déployait en parallèle, flamboyant comme du napalm. Le temps d'un battement de cœur, on l'avait arraché à son quotidien, séparé de tous et de tout ce que Webb chérissait. Même sa rencontre fortuite avec Rongsey semblait à présent appartenir à un autre plan de réalité. Il sortit de la ligne de mire et s'approcha du tronc pour effleurer du bout de l'index la marque laissée par la balle. Puis il leva les yeux. Jason Bourne calcula la trajectoire. On avait tiré du bâtiment d'en face. Deuxième étage.

Tout autour de lui, les étudiants de Georgetown déambulaient, arpentaient le campus, discutaient, se chamaillaient, échangeaient des opinions. Ils n'avaient rien vu, bien sûr, et si par hasard quelque bruit les avait intrigués, incapables de l'identifier ils l'avaient vite oublié. Webb quitta l'abri de l'arbre, s'avança rapidement vers un groupe de jeunes gens et se mêla à eux tout en s'efforçant de marcher au même rythme. Ils constituaient sa seule protection, son seul rempart face au sniper.

Il avait l'impression d'agir dans un demi-sommeil, comme un somnambule qui voit et ressent tout ce qui l'entoure avec une extrême acuité. Cette vigilance recélait une sorte de mépris envers les habitants du monde ordinaire, y compris David Webb.

Après le deuxième tir raté, Khan avait fait un pas en arrière, troublé. Cet état ne lui était pas familier. Son esprit se mit à fonctionner à cent à l'heure. Il lui fallait analyser ce qui venait de se produire. Au lieu de paniquer, de courir comme un mouton effrayé vers le Healy Hall, comme Khan l'avait prévu, Webb avait calmement rejoint le bouquet d'arbres. C'était une réaction plutôt improbable – et en totale contradiction avec le personnage brièvement décrit dans le dossier de Spalko –, d'autant plus que Webb avait pris le temps d'étudier la trace de la deuxième balle sur l'arbre, afin d'estimer sa trajectoire. A présent, utilisant les étudiants comme couverture, il se dirigeait droit vers sa cachette. C'était incroyable. Au lieu de fuir, ce type était en train d'attaquer.

Légèrement déstabilisé par la tournure inattendue prise par les événements, Khan retira vite le fusil de la fenêtre et le rangea. Webb avait déjà atteint les marches du bâtiment. Dans quelques minutes, il serait là.

Bourne se dégagea du flux des passants pour se précipiter à l'intérieur de l'édifice. Une fois entré, il monta les escaliers quatre à quatre jusqu'au deuxième étage et tourna à gauche. Septième porte : une salle de cours. Le couloir bourdonnait des conversations d'étudiants venus de tous les coins de la terre – Africains, Asiatiques, Sud-Américains, Européens. Chaque visage, même aperçu l'espace d'une seconde, s'enregistrait sur l'écran némésique de Jason Bourne.

Le bavardage diffus des étudiants, leurs éclats de rire, contrastaient avec la menace mortelle qui planait à deux pas de là. Quand il s'approcha de la porte de la salle, il ouvrit le couteau à cran d'arrêt qu'il venait de confisquer, refermant ses doigts autour du manche de telle façon que la lame dépasse comme un pic entre l'index et le majeur. D'un mouvement fluide, il ouvrit la porte, fit un roulé-boulé et atterrit derrière le lourd bureau en chêne, à quelque deux mètres cinquante de l'entrée, le couteau en l'air, prêt à toute éventualité.

Avec maintes précautions, il finit par se lever. La salle était vide, hormis la poussière de craie flottant dans l'air et le soleil formant des taches sur le sol. Il resta planté là pendant un instant, à regarder autour de lui, les narines dilatées comme pour s'imprégner de l'odeur du sniper, faire apparaître son image fantôme. Il marcha jusqu'aux fenêtres. La quatrième sur la gauche était ouverte. On voyait parfaitement la base de l'arbre sous lequel il avait discuté avec Rongsey, tout à l'heure. Le tueur avait tiré à partir de cette fenêtre-là. Bourne l'imagina en train de poser le canon sur le rebord, coller son œil sur la lunette puissante braquée sur le fond de la cour. Le jeu des ombres et de la lumière, le passage des étudiants, un soudain éclat de rire, des paroles échangées. Le doigt sur la détente, il avait tiré deux fois, deux coups admirablement ajustés. *Futt ! Futt !* Un, deux.

Bourne inspecta le rebord de la fenêtre puis se retourna, s'approcha de la gouttière métallique courant sous les tableaux noirs fixés au mur et ramassa un peu de poussière de craie. Regagnant la fenêtre, il dispersa délicatement la poudre blanche sur le rebord en ardoise. Aucune empreinte n'apparut. On l'avait nettoyé. Il s'agenouilla, coula son regard le long du mur sous la fenêtre. En bas, sur le sol, pas le moindre mégot de cigarette, pas de douilles. L'assassin méticuleux s'était évanoui dans la nature aussi professionnellement qu'il était apparu. Son cœur battait fort, son esprit fonctionnait à plein régime. Qui voulait le tuer? Sûrement pas quelqu'un appartenant à son existence actuelle. Il avait beau se creuser les méninges, il ne se connaissait pas d'ennemis. L'événement le plus déplaisant qu'il ait pu vivre ces derniers temps était cette malheureuse dispute, la semaine précédente, avec Bob Drake, le directeur du département d'éthique, dont le penchant à déblatérer sur son sujet de prédilection était à la fois légendaire et barbant. Non, la menace présente venait du monde de Jason Bourne. Et, dans ce monde-là, les candidats ne manquaient pas, mais combien d'entre eux auraient été capables de pister Jason Bourne jusqu'à remonter à David Webb? Telle était la question à résoudre. Alors qu'une partie de lui ne songeait qu'à rentrer à la maison pour discuter de tout cela avec Marie, il savait que la seule personne en mesure de l'aider, la seule connaissant suffisamment l'existence clandestine de Bourne était Alex Conklin, l'homme qui avait créé Jason Bourne *ex nihilo*.

Il se dirigea vers le téléphone fixé au mur, souleva le combiné et composa le code d'accès réservé aux membres de la faculté. Quand il obtint la ligne extérieure, il appela le numéro privé d'Alex Conklin. Conklin avait pris sa retraite de la CIA. Il était sûrement chez lui à l'heure actuelle. Bourne entendit le signal occupé.

Soit il attendait qu'Alex raccroche – ce qui, le connaissant, pouvait prendre une demi-heure ou plus –, soit il sautait dans sa voiture pour se rendre à son domicile. La fenêtre ouverte sur le parc semblait le narguer. Elle en savait plus que lui.

Il quitta la salle de cours et se dirigea vers les escaliers. Sans réfléchir, il balaya l'espace autour de lui, cherchant à reconnaître quelqu'un qu'il aurait croisé sur son chemin tout à l'heure.

Il traversa le campus, rejoignit sa voiture sur le parking mais, sur le point de s'installer au volant, changea d'avis, préférant d'abord effectuer une rapide inspection de l'extérieur du véhicule et du moteur. On n'avait touché à rien. Satisfait, il mit le contact et s'éloigna de l'université.

Alex Conklin habitait une maison de campagne à Manassas, Virginie. Dès que Webb atteignit les faubourgs de Georgetown, le ciel se nimba d'un éclat plus intense ; un calme surnaturel s'était installé, comme si la campagne retenait son souffle à son approche.

Comme pour Jason Bourne, Webb éprouvait des sentiments ambivalents envers Conklin. Il l'aimait et le détestait tout à la fois. Alex Conklin lui tenait lieu de père, de confesseur. Mais malgré leur complicité, Alex n'avait cessé de l'exploiter. Avant tout, c'était lui qui détenait les clés du passé de Bourne ; Webb avait absolument besoin de le voir pour discuter, et sans tarder, puisque Alex était la seule personne en mesure de lui révéler comment un tueur traquant Jason Bourne avait réussi à dénicher David Webb sur le campus de l'université de Georgetown.

La ville était loin derrière lui. Au moment où il passa en Virginie, le soleil commençait à se cacher. De gros amas de nuages obscurcirent le ciel. Des bourrasques se mirent à balayer les collines verdoyantes. Il appuya sur l'accélérateur, la voiture bondit dans un puissant vrombissement mécanique.

Tout en suivant les courbes de l'autoroute délimitées par des talus, il se rappela qu'il n'avait pas vu Mo Panov depuis plus d'un mois. Mo, psychiatre travaillant pour l'Agence, lui avait été recommandé par Conklin. Il tentait de réparer la psyché en miettes de Webb, afin de le débarrasser pour de bon de l'encombrant Bourne et l'aider à récupérer ses propres souvenirs. Grâce aux techniques de Mo, Webb était parvenu à recoller quelques morceaux épars d'une mémoire qu'il croyait perdue et qui flottait quelque part tout au fond de sa conscience. Mais le travail était ardu, épuisant même, et il lui arrivait souvent de suspendre les séances le temps des examens, période particulièrement éprouvante pour lui.

Il quitta l'autoroute et bifurqua vers le nord-ouest sur une route à deux voies couverte de bitume noir. Pourquoi venait-il de penser à Panov ? Bourne avait appris à se fier à ses sens et à son intuition. Le fait d'évoquer Mo sans raison apparente devait signifier quelque chose. C'était une sorte de panneau indicateur. La mémoire, oui, mais quoi d'autre ? Bourne se reporta quelque temps en arrière. La dernière fois qu'ils s'étaient vus, Panov et lui avaient parlé du silence. Mo lui avait dit que le silence était un outil fort utile pour le travail de mémoire. Ayant toujours besoin d'activité, l'esprit n'aimait pas le silence. Si l'on arrivait à introduire un silence suffisant dans la conscience, il se pouvait qu'un souvenir perdu surgisse pour combler le vide. *OK,* pensa Bourne*, mais pourquoi penser au silence justement maintenant ?*

Il ne fit la relation qu'au moment où il tourna dans la longue allée gracieusement incurvée de la propriété de Conklin. Le tueur avait utilisé un silencieux. L'intérêt principal d'un silencieux était la discrétion. A côté de cela, il avait des inconvénients. Sur une arme à longue portée, comme celle qui avait été employée, il réduisait la précision du tir. Sachant cela, l'homme aurait dû viser le torse de Bourne, ce qui aurait augmenté ses chances de réussite, mais il avait choisi de tirer dans la tête. Ça manquait de logique, à supposer bien sûr que l'homme ait eu l'intention de tuer Bourne. En revanche, s'il avait simplement voulu l'effrayer, lui lancer un avertissement – c'était autre chose. Ce tireur inconnu avait son ego certes, mais sans plus. Un m'as-tu-vu aurait laissé derrière lui une preuve de sa prouesse. Et pourtant il poursuivait un objectif bien précis – c'était on ne peut plus évident.

Bourne dépassa l'énorme structure de la vieille grange, d'autres bâtiments plus petits – des entrepôts, des hangars et autres. Puis la maison apparut. Elle surgit au milieu d'un bois de pins, de bouleaux et de cèdres bleus. Ces arbres avaient presque soixante ans ; on les avait plantés dix ans avant la construction du manoir. Le domaine avait d'abord appartenu à un général, aujourd'hui décédé, ayant trempé dans des activités clandestines pas très recommandables. De ce fait, la demeure – en réalité, toute la propriété – était quadrillée par un réseau de tunnels souterrains. Bourne se disait que Conklin devait adorer vivre dans un endroit empreint d'un tel mystère.

Quand il s'arrêta, il vit non seulement la BMW série 7 de Conklin mais aussi la Jaguar de Panov. Les deux voitures étaient garées côte à côte. Tout en montant à pied l'allée de gravier, il sentit son cœur s'alléger brusquement. Ses deux meilleurs amis – tous deux gardiens de son passé, chacun à sa manière – se trouvaient réunis dans cette maison. Ensemble, ils résoudraient l'énigme qui l'angoissait, comme ils avaient résolu toutes les autres auparavant. Il grimpa jusqu'au portique formant façade et sonna sans obtenir de réponse. Collant l'oreille contre la porte de teck poli, il perçut des voix. La porte n'était pas verrouillée.

Un signal d'alarme retentit dans sa tête et, l'espace d'un instant, il resta immobile devant la porte entrebâillée, à épier les bruits de la maison. Dans ce trou perdu, la notion de crime était quasiment inconnue, mais quand même – les vieilles habitudes persistaient. Conklin possédait un sens aigu de la sécurité ; il n'aurait jamais laissé sa porte ouverte, qu'il soit chez lui ou pas. Bourne fit jaillir la lame du cran d'arrêt et entra, bien conscient qu'un agresseur – ou une bande de meurtriers chargés de le tuer – pouvait très bien se dissimuler à l'intérieur.

Le vestibule orné d'un lustre se prolongeait par une large volée de marches en bois poli menant à une galerie ouverte courant sur toute la largeur du hall. A droite le grand salon, à gauche une sorte de fumoir avec un bar et de profonds canapés de cuir très masculins. Sa tanière. Juste après, une pièce plus petite et intime dont Alex avait fait son bureau.

Bourne suivit le bruit de voix jusque dans le fumoir. La télévision était allumée sur CNN. Un commentateur télégénique se tenait devant l'hôtel Oskjuhlid. Un bandeau en surimpression indiquait que le journaliste se trouvait à Reykjavík, en Islande. « ... tout le monde ici se rend bien compte de l'importance cruciale du sommet sur le terrorisme qui va bientôt débuter. »

Il n'y avait personne dans la pièce mais deux beaux verres en cristal trônaient sur une table basse. Bourne en prit un, renifla. Speyside pur malt, vieilli en fût de cerisier. L'arôme subtil du scotch favori de Conklin le troubla. Il lui rappelait un épisode de sa vie. Paris. C'était l'automne, les feuilles rougies des marronniers d'Inde jonchaient les trottoirs des Champs-Elysées. Il se tenait à la fenêtre d'un bureau. Bourne s'accrocha à cette vision. Elle était si puissante qu'elle semblait le tirer hors de lui, le projeter à Paris en chair et en os. Reprenant ses esprits, il s'aperçut, morose, qu'il était à Manassas, Virginie, dans la maison d'Alex Conklin, et que tout n'allait pas pour le mieux. Il fit un effort sur lui-même afin de rester vigilant, concentré, mais, peine perdue, le souvenir déclenché par l'odeur du malt était plus fort que tout. Il avait tellement envie de *savoir*, de combler les lacunes de sa mémoire. Aussi se retrouva-t-il dans le bureau de Paris. Le bureau de qui ? Pas de Conklin – Alex n'avait jamais eu de bureau à Paris. Cette odeur... il y avait quelqu'un avec lui. Il se tourna et vit l'espace d'un bref instant luire un visage vaguement familier.

Il se fit violence pour revenir dans le présent. Même s'il était exaspérant de courir après un passé qui resurgissait par à-coups, il ne pouvait se permettre la moindre inattention. Il s'était déroulé trop de choses ces dernières heures et, en outre, la situation ici nécessitait quelques éclaircissements. Qu'avait dit Mo au sujet de ces éléments déclencheurs ? Ce pouvait être une vision, ou bien un son, une odeur, même une sensation tactile. Dès que le processus de mémoire était enclenché, il suffisait parfois de répéter le premier stimulus jusqu'à obtenir un vrai souvenir. Mais ce n'était ni le lieu ni l'heure. Il fallait d'abord trouver Alex et Mo.

Il baissa les yeux, avisa un petit calepin posé sur la table et le ramassa. Il semblait vierge ; la première feuille avait été arrachée. Mais quand il le tourna légèrement, il remarqua d'imperceptibles reliefs. Quelqu'un – probablement Conklin – avait écrit « NX20 ». Il glissa le carnet dans sa poche.

« Donc le compte à rebours a commencé. Dans cinq jours, le monde saura si un nouvel ordre mondial a une chance d'émerger, si les peuples respectueux des lois seront en mesure de vivre en paix et en harmonie. » Le bourdonnement de la télé se poursuivit, enchaînant sur une publicité.

Bourne éteignit le poste avec la télécommande. Le silence se fit. Conklin et Mo étaient peut-être sortis faire un tour. Panov adorait se promener tout en bavardant. C'était sa façon à lui de relâcher la pression. Il avait sans doute invité le vieil homme à l'accompagner. Conklin avait besoin d'exercice. Mais pourquoi n'avaient-ils pas donné un tour de clé en partant ?

Bourne revint sur ses pas, repassa par le vestibule et monta les marches deux à deux. Les deux chambres d'amis étaient désertes. De toute évidence, personne ne les avait occupées récemment, de même que les salles de bains attenantes. Il suivit le couloir et pénétra dans la grande chambre de Conklin, un espace d'allure spartiate convenant parfaitement au vieux soldat qu'il était. Bourne vit le lit étroit et dur, pas tellement plus confortable qu'une paillasse. Il était défait, preuve qu'Alex y avait dormi la nuit précédente. En vieux maître des secrets, il n'exposait rien dans cette pièce qui révélât son passé. Rien ou presque. Bourne saisit un cadre argenté abritant la photo d'une femme aux longs cheveux ondulés, aux yeux clairs et au sourire doucement moqueur. Dans le fond, il reconnut les lions de pierre de la fontaine Saint-Sulpice. Paris. Bourne reposa la photo pour aller jeter un œil dans la salle de bains. Sans intérêt.

Lorsqu'il regagna le rez-de-chaussée, deux heures sonnèrent à la pendule, dans le bureau de Conklin. C'était une vieille pendule de marine dont le tintement musical rappelait celui d'une cloche. Bourne y vit un mauvais présage. On aurait dit que la vibration du carillon s'engouffrait dans la maison telle une vague de noirceur. Son cœur se mit à battre la chamade.

Il traversa le vestibule, passa devant la cuisine et glissa la tête par la porte. Une bouilloire reposait sur la cuisinière immaculée. Dans le réfrigérateur, la machine à glace pondait des glaçons. C'est alors qu'il le vit – le bâton de marche de Conklin, en frêne poli avec une poignée d'argent sculptée. Alex avait une jambe artificielle, résultat d'une altercation particulièrement violente, à l'étranger ; il ne serait jamais parti marcher dans la campagne sans sa canne.

Le bureau se trouvait sur la gauche, une pièce confortable, tapissée de lambris et donnant sur une pelouse ombragée. Une terrasse dallée accueillait un petit bassin en son centre. Au-delà, commençait la forêt de résineux couvrant presque toute la propriété. Bourne se dirigea vers le bureau, saisi par une inquiétude grandissante. En entrant, il resta figé sur place.

Il n'avait jamais ressenti à ce point la dichotomie qui l'habitait. Une partie de son cerveau se mit à fonctionner d'elle-même, analysant les choses en simple observatrice. Elle remarqua qu'Alex Conklin et Mo Panov gisaient sur le tapis persan richement coloré, imbibé du sang ayant coulé de leur crâne. Par endroits, le sang avait débordé sur le parquet verni, formant des flaques. Il était frais, encore luisant. Conklin fixait le plafond de ses yeux vitreux. Son visage était cramoisi, comme si toute la colère qui couvait en lui avait fini par éclater. Mo tournait la tête comme s'il avait voulu regarder derrière lui au moment où on l'avait abattu.

Alex ! Mo ! Mon Dieu ! Mon Dieu ! Aussitôt, le barrage se fissura et les émotions jaillirent. Bourne tomba à genoux, terrassé par le choc et l'horreur de la scène. Son monde, toute sa vie s'écroulaient. Alex et Mo étaient morts – malgré la macabre évidence qui s'étalait devant ses yeux, il avait du mal à le croire. Ne plus jamais leur parler, ne plus jamais recourir à leur savoir. Des images se mirent à défiler, dans le plus grand désordre. Des souvenirs d'Alex, de Mo, des moments passés ensemble. Certains tendus, emplis de danger et de morts violentes. Après venaient les plages de calme où ils avaient goûté le bien-être et le confort de cette intimité qui succède au péril partagé. Deux vies arrachées par la force, ne laissant derrière elles que colère et terreur. Comme pour mettre un point final particulièrement démonstratif à leur amitié, la porte de son passé se referma en claquant. Bourne et Webb portaient le deuil l'un et l'autre. Bourne luttait pour se reprendre, se libérer du sentimentalisme hystérique de Webb, et surtout ne pas pleurer. Le chagrin était un luxe qu'il ne pouvait s'offrir. Il fallait faire marcher ses méninges.

Bourne s'appliquait à enregistrer la scène du meurtre, à en fixer les détails dans son esprit, tâchant de reconstituer ce qui s'était passé. Il se rapprocha, prenant soin de ne pas marcher dans le sang ni déplacer un quelconque objet. On avait tué Alex et Mo avec une arme à feu, celle posée sur le tapis entre eux deux, probablement. Chacun avait reçu une balle. C'était un travail de professionnel, pas l'œuvre d'un cambrioleur. Bourne perçut le reflet d'un téléphone cellulaire dans la main d'Alex. Il devait discuter avec quelqu'un quand on lui avait tiré dessus. Le crime avait-il eu lieu au moment où Bourne avait tenté de le joindre, tout à l'heure ? Fort possible. D'après l'aspect du sang, la pâleur des corps, l'absence de *rigor mortis* dans les doigts, il apparaissait clairement que la mort remontait à moins d'une heure.

Un petit bruit lointain s'insinua entre ses pensées. Des sirènes ! Bourne quitta la pièce et fonça vers la fenêtre donnant sur la façade. Un escadron de voitures de police remontait l'allée, toutes lumières allumées. Bourne se retrouvait coincé dans une maison où deux assassinats venaient de se commettre, sans aucun alibi plausible. Il était tombé dans un traquenard. Tout à coup, il sentit les mâchoires d'un piège savant se refermer sur lui.

CHAPITRE DEUX

Les pièces du puzzle s'assemblaient peu à peu. Le tireur d'élite du campus n'avait jamais eu l'intention de le tuer mais au contraire de l'inciter à se rendre chez Conklin. Or, à son arrivée, Conklin et Mo étaient déjà morts. Le tueur devait guetter l'apparition de Bourne, caché dans un coin. En le voyant débarquer, il avait prévenu la police. Etait-ce lui ou un autre ?

Sans perdre une seconde, Bourne attrapa le téléphone d'Alex, courut dans la cuisine, ouvrit une porte étroite donnant sur un escalier raide menant dans la cave et tenta de percer les épaisses ténèbres qui régnaient tout au fond. Il entendit le crépitement des radios de la police virginienne, le crissement du gravier, les coups frappés à la porte d'entrée. Des voix bourrues s'élevèrent.

Bourne revint dans la cuisine, fouilla les tiroirs jusqu'à ce qu'il trouve la torche de Conklin et franchit la porte de la cave ; pendant un instant, il se retrouva plongé dans le noir total. Puis le faisceau de lumière dense éclaira les marches. Il descendit rapidement sur la pointe des pieds. La cave sentait le béton, le vieux bois, la laque et le fuel de la chaudière. Il trouva la trappe s'ouvrant sous les escaliers et tira de toutes ses forces. Lors d'un après-midi d'hiver froid et neigeux, Conklin lui avait montré l'entrée souterraine que le général utilisait autrefois pour rejoindre son héliport privé, près des écuries. Bourne entendit les lattes du parquet craquer au-dessus de lui. Les flics étaient entrés et avaient probablement trouvé les cadavres. Trois voitures, deux corps. Sa plaque d'immatriculation leur faciliterait le travail.

Se pliant en deux, il s'engagea dans le passage et referma la trappe. C'est alors qu'il se souvint du verre de whisky. Il l'avait touché. *Quand les gars du labo l'examineront, ils trouveront mes empreintes. Ça, plus ma voiture garée dans l'allée...*

Mieux valait ne pas y songer pour l'instant. Il fallait sortir de là ! Ramassé sur lui-même, il progressa le long du passage étroit. Trois mètres plus loin, le plafond s'éleva. Il se remit à marcher normalement. L'air était saturé d'humidité. Tout près de lui, de l'eau coulait goutte à goutte. Il en déduisit qu'il avait dépassé les limites de la maison. Bourne accéléra le pas et, moins de trois minutes plus tard, tomba sur un autre escalier, métallique celui-ci, comme on en trouve dans les casernes. Une autre trappe s'ouvrit. Un air plus frais lui caressa la peau, la douce lumière du soir, le bourdonnement des insectes l'accueillirent. Il comprit que l'héliport du général n'était pas loin.

Le tarmac était jonché de brindilles et de branches mortes. Au bout de la piste, une famille de ratons laveurs avait élu domicile dans un petit abri délabré couvert de bardeaux. D'évidence, l'endroit était abandonné. Toutefois, l'héliport ne l'intéressait pas plus que cela. Il lui tourna le dos et plongea dans l'épaisse forêt de pins.

Il avait décidé de décrire une vaste courbe de manière à contourner la maison, l'ensemble de la propriété et gagner l'autoroute en évitant les cordons que la police avait sans doute dressés aux limites du domaine. Mais en tout premier lieu, il projetait d'atteindre le ruisseau coupant les terres plus ou moins en diagonale. Dans très peu de temps, il le savait, la police lâcherait les chiens. Sur la terre sèche, impossible de dissimuler son odeur mais dans l'eau courante, même les plus fins limiers perdraient sa trace.

Serpentant entre les nids de ronces encombrant le sous-bois, il franchit une petite crête, s'arrêta entre deux cèdres et tendit l'oreille. S'il voulait reconnaître à coup sûr la présence d'un intrus, il lui fallait d'abord répertorier tous les sons normaux de cet environnement spécifique. L'ennemi se terrait très probablement quelque part près d'ici. L'assassin de ses amis, de ces hommes qui lui avaient servi de port d'attache dans son ancienne vie. Il désirait ardemment mettre la main sur lui, mais d'un autre côté il devait échapper à la police s'il ne voulait pas que le piège se referme sur lui.

Au moment où Khan était entré dans la forêt de résineux recouvrant la propriété d'Alexander Conklin, il s'était senti comme chez lui. L'épaisse voûte verte se referma au-dessus de lui, le plongeant dans un crépuscule précoce. Là-haut, la lumière du soleil filtrait à travers les plus hautes ramures, mais au niveau du sol, tout n'était qu'obscurité, une condition idéale pour pister une proie. Il avait suivi Webb depuis le campus de l'université jusque chez Conklin. Au cours de sa carrière, il avait entendu parler d'Alexander Conklin et connaissait son légendaire passé d'agent secret. Mais pourquoi David Webb avait-il foncé chez lui ? Comment même imaginer un seul instant qu'il puisse le connaître ? Et pourquoi ce déploiement policier quelques petites minutes après l'arrivée de Webb ?

En entendant des aboiements dans le lointain, il comprit que les policiers avaient lâché leurs chiens. Devant lui, il vit Webb s'enfoncer entre les arbres. A le regarder faire, on aurait dit qu'il connaissait ce coin comme sa poche. Une autre question sans réponse apparente. Khan le suivit au même rythme en se demandant où il pouvait bien aller. Puis il perçut le murmure d'un ruisseau et comprit ce que son gibier avait en tête.

Khan accéléra l'allure et atteignit le ruisseau avant Webb. Il devinait que sa proie descendrait le courant pour mettre de la distance entre lui et les chiens. C'est alors qu'il vit le grand saule. Un sourire éclaira son visage. Voilà ce qu'il lui fallait : un arbre majestueux doté d'un réseau de branchages largement déployés.

Les rayons d'un soleil rougeâtre perçaient les branchages telles des épingles de feu. L'œil de Bourne fut attiré par les éclats de pourpre incendiant la bordure des feuilles.

Sur l'autre versant de la petite crête, la pente était assez abrupte. Le sentier devint plus caillouteux. Il discerna le léger bouillonnement du ruisseau voisin et se précipita vers lui. La fonte des neiges ajoutée aux pluies de mars avaient grossi son débit. Plus longtemps il suivrait le cours d'eau mieux cela vaudrait, car les chiens perdraient sa trace, se mettraient à tourner en rond ; plus loin il émergerait, plus ils peineraient à retrouver son odeur.

Profitant de sa sécurité temporaire, il se mit à penser à sa femme, Marie. Il fallait qu'il la contacte mais pour l'instant, pas question de rentrer chez lui ; en agissant ainsi, il mettrait en danger toute sa famille. Pourtant il devait absolument la prévenir. L'Agence allait certainement passer chez eux et, ne le trouvant pas, emmènerait Marie pour lui tirer les vers du nez. Une autre éventualité se présentait, encore plus effrayante : celui qui l'avait piégé pouvait très bien tenter de l'atteindre en se servant des siens. Soudain couvert de sueur froide, il sortit le téléphone cellulaire de Conklin, composa le numéro de Marie et laissa un texto. Un seul mot : *Diamant*. C'était le code dont ils étaient convenus, Marie et lui. Un code à n'utiliser qu'en cas d'extrême urgence. Elle savait que dès qu'elle recevrait ce message, elle devrait courir chercher les enfants et s'enfermer avec eux dans leur planque où ils demeureraient, au secret, jusqu'à ce que Bourne envoie à Marie le signal « tout va bien ». Le téléphone d'Alex sonna. Bourne lut le message de Marie : *Répète STP*. Ce n'était pas la réponse prévue mais il comprit très vite la raison de sa confusion. Il l'avait appelée à partir du téléphone d'Alex, pas du sien. Il répéta son message : *DIAMANT*, en le tapant cette fois en capitales. Puis il attendit, sans respirer. La réponse de Marie arriva : *SABLIER*. Bourne soupira de soulagement. Elle avait compris. A cet instant, elle devait déjà être en train de faire monter les enfants en toute hâte dans le break. Bientôt, elle démarrerait en laissant tout derrière elle.

Pourtant, il ne parvenait pas à se départir de son angoisse. Il se sentirait nettement mieux dès qu'il entendrait sa voix, dès qu'il pourrait lui expliquer ce qu'il s'était passé, lui dire qu'il allait bien. Mais il n'allait pas bien. De nouveau, l'homme qu'elle connaissait – David Webb – avait été supplanté par Bourne. Marie détestait et craignait Jason Bourne. Et elle avait raison. Un jour qui sait, Bourne se substituerait-il totalement à David Webb. Et à qui en reviendrait la faute ? Alexander Conklin.

Le mélange d'amour et de haine qu'il ressentait pour cet homme lui semblait étonnant autant qu'improbable. L'esprit humain recélait tant de mystères. Il pouvait abriter en même temps des émotions radicalement contradictoires, occulter les défauts d'autrui, leur trouver une justification afin de donner libre cours aux pulsions affectives. Le besoin d'aimer et d'être aimé dominait le comportement de tout être humain. Bourne ne le savait que trop bien.

Pendant qu'il s'abîmait dans cette succession de réflexions, il continuait à suivre le ruisseau curieusement éclairé par le miroitement de sa surface. Il vit des petits poissons effrayés s'égailler à son approche. A une ou deux reprises, il aperçut une truite fuyant dans un éclair d'argent, sa gueule osseuse entrouverte comme pour happer quelque chose. Il arriva près d'un coude. Un grand saule surplombait le lit du ruisseau en y plongeant ses racines avides d'humidité. Tendant l'oreille pour détecter le moindre bruit suspect, les signes annonciateurs de danger, Bourne ne perçut que le bruissement du ruisseau lui-même.

L'attaque vint d'en haut, parfaitement silencieuse. Seuls une légère modification de la lumière et le poids qui s'écrasa sur lui une seconde avant qu'il ne s'écroule dans l'eau lui indiquèrent la présence de l'ennemi. Un corps lui comprimait la cage thoracique. Comme il s'efforçait de reprendre son souffle, son assaillant lui cogna la tête sur les pierres glissantes. Un poing s'enfonça dans ses reins et lui coupa la respiration.

Au lieu de contracter ses muscles pour parer l'attaque, Bourne se laissa aller, sans opposer de résistance. En même temps, au lieu de frapper, il ramena ses bras contre ses flancs et, lorsque son corps fut entièrement relâché, se dressa sur les coudes en faisant pivoter son torse. Pendant qu'il effectuait ce violent mouvement tournant, il tendit le bras et assena un coup terrible avec le tranchant de la main. Le poids sur lui s'allégea. Profitant de ce répit, il emplit ses poumons d'air. Des gouttes d'eau lui éclaboussèrent le visage, troublant sa vision. Il ne put donc apercevoir que la silhouette de son assaillant. Lorsque Bourne frappa de nouveau, ce fut dans le vide.

L'autre venait de disparaître aussi furtivement qu'il avait surgi.

Khan courait en trébuchant le long du ruisseau. Secoué par des haut-le-cœur, il haletait, toussait, s'acharnant à faire pénétrer l'air dans sa gorge aux muscles convulsés, aux cartilages meurtris. En pestant, il se glissa entre les broussailles et se perdit bientôt dans l'enchevêtrement du sous-bois. Hoquetant toujours, il massa doucement la surface tendre que Webb avait presque défoncée. Cela n'avait rien d'un coup de chance, l'homme avait contre-attaqué en expert, sachant parfaitement où frapper pour faire très mal. Désorienté, Khan se sentit gagner par une impression ressemblant vaguement à de la peur. Webb était un homme dangereux – bien trop dangereux pour un simple professeur d'université. Il s'était déjà fait tirer dessus puisqu'il était capable de suivre la trajectoire d'une balle ; il savait se diriger dans la nature, se battre au corps à corps. Et à la première anicroche, il avait foncé droit chez Alexander Conklin. Qui était-il ? se demanda Khan. Quoi qu'il en soit, plus jamais il ne commettrait la sottise de sous-estimer Webb. Il le traquerait, reprendrait l'avantage psychologique. Avant la fin inévitable, il voulait que Webb ait peur de lui.

Martin Lindros, directeur adjoint de la CIA, arriva sur la propriété de feu Alexander Conklin à six heures et six minutes précisément. Il fut accueilli par l'inspecteur Harris, de la police de l'Etat de Virginie, un chauve aux traits marqués. Ce dernier tentait d'arbitrer la querelle territoriale faisant rage entre la police d'Etat, le bureau du shérif du comté et le FBI, chacun ayant revendiqué la compétence de ses services dès qu'on avait appris l'identité des victimes. Lorsque Lindros descendit de voiture, il dénombra une douzaine de véhicules et trois fois plus de policiers en tous genres. Un peu d'ordre et d'organisation n'aurait fait de mal à personne.

Lorsqu'il serra la main de Harris, il le regarda droit dans les yeux et dit : « Inspecteur Harris, le FBI n'a rien à faire ici. Nous allons nous occuper de ce double homicide, juste vous et moi.

— Oui, M'sieur », fit Harris d'un ton sec. Il était grand et, peut-être pour compenser, se tenait légèrement voûté, ce qui, ajouté à ses grands yeux larmoyants et son visage lugubre, lui donnait un air de grande fatigue, comme s'il avait brûlé toute son énergie depuis longtemps. « Merci. J'ai quelques...

— Ne me remerciez pas, inspecteur, je vous garantis que cette affaire n'aura rien d'une partie de plaisir. » Il envoya son assistant traiter avec le FBI et les hommes du shérif. « Des traces de David Webb ? » Le FBI l'avait averti de la présence de la voiture de Webb devant la maison de Conklin. Enfin, quand on disait Webb, il fallait entendre Jason Bourne. Raison pour laquelle le directeur de l'Agence l'avait dépêché sur les lieux pour prendre l'enquête en main.

« Pas encore, répondit Harris. Mais nous avons lâché les chiens.

— Bien. Avez-vous établi un périmètre de sécurité ?

— J'ai voulu envoyer mes hommes l'installer, mais le FBI... » Harris secoua la tête. « Je leur ai pourtant dit que le temps jouait contre nous. »

Lindros consulta sa montre. « Un périmètre d'un kilomètre. Envoyez quelques-uns de vos hommes constituer un autre cordon dans un rayon de cinq cents mètres. Ils pourraient trouver quelque chose d'intéressant. Appelez des renforts si nécessaire. »

Profitant que Harris parlait dans son talkie-walkie, Lindros entreprit de le jauger. « C'est quoi votre prénom ? », demanda-t-il quand l'inspecteur eut fini de distribuer ses ordres.

L'autre le considéra d'un air embarrassé. « Harry.

— Harry Harris ! Vous plaisantez, hein ?

— Non, monsieur. J'ai bien peur que non.
— Qu'est-ce qui a bien pu passer dans la tête de vos parents ?
— La tête ? C'était pas leur point fort, malheureusement, monsieur.
— OK, Harry. Jetons un œil sur ce que nous avons ici. » Lindros était un fils de bonne famille, la trentaine bien tassée, des cheveux blonds comme les blés. L'Agence l'avait recruté dès sa sortie de Georgetown. Son défunt père était un type de caractère qui disait les choses comme il les pensait et ne se laissait jamais dicter sa conduite. Cette indépendance de caractère, le jeune Martin en avait hérité, ainsi que de sa loyauté envers son pays. Lindros était persuadé que son embauche par le DCI avait été motivée par ces qualités.

Harris le conduisit dans le bureau mais en passant, Lindros remarqua les deux verres à whisky posés sur la table basse dans le fumoir. « Quelqu'un y a touché, Harry ?
— Pas à ma connaissance, monsieur.
— Appelez-moi Martin. Il va falloir qu'on apprenne très vite à se connaître. » Il leva les yeux et sourit pour que Harris se détende un peu. La façon dont il avait fait étalage de son autorité de directeur adjoint de l'Agence était une manœuvre délibérée. En éloignant les autres services de police, il avait poussé Harris à pénétrer dans son orbe. Il avait le sentiment que la présence à ses côtés d'un inspecteur dévoué lui serait fort utile. « Demandez à vos techniciens de relever les empreintes digitales, voulez-vous ?
— Tout de suite.
— Et maintenant, allons voir le coroner. »

Tout en haut de la route qui serpentait le long de la crête bordant la propriété, un homme fortement charpenté observait Bourne à travers une puissante paire de jumelles à vision nocturne. Son visage rond et aplati révélait ses origines slaves. Les doigts de sa main gauche étaient tachés de jaune. Il ne cessait de fumer, de manière compulsive. Derrière lui, dans un virage donnant sur un paysage pittoresque, était garé son gros 4 × 4 noir. Si quelqu'un était passé par là, il l'aurait pris pour un touriste. Il déplaça ses jumelles et découvrit Khan progressant à travers bois, sur les traces de Bourne. Sans perdre de vue les mouvements de Khan, il ouvrit d'un seul geste son portable tri-band et composa un numéro à l'étranger.

Stepan Spalko répondit aussitôt.

« Le piège est installé, dit le Slave. La cible est en fuite. Pour l'instant, elle a échappé à la police et à Khan.

— Nom de Dieu ! s'écria Spalko. Qu'est-ce que fabrique Khan ?

— Vous voulez que je m'en occupe ? demanda l'homme sur un ton blasé.

— Surtout pas. Tiens-toi éloigné d'eux le plus possible, répliqua Spalko. Mieux encore, fiche le camp. »

*

Bourne regagna la rive tant bien que mal, s'assit et dégagea les cheveux qui lui tombaient sur le visage. Son corps lui faisait mal, ses poumons brûlaient. Dans son esprit, des explosions aveuglantes le renvoyaient à la jungle de Tam Quan. A l'époque, il s'appelait encore David Webb. Alex Conklin l'avait envoyé là-bas sur plusieurs missions approuvées par le commandement de Saigon mais de manière parfaitement officieuse. Des missions démentes, si délicates, si dangereuses qu'aucun soldat américain n'aurait pu y être mêlé.

Baigné par la lumière déclinante de cette soirée de printemps, Bourne se dit que tout recommençait. Voilà qu'il se trouvait précipité dans le même genre de mission. Il se trouvait en zone rouge – un secteur contrôlé par l'ennemi. A la différence près qu'il ignorait totalement qui était l'ennemi et quelles étaient ses intentions. On lui dictait ses mouvements, comme tout à l'heure sur le campus de l'université. A moins que l'ennemi ne soit passé à une nouvelle phase de son plan.

Dans le lointain, il entendit les chiens aboyer et tout de suite après, à une distance incroyablement proche, le claquement net et précis d'une brindille. Un animal ? Son poursuivant ? Il avait modifié sa tactique initiale. En plus d'éviter le cordon de police, il devait à présent trouver un moyen de déjouer les plans de son adversaire. Le problème à résoudre consistait à débusquer l'homme avant sa prochaine attaque. S'il s'agissait de la même personne que tout à l'heure, il avait affaire non seulement à un tireur d'élite mais aussi à un expert du combat dans la jungle. Dans un sens, ces renseignements lui donnaient du cœur au ventre. Il commençait à mieux percevoir l'ennemi. A présent, il fallait en apprendre plus sur lui afin de lui tendre un piège...

En plongeant derrière l'horizon, le soleil donnait au ciel la couleur d'un feu mourant sous la cendre. Le vent devint plus frais.

Bourne frissonna dans ses vêtements humides. Il se redressa et commença à marcher, à la fois pour se dégourdir les muscles et pour se réchauffer. Un voile indigo recouvrait la forêt et pourtant il avait l'impression d'avancer à découvert, dans un espace dépourvu d'arbres, sous un ciel sans nuages.

Il savait ce qu'il aurait fait dans la jungle de Tam Quan : il aurait trouvé un abri, un endroit où se réfugier et réfléchir. Mais trouver un abri dans une zone rouge comportait une part de risque; il pouvait très bien se jeter dans la gueule du loup. Alors, il s'enfonça dans la forêt d'un pas lent mais déterminé en balayant du regard tous les troncs d'arbre l'un après l'autre, jusqu'à ce qu'il découvre ce qu'il cherchait. Une vigne vierge. Il faisait encore trop froid pour qu'elle porte des fleurs mais il reconnut parfaitement ses feuilles brillantes à cinq lobes. Avec le couteau à cran d'arrêt, il tailla de longues lanières sur la tige de la plante.

Quelques instants après avoir achevé son travail de découpage, un léger bruit lui fit dresser l'oreille. Il se dirigea vers lui et pénétra bientôt dans une petite clairière. Un jeune cerf, tête dressée, humait l'air de ses narines noires. L'avait-il senti ? Non. Il essayait de repérer...

Le cerf bondit. Bourne aussi. Sans presque toucher le sol, il se mit à courir à travers la forêt en suivant un chemin parallèle à celui de la bête. Soudain, la brise tourna, si bien qu'il dut bifurquer de manière à rester sous le vent de l'animal. Ils avaient couvert quelque chose comme quatre cents mètres lorsque le cerf ralentit. Sous ses pieds, le sol était plus dur, plus compact. Ils s'étaient écartés du ruisseau et avaient atteint la limite de la propriété. D'un saut fluide, le cerf franchit le mur de pierre marquant l'extrémité nord-ouest du domaine. Quand Bourne escalada la haie à son tour, il s'aperçut que le cerf l'avait conduit sur un salant. Qui dit salant dit rochers et qui dit rochers dit cavernes. En fouillant ses souvenirs, il se rappela que Conklin lui avait signalé l'existence, au nord-ouest de sa propriété, d'une série de cavernes truffées de cheminées, orifices naturels perçant la roche à la verticale, utilisés autrefois par les Indiens pour ventiler leurs feux de cuisine. Voilà ce qu'il lui fallait – un refuge où se terrer le temps de voir venir et dont il pourrait sortir facilement, grâce à ses deux issues.

A présent, je le tiens, pensa Khan. Webb avait commis une énorme erreur – il avait choisi la mauvaise caverne, l'une des rares à ne posséder qu'une seule issue. Khan s'extirpa en rampant de sa cachette, traversa sans bruit la petite clairière et pénétra dans la bouche noire de la grotte.

Progressant toujours au ras du sol, Khan perçut la présence de Webb dans l'obscurité devant lui. Il estima la profondeur de la caverne d'après l'odeur émanant des parois. Il ne reconnaissait pas les forts relents de matière organique imbibée d'eau qui vous agressent les narines dans les grottes s'enfonçant loin sous la roche.

Au fond, Webb venait d'allumer sa torche. Dans un instant, il s'apercevrait de l'absence de cheminée, et donc d'issue. Il fallait attaquer tout de suite ! Khan se jeta sur son adversaire et le frappa au visage.

Bourne tomba, sa torche heurta la roche dans un violent tressautement lumineux. En même temps, il sentit le coup de poing siffler près de son oreille avant d'encaisser le choc. Il ne fit rien pour l'éviter mais attendit que le bras de Khan se déploie complètement pour le frapper du tranchant de la main à la hauteur du biceps, une zone de chair particulièrement vulnérable.

Puis il bondit et enfonça son épaule dans le sternum de son assaillant. Un genou se leva et vint percuter l'intérieur de la cuisse de Bourne. Une douleur fulgurante le traversa. Il referma ses poings sur les vêtements de l'autre et le précipita contre la paroi rocheuse. Le corps rebondit comme une balle, se jeta sur lui et le renversa. Ils roulèrent ensemble, cramponnés l'un à l'autre. Bourne percevait la respiration de son adversaire, un son qui lui parut incongru, intime comme le souffle d'un enfant qui dort près de vous.

Dans ce sauvage corps à corps, Bourne sentait nettement l'odeur de l'autre, un mélange complexe, s'élevant comme une vapeur d'un marais chauffé par le soleil. De nouveau, la jungle de Tam Quan lui revint en mémoire. A cet instant précis, une barre se plaqua contre sa gorge. On le tirait en arrière.

« Je ne vais pas te tuer, dit une voix près de son oreille. Pas encore du moins. »

Bourne projeta son coude en arrière ; l'autre répliqua par un coup de genou dans ses reins déjà douloureux. Plié en deux, il se laissa traîner puis relever de force par la barre appuyant sur sa trachée artère.

« Je pourrais te tuer sur-le-champ, mais je ne le ferai pas, répéta la voix. Je veux qu'il fasse assez clair pour voir tes yeux au moment où tu mourras.

— Si tu voulais me tuer, pourquoi avoir assassiné deux innocents à ma place ? dit Bourne.

— De quoi tu parles ?

— Des deux hommes que tu as descendus dans la maison.

— Je ne les ai pas tués ; je ne tue jamais les innocents. » Un petit rire ironique. « D'un autre côté, je me demande si on peut qualifier d'innocents les gens qui fricotent avec Alexander Conklin.

— Mais c'est bien toi qui m'as attiré ici, rétorqua Bourne. Tu m'as tiré dessus pour que je me précipite chez Conklin, afin de...

— Mais qu'est-ce que tu racontes ? fit la voix. Je t'ai suivi ici. Un point c'est tout.

— Alors, comment savais-tu où envoyer les flics ? repartit Bourne.

— Pourquoi j'aurais fait ça ? », murmura la voix rauque.

Quelque stupéfiante que fût cette réponse, Bourne ne l'écouta qu'à moitié. Il s'était un peu détendu durant leur discussion. Son dos avait légèrement reculé, ce qui avait eu pour effet d'éloigner la barre de sa gorge. Profitant de l'effet de surprise, Bourne fit pivoter le bout de son pied tout en baissant l'épaule, afin que l'autre réagisse en resserrant sa prise sur la barre sans avoir le temps de prévoir le coup suivant. Aussitôt, avec le talon de la main, Bourne lui assena un coup rapide juste sous l'oreille. L'autre s'écroula d'un bloc. En tombant, la barre résonna contre la roche.

Bourne respira profondément à plusieurs reprises, de manière à s'éclaircir les idées. La tête lui tournait à cause du manque d'oxygène. Il ramassa la torche pour éclairer l'endroit où l'autre était tombé. Mais il ne trouva personne. Il discerna un bruit, à peine plus qu'un soupir, et leva le faisceau lumineux. Une silhouette se découpait contre la bouche sombre de la caverne. Quand il sentit la lumière dans son dos, l'homme se retourna. Bourne aperçut son visage juste avant qu'il ne s'évanouisse parmi les arbres.

Bourne se lança à sa poursuite. Un moment plus tard, il entendit distinctement un claquement suivi d'un glissement étouffé. Quelque chose bougeait à quelques pas devant lui. Aussitôt, il bondit vers le piège qu'il venait de fabriquer avec la vigne vierge. Passant du rôle du chasseur à celui de la proie, son agresseur venait de se laisser prendre au filet attaché à un jeune arbre vert ployant sous son poids. Mais lorsque Bourne s'approcha pour libérer son agresseur, le filet était déjà vide.

Vide ! Quand il le décrocha, il vit la déchirure que son gibier y avait pratiquée pour s'enfuir. L'homme avait agi en un éclair. Il était intelligent, aguerri; il serait d'autant plus difficile de le surprendre à nouveau.

Bourne leva les yeux et balaya du cône lumineux de sa torche le labyrinthe de branchages. Il ne put réprimer un élan d'admiration. Eteignant brusquement sa torche, il se retrouva environné par la nuit. Le cri d'un engoulevent perçait le silence par intervalles. Entre deux, le lugubre hululement d'un hibou se répercutait à travers les collines couvertes de conifères.

Il pencha la tête en arrière et respira profondément. Dans son esprit s'affichèrent les traits aplatis, les yeux sombres du visage entrevu. Un instant plus tard, il reconnut l'un des étudiants aperçus pendant qu'il marchait vers la salle de cours d'où étaient partis les coups de feu.

Son ennemi avait enfin un visage et une voix.

« Je pourrais te tuer sur-le-champ, mais je ne le ferai pas. Je veux qu'il fasse assez clair pour voir tes yeux au moment où tu mourras. »

CHAPITRE TROIS

Le siège de Humanistas Ltd., l'organisation humanitaire universellement connue pour son action en faveur des droits de l'homme et contre la misère dans le monde, dominait Budapest à partir du verdoyant mont Gellért. Du haut de ce remarquable point de vue, Stepan Spalko observait à travers les immenses baies vitrées de son bureau panoramique le Danube et la ville à ses pieds, en rêvant que tout cela lui appartenait.

Il avait contourné son énorme bureau pour s'asseoir dans un fauteuil rembourré face au président kenyan, un homme à la peau très sombre. De chaque côté de la porte, les gardes du corps du Kenyan, mains derrière le dos, contemplaient le vide avec cette absence d'expression propre à tous les gens exerçant leur métier. Sur le mur au-dessus d'eux, un bas-relief – une main tenant une croix verte – reproduisait le légendaire logo de Humanitas. Le président se nommait Jomo, appartenait à la plus grande ethnie du Kenya, les Kikuyus, et descendait en droite ligne de Jomo Kenyatta, le premier président de la République kenyane. Comme son fameux prédécesseur, c'était un *Mzee* – aîné vénérable en swahili. Entre eux, trônait un service à thé en argent ciselé datant du dix-huitième siècle. On leur avait servi un délicieux thé noir, avec des biscuits et des petits sandwichs exquisément disposés sur un plateau ovale assorti. Les deux hommes s'entretenaient sur un ton courtois.

« Je ne sais comment vous exprimer ma reconnaissance pour la générosité dont vous et votre organisation avez fait preuve à notre égard », dit Jomo. Il était assis très droit, tenant son dos raide légèrement éloigné du velours garnissant le dossier de son siège. La vitalité qui, du temps de sa jeunesse, faisait rayonner son visage avait disparu, effacée par l'action combinée de l'âge et des épreuves. Sous l'épais vernis sombre de sa peau, on devinait une curieuse pâleur grisâtre. L'adversité, les revers du destin avaient en quelque sorte compressé ses traits, leur donnant l'aspect de la pierre. En bref, il arborait l'aspect d'un guerrier ayant soutenu un siège interminable. Il se tenait jambes serrées, pliées au niveau du genou selon un angle de quatre-vingt-dix degrés. Sur ses cuisses reposait une longue boîte en bois de bubinga poli à grosses veinures. D'un geste presque timide, il la présenta à Spalko. « Avec la sincère gratitude du peuple kenyan, monsieur.

— Merci, monsieur le président. Vous êtes trop aimable, dit gracieusement Spalko.

— C'est vous qui êtes aimable, je vous assure, monsieur. » Jomo regarda avec un vif intérêt Spalko ouvrir la boîte. A l'intérieur, se trouvait un couteau à lame plate et une pierre, de forme plus ou moins ovale, aplatie aux extrémités.

« Mon Dieu, ça n'est quand même pas une pierre *githathi*, dites-moi ?

— Mais si, monsieur, fit Jomo avec un plaisir évident. Elle vient de mon village natal, du *kiama* auquel j'appartiens toujours. »

Spalko savait que Jomo faisait allusion au conseil des anciens. Le *githathi* revêtait une grande valeur aux yeux des membres de la tribu. Quand un différend insoluble s'élevait au sein du conseil, on prêtait serment sur cette pierre. Spalko saisit le couteau par sa poignée en cornaline gravée. Lui aussi revêtait une fonction rituelle. Pour départager deux ennemis mortels, on chauffait la lame de ce couteau puis on la posait sur la langue des protagonistes. D'après la grosseur de la cloque, on jugeait de leur culpabilité ou de leur innocence.

« Je me demande pourtant, monsieur le président, reprit Spalko avec une nuance d'impiété dans la voix, si le *githathi* vient de votre *kiama* ou de votre *njama* ? »

Jomo partit d'un rire de gorge, un rire rocailleux qui fit frémir ses petites oreilles. Les occasions de rire devenaient fort rares ces derniers temps. A tel point qu'il ne savait plus à quand remontait la dernière fois. « Alors, comme ça, vous avez entendu parler de nos conseils secrets, monsieur ? Je dirais que votre connaissance de nos coutumes et de notre science est vraiment remarquable.

— L'histoire du Kenya est longue et sanglante, monsieur le président. Je crois sincèrement que c'est l'histoire qui nous transmet les leçons les plus fondamentales. »

Jomo hocha la tête. « Je vous approuve, monsieur. Et cela me pousse à vous redire que sans vos docteurs et leurs vaccins, je n'ose imaginer dans quel état serait la République, à l'heure actuelle.

— Il n'existe pas de vaccin contre le sida. » Spalko s'exprimait d'un ton poli mais ferme. « Grâce aux cocktails médicamenteux, la médecine moderne peut alléger les souffrances et diminuer le nombre des victimes de ce mal mais pour ce qui est d'empêcher sa propagation, on ne peut compter que sur le port du préservatif ou l'abstinence.

— Bien sûr, bien sûr. » Jomo s'essuya délicatement les lèvres. Il détestait se placer en position de quémandeur devant cet homme généreux qui avait déjà dispensé son aide aux Kenyans, mais avait-il le choix ? L'épidémie de sida décimait la République. Son peuple souffrait, mourait. « Il nous faut plus de médicaments, monsieur. Vous avez tant fait pour alléger les souffrances de mon pays. Mais des milliers de gens attendent encore de recevoir votre aide.

— Monsieur le président. » Spalko se pencha en avant ; Jomo l'imita. Les rayons du soleil qui entraient à flots par les hautes fenêtres éclairèrent la tête de Spalko, lui donnant une brillance presque surnaturelle. Cette lumière faisait également ressortir la peau lisse et luisante couvrant le côté gauche de son visage. La soudaine accentuation de cette anomalie physique était destinée à troubler son interlocuteur. « Humanistas Ltd. est prête à retourner au Kenya avec deux fois plus de médecins, deux fois plus de médicaments. Mais vous – le gouvernement – devrez remplir votre part du marché. »

A ce moment, Jomo comprit que Spalko lui demandait quelque chose différant radicalement des habituelles organisations de conférences sur les pratiques sexuelles à risque ou autres distributions de préservatifs. Il se tourna brusquement, renvoya ses deux gardes du corps et, quand la porte se referma derrière eux, crut bon d'expliquer : « C'est hélas une nécessité en ces temps difficiles, mais il m'arrive d'en avoir assez de n'être jamais seul. »

Spalko sourit. Il connaissait suffisamment l'histoire du Kenya et ses coutumes tribales pour éviter de commettre l'erreur consistant à prendre le président à la légère, comme d'autres pouvaient le faire. Jomo avait besoin de lui mais il n'était pas question d'en profiter. Les Kikuyus étaient un peuple fier, qualité d'autant plus primordiale aujourd'hui qu'elle était la seule chose précieuse encore en leur possession.

Spalko se pencha, ouvrit un humidificateur, offrit un Cohiba cubain à Jomo et se servit à son tour. Ils se levèrent, allumèrent leurs cigares, traversèrent le tapis pour se poster devant la fenêtre et contempler ensemble les eaux calmes du Danube étincelant sous le soleil.

« Quel cadre magnifique, n'est-ce pas ? dit Spalko pour alimenter la conversation.

— C'est vrai, reconnut Jomo.

— Et si serein. » Spalko laissa s'échapper un odorant nuage de fumée bleue. « Devant un tel spectacle on a du mal à imaginer combien le reste du monde souffre. » Il se tourna vers Jomo. « Monsieur le président, si vous m'accordiez sept jours d'accès illimité à l'espace aérien kenyan, je considérerais cela comme une grande faveur.

— Illimité ?

— Pour aller, venir, atterrir, etc. Pas de contrôle douanier, pas de service d'immigration, pas d'inspections, rien qui entrave nos déplacements. »

Jomo prit une pose méditative. Il tira sur son cigare, cracha un nuage de fumée, mais Spalko n'était pas dupe. Il devinait son embarras. « Je ne peux vous en accorder que trois, se décida à répondre Jomo. Une durée plus longue ferait jaser.

— On s'en contentera, monsieur le président. » Ces trois jours étaient largement suffisants. Il aurait pu insister pour en obtenir sept, mais ne voulait pas courir le risque de froisser Jomo. C'eût été une erreur stupide, susceptible de lui coûter cher, étant donné ce qu'il avait en tête. Et de toute façon, son domaine d'activité était la promotion de la bonté, pas celle du ressentiment. Dans sa main tendue, Jomo glissa la sienne, sèche et calleuse. Spalko trouva cette sensation agréable ; c'était la main d'un travailleur manuel, d'un homme qui n'avait pas peur de se salir.

Après que Jomo et son escorte furent partis, il passa à la suite de son emploi du temps. C'était l'heure d'accueillir son nouveau collaborateur, Ethan Hearn, et de lui faire visiter les locaux. Spalko aurait pu déléguer cette tâche à l'un de ses nombreux assistants, mais il mettait un point d'honneur à s'assurer personnellement que tous ses employés récemment embauchés étaient bien installés. Hearn était un jeune type brillant qui avait travaillé pour la clinique Eurocenter Bio-I, de l'autre côté de la ville. Collecteur de fonds fort talentueux, il comptait dans son carnet d'adresses de nombreux membres fortunés de la bonne société européenne. Spalko le trouvait précis, agréable et empathique – en bref, un humanitaire né, exactement le genre de personne dont il avait besoin pour conforter l'étincelante réputation de Humanistas Ltd. En plus, il lui était très sympathique. En lui, il se revoyait plus jeune, avant l'incident malencontreux dont il était sorti défiguré.

Il promena Hearn à travers les sept étages de bureaux et laboratoires. Il lui montra les départements chargés d'engranger des statistiques que les développeurs utilisaient ensuite pour prospecter les donateurs – le nerf de la guerre pour des organisations telles que Humanistas Ltd. –, puis la comptabilité, les achats, les ressources humaines, les secteurs s'occupant des voyages, de la maintenance des flottes comprenant jets privés, avions de transport, bateaux et hélicoptères. Enfin ils s'arrêtèrent au service du développement, où le nouveau bureau de Hearn l'attendait. Pour l'instant, il ne contenait qu'une table de travail, un fauteuil pivotant, un ordinateur et une console téléphonique.

« Le reste du mobilier arrivera dans les prochains jours, l'informa Spalko.

— Pas de problème, monsieur. Un ordinateur et un téléphone, je n'ai besoin de rien d'autre.

— Je tenais à vous avertir, ajouta Spalko. Nous ne comptons pas nos heures ici. Il arrivera qu'on vous demande de travailler tard dans la nuit. Mais nous ne sommes pas inhumains. Nous vous fournissons un canapé-lit. »

Hearn sourit. « Pas de souci, monsieur Spalko. Je suis habitué à ce genre de rythme.

— Appelez-moi Stepan. » Spalko saisit la main du jeune homme. « Comme tout le monde. »

Le directeur de la Central Intelligence était occupé à souder le bras d'un soldat de plomb – portant l'uniforme anglais de la guerre d'Indépendance – quand la sonnerie du téléphone retentit. Son premier réflexe fut de l'ignorer, de le laisser sonner. Il savait qui cherchait à le joindre. Peut-être n'avait-il pas envie d'entendre ce que son directeur adjoint allait lui dire, songea-t-il. Lindros croyait que le DCI l'avait envoyé sur la scène du crime en raison de l'importance des victimes aux yeux de l'Agence. Et c'était en partie exact. Mais la vraie raison était que le DCI refusait de s'y rendre en personne. Il n'aurait pas supporté de contempler le visage d'Alex Conklin mort.

Il était assis sur un tabouret dans l'atelier qu'il s'était aménagé dans la cave, un minuscule espace clos impeccablement rangé, rempli de tiroirs empilés, de placards alignés. Un monde à lui, un refuge où sa femme et ses enfants – quand ils vivaient encore ici – n'avaient pas le droit d'entrer.

Sa femme, Madeleine, passa la tête par la porte de la cave. « Kurt, téléphone », dit-elle, comme s'il avait pu ne pas l'entendre sonner.

Il sortit un bras miniature de la boîte remplie de morceaux de plomb à assembler, et l'examina. Le DCI avait l'air d'un sage, sinon d'un prophète, avec sa crinière de cheveux blancs coiffés en arrière de son large front ovoïde. Ses yeux gris-bleu étaient toujours aussi calculateurs, mais les rides aux coins de sa bouche s'étaient creusées, rabaissant ses commissures dans une sorte de moue perpétuelle.

« Kurt, tu m'entends ?

— Je ne suis pas sourd. » Au bout du petit bras, les doigts étaient légèrement recourbés comme si la main se préparait à se tendre vers quelque chose d'innommable, d'inconnu.

« Tu peux me dire si tu comptes répondre ? lança Madeleine.

— Que je compte répondre ou pas ne te regarde pas ! cria-t-il furieux. Va donc te coucher. » Un moment plus tard, il entendit le soupir rassurant de la porte de la cave se refermant. Pourquoi ne pouvait-elle lui ficher la paix en un moment pareil ? fulmina-t-il. Au bout de trente ans de mariage, on aurait pu penser qu'elle aurait compris.

Il reprit son travail, ajusta le bras aux doigts recourbés en coupe sur l'épaule du soldat, rouge sur rouge, et décida de la position finale. C'était ainsi que le DCI traitait les situations qui échappaient à son contrôle. Avec ses soldats de plomb, il jouait à Dieu ; il les achetait, les coupait en morceaux puis les reconstituait en les soudant dans des positions qui lui convenaient mieux. Ici, dans son petit monde à lui, il exerçait son emprise sur chaque être et chaque chose.

La sonnerie continuait de retentir, mécanique et monotone. Le DCI grinça des dents, comme si ce bruit en entamait l'émail. Que d'actions glorieuses n'avaient-ils pas accomplies, étant jeunes, Alex et lui ! Par exemple, la fois où ils étaient passés en territoire soviétique, après avoir franchi le Mur de Berlin, et qu'ils avaient failli atterrir sur la Lubianka. Ensemble, ils avaient espionné la Stasi, volé des secrets d'Etat, mis sous surveillance ce transfuge du

KGB dans la planque de Vienne, révélé son activité d'agent double. Et puis le meurtre de Bernd, le contact qui travaillait pour eux depuis des années, la compassion avec laquelle ils avaient annoncé à sa femme qu'ils prendraient soin de leur fils Dieter, l'emmèneraient en Amérique, l'inscriraient à l'Université. Ils avaient tenu parole et leur générosité avait été largement récompensée. Dieter n'était jamais retourné chez sa mère. Il était entré à l'Agence, avait dirigé pendant de nombreuses années le Directorat des Sciences et Techniques, jusqu'à son fatal accident de moto.

Où était passée cette vie-là ? Enfouie six pieds sous terre, dans la tombe de Bernd, dans celle de Dieter – et à présent dans celle d'Alex. Comment avait-elle pu se réduire à quelques misérables souvenirs, comme des éclairs fugaces ponctuant sa mémoire ? Le temps et les responsabilités avaient eu raison de lui, aucun doute là-dessus. Il n'était qu'un vieil homme à présent, avec plus de pouvoir à certains égards, certes, mais les coups d'éclat de jadis, l'élan vital avec lequel Alex et lui avaient enjambé le monde du renseignement, changé la face des nations, tout cela était parti en fumée, à jamais.

Le poing du DCI s'écrasa sur le soldat de plomb. Et ce n'est qu'à ce moment-là qu'il décrocha le téléphone.

« Oui, Martin ? »

Lindros perçut aussitôt la lassitude de sa voix. « Vous allez bien, monsieur ?

— Non, bordel, je ne vais pas bien ! » Le DCI profita de cette innocente question pour décharger sur lui sa colère et sa frustration. « Comment pourrais-je aller bien étant donné les circonstances ?

— Je suis désolé, monsieur.

— Non, vous ne l'êtes pas, répliqua le DCI sur un ton hargneux. C'est impossible. Vous ne vous rendez pas compte. » L'esprit hanté par des gloires révolues, il fixa le soldat écrasé. « Qu'est-ce que vous voulez ?

— Vous avez demandé un rapport, monsieur.

— Ah oui ? » Le DCI posa sa tête sur sa main. « Oui, c'est bien possible. Qu'avez-vous trouvé ?

— La troisième voiture dans l'allée de Conklin appartient à David Webb. »

L'oreille perçante du DCI décela une modulation dans la voix de Lindros. « Mais ?

— Mais pas de trace de Webb.

— Ça n'a rien d'étonnant.

— Pourtant il était bien là. Les chiens ont reniflé l'intérieur de sa voiture. Ils ont trouvé son odeur sur la propriété et l'ont suivie jusque dans les bois mais l'ont perdue en arrivant près d'un ruisseau. »

Le DCI ferma les yeux. Alexander Conklin et Morris Panov abattus, Jason Bourne soupçonné de meurtre et se baladant en liberté alors que le sommet sur le terrorisme, la conférence internationale la plus importante du siècle, débutait dans cinq jours. Il frémit. Il abhorrait l'à-peu-près, mais pas autant que Roberta Alonzo-Ortiz, la Conseillère pour la Sécurité nationale. Et en ce moment, c'était elle qui menait la danse. « Balistique ? Légiste ?

— Demain matin, dit Lindros. Je n'ai pu obtenir mieux.

— Le FBI, les autres services de police...

— Neutralisés. Nous avons le champ libre. »

Le DCI soupira. Il appréciait l'esprit d'initiative du DDCI, mais avait horreur d'être interrompu. « Retournez au boulot », grogna-t-il en reposant le combiné.

Ensuite, il passa plusieurs minutes à contempler la boîte de soldats de plomb en épiant le souffle de la maison. On aurait dit la respiration d'un vieillard. Des planches craquaient, aussi familières que la voix d'un vieil ami. Madeleine devait être en train de se préparer une tasse de chocolat, son rituel personnel pour trouver le sommeil. Il entendit aboyer le corgi du voisin, et pour une raison inexplicable, cet aboiement lui fit l'effet d'un cri lugubre, chargé de regrets et d'espoirs déçus. Enfin, il tendit la main vers la boîte et saisit le torse gris d'un soldat de la guerre de Sécession, un nouveau personnage à inventer.

CHAPITRE QUATRE

« A VOUS voir, on dirait que vous avez eu un accident, fit Jack Kerry.

— Pas vraiment, juste une crevaison, répondit Bourne sans hésiter. Mais je n'avais pas de roue de secours et ensuite j'ai trébuché sur un truc – une racine, je suppose. J'ai roulé dans le ruisseau. » Il fit un geste désabusé. « Je manque un peu de coordination.

— Bienvenue au club des maladroits », s'exclama Kerry. C'était un homme imposant, bâti en force, avec un double-menton et un paquet de graisse sur le ventre. Il avait ramassé Bourne à quinze cents mètres de là. « Une fois, ma femme m'a demandé de faire démarrer le lave-vaisselle. Je l'ai rempli de lessive pour le linge. Nom de Dieu, vous auriez dû voir le désastre ! » Il partit d'un rire bon enfant.

La nuit était très noire, sans lune ni étoiles. Une légère bruine s'était mise à tomber ; Kerry mit les essuie-glaces. Bourne frissonnait dans ses vêtements humides. Il savait qu'il devait se concentrer mais chaque fois qu'il fermait les yeux, il revoyait Alex et Mo ; leur sang qui coulait, les morceaux de crâne et de cervelle répandus sur le tapis. Ses doigts se crispaient, ses poings se serraient.

« Qu'est-ce que vous faites dans la vie, monsieur Little ? »

Dès que Kerry était apparu sur la route, Bourne avait inventé le nom de Dan Little. Apparemment, Kerry appartenait à la vieille école ; il accordait de l'importance au respect des conventions.

« Je suis comptable.

— Moi, je conçois des usines de recyclage pour les déchets

nucléaires. Toujours sur les routes, oui m'sieur. » Kerry lui glissa un regard de biais, la lumière des phares tournoyant à la surface de ses lunettes. « Ça alors, sans vous vexer, vous n'avez pas l'allure d'un comptable. »

Bourne se força à rire. « C'est ce que tout le monde me dit. Je jouais au football à l'Université.

— Vous au moins, vous avez gardé la forme, contrairement à la plupart des anciens athlètes », observa Kerry. Il tapota son abdomen rebondi. « C'est pas comme moi. Sauf que moi, je n'ai jamais été un athlète. J'ai essayé. Mais je ne savais jamais de quel côté il fallait courir. L'entraîneur n'arrêtait pas de me gueuler dessus. Et pour couronner le tout, on m'a fait un mauvais plaquage. » Il secoua la tête. « Ça m'a suffi. Je suis un amoureux, pas un guerrier. » De nouveau, il jeta un coup d'œil à Bourne. « Vous avez une famille, monsieur Little ? »

Bourne hésita un instant. « Une femme et deux enfants.

— Vous êtes heureux, hein ? »

Ils dépassèrent un bosquet d'arbres noirs, un poteau téléphonique plié par le vent, une cabane abandonnée, noyée sous les ronces, comme retournée à l'état sauvage. Bourne ferma les yeux. « Très heureux. »

Kerry manœuvra habilement pour prendre un virage en épingle à cheveux. On pouvait au moins lui reconnaître une qualité – c'était un excellent conducteur. « Moi, je suis divorcé. Un coup pour rien. Ma femme m'a quitté en emmenant notre gosse de trois ans. Ça fait dix ans de cela. » Il fronça les sourcils. « Ou bien onze, peu importe. Je ne les ai jamais revus, ni l'un ni l'autre. Et pas la moindre nouvelle. »

Les yeux de Bourne s'ouvrirent d'un coup. « Vous n'avez pas gardé de contact avec votre fils ?

— C'est pas faute d'avoir essayé. » Il décela une pointe de rage dans la voix de Kerry. L'homme passait sur la défensive. « Il fut un temps où j'appelais toutes les semaines. Je lui ai envoyé des lettres, de l'argent, vous savez, pour les trucs qu'il aurait aimé s'acheter, comme un vélo ou autre. Jamais eu de réponse.

— Pourquoi n'êtes-vous pas allé le voir ? »

Kerry haussa les épaules. « J'ai fini par recevoir un message disant qu'il ne voulait pas me rencontrer.

— Ce message venait de votre femme, dit Bourne. Votre fils n'est qu'un enfant. Il ne sait pas ce qu'il veut. Comment le pourrait-il ? Il vous connaît à peine. »

Kerry ronchonna. « Facile à dire pour vous, monsieur Little. Vous avez un foyer douillet, une famille unie qui vous accueille chaque soir quand vous rentrez.

— C'est justement parce que j'ai des enfants que je sais combien ils sont précieux, rétorqua Bourne. Si c'était mon fils, je me battrais bec et ongles pour le connaître et le faire entrer dans ma vie. »

Ils pénétraient dans un secteur plus peuplé. Bourne aperçut un motel, quelques magasins fermés. Au loin, il remarqua un éclair rouge, puis un autre. Un barrage routier se profilait devant eux, et pas un petit, apparemment. Il dénombra huit véhicules en tout, garés sur deux rangées de quatre, tournés à quarante-cinq degrés vers l'autoroute, de manière à procurer à leurs occupants le maximum de sécurité tout en leur permettant de serrer rapidement les rangs en cas de nécessité. Bourne devait à tout prix éviter les barrages routiers ou du moins les franchir discrètement. Il allait devoir trouver un moyen de résoudre ce problème.

Tout à coup, l'enseigne au néon d'un magasin ouvert toute la nuit émergea de l'obscurité.

« Je pense que je vais m'arrêter là.

— Vous êtes sûr, monsieur Little ? C'est plutôt désert, par ici.

— Ne vous tracassez pas pour moi. Je vais appeler ma femme pour qu'elle vienne me chercher. Nous n'habitons pas loin.

— Dans ce cas, je ferais mieux de vous ramener chez vous.

— Je préfère attendre ici. Je vous assure. »

Kerry freina et s'arrêta juste après le magasin ouvert 24 heures sur 24. Bourne descendit.

« Merci pour la balade.

— De rien. » Kerry sourit. « Dites donc, monsieur Little, merci du conseil ! Je vais réfléchir à ce que vous m'avez dit. »

Bourne regarda Kerry s'en aller, puis pivota sur lui-même et entra dans le magasin. La lumière crue des néons lui blessa les yeux. L'employé, un jeune homme au visage boutonneux, avec des cheveux longs et des yeux injectés de sang, fumait une cigarette en lisant un livre de poche. Il accueillit Bourne d'un vague hochement de tête et se replongea dans sa lecture. Quelque part, une radio était allumée ; quelqu'un chantait « Yesterday's Gone », d'une voix lasse et mélancolique. Bourne se dit qu'il n'aurait pu trouver de chanson plus adaptée à son cas.

En avisant les étagères, il s'aperçut qu'il n'avait rien avalé depuis le déjeuner. Il saisit un pot de beurre de cacahuètes, une boîte de crackers, du bœuf haché, du jus d'orange et de l'eau. Il avait besoin de protéines et de vitamines. Il acheta également un tee-shirt, une chemise rayée à manches longues, un rasoir, de la crème à raser et d'autres objets dont il savait qu'il aurait besoin, de par sa longue expérience.

Lorsque Bourne s'approcha du comptoir, l'employé posa son livre corné. *Dhalgren* de Samuel R. Delany. Bourne se souvenait l'avoir lu juste après être rentré du Viêtnam. Un livre aussi hallucinatoire que la guerre elle-même. Des fragments de son passé rejaillirent – le sang, la mort, la violence, le massacre, tout cela pour masquer la douleur atroce et infinie de ce qui était arrivé dans la rivière près de chez lui, à Phnom Penh. « Vous avez un foyer douillet, une famille unie qui vous accueille chaque soir quand vous rentrez », avait dit Kerry. Si seulement il savait.

« Autre chose ? », demanda le jeune boutonneux.

Bourne cligna les yeux et revint dans le présent. « Vous auriez un chargeur pour téléphone portable ?

— Désolé, mon vieux, j'en ai plus. »

Bourne paya ses achats en espèces, attrapa le sac en papier et sortit. Dix minutes plus tard, il pénétrait sur le terrain du motel. Il y avait peu de voitures. Un semi-remorque était garé à un bout, un transport frigorifique à en juger d'après le gros compresseur juché à son sommet. A l'accueil, un homme fluet, pâle comme un croque-mort, abandonna la vieille télévision portable en noir et blanc qu'il regardait, s'extirpa de derrière le bureau où il était assis et s'avança en traînant les pieds. Bourne s'inscrivit sous un faux nom, paya en espèces. Il ne lui restait que soixante-sept dollars en tout et pour tout.

« Pour une drôle de nuit..., fit l'homme d'une voix grinçante.

— Comment cela ? »

Les yeux du réceptionniste s'éclairèrent. « Me dites pas que vous avez pas entendu parler des meurtres ! »

Bourne secoua la tête.

« A trente bornes d'ici. » L'homme fluet se pencha par-dessus le comptoir. Son haleine puait le café et la bile. « Deux hommes – *des types du gouvernement* – personne a pu m'en dire plus, et vous savez ce que ça signifie, dans l'coin : top secret, affaires d'Etat, barbouzes et compagnie. On saura jamais ce qui s'est vraiment passé. Vous vous brancherez sur CNN quand vous serez dans votre chambre, on a le câble et tout ça. » Il lui tendit sa clé. « Je vous ai donné une chambre loin de celle de Guy – le camionneur, vous avez dû voir son bahut en arrivant. Guy fait le trajet Floride-Washington ; il part à cinq heures, comme ça il vous dérangera pas. »

Avec l'usure du temps, la chambre avait viré au marron sale. Même l'odeur du nettoyant industriel ne recouvrait pas totalement les relents de moisissure. Bourne alluma la télé et passa d'une chaîne à l'autre. Déballant le beurre de cacahuètes et les crackers, il se mit à manger.

« Il ne fait aucun doute que cette initiative courageuse et visionnaire du Président a toutes les chances d'aboutir à la construction d'un avenir plus paisible », disait la présentatrice de CNN. Avec toute la subtilité d'un tabloïde londonien, un bandeau d'un rouge criard défilant en haut de l'écran annonçait SOMMET SUR LE TERRORISME. « Le sommet rassemble, en plus du Président lui-même, le chef de l'Etat russe et les leaders des principales nations arabes. Au cours de la semaine qui vient, nous resterons en contact avec Wolf Blitzer – dans l'entourage du Président – et Christiane Amanpour – dans celui des leaders russes et arabes –, pour des commentaires de fond. Ce sommet sera probablement l'événement médiatique de l'année. A présent, une liaison satellite en direct de Reykjavík, Islande... »

La caméra cadra la façade de l'hôtel Oskjuhlid où, dans cinq jours, devait s'ouvrir le sommet sur le terrorisme. Un reporter de CNN, terriblement guindé, démarra l'interview du chef de la sécurité américaine, Jamie Hull. Bourne étudia le visage carré de Hull, ses cheveux coupés en brosse, sa moustache blond clair, ses yeux gris-bleu, et une alarme retentit sous son crâne. Hull occupait un haut poste au sein du Centre antiterroriste, un département de l'Agence. Plus d'une fois, Conklin et lui avaient eu maille à partir. Hull était un fin politique. Il s'arrangeait toujours pour être comme cul et chemise avec les personnages influents. Mais il respectait le règlement à la lettre, même quand une situation donnée nécessitait un traitement plus souple. Conklin aurait eu une attaque d'apoplexie s'il avait appris que ce type avait été nommé chef à la direction de la sécurité américaine.

Pendant que Bourne songeait à cela, une brève se mit à défiler sur l'écran. Elle concernait la mort d'Alexander Conklin et du Dr Morris Panov. Deux hauts fonctionnaires gouvernementaux, précisait la bande passante. Brutalement, la scène changea et un bandeau NOUVELLE DE DERNIÈRE MINUTE apparut, suivi d'un autre,

LES MEURTRES DE MANASSAS. En surimpression, une photo officielle de David Webb s'afficha, tenant presque tout l'écran. La présentatrice débuta son flash d'information par les meurtres sauvages d'Alex Conklin et du Dr Morris Panov. « Assassinés d'une balle dans la tête, indiqua-t-elle avec une moue ravie savamment travaillée, ce qui nous conduit à penser qu'il s'agit de l'œuvre d'un tueur professionnel. Selon le gouvernement, le suspect numéro un est l'homme que vous voyez derrière moi, un certain David Webb. Webb utilise parfois un pseudonyme : Jason Bourne. D'après des sources gouvernementales autorisées, Webb, ou Bourne, est un paranoïaque réputé dangereux. Si vous l'apercevez, ne l'approchez pas. Appelez le numéro qui apparaît sur votre écran... »

Bourne coupa le son. Bon sang, ça tournait carrément au vinaigre. Pas étonnant que le barrage routier ait été installé dans les règles de l'art – c'étaient les types de l'Agence, pas les flics du coin.

Mieux valait se mettre au boulot sans tarder. Epoussetant les miettes tombées sur ses genoux, il sortit le téléphone portable de Conklin. Il était temps de découvrir avec qui parlait Alex quand on l'avait abattu. Appuyant sur la touche de répétition du numéro, il écouta la sonnerie à l'autre bout de la ligne. Un message enregistré se déclencha. Ce numéro n'appartenait pas à un particulier mais à un commerce. Lincoln Fine Tailors. Bourne trouva particulièrement navrant que Conklin ait été tué alors qu'il discutait avec son tailleur. On aurait pu rêver d'une fin plus glorieuse pour un espion de son acabit.

Puis, il accéda au dernier appel entrant, datant de la veille au soir. Il provenait du DCI. *Impasse*, pensa Bourne. Il resta un long moment sous le jet brûlant de la douche, s'appliquant à se vider l'esprit tout en lavant à grande eau la saleté et la sueur qui lui collaient à la peau. C'était bon de se sentir de nouveau propre, d'avoir chaud. Si seulement il avait pu changer de vêtements. Soudain il leva la tête, essuya l'eau de ses yeux, le cœur battant, l'esprit de nouveau en éveil. Conklin faisait tailler ses costumes chez Old World Tailors sur M Street; Alex se servait chez eux depuis des années. Il dînait même avec le propriétaire, un immigrant russe, une ou deux fois l'an.

Dans un état proche de la frénésie, Bourne se sécha, reprit le téléphone de Conklin et demanda les renseignements. Après avoir obtenu l'adresse de Lincoln Fine Tailor à Alexandrie, il s'assit sur le lit, le regard fixe, obnubilé par une seule et même interrogation. Quelle pouvait bien être la fonction de Lincoln Fine Tailors en dehors de couper du tissu et de coudre des ourlets ?

Hasan Arsenov appréciait Budapest d'une manière fort différente de Khalid Murat. Il s'en ouvrit à Zina Hasiyev tout en passant le contrôle des passeports.

« Pauvre Murat, répondit-elle. Un homme courageux, un redoutable défenseur de notre cause, mais ses idées dataient du dix-neuvième siècle. » Zina, fidèle lieutenant et néanmoins maîtresse d'Arsenov, présentait une allure tout aussi athlétique qu'Arsenov lui-même, malgré sa petite taille et son physique sec et nerveux. Ses longs cheveux aile de corbeau s'enroulaient autour de sa tête comme une couronne. Avec sa bouche large, ses yeux sombres et brillants, on l'aurait prise pour une gitane, une fille simple et sauvage. En réalité, c'était un être calculateur, doté d'une vive intelligence et d'un sang-froid à toute épreuve.

Quand il se pencha pour monter à l'arrière de la limousine qui les attendait, Arsenov poussa un grognement de douleur. L'assassin avait tiré juste où il fallait pour n'endommager que le muscle. La balle lui avait traversé la cuisse, ressortant aussi proprement qu'elle était entrée. La blessure faisait atrocement mal mais ça valait la peine de souffrir, pensa Arsenov en s'installant près de son lieutenant. Personne ne l'avait soupçonné un seul instant; Zina elle-même ignorait qu'il avait trempé dans l'assassinat. A vrai dire, Murat ne lui avait pas laissé le choix. Au fil des jours, sa méfiance envers le Cheik n'avait fait que croître. Il redoutait les conséquences de son plan et ne partageait ni les ambitions d'Arsenov, ni son grandiose sens de la justice. Murat se serait contenté de reprendre la Tchétchénie aux Russes, sans chercher à se venger de ces pays qui l'écrasaient de leur mépris.

La découverte de l'audacieux stratagème du Cheik avait fait l'effet d'une révélation sur Arsenov. Il avait soudain vu se profiler un avenir triomphal. Et cet avenir était à portée de main, puisque le Cheik le leur tendait comme un fruit mûr. Ce jour-là, emporté par une grâce surnaturelle, il s'était tourné vers Khalid Murat, espérant le voir partager son exaltation. Hélas, il avait lu l'amère vérité sur le visage de son chef. Khalid ne voyait pas au-delà des frontières de sa patrie, ne comprenait pas que reconquérir la nation tchétchène revêtait une importance secondaire, dans un certain sens. Arsenov, lui, était convaincu que les Tchétchènes devaient prendre le pouvoir non seulement pour se débarrasser du joug de l'infidèle russe mais aussi pour se faire une place dans le monde islamique, gagner le respect des autres nations musulmanes. Les Tchétchènes étaient des sunnites ayant adopté l'enseignement des mystiques soufis reposant sur le *zikr*, la mémoire de Dieu. Leur rituel traditionnel incluait la prière chantée et la danse rythmique aboutissant à une transe commune, durant laquelle l'œil de Dieu apparaissait aux assistants. Le sunnisme, religion tout aussi monolithique que les autres, abhorrait, craignait et donc reniait ceux qui déviaient, même légèrement, de sa ligne doctrinale. Le mysticisme, qu'il soit d'influence divine ou autre, passait pour une hérésie. *Une manière de penser digne du dix-neuvième siècle, dans tous les sens du terme,* songea Arsenov amèrement.

Depuis le jour de l'assassinat dont il avait longtemps rêvé et qui l'avait propulsé à la tête des combattants tchétchènes pour la liberté, Arsenov avait vécu dans un état fébrile, comme sous l'emprise d'une drogue. Son sommeil était lourd mais jamais reposant, car peuplé de cauchemars où il errait en vain à la recherche de quelque chose ou de quelqu'un, à travers des labyrinthes de décombres. Voilà pourquoi il se montrait irritable et cassant avec ses subordonnés ; il ne tolérait d'excuses d'aucune sorte. Seule Zina avait le pouvoir de le calmer ; son toucher aux vertus alchimiques lui permettait d'émerger des limbes mystérieuses où il semblait s'être enfoncé.

Un élancement à la cuisse le fit redescendre sur terre. Par la vitre, il contempla les rues anciennes, observant avec une envie presque maladive les passants vaquer à leurs affaires comme si de rien n'était, sans déceler dans leur comportement la moindre trace de peur. Il haïssait tous ces gens libres et insouciants qui n'accordaient jamais une pensée à la lutte acharnée que son peuple avait engagée au dix-huitième siècle.

« Que se passe-t-il, mon amour ? » Une moue inquiète troubla le visage de Zina.

« J'ai mal aux jambes. Je suis resté assis trop longtemps, c'est tout.

— Je te connais. Le meurtre de Murat t'obsède toujours, malgré notre vengeance. Trente-cinq soldats russes ont payé de leur vie la mort de Khalid Murat.

— Je ne pense pas seulement à Murat, répondit Arsenov. Nous avons perdu dix-sept hommes dans le traquenard tendu par les Russes.

— Tu as puni le responsable, tu l'as abattu devant les sous-lieutenants.

— Pour leur montrer ce qui attend tous les traîtres à la cause. Le jugement a été expéditif, la punition sévère. Tel est notre destin, Zina. Notre peuple est bien à plaindre. Regarde-nous. Perdus, dispersés, cachés dans le Caucase. Plus de cent cinquante mille Tchétchènes vivant comme des réfugiés. »

Zina laissa Hasan évoquer l'histoire déchirante de leur peuple car il était de leur devoir de répéter inlassablement les litanies de leur infortune. Ils étaient les livres d'histoire des Tchétchènes.

Les poings d'Arsenov blanchirent, ses ongles s'enfoncèrent dans ses paumes. « Ah, je savoure d'avance le plaisir de posséder cette arme. Plus mortelle qu'un AK-47, plus puissante qu'une charge de C4 !

— Bientôt, mon amour. Bientôt, murmura Zina de sa voix chaude et mélodieuse. Le Cheik est notre meilleur ami. Il l'a prouvé. Regarde l'aide que son organisation nous a fournie rien qu'au cours de l'année écoulée ; regarde la couverture médiatique que ses journalistes ont organisée dans les magazines et les quotidiens du monde entier.

— Et pourtant le joug russe n'en finit pas de peser sur nos épaules, gronda Arsenov. Pourtant nous mourons par centaines.

— L'arme que le Cheik nous a promise changera tout cela.

— Il nous a promis le monde. » Arsenov se frotta l'œil pour enlever une poussière. « Le temps des promesses vient de s'achever. Voyons à présent le résultat de son engagement. »

La limousine que le Cheik avait dépêchée pour transporter les Tchétchènes quitta l'autoroute, enfila le boulevard Kalmankrt et traversa le pont Arpad. Les eaux du Danube miroitaient sous leurs yeux, fendues par de lourdes barges et des bateaux de plaisance brillamment colorés.

Zina savourait le panorama. D'un côté, l'édifice gothique du Parlement avec son dôme stupéfiant de beauté et ses clochers fins comme des aiguilles ; de l'autre, l'épaisse végétation de l'île Marguerite où se dressait le Grand Hôtel Danubius. Là-bas, les attendaient des draps blancs repassés de frais et un édredon douillet. Zina, aussi dure qu'une plaque de blindage pendant le jour, adorait profiter pleinement de ses nuits à Budapest, surtout quand elle pouvait s'offrir le luxe d'un immense lit de palace. Pour elle, cette célébration du plaisir ne contredisait aucunement le choix qu'elle avait fait d'une existence ascétique; il ne s'agissait que d'un bref répit l'éloignant un temps de son âpre quotidien, une sorte de récompense comme un chocolat praliné qu'on laisse fondre sur la langue et qui vous emporte dans un nuage d'extase.

Le capot de la limousine s'enfonça dans le parking souterrain de Humanistas Ltd. Quand ils descendirent de voiture, Zina prit le colis rectangulaire que lui tendait le chauffeur. Des gardes en uniforme vérifièrent les passeports du couple en les comparant aux photos stockées dans la base de données de leur ordinateur, puis leur remirent des badges plastifiés et les firent entrer dans un ascenseur de bronze et de verre assez impressionnant.

Spalko les reçut dans son bureau. Le soleil à son zénith se reflétait sur le fleuve, lui donnant l'aspect d'une feuille de cuivre fondu. Il les embrassa, leur demanda comment leur vol s'était passé, s'ils avaient apprécié leur balade en limousine depuis l'aéroport Ferihegy et s'enquit de la blessure d'Arsenov. Une fois ces politesses échangées, ils entrèrent dans une pièce adjacente, lambrissée de bois de pécan couleur miel, où une table les attendait, couverte d'une nappe en lin blanc amidonné et de vaisselle étincelante. Spalko avait fait préparer un repas à l'occidentale. Des steaks, du homard, trois garnitures de légumes – les plats préférés des deux Tchétchènes. Et pas une seule pomme de terre en vue. Les pommes de terre figuraient trop souvent au menu d'Arsenov et de Zina. Cette dernière posa le paquet sur une chaise vide et ils prirent place.

« Cheik, dit Arsenov, vous nous comblez de vos largesses, comme toujours. »

Spalko pencha la tête. Il adorait le nom d'emprunt sous lequel il avait choisi de se présenter aux Tchétchènes, car il signifiait le saint, l'ami de Dieu. Ce titre sonnait juste, il évoquait le respect, la crainte révérencieuse qu'un troupeau doit ressentir pour son berger vénéré.

Il se leva, ouvrit une bouteille de vodka polonaise fortement alcoolisée et remplit trois verres. Il leva le sien, les deux autres l'imitèrent. « A la mémoire de Khalid Murat, un grand chef, un guerrier valeureux, un farouche combattant, entonna-t-il solennellement, à la mode tchétchène. Qu'Allah lui accorde la gloire qu'il a gagnée dans le sang et le courage. Que les croyants répètent à jamais le récit de ses exploits de chef et d'homme. » Ils avalèrent cul sec.

Arsenov se leva à son tour, remplit les verres et leva le sien, imité par les deux autres. « Au Cheik, l'ami des Tchétchènes, l'homme qui nous accordera la place qui nous revient dans le nouvel ordre mondial. » De nouveau, la vodka fut éclusée en un clin d'œil.

Lorsque Zina voulut se lever, sans doute pour porter son propre toast, Arsenov la retint en lui posant la main sur le bras. Non seulement Spalko remarqua ce geste mais la réaction de Zina l'intéressa tout particulièrement. Sous son expression impassible, Spalko la sentait bouillir d'indignation. Dans ce monde régnaient nombre d'injustices, petites ou grandes. Il lui semblait fort étrange et surtout très malsain que des êtres humains puissent se sentir révoltés par les grandes injustices tout en faisant l'impasse sur les petites iniquités du quotidien. Zina se battait au coude à coude avec les hommes; pourquoi n'aurait-elle pas le droit de prendre la parole haut et fort et de porter un toast à sa guise? Elle enrageait; Spalko aimait cela – il savait utiliser la colère d'autrui.

« Mes compatriotes, mes amis. » Ses yeux étincelaient de conviction. « Nous sommes au point de rencontre entre le regrettable passé, le triste présent et l'avenir glorieux. A l'orée d'un nouveau jour ! »

Ils se mirent à manger tout en bavardant sur des sujets d'intérêt général, exactement comme s'ils partageaient un banal dîner entre amis. Et pourtant, l'atmosphère semblait chargée de cette excitation annonciatrice des grands changements. Ils gardaient les yeux rivés sur leurs assiettes ou sur leur voisin, comme s'ils hésitaient à regarder l'orage qui s'amoncelait au-dessus de leurs têtes. Le repas se termina enfin.

« C'est l'heure », dit le Cheik. Arsenov et Zina se levèrent et se placèrent devant lui.

Arsenov pencha la tête. « Celui qui meurt pour l'amour du monde matériel meurt en hypocrite. Celui qui meurt pour l'amour de l'avenir meurt en ascète. Mais celui qui meurt pour l'amour de la vérité meurt en soufi. »

Il se tourna vers Zina qui entreprit d'ouvrir le paquet qu'ils avaient apporté avec eux de Groznyï. A l'intérieur, il y avait trois capes. Elle en tendit une à Arsenov qui l'enfila. Elle revêtit la sienne. La troisième, Arsenov la présenta au Cheik d'un geste emphatique.

« Le *kherqeh* est le vêtement sacré du derviche, déclara Arsenov. Il symbolise la nature et les attributs divins. »

Zina dit : « Cette cape est cousue avec l'aiguille de la dévotion et le fil de la mémoire désintéressée de Dieu. »

La tête penchée, le Cheik déclara : « *La illala ill Allah.* » Il n'est d'autre Dieu que Dieu, l'Unique.

Arsenov et Zina reprirent en chœur : « *La illaha ill Allah.* » Puis le rebelle tchétchène posa le *kherqeh* sur les épaules du Cheik. « La plupart des hommes se contentent de vivre selon la *Shariah*, la loi de l'Islam, soumis à la volonté divine, de mourir dans la grâce et d'entrer au paradis, dit-il. Mais parmi nous, il en est qui aspirent au divin ici et maintenant et dont l'amour envers Dieu les pousse à chercher le chemin de l'intériorité. Nous sommes soufis. »

Au moment où Spalko sentit le poids de la cape sur lui, il se mit à psalmodier : « O vous, âmes bienheureuses, revenez auprès de votre Seigneur, mêlez votre joie à la Sienne, Il en fera de même pour vous. Rejoignez Mes serviteurs. Entrez dans Mon paradis. »

Arsenov, ému par cette citation du Coran, prit Zina par la main et tous deux s'agenouillèrent devant le Cheik pour prononcer en guise de réponse un serment solennel d'obéissance vieux de trois siècles. Spalko sortit un couteau et le tendit à ses deux invités. Chacun à son tour s'entailla la chair et laissa couler son sang dans un verre à pied qu'ils lui remirent ensuite. Par ce rituel, ils devenaient *murids*, disciples du Cheik, liés à lui par la parole et par l'action.

Puis ils s'assirent en tailleur, les uns en face des autres, et à la manière des soufis Naqshibandi, accomplirent le *zikr*, l'union extatique avec Dieu. Cette position raviva la douleur dans la cuisse d'Arsenov. Ayant posé sa main droite sur sa cuisse gauche, sa main gauche sur son poignet droit, il se mit à dodeliner de la tête en penchant le cou à droite. Un chant suave, presque sensuel, sortit de ses lèvres, suivi avec un ensemble parfait par Zina et Spalko : « Epargne-moi, Seigneur, le mauvais œil de l'envie et de la jalousie, qui ternissent Tes dons généreux. » Ils répétèrent le même geste mais sur la gauche. « Epargne-moi, Seigneur, de succomber aux enfants enjoués de la terre, de peur qu'ils ne m'utilisent dans leurs jeux ; ils pourraient me briser comme les enfants cassent leurs jouets. » Et le balancement lancinant n'en finissait pas. « Epargne-moi, Seigneur, toutes les blessures engendrées par l'amertume de mes adversaires et l'ignorance de mes amis fidèles. »

Psalmodies et balancement fusionnèrent dans un tout extatique, sous le regard de Dieu...

Bien plus tard, Spalko leur fit emprunter un couloir annexe menant à un petit ascenseur en aluminium qui aboutissait sous la cave, au cœur même de la roche sur laquelle reposait l'immeuble.

Ils pénétrèrent dans une haute pièce voûtée, traversée d'étais en fer. On n'entendait que le sifflement assourdi du climatiseur. Le long d'un mur, plusieurs caisses avaient été entassées. C'était ces caisses que Spalko souhaitait leur montrer. Il tendit une pince à levier à Arsenov, regarda avec un plaisir non dissimulé le leader terroriste forcer la caisse la plus proche et contempler les fusils d'assaut AK-47 alignés à l'intérieur. Zina en prit un, l'examina d'une main experte et adressa un hochement de tête à Arsenov qui ouvrit une autre caisse contenant, elle, une douzaine de lance-roquettes portatifs.

« Ces pièces d'artillerie sont ce qu'on trouve de mieux dans l'arsenal russe, dit Spalko.

— Oui, mais ça coûte combien ? », demanda Arsenov.

Spalko écarta les mains d'un geste interrogateur. « A votre avis, combien vaut votre liberté ?

— Comment donner un prix à la liberté ? répliqua Arsenov avec un froncement de sourcils.

— Je vais vous le dire. On ne le peut pas. Hasan, la liberté n'est pas une marchandise sur laquelle on colle une étiquette. Elle s'achète avec le sang et les cœurs indomptables de gens tels que vous. » Il se tourna vers Zina. « Ces armes – toutes ces armes – sont à vous. Vous les utiliserez à votre guise pour assurer la sécurité de vos frontières, pour que vos voisins apprennent à se tenir à leur place. » Zina leva les yeux vers lui et le contempla à travers ses longs cils. Dans leur échange de regards, une étincelle passa sans qu'un seul muscle de leur visage ne bouge.

Comme pour répondre à l'attention soutenue de Spalko, Zina lança : « Pour nous introduire au sommet de Reykjavík, il nous faudra plus que cette artillerie. »

Spalko hocha la tête, les commissures de sa bouche se relevèrent légèrement. « Très juste. La Sécurité internationale est bien trop vigilante. Une attaque à main armée nous serait fatale. J'ai un plan qui nous permettra non seulement d'accéder à l'hôtel Oskjuhlid mais de tuer tous ses occupants sans courir le moindre danger. Quelques heures après l'assaut, tout ce dont vous avez rêvé depuis des siècles vous appartiendra.

— Khalid Murat avait *peur* de l'avenir, *peur* de ce que nous, les Tchétchènes, sommes capables d'accomplir. » L'indignation colora le visage d'Arsenov. « Le monde nous a trop longtemps ignorés. Les Russes nous font la guerre et leurs frères d'armes, les Américains, restent les bras ballants. Le Moyen-Orient reçoit des milliards de dollars des Etats-Unis mais pour la Tchétchénie, pas un rouble ! »

Spalko se rengorgeait tel un professeur devant son meilleur élève. Ses yeux luirent d'un éclat funeste. « Tout va changer. Dans cinq jours, le monde sera à vos pieds. Le pouvoir vous reviendra ainsi que le respect de ceux qui vous ont craché dessus, abandonnés. La Russie, le monde islamique et l'Occident dans son entier, *surtout* les Etats-Unis !

— Zina, nous allons bouleverser l'ordre mondial, s'enflamma Arsenov.

— Mais comment ? demanda Zina.

— Accompagnez-moi à Nairobi dans trois jours, répondit Spalko, et vous verrez par vous-mêmes. »

L'eau sombre, profonde, grouillant d'une horreur innommable, se referme sur sa tête. Il se noie. Il a beau lutter de toutes ses forces, il a beau se débattre pour regagner la surface, il se sent happé dans une spirale infernale, comme lesté par du plomb. Puis il regarde en bas, aperçoit une corde épaisse, couverte d'algues visqueuses, nouée autour de sa cheville gauche. Il n'arrive pas à voir ce qui pend au bout de la corde car, au fond, il fait trop noir. Mais cette chose doit être lourde car la corde est tendue. Dans une tentative désespérée, il se penche, cherchant du bout des doigts un moyen de se libérer. Soudain le Bouddha se détache, s'éloigne de lui en tournoyant lentement et disparaît dans les ténèbres insondables...

Comme toujours, Khan s'éveilla en sursaut, torturé par un horrible sentiment de perte. Ses draps étaient humides, froissés, en grand désordre. Le cauchemar récurrent continuait de pulser dans son esprit. Il se toucha la cheville gauche comme pour se rassurer. Non, la corde avait disparu. Puis, prudemment, presque avec dévotion, ses doigts effleurèrent les muscles tendus et luisants de son ventre et remontèrent le long de sa poitrine jusqu'au petit bouddha de pierre ciselé suspendu à une fine chaîne en or passée autour de son cou. Il ne s'en séparait jamais, même pour dormir. Bien sûr, il était là. Il était toujours là. Khan le considérait comme un talisman tout en refusant obstinément de croire aux talismans.

En marmonnant une exclamation de dégoût, il se leva et pénétra dans la salle de bains pour s'asperger la tête d'eau froide. La lumière lui fit cligner les yeux. Approchant vivement son visage du miroir, il examina son reflet comme s'il se voyait pour la première fois. Avec un grognement de soulagement, il regagna la chambre, alluma une lampe de chevet, s'assit au bord du lit et se mit à relire le court dossier que Spalko lui avait remis. Absolument rien n'y laissait supposer que David Webb possédait le genre de talents dont Khan avait fait les frais. Il toucha l'ecchymose noirâtre lui barrant la gorge, songea au filet que Webb avait confectionné avec des lianes et disposé avec art, et déchira l'unique page du dossier. Elle était inutile. Plus grave encore, elle l'avait poussé à sous-estimer sa cible. Dans l'immédiat, la question à résoudre était la suivante : pourquoi Spalko lui avait-il fourni des informations incomplètes ou incorrectes ?

A son avis, Spalko était parfaitement renseigné sur David Webb. Khan avait besoin de savoir ce que mijotait Spalko et quel rôle jouait Webb dans cette machination. Quant à Webb, il s'en occuperait personnellement, au moment voulu, et personne – pas même Stepan Spalko – n'aurait intérêt à s'en mêler.

Avec un soupir, il éteignit la lumière et se recoucha, l'esprit trop fiévreux pour parvenir à s'assoupir. Il se mit à ruminer. Des flots de spéculations lui traversaient le corps. Jusqu'à ce qu'il accepte cette mission pour Spalko, il n'avait jamais entendu parler de David Webb. Il aurait sans doute refusé si Spalko ne lui avait servi des arguments difficiles à repousser. Depuis quelque temps, il éprouvait de fortes réticences à travailler pour Spalko. Il avait l'impression que ce dernier le prenait de haut, comme s'il le tenait entre ses griffes. Une chose était sûre, Spalko était un mégalomane.

Dans les jungles du Cambodge où il avait passé son enfance et son adolescence, livré à lui-même, il avait eu l'occasion de croiser pas mal de mégalomanes. La chaleur, l'humidité, le chaos permanent dû à la guerre, l'incertitude de la vie quotidienne, tout concourait à faire glisser les gens jusqu'aux limites de la folie. Dans cet environnement hostile, les faibles mouraient, les forts survivaient ; mais personne n'en sortait indemne.

Couché sur son lit, Khan effleurait les cicatrices marquant son corps. C'était une forme de rituel, une superstition peut-être, une méthode bien à lui pour se préserver des blessures – pas de la violence qu'un adulte exerce sur un autre adulte, mais de la terreur rampante et innommable qu'un enfant ressent au plus profond de la nuit. Les enfants, quand ils se réveillent après de tels cauchemars, courent se réfugier auprès de leurs parents, se faufilent dans la tiédeur de leur lit et se rendorment vite. Mais Khan n'avait pas de parents, personne pour le réconforter. Au contraire, il avait passé son temps à fuir l'emprise d'adultes pourris jusqu'à la moelle qui ne voyaient en lui qu'un moyen de s'enrichir ou d'assouvir leurs bas instincts. Pendant des années, il avait été l'esclave des Blancs et des Asiatiques dont il avait eu le malheur de croiser le chemin. Comme il n'appartenait à aucun des deux mondes, les uns et les autres en avaient profité pour l'exploiter. Il était métis et, en tant que tel, s'était vu rejeté, maudit, battu, abusé, écrasé de toutes les manières possibles et imaginables.

Et pourtant il avait tenu bon, ne respirant que pour survivre, au jour le jour. Mais une amère expérience lui avait enseigné que fuir ne suffisait pas, que ses bourreaux le chercheraient et le puniraient avec la plus grande sévérité. A deux reprises, il avait failli mourir. Ensuite, il avait compris que pour subsister il devrait se dépasser jusqu'à se transformer en tueur.

Il n'était pas encore cinq heures lorsque la section d'assaut de l'Agence quitta sa position près du barrage routier et se glissa dans le motel. Le veilleur de nuit leur avait signalé la présence de Jason Bourne. L'homme, abruti par le Xanax, s'était soudain réveillé devant son poste de télévision. Au même moment, le visage de Bourne était apparu sur l'écran. Après s'être pincé pour s'assurer qu'il ne rêvait pas, il s'était envoyé une rasade de gnôle avant de décrocher son téléphone.

Le chef de la section lui avait demandé d'éteindre l'éclairage de secours du motel afin que son équipe puisse effectuer son approche en toute discrétion. Quand ils commencèrent à se positionner, le camion frigorifique au bout du parking démarra. Ses phares aveuglèrent les agents. Leur chef adressa des signes frénétiques au malheureux camionneur puis courut à la portière du poids lourd et lui ordonna de dégager vite fait. Le chauffeur, les yeux agrandis par la stupéfaction, s'exécuta et quitta le parking toutes lumières éteintes sans demander son reste.

Sur un geste de leur chef, les agents foncèrent droit sur la chambre de Bourne. Sans prononcer un mot, il désigna deux hommes qui se détachèrent du reste de la troupe et contournèrent le bâtiment. Ils disposaient de vingt secondes pour se positionner avant que leur supérieur ne donne l'ordre d'enfiler les masques à gaz. Deux autres hommes s'agenouillèrent, tirèrent des grenades de gaz lacrymogène par la fenêtre de façade puis le chef baissa le bras et les agents défoncèrent la porte. Quand ils entrèrent, mitraillettes au poing, la pièce était saturée de gaz. La télé marchait mais le son était coupé. CNN diffusait la photo de leur proie. Sur la moquette sale et usée, on apercevait quelques reliefs de nourriture. Les draps avaient disparu. La chambre était déserte.

A l'intérieur du camion frigorifique, enveloppé dans des draps, Bourne était étendu au milieu d'un empilement de caisses contenant des barquettes de fraises. Il y en avait presque jusqu'au plafond. Il avait réussi à grimper dessus et à s'aménager une cachette relativement stable, à deux mètres au-dessus du sol. Quand il avait sauté à l'arrière du camion, il avait aussitôt verrouillé la porte. Tous les camions frigorifiques de ce modèle possédaient un système de sécurité permettant d'ouvrir et de fermer de l'intérieur, afin que personne ne se retrouve piégé dans la chambre froide. Sa torche allumée, il avait pris le temps de visiter l'allée centrale assez large pour laisser passer un homme. Tout en haut de la cloison de droite, il avait repéré la grille d'évacuation du système de réfrigération.

Soudain, il se raidit. Le camion ralentissait à l'approche du barrage routier. Quand il s'arrêta complètement, Bourne sut que le moment de vérité était arrivé.

Bourne ne perçut aucun bruit durant quelque cinq minutes, puis, tout d'un coup, la porte de la remorque s'ouvrit. Des voix lui parvinrent. « Vous prenez des auto-stoppeurs ? demanda un flic.

— Non non, répondit Guy, le routier.

— Regardez donc cette photo. Déjà vu ce gars traîner au bord de la route ?

— Non, monsieur. Jamais vu ce mec. Qu'est-ce qu'il a fait ?

— Vous avez quoi là-dedans ? » Une autre voix de flic.

« Des fraises, fit Guy. Ecoutez, les gars, soyez sympas. Ça leur vaut rien de laisser la porte ouverte comme ça. Les pourries on me les déduit de ma paie. »

Quelqu'un grogna. Un puissant faisceau de lumière glissa le long de l'allée centrale et balaya le sol juste sous l'endroit où Bourne était perché, au milieu des fraises.

« OK, conclut le premier flic. Ferme donc cette porte, mon vieux. »

Le faisceau de la torche s'éteignit d'un coup, la porte claqua.

Pour sortir de sa cachette, Bourne attendit que le camion se remette en marche et prenne de la vitesse sur l'autoroute de

Washington. Son esprit tourbillonnait. Les flics avaient dû montrer à Guy la photo de David Webb que CNN ne cessait de diffuser.

Une demi-heure plus tard, la circulation fluide de l'autoroute laissa place au trafic urbain. Le camion n'arrêtait pas de freiner et d'accélérer, à cause des feux de circulation. Il était temps de sortir. Bourne se dirigea vers la porte, poussa le levier de sûreté. Rien ne bougea. Il essaya encore, en insistant davantage. Jurant à mi-voix, il alluma sa torche et, dans le cercle de lumière, vit que le mécanisme était faussé. Il était enfermé.

CHAPITRE CINQ

Le directeur de la Central Intelligence et Roberta Alonzo-Ortiz, la Conseillère pour la Sécurité nationale, s'étaient donné rendez-vous à l'aube dans la Situation Room présidentielle, un espace circulaire aménagé dans les entrailles de la Maison-Blanche, plusieurs étages au-dessous des pièces lambrissées et superbement denticulées que la plupart des gens associaient à ce bâtiment historique. C'était pourtant ici même, sous la terre, que s'exerçaient le règne et la puissance des oligarques du Pentagone. Comme les grands temples des civilisations disparues, la Situation Room avait été bâtie pour durer des siècles. Taillée dans les fondations d'origine, ses proportions impressionnantes convenaient parfaitement à un monument symbolisant l'invulnérabilité.

Alonzo-Ortiz, le DCI et leurs équipes respectives – ainsi que plusieurs membres des services secrets, triés sur le volet – examinaient pour la centième fois les plans destinés à assurer la sécurité du sommet sur le terrorisme de Reykjavík. Sur un écran, on projetait les relevés détaillés de l'hôtel Oskjuhlid, assortis de remarques portant sur les points stratégiques : entrées, sorties, ascenseurs, toit, fenêtres, etc. Une ligne vidéo les reliait directement à l'hôtel afin que Jamie Hull, l'émissaire du DCI à Reykjavík, puisse participer au briefing.

« Je ne tolérerai aucune marge d'erreur, martela Alonzo-Ortiz, une femme fort impressionnante, aux cheveux de jais, aux yeux étincelants. Le sommet doit se dérouler sans anicroche. Tout devra être réglé comme du papier à musique, poursuivit-elle. La moindre brèche dans la sécurité entraînerait des conséquences désastreuses.

Le travail de rapprochement accompli par le Président ces derniers dix-huit mois avec les principaux Etats islamiques serait anéanti. Je ne vous ferai pas l'injure de préciser que leur coopération n'est qu'une façade dissimulant une méfiance innée envers les valeurs occidentales, l'éthique judéo-chrétienne et tout ce qui s'en rapproche. Si jamais ils soupçonnaient l'ombre d'une entourloupe, je n'ose imaginer ce qu'il se passerait. Ces gens ne font pas dans la dentelle. » Son regard fit le tour de la table. Quand elle s'adressait à un groupe, elle s'arrangeait pour que chacun se sente personnellement concerné. C'était un procédé qu'elle maniait à la perfection. « Que la chose soit bien claire, messieurs. Ce serait la guerre globale, ni plus ni moins, un jihad d'une ampleur que nous n'avons jamais connue, même dans nos pires cauchemars. »

Elle s'apprêtait à passer la parole à Jamie Hull quand un jeune homme élancé fit irruption dans la pièce, s'avança à pas feutrés vers le DCI et lui tendit une enveloppe cachetée.

« Veuillez m'excuser, docteur Alonzo-Ortiz », dit ce dernier tout en décachetant l'enveloppe. Il resta impassible durant sa lecture et pourtant son cœur battait la chamade. La Conseillère pour la Sécurité nationale détestait ce genre d'interruption. Sentant son regard assassin posé sur lui, le DCI recula son siège et se leva.

Alonzo-Ortiz lui adressa un sourire pincé qui affina étrangement ses lèvres épaisses. « Je suis sûre que vous avez une bonne raison pour nous abandonner si soudainement.

— C'est le cas, en effet, docteur Alonzo-Ortiz. » Le DCI, qui connaissait la musique et savait user de son pouvoir, préférait malgré tout ne pas affronter la seule personne en qui le Président avait vraiment confiance. Avec elle, il restait courtois, affable, même s'il la détestait cordialement. Primo, Roberta Alonzo-Ortiz l'avait dépossédé du statut de conseiller personnel qu'il exerçait depuis des années auprès du Président, et secundo c'était une femme. Voilà pourquoi il s'accrochait de toutes ses forces à ses dernières prérogatives – en lui cachant ce qu'elle brûlait de savoir : que pouvait bien être cette nouvelle urgente qui le faisait quitter la conférence de manière intempestive ?

Le sourire de la Conseillère se crispa un peu plus. « Dans ce cas, j'aimerais que vous passiez à mon bureau dès que possible pour me parler de ce problème, si problème il y a.

— Absolument », répondit le DCI en s'esquivant. Quand l'épaisse porte de la Situation Room claqua derrière lui, il cracha :

« Votre Altesse », ce qui arracha un éclat de rire au messager envoyé par ses services.

Quinze minutes à peine suffirent au DCI pour regagner son QG où les différents chefs de section de l'Agence attendaient son arrivée. Sujet de la réunion : les meurtres d'Alexandre Conklin et du Dr Morris Panov. Suspect numéro un : Jason Bourne. Ces fonctionnaires pâles et austères portaient des costumes sur mesure, des cravates de reps, des chaussures de marche impeccablement cirées. Les chemises rayées, les cols de couleur et autres caprices de la mode ne les concernaient pas. Habitués à arpenter les allées du pouvoir comprises à l'intérieur du Beltway, ils étaient aussi immuables que leur accoutrement. Esprits conservateurs issus d'universités conservatrices, héritiers de familles bien-pensantes, ils avaient bénéficié dès leur jeunesse de l'influence de leurs pères, frappé aux bonnes portes et obtenu la confiance des bonnes personnes – rien que des hommes haut placés, énergiques, ambitieux et connaissant la musique. Aujourd'hui, ces fonctionnaires œuvraient dans un microcosme ultraconfidentiel mais dont les tentacules s'étiraient jusqu'aux confins de territoires immenses.

Dès que le DCI pénétra dans la salle de conférences, on baissa les lumières. Sur un écran, apparurent les clichés des cadavres *in situ*.

« Pour l'amour de Dieu, arrêtez ça ! hurla le DCI. C'est une obscénité. On ne devrait pas regarder ces malheureux, dans l'état où ils sont. »

Martin Lindros, le DDCI, pressa un bouton ; les images s'effacèrent. « Pour ceux qui l'ignoreraient encore, nous avons obtenu hier la confirmation que la voiture de David Webb se trouvait bien devant la maison de Conklin. » Il fit une pause pour permettre au Vieux de s'éclaircir la gorge.

« Appelons un chat un chat. » Le DCI se pencha en avant et posa ses poings sur la table polie. « Même si le monde entier connaît cet... cet homme sous l'identité de David Webb, ici nous savons bien qu'il s'agit de Bourne. Et c'est ce nom que nous emploierons pour le désigner.

— Oui, monsieur », abonda Lindros, déterminé à ne pas laisser son patron se défouler sur lui. Comme les dernières nouvelles étaient encore bien nettes dans son esprit, il se lança sans presque consulter ses notes : « W... Bourne a été aperçu en dernier lieu sur le campus de Georgetown, approximativement une heure avant les meurtres. Un témoin l'a vu courir vers sa voiture. On peut supposer qu'il s'est rendu directement chez Alex Conklin. Sans aucun doute possible, Bourne se trouvait dans la maison durant le laps de temps où les meurtres ont été commis. On a trouvé ses empreintes digitales dans le fumoir, sur un verre de scotch entamé.

— Et le pistolet ? demanda le DCI. Est-ce l'arme du crime ? »

Lindros hocha la tête. « Le service balistique l'a confirmé de manière catégorique.

— Et c'est celle de Bourne, vous en êtes certain, Martin ? »

Lindros consulta une photocopie qu'il fit glisser au DCI à travers la table. « Le service de l'enregistrement certifie que l'arme du crime appartient à David Webb. *Notre* David Webb.

— Salopard ! » Les mains du DCI tremblaient. « L'arme porte-t-elle les empreintes de ce sinistre individu ?

— Elle a été essuyée, dit Lindros en consultant une autre feuille. Elle ne porte aucune empreinte.

— La marque d'un professionnel. » Soudain, le DCI eut l'air fatigué. Ce n'était pas facile de perdre un vieil ami.

« Oui, monsieur. Tout à fait.

— Et Bourne ? » gronda le DCI. On aurait dit que le simple fait de prononcer ce nom le faisait souffrir.

« Tôt dans la matinée, nous avons reçu une note disant qu'on avait repéré Bourne dans un motel de Virginie, près d'un barrage routier, répondit Lindros. On a aussitôt bouclé le secteur, lancé une équipe d'assaut contre le motel. Bourne avait déjà fui, à supposer qu'il y ait jamais mis les pieds. Il a dû réussir à franchir le cordon de police et s'est volatilisé.

— Nom de Dieu ! » Les joues du DCI s'étaient empourprées.

L'assistant de Lindros entra sur la pointe des pieds pour lui remettre une feuille qu'il examina avant de lever les yeux. « J'ai envoyé une équipe à son domicile, au cas où il serait rentré chez lui ou aurait contacté sa femme. La maison était vide, fermée à clé. La femme de Bourne et leurs deux enfants ont disparu dans la nature. Après enquête, on a appris qu'elle était passée à l'école et avait emmené les enfants sans fournir d'explication.

— Ça confirme ! » Le DCI semblait au bord de l'apoplexie. « A chaque fois, il nous coupe l'herbe sous le pied. Pour la bonne raison qu'il avait prémédité ces meurtres de longue date ! » Durant son bref trajet jusqu'à Langley, il avait laissé ses émotions prendre le pas sur sa raison. Le meurtre d'Alex, les magouilles d'Alonzo-Ortiz, c'en était trop. Il avait déboulé au milieu du briefing de l'Agence avec la rage au ventre. Et voilà qu'à présent, on lui présentait une preuve irréfutable. Rien ne l'empêchait plus d'exiger la tête du coupable.

« Il apparaît clairement que Jason Bourne est passé à l'ennemi. » Le Vieux, toujours bien campé sur ses jambes, s'était mis à trembler légèrement. « Alexander Conklin était un vieil ami. Un ami fidèle. Il n'a pas hésité à mettre en danger sa réputation – et même sa vie – pour cette organisation, pour son pays. Et ce, un nombre incalculable de fois. C'était un vrai patriote, dans tous les sens du terme, un homme dont nous pouvons être fiers. »

Lindros, pour sa part, était parfaitement capable de calculer le nombre de fois où le Vieux avait fulminé contre Conklin, ses manières de cow-boy, ses missions louches, ses ordres du jour ultrasecrets. C'était bien beau de faire l'apologie des défunts, songea-t-il, mais dans ce métier, personne n'était parfait. Par le passé, comme aujourd'hui, les agents avaient toujours eu une fâcheuse tendance à tenter le diable. Ignorer cela frisait la stupidité. C'était également valable pour Jason Bourne, bien entendu. Cet homme était une sorte d'agent dormant, catégorie fort dangereuse au demeurant, car ces gens-là échappaient souvent à tout contrôle. Au cours des années précédentes, il avait repris du service de temps à autre. Au gré des circonstances, jamais de son propre chef. Ne sachant pas grand-chose sur lui, Lindros se promit de combler cette lacune dès la fin du briefing.

« Si Alexander Conklin avait une faiblesse, un point aveugle, c'était bien Jason Bourne, poursuivit le DCI. Des années avant de rencontrer et d'épouser sa femme actuelle, Marie, Bourne a perdu toute sa famille – son épouse thaïlandaise et leurs deux enfants – lors d'une attaque, à Phnom Penh. Quand Alex l'a ramassé dans la rue, à Saigon, la douleur et les remords lui avaient presque ôté la raison. Alex en personne l'a formé, entraîné. Et pourtant, des années plus tard, même après l'avoir fait passer entre les mains de Morris Panov, ce type était toujours aussi incontrôlable. Soit dit en passant, les rapports fournis par le Dr Panov prétendaient le contraire. Je dirais qu'il était tombé lui aussi sous l'influence de Jason Bourne.

« Je n'ai cessé de prévenir Alex, je l'ai supplié de nous amener Bourne pour que notre équipe d'experts psychiatres l'évalue. Il a toujours refusé. Alex, Dieu ait son âme, était une sacrée tête de mule quand il s'y mettait ; il croyait en Bourne. »

Le visage du DCI luisait de sueur, ses yeux écarquillés erraient à travers la pièce. « Et à quoi cette croyance a-t-elle abouti ? Deux hommes abattus comme des chiens par leur petit protégé. Pour la bonne raison que personne n'arrivera jamais à contrôler Bourne. Un vrai serpent à sonnette. » Le DCI écrasa son poing sur la table de conférences. « Je ne laisserai pas impunis ces meurtres atroces commis de sang-froid. J'autorise une sanction illimitée, j'ordonne l'élimination immédiate de Jason Bourne, où qu'il soit sur cette terre. »

Bourne frissonna, transpercé par le froid. Il leva la tête, fit jouer son faisceau sur l'orifice de ventilation puis retourna dans l'allée centrale, grimpa sur la pile de caisses à droite et se faufila jusqu'à la grille qu'il dévissa avec la lame de son couteau à cran d'arrêt. La douce lumière de l'aube s'engouffra à l'intérieur de la remorque. Il semblait y avoir juste assez de place pour se glisser dehors. Du moins l'espérait-il.

Rentrant les épaules, comprimant son torse pour l'adapter à l'espace donné, il s'engagea dans le trou et se mit à se tortiller comme un ver. Pendant les premiers centimètres, tout se passa bien puis son avancée s'arrêta brusquement. Impossible d'aller plus loin. Il était coincé. Il expulsa tout l'air de ses poumons, ce qui eut pour effet d'aplatir le haut de son corps, et poussa sur ses jambes. Une caisse glissa et s'écroula mais à ce moment-là, il avait recommencé à progresser. Tendant les jambes jusqu'à ce que ses pieds prennent appui sur les caisses en dessous, il coinça les talons de ses chaussures, poussa encore et de nouveau bougea. Répétant cette manœuvre avec application, il réussit à passer la tête, les épaules, et vit le ciel rose bonbon chargé de nuages cotonneux changeant de forme à son passage. Il cligna les yeux. Puis, levant la main, il attrapa le rebord extérieur et, d'une traction, se retrouva sur le toit du semi-remorque.

Au feu suivant, il sauta. Epaule de réception rentrée, il roula sur lui-même pour mieux amortir sa chute, se releva, monta sur le trottoir et s'épousseta. La rue était déserte. Pendant que le semi-remorque disparaissait au loin dans un brouillard de vapeur bleue, il adressa un bref salut à Guy qui n'y avait vu que du feu depuis le début.

Il avait atterri dans les faubourgs de Washington, un quartier pouilleux au nord-ouest de la capitale. Le ciel commençait à s'éclairer, les ombres allongées laissaient la place au soleil. Dans le lointain, au milieu du murmure de la circulation, on percevait le gémissement d'une sirène de police. Bourne respira profondément. Malgré la puanteur urbaine, l'air lui semblait chargé d'une fraîcheur, d'une allégresse suscitées par le sentiment d'être enfin libre après toute une nuit passée à se battre, à se cacher pour survivre.

Il marcha jusqu'à voir palpiter une banderole bleu, blanc, rouge. Comme le parking pour véhicules d'occasion était encore fermé, il s'y introduisit, choisit une voiture au hasard, échangea ses plaques avec celles du voisin, força la serrure, ouvrit la portière et démarra en connectant les fils de l'allumage. Un moment plus tard, il sortait du parking et s'engageait sur la rue.

Il se gara devant un café dont la façade chromée, pseudo-réplique des bars des années cinquante, était surmontée d'une gigantesque tasse de café privée de son éclairage au néon, faute d'entretien. Un nuage de vapeur flottait à l'intérieur. Tous les objets étaient imprégnés de l'odeur du café moulu et de l'huile chaude. A sa gauche, se trouvait un long comptoir en Formica garni d'une série de tabourets chromés avec assise en vinyle ; à sa droite, contre la rangée de fenêtres rayées de soleil, de petits renfoncements équipés de ces juke-box individuels offrant aux clients attablés un choix de chansons à succès contre une pièce de vingt-cinq cents.

Quand la porte se referma derrière lui en carillonnant, des têtes sombres se tournèrent sans mot dire vers son visage blanc. Personne ne lui rendit son sourire. Certains le considérèrent d'un air indifférent, d'autres semblèrent interpréter sa présence comme un mauvais présage.

Conscient de la froideur de l'accueil, il se glissa dans un box bancal. Une serveuse aux cheveux orange frisottés, ressemblant vaguement à Donna Summer, jeta devant lui une carte plus que défraîchie et lui versa du café fumant. De ses yeux brillants, lourdement maquillés, éclairant un visage rongé par les soucis, elle le considéra avec curiosité et quelque chose de plus – de la pitié, peut-être. « Fais pas gaffe aux curieux, mon chou, souffla-t-elle. Tu leur fais peur. »

Il avala un petit déjeuner sans saveur : œufs, bacon et pommes de terre sautées, qu'il fit descendre avec quelques gorgées de café bien tassé. Il avait besoin de protéines et de caféine s'il voulait vaincre son épuisement, au moins temporairement.

La serveuse remplit sa tasse. Il but en calculant le temps qu'il lui restait avant l'ouverture de Fine Tailors. Mettant à profit ces quelques minutes de répit, il sortit le carnet qu'il avait ramassé dans le fumoir d'Alex et se remit à examiner l'impression marquant la première page. NX20. Ce code sonnait comme un truc expérimental. Ça ne lui disait rien qui vaille mais, tout compte fait, il aurait pu s'agir de n'importe quoi, d'un ordinateur dernier cri par exemple.

De l'autre côté de la vitre, les gens du quartier traînaient sur les trottoirs en discutant bons d'alimentation, tarifs de la drogue, bavures policières, morts subites de membres de la famille, maladies des amis emprisonnés. Telle était leur vie. Une vie qui lui était plus étrangère que celle des Micronésiens. Leur ressentiment, leur tristesse assombrissaient jusqu'à l'atmosphère régnant à l'intérieur du café.

Une voiture de police passa en glissant lentement sur le macadam tel un requin longeant un récif de corail. Tout s'immobilisa dans le troquet, comme si un photographe leur avait demandé de tenir la pose. Bourne tourna la tête vers la serveuse. Elle regardait les feux arrière de la voiture de patrouille disparaître au coin de la rue. Un soupir de soulagement traversa l'espace. Bourne lui-même respira mieux. Tout compte fait, ces gens-là n'étaient pas si différents de lui. Des clandestins.

Puis soudain, il songea à l'homme qui le pourchassait. Il avait des traits asiatiques, mais pas vraiment. Il lui rappelait quelqu'un – était-ce son nez busqué, qui n'avait rien d'asiatique, ou bien le dessin de ses lèvres charnues qui, lui, n'avait rien d'occidental.... Ce type avait-il surgi du passé de Bourne ? Du Viêtnam ? Mais non, c'était impossible. Il était bien trop jeune. Une bonne vingtaine d'années, tout au plus. C'était un gamin de cinq ou six ans, à l'époque où Bourne traînait ses guêtres dans ce pays. Il reposa brusquement sa tasse à moitié pleine. Cette mixture menaçait de lui perforer l'estomac.

Peu de temps après, il regagna sa voiture volée, alluma la radio et tourna le bouton jusqu'à tomber sur un flash d'informations. Le commentateur évoqua le prochain sommet sur le terrorisme avant de passer à un bref compte rendu des nouvelles nationales puis locales. En tête de liste, figuraient les meurtres d'Alex Conklin et Mo Panov mais, sur ce sujet, le journaliste demeura curieusement laconique.

« Bientôt, la suite de nos nouvelles, dit-il, mais auparavant, cet important message...

... cet important message. » A cet instant, le bureau de Paris

donnant sur les Champs-Elysées, et l'Arc de triomphe tout au fond, lui revint en mémoire. Ou plus exactement, cette image explosa devant ses yeux dans un grondement de tonnerre. Près de lui, une chaise couleur chocolat. Il venait de se lever. A sa droite, un verre en cristal taillé contenait deux doigts d'un liquide ambré. Une voix suave et mélodieuse disait qu'il faudrait du temps pour obtenir ce dont Bourne avait besoin. « Il n'y a pas à s'inquiéter, mon ami, articulait la voix au fort accent français. Je suis censé vous délivrer cet important message. »

Dans le théâtre de son esprit, il voulut se tourner pour apercevoir le visage de l'homme qui venait de parler mais à sa place, ne vit qu'un mur nu. Le souvenir s'était évaporé comme l'odeur du scotch, laissant Bourne fixer désespérément les sinistres fenêtres du bouge.

Dans un spasme de fureur, Khan attrapa son téléphone cellulaire. Il lui fallut du temps et pas mal de persévérance pour arriver à joindre Spalko.

« A quoi dois-je cet honneur, Khan ? » dit enfin la voix de Spalko au creux de son oreille. Grâce à son ouïe exercée, Khan nota son léger bredouillement et en conclut qu'il avait bu. Il connaissait mieux les habitudes de son employeur occasionnel que l'intéressé lui-même n'aurait pu l'imaginer, s'il avait pris le temps d'y réfléchir. Il savait, par exemple, que Spalko aimait l'alcool, les cigarettes et les femmes, mais pas nécessairement dans cet ordre-là, et qu'il s'adonnait sans compter à ces trois passions. Khan se dit que si Spalko était à moitié aussi saoul qu'il le soupçonnait, il tenait l'avantage. Et c'était rare d'avoir l'avantage sur Spalko.

« Le dossier que vous m'avez remis semble incorrect, ou du moins incomplet.

— Et qu'est-ce qui vous conduit à cette regrettable conclusion ? » La voix s'était aussitôt durcie, comme l'eau se change en glace. Trop tard, Khan comprit qu'il avait employé un langage agressif. Spalko avait beau être un intellectuel – un visionnaire très fier de ses multiples compétences –, tout au fond de lui c'était l'instinct qui primait. Il avait donc secoué son hébétude pour lui répondre du tac au tac. Ses tendances à chercher les querelles contrastaient étrangement avec son image d'homme du monde. Mais sous la surface aseptisée de sa vie quotidienne, la colère bouillait.

« Webb s'est bizarrement comporté, dit Khan d'une voix radoucie.

— Ah bon? Comment cela?» La diction de Spalko était redevenue molle et hésitante.

« Il n'a rien d'un professeur d'université.

— Je me demande ce que ça peut bien faire. Vous ne l'avez pas tué ?

— Pas encore. » Khan, assis dans sa voiture garée, regardait à travers le pare-brise un bus s'arrêter de l'autre côté de la rue. La porte s'ouvrit dans un soupir et plusieurs passagers descendirent : un vieillard, deux adolescents, une mère et son bébé.

« Eh bien, voilà qui change nos plans, n'est-ce pas ?

— Vous saviez que je souhaitais m'amuser un peu avec lui, d'abord.

— Certainement, mais j'aimerais bien savoir combien de temps ça prendra ? »

Une sorte de partie d'échecs verbale était en train de se dérouler, une partie aussi délicate que passionnante. Khan ne voyait pas très bien où elle mènerait. Que se passait-il avec Webb? Pourquoi Spalko avait-il décidé de l'utiliser comme bouc émissaire sur le double meurtre des hommes du gouvernement, Conklin et Panov? D'ailleurs, pourquoi Spalko les avait-il fait assassiner? Khan était certain que Spalko se trouvait à l'origine de ce forfait.

« Le temps que j'estimerai nécessaire pour comprendre comment il fonctionne. »

Khan suivit la mère des yeux. Elle déposa son enfant sur le trottoir et se mit à rire en le voyant chanceler sur ses petites jambes frêles. Le gamin la regarda en penchant la tête puis éclata de rire à son tour, mimant le plaisir de sa mère qui aussitôt saisit sa menotte.

« Vous n'allez pas changer d'avis, j'espère ? »

Khan crut détecter une légère raideur, un tremblement nerveux et, tout à coup, se demanda si Spalko ne simulait pas l'ivresse. Khan voulut lui demander en quoi la mort de David Webb lui importait mais se ravisa, craignant que cette question ne trahisse ses propres inquiétudes. « Non, je n'ai pas changé d'avis, répondit Khan.

— Parce que nous sommes de la même race, vous et moi. Nos narines se dilatent quand nous reniflons l'odeur de la mort. »

Perdu dans ses pensées, ne sachant trop quoi répondre, Khan coupa la communication, posa la main contre la vitre et regarda entre ses doigts la mère promener son fils le long du trottoir. Elle faisait de tout petits pas, s'efforçant d'accorder son allure à celle de l'enfant.

Spalko mentait, Khan ne le savait que trop bien. Tout comme lui-même avait menti à Spalko. Pendant un instant, ses yeux perdirent de leur acuité. Il se retrouva dans les jungles du Cambodge. Capturé par des trafiquants d'armes vietnamiens, il avait vécu plus d'un an attaché à un poteau comme un chien fou, affamé, battu. A sa troisième tentative d'évasion, il avait mis à profit leur enseignement en fracassant le crâne de son geôlier avec la pelle tranchante qu'il utilisait pour creuser les trous des latrines. Pendant dix jours, il s'était nourri de ce qu'il trouvait avant d'être recueilli par un missionnaire américain du nom de Richard Wick, qui lui avait donné de quoi manger, se vêtir. Il avait pu prendre un bain chaud et dormir dans un lit propre. En échange, il suivit les leçons d'anglais du missionnaire. Dès qu'il sut lire correctement, on lui donna une bible qu'il dut apprendre par cœur. Peu à peu, il comprit que Wick espérait lui enseigner non pas la voie du salut mais celle de la civilisation. Une ou deux fois, il tenta d'expliquer à Wick la nature du bouddhisme, mais il était très jeune et avait du mal à exprimer clairement les concepts qu'on lui avait enseignés dans sa tendre enfance. De toute façon, Wick s'en fichait. Aucune religion ne l'intéressait hormis la sienne, celle du Sauveur Jésus-Christ.

Les yeux de Khan reprirent d'un coup leur netteté. La mère et l'enfant passaient devant la façade chromée d'un café surmonté d'une énorme tasse. De l'autre côté de la rue, à travers la vitre semi-opaque d'une voiture en stationnement, Khan devina la silhouette d'un homme. David Webb. Il était bien obligé de l'avouer : Khan en avait bavé pour parvenir à le pister depuis la propriété de Conklin. Là-bas, il avait aperçu une silhouette sur la route en surplomb. Un homme qui les épiait. Après s'être échappé du piège tendu par Webb, il avait grimpé tant bien que mal jusque-là, espérant le surprendre, mais l'homme avait disparu. Pourtant grâce à ses jumelles à vision nocturne, il avait vu Webb marcher le long de l'autoroute et s'apprêtait à le rejoindre quand une voiture s'était arrêtée pour le prendre. A présent, il regardait Webb en se disant qu'il avait affaire à un homme très dangereux – ce que Spalko savait depuis longtemps et lui avait caché. Un type comme lui se souciait peu d'entrer dans un café rempli de Noirs hostiles. Il semblait solitaire, du moins Khan le supposait-il puisque la notion de solitude lui était totalement étrangère.

Son regard se reporta sur la mère et l'enfant. Leur rire dériva vers lui, aussi impalpable qu'un rêve.

*

Bourne débarqua chez Lincoln Fine Tailors, à Alexandrie, à neuf heures cinq. La boutique ressemblait à tous les autres petits commerces de la vieille ville ; à savoir qu'elle possédait une façade de style vaguement colonial. Il traversa le trottoir de brique rouge, poussa la porte et entra. L'espace réservé à l'accueil de la clientèle était coupé en deux par une barrière à hauteur de taille constituée d'un comptoir sur la gauche et d'une table de coupe sur la droite. Au fond, se trouvaient les machines à coudre. Les trois latinas qui y travaillaient ne levèrent même pas le nez à son arrivée. Un homme mince en bras de chemise et gilet rayé ouvert se tenait derrière le comptoir, observant attentivement une chose indéterminée posée dessus. Son haut front bombé s'ornait d'une frange de cheveux châtain clair, ses joues pendaient et ses yeux avaient un regard vague. Il avait coincé ses lunettes au sommet de son crâne et ne pouvait s'empêcher de pincer son nez en bec d'aigle. Un tic sans doute. Il ne fit aucunement attention à la porte qui s'ouvrait, attendant que Bourne s'approche du comptoir pour lui accorder un regard.

« Oui ? fit-il d'une voix traînante. Que puis-je pour vous aider ?

— Vous êtes Leonard Fine ? J'ai vu votre nom sur la vitrine dehors.

— C'est bien moi, dit Fine.

— Je viens de la part d'Alex. »

Le tailleur cligna les yeux. « Qui ? »

« Alex Conklin, répéta Bourne. Je m'appelle Jason Bourne. » Il regarda autour de lui. Personne ne lui portait le moindre intérêt. Le moteur des machines à coudre emplissait l'air d'un murmure cadencé.

D'un geste parfaitement calculé, Fine fit glisser ses lunettes sur l'étroite arête de son nez et entreprit de scruter son visiteur.

« Je suis un ami à lui, ajouta Bourne pour inciter l'homme à réagir.

— Je n'ai pas de vêtements au nom de Conklin.

— Je doute fort qu'il vous ait passé commande », répliqua Bourne.

Fine pinça son nez comme s'il souffrait. « Un ami, dites-vous ?

— De longue date. »

Sans ajouter un mot, Fine s'avança, ouvrit un portillon aménagé dans le comptoir et laissa passer Bourne. « Si nous allions discuter dans mon bureau ? » Il lui fit franchir une porte puis un couloir poussiéreux empestant l'apprêt et l'amidon en bombe.

Le bureau n'était guère plus qu'un cagibis au sol couvert d'un linoléum éraflé et constellé de trous. Des tuyaux couraient du sol au plafond et pour tout mobilier on voyait un bureau cabossé en métal vert assorti d'un fauteuil pivotant, deux méchantes armoires de classement et des piles de boîtes en carton. De tout cela, émanait une odeur de moisi mêlée de rouille. Derrière le fauteuil, une petite fenêtre carrée donnait sur une allée, mais elle était si opaque, si sombre qu'on ne voyait rien au travers.

Fine passa derrière le bureau dont il ouvrit un tiroir. « Un verre ?

— Il est un peu tôt, répondit Bourne. Vous ne trouvez pas ?

— Ouais, marmonna Fine. Maintenant que vous le dites. » A ces mots, il sortit un pistolet qu'il braqua sur le ventre de Bourne. « La balle ne vous tuera pas tout de suite mais pendant que vous vous viderez de votre sang, vous regretterez de n'être pas déjà mort.

— Il n'y a pas de raison de s'énerver, repartit Bourne.

— Mais si, *au contraire* », s'écria le tailleur. Ses yeux étaient si rapprochés l'un de l'autre qu'il semblait loucher. « Conklin est mort et j'ai entendu dire que c'est vous qui l'aviez tué.

— Je ne l'ai pas tué, dit Bourne.

— C'est ce que vous dites tous : Mais pas du tout, je démens formellement. C'est leur méthode, aux types du gouvernement, pas vrai ? » Un sourire rusé joua sur son visage. « Asseyez-vous, monsieur Webb – ou Bourne – quel que soit le nom que vous portez aujourd'hui. »

Bourne leva les yeux. « Vous êtes de l'Agence ?

— Absolument pas. Je suis un indépendant. A moins qu'Alex leur ait parlé de moi, je doute que quiconque à l'Agence connaisse mon existence. » Le sourire du tailleur s'épanouit davantage. « C'est pour cela qu'Alex s'est adressé à moi. »

Bourne hocha la tête. « J'aimerais en savoir plus à ce sujet.

— Ça ne m'étonne guère. » Fine tendit la main vers le téléphone posé sur son bureau. « D'un autre côté, quand vos copains vous auront mis la main dessus, vous serez trop occupé à répondre à leurs questions pour vous soucier de quoi que ce soit d'autre.

— Ne faites pas cela », lança Bourne d'une voix acérée.

Fine resta figé, le combiné en main. « Donnez-moi une bonne raison.

— Je n'ai pas tué Alex. Je cherche à découvrir qui l'a fait.

— Et moi, je suis persuadé du contraire. J'ai lu un bulletin qui prétendait que vous vous trouviez chez lui à l'heure où il a été abattu. Vous avez vu quelqu'un d'autre là-bas ?

— Non, mais Alex et Mo Panov étaient déjà morts quand je suis arrivé.

— A d'autres. Je me demande bien pourquoi vous l'avez tué. » Les yeux de Fine se plissèrent. « J'imagine que c'est à cause du Dr Schiffer.

— Jamais entendu parler du Dr Schiffer. »

Le tailleur partit d'un rire rauque. « Arrêtez vos salades. Et je suppose que vous n'avez jamais entendu parler de la DARPA non plus.

— Bien sûr que si, rétorqua Bourne. Ce sigle signifie Defense Advanced Research Projects Agency. C'est là que le Dr Schiffer travaille ? »

Avec une moue dégoûtée, Fine murmura : « Ça suffit comme ça. » Quand il détourna les yeux pour composer le numéro, Bourne se jeta sur lui.

Dans son vaste bureau panoramique, le DCI discutait au téléphone avec Jamie Hull. Un soleil éclatant se déversait dans la pièce, rehaussant les nuances rubis du tapis de haute laine. Le DCI était de trop mauvaise humeur pour accorder la moindre attention à ce magnifique chatoiement de couleurs. Il promenait son regard morne sur les photos qui l'entouraient. Certaines le montraient en train de poser à côté de tel ou tel président, dans le Bureau ovale. Sur d'autres, il figurait auprès de chefs d'Etat étrangers, à Paris, Bonn et Dakar. Ailleurs, on le voyait avec des artistes de LA et de Las Vegas, des prêcheurs évangélistes à Atlanta et Salt Lake City. Il y en avait même une de lui avec le Dalaï Lama, son perpétuel sourire et ses robes safran, prise lors d'une visite du saint homme à New York. Non seulement ces images glacées ne lui remontaient pas le moral mais elles lui faisaient durement sentir le passage des ans, comme les couches superposées d'une cotte de mailles pesant sur ses épaules.

« C'est un foutu cauchemar, monsieur, disait Hull à partir de Reykjavík. D'abord, organiser la sécurité en collaboration avec les Russes et les Arabes, c'est comme courir après sa queue. Je veux dire, la moitié du temps, je ne comprends fichtrement rien à ce qu'ils racontent, et l'autre moitié, je me demande vraiment si les interprètes – les nôtres comme les leurs – rapportent fidèlement nos propos.

— Vous auriez dû suivre les cours de langue au lycée, Jamie. Ne vous en faites pas pour ça. Je vous enverrai d'autres interprètes, si vous voulez.

— Et où est-ce qu'on les trouvera ? On a viré tous les arabophones, n'oubliez pas ! »

Le DCI soupira. Il y avait un problème, bien sûr. Presque tous leurs officiers de renseignements parlant arabe avaient été démis de leurs fonctions. On leur reprochait leur sympathie envers la cause islamique, leur prosélytisme et leur manière d'essayer de vous convaincre que les islamistes étaient pour la plupart de fervents partisans de la paix. Allez dire ça aux Israéliens. « Après-demain, il nous en arrive une pleine cargaison, tous issus du Centre de formation des services de renseignements. Je vous en mets deux de côté.

— Il n'y a pas que cela, monsieur. »

Le DCI se renfrogna, vexé de ne percevoir aucune nuance de gratitude dans la voix de son interlocuteur. « Quoi d'autre ? » lâcha-t-il. Et s'il décrochait toutes ces photos ? se demanda-t-il. Cette pièce était tellement lugubre. Refaire la déco arrangerait peut-être les choses ?

« Je ne voudrais pas avoir l'air de me plaindre, monsieur, mais je fais l'impossible pour installer des mesures de sécurité correctes dans un pays étranger n'éprouvant aucune sympathie particulière envers les Etats-Unis. Nous ne leur fournissons aucune aide, du coup ils ne nous sont redevables de rien. Quand j'invoque le nom du Président, qu'est-ce que j'obtiens ? Des regards vides. Ça ne m'aide guère. J'appartiens à la nation la plus puissante de la planète. J'en connais plus sur la sécurité que quiconque en Islande. Mais au lieu de me témoigner du respect... »

L'interphone bourdonna. Avec un certain soulagement, le Vieux mit Hull en attente. « Qu'est-ce que c'est ? aboya-t-il dans l'interphone.

— Désolé de vous déranger, monsieur, dit l'officier de garde, mais nous venons de recevoir un appel de la ligne d'urgence de M. Conklin.

— Quoi ? Alex est mort. Vous êtes sûr ?

— Absolument, monsieur. Cette ligne n'a pas été encore réattribuée.

— C'est bon. Poursuivez.

— J'ai entendu le bruit d'une bagarre et quelqu'un a prononcé un nom – Bourne, je crois. »

Le DCI se redressa sur son siège Sa mauvaise humeur s'était

dissipée en un clin d'œil. « Bourne. C'est bien le nom que vous avez entendu, mon petit ?

— Ça m'en a tout l'air. Après, la même voix a dit quelque chose comme “vous tuer”.

— D'où provenait l'appel ? demanda le Vieux.

— On a été coupés, mais j'ai réussi à remonter la piste. Jusqu'à une boutique à Alexandrie. Lincoln Fine Tailors.

— Brave petit ! » Le DCI s'était levé. Sa main tremblait légèrement sur le combiné. « Envoyez deux équipes immédiatement. Dites-leur que Bourne a refait surface ! Dites-leur de l'abattre sans sommation. »

Ayant arraché le pistolet de la main de Léonard Fine sans lui laisser le temps de s'en servir, Bourne le balança contre le mur taché. Le choc fut si violent qu'un calendrier se décrocha de son clou et tomba par terre. Bourne avait saisi le combiné et coupé la connexion. Il tendit l'oreille pour savoir si les ouvrières avaient entendu les échos de leur brève mais violente altercation.

« Ils arrivent, articula Fine. C'est fini pour vous.

— Je ne crois pas. » Les pensées se bousculaient sous le crâne de Bourne. « Vous avez appelé le standard principal. Ils ne sauront pas quoi faire. »

Fine hocha la tête avec un sourire affecté. « L'appel a dépassé le standard ; il est parvenu jusqu'à l'officier de garde du DCI. Conklin tenait à ce que je mémorise ce numéro à n'utiliser qu'en cas d'urgence. »

Bourne secoua Fine jusqu'à ce que ses dents s'entrechoquent. « Espèce d'imbécile ! Qu'est-ce que vous avez fait ?

— J'ai payé ma dernière dette à Alex Conklin.

— Mais je vous l'ai dit. Je ne l'ai pas tué. » C'est alors qu'une idée germa dans son cerveau, une dernière tentative désespérée pour gagner la confiance de Fine et lui faire cracher ce que Conklin s'apprêtait à accomplir, une clé permettant de comprendre la raison de sa mort. « Je vais vous prouver que c'est bien Alex qui m'envoie.

— Arrêtez vos conneries, grommela Fine. C'est trop tard...

— Je suis au courant pour le NX20. »

Fine se figea, son visage se relâcha, ses yeux s'agrandirent de surprise. « Non, dit-il. Non, non, non !

— Il m'en a parlé, insista Bourne. Alex m'en a parlé. C'est pour ça qu'il m'a envoyé, vous comprenez ?

— Jamais Alex n'aurait parlé du NX20 sous la contrainte. Jamais ! » Sur le visage de Fine, la surprise fut bientôt remplacée par une expression hébétée. Il venait de comprendre sa bévue.

Bourne hocha la tête. « Je suis un ami. Alex et moi nous connaissons depuis le Viêtnam. C'est cela que j'essayais de vous dire.

— Dieu du Ciel, j'étais au téléphone avec lui quand... quand c'est arrivé. » Fine posa la main sur son front. « J'ai entendu le coup de feu ! »

Bourne agrippa le tailleur par le revers de sa veste. « Léonard, reprenez-vous. On n'a pas le temps de repasser tout le film. »

Fine fixa le visage de Bourne. Comme la plupart des gens, il avait réagi au prononcé de son prénom. « Oui. » Il hocha la tête, se passa la langue sur les lèvres comme un homme émergeant d'un rêve. « Oui. Je comprends.

— L'Agence sera là dans quelques minutes. Il faut que je sois parti à ce moment-là.

— Oui, oui. Bien sûr. » Fine secoua la tête d'un air chagriné. « Lâchez-moi maintenant. » Quand Bourne le libéra, il s'agenouilla sous la fenêtre, retira la grille du radiateur derrière laquelle se trouvait un coffre-fort moderne enchâssé dans le plâtre du mur. Il tourna le cadran, déverrouilla le coffre, ouvrit la lourde porte et sortit une enveloppe kraft. Refermant le coffre, il replaça la grille et se releva en tendant l'enveloppe à Bourne.

« C'est arrivé pour Alex tard dans la nuit, avant-hier. Il m'a appelé hier matin pour vérifier. Il disait qu'il allait venir la prendre.

— Qui en est l'expéditeur ? »

A ce moment, dans la boutique, des voix puissantes, autoritaires résonnèrent.

« Ils sont là, dit Bourne.

— Oh, mon Dieu ! » Le visage de Fine devint tendu, exsangue.

« Vous devez avoir une autre sortie. »

Le tailleur confirma d'un mouvement du menton et fournit à Bourne quelques rapides instructions. « Allez-y maintenant, dit-il. Je me charge de les occuper.

— Essuyez-vous la figure », ordonna Bourne. Quand Fine eut épongé la sueur sur son visage, il hocha la tête.

Pendant que le tailleur se précipitait dans la boutique, Bourne s'élança dans le corridor crasseux en se disant que si jamais Fine craquait et lâchait le morceau, c'en serait fait de lui. La salle de bains était plus grande qu'il ne s'y attendait. A gauche, sous un vieux lavabo de porcelaine, il vit une pile de boîtes de peinture aux couvercles scellés par la rouille. Contre le mur du fond, il repéra les toilettes, sur la gauche, une douche. Suivant à la lettre les instructions de Fine, il entra dans la douche, avisa le panneau aménagé dans le mur carrelé, l'ouvrit, se glissa au travers et le remit en place.

En levant la main, il trouva un cordon électrique à l'ancienne, alluma et s'aperçut qu'il se trouvait dans un passage étroit semblant appartenir à l'immeuble voisin. Ça sentait mauvais ; des sacs-poubelle en plastique noir s'empilaient entre des planches en bois de caisse servant probablement d'isolant. Les rats avaient rongé le plastique pour se gaver d'ordures et renversé le reste sur le sol.

A la faible lumière de l'ampoule, il avisa une porte de métal peint ouvrant sur l'allée longeant l'arrière des boutiques. Juste au moment où il s'élançait, la porte s'ouvrit brutalement et deux silhouettes menaçantes apparurent, arme au poing, les yeux braqués sur lui.

CHAPITRE SIX

Le premier des deux projectiles passa au-dessus de la tête de Bourne, au moment où il s'accroupissait. En se relevant, il décocha un furieux coup de pied dans un sac-poubelle qui s'envola vers les deux agents, en heurta un et se déchira. Les ordures voltigèrent dans tous les sens, les hommes reculèrent en toussant, suffoqués par l'odeur pestilentielle, les bras levés devant le visage pour se protéger.

D'un coup de poing, Bourne fit éclater l'ampoule. L'espace exigu se retrouva plongé dans l'obscurité. Puis il se retourna, alluma sa torche et repéra le mur plein, de l'autre côté du couloir. Il y avait pourtant une autre porte donnant sur l'extérieur. Comment... ?

Dès qu'il la vit, il éteignit l'étroit faisceau de lumière. Les agents s'étaient remis de leur surprise et discutaient à haute voix. Bourne se précipita de l'autre côté du couloir et s'agenouilla pour chercher à tâtons l'anneau de métal qu'il avait vu luire au niveau du sol. Il glissa son index dans l'anneau et tira. La trappe menant au cellier s'ouvrit. Une bouffée d'air humide sentant le renfermé lui parvint.

Après une seconde d'hésitation, il se glissa dans l'ouverture. Ses semelles rencontrèrent le barreau d'une échelle. Il se mit à descendre et referma la trappe derrière lui. D'abord, il renifla l'odeur caractéristique du produit contre les cafards puis, rallumant sa torche, vit leurs cadavres desséchés jonchant le sol de ciment telles des feuilles mortes. Il s'avança vers un amas de boîtes en carton et de caisses, fouilla, trouva une grosse barre métallique, regrimpa à l'échelle et la glissa dans les poignées de la trappe. On aurait pu espérer mieux, la barre ne tenait pas très bien mais il faudrait s'en contenter. Il avait juste besoin de gagner quelques secondes, se dit-il tout en marchant sur le sol parsemé de cafards craquant sous ses pas, le temps d'accéder à la zone de livraison desservant tous les commerces du coin.

Au-dessus de sa tête, il entendait les agents s'acharner sur la trappe. Dans quelques minutes, la barre céderait. Il avait trouvé la double porte métallique et grimpé les quelques marches de ciment donnant sur la rue quand la trappe s'ouvrit violemment. Dès que les agents touchèrent le sol de la cave, il éteignit sa torche.

Bourne était pris au piège. Si jamais il tentait de soulever les panneaux de métal, la lumière du jour s'engouffrerait dans la cave et les autres lui tireraient dessus avant même qu'il ait le temps de sortir. Il fit demi-tour et redescendit discrètement les marches. Il les entendait s'agiter. Ils cherchaient l'interrupteur en échangeant des indications à mi-voix, preuve qu'il s'agissait de professionnels aguerris. Bourne se faufila le long de caisses contenant divers produits, amassées en grand désordre. Lui aussi cherchait quelque chose de particulier.

Quand la lumière jaillit, les deux agents se trouvaient chacun à un bout de la cave.

« Quel trou à rats, dit l'un d'eux.

— Fais pas attention à ça, le reprit l'autre. Où est cet enculé de Bourne ? »

Leurs visages ternes et impassibles étaient ceux de monsieur Tout-le-monde. Leurs costumes, comme leur expression, leur étaient fournis par l'Agence. Ils arboraient l'un et l'autre avec une égale assurance. Bourne avait connu pas mal de types dans leur genre, il savait ce qu'ils avaient dans le crâne et, par conséquent, prévoyait leurs réactions. Bien que séparés physiquement, ils bougeaient de concert. Au lieu de réfléchir à l'endroit où leur proie pouvait se cacher, ils diviseraient le sous-sol en quarts de cercle qu'ils fouilleraient aussi méthodiquement que des machines. Faute de pouvoir les éviter, Bourne allait devoir les surprendre.

Dès qu'il se montrerait, ils se mettraient à courir. Bourne se positionna en fonction de cette donnée. Il s'était calé à l'intérieur d'une caisse. Les vapeurs caustiques des nettoyants industriels avec lesquels il partageait cet espace resserré lui irritaient les yeux. Il tâtonna autour de lui. Le dos de sa main rencontra un objet arrondi qu'il ramassa. C'était une boîte de conserve assez lourde pour l'usage qu'il comptait en faire.

Il entendait les battements de son cœur. Un rat grattait le mur contre lequel reposait la caisse ; à part cela, le silence régnait. Les agents poursuivaient leur recherche assidue. Bourne attendait patiemment, blotti au fond de sa cachette. Le rat cessa de gratter. Ils approchaient.

Il n'y avait plus aucun bruit. Tout à coup, il perçut un souffle, le bruissement d'un tissu juste au-dessus de sa tête. Aussitôt, il bondit hors de la caisse en faisant voler le couvercle. L'agent recula sans pour autant lâcher son arme. Son partenaire, de l'autre côté de la cave, pivota sur lui-même. De la main gauche, Bourne agrippa la chemise de l'homme et l'attira à lui. D'instinct, il résista, tira dans le sens contraire, si bien que Bourne n'eut qu'à se servir de la force d'inertie pour plonger vers lui et lui cogner le dos et la tête contre le mur de brique. Quand les yeux de l'agent se révulsèrent et qu'il glissa sur le sol, inconscient, Bourne entendit le rat couiner.

Pendant ce temps, le deuxième homme avait fait deux pas vers Bourne, mais au lieu de se lancer dans un corps à corps, il se ravisa et braqua son Glock sur sa poitrine. Bourne lui jeta la boîte de conserve au visage. L'agent eut un mouvement de recul que Bourne mit à profit pour franchir l'espace qui les séparait et le frapper au cou du tranchant de la main. L'agent s'écroula inanimé.

Un instant plus tard, Bourne montait l'escalier en ciment et ouvrait les panneaux de métal, retrouvant l'air frais et le ciel bleu. Puis il laissa la trappe se refermer et se mit à marcher d'un pas tranquille vers Rosemont Avenue où il se perdit dans la foule.

Huit cents mètres plus loin, après s'être assuré qu'il n'était pas suivi, Bourne entra dans un restaurant. Comme il s'asseyait à une table, il détailla tous les visages afin d'y déceler d'éventuelles anomalies – une feinte nonchalance, un observateur dissimulé. Il commanda un sandwich et un café, puis se leva et se rendit au fond de l'établissement. Ayant vérifié que les toilettes messieurs étaient inoccupées, il s'enferma dans une cabine, s'assit sur la cuvette et ouvrit l'enveloppe que Fine lui avait remise.

A l'intérieur, il trouva un billet d'avion première classe au nom de Conklin et la clé d'une chambre du Grand Hôtel Danubius. Il passa quelques secondes à considérer ces objets en se demandant pourquoi Conklin avait eu l'intention de se rendre à Budapest et si ce voyage avait quelque chose à voir avec son assassinat.

Il sortit le portable d'Alex, composa un numéro. A présent qu'il savait où aller, il se sentait mieux. Deron décrocha à la troisième sonnerie.

« Paix, amour et harmonie. »

Bourne éclata de rire. « C'est Jason. » On ne savait jamais comment Deron allait se présenter au téléphone. Deron était un vrai artiste dans sa partie. Seulement sa partie, c'était les faux. Il gagnait sa vie en copiant des tableaux de maîtres. Ses œuvres ornaient les murs des maisons patriciennes. Des reproductions si fidèles, si confondantes qu'on en retrouvait parfois dans les ventes aux enchères ou les musées. A côté de cela, juste pour le plaisir, il imitait d'autres choses.

« J'ai entendu ce qu'on raconte sur toi et j'avoue que ça ne me dit rien qui vaille, fit Deron de son léger accent anglais.

— A qui le dis-tu ! » En entendant la porte des toilettes s'ouvrir, Bourne se tut, se leva, grimpa sur la lunette et regarda par-dessus la porte. Un homme barbu, grisonnant et affligé d'une légère boiterie venait de se camper devant l'urinoir. Il portait un bomber en daim, un pantalon noir, rien de spécial. Et pourtant, tout à coup, Bourne se sentit pris au piège. Il dut se raisonner pour ne pas sortir aussitôt.

« Bon Dieu, ce type te colle au train ? » C'était toujours amusant d'entendre un homme cultivé s'exprimer en argot.

« C'était le cas, jusqu'à ce que je le sème. » Bourne sortit des toilettes et regagna la salle de restaurant en examinant chaque table sur son passage. Son sandwich était arrivé mais son café était froid. Il fit signe à la serveuse, lui en demanda un autre. Quand elle se fut éloignée, il susurra dans le téléphone : « Ecoute, Deron, il me faut les trucs habituels – passeport, lentilles de contact à ma vue, et j'en ai besoin pour hier.

— Nationalité ?

— Gardons l'américaine.

— Je vois. Le type ne s'y attendra pas.

— On peut le voir comme ça, oui. Je veux que le nom sur le passeport soit celui d'Alexander Conklin. »

Deron émit un petit sifflement. « Comme tu voudras, Jason. Donne-moi deux heures.

— J'ai le choix ? »

Un petit gloussement bizarre explosa sur la ligne. « Oui, tu peux faire sans. J'ai toutes tes photos. Laquelle veux-tu ? »

Lorsque Bourne le lui dit, il rétorqua : « Tu es sûr? Tu as la boule à zéro. Ça ne te ressemble plus du tout.

— Ça me ressemblera quand j'en aurai terminé avec mon maquillage, répliqua Bourne. On m'a mis sur la liste des meilleurs succès de l'Agence.

— Numéro un plus une balle dans la peau, pas vrai ? Où devrons-nous nous rencontrer ? »

Bourne lui indiqua le point de rendez-vous.

« Ça me va. Bon, maintenant, tu m'écoutes, Jason. » Le ton de Deron se fit soudain plus sévère. « Tu as dû en baver. Je veux dire, tu les a vus, hein ? »

Bourne fixa son assiette. Pourquoi avait-il commandé ce sandwich ? La tomate ressemblait à un bout de viande crue. « Je les ai vus, oui. » Si seulement il pouvait revenir en arrière, ressusciter Alex et Mo... Ce serait vraiment génial. Mais le passé restait le passé, et il s'effaçait de sa mémoire un peu plus chaque jour.

« C'est pas comme dans *Butch Cassidy*. »

Bourne ne répondit rien.

Deron soupira. « Je connaissais Alex et Mo, moi aussi.

— Bien sûr. Je te les ai présentés », dit Bourne en coupant la communication.

Pendant un moment, il resta assis à réfléchir. Quelque chose de bizarre avait retenu son attention. En sortant des toilettes, une sonnette d'alarme avait retenti dans sa tête mais, distrait par sa conversation avec Deron, il ne s'y était pas attardé. Qu'est-ce que c'était ? Lentement, avec application, il repassa la salle en revue mais ne revit pas le barbu au léger boitillement. Peut-être était-il parti une fois son repas avalé. D'un autre côté, sa présence dans les toilettes l'avait vraiment mis mal à l'aise. Il y avait quelque chose en lui...

Il jeta quelques pièces sur la table et se dirigea vers la sortie. Un large pilier d'acajou séparait les deux vitrines donnant sur la rue. Bourne se dissimula derrière cet écran improvisé le temps de vérifier ce qu'il se passait à l'extérieur, et surtout les piétons – ceux qui marchaient trop lentement, les flâneurs, les lecteurs de journaux ou ceux qui stationnaient interminablement devant une vitrine, sur le trottoir d'en face, de manière à observer dans le reflet les entrées et sorties du restaurant. Il ne vit rien de tout cela mais remarqua, en revanche, trois personnes assises dans des voitures à l'arrêt – une femme, deux hommes – dont il ne put distinguer les traits. A part ça, il dénombra plusieurs véhicules vides garés juste devant le restaurant.

Sans plus attendre, il s'engagea sur la rue. En cette fin de matinée, la foule se faisait plus dense. Cela lui convenait parfaitement. Il passa les vingt minutes suivantes à surveiller son environnement immédiat, vérifiant les seuils des portes, les devantures des magasins, les piétons et les véhicules qui passaient, les fenêtres et les toits. Quand il acquit la certitude qu'aucun membre de l'Agence ne traînait dans les parages, il traversa, entra chez un marchand de spiritueux et demanda une bouteille Speyside pur malt, la boisson favorite de Conklin. Pendant que le vendeur allait chercher la bouteille, il regarda à travers la vitrine ce qu'il se passait dans la rue. Les véhicules garés devant le restaurant étaient toujours vides. L'un des hommes remarqués tout à l'heure, descendit de voiture et entra dans une pharmacie. Il n'était ni barbu ni boiteux.

Il lui restait près de deux heures avant son rendez-vous avec Deron et voulait employer son temps de manière constructive. Le bureau de Paris lui revint en mémoire ; il entendit de nouveau la voix, revit le visage qu'il n'avait pas reconnu. Jusqu'à présent, il n'avait pas eu l'occasion d'y réfléchir, étant donné les circonstances. Selon la méthode de Mo Panov, s'il reniflait de nouveau l'odeur du scotch, il avait une chance de déterrer d'autres souvenirs et, qui sait, découvrir l'inconnu de Paris ainsi que la raison pour laquelle son visage et sa voix avaient soudain ressurgi du tréfonds de son inconscient. Etait-ce à cause de l'odeur du malt ou parce qu'il se trouvait dans une très mauvaise passe, en ce moment ?

Bourne paya le scotch avec une carte de crédit en se disant qu'il pouvait l'utiliser sans problème dans ce genre de boutique. Un instant plus tard, il sortait avec son paquet sous le bras et passait devant la voiture où la femme était assise. Près d'elle, il remarqua un jeune enfant. L'Agence n'aurait jamais permis qu'on implique un enfant dans une planque, aussi ses soupçons se reportèrent-ils sur l'homme. Pourtant, Bourne se détourna et s'éloigna de la voiture en question, sans regarder derrière lui ni employer aucune des méthodes de couverture habituelles, aucune des procédures destinées à semer un poursuivant. Il détailla malgré tout les véhicules qu'il croisait.

Dix minutes plus tard, il entrait dans un square et s'asseyait sur un banc en fer forgé. Des pigeons prenaient leur envol, tournoyaient dans le ciel d'azur et se posaient entre les promeneurs. Les autres bancs n'étaient pas tous occupés. Un vieil homme apparut, portant un sac marron aussi fripé que son visage, dans lequel il puisait des miettes de pain par poignées. On aurait dit que les pigeons l'attendaient car ils arrivèrent à tire-d'aile, l'entourèrent en roucoulant et se jetèrent sur le pain en gloussant de plaisir.

Bourne ouvrit la bouteille de scotch, renifla l'arôme complexe, raffiné. Aussitôt, devant ses yeux apparut le visage d'Alex et le sang sourdant de son crâne. Sans s'affoler, presque avec révérence, il refoula cette image, prit une petite gorgée de whisky, la garda en bouche pour que ses effluves caressent son palais, emplissent ses narines et le ramènent vers le fragment némésique qu'il cherchait à fixer. Il revit la perspective des Champs-Elysées et lui, tenant en main le verre en cristal taillé. Quand il avala une nouvelle gorgée, il s'efforça de sentir le contact du verre contre ses lèvres. Lorsque la voix de stentor résonna à ses oreilles, il se concentra sur le bureau parisien qu'il avait fréquenté jadis, à une époque indéterminée.

Pour la première fois, il parvint à visionner les meubles tendus de velours, la peinture de Raoul Dufy représentant un pur-sang et son cavalier trottant dans le bois de Boulogne, les murs vert foncé aux nuances chatoyantes, le haut plafond couleur crème, rehaussé par cette vive lumière qu'on ne trouve qu'à Paris. *Continue,* s'ordonna-t-il. *Continue...* Un tapis à ramages, deux profonds fauteuils capitonnés, un bureau de noyer verni de style Régence derrière lequel se tenait un homme souriant. Il reconnut son visage avenant, sa haute stature, son long nez charnu et ses cheveux prématurément gris. Jacques Robbinet, le ministre français de la Culture.

C'était donc lui! Comment avait-il fait sa connaissance? Pourquoi étaient-ils devenus amis et, dans un certain sens, compatriotes? Sur ces points, le mystère demeurait entier, mais au moins il savait à présent qu'il possédait un allié en France, un contact sur lequel compter. Transporté de joie, Bourne glissa la bouteille de scotch sous le banc. Elle ferait les délices du clochard qui la trouverait. Puis il regarda autour de lui, l'air de rien. Le vieil homme avait disparu ainsi que la plupart des pigeons; les plus gros arpentaient encore leur territoire en se pavanant, poitrines ébouriffées, histoire de picorer les dernières miettes tout en montrant qu'ils étaient les maîtres des lieux. Un jeune couple s'embrassait sur un banc, non loin de là; trois gamins équipés d'une radio portable traversèrent le square en faisant des bruits obscènes à l'intention des deux amoureux enlacés. Bourne se raidit, tous ses sens en alerte – quelque chose détonnait dans le paysage mais il ne voyait pas quoi.

Il se rendait parfaitement compte que l'heure de son rendez-vous avec Deron approchait, mais son instinct l'avertissait de ne pas bouger avant d'avoir identifié l'anomalie. De nouveau, il détailla tous les promeneurs. Pas de barbu, et encore moins de boiteux. Et pourtant... Face à lui, de biais, un homme était assis, les coudes posés sur les genoux, mains jointes. Il regardait un petit garçon tenant le cornet de glace que son père venait de lui offrir. Si Bourne avait repéré le type en question c'était qu'il portait un bomber en daim sombre et un pantalon noir. Ses cheveux n'étaient pas gris mais noirs, il n'avait pas de barbe et se tenait les jambes repliées de manière tout à fait naturelle.

Etant lui-même une sorte de caméléon, expert dans l'art du déguisement, Bourne savait que pour passer inaperçu, la meilleure méthode consistait à changer d'apparence, surtout quand on avait affaire à un professionnel. Un amateur remarquait les aspects superficiels d'une physionomie, comme la couleur des cheveux et des vêtements, mais pour un agent entraîné, la manière de se mouvoir, de marcher constituait un indice infaillible, aussi précis qu'une empreinte digitale. Il évoqua l'image de l'homme aperçu dans les toilettes du restaurant. Portait-il une perruque, une fausse barbe ? Comment en être sûr ? Pourtant une chose était certaine : ce type avait un bomber de daim sombre et un pantalon noir. De là où il se tenait, Bourne ne pouvait voir son visage mais son allure générale lui disait qu'il était plus jeune que l'homme aperçu dans les toilettes du restaurant.

Il y avait autre chose de curieux chez lui, mais quoi ? Bourne étudia son profil pendant quelques secondes avant de comprendre. Dans un éclair, il revit la silhouette de l'individu qui l'avait attaqué dans les bois entourant la propriété de Conklin. Il identifia la forme de l'oreille, les cheveux très bruns, la masse corporelle.

Nom de Dieu ! s'écria-t-il dans son for intérieur, c'était l'homme qui lui avait tiré dessus, celui qui avait failli le tuer dans la caverne de Manassas ! Comment avait-il pu suivre sa trace, alors que Bourne avait faussé compagnie aux hommes de l'Agence et à tous les policiers du secteur ! Un frisson le parcourut. Quel genre d'homme était-il pour accomplir pareil exploit ?

Il n'existait qu'une façon d'en avoir le cœur net. Par expérience, Bourne savait que la seule manière de se débarrasser d'un ennemi particulièrement rusé consistait à le prendre par surprise. Il devrait accomplir le geste auquel l'autre s'attendait le moins. Il hésita quelques instants, malgré tout. N'ayant jamais eu à affronter un adversaire de cette force, il s'apprêtait à pénétrer en territoire inconnu.

Ayant tourné toutes ces considérations dans sa tête, Bourne se leva et, d'un pas lent mais décidé, traversa le square et s'assit près de l'homme. Maintenant, il voyait son visage. A n'en point douter, c'était un Asiatique. L'autre resta stoïque et ne manifesta aucune surprise, ce qui était à mettre à son crédit. Il continuait d'observer le petit garçon. Comme la glace commençait à fondre, le père lui montra comment tourner le cornet pour lécher les coulures.

« Qui es-tu ? demanda Bourne. Pourquoi cherches-tu à me tuer ? »

L'homme regardait droit devant lui, comme s'il n'avait pas entendu. « Charmante scène de bonheur familial. » Bourne décela une pointe de sarcasme dans sa voix. « Je me demande si l'enfant sait que son père est capable de l'abandonner d'un moment à l'autre. »

En entendant résonner la voix de son ennemi dans cet environnement paisible, Bourne eut une curieuse impression. Comme s'il venait d'émerger du royaume des ombres et prenait pied dans le monde réel.

« Tu as beau vouloir ma peau, reprit Bourne, tu ne peux rien faire dans un lieu public.

— Ce garçon doit avoir dans les six ans, je dirais. Bien trop jeune pour percevoir la nature des choses, bien trop jeune pour imaginer les raisons qui pousseraient son père à l'abandonner. »

Bourne secoua la tête. La conversation ne se déroulait pas comme prévu. « Qu'est-ce qui te fait penser cela ? Pourquoi cet homme abandonnerait-il son fils ?

— Intéressante question de la part d'un père de famille. Tu as deux enfants, Jamie et Alison, n'est-ce pas ? »

Bourne le regarda d'un air hébété, comme s'il venait de recevoir un coup de poignard dans le ventre. La peur et la colère tourbillonnaient en lui mais ce fut la colère qu'il choisit de laisser éclater. « Je ne m'abaisserai pas à te demander comment tu as fait pour en apprendre autant sur mon compte, mais écoute bien ceci. En menaçant ma famille, tu viens de commettre une erreur fatale.

— Oh, ne te fatigue pas. Je n'ai aucunement l'intention de m'en prendre à tes gosses, répondit Khan d'un ton égal. Je me demandais juste ce que Jamie ressentira quand il comprendra que tu ne reviendras jamais.

— Je n'abandonnerai pas mon fils. Je ferai l'impossible pour rentrer chez moi sain et sauf.

— Je trouve bizarre que ta famille actuelle te passionne tant alors que tu as laissé tomber Dao, Joshua et Alyssa. »

A présent, c'était la peur qui prenait le dessus. Son cœur battait à tout rompre, une douleur aiguë lui transperçait la poitrine. « Mais qu'est-ce que tu racontes ? Où as-tu été chercher que je les avais laissé tomber ?

— Tu les as bien laissés se débrouiller tout seuls, n'est-ce pas ? »

Bourne avait l'impression de perdre tout sens de la réalité. « Comment oses-tu ! Ils sont morts ! Ils m'ont été arrachés et je ne les ai jamais oubliés ! »

L'esquisse d'un sourire ourla les lèvres du jeune homme, comme s'il avait remporté une victoire en parvenant à le faire sortir de ses gonds. « Pas même quand tu as épousé Marie ? Pas même quand Jamie et Alison sont nés ? » A présent, il parlait sur un ton légèrement offusqué, semblant contenir à grand-peine une forte émotion lovée tout au fond de lui. « Tu as voulu créer des répliques de Joshua et d'Alyssa. Tu as même repris les initiales de leurs prénoms. »

C'était comme si on l'avait mis KO. Un hurlement lui vrillait les oreilles. « Qui es-tu ? répéta Bourne d'une voix étranglée.

— On m'appelle Khan. Mais toi, qui es-tu, David Webb ? Il arrive qu'un professeur de linguistique aime faire du sport et se balader dans la nature, mais il ne sait ni se battre au corps à corps, ni fabriquer un filet-cage viêt-công, ni voler des voitures. Et par-dessus tout, il est incapable de semer des agents de la CIA.

— Il semble que nous soyons un mystère l'un pour l'autre. »

Le même sourire exaspérant étirait toujours les lèvres de Khan. Bourne sentit ses poils se hérisser, comme si un fragment de sa mémoire brisée tentait de refaire surface.

« Si ça t'amuse. Le fait est que, même dans ce lieu public, je pourrais parfaitement te tuer », repartit Khan d'une voix pleine de fiel. Son sourire s'était dissipé aussi vite qu'un nuage change de forme. Un léger tremblement parcourut la colonne de bronze de son cou, comme si une fureur longtemps contenue venait de surgir de ses entrailles. « Je pourrais te tuer sur-le-champ. Mais en faisant cela, j'attirerais l'attention des deux agents de la CIA qui viennent d'entrer dans le square, par la porte nord. »

Sans bouger la tête, Bourne fit coulisser son regard dans la direction indiquée. Khan avait parfaitement raison. Deux types de l'Agence étaient en train de dévisager les flâneurs.

« Je pense qu'il est temps de partir. » Khan se leva et baissa les yeux vers Bourne. « Tu es dans une situation très simple. Soit tu me suis soit tu es fait. »

Bourne se leva et lui emboîta le pas. Ils sortirent du square. Khan s'était placé entre Bourne et les agents et demeura dans cette position jusqu'au bout. Bourne ne put s'empêcher d'admirer une nouvelle fois le savoir-faire du jeune homme. Il excellait non seulement dans sa manière d'analyser les situations d'urgence mais aussi dans sa façon de les traiter.

« Pourquoi fais-tu cela ? », demanda Bourne à qui n'avait pas échappé l'emportement soudain de Khan. Un éclat qu'il trouvait à la fois énigmatique et inquiétant. Khan ne répondit pas.

Ils s'enfoncèrent dans la foule qui les avala bientôt. Ayant vu les quatre agents s'approcher de Lincoln Fine Tailors, Khan avait rapidement mémorisé leurs visages. Cela n'avait rien d'une performance pour lui ; dans la jungle où il avait grandi seul, le fait de savoir identifier un individu lui avait souvent sauvé la vie. En tout cas, contrairement à Bourne, il avait repéré les quatre hommes et, à présent, guettait les deux autres. Pour lui, l'instant était trop crucial pour qu'il tolère la moindre perturbation. Il conduirait sa cible là où il l'avait décidé.

Il repéra deux agents au milieu de la foule, juste devant eux. Placés en formation standard, un de chaque côté de la rue, ils se dirigeaient droit sur eux. Khan se tournait vers Webb pour l'avertir quand il s'aperçut qu'il était seul. Webb s'était volatilisé.

CHAPITRE SEPT

Enfouie dans les entrailles de Humanistas, Ltd., une station d'écoutes sophistiquée surveillait les émissions de signaux clandestins provenant de tous les grands réseaux de renseignements. Aucune oreille humaine ne percevait ces données brutes parce que aucune oreille humaine n'était capable d'en tirer du sens, ces signaux étant cryptés. Leur trafic passait à travers une série de programmes informatiques basés sur des algorithmes heuristiques – c'est-à-dire capables d'apprendre. Il existait un programme pour chaque réseau de renseignements car chaque agence utilisait son propre algorithme de cryptage.

Le bataillon de programmeurs appointés par Humanistas s'entendait à briser certains codes mieux que d'autres mais pour Spalko l'essentiel était que, grâce à eux, il pouvait se tenir au courant de tout ce qui se passait à travers le monde. Parmi les codes décryptés, figurait celui de la CIA. Ainsi, quelques heures après que le DCI eut ordonné l'exécution de Jason Bourne, Stepan Spalko en avait été averti.

« Excellent, dit-il. Tout se déroule conformément à mes plans. » Il reposa le message décodé puis fit monter une carte de Nairobi sur l'écran de son ordinateur et se déplaça dans la ville jusqu'au point, situé au cœur des faubourgs, où le président Jomo leur avait demandé d'envoyer une équipe médicale pour soigner les malades du sida placés en quarantaine.

A ce moment, son portable sonna. Il écouta la voix de son interlocuteur, vérifia l'heure à sa montre et finit par dire : « Normalement, on aura le temps. Vous avez bien fait. » Puis il prit l'ascenseur jusqu'au bureau d'Ethan Hearn. Dans la cabine, il ralluma son téléphone et obtint en deux minutes ce que tant d'autres, à Budapest, avaient en vain tenté d'obtenir durant des semaines – une place d'orchestre pour la représentation de ce soir à l'opéra.

Le tout nouveau chargé de développement était collé à son ordinateur, absorbé dans un travail acharné, mais dès que Spalko entra, il bondit sur ses pieds. Le jeune homme semblait aussi frais et dispos qu'en arrivant au bureau le matin même, c'était du moins ce que Spalko se dit en le voyant.

« Laissez tomber ces formalités, Ethan, s'exclama Spalko en lui adressant un sourire éclatant. On n'est pas à l'armée, vous savez.

— Oui, monsieur. Merci. » Hearn s'étira. « Je suis là depuis sept heures du matin.

— Comment va la collecte de fonds ?

— J'ai décroché deux dîners et un déjeuner avec des clients sérieux en début de semaine prochaine. Je vous ai envoyé par courriel une copie des formulaires d'engagement que je compte leur remettre.

— Bien, bien. » Spalko jeta un coup d'œil autour de lui comme pour s'assurer que personne ne se trouvait à portée de voix. « Dites-moi, possédez-vous un smoking ?

— Bien sûr, monsieur. Dans mon métier, c'est un accessoire indispensable.

— Excellent. Rentrez chez vous et passez-le.

— Monsieur ? » La surprise assembla les sourcils du jeune homme en un trait continu.

« Vous allez à l'opéra.

— Ce soir ? C'est un peu rapide ! Comment avez-vous fait pour trouver une place ? »

Spalko éclata de rire. « Vous savez, je vous aime bien, Ethan. Je suis prêt à parier que vous êtes le dernier homme honnête sur cette terre.

— Monsieur, à mon avis, ce serait plutôt vous. »

Devant l'expression abasourdie plaquée sur le visage de son employé, Spalko se remit à rire. « C'était une blague, Ethan. Bien, allez-y maintenant. Il n'y a pas de temps à perdre.

— Mais mon travail... » Hearn désigna l'écran de son ordinateur.

« Dans un sens, cette soirée fait partie de votre travail. Je veux que vous rencontriez un homme, à l'opéra. Quelqu'un que je souhaiterais compter au nombre de nos bienfaiteurs. » Spalko s'exprimait sur un ton si détendu, si badin que Hearn le crut sur parole. « Cet homme... s'appelle László Molnar.

— Jamais entendu parler de lui.

— Rien d'étonnant à cela. » Spalko baissa la voix et ajouta d'un air de conspirateur : « Bien qu'il soit très riche, il tient à ce que personne ne le sache. C'est sa parano à lui. Il ne figure sur aucune liste de donateurs, je peux vous l'assurer, et si jamais vous faites la moindre allusion à sa fortune, attendez-vous à ce qu'il vous tourne définitivement le dos.

— Je comprends parfaitement, monsieur, dit Hearn.

— C'est un connaisseur, bien que de nos jours il semble que ce mot ait perdu l'essentiel de sa signification.

— Oui, monsieur. » Hearn hocha la tête. « Je crois comprendre ce que vous voulez dire. »

Spalko, quant à lui, aurait juré que le jeune homme ignorait absolument ce qu'il voulait dire. Une vague de nostalgie s'abattit sur lui. Autrefois, il avait été aussi naïf que Hearn. Aujourd'hui, il lui semblait que cette époque remontait à une bonne centaine d'années. « En tout cas, Molnar aime l'opéra. Il a un abonnement sur plusieurs années.

— Je vois comment il convient de procéder avec des clients difficiles tels que László Molnar. » Hearn enfila sa veste. « Vous pouvez compter sur moi. »

Spalko le gratifia d'un grand sourire. « J'en étais sûr. Bon, dès que vous l'aurez ferré, je veux que vous l'emmeniez à l'Underground. Vous connaissez ce bar, Ethan ?

— Bien sûr, monsieur. Mais il sera un peu tard. Plus de minuit, certainement. »

Spalko posa son index sur sa bouche. « Un autre secret. Molnar est un oiseau de nuit. Pourtant, attendez-vous à une résistance. Cet homme adore se faire prier. Il faudra tenir bon, Ethan, vous comprenez ?

— Tout à fait. »

Spalko lui tendit une fiche portant le numéro de place de Molnar. « Alors, allez-y. Amusez-vous bien. » Il lui donna une petite bourrade. « Et bonne chance. »

L'imposante façade romane du Magyar Allami Operaház, l'Opéra national hongrois, resplendissait de lumières. Sa superbe salle, haute de trois étages, toute d'ors et de pourpre, étincelait sous les milliers de points lumineux projetés par les multiples facettes du lustre en cristal qui pendait, telle une cloche gigantesque, sous le dôme couvert de fresques.

Ce soir-là, la compagnie nationale donnait *Háry János* de Zoltán Kodály, une œuvre traditionnelle figurant à son répertoire depuis 1926. Lorsque Ethan Hearn s'engouffra dans le vaste hall de marbre, il fut accueilli par le grondement des conversations. Toute la bonne société de Budapest s'était assemblée ici pour l'occasion. Bien que fort élégamment coupé, son smoking de worsted ne sortait pas des ateliers d'un grand couturier. Dans son métier, les vêtements et la manière de les porter comptaient énormément. Il affectionnait les costumes distingués, mais discrets et pas trop chers. Quand on souhaitait décrocher une donation, mieux valait rester humble.

Bien qu'il craignît d'arriver en retard, il ralentit le pas afin de jouir de cet instant magique qui électrise une salle juste avant le lever du rideau et qui lui donnait toujours la chair de poule.

Connaissant par cœur les divers violons d'Ingres des notables hongrois, Hearn nourrissait un goût tout particulier pour l'opéra. Il se piquait d'en être connaisseur. *Háry János* lui plaisait tant par sa musique, inspirée du folklore hongrois, que par son livret retraçant l'histoire de János, un simple soldat qui, ayant sauvé la fille de l'empereur, se vit nommé au grade de général avant de vaincre Napoléon sans l'aide de personne et de conquérir le cœur de la princesse. Cette charmante fable plongeait ses racines dans l'histoire sanglante de la Hongrie.

En fait, il ne devait son retard qu'à une circonstance fortuite. Grâce à la fiche remise par Spalko, il avait repéré László Molnar dans la salle déjà bondée. Au premier coup d'œil, Hearn enregistra ses caractéristiques physiques. Un homme de taille moyenne, entre deux âges, ventripotent. Une crinière de cheveux noirs, lissés en arrière, et un crâne en forme de champignon. Des touffes de poils lui sortaient des oreilles ; ses mains aux doigts courts étaient également velues. Il semblait ne prêter aucune attention à sa voisine qui elle, en revanche, tenait des discours un peu trop bruyants à l'homme assis à sa gauche. Le siège à la droite de Molnar restait vide. De toute évidence, il était venu seul. Tant mieux, pensa Hearn, tout en s'asseyant presque au dernier rang de l'orchestre. Un moment plus tard, les lumières s'éteignirent, l'orchestre entonna l'ouverture et le rideau glissa sans bruit.

À l'entracte, Molnar se leva pour prendre une tasse de chocolat chaud et se mêla à la foule des gens chic. Humains et animaux avaient évolué de manière différente. La preuve en était que, contrairement à ce qu'il se passe dans le règne animal, les femelles humaines s'ornaient de vives couleurs. Ces dames portaient de longues robes en shantung, en moire vénitienne, en satin du Maroc, autant d'atours qui, quelques mois auparavant, avaient assuré le succès des défilés des grands couturiers à Paris, Milan ou New York. Les messieurs en smokings griffés s'empressaient autour de leurs compagnes assemblées en troupeaux gloussants, tout heureux de courir leur chercher coupes de champagne ou tasses de chocolat chaud dès qu'elles en manifestaient le désir. Le reste du temps, ils replongeaient dans une sombre apathie.

Hearn qui avait apprécié la première partie de l'opéra, attendait avec impatience le début du dernier acte sans toutefois oublier le but de sa mission. En fait, tout en savourant le spectacle, il avait mis au point une tactique d'approche. Il n'aimait pas s'enfermer dans des plans conçus trop à l'avance, préférant se laisser guider par l'inspiration. D'abord, il jaugeait son client, ensuite il décidait comment procéder. Celui qui sait regarder peut en apprendre long sur autrui en quelques coups d'œil. Le client se souciait-il de son apparence ? Appréciait-il la bonne chère ou pas ? Aimait-il boire, fumer ? Etait-il cultivé ou grossier ? Tous ces facteurs et de nombreux autres se mêlaient pour alimenter l'analyse.

Ainsi donc, lorsque Hearn amorça son approche, il savait comment aborder László Molnar et engager la conversation.

« Excusez-moi, lança Hearn de son ton le plus humble. Je suis un amoureux d'opéra. Et je me demandais si vous l'étiez vous aussi. »

Molnar s'était retourné. Son smoking Armani mettait en valeur ses larges épaules tout en dissimulant ses rondeurs abdominales. De près, ses grandes oreilles paraissaient encore plus poilues. « J'étudie l'opéra », répondit Molnar d'une voix posée dans laquelle les sens exercés de Hearn décelèrent une certaine méfiance. Hearn produisit son sourire le plus charmant en plongeant son regard dans celui, plus sombre, de son interlocuteur. « Pour être franc, poursuivit Molnar, apparemment séduit, c'est pour moi une passion dévorante. »

C'était exactement ce que Spalko lui avait expliqué, pensa Hearn. « J'ai un abonnement, annonça-t-il sur le ton affable qui lui était familier. Je l'ai depuis des années et je n'ai pu m'empêcher de remarquer que vous aussi. » Il eut un léger rire. « Je n'ai hélas pas trop l'occasion de fréquenter des amateurs d'opéra. Ma femme préfère le jazz.

— La mienne adorait l'opéra.

— Vous êtes divorcé ?

— Veuf.

— Oh, je suis navré.

— Ça fait longtemps, répliqua Molnar sur un ton un peu plus chaleureux à présent qu'il lui avait livré des bribes de son intimité. Elle me manque tant que je n'ai jamais pu me résoudre à vendre sa place. »

Hearn lui tendit la main. « Ethan Hearn. »

Après une imperceptible hésitation, László Molnar la saisit dans sa patte velue. « László Molnar. Enchanté de faire votre connaissance. »

Hearn esquissa une petite courbette. « Accepteriez-vous une tasse de chocolat chaud, monsieur Molnar ? »

Cette offre parut lui convenir car il hocha la tête. « J'en serais ravi. » Comme ils fendaient ensemble la foule épaisse, ils descendirent la liste de leurs œuvres et compositeurs favoris. Hearn ayant laissé Molnar s'exprimer en premier, ils découvrirent qu'ils avaient beaucoup de goûts en commun. De nouveau, Molnar s'avoua ravi. Comme Spalko lui-même l'avait remarqué, Hearn possédait une nature si franche, si ouverte, que même l'observateur le plus critique s'y laissait prendre. Ce don lui permettait de se comporter avec aisance et naturel dans les situations les plus artificielles. Cette spontanéité séduisit Molnar et fit fondre ses dernières défenses.

« Cette représentation est-elle à votre goût ? demanda Molnar pendant qu'ils sirotaient leur chocolat.

— Oh oui, j'adore, dit Hearn. Mais *Háry János* joue tellement sur l'émotion que je l'apprécierais d'autant plus si je pouvais voir les expressions des visages, je l'avoue. Hélas pour moi, quand j'ai pris cet abonnement, il ne restait que quelques places dans le fond. Et maintenant, il est impossible d'obtenir mieux. »

Molnar resta coi pendant un instant durant lequel Hearn craignit de voir passer sa chance. Puis il dit, comme si l'idée venait de germer dans son esprit. « Accepteriez-vous d'occuper le siège de ma femme ? »

*

« Encore, dit Hasan Arsenov. Il faut qu'on récapitule les dernières étapes de notre lutte pour la liberté.

— Mais je les connais aussi bien que ton visage, protesta Zina.

— Assez bien pour parcourir le chemin menant à notre destination finale les yeux bandés ?

— Ne sois pas ridicule, se moqua Zina.

— En islandais, Zina. Nous ne parlons plus qu'en islandais. »

Sur le grand bureau de leur chambre, étaient étalés les plans de l'hôtel Oskjuhlid à Reykjavík. Sous la lumière accueillante de la lampe, l'hôtel apparaissait couche après couche, sur de vastes feuilles, des fondations jusqu'aux installations de sécurité, des égouts jusqu'aux systèmes de chauffage et de climatisation, sans parler des plans au sol en eux-mêmes. Chaque feuille de papier millimétré portait une série d'indications manuscrites, des flèches marquant la direction, des gommettes signalant les multiples dispositifs de sécurité rajoutés par chacune des nations participant au sommet sur le terrorisme. Spalko avait indiqué jusqu'au moindre détail.

« A partir du moment où nous aurons forcé les défenses de l'hôtel, dit Arsenov, nous disposerons de très peu de temps pour atteindre notre but. Le problème le plus préoccupant c'est qu'il nous est impossible de le décompter à l'heure actuelle, ce temps. Cela nous oblige d'autant plus à éliminer toute hésitation, toute erreur – pas de faux mouvement ! » L'excitation faisait étinceler ses yeux sombres. Il saisit une écharpe appartenant à Zina, conduisit sa compagne au bout de la pièce et drapa le tissu autour de sa tête en le nouant assez serré pour qu'elle n'y voie rien.

« Nous venons d'entrer dans l'hôtel. » Il la lâcha. « A présent, je veux que tu continues. Je te chronomètre. Vas-y ! »

Pendant les deux tiers du parcours circulaire, elle s'en sortit bien mais à la jonction imaginaire entre deux couloirs, elle prit sur la gauche au lieu d'aller à droite.

« Tu es fichue, dit-il sèchement tout en lui ôtant son bandeau. Même si tu corrigeais ton erreur, tu n'atteindrais pas la cible dans les temps. Les services de sécurité – américains, russes ou arabes, peu importe – t'attraperaient et t'abattraient. »

Zina tremblait, furieuse à la fois contre lui et contre elle-même.

« Je connais ce visage, Zina. Oublie ta colère, ordonna Hasan. L'émotion brise la concentration, et tu as absolument besoin de toute ta concentration. Quand tu seras capable de faire le parcours les yeux bandés sans commettre une seule erreur, nous en aurons fini pour ce soir. »

Une heure plus tard, la répétition terminée, Zina dit : « Viens te coucher, mon amour. »

Seulement vêtu d'une tunique de mousseline teinte en noir et retenue à la taille par une ceinture, Arsenov refusa d'un signe de tête. Debout près de la grande baie vitrée, il contemplait Budapest la nuit. Des milliers de points lumineux se reflétaient dans les eaux sombres du Danube.

Zina s'étendit nue sur l'édredon et se mit à rire doucement, d'un rire de gorge. « Hasan, touche un peu ça ! » De ses longs doigts effilés, elle caressait les draps. « Du pur coton égyptien, quel luxe ! »

Il se tourna vers elle en pivotant sur les talons, les sourcils froncés. La désapprobation assombrissait son visage. « Ces choses ne représentent rien, Zina. » Il désigna la bouteille entamée, posée sur la table de nuit. « La fine Napoléon, ces draps satinés, cet édredon. Ce luxe n'est pas pour nous. »

Zina écarquilla les yeux, ses lèvres pulpeuses s'arrondirent en une moue capricieuse. « Et pourquoi pas ?

— La leçon que tu viens d'apprendre t'est donc entrée par une oreille et ressortie par l'autre ? Parce que nous sommes des guerriers, Zina, parce que nous avons renoncé à tout bien temporel.

— As-tu renoncé à tes armes, Hasan ? »

Il secoua la tête et la fixa d'un regard implacable. « Nos armes ont un but.

— Toutes ces choses si agréables ont un but elles aussi, Hasan. Elles me rendent heureuse. »

Il exprima son dédain par un grognement guttural.

« Je ne veux pas les posséder, Hasan, poursuivit Zina d'une voix rauque, juste en profiter une nuit ou deux. » Elle lui tendit la main. « Si tu oubliais tes principes rigoristes pendant quelques heures ? Nous avons travaillé dur tous les deux, aujourd'hui ; nous méritons bien un peu de détente.

— Parle pour toi. Je ne me laisserai pas séduire par ce luxe, répliqua-t-il. Et que tu t'y laisses prendre me révulse.

— Vraiment ! Je te révulse ! » Elle venait de noter dans son regard une sorte de déni, une lueur qu'elle traduisit comme l'expression d'un léger doute. Elle se dit qu'il n'allait pas tarder à laisser tomber ses principes ascétiques. Mais elle se faisait des idées.

« Très bien, dit-elle. Dans ce cas, je vais casser la bouteille de cognac et répandre les tessons sur le lit puisque c'est la seule manière de t'attirer vers moi.

— Je te l'ai déjà dit, menaça-t-il. On ne plaisante pas avec ces choses-là, Zina. »

Elle s'assit, se mit à genoux et s'approcha de lui. Ses seins provocants se balançaient sous la lumière dorée de la lampe. « Je suis tout à fait sérieuse. Si tu préfères que nous fassions l'amour sur une couche de douleur, je m'inclinerai. Ai-je le choix ? »

Il la regarda longuement sans songer un instant qu'elle pouvait se moquer de lui. « Tu ne comprends donc pas. » Il fit un pas vers elle. « Notre route est toute tracée. Nous sommes liés à la *Tariqat*, le chemin spirituel qui mène vers Allah.

— Ne me distrais pas, Hasan. Je suis en train de songer aux armes. » D'une main, elle saisit la tunique de mousseline et l'attira vers elle. De l'autre, elle effleura le bandage enveloppant la cuisse blessée de son amant. Puis elle remonta.

Leur façon de faire l'amour tenait plus du corps à corps que de l'union tendre et passionnée. Leurs gestes semblaient dictés autant par le désir charnel que par la hargne. On aurait dit qu'ils voulaient se blesser mutuellement. Dans cette débauche de coups, de gémissements et de relâchements, l'amour ne jouait aucun rôle. Arsenov aurait réellement préféré se vautrer sur la couche parsemée de tessons évoquée par Zina en manière de boutade, tout à l'heure ; quand il la sentait se cramponner à lui, il tenait bon et résistait pour qu'elle le griffe jusqu'au sang. Il la tourmentait, lui faisait mal afin qu'elle morde à belles dents les muscles puissants de ses épaules, de sa poitrine, de ses bras. Enfin, la douleur devint tellement insupportable qu'elle menaça de supplanter le plaisir. A ce moment précis, l'étrange sensation hallucinatoire qui le tenait s'éloigna enfin.

Il devrait payer pour ce qu'il avait fait subir à Khalid Murat, son compatriote, son ami. Peu importait qu'il ait agi par nécessité, pour la survie et la prospérité de son peuple. Combien de fois ne s'était-il pas répété que Khalid Murat avait été sacrifié sur l'autel de l'avenir de la Tchétchénie ? Et pourtant, tel un pécheur, un réprouvé, il demeurait hanté par le doute et la peur, il avait besoin qu'on le punisse, et de la manière la plus cruelle qui soit. Emporté par la petite mort qui suit la jouissance, il se disait qu'après tout, les prophètes avaient tous connu ce genre d'épreuve. La torture qu'il endurait en ce moment prouvait, s'il en était encore besoin, que le chemin où il s'était engagé était le bon.

Zina reposait entre ses bras mais elle aurait tout aussi bien pu se trouver à des kilomètres de là. Pourtant, elle aussi songeait aux prophètes. Ou, plus précisément, à un prophète. Un prophète moderne vers lequel ses pensées se tournaient constamment, même tout à l'heure lorsqu'elle avait attiré Hasan près d'elle. Elle détestait l'attitude méprisante de Hasan envers le luxe et le raffinement qui les entouraient. Donc, quand il l'enlaçait, ce n'était pas à lui qu'elle rêvait, quand il la pénétrait, elle sentait la présence en elle d'un autre homme, Stepan Spalko, celui pour lequel elle soupirait. Et, contrairement à ce que croyait Hasan, ce n'était pas par passion qu'elle se mordait la lèvre en sentant monter le plaisir mais parce qu'elle redoutait de prononcer le nom de Spalko. Elle aurait tant aimé le faire, pourtant, ne serait-ce que pour blesser Hasan en plein cœur. Car elle ne doutait pas de son amour pour elle. Cet amour, elle le trouvait stupide, stérile. C'était un sentiment puéril digne d'un bébé cherchant le sein de sa mère. S'il la désirait ardemment, c'était qu'il trouvait en elle chaleur et protection, le refuge dans la matrice. Elle abhorrait cette sorte d'amour.

Mais elle, ce qu'elle désirait ardemment...

Le cours de ses pensées se figea lorsqu'il se serra contre elle en soupirant. Elle l'avait cru endormi mais ce n'était pas le cas, à moins que quelque chose ne l'ait réveillé. Elle cessa donc de réfléchir et se mit à l'écoute du désir de Hasan. Son odeur mâle montait vers elle comme la brume précédant l'aurore. Son souffle s'accéléra un petit peu.

« Je me demandais, murmura-t-il, ce que signifie être un prophète. Tu crois qu'un jour notre peuple me considérera ainsi ? »

Zina ne répondit rien car elle savait qu'il voulait juste qu'elle l'écoute. Il cherchait à se rassurer, à se convaincre que le chemin qu'il avait choisi était le bon. Tel était le point faible d'Arsenov. Seule Zina le connaissait et il ne s'en ouvrait qu'à elle. Elle se demanda si Khalid Murat avait deviné cette faiblesse. En tout cas, Spalko, lui, l'avait identifiée, c'était quasiment sûr.

« Le Coran nous dit que chacun de nos prophètes représente un attribut divin, reprit Arsenov. Moïse est l'incarnation de l'aspect transcendant de la réalité, car il s'adressait à Dieu sans intermédiaire. Dans le Coran, le Seigneur dit à Moïse : "Ne crains pas, tu es transcendant." Jésus est la manifestation de l'état de prophète. Enfant, il criait : "Dieu, donne-moi le livre et fais de moi un prophète."

« Mahomet, lui, est l'incarnation et la manifestation spirituelle de tous les noms de Dieu. Mahomet a dit : "Ce que Dieu a créé en premier c'est ma lumière. J'étais déjà un prophète quand Adam demeurait encore entre l'eau et la terre." »

Zina attendit l'espace de plusieurs battements de cœur pour s'assurer qu'il avait fini de pontifier. Puis elle posa la main sur sa poitrine qui se soulevait au rythme de son souffle lent et, pour entrer dans son jeu, lui demanda : « Et toi, quel est *ton* attribut divin, mon prophète ? »

Arsenov tourna la tête sur l'oreiller afin de mieux la voir. La lampe allumée derrière elle découpait son visage dans l'ombre, traçant une simple ligne lumineuse le long de sa joue et de sa mâchoire, telle une longue caresse de peintre. Une pensée lui vint qu'il gardait enfouie la plupart du temps et redoutait même d'évoquer dans son for intérieur. Il ne savait pas ce qu'il deviendrait sans la force et la vitalité de cette femme dont la matrice représentait à ses yeux l'immortalité, le refuge sacré d'où sortiraient ses fils et toute sa lignée pour les siècles des siècles. Mais il savait que ce rêve ne pourrait se réaliser sans l'aide de Spalko. « Ah, Zina, si seulement tu savais ce que le Cheik va faire pour nous, ce qu'il va nous aider à accomplir. »

Elle posa sa joue sur son bras replié. « Dis-moi. »

Mais il fit non de la tête. Un petit sourire releva les commissures de ses lèvres. « Ce serait une erreur.

— Pourquoi ?

— Parce qu'il faut que tu découvres par toi-même la puissance de cette arme. »

Elle le regarda dans les yeux et soudain un frisson surgit du tréfonds de son être, d'une zone sombre où elle osait rarement s'attarder. Etait-ce la prémonition de la force dévastatrice qui serait libérée dans trois jours, à Nairobi ? Elle ignorait la forme que prendrait la mort donnée par cette arme, mais avec la clairvoyance parfois accordée aux amants, elle devinait que Hasan s'intéressait plus à la peur engendrée par cette forme de mort qu'à la mort elle-même. C'était par la peur qu'il comptait régner. La peur qui, telle une épée de justice, l'aiderait à reconquérir tout ce que les Tchétchènes avaient perdu durant des siècles d'humiliations, d'exil et de massacres.

Depuis son jeune âge, Zina connaissait intimement la peur. Elle avait vu son père s'étioler, devenir l'ombre de lui-même, touché par ce désespoir mortel qui se répandait comme une peste parmi les Tchétchènes. Lui qui, pendant des années, avait subvenu aux besoins de sa famille, comme tous les pères tchétchènes se doivent de le faire, n'osait plus se montrer dans la rue de peur d'être ramassé par les Russes. Au fil du temps, sa mère, si belle autrefois, avait fini par devenir une vieillarde décharnée, le cheveu rare, la vue basse et la mémoire défaillante.

Le soir, quand elle rentrait à la maison après une longue journée passée à fouiller les détritus, elle devait encore parcourir trois kilomètres à pied jusqu'à la fontaine publique la plus proche et faire la queue pendant une heure ou deux avant de revenir en traînant son seau. Il lui fallait monter les cinq étages pour atteindre la pièce sordide qui leur servait de foyer.

Cette eau ! Il lui arrivait encore de se réveiller en pleine nuit, le cœur au bord des lèvres, avec dans la bouche le goût immonde de la térébenthine.

Une nuit, sa mère s'était assise pour ne plus jamais se relever. Elle n'avait que vingt-huit ans mais en faisait bien cinquante. Ses poumons étaient encrassés par les fumées des puits de pétrole incendiés qui ne cessaient de répandre dans l'air leur goudron mortel. Le plus jeune frère de Zina était assoiffé, aussi s'était-elle tournée vers sa fille aînée : « Je n'arrive plus à me lever. Même pour aller puiser notre eau. Je n'en peux plus... »

Zina roula sur elle-même et éteignit la lampe. C'est alors qu'elle remarqua la lune. L'astre luisait dans l'encadrement de la fenêtre. A l'endroit où son torse rejoignait sa taille étroite, un petit rayon de lumière froide caressa les draps et vint éclairer la pointe de ses seins dont la courbe bien dessinée reposait dans la main de Hasan. Mis à part ce rayon spectral, tout n'était qu'obscurité.

Elle resta longtemps couchée les yeux ouverts, à écouter la respiration régulière de Hasan, en attendant que vienne le sommeil. Qui mieux que les Tchétchènes connaissait le sens du mot peur ? se demanda-t-elle. Sur le visage de Hasan s'inscrivait la lamentable histoire de leur peuple. Peu importait la mort, peu importait la destruction, il ne voyait qu'une seule issue : la vengeance pour la Tchétchénie. Et malgré le désespoir qui pesait sur son cœur, Zina savait que pour attirer l'attention du monde, il fallait employer des moyens brutaux. C'était ainsi de nos jours. Hasan avait raison, bien sûr : ils devraient donner la mort d'une manière totalement inédite, mais quel serait le prix à payer ? De cela, elle n'avait pas la moindre idée.

CHAPITRE HUIT

JACQUES Robbinet aimait passer ses matinées avec sa femme, à boire du *café au lait**, à lire les journaux, discuter économie, enfants, et à faire des commentaires sur leurs amis. Jamais ils ne parlaient de son travail.

Par principe, il ne rejoignait pas le ministère avant midi. Une fois installé à son bureau, il consacrait une heure ou deux à parcourir des documents, circulaires interministérielles ou autres, à rédiger des réponses par courriel quand c'était nécessaire. Son assistante répondait au téléphone, notait les appels et lui transmettait les messages qu'elle estimait urgents. En cela, comme pour toutes les tâches qu'elle accomplissait pour Robbinet, c'était une femme exemplaire. C'était lui qui l'avait formée et elle possédait un instinct infaillible.

Pour couronner le tout, elle était la discrétion incarnée. C'est-à-dire que Robbinet pouvait lui indiquer chaque jour, en toute tranquillité, l'endroit où il déjeunait avec sa maîtresse – soit dans un bistrot tranquille, soit chez la dame, dans le IVe arrondissement. C'était essentiel, puisque Robbinet avait tendance à passer beaucoup de temps à table, même pour un Français. Il regagnait rarement son bureau avant seize heures, mais y restait souvent bien après minuit, seule manière de converser en direct avec ses homologues américains. Robbinet exerçait officiellement les fonctions de ministre de la Culture mais en fait, c'était un espion. Et d'un rang si élevé qu'il rapportait directement au président de la République française.

---

* Les expressions en italique suivies d'un astérisque sont en français dans le texte.

Ce soir-là, contrairement à ses habitudes, il était sorti dîner. La journée s'était révélée si éprouvante qu'il avait dû reporter son rendez-vous galant du midi. Une nouvelle fort préoccupante venait de tomber, transmise par ses amis américains. Il s'agissait d'une sanction internationale. En lisant le texte, son sang s'était figé, car la cible de cette mesure n'était autre que Jason Bourne.

Quelques années plus tôt, Robbinet et Bourne avaient fait connaissance dans une station thermale proche de Paris, où Robbinet passait le week-end avec sa maîtresse du moment, un petit bout de femme doté d'un énorme appétit, une ancienne ballerine. Robbinet se souvenait encore avec une grande tendresse de son corps merveilleusement souple. Quoi qu'il en soit, les deux hommes s'étaient rencontrés dans le bain de vapeur et avaient lié conversation. Robbinet avait fini par découvrir – et d'une manière plutôt déconcertante – que Bourne était à la recherche d'une femme, un agent double. Bourne venait de débusquer cette personne dans l'établissement thermal et l'avait éliminée pendant que Robbinet se faisait enduire de boue verte, si sa mémoire était exacte. Heureusement pour lui d'ailleurs, puisque l'agent double en question s'était substitué à la thérapeute de Robbinet, dans le but de l'assassiner. Où est-on plus vulnérable que sur une table de massage ? se demanda Robbinet. Pour le remercier, il offrit à Bourne un dîner digne d'un prince. C'était le moins qu'il puisse faire. Ce soir-là, entre le foie gras, les rognons de veau sauce moutarde et la tarte Tatin, le tout arrosé de trois bouteilles du meilleur bordeaux, ils en étaient vite arrivés aux confidences. C'est ainsi qu'ils devinrent amis.

Grâce à Bourne, Robbinet avait fait la connaissance de Conklin auquel il servit ensuite d'informateur, puisqu'il avait ses entrées à la DGSE et à Interpol.

Par chance, ce jour-là, Bourne bénéficia de la relation de confiance existant entre Robbinet et son assistante, car lorsqu'elle appela son patron, il était en train de prendre son café tout en dégustant un *millefeuille** totalement décadent, chez Georges, en compagnie de Delphine. Il aimait ce restaurant à la fois pour la qualité de sa cuisine et son emplacement. Situé près de la Bourse, sa clientèle se composait d'agents de change et d'hommes d'affaires, individus autrement plus discrets que les politiciens persifleurs dont Robbinet était parfois contraint de s'entourer.

« Je vous passe quelqu'un », fit la voix de son assistante. Dieu merci, elle interceptait tous les appels nocturnes venant de chez lui. « Il dit que c'est urgent. »

Robbinet sourit à Delphine. Sa maîtresse, une belle femme mûre, très élégante, était tout le contraire de la personne qu'il avait épousée voilà trente ans. Ils venaient d'échanger quelques points de vue sur l'art, conversation fort agréable qui les avait menés d'Aristide Maillol dont les nus voluptueux ornaient le Jardin des Tuileries, à Jules Massenet dont le *Manon* leur semblait surestimé. Pour tout dire, Robbinet avait du mal à comprendre l'engouement des Américains pour les filles à peine sorties de l'adolescence. Le fait de prendre pour maîtresse une gamine de l'âge de sa fille passait à ses yeux pour un acte abominable et de plus, totalement vain. De quoi diable auraient-ils pu discuter au-dessus d'un café et d'un *millefeuille** ? « Il vous a donné son nom ? demanda-t-il.

— Oui. Jason Bourne. »

Le pouls de Robbinet se mit à cogner. « Passez-le-moi », se hâta-t-il de répondre. Puis, comme il était fort impoli de discuter au téléphone devant une dame, il s'excusa, sortit dans la légère brume vespérale et attendit que la voix de son vieil ami résonne à son oreille.

« Mon cher Jason. Ça fait combien de temps ? »

Quand il entendit la voix de Robbinet dans le portable, Bourne sentit son moral remonter. Enfin quelqu'un qui n'essaierait pas – du moins l'espérait-il – de le tuer. Il roulait à fond de train sur le Capital Beltway, à bord d'une voiture qu'il avait volée en allant voir Deron.

« A dire vrai, je ne sais pas.

— Des années ! Vous vous rendez compte ? s'exclama Robbinet. Mais pour être honnête, je dois avouer que j'avais régulièrement des nouvelles de vous par l'intermédiaire d'Alex. »

Bien que légèrement inquiet au début de la conversation, Bourne commençait à se détendre. « Jacques, vous avez appris pour Alex.

— Oui, *mon ami**. Le DCI américain a lancé une sanction internationale contre vous. Mais je ne crois pas un mot de ce qu'ils racontent. Impossible d'imaginer un seul instant que vous ayez assassiné Alex. Vous connaissez le coupable ?

— J'essaie de le découvrir. Tout ce dont je suis sûr pour l'instant c'est qu'un dénommé Khan est peut-être impliqué dans cette affaire. »

Le silence à l'autre bout de la ligne dura si longtemps que Bourne fut obligé de dire : « Jacques ? Vous êtes là ?

— Oui, *mon ami**. J'étais un peu surpris, c'est tout. » Robbinet prit une profonde inspiration. « Ce Khan, nous le connaissons. C'est un assassin professionnel de premier ordre. Nous savons qu'il est responsable d'une douzaine de coups fumants à travers le monde.

— Quel genre de cibles ?

— Surtout des politiciens – le président du Mali, par exemple – mais aussi, de temps en temps, des hommes d'affaires très en vue. Pour autant qu'on le sache, il n'agit pas par idéologie. Il tue pour l'argent, c'est tout. Il ne croit en rien d'autre.

— Une crapule de la pire espèce.

— A n'en point douter, *mon ami**, dit Robbinet. Et c'est lui que vous soupçonnez ?

— Possible, répondit Bourne. Je suis tombé sur ce type chez Alex, juste après avoir trouvé les corps. Je suppose que c'est lui qui a prévenu la police parce qu'elle a débarqué pendant que j'étais encore à l'intérieur de la maison.

— Une mise en scène classique », abonda Robbinet.

Bourne garda le silence un instant. Il repensait à Khan. Ce type aurait pu l'abattre sur le campus ou, plus tard, depuis son poste d'observation, en haut du saule. Le fait est qu'il ne lui avait pas révélé grand-chose. Apparemment, il n'avait pas l'habitude de ce genre de mission ; c'était une traque personnelle, une sorte de vendetta trouvant peut-être son origine dans les jungles de l'Asie du Sud-Est. Bourne aurait-il tué le père de Khan ? C'était le plus plausible. A présent, le fils cherchait à se venger. Autrement, pourquoi se polariser à ce point sur la famille de Bourne ? Pourquoi lui avoir parlé de Jamie ? Cette théorie cadrait parfaitement avec les circonstances.

« Que pouvez-vous me dire de plus sur Khan ? reprit Bourne tout à coup.

— Très peu de chose, répondit Robbinet, à part son âge. Il a vingt-sept ans.

— Il fait plus jeune, dit Bourne pensif. Ah oui, il est métis.

— La rumeur le dit à moitié cambodgien, mais vous savez ce que valent les rumeurs.

— Et l'autre moitié ?

— Je n'en sais pas plus que vous. C'est un solitaire. Pas de vices, résidence inconnue. Il est apparu sur le devant de la scène voilà six ans, avec le meurtre du Premier ministre de Sierra Leone. Avant cela, c'était comme s'il n'existait pas. »

Bourne regarda dans son rétroviseur. « Donc il a commis son premier meurtre officiel à l'âge de vingt et un ans.

— Un bon début dans la vie, hein ? répondit sèchement Robbinet. Ecoutez, Jason, au sujet de ce Khan, inutile de préciser qu'il est extrêmement dangereux. S'il est impliqué dans cette affaire, vous devez vous montrer très prudent.

— Vous semblez effrayé, Jacques.

— Je le suis, *mon ami**. Il n'y a pas de honte à l'être lorsqu'il s'agit de Khan. Vous devriez avoir peur, vous aussi. La peur incite à la prudence et croyez-moi, c'est le moment d'être prudent.

— Je ne l'oublierai pas », promit Bourne. Il se faufila entre les voitures et s'engagea sur la voie de droite en guettant la bretelle de sortie. « Alex travaillait sur un dossier très particulier. Je pense qu'on l'a tué à cause de cela. Vous n'auriez pas entendu parler de cette affaire, par hasard ?

— J'ai vu Alex ici, à Paris, il y a quelque chose comme six mois. Nous avons dîné ensemble. Je l'ai trouvé terriblement préoccupé. Mais vous connaissez Alex, muet comme une tombe, soupira Robbinet. Sa mort est une terrible perte pour nous tous. »

Bourne quitta le Beltway par la route 123 et roula vers Tysons Corner. « Est-ce que NX20 signifie quelque chose pour vous ?

— C'est tout ce que vous avez ? NX20 ? »

Il pénétra sur la terrasse C du parking au centre de Tysons Corner. « Pas tellement plus. Vérifiez un nom : Dr Félix Schiffer. » Il épela. « Il travaille pour la DARPA.

— Ah, enfin quelque chose de concret ! Je vais voir ce que je peux faire. »

Pendant qu'il descendait de voiture, Bourne lui donna son numéro de portable. « Ecoutez, Jacques, je dois me rendre à Budapest mais je n'ai plus d'argent sur moi.

— Pas de problème, dit Robbinet. Vous voulez qu'on fasse comme d'habitude ? »

Bourne ignorait ce dont il voulait parler mais, faute de choix, acquiesça.

« *Bon**. Combien ? »

Il emprunta l'escalier mécanique, après Aviary Court. « Cent mille, ça irait. Je descendrai au Grand Hôtel Danubius sous le nom d'Alex. Indiquez sur le pli : A tenir à disposition.

— *Mais oui**, Jason. Il en sera fait comme vous le souhaitez. Puis-je vous aider d'une autre manière ?

— Pas pour l'instant. » Bourne aperçut Deron devant un magasin portant l'enseigne Dry Ice. « Merci pour tout, Jacques.

— Souvenez-vous, soyez prudent, *mon ami**, répéta Robbinet avant de conclure : Avec Khan dans les parages, tout peut arriver. »

L'ayant repéré, Deron se mit à marcher d'un pas lent afin que Bourne le rattrape facilement. C'était un homme frêle à la peau couleur cacao. Un visage sculpté avec de hautes pommettes, des yeux brillants d'intelligence. Son manteau léger, son costume bien coupé et son attaché-case de cuir ciré lui donnaient l'allure d'un homme d'affaires. Pendant qu'ils traversaient côte à côte le centre commercial, Deron souriait.

« C'est bon de te revoir, Jason.

— Dommage que ça se passe dans des circonstances aussi épouvantables. »

Deron se mit à rire. « Tu sais bien qu'on ne se voit que quand tout va mal, mon vieux ! »

Pendant qu'ils parlaient, Bourne observait l'espace autour d'eux, évaluant les perspectives, les éventuelles échappatoires, détaillant chaque visage.

Deron ouvrit sa serviette et tendit à Bourne une enveloppe peu épaisse. « Passeport et lentilles de contact.

— Merci. » Bourne l'empocha. « Je te ferai parvenir le paiement dans une semaine au plus.

— Quand tu veux. » Deron agita une main aux longs doigts d'artiste. « J'accepte de te faire crédit. » Il lui tendit un autre objet. « A situations épouvantables remèdes extrêmes. »

Bourne soupesa le pistolet. « En quelle matière est-il ? Il est si léger.

— Céramique et plastique. Je travaille dessus depuis deux mois », fit Deron non sans une certaine fierté. « Pas très efficace à longue distance mais très précis de près.

— En plus, on ne me le confisquera pas à l'aéroport », remarqua Bourne.

Deron hocha la tête. « Pareil pour les munitions. » Il remit à Bourne une petite boîte en carton. « Céramique avec embout de plastique. Convient aux petits calibres. Et ce n'est pas tout, regarde ici, tu vois ces trous sur le canon – ils atténuent le bruit de la percussion. On ne t'entendra quasiment pas tirer. »

Bourne fronça les sourcils. « Est-ce que cela ne réduit pas la puissance de l'impact ? »

Deron se mit à rire. « Revois ta balistique, mec. Crois-moi, si tu descends un type avec ça, il ne se relèvera pas.

— Deron, tu m'étonneras toujours.

— Hé, je fais ce que je peux. » Le faussaire poussa un grand soupir. « Copier les vieux maîtres de la peinture a son charme, c'est clair. Tu n'imagineras jamais combien j'ai appris en étudiant leurs techniques. D'un autre côté, le monde que tu m'as ouvert – un monde dont tous les clients de ce centre commercial ignorent l'existence – est sacrément plus excitant. » Le vent s'était levé, annonciateur de pluie. Il remonta le col de son manteau pour s'en protéger. « J'admets qu'il fut un temps où j'espérais secrètement commercialiser ces produits que tu trouves si étonnants. Les gens comme toi auraient constitué ma clientèle. » Il secoua la tête. « Mais c'est fini. Aujourd'hui, je fais cela juste pour m'amuser. »

Un homme en imperméable s'arrêta devant un magasin pour allumer une cigarette et resta là sans bouger, comme s'il contemplait les chaussures exposées en vitrine. Rien d'anormal à cela sauf qu'il s'agissait de chaussures de femme. Sur un signal de Bourne, ils prirent sur la gauche et s'éloignèrent de la maroquinerie. Tout en marchant, Bourne surveillait ce qu'il se passait derrière eux, dans toutes les surfaces réfléchissantes disponibles. L'homme à l'imperméable avait disparu.

De nouveau, Bourne soupesa le pistolet léger comme une plume. « Combien ? », demanda-t-il.

Deron haussa les épaules. « C'est un prototype. Disons que son prix est basé sur l'usage que tu comptes en faire. A toi d'annoncer. Je te fais confiance. »

En venant vivre à Budapest, Ethan Hearn avait mis un certain temps à s'habituer à l'esprit hongrois. Ces gens étaient à la fois judicieux et peu imaginatifs. Le bar Underground constituait une preuve supplémentaire de l'idiosyncrasie hongroise. Il était installé dans le sous-sol d'un cinéma de Pest, au 30 Teréz Körúta. Pour les Hongrois, baptiser ce bar Underground tombait sous le sens puisque que le film de Kusturica ne quittait pas l'affiche du cinéma placé au rez-de-chaussée. Sa décoration avait des prétentions postmodernes, supposait Hearn, mais dans le pire sens du terme. Des poutrelles d'acier traversaient le plafond, ponctuées d'énormes ventilateurs industriels brassant un air enfumé qui refluait sur les consommateurs et les danseurs. Mais le plus insupportable pour

Hearn demeurait cette musique ignoble – une assourdissante cacophonie de garage lancinant mêlé d'un funk doucereux.

Etrangement, László Molnar n'avait pas l'air de s'en soucier. En fait, il semblait se plaire ici, au milieu de la foule déhanchée. On aurait dit qu'il redoutait de rentrer chez lui. Pourtant, il y avait quelque chose de crispé dans son comportement, pensa Hearn, dans ce rire rauque qui fusait trop rapidement, ces regards qui parcouraient la salle sans se poser sur rien ni personne, comme si cet homme était porteur d'un terrible et inavouable secret. Dans le cadre de son métier, Hearn fréquentait couramment les nantis ; il en était venu à se demander si l'argent ne produisait pas des effets délétères sur l'esprit humain. C'était peut-être pour cela qu'il n'avait lui-même jamais aspiré à s'enrichir.

Molnar insista pour commander deux Causeway Spray, un cocktail bien trop doux à base de whisky, de ginger ale, de Triple Sec et de citron. Ils dénichèrent une table dans un coin d'où Hearn avait du mal à voir la carte, et poursuivirent leur discussion sur l'opéra, ce qui, étant donné le lieu, frôlait l'absurde.

Après le deuxième verre, Hearn remarqua Spalko au fond du club, perdu dans un nuage de fumée. Son patron croisa son regard, Hearn s'excusa. Près de Spalko, traînaient deux hommes ne ressemblant guère à des habitués de l'Underground. Cela dit, songea Hearn, Molnar et lui ne se fondaient pas plus dans le décor. Spalko le conduisit dans un couloir sombre constellé de têtes d'épingles vaguement lumineuses, et ouvrit une porte étroite qui, d'après Hearn, devait donner accès au bureau du directeur de la boîte. Il était vide.

« Bonsoir, Ethan. » Spalko sourit en refermant derrière eux. « On dirait que vous avez respecté votre engagement. Bien joué !

— Merci, monsieur.

— A présent, poursuivit Spalko avec bonhomie, il est temps pour moi de prendre la relève. »

A travers les murs, Hearn entendait le martèlement trépidant de la basse électronique. « Ne pensez-vous pas que je devrais rester un peu, histoire de vous présenter ? »

« Ce n'est pas nécessaire, je vous assure. Allez donc vous reposer. » Il regarda sa montre. « En fait, étant donné l'heure tardive, je vous suggère même de prendre votre journée de demain. Qu'en pensez-vous ? »

Hearn se rebiffa. « Monsieur, je ne pourrais... »

Spalko rit. « Vous le pouvez, Ethan, et vous le ferez.

— Mais vous m'avez formellement demandé...

— Ethan, j'ai le pouvoir de dicter la règle mais aussi de créer des exceptions. Quand votre canapé arrivera, vous pourrez faire ce que vous voudrez, mais demain c'est votre journée de congé.

— Oui, monsieur. » Le jeune homme courba la tête en esquissant un sourire timide. Cela faisait trois ans qu'il n'avait pas pris un jour de vacances. Une grasse matinée sans rien faire d'autre que lire le journal en étalant de la marmelade d'orange sur des tartines... Pour lui, c'était un avant-goût du paradis. « Merci. Je vous en suis reconnaissant.

— Allez-y, maintenant. Quand vous reviendrez après-demain, j'aurai lu votre argumentaire et rédigé quelques suggestions. » Il raccompagna Hearn jusqu'à la porte du bureau surchauffé et quand il vit le jeune homme monter les marches en direction de la sortie, adressa un signe de tête à ses deux gardes du corps qui aussitôt fendirent la foule déchaînée.

László Molnar lançait des coups d'œil inquiets à travers le brouillard coloré, dans l'espoir de repérer son nouvel ami. Quand Hearn s'était levé, Molnar s'était absorbé dans la contemplation de la jeune fille court vêtue qui se trémoussait devant lui mais, au bout d'un moment, il avait commencé à trouver le temps long. Quelle ne fut pas sa surprise lorsque, au lieu de Hearn, il vit deux inconnus s'asseoir de chaque côté de lui.

« Qu'est-ce que c'est? dit-il d'une voix cassée par la peur. Que voulez-vous? »

Sans prendre la peine de répondre, l'homme assis à sa droite l'agrippa avec une force effroyable. Il grimaça, trop stupéfait pour appeler à l'aide. De toute façon, aurait-il eu la présence d'esprit de le faire, le fracas incessant de la musique aurait étouffé son cri. Il demeura sur place, pétrifié, pendant que son voisin de gauche lui enfonçait une seringue dans la cuisse. Tout se passa en un clin d'œil et si discrètement que personne ne remarqua rien.

La drogue produisit son effet en trente secondes. Les yeux de Molnar se révulsèrent, son corps devint tout mou. Les deux hommes s'y attendaient. Ils se levèrent en le soutenant comme un copain de beuverie ayant un peu de mal à tenir debout.

« Il ne supporte pas l'alcool », lança l'un des gorilles au directeur de la boîte quand ils passèrent près de lui. Il éclata de rire. « Que voulez-vous faire avec des gens comme ça? » Le patron haussa les épaules, sourit et retourna sur la piste. Quand ils sortirent László Molnar de l'Underground, leur étrange trio passa inaperçu.

Spalko les attendait à l'arrière d'une longue BMW rutilante. Ils chargèrent Molnar évanoui dans le coffre puis grimpèrent à l'avant, l'un derrière le volant, l'autre à la place du passager.

La nuit était claire et lumineuse. La pleine lune luisait dans le ciel d'encre. Spalko avait l'impression que s'il tendait le doigt pour la chasser, elle se mettrait à rouler comme une bille sur le velours noir des cieux. « Comment ça s'est passé ? demanda-t-il.

— Comme sur des roulettes », répondit le chauffeur en mettant le contact.

Bourne quitta Tysons Corner au plus vite. Il avait choisi ce point de rendez-vous avec Deron parce qu'il estimait que l'endroit était sûr. Mais la sécurité devenait pour lui une notion toute relative. Il roula jusqu'au Wal-Mart sur New York Avenue, en plein cœur de la ville. Un quartier assez fréquenté pour lui procurer un sentiment d'anonymat.

Lorsqu'il se gara de l'autre côté de l'avenue, sur le parking entre la 12e et la 13e Rues, les nuages commençaient à s'amasser dans le ciel ; au sud, l'horizon avait pris une teinte sombre qui n'annonçait rien de bon. Dans le magasin, il choisit, entre autres objets, quelques vêtements, des produits de toilette et un chargeur de batterie pour son portable, avant de se mettre en quête d'un sac à dos assez grand pour y entasser ses achats. En faisant la queue à la caisse, il sentait croître son anxiété. Ses regards semblaient planer au-dessus de la foule des clients, mais en réalité il ne perdait pas une miette de ce qui l'entourait. Apparemment, personne ne faisait attention à lui.

Les pensées se bousculaient sous son crâne. L'Agence le recherchait, sa tête était mise à prix. Il venait d'apprendre que le jeune homme aux talents étranges et surprenants qui le poursuivait était l'un des assassins les plus dangereux au monde. Il avait perdu ses deux meilleurs amis et découvert que l'un des deux trempait dans une affaire extrêmement périlleuse n'ayant rien à voir avec ses activités officielles.

Tout à ces réflexions, Bourne ne vit pas que le responsable de la sécurité le suivait de près. Dans les premières heures de la matinée, l'homme avait reçu la visite d'un agent du gouvernement qui lui avait remis une photo du fugitif, celle diffusée à la télévision la veille au soir, en lui demandant d'ouvrir l'œil. L'agent lui avait expliqué que ce secteur de la ville était quadrillé par la CIA, que lui et ses collègues faisaient le tour des grands magasins, des cinémas et autres, pour avertir le personnel de sécurité. Localiser Jason Bourne devait être leur toute première priorité. Le garde éprouvait un mélange de fierté et de peur lorsqu'il fit demi-tour pour regagner le box qui lui servait de bureau. Là, il composa le numéro de téléphone laissé par l'agent.

Quelques instants après que le vigile eut raccroché, Bourne entrait dans les toilettes messieurs. Avec la tondeuse électrique qu'il venait d'acheter, il se rasa presque complètement le crâne puis changea de vêtements, enfila un jean, une chemise de cowboy rouge et blanche à boutons nacrés, et une paire de Nike. Devant le miroir face aux lavabos, il sortit plusieurs petits pots venant du rayon maquillage et, d'une main experte, entreprit de foncer la peau de son visage. Avec un autre produit, il s'épaissit les sourcils. Lorsque, de temps à autre, quelqu'un entrait pour se laver les mains, il faisait une pause, mais fort heureusement, il ne vit pas passer grand monde.

Quand il eut fini, il se contempla dans le miroir. Moyennement satisfait du résultat, il se rajouta un gros grain de beauté bien en évidence sur une pommette. A présent, la transformation était complète. Enfilant son sac à dos, il sortit et traversa le magasin en direction de l'entrée vitrée.

Martin Lindros se trouvait à Alexandrie, occupé à faire l'inventaire des dégâts après le fiasco de Lincoln Fine Tailors, lorsqu'il reçut l'appel du chef de la sécurité du Wal-Mart sur New York Avenue. Ce matin-là, il avait décidé que le détective Harry Harris et lui se sépareraient pour passer le secteur au crible avec leurs équipes respectives. Lindros savait que Harris était bien plus proche du magasin que lui puisqu'il lui avait signalé sa position moins de dix minutes plus tôt. Du coup, il se trouvait devant un terrible dilemme. L'échec qu'il venait d'essuyer lui vaudrait une engueulade nourrie de la part du DCI. Si, par-dessus le marché, le Vieux apprenait qu'un policier d'Etat l'avait devancé, avec son accord, sur les lieux mêmes où Jason Bourne venait d'être repéré, il n'était pas près de retrouver l'usage de ses oreilles. Un fichu pétrin, pensa-t-il en démarrant. Mais la première des priorités consistait à attraper Bourne. Soudain sa décision fut prise. *Au diable les secrets et les jalousies entre services,* se dit-il. Il sortit son téléphone, obtint Harris et lui donna l'adresse du Wal-Mart.

« Harry, écoutez-moi bien, il faut que votre approche soit parfaitement discrète. Occupez-vous de sécuriser le secteur. Et contentez-vous de vous assurer que Webb ne file pas. Ne vous montrez sous aucun prétexte et surtout n'essayez pas de l'appréhender. Est-ce clair ? Je vous rejoins dans quelques minutes. »

Je ne suis pas aussi stupide que j'en ai l'air, pensa Harry Harris en coordonnant les trois voitures de patrouille qu'il avait sous ses ordres. *En tout cas, pas aussi stupide que Lindros le croit.* Ce n'était pas la première fois qu'il collaborait avec les fédéraux et il s'en serait bien passé. Ces types se prenaient pour des cadors, se comportaient comme s'ils avaient la science infuse. Avec eux, les autres policiers passaient pour des incapables, des gamins bien dociles. Lindros avait du mal à avaler ce genre d'attitude. Quand il avait tenté de lui exposer ses théories, Lindros lui avait coupé la parole, alors pourquoi se fatiguerait-il à les lui confier à présent ? Lindros le prenait pour un âne bâté trop heureux d'avoir été choisi pour collaborer avec la CIA pour oser rechigner. Harris se rendait bien compte qu'on le laissait sur la touche. Lindros s'était bien gardé de l'informer de la planque organisée à Alexandrie. Harris en avait entendu parler par hasard. Aussi, tandis qu'il bifurquait pour s'engager sur le parking du Wal-Mart, décida-t-il de saisir sa chance et de prendre la situation en main. D'un geste résolu, il empoigna son émetteur-récepteur et se mit à aboyer des ordres à ses hommes.

Bourne approchait de l'entrée du Wal-Mart quand les trois voitures de police de l'Etat de Virginie déboulèrent sur New York Avenue, à grand renfort de sirènes. Aussitôt, il se réfugia dans un coin sombre. Elles se dirigeaient droit sur le magasin, aucun doute là-dessus. On l'avait repéré, mais comment ? Pas le temps de s'en préoccuper pour l'instant. Il devait échafauder un plan de fuite.

Les voitures de patrouille firent crisser leurs freins et s'arrêtèrent au milieu de la chaussée en bloquant la circulation, ce qui souleva instantanément les protestations véhémentes des automobilistes. Ils opéraient en dehors de leur juridiction ; Bourne en conclut qu'ils avaient été recrutés par l'Agence. Quoi qu'il en soit, la police de Washington n'était pas du genre à apprécier ce style de plaisanterie.

Il sortit le téléphone portable d'Alex et composa le numéro d'urgence de la police.

« Ici le détective Morran de la police d'Etat de Virginie, dit-il. Je veux parler à un commandant de district et plus vite que ça.

— Ici le commandant Burton Philips du troisième district, articula une voix glaciale.

— Ecoutez Philips, on a dit à vos gars de s'occuper de leurs fesses. Je croyais que c'était clair. Et voilà que vos bagnoles sont en train de débarquer au Wal-Mart de New York Avenue, alors...

— Vous êtes en plein cœur du district, Morran. Qu'est-ce que vous fichez sur ma juridiction ?

— C'est mon affaire, repartit Bourne de sa voix la plus désagréable. Contentez-vous de leur bigophoner pour leur dire de s'écarter de mon chemin.

— Morran, je ne sais pas d'où vous tenez ces manières de merde, mais ça ne marche pas avec moi. Bougez pas, je serai là dans trois minutes et je vous jure que je me ferai un plaisir de vous arracher les couilles de mes propres mains ! »

Il y avait des flics partout dans la rue. Au lieu de se retrancher dans le magasin, Bourne décida de se mêler aux clients qui sortaient. Il avançait en claudiquant comme s'il avait une jambe raide. Les policiers s'étaient séparés en deux équipes. L'une des deux, conduite par un grand type voûté au visage hagard, dévisagea le groupe composé d'une douzaine de personnes, dont Bourne, puis se rua à l'intérieur du magasin. Les autres se dispersèrent sur le parking. Certains se chargèrent de filtrer les véhicules sur New York Avenue entre la 12e et la 13e Rues, pendant que d'autres ordonnaient aux clients de ne pas quitter leurs voitures ; d'autres encore réglaient la circulation par l'intermédiaire de leurs talkies-walkies.

Au lieu de rejoindre sa voiture, Bourne prit à droite, contourna le bâtiment vers l'aire de livraison. Devant lui, des manutentionnaires étaient occupés à décharger trois ou quatre semi-remorques. Un peu plus loin, de l'autre côté de la rue, s'étendait Franklin Park. Il partit dans cette direction.

Bourne s'entendit interpeller mais ne ralentit pas l'allure. Des sirènes hurlèrent ; il jeta un œil sur sa montre. Le commandant Burton Philips arrivait pile à l'heure. A peine Bourne eût-il franchi la moitié du chemin que les cris reprirent, plus impérieux cette fois. Puis un brouhaha s'éleva, des voix furieuses échangèrent des bordées de jurons.

Lorsqu'il se retourna, le détective avait sorti son arme de service. Derrière lui, il vit surgir la haute et imposante silhouette du commandant Philips. Il courait. Ses cheveux gris luisaient, la colère et l'effort empourpraient son visage massif. Comme toutes les huiles qui se respectent, il avançait flanqué d'une paire de gorilles armés jusqu'aux dents, au faciès aussi peu engageant que leur carrure de déménageur. Pistolet en main, ils semblaient disposés à faire exploser la tête du premier type assez fou pour marcher sur les plates-bandes de leur chef bien-aimé.

« C'est vous le responsable de la police montée de Virginie ? lança Philips.

— Police d'Etat, répliqua le détective voûté. Eh ben ouais, c'est moi. » Il fronça les sourcils en apercevant les uniformes de la police de Washington. « Qu'est-ce que vous fichez là ? Vous êtes en train de bousiller ma mission.

— Votre mission ! » Le commandant Philips était au bord de l'apoplexie. « Barre-toi de mon herbe, espèce d'enfoiré de péquenaud ! »

Le visage étroit du détective vira au blanc. « Qui c'est que vous appelez enfoiré de péquenaud ? »

Bourne les laissa échanger d'autres gracieusetés du même acabit et poursuivit son chemin. C'était râpé pour le parc, à présent ; le détective l'ayant repéré, il fallait opter pour une issue plus rapide. Se glissant vers le bout du bâtiment, il longea une série de semi-remorques jusqu'au premier camion déchargé et monta dans la cabine. La clé était restée sur le contact ; il la tourna. Avec un vrombissement caverneux, le moteur démarra.

« Hé, où c'est que tu comptes aller comme ça, mon gars ? »

Le chauffeur ouvrit violemment la portière. Avec son cou de taureau et ses bras assortis, le type tenait un peu de l'armoire à glace. D'un bond, il s'éleva à la hauteur de Bourne et dans le même mouvement, sortit un fusil à canon scié d'une couchette surélevée. Bourne lui balança son poing dans le nez. Du sang jaillit, les yeux du camionneur devinrent vitreux ; il lâcha le fusil.

« Désolé, mon gars », dit Bourne en lui décochant un direct assez puissant pour assommer un bœuf. Puis, il le saisit par sa ceinture cloutée, le hissa sur le siège du passager, claqua la portière et passa une vitesse.

Au même instant, il vit qu'un autre homme venait de se joindre aux policiers déjà présents sur les lieux. Un type assez jeune qui essayait de s'interposer entre les deux ennemis jurés. Il les sépara sans ménagement. Aussitôt Bourne le reconnut : Martin Lindros, le DDCI de l'Agence. Ainsi le Vieux avait chargé Lindros de l'exécution de la sanction sur le territoire des Etats-Unis. C'était une mauvaise nouvelle. Alex lui avait parlé de ce type. Selon lui,

Lindros était un policier exceptionnellement brillant, difficile à berner ; il pouvait déjà en juger d'après le filet qui se resserrait sur la vieille ville.

Bourne écourta ces considérations techniques. Lindros venait de repérer le semi-remorque à la sortie du parking et tentait de l'arrêter avec de grands gestes du bras.

« Personne ne quitte le secteur ! », hurlait-il.

Bourne l'ignora et appuya sur l'accélérateur. Il ne pouvait se permettre de se retrouver face à face avec un homme possédant une telle expérience du terrain ; Lindros était parfaitement capable de le reconnaître malgré son déguisement.

Lindros sortit son arme. Bourne le vit courir en direction des barrières d'acier galvanisé qu'il s'apprêtait à franchir avec son semi-remorque. Il continuait d'agiter les bras en criant.

Réagissant à ses hurlements, les deux flics de la police de Virginie postés là fermèrent les barrières en toute hâte, tandis qu'un véhicule de l'Agence franchissait le barrage installé sur New York Avenue, dans l'intention de prendre le camion en chasse.

Bourne écrasa la pédale de l'accélérateur. Tel un mastodonte blessé, le semi-remorque fit une embardée et prit de la vitesse. Les flics postés au bord de la route n'eurent que le temps de se mettre à l'abri. Le camion défonça les barrières qui furent projetées hors de leurs gonds, s'envolèrent très haut et retombèrent avec fracas de chaque côté. Bourne rétrograda, donna un coup de volant sur la droite et s'engagea sur la rue sans lever le pied.

D'un coup d'œil dans le gigantesque rétroviseur fixé à l'extérieur du poids lourd, il vit ralentir le véhicule de l'Agence. La portière côté passager s'ouvrit, Lindros sauta sur le siège et la referma violemment. La voiture décolla comme une fusée, rattrapant peu à peu le camion. Bourne savait qu'il ne les sèmerait pas avec ce paquebot, mais si sa taille constituait un handicap sur le plan de la vitesse, elle pouvait se transformer en atout par ailleurs.

Il laissa la voiture le talonner. Soudain, elle accéléra et vint se placer à hauteur de la cabine. Bourne vit Martin Lindros braquer son arme sur lui, sa main gauche bloquant son bras droit. Ses lèvres étaient tellement crispées qu'elles ne formaient plus qu'une ligne. Contrairement aux acteurs dans les films, il savait tirer à partir d'un véhicule en marche.

Juste au moment où Lindros s'apprêtait à appuyer sur la détente, Bourne fit une embardée sur la gauche. Le véhicule de l'Agence vint cogner contre son flanc; Lindros releva son arme en attendant que le conducteur reprenne le contrôle et s'éloigne des voitures en stationnement de l'autre côté de la rue.

Dès que le chauffeur réussit à se replacer au milieu de la voie, Lindros se mit à tirer sur la cabine du semi-remorque. Son angle de tir n'était pas très précis, les secousses l'empêchant de bien viser, mais la pluie de balles qui s'abattit sur le camion força malgré tout Bourne à donner à coup de volant à droite. Une balle avait percuté sa vitre, deux autres avaient traversé le siège du passager, blessant le camionneur évanoui.

« Nom de Dieu, Lindros », s'écria Bourne. Il avait beau se trouver dans une sale situation, il refusait de répandre le sang d'un innocent. Déjà, il se dirigeait vers l'ouest; l'hôpital universitaire Georges Washington, sur la 23e Rue, n'était plus très loin. Il prit à droite, puis à gauche sur K Street et brûla plusieurs feux en faisant hurler son avertisseur. Sur la 18e, un automobiliste probablement à moitié endormi au volant ne l'entendit pas arriver et percuta de plein fouet l'arrière droit du camion. Le semi-remorque pencha dangereusement, se rétablit tant bien que mal et poursuivit sa route. La voiture de Lindros lui collait toujours au train, sans pouvoir remonter à son niveau puisque K Street, divisée en deux par un terre-plein central planté d'arbustes, ne le permettait pas.

En traversant la 20e, il vit le passage souterrain menant à Washington Circle. L'hôpital n'était qu'à une centaine de mètres plus loin. Jetant un coup d'œil derrière lui, il constata que la voiture de l'Agence ne le suivait plus. Il avait prévu d'atteindre l'hôpital par la 22e Rue, mais quand il fut sur le point de prendre à gauche, la voiture de l'Agence surgit face à lui. Lindros, penché par la vitre, se remit à l'arroser copieusement en visant toujours aussi bien.

Bourne écrasa le champignon; le camion bondit en avant. Sur le point de s'engager dans le passage souterrain débouchant aux abords de l'hôpital, il s'aperçut que quelque chose n'allait pas. Le tunnel sous Washington Circle était complètement sombre; aucune lumière ne luisait de l'autre côté. Cela ne pouvait signifier qu'une seule chose : la police avait dressé un barrage, une forteresse de véhicules bouchait les deux voies de K Street.

Il pénétra dans le souterrain à pleine vitesse, rétrograda mais n'appuya sur les freins à air qu'en passant dans l'obscurité. En même temps, il ne cessait de presser sur l'avertisseur dont le beuglement assourdissant se répercutait contre la pierre et le béton.

Il couvrit le hurlement des pneus au moment où Bourne donna un violent coup de volant sur la gauche. La cabine franchit le terre-plein et le semi-remorque se retrouva coincé en travers de la chaussée. En un éclair, Bourne bondit hors de la cabine, fila vers la paroi nord du tunnel en profitant de l'écran de protection formé par la dernière voiture arrivant à pleine vitesse de l'autre côté. Elle s'était arrêtée un instant, au moment de l'accident, pour repartir à l'arrivée des renforts de police. A présent, le semi-remorque se dressait entre Bourne et ses poursuivants, tenant toute la largeur de K Street. Bourne chercha à tâtons l'échelle de maintenance fixée à la paroi du tunnel, l'atteignit d'un bond et se mit à l'escalader. Au même moment les projecteurs s'allumèrent. Bourne détourna la tête, ferma les yeux et continua de grimper.

Quelques instants plus tard, des lumières éclairèrent le camion et le macadam. Presque arrivé au sommet du tunnel, Bourne aperçut Martin Lindros parlant dans un talkie-walkie. Des projecteurs s'allumèrent à l'autre bout. Le semi-remorque était pris en tenailles. Des deux côtés de K Street, plusieurs agents couraient en direction du camion, arme au poing.

« Monsieur, il y a quelqu'un dans la cabine. » L'agent se rapprocha. « Il est touché ; il saigne beaucoup. »

Lindros se précipita. Son visage tendu apparut dans le champ des projecteurs. « C'est Bourne ? »

A plusieurs mètres au-dessus d'eux, Bourne avait atteint la trappe de maintenance. Il fit glisser le verrou, ouvrit et surgit à l'air libre, au milieu des arbustes décoratifs bordant Washington Circle. Tout autour de lui, le flot des véhicules formait une masse uniforme. En bas, dans le tunnel, une ambulance partait vers l'hôpital voisin, avec à son bord le camionneur blessé. S'il voulait trouver un abri, Bourne n'avait pas une seconde à perdre.

CHAPITRE NEUF

DEPUIS qu'il l'avait rencontré, Khan savait que David Webb n'avait pas son pareil pour disparaître dans la nature. Aussi n'avait-il pas perdu de temps à le chercher parmi la foule tourbillonnante des badauds sillonnant la vieille ville. Au contraire, il s'était polarisé sur les déplacements des hommes de l'Agence qui le conduisirent chez Lincoln Fine Tailors où ils retrouvèrent Martin Lindros pour le débriefing succédant à leur fiasco. Il les regarda interroger le tailleur. Suivant à la lettre les pratiques d'intimidation habituelles, ils l'avaient sorti de son environnement – dans le cas présent, sa boutique – et fait asseoir sur la banquette arrière d'une de leurs voitures en le laissant poireauter sans lui fournir d'explication, coincé entre deux agents impavides. D'après les bribes de conversation qu'il était parvenu à glaner, le tailleur ne leur avait fourni aucun élément concret. A l'en croire, les agents avaient débarqué si rapidement que Webb n'avait pas eu le temps de lui annoncer la raison de sa visite. En conséquence de quoi, les agents résolurent de le relâcher. Lindros avait donné son accord mais, après que le tailleur eut regagné sa boutique, il avait posté deux nouveaux agents dans une voiture banalisée de l'autre côté de la rue, juste au cas où Webb tenterait de le recontacter.

Les agents s'ennuyaient. Cela faisait vingt minutes que Lindros était parti. Ils avaient mangé leurs beignets, bu leur Coke et commençaient à se plaindre. Pourquoi les avait-on collés ici, en planque, alors que leurs collègues étaient partis à la recherche du fameux agent David Webb ?

« Pas David Webb, dit le plus corpulent des deux. Le DCI a ordonné qu'on l'appelle par son nom de guerre, David Bourne. »

Khan se tenait assez près pour tout entendre. Il se figea. Bien sûr, il avait déjà entendu parler de Jason Bourne. Bourne avait exercé pendant des années comme tueur à gages. Le meilleur du monde, si l'on en croyait la rumeur. Connaissant bien le milieu dans lequel il sévissait, Khan se disait que sa réputation reposait en partie sur des affabulations et que le reste était pure exagération. Il lui semblait tout bonnement impossible qu'un seul homme rassemble en lui-même toute l'audace, le talent et la ruse proprement animale qu'on attribuait à Jason Bourne. Pour tout dire, Khan en était venu à croire que ce fameux Bourne n'était qu'une légende, une pure invention.

Et pourtant, voilà que ces agents de la CIA évoquaient le nom de Jason Bourne à propos de David Webb ! Khan crut que son cerveau allait exploser. David Webb n'était pas simplement un professeur de linguistique, comme le prétendait le dossier de Spalko, mais l'un des plus grands assassins vivants. L'homme avec lequel Khan jouait au chat et à la souris depuis la veille. Un grand nombre d'éléments venaient corroborer cette hypothèse. Et en dernier lieu, la façon dont Bourne l'avait repéré dans le square. Avant, pour tromper ses proies, il lui suffisait de modifier les traits de son visage, sa coiffure, son allure générale. Mais à présent, il avait affaire à Jason Bourne, un espion dont la compétence et l'expertise légendaires égalaient sans doute les siennes. Bourne ne se laisserait pas duper par des stratagèmes basiques, aussi astucieux fussent-ils. S'il voulait remporter la mise, Khan allait devoir recourir aux grands moyens.

Un bref instant, il se demanda si Spalko connaissait la véritable identité de Webb quand il lui avait remis le dossier expurgé. Mais si, c'était pourtant évident. Voilà pourquoi Spalko s'était arrangé pour lui coller sur le dos les meurtres de Conklin et de Panov. C'était une technique de désinformation très classique. Tant que l'Agence croirait Bourne responsable, elle n'aurait aucune raison de chercher ailleurs le véritable meurtrier – et du coup, le vrai motif de leur mort demeurerait inconnu. De toute évidence, Spalko voyait plus loin. Bourne n'était qu'un pion dans son jeu. Et Khan ne valait pas mieux. Il devait le percer à jour – jamais il ne serait le pion de personne.

Pour savoir ce qui se cachait derrière ces meurtres, Khan devait d'abord prendre contact avec le tailleur. Peu importait ce qu'il avait ou non révélé aux agents du gouvernement. Ayant suivi Webb – il lui était encore difficile de l'appeler Jason Bourne –,

Khan n'ignorait pas que le tailleur Fine avait eu largement le temps de lui cracher toutes les informations en sa possession. Pendant qu'il observait la scène, Khan avait vu le tailleur détourner la tête et regarder en direction de sa voiture. Dans ses yeux, Khan avait lu de l'orgueil, de l'obstination. En tant que bouddhiste, Khan considérait l'orgueil comme un défaut et pourtant, grâce à cet orgueil, Fine avait réussi à déjouer la curiosité des enquêteurs. Les agents n'avaient rien obtenu de lui. En revanche, face à Khan, sa force de caractère ne lui servirait à rien.

Il enleva sa veste en daim et déchira un morceau de la doublure. Les agents planqués dans leur voiture ne verraient en lui qu'un client comme un autre.

Il traversa la rue, entra dans la boutique en entendant le carillon résonner derrière lui. L'une des couturières leva les yeux de son magazine de bandes dessinées, son déjeuner composé d'un bol Tupperware rempli de haricots et de riz, posé devant elle. Quand elle s'avança pour lui demander ce qu'il désirait, il remarqua son corps voluptueux, son front large et ses grands yeux chocolat. Khan lui expliqua que sa veste avait un accroc, que c'était sa préférée et qu'il souhaitait donc voir monsieur Fine en personne. La femme hocha la tête et disparut au fond de la boutique. Un instant plus tard, elle revint et se rassit à sa place sans dire un mot.

Quelques minutes passèrent avant que Léonard Fine n'apparaisse. Sa longue et désagréable matinée semblait l'avoir abattu. A dire vrai, le fait d'avoir côtoyé de si près tous ces types de l'Agence l'avait sans doute exténué.

« Que puis-je faire pour vous, monsieur ? Maria me dit que vous avez un accroc à votre veste. »

Khan étala la veste en daim sur le comptoir après l'avoir retournée.

Fine la manipula du bout des doigts comme un médecin palpe son patient. « Oh, ce n'est que la doublure. Vous avez de la chance. Le daim est presque impossible à raccommoder.

— Laissez tomber, chuchota Khan. Je suis ici sur l'ordre de Jason Bourne. Je le représente. »

Faisant preuve d'une remarquable maîtrise de soi, Fine ne bougea pas un seul muscle de son visage. « Je ne vois pas ce dont vous voulez parler.

— Il vous remercie de l'avoir aidé à se débarrasser de l'Agence, poursuivit Khan comme si Fine n'avait rien dit. Et il veut que vous sachiez que deux agents sont en train de vous surveiller. »

Fine frémit légèrement. « Je m'y attendais. Où sont-ils ? » Ses doigts noueux pétrissaient anxieusement la veste.

« Juste de l'autre côté de la rue, dit Khan. Dans la Ford Taurus blanche. »

Fine eut la prudence de ne pas regarder. « Maria, fit-il juste assez fort pour que la femme entende, y a-t-il une Ford Taurus garée le long du trottoir d'en face ? »

Maria tourna la tête. « Oui, monsieur Fine.

— Vous pouvez voir s'il y a quelqu'un dedans ?

— Deux hommes, répondit Maria. Grands, cheveux en brosse. Dans le genre Dick Tracy, un peu comme ceux qui sont passés tout à l'heure. »

Fine jura à mi-voix. Il leva les yeux et plongea son regard dans celui de Khan. « Dites à monsieur Bourne... dites-lui que Léonard lui souhaite bonne chance. Que Dieu soit avec lui. »

Khan demeura impassible bien qu'il trouvât suprêmement détestable cette habitude qu'ont les Américains d'invoquer Dieu à tout bout de champ. « J'ai besoin d'informations.

— Bien sûr. » Fine hocha la tête avec reconnaissance. « Tout ce que vous voudrez. »

Martin Lindros comprenait enfin la véritable signification de l'expression « la fumée lui sort des naseaux ». Comment oserait-il se présenter à nouveau devant le Vieux, sachant que Jason Bourne lui avait échappé non pas une fois mais deux ?

« Bordel, mais qu'est-ce qui vous a pris de désobéir à mes ordres ? », hurlait-il à pleins poumons. Le tunnel résonnait du fracas des engins de voirie occupés à déplacer le semi-remorque bloquant la circulation.

« Dites donc, c'est quand même moi qui ai repéré le sujet au moment où il sortait du Wal-Mart.

— Et c'est aussi vous qui l'avez laissé filer !

— Non, c'est vous, Lindros. Moi, pendant ce temps-là, j'avais un commandant de district en pétard sur le dos. »

Harris avait beau avoir raison, Lindros ne lâchait pas le morceau. « Je veux savoir pourquoi diable vous avez fait rappliquer la police de Washington ? Si vous aviez besoin de renforts, vous n'aviez qu'à vous adresser à moi.

— Mais merde, pourquoi je me serais adressé à vous, Lindros ? Donnez-moi une seule bonne raison ? On n'a pas gardé les cochons ensemble, non ? On n'a jamais collaboré, ni rien du même genre.

Foutre non. » Son visage lugubre se teinta d'un profond mépris. « Et pour mémoire, c'est pas moi qui ai envoyé chercher les flics du district. Je vous l'ai dit, ce type m'est tombé dessus à la seconde même où il est apparu, la bave aux lèvres, en m'engueulant parce que, soi-disant, je chassais sur ses terres. »

Lindros l'entendait à peine à cause des hurlements de la sirène de l'ambulance partant pour l'hôpital universitaire George Washington avec, à son bord, le malheureux camionneur qu'il avait blessé par mégarde. Il avait fallu près de quarante-cinq minutes pour sécuriser le secteur, délimiter la scène de crime et extraire l'homme de la cabine. Allait-il vivre ou mourir? Lindros préférait ne pas y songer pour l'instant. Pour s'en sortir, il lui suffirait de prétendre que c'était Bourne le coupable – il devinait que le Vieux abonderait dans son sens. Le DCI s'était forgé une carapace formée de deux tiers de pragmatisme pour un tiers d'un cynisme que Lindros ne partagerait jamais, Dieu merci. Quel que fût le sort du camionneur, il se savait responsable et il assumait. Pourtant, il avait beau ne pas posséder le cynisme du DCI, il n'était pas du genre à cultiver inutilement le sentiment de culpabilité. Alors, il se ravisa et purgea son esprit du poison qui menaçait de le paralyser.

« Quarante-cinq minutes! grommela Harris pendant que l'ambulance se frayait un chemin entre les véhicules venus en renfort. Bon Dieu, ce pauvre type aurait eu le temps de mourir une dizaine de fois!

— Le service public!

— Vous aussi faites partie du service public, Harry, je vous le rappelle, s'écria Lindros méchamment.

— Et pas vous peut-être ? »

La moutarde monta au nez de Lindros. « Ecoutez, espèce de pauvre connard, ne mélangez pas torchons et serviettes. J'ai suivi un entraînement...

— Tout votre bel entraînement ne vous a servi à rien, Lindros! Vous aviez deux chances d'attraper Bourne et vous les avez gâchées toutes les deux!

— Et vous, qu'est-ce que vous avez fait? »

Khan regardait Lindros et Harris se disputer. Vêtu d'une combinaison de travail aux couleurs des services de la voirie, il ressemblait à tous les techniciens présents sur les lieux. Personne ne se souciait de ses allées et venues. Lorsqu'il était passé derrière le semi-remorque en examinant ostensiblement les dommages causés par la voiture qui l'avait embouti, il avait remarqué l'échelle de fer fixée à la paroi du tunnel. Il leva les yeux, tendit le cou en se demandant où elle conduisait. Bourne s'était-il posé la même question, ou le savait-il déjà ? Après avoir jeté quelques regards furtifs tout autour de lui pour s'assurer que personne ne le voyait, il se mit à grimper à l'échelle. Heureusement pour lui, celle-ci était placée dans un coin sombre, hors champ des projecteurs de la police. Lorsqu'il trouva la trappe, il ne fut pas surpris de découvrir qu'elle était déverrouillée. D'une traction, il se hissa à l'extérieur.

Planté au milieu de Washington Circle, Khan profita de la vue dégagée pour pivoter lentement sur lui-même dans le sens des aiguilles d'une montre. Un vent annonciateur d'orage lui fouettait le visage. Là où le Potomac bifurquait vers l'ouest, pour se jeter dans les eaux placides du Tidal Basin, il repéra un point argenté, un avion suspendu dans les airs, presque immobile, brillant comme un miroir au-dessus des nuages de plus en plus épais, illuminé par un dernier rayon de soleil juste avant qu'il n'amorce sa descente vers l'aéroport Washington.

Les narines de Khan se dilatèrent comme s'il venait de dépister son gibier. Bourne se dirigeait vers l'aéroport. Il en était sûr. A sa place, c'est là qu'il irait.

David Webb et Jason Bourne étaient une seule et même personne. Khan ressentait cette découverte comme un terrible présage. Dès l'instant où il avait surpris la conversation entre Lindros et son collègue de la CIA, il n'avait cessé de ruminer cette pensée. Bourne et lui exerçaient le même métier. Cette idée le révulsait comme un outrage, une violation de ce qu'il avait mis des années à construire. Il s'était sorti de la fange par ses propres moyens, sans rien devoir à personne. Qu'il ait survécu aux terribles rigueurs de ses premières années passées dans la jungle représentait un miracle en soi. Au moins ces années-là lui appartenaient-elles en propre. Et voilà qu'à présent, il se voyait contraint de partager avec ce David Webb le territoire qu'il s'était juré de conquérir. Il s'agissait là d'une cruelle plaisanterie du destin, doublée d'une intolérable injustice, une erreur à corriger sans attendre. Le plus tôt serait le mieux. Il était impatient d'affronter Bourne pour lui cracher la vérité et voir ses yeux se révulser devant l'horreur de cette révélation. Il voulait l'anéantir, le briser, et en même temps le regarder se vider de son sang.

CHAPITRE DIX

BOURNE se tenait dans l'ombre projetée par le bâtiment en verre et chrome des départs internationaux. L'aéroport national Washington était un asile de fous, truffé d'hommes d'affaires avec ordinateurs portables et nécessaires de voyage ; de familles encombrées de valises ; d'enfants avec des sacs à dos Mickey Mouse, Power Ranger ou Teddy Bear ; de personnes âgées en fauteuil roulant. Ici, un groupe de mormons en partance pour le Tiers-Monde récitaient leur catéchisme ; là, des amoureux munis d'un aller simple pour le paradis se tenaient par la main. Malgré la foule, une étrange impression de vide régnait dans tous les aéroports. Ici comme ailleurs, Bourne n'apercevait que des regards inexpressifs, tournés vers l'intérieur. C'était ainsi que les êtres humains se prémunissaient instinctivement contre les assauts de l'ennui.

Il avait toujours trouvé étrange que dans ces lieux où l'attente était une institution, le temps paraisse comme suspendu. Mais pas pour lui. A présent, chaque minute le rapprochait davantage du moment où ses propres collègues procéderaient à son exécution.

Durant les quinze minutes qui venaient de s'écouler, il avait repéré une douzaine de suspects, tous en civil. Certains traînaient dans les salles d'embarquement en tirant sur leurs cigarettes, buvant dans de grands gobelets en carton, comme pour se fondre dans la masse des voyageurs. La plupart d'entre eux faisaient le pied de grue près des comptoirs de contrôle, scrutant les passagers attendant en file qu'on vérifie leurs bagages et leur remette leurs cartes d'embarquement. Presque aussitôt, Bourne comprit que les vols commerciaux lui étaient interdits. De quels autres choix disposait-il ? Il devait se rendre à Budapest le plus rapidement possible.

Il portait un pantalon beige, un imperméable bon marché passé sur un pull-over noir à col roulé, une paire de Sperry Top-Sider remplaçant les tennis dont il s'était débarrassé avec les autres vêtements qu'il portait au moment où il s'était fait repérer à la sortie du Wal-Mart. Changer de tenue au plus vite lui avait semblé essentiel. Mais à présent, ayant constaté la situation dans le terminal, il se disait qu'il aurait dû opter pour une autre apparence.

Il évita les agents qui traînaient dans le coin, sortit sous la pluie fine émaillant la nuit, attrapa une navette en route vers le terminal des marchandises, s'assit juste derrière le chauffeur et engagea la conversation. L'homme se prénommait Ralph. Bourne choisit de s'appeler Joe. Quand le bus freina devant un passage clouté, ils échangèrent une rapide poignée de main.

« Ecoute, je suis censé retrouver mon cousin au OnTime Cargo, expliqua Bourne. Il m'a dit où c'était mais j'ai oublié. Quel idiot je fais !

— C'est quoi son métier ? demanda Ralph en s'engageant sur la voie rapide.

— Il est pilote. » Bourne se rapprocha de lui. « Il rêve de voler avec American ou Delta, mais tu sais ce que c'est. »

Ralph hocha la tête. Il savait. « Les riches s'enrichissent et les pauvres se font avoir. » Sous sa tignasse hirsute pointait un nez boutonneux entre deux yeux soulignés de profonds cernes. « Tu m'en diras tant.

— Tu peux m'indiquer la direction ?

— Je vais faire mieux que ça, annonça Ralph en lui jetant un coup d'œil dans son long rétroviseur. Je termine mon service par le terminal des marchandises. Je t'emmène. »

Debout sous la pluie, Khan contemplait autour de lui les lumières froides de l'aéroport tout en réfléchissant à la situation. Bourne avait dû renifler les types de l'Agence avant même de les identifier visuellement. Khan en avait dénombré plus de cinquante, ce qui signifiait qu'il y en avait facilement le triple dans l'ensemble de l'aéroport. Même en changeant de tenue, si d'aventure il osait monter dans un vol transatlantique, Bourne tomberait immanquablement entre leurs griffes. Ils l'avaient repéré au Wal-Mart et savaient de quoi il avait l'air, à présent. Khan l'avait appris grâce aux conversations surprises dans le passage souterrain.

Bourne n'était pas loin. Il sentait sa présence. Depuis qu'il s'était assis sur ce banc, près de lui, Khan avait enregistré son poids, sa taille, estimé l'extension de ses muscles, visualisé les traits de son visage dessinés par les jeux de lumière. Il savait qu'il était là. Les brefs instants passés côte à côte lui avaient permis de l'étudier sans en avoir l'air, sachant qu'il devait mémoriser chaque contour de son visage, chaque expression susceptible de le modifier. Khan avait cherché à déceler quelque chose sur ce visage. Mais quoi ? Une confirmation ? Une validation ? Il n'en savait rien. Il savait seulement que l'image de Bourne s'était enfoncée dans sa conscience jusqu'à en faire partie intégrante. Bourne le possédait pour le meilleur et pour le pire. Ils resteraient attachés à la roue de leurs propres désirs jusqu'à ce que la mort les sépare.

Encore une fois, Khan regarda autour de lui. Bourne devait absolument quitter la ville et sans doute le pays. Mais l'Agence convoquerait des renforts, étendrait le périmètre de ses recherches afin de resserrer le nœud. Dans ce même cas de figure, Khan aurait cherché à passer la frontière sans attendre. Il se dirigea donc vers le bâtiment des arrivées internationales. Une fois entré, il se retrouva devant un grand plan en couleurs de l'aéroport qui lui permit de déterminer le chemin le plus direct pour accéder au terminal des marchandises. Puisque les vols commerciaux étaient placés sous étroite surveillance, Bourne ne disposait que d'une seule solution. Monter à bord d'un avion cargo. A présent, la moindre minute comptait. L'Agence n'allait pas tarder à suivre le même raisonnement que lui et envoyer ses hommes surveiller les départs des transports de marchandises.

Khan ressortit sous la pluie. Ayant mémorisé les vols partant dans l'heure suivante, il ne lui restait plus qu'à localiser Bourne et, si tout se passait comme prévu, lui régler son compte. Il ne se faisait guère d'illusions. Ce ne serait pas facile. Il avait payé cher pour découvrir que Bourne était un adversaire intelligent, déterminé et plein de ressources. Cet homme l'avait blessé, piégé, lui avait filé entre les doigts à plusieurs reprises. Khan savait que cette fois-ci, il devrait le prendre par surprise tout en sachant que Bourne s'attendait à le retrouver en travers de son chemin. De nouveau, il entendit l'appel de la jungle, comme un message porteur de mort et de destruction. Son long voyage touchait à sa fin. Mais pour cette toute dernière fois, il se montrerait plus malin que Bourne.

Au moment où ils arrivèrent à destination, il ne restait personne dans le bus à part Bourne. La pluie avait redoublé d'intensité, répandant une obscurité crépusculaire en plein cœur de l'après-midi. Le ciel brouillé ressemblait à une ardoise effacée sur laquelle viendrait bientôt s'inscrire tel ou tel avenir.

« Tu trouveras la compagnie OnTime au Cargo Cinq, avec FedEx, Lufthansa et la douane. » Ralph gara son bus et coupa le contact. Ils descendirent, traversèrent le tarmac d'un pas rapide en direction d'une série de vastes bâtiments à toit plat extrêmement laids. « Nous y voilà. »

Une fois entré, Ralph secoua ses vêtements trempés. Bâti en tronc de cône, ses mains et ses pieds paraissaient étrangement délicats. Il lui montra quelque chose à gauche. « Tu vois le service des douanes ? Tu continues et deux bureaux après, c'est là que travaille ton cousin.

— Merci beaucoup », dit Bourne.

Ralph sourit et haussa les épaules. « Laisse tomber, Joe. » Il lui tendit la main. « Heureux de t'avoir aidé. »

Comme le chauffeur s'en allait d'un pas tranquille, les mains dans les poches, Bourne mit le cap sur les bureaux de OnTime. Il n'avait nullement l'intention de s'y rendre – pas encore, du moins. Aussi fit-il demi-tour et marcha-t-il sur les traces de Ralph qui arriva bientôt devant une porte arborant une pancarte ACCÈS STRICTEMENT RÉSERVÉ AU PERSONNEL AUTORISÉ. Tout en regardant Ralph glisser son badge plastifié dans une fente de métal, Bourne sortit une carte de crédit. Il attendit que la porte s'ouvre et que Ralph disparaisse de l'autre côté pour se précipiter et insérer la carte de crédit au niveau du pêne, juste avant qu'elle ne se referme. Bourne compta jusqu'à trente de manière à laisser à Ralph le temps de s'éloigner puis ouvrit, empocha sa carte de crédit et entra.

Il s'agissait du vestiaire des ouvriers de maintenance. Une salle aux murs carrelés de céramique blanche, au sol de ciment garni de bandes de caoutchouc afin que les hommes entrant et sortant des douches gardent leurs pieds au sec. Huit rangées de casiers métalliques s'alignaient devant lui, la plupart munis de cadenas à combinaison basique. Sur sa droite, il vit le passage menant aux douches et aux lavabos. Au-delà, dans une pièce plus étroite, se trouvaient les urinoirs et les toilettes.

Passant prudemment la tête, Bourne vit Ralph s'approcher à petits pas d'une des cabines de douche. Plus près de lui, un autre employé de maintenance était en train de se savonner, dos tourné. Bourne regarda autour de lui et repéra très vite le casier de Ralph dont la porte était entrouverte. Sur la poignée pendait le cadenas. Bien sûr. Pourquoi se serait-il méfié ? L'endroit était sûr. On pouvait sans crainte laisser son casier ouvert quelques minutes, le temps de se laver. Bourne ouvrit carrément le battant, tomba sur le badge de Ralph posé sur un maillot de corps et s'en empara. Près de là, se trouvait le casier de l'autre employé, ouvert lui aussi. Bourne échangea les cadenas avant de refermer le casier de Ralph, ce qui lui laisserait un peu de temps avant que le chauffeur de bus ne s'aperçoive du vol de son badge.

S'emparant d'une combinaison de travail pliée sur le chariot de la blanchisserie, il se changea rapidement après s'être assuré qu'elle lui allait plus ou moins. Puis, le badge de Ralph autour du cou, il sortit et se précipita vers le bureau de la douane où il obtint l'heure des prochains vols. Aucun ne partait pour Budapest, en revanche le vol 113 de Rush Service Flight devait décoller en direction de Paris dans dix-huit minutes, à partir du Cargo Quatre. Aucun autre départ n'était programmé au cours des quatre-vingt-dix minutes suivantes, mais Paris lui convenait ; c'était une plaque tournante pour la circulation aérienne européenne. De là, il n'aurait aucun mal à rejoindre Budapest.

Bourne regagna en toute hâte le tarmac glissant. La pluie tombait à verse, à présent, mais la foudre s'était calmée et le tonnerre qui résonnait tout à l'heure s'était tu. Tant mieux. Au moins, l'orage ne retarderait pas le départ du vol 113. Il accéléra le pas et rejoignit le bâtiment suivant, abritant les Cargos Trois et Quatre.

Au moment où il entra dans le terminal, il était trempé jusqu'aux os. Regardant à gauche et à droite, il se précipita vers Rush Service, une zone pratiquement déserte, ce qui ne présageait rien de bon. Il était toujours plus facile de passer inaperçu dans une foule. Bourne trouva l'issue réservée au personnel, glissa son badge dans la fente, entendit avec soulagement le déclic d'ouverture, poussa la porte et entra. Tandis qu'il s'enfonçait dans les couloirs grisâtres et les salles où s'entassaient des dizaines de caisses, des odeurs puissantes s'élevèrent, un mélange de résine, de sciure et de carton. Régnait en ces lieux une impression de fugacité, de déplacement perpétuel. Ici, la vie était réglée sur les horaires des vols, la météo, la peur de la défaillance mécanique, de l'erreur humaine. Il n'y avait nulle part où s'asseoir, nulle part où se reposer.

Gardant les yeux braqués devant lui, il avançait d'un pas assuré comme un habitué des lieux. Bientôt il rencontra une autre porte, celle-là recouverte d'acier. Par sa petite lucarne, on apercevait des avions dispersés sur le tarmac, en instance de chargement ou de déchargement. En quelques secondes, il identifia l'appareil de Rush Service à sa soute béante. Un gros tuyau le reliait à un camion-citerne. Un homme en ciré, capuche rabattue sur la tête, surveillait l'opération. Dans le cockpit, le pilote et le copilote vérifiaient leurs instruments.

Il s'apprêtait à introduire le badge de Ralph dans la fente quand le téléphone d'Alex sonna. C'était Robbinet.

« Jacques, j'ai l'impression que nos chemins vont se croiser. Pouvez-vous me retrouver à Paris, disons dans sept heures environ ?

— *Mais oui, mon ami**. Appelez-moi quand vous serez sur le point d'atterrir. » Il lui donna son numéro de portable. « Je suis enchanté à l'idée de vous revoir. »

Bourne le comprit à mi-mot. Robbinet était enchanté que Bourne ait réussi à échapper aux types de l'Agence. Pas encore, pensa Bourne. Pas tout à fait. Il ne crierait victoire que dans quelques minutes. En attendant...

« Jacques, qu'avez-vous découvert ? Avez-vous des renseignements sur le NX20 ?

— Hélas non. Je n'ai trouvé aucun document sur ce projet. »

Le cœur de Bourne chavira. « Et sur le Dr Schiffer ?

— Ah, là j'ai eu un peu plus de chance, répondit Robbinet. Un certain Dr Félix Schiffer travaille pour la DARPA – ou du moins travaillait. »

Une main glaciale venait de se refermer sur l'estomac de Bourne. « Que voulez-vous dire ? »

En entendant un froissement de papier, Bourne imagina son ami en train de parcourir le document qu'il avait réussi à se procurer grâce à ses contacts à Washington. « Le Dr Schiffer ne figure plus sur le fichier du personnel en activité de la DARPA. Il est parti voilà treize mois.

— Que lui est-il arrivé ?

— Aucune idée.

— Il a disparu comme ça, sans explication ? demanda Bourne incrédule.

— Aussi improbable que cela paraisse, c'est exactement ce qui s'est passé. »

Bourne ferma les yeux un instant. « Non, non. Il est quelque part, c'est forcé.

— Alors, que... ?

— On l'a fait disparaître – des professionnels. »

Cette mauvaise nouvelle ne faisait que précipiter les choses. Il fallait absolument qu'il se rende à Budapest dans les meilleurs délais. Pour tout indice, il possédait le nom du Grand Hôtel Danubius. Il consulta sa montre. Le temps pressait. Il devait partir. Maintenant. « Jacques, merci pour tout.

— J'aurais aimé vous aider davantage. Désolé. » Robbinet hésita. « Jason...

— Oui ?

— *Bonne chance**. »

Bourne empocha le portable, ouvrit la porte d'acier et se retrouva sous la pluie. Des trombes d'eau zébraient le ciel bas et sombre comme un rideau d'argent scintillant sous les lumières vives de l'aéroport. Elles formaient des sortes de serpentins balayant les aspérités du tarmac. Pour mieux lutter contre le vent, il marchait légèrement penché mais d'un pas résolu, comme un travailleur consciencieux qui sait où il va et ce qu'il doit y faire. Contournant le nez de l'avion, il se présenta devant la porte de la soute. L'homme qui faisait le plein venait d'enlever le tuyau d'alimentation.

Du coin de l'œil, Bourne discerna un mouvement sur sa gauche. L'une des portes du Cargo Quatre s'était ouverte violemment, laissant apparaître plusieurs vigiles de l'aéroport, armes au poing. Ralph avait dû réussir à ouvrir son casier ; le temps lui était compté. Il continua de progresser du même pas et quand il fut sur le point d'atteindre la soute, l'employé qui venait de faire le plein lui lança : « Hé, mec, t'as l'heure ? Ma montre s'est arrêtée. »

Bourne se tourna. Au même moment, il reconnut les traits asiatiques du visage dissimulé sous la capuche ; Khan déplaça le tuyau et lui projeta du kérosène dans la figure. Instinctivement, Bourne leva les mains pour se protéger. Il suffoquait. Il n'y voyait plus rien.

Khan se jeta sur lui, le poussa contre la surface lisse du fuselage et lui porta deux coups vicieux, l'un au plexus solaire, l'autre sur la tempe. Comme les genoux de Bourne s'affaissaient, d'une bourrade Khan le fit basculer dans l'ouverture de la soute.

Puis Khan se retourna et fit un signe de la main au manutentionnaire qui se dirigeait vers lui. « Ça va, je vais fermer », dit-il. La chance était avec lui puisque, sous cette pluie, son visage et son uniforme passaient inaperçus. Le manutentionnaire, trop heureux d'échapper aux trombes d'eau, lui adressa un geste de remerciement. Khan claqua la porte de la soute, la verrouilla puis courut vers le camion-citerne, monta et l'éloigna vite de l'avion pour ne pas attirer les soupçons.

Déjà, les agents de sécurité que Bourne avait repérés un peu plus tôt, se dirigeaient vers les appareils alignés. Ils firent signe au pilote. Khan courut se faufiler derrière l'avion, débloqua la porte de la soute et sauta à l'intérieur. Bourne avait repris ses esprits. Il se tenait à quatre pattes, tête basse. Khan, surpris par sa puissance de récupération, lui décocha un coup de pied dans les côtes. Avec un grognement, Bourne retomba sur le flanc en se tenant le torse.

Khan trouva un bout de corde, plaqua Bourne contre le sol de la soute, lui fit passer les bras dans le dos, croisa ses poignets et les attacha. Malgré le martèlement de la pluie, il entendait hurler les types de la sécurité. Ils demandaient au pilote et au copilote de leur montrer leurs badges. Ayant réduit Bourne à l'impuissance, Khan s'avança jusqu'à la porte de la soute et ferma.

Khan resta quelques minutes assis, jambes croisées, dans l'obscurité. Le battement de la pluie sur le fuselage produisait une percussion arythmique lui rappelant les tambours de la jungle. Il associait ce son à la fièvre. Un jour qu'il était très malade, ces tambours s'étaient mis à vibrer dans son cerveau comme des moteurs d'avion juste avant la descente, quand l'air tourbillonne autour des hélices. Ce son l'avait effrayé à cause des souvenirs qu'il véhiculait. Ces souvenirs qu'il avait réussi, au prix d'une lutte longue et âpre, à garder enfouis au fond de sa conscience, la fièvre les avait fait resurgir. Un jour, il avait vu la jungle prendre vie, des silhouettes indistinctes s'avancer à pas de loup vers lui, en formation de combat, comme pour lui fondre dessus. Avec le peu de conscience qui lui restait, il avait détaché le petit bouddha de pierre sculptée qu'il portait autour du cou pour l'enterrer en toute hâte au-dessous de lui et recouvrir la terre de feuilles. Des voix lui étaient parvenues. Il lui avait fallu quelques secondes pour comprendre que les formes entr'aperçues tout à l'heure étaient en train de l'interroger. Entre ses paupières mouillées de sueur, il les vit se profiler dans le crépuscule émeraude puis l'une d'elles lui banda les yeux. Précaution inutile. Lorsqu'ils le soulevèrent du lit de feuilles et de détritus qu'il s'était aménagé, il s'évanouit et ne se réveilla que deux jours plus tard, dans un campement khmer rouge.

Un borgne cadavérique l'examina, jugea qu'il était en forme et tout de suite après, l'interrogatoire commença.

Ils l'avaient jeté dans un puits empli de créatures sinueuses inidentifiables – aujourd'hui encore, il ignorait ce que c'était –, plongé dans une obscurité plus profonde, plus absolue que tout ce qu'il avait pu connaître jusqu'alors. C'était elle qui le terrifiait le plus. Elle l'enveloppait, l'étouffait, lui broyait les tempes. Au fil des heures, cette pression sur sa tête devenait plus insupportable.

Dans le ventre du vol 113 de Rush Service, l'obscurité était d'une autre nature.

... Des entrailles du poisson, Jonas pria le Seigneur son Dieu. Il dit : Dans l'angoisse qui m'étreint, j'implore le Seigneur : il me répond; du ventre de la Mort, j'appelle au secours : tu entends ma voix. Tu m'as jeté dans le gouffre au cœur des mers où le courant m'encercle; toutes les vagues et les lames déferlent sur moi...

Il se souvenait encore de ce passage de la Bible. Le missionnaire lui avait ordonné de l'apprendre par cœur dans un exemplaire usé et couvert de taches. Horrible ! Horrible ! C'était exactement ce qu'il avait vécu durant son emprisonnement par les Khmers rouges. Littéralement enfoui dans le ventre de l'enfer, il avait prié – ou tenté maladroitement de le faire – pour que vienne la délivrance. Mais, à l'époque, il ne connaissait ni la Bible ni les enseignements du Bouddha. Il n'était encore qu'un enfant perdu au cœur de la géhenne. Le Seigneur avait entendu Jonas hurler dans le ventre de la baleine, mais lui, Khan, personne ne l'avait entendu. On l'avait laissé seul dans les ténèbres. Quand les Khmers pensèrent l'avoir maté, ils le sortirent de son trou, lentement, et avec une expertise et une passion froide qu'il mettrait des années à acquérir lui-même, commencèrent à le saigner.

Khan alluma la torche qu'il portait sur lui et, toujours assis, se mit à fixer Bourne sans remuer un cil. Puis dépliant les jambes, il lui décocha un violent coup de pied à l'épaule qui le fit rouler sur lui-même. Quand Bourne se retrouva face à son agresseur, il grommela, ses yeux s'ouvrirent en papillonnant, il hoqueta, risqua une nouvelle inspiration frémissante et, ce faisant, inhala les vapeurs de carburant. Plié en deux, il vomit dans l'espace compris entre son corps perclus de douleur et celui de Khan, aussi serein que Bouddha en personne.

« Je suis descendu jusqu'à la matrice des montagnes ; à jamais les verrous du pays de la Mort sont tirés sur moi ; mais de la fosse tu me feras remonter vivant, récita Khan, paraphrasant Jonas, sans cesser de scruter le visage tuméfié de Bourne. T'as une sale gueule. »

Au prix des plus grands efforts, Bourne se releva sur un coude. Khan le fit retomber d'un coup de pied nonchalant. De nouveau, Bourne essaya de s'asseoir et de nouveau Khan l'en empêcha. La troisième fois, Khan le laissa s'asseoir en face de lui.

Les lèvres de Khan s'ourlaient de son fameux petit sourire énigmatique. Soudain ses yeux lancèrent un éclair.

« Salut père, dit-il. J'attends ce moment depuis si longtemps que je commençais à croire qu'il n'arriverait jamais. »

Bourne secoua faiblement la tête. « Mais qu'est-ce que tu racontes ?

— Je suis ton fils.

— Mon fils a dix ans. »

Les yeux de Khan étincelaient. « Pas celui-là. Je suis celui que tu as abandonné à Phnom Penh. »

Bourne se sentit insulté. Une fureur noire s'empara de lui. « Comment oses-tu ? Je ne sais pas qui tu es mais mon fils Joshua est mort. » L'effort lui coûta car il avait inhalé beaucoup de vapeurs d'essence. Soudain, il se recroquevilla, de nouveau assailli par un haut-le-cœur. Mais il n'avait plus rien à vomir.

« Je ne suis pas mort », murmura Khan presque tendrement. En même temps, il se pencha pour redresser Bourne et l'installer bien en face de lui. Ce mouvement fit glisser le petit bouddha sculpté sur sa poitrine imberbe. Le pendentif se mit à osciller à cause des efforts que déployait Khan pour maintenir Bourne en position assise. « Comme tu peux le constater.

— Non, Joshua est mort ! J'étais présent quand on l'a enterré, avec Dao et Alyssa ! Leurs cercueils étaient enveloppés dans des drapeaux américains.

— Mensonges, mensonges et encore mensonges ! » Khan posa le bouddha de pierre dans la paume de sa main pour le montrer à Bourne. « Regarde un peu ça et rappelle-toi, Bourne. »

Bourne eut l'impression de perdre le sens de la réalité. Il entendait son pouls cogner dans son oreille interne, telle une vague de fond menaçant de l'emporter. C'était impossible ! Impossible ! « Où as-tu trouvé cela ?

— Tu sais ce que c'est, n'est-ce pas ? » Le bouddha disparut dans son poing. « Voilà enfin que tu reconnais ton fils Joshua, perdu depuis tant d'années ?

— Tu n'es pas Joshua ! » Bourne était fou de rage. Il retroussa les lèvres comme un animal prêt à mordre. « Quel diplomate asiatique as-tu assassiné pour avoir cet objet ? » Il partit d'un rire sinistre. « Oui, j'en sais plus sur toi que tu ne le penses.

— Alors là, j'ai le regret de te dire que tu te trompes. Il m'appartient, Bourne. Tu piges ? » Ouvrant la main, il lui remontra le bouddha. Sur la pierre sombre restait une trace de sueur. « Ce bouddha m'appartient !

— Tu mens ! » Bourne se jeta sur lui, bras en avant. Lorsque Khan lui avait lié les poignets, il avait contracté ses muscles pour l'empêcher de serrer au maximum. Ensuite, profitant de l'inattention de Khan que la jubilation rendait trop sûr de lui, il avait réussi à se débarrasser de la corde.

Bien sûr, Khan ne s'attendait pas à une attaque aussi impétueuse. Aussi tomba-t-il en arrière, déséquilibré par le poids de Bourne. La torche heurta le pont, se mit à rouler dans tous les sens, les éclairant par intermittence de son puissant faisceau. Tantôt une expression furieuse surgissait de l'ombre tantôt un muscle gonflé par l'effort. Un étrange clair-obscur ponctué de hachures et de pointillés, très semblable à l'atmosphère de la jungle qu'ils avaient connue l'un et l'autre. Souffles mêlés, ils se battirent comme des bêtes luttant pour asseoir leur domination.

Les dents serrées, Bourne faisait pleuvoir une grêle de coups sur le corps de Khan. Mais ce dernier réussit à lui saisir la cuisse et appuya de toutes ses forces sur une terminaison nerveuse. Bourne tituba, sa jambe momentanément paralysée se déroba sous lui. Khan en profita pour le frapper à la pointe du menton. Bourne perdit franchement l'équilibre, sa tête partit en arrière. Il parvint néanmoins à s'emparer de son cran d'arrêt. Au même instant, Khan lui envoyait un autre terrible coup de poing. Bourne lâcha le couteau ; Khan le ramassa et fit jaillir la lame.

A présent, il dominait Bourne de toute sa hauteur. Il se pencha et le tira par le devant de sa chemise. Un bref frémissement le traversa, comme le grésillement du courant dans un fil électrique lorsque l'on actionne un interrupteur. « Je suis ton fils. Khan n'est qu'un nom d'emprunt, exactement comme David Webb se fait appeler Jason Bourne.

— Non ! » Le hurlement de Bourne couvrit presque le grondement des moteurs. « Mon fils est mort à Phnom Penh avec le reste de ma famille !

— Je suis Joshua Webb, articula Khan. Tu m'as laissé tomber. Tu m'as abandonné dans la jungle. »

La pointe du couteau hésita sur la gorge de Bourne. « Combien de fois ai-je failli mourir ! Et je serais mort, j'en suis sûr, si je ne m'étais raccroché à ton souvenir.

— Comment oses-tu te servir de son nom ! Joshua est mort ! » Bourne était livide, une rage purement animale découvrait ses dents. L'envie de tuer obscurcissait sa vision.

« Oui, tu as peut-être raison. » Il posa la lame tout contre la peau de Bourne. Un millimètre de plus et le sang jaillissait. « Aujourd'hui, je m'appelle Khan. Joshua – le Joshua que tu connaissais – est mort. Je suis revenu pour me venger, te punir de m'avoir laissé. J'aurais pu te tuer dix fois au cours de ces derniers jours, mais j'ai retenu ma main parce qu'avant de mourir, je veux que tu saches ce que tu m'as fait. » Les lèvres de Khan s'ouvrirent, une bulle de salive se forma au coin de sa bouche. « Pourquoi m'as-tu laissé ? Comment as-tu pu t'enfuir ? »

Quand l'avion se mit à rouler sur la piste, il y eut une violente embardée. Du sang perla sur la gorge de Bourne puis Khan perdit l'équilibre et le couteau s'éloigna. Bourne en profita pour enfoncer son poing dans le flanc de Khan qui répliqua par un balayage. Il accrocha la cheville de Bourne et le fit chuter. Arrivé en bout de piste, l'avion ralentit pour tourner.

« Je ne me suis pas enfui ! hurla Bourne. Joshua m'a été enlevé ! »

Khan se jeta sur lui, le couteau pointé vers le bas. Bourne pivota, la lame passa tout près de son oreille droite. Il ne cessait de penser au pistolet de céramique caché contre sa hanche droite, mais il aurait beau faire, jamais Khan ne lui laisserait le temps de s'en servir. Ils luttèrent au corps à corps, leurs muscles tendus à se rompre, leurs visages congestionnés par l'effort et la rage. Leur souffle sortait en crissant comme une scie de leurs bouches entrouvertes, leurs yeux et leur esprit à l'affût de la moindre ouverture. Mais chacune de leurs attaques se voyait aussitôt repoussée. Ils étaient de force égale et si l'âge les séparait, ils avaient en commun la vitesse, la fougue, l'adresse et la ruse. On aurait dit que chacun devinait les pensées de l'autre, prévoyait son prochain mouvement une fraction de seconde avant qu'il ne se produise. Aucun ne parvenait à prendre le dessus. En outre, la fureur entravait leurs gestes. C'était comme si leurs émotions les plus secrètes venaient d'exploser à la surface et se répandaient telle une nappe d'huile ballottée par les flots.

De nouveau l'avion fit une embardée. Il fonçait le long de la piste. Bourne glissa ; Khan voulut se servir de sa main libre comme d'un gourdin pour que Bourne ne remarque pas le couteau. Mais Bourne para en frappant l'intérieur du poignet gauche de Khan. Trop tard. La lame était déjà toute proche. Alors il recula et, par inadvertance, débloqua la porte de la soute qui s'ouvrit en grand, soufflée par l'accélération.

La piste n'était plus qu'un brouillard sous leurs pieds. Bras et jambes écartés, Bourne s'accrochait désespérément au cadre de la porte pour ne pas tomber sur le tarmac. Un sourire de maniaque plaqué sur le visage, Khan se pencha vers lui en agitant son couteau comme s'il voulait lui ouvrir le ventre dans le sens de la largeur.

Khan passa à l'action à l'instant même où l'avion s'apprêtait à prendre son envol. Il se jeta sur Bourne. Au même moment, Bourne libéra sa main droite. La force de gravité aidant, il se trouva ballotté dans tous les sens avant d'être projeté contre le fuselage si violemment qu'il faillit se déboîter l'épaule. L'ouverture de la soute n'était plus qu'un gouffre béant. Emporté par son élan, Khan passa au travers et atterrit sur le tarmac. Lorsque Bourne lui jeta un dernier coup d'œil, il ne vit rien d'autre qu'une boule grise immobile sur le tapis noir de la piste.

Enfin l'avion décolla. Bourne fut aspiré un peu plus loin vers l'extérieur. Il s'accrocha de toutes ses forces malgré la pluie qui le cinglait comme une chaîne de métal. Le vent menaçait de lui couper le souffle mais, seul point positif, le débarrassa du carburant qui salissait encore son visage; la pluie rinça ses yeux brûlants et le liquide nocif qui collait à sa peau. L'avion vira à droite. Suivant son mouvement, la torche de Khan traversa le pont et bascula dans le vide. Bourne savait que s'il restait encore quelques secondes dans cette position, c'en serait fait de lui. La tension dans son bras était bien trop intense.

Balançant sa jambe gauche, il réussit à coincer son talon dans le cadre de la porte. Puis, avec un effort surhumain, il se hissa, passa son mollet, ce qui lui procura un appui et un équilibre suffisants pour faire volte-face et se placer face au fuselage. Ensuite, il tendit sa main droite, s'accrocha au bourrelet assurant l'étanchéité de la porte et sauta dans le ventre de l'avion. Il ne lui restait plus qu'à refermer d'un bon coup.

Couvert de plaies, de sang et d'ecchymoses, Bourne s'écroula à bout de forces. A travers les ombres effrayantes de la soute, il revit le petit bouddha de pierre que lui et sa première femme avaient offert à Joshua pour son quatrième anniversaire. Par ce geste, Dao avait pensé attirer sur leur jeune fils la protection du Bouddha. Mais Joshua était mort avec Dao et sa petite sœur, mitraillés par un avion alors qu'ils jouaient dans la rivière.

Joshua était mort. Dao, Alyssa, Joshua – ils étaient tous morts, leurs corps déchiquetés par la grêle de balles jaillie du chasseur descendu en piqué. Son fils ne pouvait avoir survécu, c'était impossible. Penser autrement serait pure folie. Alors qui était Khan, et pourquoi jouait-il à ce jeu hideux et cruel ?

Bourne n'avait pas de réponses. L'avion plongeait et remontait. Il atteignait son allure de croisière. Le hurlement des moteurs se calma. Il faisait de plus en plus froid. Un nuage de condensation sortait de son nez et de sa bouche. Il croisa les bras autour de son corps et se mit à se balancer. Non, c'était impossible. Absolument impossible.

Soudain, un cri inarticulé jaillit de sa gorge. La douleur, le désespoir s'abattirent sur lui. Tête baissée, il se mit à verser des larmes de colère, d'incrédulité et d'infinie tristesse.

Deuxième partie

CHAPITRE ONZE

DANS le ventre du vol 113, Jason Bourne dormait. Son inconscient reprenait le dessus. De nouveau, sa vie – une vie lointaine dont il s'était volontairement détourné voilà bien des années – se déroulait comme un ruban cauchemardesque, saturant ses rêves d'images, de sensations tactiles et de bruits qu'il s'était acharné à enfouir au plus profond de son être.

Que s'était-il passé en ce jour d'été brûlant, à Phnom Penh? Personne ne le savait. Du moins personne de vivant. Les faits se résumaient à cela : pendant qu'il assistait à une réunion barbante dans son bureau climatisé, au siège des services extérieurs américains, sa femme Dao avait emmené leurs deux enfants se baigner dans la rivière boueuse coulant juste devant leur maison. Venu de nulle part, un avion ennemi avait plongé vers la famille en train de nager et s'éclabousser.

Combien de fois avait-il repassé dans son esprit ce terrible épisode? Dao avait-elle vu le chasseur arriver? Mais il avait fondu sur eux si rapidement, si furtivement. Elle avait dû rassembler les enfants autour d'elle, les avait poussé sous l'eau en les couvrant de son propre corps, tentant vainement de les protéger pendant que leurs cris résonnaient à ses oreilles, que leur sang giclait sur son visage et que la douleur la transperçait, annonciatrice de sa mort imminente. En tout cas, c'était ainsi qu'il se figurait la scène ayant failli le rendre fou. Car les cris que Dao avait sans doute entendus juste avant la fin, l'avaient hanté nuit après nuit, le réveillant en sursaut, le cœur battant, le sang cognant sous son crâne. A cause de ces rêves, il avait dû abandonner sa maison, tout ce qu'il avait chéri. Incapable de supporter la présence de ces objets familiers dont la vue lui déchirait les entrailles, il avait quitté Phnom Penh pour Saigon où Alexander Conklin l'avait pris en charge.

Si seulement il avait pu laisser ses cauchemars derrière lui, à Phnom Penh. Mais hélas, ils l'avaient poursuivi jusque dans les jungles détrempées du Viêtnam, comme des blessures qu'il s'infligeait volontairement. Tout cela parce qu'il ne parvenait pas à se pardonner de n'avoir pas été présent, de n'avoir pas protégé sa femme et ses enfants. Et cette vérité-là, plus que toutes les autres, n'en finissait pas de le consumer.

A trente mille pieds au-dessus des vagues furieuses de l'Atlantique, il hurla dans son sommeil agité. A quoi servait un mari, un père, se demanda-t-il pour la millième fois, s'il était incapable de protéger sa propre famille ?

A cinq heures du matin, la sonnerie du téléphone fit surgir le DCI d'un profond sommeil. La Conseillère pour la Sécurité nationale le convoquait dans son bureau. Il avait une heure pour s'y rendre. Mais quand trouvait-elle le temps de dormir, cette salope ? se demanda-t-il en reposant le combiné. Il s'assit au bord du lit, en tournant le dos à Madeleine. *Cette femme avait un sommeil de plomb,* maugréa-t-il en lui-même. En fait, cela faisait bien longtemps que le téléphone ne la dérangeait plus, même quand il sonnait en pleine nuit.

« Réveille-toi ! ordonna-t-il en la secouant. Il y a une urgence et j'ai besoin d'un café. »

Sans la moindre récrimination, elle se leva, enfila sa robe de chambre, ses chaussons, et passa dans le couloir menant à la cuisine.

En se frottant le visage, le DCI traîna les pieds jusqu'à la salle de bains et ferma la porte. Assis sur les toilettes, il appela le DDCI. Pourquoi diable Lindros dormirait-il alors que son supérieur non ? A son grand dam, Martin Lindros était tout à fait réveillé.

« J'ai passé toute la nuit à consulter les archives Quatre-Zéro. » Lindros faisait allusion aux dossiers ultraconfidentiels concernant le personnel de la CIA. « Je pense avoir découvert tout ce dont j'ai besoin au sujet d'Alex Conklin et Jason Bourne.

— Génial. Alors maintenant, trouvez-moi Bourne.

— Monsieur, j'ai appris beaucoup de choses sur ces deux hommes. Ils ont travaillé main dans la main pendant des années. Ils ont couru les mêmes risques et chacun n'a pas hésité à se sacrifier à maintes reprises pour sauver la vie de l'autre. Par conséquent, j'estime hautement improbable que Bourne ait assassiné Alex Conklin.

— Alonzo-Ortiz veut me voir, répliqua le DCI irrité. Après le fiasco de Washington Circle, croyez-vous que je devrais lui rapporter ce que vous venez de me dire ?

— Eh bien, non, mais...

— Vous avez foutrement raison, mon petit gars. Il faut que je lui fournisse des faits tangibles qui en s'additionnant finissent par donner de *bonnes* nouvelles. »

Lindros s'éclaircit la gorge. « Pour le moment, je n'en ai aucun. Bourne s'est envolé.

— Envolé ? Bon Dieu, Martin, vous êtes sûr que vous dirigez un service de renseignement ?

— Cet homme est un vrai magicien.

— Il est fait de chair et de sang, comme nous tous, tonna le DCI. Comment diable s'y est-il pris pour vous glisser entre les pattes une fois de plus ? Je croyais que vous aviez couvert toutes les bases !

— C'était le cas. Il s'est simplement...

— Envolé, je sais. Vous me mettez dans un foutu pétrin. Alonzo-Ortiz veut ma tête sur un plateau, et elle l'aura certainement, mais avant cela, c'est vous qui y passerez ! »

Le DCI coupa la communication et balança le téléphone dans un coin. Quand il se fut douché, habillé et eut avalé une gorgée de café dans la chope que Madeleine lui tendait complaisamment, sa voiture arriva.

Derrière la vitre à l'épreuve des balles, il s'absorba dans la contemplation de sa maison. Une façade en brique rouge sombre, agrémentée de pierres d'angle plus pâles, des volets déroulants à chaque fenêtre. Elle avait appartenu à un ténor russe, Maxime Machinchose, mais le DCI appréciait avant tout l'élégance mathématique qui émanait d'elle, ce cachet aristocratique qu'on recherchait en vain dans les constructions plus récentes. Par-dessus tout, se dégageait de cette architecture une impression de confort, d'intimité surannés, sans doute renforcée par la présence d'une cour pavée, cachée derrière d'épais peupliers, et de la barrière en fer forgé cerclant la propriété.

Il s'enfonça dans le siège velouté de la Lincoln Town Car et se mit à lorgner d'un air morose la ville de Washington encore endormie. *Seigneur, à cette heure il n'y a que ces foutus rouges-*

gorges pour être réveillés, pensa-t-il. *Que fait-on du privilège de l'âge ? Après toutes mes années de service, j'ai bien le droit de dormir jusqu'à une heure décente, non ?*

Ils franchirent à toute vitesse le Pont mémorial d'Arlington enjambant les eaux gris métallisé du Potomac dont la surface plate et dure évoquait une piste d'atterrissage. De l'autre côté, surplombant le temple plus ou moins dorique du Lincoln Memorial, se dressait le Washington Monument et sa flèche sombre, aussi menaçante que ces lances avec lesquelles autrefois les Spartiates transperçaient le cœur de leurs ennemis.

Chaque fois que l'eau se referme sur lui, il perçoit une mélodie, comme un angélus résonnant de crête en crête, à travers les montagnes boisées ; les cloches des moines qu'il traquait quand il vivait avec les Khmers rouges. Et une odeur de... qu'est-ce que c'est ? De la cannelle. Le courant tourbillonnant grouille de bruits et d'odeurs qu'il n'arrive pas à identifier. L'eau voudrait bien l'aspirer vers le fond. De nouveau, il coule. Il a beau lutter, se démener comme un beau diable, à grand renfort de coups de pied, il se sent tomber en vrille, comme lesté par du plomb. Ses mains cherchent à tâtons l'épaisse corde entourant sa cheville gauche, mais elle est si glissante qu'elle lui échappe. Qu'y a-t-il au bout de la corde ? Il plonge son regard vers les profondeurs obscures. Il doit absolument savoir ce qui l'attire ainsi vers la mort, comme si c'était le seul moyen d'échapper à une horreur qu'il est incapable de nommer. Il tombe, tombe, en roulant dans l'obscurité, sans savoir pourquoi, sans savoir comment. En dessous, tout au bout de la corde tendue, il aperçoit une forme – la cause de sa mort prochaine. L'émotion lui obstrue la gorge telle une bouchée d'orties, et pendant qu'il tente de discerner les contours de la forme, la mélodie revient, plus claire cette fois ; pas des cloches, quelque chose d'autre, un son à la fois familier et à peine reconnaissable. Enfin, il identifie la chose qui l'entraîne par le fond : c'est un corps humain. Et soudain, il se met à pleurer...

Khan se réveilla en sursaut, un gémissement coincé dans la gorge. Il se mordit la lèvre jusqu'au sang en regardant autour de lui la cabine de l'avion plongée dans l'obscurité. Dehors, il faisait noir comme dans un four. Il s'était endormi malgré tous ses efforts pour rester éveillé, sachant que s'il plongeait dans le sommeil son cauchemar récurrent viendrait le harceler. Il se leva, marcha jusqu'aux toilettes où il épongea la sueur couvrant son visage et ses bras avec des serviettes en papier. Il se sentait plus fatigué qu'au moment du décollage. Pendant qu'il examinait son visage dans le miroir, le pilote annonça qu'ils atteindraient l'aéroport d'Orly dans quatre heures et cinquante minutes. Une éternité pour Khan.

Quand il sortit des toilettes, une file de gens attendait devant la porte. Il regagna son siège. Grâce aux informations que Fine lui avait fournies, il savait que Jason Bourne suivait un but bien précis et qu'il était en possession du paquet destiné à Alex Conklin. Bourne allait-il décider de se faire passer pour Conklin? se demanda-t-il. A sa place, c'est exactement ce qu'il aurait fait.

Khan contempla le ciel d'encre à travers le hublot. A l'heure actuelle, Bourne se trouvait quelque part dans la vaste métropole vers laquelle lui-même volait. Pourtant Paris n'était qu'une étape. La destination finale de Bourne lui était encore inconnue.

*

L'assistante de la Conseillère pour la Sécurité nationale s'éclaircit discrètement la gorge; le DCI consulta sa montre. Cette salope de Roberta Alonzo-Ortiz le faisait poireauter depuis bientôt quarante minutes. A l'intérieur du Beltway, ces petits jeux de pouvoir étaient monnaie courante, mais Dieu du ciel, c'était une *femme*. Et ne faisaient-ils pas partie l'un comme l'autre du Conseil pour la Sécurité nationale? Mais c'était elle que le Président avait nommée pour diriger cette noble institution; et il suivait ses avis à la lettre. Tout le monde n'a pas la chance d'avoir un Brent Scowcroft sous la main. Un sourire joua sur son visage. Il se détourna de la fenêtre par laquelle il regardait tout en rêvassant.

« Elle va vous recevoir, roucoula doucereusement l'assistante. Elle était en ligne avec le Président. »

Cette salope ne rate jamais une occasion de m'en mettre plein la vue, pensa le DCI.

La Conseillère pour la Sécurité nationale se tenait retranchée derrière son bureau, une énorme antiquité qu'elle avait fait transporter à ses frais. Le DCI trouvait ce truc absurde, d'autant plus qu'il n'y avait rien dessus hormis le porte-stylos en cuivre que le Président lui avait offert quand elle avait pris ses fonctions. Il ne faisait aucune confiance aux gens qui rangeaient trop bien leur bureau. Derrière elle, trônaient le drapeau américain et celui marqué du sceau de la Présidence. Entre les deux, une vue de

Lafayette Park. Deux fauteuils bien rembourrés étaient posés face à elle. Le DCI les regarda comme s'il rêvait de s'y asseoir.

Avec son tailleur en maille bleu marine et son chemisier en soie blanche, Roberta Alonzo-Ortiz faisait à la fois pimpante et chic. A ses oreilles brillaient des boucles d'or serties d'émail représentant le drapeau américain.

« Je viens de discuter avec le Président, annonça-t-elle sans préambule, pas même "Bonjour" ou "Asseyez-vous".

— Votre assistante me l'a déjà dit. »

Alonzo-Ortiz le considéra d'un œil froid comme pour lui rappeler qu'elle détestait être interrompue. « Nous avons parlé de vous. »

Le DCI s'était juré de rester calme mais à ces mots, il sentit la colère monter. « Peut-être aurais-je dû assister à cette conversation.

— Votre présence eût été la bienvenue, en effet. » La Conseillère pour la Sécurité nationale poursuivit sans lui laisser le temps de répondre à cette pique. « Le sommet sur le terrorisme débutera dans cinq jours. Tout est en place. Voilà pourquoi je regrette de devoir répéter que nous marchons sur des œufs. Rien ne doit venir perturber ce sommet, *surtout* pas un assassin de la CIA devenu fou furieux. Le Président compte sur un succès sans précédent dont il espère se servir pour asseoir sa campagne pour la réélection. Mieux encore, il sera son héritage. » Elle posa ses deux mains à plat sur la surface cirée de son bureau. « Permettez-moi de vous parler sans détour – j'ai fait de ce sommet ma priorité numéro un. S'il débouche sur un succès, on chantera les louanges de cette Présidence pendant des générations. »

N'ayant pas été invité à s'asseoir, le DCI était resté planté là durant tout ce discours. Elle était en train de lui passer un savon; une situation particulièrement humiliante étant donné les sous-entendus qu'il percevait. Il n'aimait pas les menaces, et encore moins les menaces voilées. Il se sentait comme un écolier venant de se faire coller.

« Il a bien fallu que je l'informe de la débâcle de Washington Circle. » Elle formula cette phrase comme si, par la faute du DCI, on l'avait obligée de déverser une pelletée de merde dans le Bureau ovale. « Les échecs ont toujours des conséquences. Vous allez devoir enfoncer un pieu dans le cœur de celui-là afin qu'on puisse l'enterrer au plus vite. Vous saisissez ce que je veux dire ?

— Parfaitement.

— Parce qu'il ne disparaîtra pas de lui-même », insista la Conseillère pour la Sécurité nationale.

Une veine s'était mise à battre sur la tempe du DCI qui résista à l'envie de lui balancer un objet à la figure. « J'ai dit que je saisissais parfaitement. »

Roberta Alonzo-Ortiz le fixa un instant, comme si elle se demandait si cet homme était digne de foi. Puis enfin elle lâcha : « Où est Jason Bourne ?

— Il a quitté le pays. » A force de les serrer, les poings du DCI étaient devenus blancs. Il ne parvenait pas à annoncer à cette salope que Bourne s'était volatilisé. En fait, il avait le plus grand mal à trouver ses mots. Mais dès qu'il vit l'expression sur le visage de la femme, il comprit son erreur.

« Quitté le pays ? » Alonzo-Ortiz se leva. « Où est-il allé ? »

Le DCI garda le silence.

« Je vois. Si Bourne fait mine de s'approcher de Reykjavík...

— Pourquoi le ferait-il ?

— Je ne sais pas. Il est fou, souvenez-vous. Il est passé à l'ennemi. Il doit savoir que saboter la sécurité du sommet nous embarrasserait au plus haut point. » Sa fureur était palpable et pour la première fois, le DCI eut vraiment peur d'elle.

« Je veux la peau de Jason Bourne, articula-t-elle d'une voix métallique.

— Tout comme moi. » Le DCI fulminait. « Il a déjà tué deux fois, et l'une de ses victimes était un vieil ami à moi. »

La Conseillère pour la Sécurité nationale fit le tour de son bureau. « Le Président veut la peau de Bourne. Un agent passé à l'ennemi – et, soyons honnêtes, il n'y a pas pire que Jason Bourne – représente un élément incontrôlable. C'est inadmissible. Me suis-je bien fait comprendre ? »

Le DCI hocha la tête. « Croyez-moi quand je vous dis que Bourne est comme mort. *Envolé*. C'est comme s'il n'avait jamais existé.

— Le ciel vous entende. Le Président vous a à l'œil », dit Roberta Alonzo-Ortiz, rompant leur entretien d'une manière aussi abrupte et désagréable qu'elle l'avait amorcé.

Jason Bourne atterrit à Paris par une matinée humide et nuageuse. La ville Lumière n'était pas à son avantage sous la pluie. Ses immeubles aux toits mansardés paraissaient gris et blafards et, le long des boulevards, les terrasses de café habituellement gaies et animées étaient presque désertes. La vie continuait en sourdine mais rien ne valait le Paris des beaux jours, quand rires et conversations fleurissaient à tous les coins de rue.

Epuisé à la fois physiquement et nerveusement, Bourne avait passé presque tout le vol à dormir, ramassé sur le flanc. Bien qu'entrecoupé de rêves sinistres, son sommeil lui avait heureusement permis d'oublier la douleur qui l'avait tenaillé durant une heure après le décollage. Il s'éveilla courbatu, transi de froid, et sa première pensée fut pour le petit bouddha de pierre sculptée pendant au cou de Khan. Cette image grimaçante semblait le narguer mais n'en demeurait pas moins un mystère à élucider. Il existait des tas de bijoux semblables – la boutique où Dao et lui-même avaient choisi celui qu'ils comptaient offrir à Joshua en rassemblait plus d'une douzaine ! De plus, en Asie, nombre de bouddhistes portaient ce genre de talisman censé les protéger et leur porter chance.

Il revit le visage de Khan, son expression entendue, haineuse et en même temps interrogative : *« Tu sais ce que c'est, n'est-ce pas ? »* Puis était venue la véhémence : *« Il m'appartient, Bourne. Tu comprends ? Ce bouddha m'appartient ! »* Khan n'était pas Joshua Webb, se dit Bourne. Khan était un homme intelligent mais cruel – un assassin qui n'en était pas à son premier forfait. Il ne pouvait pas être son fils.

Malgré les vents contraires ayant ralenti son survol de la côte des Etats-Unis, le vol 113 de Rush Service atterrit sur l'aéroport Charles-de-Gaulle sans trop de retard. Bourne trépignait d'impatience. Il aurait volontiers sauté tout de suite sur la piste mais résolut de modérer ses ardeurs.

Un autre avion se préparait à atterrir. S'il sortait maintenant, il risquait de se faire remarquer, d'autant qu'il se trouvait dans une zone interdite même au personnel de l'aéroport. Aussi patienta-t-il jusqu'à ce que l'appareil arrive en bout de piste.

Sentant l'avion ralentir, il sut que le moment était venu de passer à l'action. Les réacteurs grondaient encore, l'équipe au sol n'était pas encore là. Il ouvrit la porte de la soute et sauta sur le tarmac à l'instant où un camion-citerne passait. Il bondit et s'accrocha à l'arrière. La puanteur du fuel lui rappela l'attaque-surprise de Khan. Sentant monter une violente nausée, il sauta du camion au plus vite et se dirigea vers le terminal.

Une fois entré, il heurta un bagagiste et se répandit en excuses dans un français relativement correct tout en se tenant la tête comme s'il avait la migraine. Puis il suivit le couloir, tourna au coin, passa deux séries de portes grâce au badge qu'il venait de subtiliser au bagagiste et déboucha enfin dans le terminal lui-même; terminal qui, à sa grande consternation, n'était guère plus qu'une sorte de vaste hangar presque désert. Il venait d'éviter la douane et le service de l'immigration. C'était au moins cela.

A la première occasion, il balança le badge dans une poubelle. Quand le bagagiste signalerait sa disparition, mieux valait ne pas être pris en sa possession. Planté sous une grosse pendule, il régla sa montre. Il était un peu plus de six heures du matin, heure de Paris. Il appela Robbinet et lui expliqua où il se trouvait.

Le ministre paraissait perplexe. « Vous avez pris un vol privé, Jason ?

— Non, un avion-cargo.

— *Ah bon*, voilà pourquoi vous êtes au Terminal 3. L'avion devait se poser à Orly mais il a été détourné sur Roissy, dit Robbinet. Restez où vous êtes, *mon ami**. Je passe vous prendre au plus vite. » Il gloussa. « Au fait, bienvenue à Paris. Et que les dieux égarent vos poursuivants. »

Bourne chercha un endroit où se laver. Lorsqu'il découvrit son visage dans le miroir des toilettes messieurs, il eut du mal à se reconnaître. Et pour cause. Il avait une tête de fou, une expression hagarde, les yeux exorbités, du sang sur la gorge. Il s'aspergea la figure et les cheveux pour les débarrasser de la sueur, de la crasse et des dernières traces de maquillage puis, avec une serviette en papier, nettoya la blessure sombre qui lui zébrait la gorge. Il allait devoir trouver une pommade antibiotique sans tarder.

Il avait l'estomac noué et bien qu'il ne ressentît pas la faim, savait que son corps réclamait de la nourriture. De temps à autre, le souvenir des effluves de kérosène lui redonnait la nausée. Ses yeux s'emplissaient de larmes. Histoire de se changer les idées, il se força à effectuer cinq minutes d'étirements, puis cinq autres de gymnastique suédoise pour délasser ses muscles perclus de crampes et autres courbatures. Ne prenant pas garde à la douleur que lui causaient ces exercices, il se concentra sur son souffle jusqu'à obtenir un rythme profond et régulier.

Quand il regagna le terminal, Jacques Robbinet l'attendait. C'était un homme de haute taille, respirant la santé, vêtu d'un costume sombre à rayures parfaitement coupé, de chaussures de marche bien cirées et d'un élégant pardessus en tweed. Il avait légèrement vieilli et ses cheveux étaient encore un tantinet plus gris, mais à part cela, Bourne retrouva la silhouette qui surnageait dans sa mémoire fragmentée.

Robbinet repéra aussitôt Bourne. Un sourire s'épanouit sur son visage mais il se garda bien de se précipiter vers son vieil ami, se contentant de lui indiquer la direction à suivre d'un signe de la main. Bourne comprit tout de suite pourquoi. Plusieurs membres de la Police nationale venaient d'entrer et questionnaient le personnel de l'aéroport, sans aucun doute dans le but de mettre la main sur l'individu ayant dérobé le badge du bagagiste. Bourne se dirigeait vers la sortie d'un pas naturel quand deux policiers apparurent, mitraillettes en travers du torse, et se mirent à détailler toutes les personnes entrant et sortant du terminal.

Robbinet lui aussi les avait vus. Affichant un air contrarié, il pressa l'allure, dépassa Bourne, franchit les portes et attira l'attention des policiers. Dès qu'il se fut présenté à eux, ils lui confièrent qu'ils étaient à la recherche d'un suspect – un présumé terroriste – ayant volé le badge d'un bagagiste. Ils lui montrèrent un fax portant la photo de Bourne.

Non, ce visage ne disait rien au ministre. Pourtant, la peur se lisait sur ses traits. Le terroriste voulait peut-être attenter à sa vie, leur suggéra-t-il. Seraient-ils assez aimables pour l'accompagner jusqu'à son véhicule ?

Dès que les trois hommes eurent tourné les talons, Bourne franchit la porte et s'enfonça dans le brouillard. Avisant les policiers escortant Robbinet vers sa Peugeot, il s'engagea dans la direction opposée. En s'installant au volant, le ministre lui lança un regard furtif puis remercia les policiers qui reprirent leur poste à la sortie du terminal.

Robbinet démarra et fit demi-tour pour rejoindre les portes. S'assurant que les policiers ne le voyaient pas, il ralentit et descendit sa vitre.

« C'était moins une, *mon ami**. »

Lorsque Bourne fit le geste de monter, Robbinet l'en dissuada d'un signe de tête. « L'aéroport est en état d'alerte. Nous risquons par conséquent de croiser d'autres contrôles de police. » Il se pencha pour actionner la manette d'ouverture du coffre. « On peut rêver mieux en termes de confort. » Il esquissa une petite moue d'excuse. « Mais pour la sécurité, c'est l'endroit idéal. »

Sans un mot, Bourne se faufila dans le coffre et le referma sur lui. Le ministre avait pensé juste ; ils rencontrèrent deux barrages routiers avant même de quitter l'aéroport, le premier composé d'agents de la Police nationale, le deuxième de membres de la DGSE, l'équivalent français de la CIA. Muni de son laissez-passer, Robbinet franchit les deux sans incident, mais on lui montra de nouveau la photo de Bourne en lui demandant s'il avait vu le fugitif.

Dix minutes après s'être engagé sur l'A1, Robbinet s'arrêta sur une aire d'urgence et ouvrit le coffre. Bourne sortit, se glissa sur le siège avant et Robbinet se remit à foncer en direction du nord.

« C'est lui ! » Le bagagiste désigna la photo granuleuse de Jason Bourne. « C'est l'homme qui m'a volé mon badge.

— Vous en êtes certain, monsieur? Regardez encore, je vous prie, de plus près cette fois. » L'inspecteur Alain Savoy colla la photo sous le nez du témoin potentiel. Ils se trouvaient dans une salle cimentée, aménagée à l'intérieur du Terminal 3, où Savoy avait décidé d'installer son quartier général temporaire. Un local plutôt miteux, empestant le moisi et le désinfectant. Il avait l'impression de passer sa vie dans ce genre d'endroits. Toujours entre deux eaux.

« Oui oui, insista le bagagiste. Il m'a bousculé et, pour s'excuser, il m'a dit qu'il avait la migraine. Dix minutes plus tard, quand j'ai voulu sortir par une issue sécurisée, j'ai découvert que mon badge avait disparu. C'est lui qui l'a pris.

— Nous savons cela, répondit l'inspecteur Savoy. Votre présence a été enregistrée électroniquement en deux endroits, alors que vous aviez déjà perdu votre badge. Tenez. » Il lui remit le badge. Savoy était complexé par sa petite taille. Son visage chiffonné s'harmonisait bien avec ses longs cheveux en bataille. Quant à ses lèvres, elles restaient pincées en permanence comme s'il ne cessait de vous jauger pour tenter d'estimer votre degré de culpabilité. « On l'a trouvé dans une poubelle.

— Merci, inspecteur.

— On va vous mettre à l'amende, vous le savez. Un jour de paie.

— C'est dégueulasse ! s'exclama le bagagiste. J'en parlerai au syndicat. J'espère qu'ils organiseront une manifestation. »

L'inspecteur Savoy soupira. Il était habitué à ces menaces. Qui dit syndicats, dit manifestations. « Pouvez-vous m'en apprendre davantage au sujet de l'incident? » L'homme fit non de la tête, l'inspecteur le libéra et se repencha sur le fax. En plus de la photo de Bourne, y figurait un numéro de téléphone aux Etats-Unis. Il sortit son portable tri-band et pianota.

« Martin Lindros, directeur adjoint de la CIA.

— *Monsieur** Lindros, c'est l'inspecteur Alain Savoy de la DGSE. Nous avons trouvé votre fugitif.

— Quoi ? »

Un petit sourire se dessina sur le visage mal rasé de Savoy. La DGSE était toujours à la remorque de la CIA. C'était un grand plaisir, pour ne pas dire un orgueil national, de voir la situation s'inverser. « Mais oui ! Jason Bourne est arrivé à l'aéroport Charles-de-Gaulle aux environs de six heures du matin, heure de Paris. » Le cœur de Savoy s'emplit d'allégresse quand il entendit le petit hoquet de surprise à l'autre bout de la ligne.

« Vous l'avez attrapé ? demanda Lindros. Bourne est-il sous bonne garde ?

— Malheureusement non.

— Que voulez-vous dire ? Où est-il ?

— C'est un mystère. » S'ensuivit un silence si long et profond que Savoy se sentit obligé de demander : « *Monsieur** Lindros, vous êtes toujours là ?

— Oui, inspecteur. Je consulte mes notes. » Un autre silence, plus court cette fois. « Alex Conklin avait un contact clandestin dans les plus hautes sphères de votre gouvernement, un homme nommé Jacques Robbinet – vous le connaissez ?

— *Certainement, monsieur** Jacques Robbinet est le ministre de la Culture. Vous ne croyez quand même pas qu'un personnage aussi haut placé serait de mèche avec ce dingue ?

— Bien sûr que non, répondit Lindros. Mais Bourne a déjà assassiné M. Conklin. S'il est à Paris en ce moment, il semble raisonnable de penser qu'il s'est lancé sur les traces de M. Robbinet.

— Un instant, ne quittez pas, je vous prie. » L'inspecteur Savoy aurait juré avoir entendu ou lu le nom de Robbinet quelque part aujourd'hui. Il fit signe à un subordonné qui lui tendit une liasse de dossiers. Savoy feuilleta rapidement les interrogatoires effectués le matin même à l'aéroport Charles-de-Gaulle par les divers services de police et de sécurité. De fait, le nom de Robbinet y figurait. « Monsieur Lindros, il s'avère que M. Robbinet est passé par ici aujourd'hui.

— A l'aéroport ?

— Oui mais pas seulement. Nos hommes l'ont croisé dans le terminal où Bourne a débarqué. En fait, il a paru inquiet quand on lui a précisé le nom du fugitif. Il a demandé à la Police nationale de le raccompagner jusqu'à sa voiture.

— Ce qui confirme ma théorie. » La voix de Lindros tremblait légèrement comme s'il éprouvait un mélange d'inquiétude et d'excitation. « Inspecteur, il faut absolument que vous retrouviez Robbinet, et vite.

— Pas de problème, dit l'inspecteur Savoy. Il me suffit d'appeler le ministère.

— Voilà précisément ce qu'il ne faut *pas* faire, répliqua Lindros. Je tiens à ce que cette opération soit entourée du secret le plus absolu.

— Mais Bourne ne va quand même pas...

— Inspecteur, je ne mène cette enquête que depuis quelques jours mais j'ai déjà appris à ne plus prononcer des phrases dans le genre "Bourne ne va quand même pas". Bourne est capable de tout. C'est un assassin extrêmement dangereux et il a plus d'un tour dans son sac. Quiconque l'approche risque sa vie, vous me suivez ?

— *Pardon, monsieur ?** »

Lindros ralentit le débit de ses paroles. « Quoi que vous entrepreniez pour retrouver Robbinet, n'agissez que sous le sceau du secret. Si le ministre ne vous voit pas venir, il y a des chances pour que Bourne lui aussi soit surpris.

— *D'accord**. » Savoy se leva et chercha son imperméable.

« Ecoutez-moi attentivement, inspecteur. Je crains fort que M. Robbinet ne courre un danger imminent, insista Lindros. Tout repose sur vous à présent. »

Derrière les vitres de la Peugeot défilaient des tours de béton, des immeubles de bureaux, des usines rutilantes, des blocs trapus et carrés calqués sur les standards américains, que le temps couvert enlaidissait encore plus. Robbinet bifurqua et s'engagea sur la D47 en tournant le dos à l'aube naissante.

« Où allons-nous, Jacques ? demanda Bourne. Je dois me rendre à Budapest le plus vite possible.

— *D'accord** », dit Robbinet. Il ne cessait de scruter son rétroviseur afin de repérer les véhicules de la police. Quant à la DGSE c'était une autre affaire ; ses agents circulaient dans des véhicules banalisés et changeaient de marque et de modèle plusieurs fois par an. « Le vol que je vous avais réservé a décollé voilà cinq minutes, mais pendant que vous traversiez l'Atlantique, les règles du jeu ont été redéfinies. L'Agence veut votre peau – la nouvelle s'est répandue aux quatre coins du monde, du moins dans les pays où ils exercent leur influence, y compris le mien.

— Pourtant il doit y avoir un moyen...

— Bien sûr qu'il y a un moyen, *mon ami**. » Robbinet sourit.

« Il y a toujours un moyen – c'est un certain Jason Bourne qui me l'a enseigné. » Il reprit vers le nord, sur la N17. « Quand vous moisissiez dans le coffre de ma voiture, je ne suis pas resté inactif. J'ai appris qu'un transport militaire doit décoller d'Orly à seize heures.

— Ça fait longtemps à attendre, dit Bourne. Et si j'allais à Budapest en voiture ?

— C'est trop risqué. La police est partout. En plus, vos amis américains ont remis l'affaire entre les mains de la DGSE. » Le Français haussa les épaules. « Tout est arrangé. J'ai vos sauf-conduits sur moi. Sous couverture militaire, vous serez à l'abri des curieux. De toute façon, il vaut mieux leur laisser le temps d'oublier un peu l'incident du Terminal 3, *non** ? » Il slaloma pour se dégager des encombrements. « En attendant, vous avez besoin d'un endroit où vous cacher. »

Bourne détourna la tête et s'abîma dans la contemplation du morne paysage industriel. Sa dernière rencontre avec Khan l'avait profondément traumatisé ; il avait l'impression d'avoir vécu une catastrophe mais ne pouvait s'empêcher d'explorer la souffrance atroce qui le déchirait, comme on s'amuse à tâter une dent gâtée pour savoir jusqu'où va la douleur. S'il faisait fonctionner son esprit analytique, il s'apercevait que Khan n'avait rien dit qui permît de conclure qu'il connaissait intimement David ou Joshua Webb. Il s'était contenté d'émettre des insinuations, des suppositions, mais rien de déterminant.

Conscient que Robbinet l'observait, Bourne tourna résolument la tête vers la vitre.

Se méprenant sur la raison du silence maussade de Bourne, Robbinet dit : « *Mon ami**, vous serez à Budapest vers dix-huit heures, n'ayez crainte.

— *Merci**, Jacques. » Bourne s'extirpa un instant de ses ruminations. « Merci pour votre gentillesse et votre aide. Que faisons-nous maintenant ?

— Eh bien, nous allons à Goussainville. La France compte des bourgades plus pittoresques, je vous le concède, mais il y a là-bas quelqu'un qui vous intéressera, du moins je le suppose. »

Robbinet ne dit rien de plus pendant le reste du trajet. Il avait raison au sujet de Goussainville. Comme tant d'autres anciens villages situés aux abords de l'aéroport, il s'était transformé en zone industrielle. Pour briser la monotonie de ses tours alignées, de ses immeubles de bureaux aux façades vitrées et autres hypermarchés très semblables aux Wal-Mart américains, on n'avait rien trouvé de mieux que planter des fleurs pour rehausser les ronds-points et les trottoirs de misérables taches colorées.

Bourne remarqua la radio fixée sous le tableau de bord. Le chauffeur de Jacques devait s'en servir régulièrement. Comme Robbinet s'arrêtait dans une station-essence, il demanda à son ami les fréquences utilisées par la Police nationale et la DGSE. Pendant que Robbinet faisait le plein, Bourne écouta ces deux fréquences sans rien entendre au sujet de l'incident à l'aéroport, rien qui l'intéressât personnellement. Bourne regardait les véhicules entrer et sortir de la station-service. Une femme descendit de voiture et demanda à Robbinet son opinion sur son pneu avant gauche. Elle craignait qu'il ne soit dégonflé. Un véhicule occupé par deux jeunes hommes s'arrêta. Ils sortirent. L'un resta appuyé contre le pare-chocs pendant que l'autre entrait dans la station. Le premier lorgna un instant la Peugeot de Jacques puis reporta son attention sur la femme séduisante qui revenait vers sa voiture.

« Vous avez entendu quelque chose ? demanda Robbinet en se glissant à côté de Bourne.

— Rien du tout.

— Enfin une bonne nouvelle ! », s'exclama Robbinet tout en démarrant.

Pendant qu'ils empruntaient d'autres rues pareillement hideuses, Bourne ne quittait pas le rétroviseur des yeux, craignant de voir apparaître la voiture des deux jeunes gens.

« Les origines de Goussainville remontent au Moyen Age, dit Robbinet. Au début du sixième siècle, cette ville appartenait à Clotaire, la femme du roi Clovis. A cette époque, nous les Francs n'étions encore que des barbares. Clovis s'est converti au christianisme pour que les Romains nous acceptent. L'empereur le fit consul. Et de barbares nous devînmes les grands champions de la foi.

— Difficile d'imaginer que cette ville était une cité médiévale. »

Le ministre s'arrêta devant une série d'immeubles résidentiels en béton. « En France, dit-il, l'histoire se cache souvent dans les endroits les plus improbables. »

Bourne regarda autour de lui. « Vous ne m'emmenez pas chez votre nouvelle maîtresse, j'espère, s'écria-t-il. Parce que la dernière fois que vous m'avez présenté à l'une de ces personnes, votre femme est entrée dans le café où nous prenions un verre et j'ai dû lui faire croire que la dame était avec moi.

— Vous vous êtes bien amusé, ce jour-là, si je me souviens

bien. » Robbinet secoua la tête. « Mais non, avec son Dior par-ci et son Saint-Laurent par-là, je suis certain que Delphine préférerait s'ouvrir les veines plutôt que vivre à Goussainville.

— Alors, que faisons-nous ici ? »

Le ministre resta quelques secondes à fixer la pluie. « Sale temps, dit-il enfin.

— Jacques... ? »

Robbinet se tourna. « Ah oui, pardonnez-moi, *mon ami**. Je m'égare. Je vais vous présenter Mylène Dutronc. » Il tendit le cou. « Ce nom vous dit-il quelque chose ? » Lorsque Bourne fit non de la tête, Robbinet poursuivit. « C'est bien ce que je pensais. Eh bien, à présent qu'il est mort, je pense être autorisé à révéler son secret. Mlle Dutronc et Alex Conklin étaient amants. »

Bourne réagit aussitôt. « Laissez-moi deviner : des yeux clairs, de longs cheveux ondulés, un sourire un peu ironique.

— Il vous a parlé d'elle !

— Non, j'ai vu une photo. C'est à peu près tout ce qu'il possédait de personnel dans sa chambre. » Il hésita une seconde. « Elle est au courant ?

— Je l'ai appelée dès que j'ai appris la triste nouvelle. »

Bourne se demanda pourquoi Robbinet n'avait pas pris la peine de se déplacer pour la lui annoncer.

« Assez parlé. » Robbinet attrapa un sac de voyage posé au pied de la banquette arrière. « Allons voir Mylène, à présent. »

Ils sortirent de la Peugeot et marchèrent sous la pluie, le long d'une petite allée bordée de fleurs, avant de monter une courte volée de marches en ciment. Robbinet appuya sur le bouton marqué 4A et un instant plus tard, la sonnerie de l'interphone vibra.

L'immeuble était aussi banal et dépourvu de charme à l'intérieur qu'à l'extérieur. Ils grimpèrent jusqu'au quatrième étage, s'engagèrent dans un couloir flanqué de deux séries de portes identiques. A leur approche, une porte s'ouvrit. Juste derrière, se tenait Mylène Dutronc.

Elle faisait environ dix ans de plus que sur la photo – en fait, elle devait avoir dans les soixante ans à présent, songea Bourne, bien qu'on lui en donnât beaucoup moins – mais ses yeux clairs avaient la même étincelle et son sourire le même pli énigmatique. Elle portait des talons plats, un jean et un élégant chemisier, tenue qui mettait sa féminité en valeur parce qu'elle ne cachait rien de sa silhouette. Ses cheveux d'un blond cendré apparemment naturel, étaient noués derrière sa tête.

« *Bonjour**, Jacques. » Elle tendit son visage pour que Robbinet l'embrasse sur les deux joues mais son regard se tournait déjà vers l'homme qui l'accompagnait.

Bourne remarqua chez elle certains détails que le cliché ne restituait pas. La couleur de ses yeux, ses narines délicates, bien dessinées, ses dents blanches et régulières. Des traits qui exprimaient à la fois la force et la bonté.

« Vous devez être Jason Bourne ? » Elle le détailla de ses prunelles grises.

« Je suis désolé pour Alex, dit Bourne.

— C'est gentil à vous. Sa mort a été un choc pour tous ceux qui le connaissaient. » Elle recula d'un pas. « Entrez, je vous prie. »

Pendant qu'elle refermait la porte derrière elle, Bourne pénétra dans la pièce. Mlle Dutronc vivait dans une ville bétonnée mais son appartement était tout l'inverse. Contrairement à la plupart des gens de son âge, elle n'éprouvait guère de complaisance pour les vieux meubles et autres reliques. Non, son intérieur était à la fois raffiné, moderne et confortable. Quelques chaises ici et là, deux canapés assortis de chaque côté d'une cheminée de brique, des tentures imprimées. C'était un endroit qu'on devait avoir du mal à quitter, décida Bourne.

« Je sais que vous avez fait un long voyage, dit-elle à Bourne. Vous devez être affamé. » Elle ne fit aucune allusion à son apparence débraillée, ce dont il lui fut reconnaissant. Elle l'installa dans la salle à manger, passa dans une petite cuisine sombre, typiquement européenne, et lui amena de quoi se restaurer. Quand les plats furent tous disposés sur la nappe, elle s'assit en face de lui et posa ses mains jointes sur la table.

Bourne remarqua ses yeux rougis.

« Est-il mort sur le coup ? l'interrogea Mlle Dutronc. Vous comprenez, je voudrais savoir s'il a souffert.

— Non, déclara Bourne sans mentir. Je doute fort qu'il ait souffert.

— C'est déjà cela. » Une expression de profond soulagement se peignit sur son visage. Mlle Dutronc s'adossa à sa chaise et en la voyant faire, Bourne s'aperçut qu'elle venait enfin de se détendre. « Merci, Jason. » Crispée par l'émotion, elle leva les yeux et plongea son regard gris et si expressif dans le sien. « Puis-je vous appeler Jason ?

— Bien sûr, dit-il.

— Vous connaissiez bien Alex, n'est-ce pas ?
— Autant qu'on puisse connaître Alex Conklin. »
Elle jeta un coup d'œil furtif en direction de Robbinet qui réagit aussitôt.
« J'ai quelques coups de fil à passer. » Le ministre avait déjà sorti son portable. « Ça ne vous ennuie pas si je vous laisse seuls quelques instants ? »
D'un air morne, elle regarda Robbinet passer dans le salon puis se retourna vers Bourne. « Jason, d'après les paroles que vous venez de prononcer, je devine à quel point vous étiez liés. J'aurais compris cela même si Alex ne m'avait jamais parlé de vous.
— Alex vous a parlé de moi ? » Bourne secoua la tête. « Alex ne parlait jamais de son travail aux civils. »
Le petit sourire revint sur son visage mais cette fois, on y lisait clairement de l'ironie. « Mais je ne suis pas un civil, comme vous dites. » Elle tenait un paquet de cigarettes. « Ça vous ennuie si je fume ?
— Pas du tout.
— La plupart des Américains détestent cela. C'est une sorte d'obsession chez vous, n'est-ce pas ? »
Sa remarque n'appelait pas de réponse, aussi Bourne ne lui en fournit-il pas. Il la regarda allumer une cigarette, aspirer la fumée et souffler lentement, avec volupté. « J'appartiens à la DGSE. »
Bourne ne sourcilla pas mais sous la table, sa main agrippa la crosse du pistolet de céramique.
Comme si elle lisait dans ses pensées, Mlle Dutronc secoua la tête. « Du calme, Jason. Jacques ne vous a pas tendu de piège. Nous sommes entre amis.
— Je ne comprends pas, lâcha-t-il. Si vous appartenez à la DGSE, raison de plus pour qu'Alex vous ait tenue à l'écart de ses affaires. Sinon, il vous aurait placée en porte-à-faux.
— C'est tout à fait exact. Et en effet, il ne m'a rien révélé pendant de nombreuses années. » Mlle Dutronc aspira une autre bouffée et laissa ressortir la fumée par ses narines délicates. Elle avait l'habitude de lever légèrement la tête en expirant. Un geste qui la faisait ressembler à Marlène Dietrich. « Puis, tout dernièrement, il s'est passé quelque chose. Je ne sais pas quoi. J'ai eu beau le supplier, il a refusé de me le dire. »
Elle le regarda à travers la fumée. Tout membre d'une organisation de renseignements doit apprendre à maîtriser les muscles de son visage pour éviter de trahir ses pensées ou ses sentiments.

Mais, dans ses yeux clairs, Bourne voyait des pensées s'agiter. Il comprit qu'elle avait baissé la garde.

« Dites-moi Jason, vous qui étiez son ami, vous souvenez-vous de l'avoir vu effrayé ?

— Non, dit Bourne. Alex ne connaissait pas la peur.

— Eh bien, ce jour-là, je peux vous dire qu'il avait peur. Voilà pourquoi je l'ai supplié de m'expliquer. J'aurais voulu l'aider ou du moins le convaincre de se sortir de ce mauvais pas. »

Bourne se pencha en avant ; son corps était à présent aussi tendu que celui de Mlle Dutronc quelques minutes auparavant. « C'était quand ?

— Il y a deux semaines.

— Et il ne vous a rien dit du tout ?

— Si. Il a mentionné un nom. Félix Schiffer. »

Le pouls de Bourne s'emballa. « Le Dr Schiffer travaillait pour la DARPA. »

Elle fronça les sourcils. « Alex m'a dit qu'il appartenait au Directorat des armes tactiques non létales.

— C'est une agence annexe », précisa Bourne en partie pour lui-même. Les pièces du puzzle commençaient à s'emboîter. Alex aurait-il persuadé Félix Schiffer de quitter la DARPA pour le Directorat ? Un homme comme Conklin n'avait certainement eu aucun mal à faire « disparaître » Schiffer. Mais pourquoi agir de la sorte ? Il aurait pu se contenter de braconner sur les terres du ministère de la Défense. Non, il devait y avoir une autre raison pour qu'Alex ait décidé d'employer Félix Schiffer.

Il regarda Mylène. « Etait-ce à cause du Dr Schiffer qu'Alex était si effrayé ?

— Je ne saurais l'affirmer, Jason. Mais comment pourrait-il en être autrement ? Ce jour-là, Alex a passé et reçu de nombreux appels en un très court laps de temps. Il était terriblement tendu et je me suis dit qu'une très importante opération de terrain était en train de mal tourner. Je l'ai entendu mentionner le nom du Dr Schiffer à plusieurs reprises. A mon avis, c'était lui le sujet de l'opération. »

A bord de sa Citroën, l'inspecteur Savoy écoutait les raclements de ses essuie-glaces. Il avait horreur de la pluie. Le jour où sa femme l'avait quitté, le jour où sa fille était partie faire ses études en Amérique, il pleuvait. Il n'avait jamais revu sa fille. Quant à sa femme, elle vivait à Boston à présent, mariée à un banquier d'affaires bon chic bon genre. Elle avait trois enfants, une maison à elle, tout ce qu'elle pouvait souhaiter, alors que lui était coincé ici, dans cette ville de merde – comment s'appelait-elle déjà ? Ah oui, Goussainville – à se ronger les ongles jusqu'au sang. Et pour couronner le tout, il se remettait à pleuvoir.

Mais ce jour n'avait rien d'ordinaire. Il était sur les traces de la cible la plus convoitée de la CIA. Dès qu'il aurait attrapé Jason Bourne, sa carrière grimperait en flèche. Peut-être le président lui-même entendrait-il parler de lui. Il jeta un coup d'œil sur la voiture de Robbinet, de l'autre côté de la rue – la Peugeot du ministre Jacques Robbinet.

Dans les dossiers de la DGSE, il avait retrouvé la marque, le modèle et la plaque minéralogique de la voiture du ministre. Par ses collègues, il avait appris qu'une fois passé le poste de contrôle de l'aéroport, le ministre s'était dirigé vers le nord, sur l'A1. Après avoir vérifié auprès des quartiers généraux chargés du réseau nord, il avait méthodiquement appelé chaque voiture – sans oublier la recommandation de Lindros, il avait évité toute transmission radio sur une fréquence non sécurisée. Aucun de ses contacts n'avait aperçu la voiture du ministre et il commençait à désespérer quand Justine Bérard, jointe par téléphone, lui avait affirmé avoir vu la voiture de Robbinet – en fait, elle avait même échangé deux mots avec lui – à une station-service. Elle s'en souvenait parce que le ministre paraissait tendu, nerveux et même un peu brusque.

« Son comportement t'a-t-il semblé étrange ?

— Oui. Bien que je ne l'aie pas remarqué sur l'instant, avait dit Bérard. Mais à présent, j'ai changé d'avis.

— Le ministre était-il seul ? demanda l'inspecteur Savoy.

— Je n'en suis pas certaine. Il pleuvait dru et la vitre était remontée, dit Bérard. Pour être sincère, je faisais surtout attention à M. Robbinet.

— Oui, un beau gabarit », répliqua Savoy, plus sèchement qu'il ne l'aurait voulu. Bérard lui avait donné un sacré coup de main. Elle avait noté la direction prise par la voiture du ministre et, au moment où Savoy était arrivé à Goussainville, il l'avait trouvée garée devant un pâté d'immeubles en béton.

Les yeux de Mlle Dutronc s'égarèrent sur la gorge de Bourne. Elle écrasa sa cigarette. « Votre blessure recommence à saigner. Venez. Il faut s'en occuper. »

Elle le conduisit dans la salle de bains aux carreaux vert d'eau et crème. Une petite fenêtre donnant sur la rue laissait passer la lugubre lumière du jour. Elle le fit asseoir et se mit à nettoyer la blessure au savon et à l'eau.

« Ça y est, l'hémorragie est arrêtée, dit-elle en appliquant un antibiotique sur la chair rougie. Cette blessure n'est pas accidentelle. Vous vous êtes battu.

— C'est difficile de sortir des Etats-Unis.

— Vous êtes aussi loquace qu'Alex. » Elle recula un peu comme pour mieux le voir. « Vous semblez triste, Jason. Si triste.

— Mademoiselle Dutronc...

— Vous pouvez m'appeler Mylène. J'insiste. » Ayant habilement confectionné un pansement avec de la gaze stérile et du sparadrap, elle l'appliqua sur la plaie. « Vous le changerez au moins tous les trois jours, d'accord ?

— D'accord. » Il lui retourna son sourire. « *Merci**, Mylène. »

Elle posa sa main douce sur sa joue. « Si triste. Je sais combien vous étiez proches, Alex et vous. Il vous considérait comme son fils.

— Il a dit cela ?

— Il n'avait pas besoin de le dire ; quand il parlait de vous, il prenait une expression très particulière. » Elle examina le pansement une dernière fois. « Donc je sais que je ne suis pas seule à souffrir. »

Bourne brûlait de tout lui raconter, de lui dire que sa tristesse n'était pas seulement due à la mort d'Alex et de Mo mais aussi à sa rencontre avec Khan. Mais en fin de compte, il resta muet. La douleur de cette femme était déjà assez lourde à porter. Pourquoi en rajouter ?

Il changea de sujet. « Que se passe-t-il entre Jacques et vous ? A vous voir, on dirait que vous vous haïssez. »

Mylène détourna un instant le regard vers la petite fenêtre en verre dépoli qui ruisselait de pluie. « Il lui a fallu du courage pour vous conduire ici. Demander mon aide a dû lui coûter énormément. » Quand elle le regarda de nouveau, ses yeux gris débordaient de larmes. La mort d'Alex avait fait ressurgir tant d'émotions. Soudain il devina que le passé de cette femme était en train de refaire surface à la faveur des terribles événements qui venaient de se produire. « Il y a tant de peine en ce monde, Jason. » Une larme coula, resta un instant en suspension sur sa joue avant de glisser sur son menton. « Avant Alex, voyez-vous, il y a eu Jacques.

— Vous étiez sa maîtresse ? »

Elle secoua la tête. « Jacques n'était pas marié. Nous étions encore des gosses. Nous faisions l'amour comme des fous et comme nous étions aussi jeunes et imprudents l'un que l'autre, je suis tombée enceinte.

— Vous avez un enfant ? »

Mylène s'essuya les yeux. « *Non**, j'ai refusé de le garder. Je n'aime pas Jacques. Il a fallu que ça arrive pour que je le comprenne. Jacques lui, m'aimait, et il – enfin, il est profondément catholique. »

Elle eut un petit rire triste. Bourne se souvint de l'épisode historique que Jacques lui avait relaté à propos de Goussainville et de la conversion des Francs. Le roi Clovis avait pris une décision fort sage, mais plus motivée par la politique que par la foi.

« Jacques ne m'a jamais pardonnée. » Elle ne s'apitoyait pas sur elle-même, ce qui rendait sa confession d'autant plus touchante.

Il se pencha et l'embrassa tendrement sur les deux joues. Avec un léger sanglot, elle l'attira contre elle un court instant.

Elle le laissa se doucher et, quand il eut fini, il trouva un uniforme français bien plié sur le siège des toilettes. Tout en s'habillant, il regarda par la fenêtre. Les branches d'un tilleul se balançaient dans le vent. En dessous, il vit une jolie femme d'une quarantaine d'années descendre de voiture et remonter la rue jusqu'à la Citroën au volant de laquelle un homme était assis, se rongeant les ongles de manière obsessionnelle. Ouvrant la portière passager, elle se glissa à l'intérieur.

Il n'y avait rien de bien étrange dans cette scène, sauf que Bourne reconnaissait cette femme. C'était elle qui avait abordé Jacques à la station-service pour lui parler de la pression de ses pneus.

La DGSE !

Il revint très vite dans le salon où Jacques était encore pendu au téléphone. Dès que le ministre vit l'expression de Bourne, il raccrocha.

« Que se passe-t-il, *mon ami** ?

— Ils m'ont repéré, dit Bourne.

— Quoi ? Comment est-ce possible ?

— Je ne sais pas, mais il y a deux agents de la DGSE de l'autre côté de la rue, dans une Citroën noire. »

Mylène sortit de la cuisine. « Deux hommes surveillent la rue derrière la maison. Mais n'ayez crainte, ils ne peuvent pas savoir dans quel immeuble vous êtes. »

A ces mots, la sonnette retentit. Bourne sortit son pistolet mais d'un regard, Mylène l'arrêta. Elle fit un geste du menton et les deux hommes partirent se cacher dans une autre pièce.

« Bonjour, Alain, dit-elle.

— Je suis désolé de te déranger pendant tes vacances, fit l'inspecteur Savoy d'un air gêné, mais j'étais là dehors et tout d'un coup, je me suis souvenu que tu habitais ici.

— Si tu entrais prendre une tasse de café ?

— Non merci. Je n'ai pas le temps. »

Grandement soulagée, Mylène demanda : « Et que faisais-tu devant chez moi ?

— Nous sommes à la recherche de Jacques Robbinet. »

Elle écarquilla les yeux. « Le ministre de la Culture ? Mais bon Dieu, pourquoi venir le chercher justement ici, à Goussainville ?

— Je n'en sais pas plus que toi, répondit l'inspecteur Savoy. Toujours est-il que sa voiture est garée là en face.

— L'inspecteur est trop intelligent pour nous, Mylène. » Jacques Robbinet entra franchement dans le salon en reboutonnant sa chemise blanche. « Il a tout compris. »

Tournant le dos à Savoy, Mylène lança un bref coup d'œil à Robbinet qui le lui rendit, en souriant tranquillement.

Ses lèvres effleurèrent les siennes puis il se plaça à côté d'elle.

Voyant la scène, les joues de l'inspecteur Savoy avaient viré au rouge vif. « Monsieur le ministre, si j'avais su... je veux dire, loin de moi l'intention... »

Robbinet leva la main. « J'accepte vos excuses. Mais que me voulez-vous donc ? »

Avec un profond soupir de soulagement, Savoy lui tendit une photo de Jason Bourne. « Nous recherchons cet individu, monsieur. Un assassin notoirement connu. Il travaillait pour la CIA avant de passer à l'ennemi. Nous avons de bonnes raisons de croire qu'il cherche à vous tuer.

— Mais c'est horrible, Alain ! »

Observant cette farce depuis sa cachette, Bourne trouva que Mylène possédait un vrai talent de comédienne.

« Je ne connais pas cet homme, dit Robbinet, et je ne vois pas ce qu'il a contre moi. Mais qui peut dire ce qu'il se passe dans l'esprit d'un assassin, n'est-ce pas ? » Il haussa les épaules et se retourna vers Mylène qui lui tendit sa veste et son imperméable. « En tout cas, je rentre à Paris au plus vite.

— Nous vous escortons, déclara Savoy. Vous ferez la route avec moi pendant que ma collègue conduira votre voiture officielle. » Il tendit la main. « Si vous n'y voyez pas d'inconvénient, bien entendu.

— Comme il vous plaira. » Robbinet lui donna les clés de sa Peugeot. « Je me place sous votre protection, inspecteur. »

Puis il prit Mylène dans ses bras. Savoy se retira discrètement en disant qu'il attendrait Robbinet dans le couloir.

« Emmène Jason au parking, murmura Robbinet à l'oreille de Mylène. Prends mon attaché-case avec toi. Tu le lui remettras juste avant de le quitter. » Il lui chuchota la combinaison; elle hocha la tête pour montrer qu'elle l'avait mémorisée.

Puis, levant les yeux vers lui, elle lui déposa un vigoureux baiser sur la bouche et dit : « Bonne chance, Jacques. »

Pendant un court instant, il la contempla, les yeux écarquillés, puis s'en alla. Mylène retraversa rapidement le salon.

Elle appela doucement Bourne qui apparut à la porte. « Il s'agit de profiter au mieux de l'avance que Jacques vous a laissée. »

Bourne approuva d'un hochement de tête. « *D'accord**. »

Mylène saisit l'attaché-case de Robbinet. « Venez. Il faut se dépêcher ! »

Elle ouvrit la porte d'entrée, passa la tête pour s'assurer que le champ était libre, puis le fit descendre dans le parking souterrain. Avant de passer la porte métallique, elle s'arrêta et jeta un coup d'œil par la vitre renforcée de fils de fer. « Le parking a l'air désert, mais soyez vigilant, on ne sait jamais. »

Elle déboucla l'attaché-case et en sortit un paquet. « Voilà l'argent que vous avez demandé, avec vos papiers d'identité et vos instructions. Vous êtes Pierre Montefort, un messager chargé de remettre des documents top secrets à l'attaché militaire à Budapest avant dix-huit heures, heure locale, dernier délai. » Elle fit tomber un trousseau de clés dans la paume de Bourne. « Une moto militaire est garée là-bas. Troisième rangée, avant-dernier emplacement sur la droite. »

Pendant un instant, Bourne et Mylène restèrent immobiles l'un en face de l'autre. Il ouvrit la bouche mais c'est elle qui parla. « Rappelez-vous, Jason, la vie est trop courte pour les regrets. »

Bourne la quitta, passa la porte d'un pas rapide et déboucha sur un espace sinistre et obscur constitué de blocs de béton nu posés sur du macadam taché d'essence. Sans regarder ni à droite ni à gauche, il parcourut les rangées de voitures. A la troisième, il tourna à droite. Un moment plus tard, il vit la moto, une Voxan VB-1 argentée, avec un gros moteur V2 de 996 cm^3. Bourne sangla l'attaché-case à l'arrière de façon à ce que la DGSE le voie nettement. Dans le caisson, il trouva un casque qu'il échangea contre son chapeau. Puis, enfourchant l'engin, il quitta la place de parking en s'aidant des jambes, mit le contact et sortit sous la pluie.

Justine Bérard était en train de penser à son fils Yves quand elle reçut l'appel de l'inspecteur Savoy. Ces derniers temps, on aurait dit que le seul moyen de communiquer avec Yves passait par les jeux vidéo. La première fois qu'elle l'avait battu au *Grand Theft Auto* en envoyant son bolide dans le décor, il l'avait enfin considérée comme un être humain à part entière, totalement différent de l'enquiquineuse qui lui préparait ses repas et lavait ses vêtements. Seulement, depuis lors, il ne cessait de la harceler pour qu'elle l'emmène faire un tour dans son véhicule de service. Jusqu'à présent, elle avait réussi à l'en dissuader, mais il l'aurait certainement à l'usure, non seulement parce qu'elle était fière de ses talents de conductrice mais aussi parce qu'elle désirait de tout son cœur que Yves soit fier d'elle.

Après l'appel de Savoy l'informant qu'il avait retrouvé le ministre Robbinet et qu'ils l'escorteraient jusqu'à Paris, elle avait activé la procédure et ordonné aux hommes de cesser leur surveillance et de se placer en formation de protection VIP standard. A présent, elle faisait des signes à la Police nationale qui stationnait non loin de là, pendant que l'inspecteur Savoy sortait de l'immeuble avec le ministre de la Culture. En même temps, elle vérifiait les alentours au cas où Jason Bourne, le tueur fou, se montrerait.

Bérard jubilait. L'inspecteur Savoy avait réussi à dénicher Robbinet au cœur de cette banlieue labyrinthique. Que ce soit par déduction ou par simple hasard, ça revenait au même. Et le tuyau venait d'elle. Ses supérieurs l'apprendraient et la récompenseraient comme il se doit. D'autant plus qu'elle serait là pour réceptionner le ministre à l'arrivée.

Savoy et Robbinet venaient de traverser la rue sous le regard attentif de l'escouade de policiers, mitraillette au poing. La portière de la voiture de Savoy était déjà ouverte et quand ce dernier passa près de Bérard, il lui tendit la clé de la Peugeot ministérielle.

Lorsque Robbinet baissa la tête pour monter à l'arrière de la banquette de la voiture de Savoy, Bérard entendit le vrombissement guttural d'une moto, une grosse cylindrée. D'après l'écho, elle devait sortir du parking souterrain de l'immeuble dans lequel Savoy avait retrouvé le ministre Robbinet. Elle dressa la tête, reconnaissant le bruit d'une Voxan VB-1, un engin militaire.

Un instant plus tard, la voyant surgir à toute vitesse du parking, elle saisit son téléphone cellulaire. Que faisait un coursier militaire à Goussainville? D'un pas mécanique, elle marcha jusqu'à la Peugeot du ministre en aboyant son code d'accréditation pour qu'on la mette en relation avec l'état-major des Armées. Très vite, elle déverrouilla la portière et se glissa derrière le volant. Grâce au Code Rouge, elle obtint presque aussitôt l'information qu'elle désirait. A l'heure actuelle, aucun coursier militaire ne circulait dans le secteur de Goussainville.

Elle mit le contact et passa nerveusement la première. Le cri de l'inspecteur Savoy fut couvert par le crissement des pneus de la Peugeot. Bérard enfonça la pédale de l'accélérateur et remonta la rue à pleine vitesse, sur les traces de la Voxan. D'après elle, Bourne les avait repérés et se sentant pris au piège, avait décidé de s'enfuir au plus vite.

La circulaire de la CIA lui avait appris que ce type était capable de changer d'identité et d'apparence avec une rapidité époustouflante. Si jamais c'était bien lui le coursier – et plus elle y réfléchissait moins elle en doutait –, il lui suffirait de l'appréhender ou de le tuer pour que sa carrière prenne une orientation très favorable. Elle voyait déjà le ministre – éperdu de reconnaissance – intercéder en sa faveur et lui offrir, pourquoi pas, la responsabilité de sa sécurité personnelle.

Mais pour l'heure, il s'agissait de rattraper le faux coursier. Heureusement pour elle, la voiture du ministre n'avait rien d'une berline standard. Déjà, elle sentait le moteur gonflé répondre nerveusement à ses exigences. Totalement focalisée sur la Voxan qui filait devant elle, Bérard prit un virage sur les chapeaux de roue, brûla un feu et doubla un gros camion sur la droite en ignorant le hurlement indigné de son klaxon.

Dans un premier temps, Bourne éprouva quelque difficulté à réaliser qu'on l'avait repéré. Déjà ! Mais quand il vit la Peugeot lui coller obstinément au train, il dut en conclure que sa fuite soi-disant discrète ne s'était pas déroulée comme prévu. Ayant vu la DGSE emmener Robbinet, il en déduisit que la voiture ministérielle était conduite par un policier. Son identité d'emprunt ne le protégeait plus, désormais ; il allait devoir le semer et pour de bon. Courbé au-dessus du moteur, il se mit à slalomer entre les voitures en variant les vitesses, seule façon de dépasser les véhicules lents. Il savait qu'en virant aussi sec, il risquait à tout moment de basculer et d'envoyer la Voxan dans le décor. Un coup d'œil dans le rétroviseur confirma qu'il ne se débarrasserait pas si facilement de la Peugeot. Pire encore, elle semblait gagner du terrain.

Malgré les adroits slaloms de la Voxan, malgré la moindre maniabilité de la Peugeot, Bérard se rapprochait inéluctablement. Comme tous les véhicules ministériels, celui-ci était équipé d'une manette qui, une fois enclenchée, allumait deux clignotants à l'avant et à l'arrière. Ce signal d'alerte incita les automobilistes les moins étourdis à la laisser passer. Dans sa tête, défilaient les scénarios échevelés de *Grand Theft Auto*. Les rues défilant à toute vitesse, les véhicules qu'elle doublait ou contournait lui rappelaient étrangement ce jeu vidéo. Pour ne pas perdre de vue la Voxan, elle alla jusqu'à rouler sur le trottoir. Cette décision, elle l'avait prise en une fraction de seconde, sans se soucier des piétons qui s'éparpillèrent sur son passage.

Dès qu'elle aperçut l'entrée de l'A1, elle sut où Bourne se dirigeait. Mieux valait l'intercepter avant qu'il ne pénètre sur l'autoroute. Farouchement déterminée, se mordant les lèvres jusqu'au sang, elle poussa le moteur de la Peugeot jusqu'à son maximum. L'espace entre la voiture et la moto s'amenuisa encore. En fait, seuls deux véhicules les séparaient. Elle doubla sur la droite, dépassa le premier et fit signe de ralentir au conducteur de la seconde, qui réagit aussitôt, effrayé tout autant par sa conduite agressive que par les lumières clignotantes de la Peugeot.

Bérard n'était pas du genre à laisser filer sa chance. Ils n'étaient plus qu'à quelques dizaines de mètres de l'autoroute ; c'était maintenant ou jamais. Elle fit une embardée et monta sur le trottoir dans l'idée de se placer à la droite de Bourne et l'obliger à quitter la route des yeux. A l'allure où ils roulaient, elle savait que ce bref regard lui serait fatal. Elle baissa sa vitre et mit le pied au plancher. La voiture bondit à travers le rideau de pluie balayé par le vent.

« Arrêtez ! cria-t-elle. Je suis de la DGSE ! Arrêtez ou ça ira mal ! »

Comme le coursier ignorait son injonction, elle sortit son arme et visa la tête de l'homme, bras tendu, coude bloqué. Elle batailla pour ajuster sa mire sur le haut de la silhouette sombre puis appuya sur la détente.

A cet instant, la Voxan vira prestement, passa de justesse devant une voiture arrivant sur la voie de gauche, franchit l'étroite partition en béton et s'enfonça dans le flux des véhicules venant en sens inverse.

« Mon Dieu! fit Bérard dans un souffle. Il se dirige vers la bretelle de sortie ! »

Tout en effectuant un dangereux tête-à-queue, elle vit la Voxan s'infiltrer entre les véhicules quittant l'autoroute A1. Des pneus hurlèrent, des avertisseurs beuglèrent, des chauffeurs terrifiés se mirent à l'invectiver en brandissant un poing menaçant. Ce fut à peine si Bérard remarqua ces manifestations de colère, tant son esprit était braqué sur sa folle poursuite. Elle traversa les voies bloquées par les véhicules roulant au pas, franchit à son tour la séparation et s'engagea sur la bretelle de sortie.

Quand elle arriva en haut, un véritable mur de véhicules l'obligea à freiner. Bondissant hors de la Peugeot, elle vit la Voxan filer à contresens sous la pluie. La conduite de Bourne était proprement hallucinante, mais combien de temps pourrait-il continuer ses acrobaties ?

La Voxan disparut derrière le cylindre ovale argenté d'un camion-citerne. Quand elle vit débouler le gigantesque dix-huit roues, Bérard retint son souffle. Il y eut un terrible crissement de freins et tout de suite après, la Voxan percuta de plein fouet l'énorme grille du radiateur. La moto explosa, répandant dans les airs une boule de feu dont le hurlement démentiel parvint jusqu'à elle.

CHAPITRE DOUZE

JUSTE devant lui, Jason Bourne vit se profiler ce qu'il aimait à nommer la convergence du hasard. Il fonçait à contresens, entre deux voies. A sa droite, arrivait un camion-citerne ; un peu plus loin sur sa gauche, un monstrueux dix-huit roues. Faute de temps, son choix releva du pur instinct. Il braqua son esprit et son corps vers cette convergence.

Soulevant les jambes, il resta un instant en équilibre sur le siège de la Voxan et, conduisant d'une seule main, dirigea la moto vers le dix-huit roues qui fonçait droit sur lui, puis lâcha le guidon et tendit la main droite. Ses doigts cramponnèrent l'échelle métallique recourbée qui courait jusqu'au sommet de la citerne. En même temps, la moto lui fila entre les jambes. Quand ses doigts glissèrent sur le métal mouillé, il crut que la violence de l'accélération allait le balayer comme un fétu de paille emporté par le vent. Ses yeux s'emplirent de larmes tant la douleur était intolérable. La même épaule qui avait failli se déboîter, quelques heures plus tôt, alors qu'il s'évertuait à regagner la soute de l'avion, se trouva de nouveau soumise à rude épreuve. Il réussit enfin à coller ses deux mains sur le barreau de l'échelle et assurer sa prise. Pendant qu'il se rabattait entièrement contre le flanc de la citerne, la Voxan percutait le radiateur du dix-huit roues.

Le camion-citerne traversa la boule de feu en se balançant sur ses amortisseurs. Puis il poursuivit sa route vers le sud et l'aéroport d'Orly. En un mot, la liberté.

La fulgurante ascension de Martin Lindros jusqu'aux hautes sphères de l'Agence pouvait s'expliquer de multiples manières.

Malgré la pente savonneuse, il était devenu DDCI à l'âge de trente-huit ans. Ce garçon intelligent, issu des meilleures écoles, savait garder son sang-froid en toutes circonstances. De plus, sa mémoire presque eidétique lui permettait de gérer en douceur les aspects proprement administratifs de la CIA. Toutes ces qualités étaient essentielles, bien entendu – obligatoires, en fait, si l'on voulait réussir dans ce genre de poste. Et pourtant, le DCI l'avait désigné comme adjoint pour une raison encore plus primordiale à ses yeux : il était orphelin de père.

Le DCI avait très bien connu le père de Martin Lindros. Pendant trois ans, ils avaient servi ensemble en Russie et en Europe de l'Est – jusqu'à ce que Lindros père disparaisse dans un attentat à la voiture piégée. Martin Lindros avait vingt ans à l'époque et l'événement eut sur lui un terrible impact. Lors de l'enterrement de son collègue, le DCI décida en voyant le visage pâle et tendu du jeune homme, qu'il ferait tout pour l'attirer au sein du réseau qui avait tant fasciné son père.

L'approcher fut un jeu d'enfant ; Martin était une proie facile. Se fiant à son instinct infaillible, le DCI avait décelé en lui un puissant désir de vengeance. Après avoir obtenu son diplôme à Yale, le jeune homme devait intégrer l'université de Georgetown. Ce qui arrangeait bien le DCI et ce pour deux raisons : d'abord, Martin entrait physiquement dans son orbe, ensuite les cours qu'il suivrait à Georgetown correspondaient à la formation requise pour la carrière que le DCI lui avait choisie. Il s'était chargé en personne d'installer Martin dans ses fonctions au sein de l'Agence, puis avait supervisé toutes les phases de sa formation. Et comme son plus cher désir consistait à s'attacher le jeune homme de manière permanente, il lui fournit enfin les éléments nécessaires à la vengeance après laquelle il courait – le nom et l'adresse du terroriste responsable de la fabrication de la bombe placée dans la voiture de son père.

Martin Lindros avait suivi les instructions du DCI à la lettre. Sa main n'avait pas tremblé au moment de loger une balle entre les deux yeux du terroriste. L'homme était-il le vrai coupable ? Le DCI lui-même n'en était pas certain. Mais quelle différence cela faisait-il ? C'était un assassin recherché pour de nombreux attentats à la bombe. A présent, il était mort – un de moins – et Martin Lindros, sa vengeance consommée, pouvait désormais dormir sur ses deux oreilles.

« Bourne nous a baisés. Et je vais te dire comment, s'exclama

Lindros. Dès qu'il vous a vus vous pointer, il a appelé la police de Washington. Et tu veux savoir pourquoi? Parce qu'à moins de travailler pour l'Agence, vous n'aviez rien à fiche dans ce secteur.

— Malheureusement, tu as raison à cent pour cent. » Le détective Harris de la Police d'Etat de Virginie hocha la tête tout en descendant son whisky sour. « Mais maintenant, les Frenchies l'ont dans le collimateur. Ils réussiront peut-être là où nous avons échoué.

— Les Frenchies, ça m'étonnerait, marmonna Lindros d'un air maussade.

— Il faut bien qu'ils réussissent quelque chose de temps en temps, non ? »

Lindros et Harris étaient attablés au Froggy Bottom Lounge, sur Pennsylvania Avenue. A cette heure, le bar était rempli d'étudiants de l'université George Washington. Pendant plus d'une heure, Lindros avait regardé défiler des ventres nus aux nombrils percés et des fesses coquines à peine dissimulées sous des jupes atrocement courtes. Des gamines ayant presque vingt ans de moins que lui. Il venait un temps dans la vie, songea-t-il, où un homme commençait à regarder dans le rétroviseur en prenant conscience que sa jeunesse était derrière lui. Pas une de ces filles ne lui aurait accordé un regard; pour elles, il était totalement invisible.

« Pourquoi les hommes ne peuvent-ils rester jeunes toute leur vie ? », dit-il.

Harris se mit à rire et commanda une autre tournée.

« Tu trouves ça drôle ? »

Ils avaient renoncé à se traiter de tous les noms, à se faire la tête, à s'envoyer des remarques sarcastiques. Tout compte fait, il valait mieux se réconcilier et aller se soûler ensemble.

« Ouais, je trouve ça foutrement drôle, répondit Harris en faisant de la place pour les verres. Tu es en train de te morfondre devant ces petites minettes en te disant que tu es fini. Mais les petites minettes n'y sont pour rien, Martin, bien que, personnellement, je ne crache pas sur la baise, quand l'occasion se présente.

— OK, Monsieur Je-sais-tout, c'est à cause de quoi ?

— On a tout foiré, c'est tout. Jason Bourne n'a pas cessé de nous promener et de nous filer sous le nez depuis dimanche dernier. D'ailleurs, il avait de bonnes raisons d'agir ainsi. »

Lindros se redressa un peu sur son siège et, pris d'un léger vertige, regretta aussitôt ce mouvement instinctif. Il porta la main à sa tempe. « Qu'est-ce que ça veut dire, bordel ? »

Harris avait l'étrange habitude de lamper son whisky comme s'il se rinçait la bouche. Quand il avala, sa gorge fit un bruit sec. « Je ne crois pas que Bourne ait assassiné Conklin et Panov. »

Lindros grogna. « Bon Dieu, Harry, tu vas pas remettre ça.

— Je le répéterai jusqu'à plus soif. Je me demande juste pourquoi tu refuses de l'entendre. »

Lindros redressa la tête. « Bon, d'accord. Dis-moi pourquoi Bourne est innocent.

— A quoi bon ?

— Je te pose une question, merde ! »

Harris sembla hésiter. Il haussa les épaules, sortit son portefeuille, en extirpa un petit bout de papier qu'il déplia sur la table. « A cause de ce ticket de parking. »

Lindros le ramassa et lut ce qui y était inscrit. « Ce ticket appartient à un certain Dr Félix Schiffer. » Il secoua la tête d'un air perplexe.

« Félix Schiffer est un type qui se moque des lois et des règlements, dit Harris. Je n'avais jamais entendu parler de lui, mais il se trouve que ce mois-ci, on a décidé de se pencher sur ce genre de cas. Les petits contrevenants. L'un de mes gars est venu me dire qu'il n'arrivait pas à retrouver sa trace dans la base. » Il tapota le ticket. « On en a bien bavé, mais j'ai quand même réussi à comprendre pourquoi il était introuvable. Et devine quoi, c'est Alex Conklin qui recevait tout son courrier. »

Lindros secoua la tête. « Et alors ?

— Alors, quand j'ai voulu consulter une autre base de données pour en savoir plus sur ce Dr Félix Schiffer, je suis tombé sur une impasse. »

Lindros reprenait peu à peu ses esprits. « Quel genre d'impasse ?

— Une impasse du genre fabriqué de toutes pièces par le gouvernement. » Harris leva son verre, fit son petit bruit de gorge et avala tout rond. « Ce Dr Schiffer, Conklin le gardait sous le coude. J'ignore dans quelle sombre magouille trempait Conklin, mais le secret était si bien enfoui que je suis prêt à parier que ses plus proches collaborateurs n'en savaient rien. » Il secoua la tête. « Il n'a pas été tué par un agent double, Martin ; j'en mettrais ma main au feu. »

Dans l'ascenseur de Humanistas Ltd., Stepan Spalko jubilait littéralement. Hormis la légère anicroche avec Khan, tout marchait de nouveau comme sur des roulettes. Les Tchétchènes lui étaient acquis ; ces gens étaient intelligents, téméraires et prêts à mourir pour défendre leur cause. Quant à Arsenov, c'était un chef zélé et discipliné. Voilà pourquoi Spalko l'avait choisi pour trahir Khalid Murat. Depuis le départ, Murat s'était plus ou moins méfié de Spalko ; il était trop subtil pour ne pas avoir flairé sa duplicité. Mais aujourd'hui, Murat n'existait plus et Spalko était certain que les Tchétchènes suivraient jusqu'au bout le plan qu'il leur avait concocté. Par ailleurs, Alex Conklin, cet odieux personnage, était mort et la CIA traquait Jason Bourne, persuadée de sa culpabilité. D'une pierre deux coups. Demeurait un élément clé : l'arme et Félix Schiffer. Il restait tant de choses à accomplir en si peu de temps.

Parvenu à l'étage intermédiaire auquel on n'accédait que grâce à la clé magnétique qu'il était seul à posséder, il pénétra dans les appartements ensoleillés et s'avança vers une rangée de fenêtres donnant sur le Danube, la verdoyante île Marguerite et au-delà, toute la ville de Budapest. Il resta immobile à contempler le Parlement, tout en rêvant au jour de son triomphe. Le soleil se reflétait sur la façade médiévale, les contreforts élancés, les dômes et les flèches. Entre ces murs, chaque jour, des hommes d'Etat se rassemblaient pour jacasser inutilement. Il gonfla la poitrine. Lui, Spalko, savait où se nichait le véritable pouvoir en ce bas monde. Il leva la main, le poing serré. Bientôt, ils comprendront tous – le président américain dans sa Maison-Blanche, le président russe au Kremlin, les cheiks dans leurs magnifiques palais mauresques. Bientôt, ils apprendront ce que signifie vraiment la peur.

Après s'être entièrement dévêtu, il passa dans la vaste et luxueuse salle de bains carrelée, couleur lapis-lazuli. Sous huit jets puissants, il se doucha en se frottant la peau jusqu'au sang, puis se sécha avec un épais drap de bain immaculé et enfila un jean et une chemise en denim.

Devant l'évier d'aluminium rutilant, il se prépara une tasse de café fraîchement moulu, ajouta du lait, du sucre et une bonne cuillerée de crème fouettée qu'il sortit du petit réfrigérateur encastré dessous. Ensuite, il resta quelques minutes debout à savourer son café, perdu dans les pensées agréables qui lui venaient spontanément à l'esprit, goûtant par avance toutes les choses merveilleuses dont il jouirait bientôt !

Puis il reposa un instant sa tasse, passa un tablier de boucher et troqua ses mocassins bien cirés contre une paire de bottes de jardinage en caoutchouc vert.

Sirotant toujours le délicieux breuvage, il se dirigea vers un mur lambrissé contre lequel était posée une petite table munie d'un tiroir qu'il ouvrit. A l'intérieur, il trouva une boîte de gants en latex. En fredonnant, il en sortit une paire, les enfila puis pressa un bouton. Deux des panneaux de bois coulissèrent, révélant une pièce d'aspect fort étrange. Les murs étaient en béton noir ; un énorme drain coupait en deux parties égales le sol carrelé de blanc. Sur un mur, un tuyau de caoutchouc s'enroulait autour d'un support. Pour seuls meubles, il y avait une table en bois éraflée et tachée de sang, plus un fauteuil de dentiste modifié selon les indications de Spalko. A côté du fauteuil, sur un petit chariot bas, s'étalait une panoplie d'ustensiles en métal luisant – certains tout droits, d'autres en forme de crochet ou de tire-bouchon – dont les extrémités s'ornaient de funestes dentelures.

Dans le fauteuil, pieds et poings entravés par des menottes d'acier, était assis László Molnar, nu comme un ver. Son visage et son corps couverts de bleus et d'ecchymoses portaient de profondes entailles. La douleur, le désespoir avaient dessiné des cernes noirs autour de ses yeux profondément enfoncés dans leurs orbites.

D'un pas aussi preste et professionnel que celui d'un médecin entrant dans son cabinet de consultation, Spalko passa dans la chambre de torture. « Mon cher László, je dois dire que vous n'avez pas l'air très en forme. » Il était assez près de Molnar pour voir ses narines palpiter à l'odeur du café. « Mais cela n'a rien d'étonnant, n'est-ce pas ? Vous avez passé une nuit plutôt pénible. Chose que vous ne pouviez prévoir en sortant de chez vous pour vous rendre à l'opéra, hein ? Mais n'ayez crainte, les réjouissances ne font que commencer. » Il posa la tasse de café près du coude de Molnar et saisit l'un des instruments. « Celui-ci, je crois, oui.

— Que... qu'allez-vous me faire ? demanda Molnar d'une voix cassée, aussi ténue qu'un parchemin.

— Où est le Dr Schiffer ? », s'enquit Spalko d'un ton badin.

Molnar secoua la tête, les mâchoires serrées, comme pour s'assurer qu'aucun mot ne franchirait la barrière de ses lèvres.

Spalko testa la pointe de son ustensile. « Honnêtement, je ne vois pas pourquoi vous hésitez, László. Je possède l'arme, et bien que le Dr Schiffer ait disparu...

— Sous votre nez », murmura Molnar.

En souriant, Spalko essaya l'instrument de torture sur son prisonnier qui se mit très vite à hurler de douleur.

Spalko fit une pause, porta la tasse de café à ses lèvres et avala. « Comme vous l'avez certainement compris, cette pièce est insonorisée. On ne vous entend pas – personne ne viendra vous sauver, et surtout pas Vadas ; il ne sait même pas que vous avez été enlevé. »

S'emparant d'un autre ustensile, il l'enfonça d'un mouvement tournant dans le corps de Molnar. « Donc, vous voyez qu'il ne reste aucun espoir, dit-il. A moins que vous ne passiez aux aveux. En tout état de cause, László, vous n'avez plus qu'un seul ami, et c'est moi ; moi seul suis en mesure de vous sauver. » Il attrapa Molnar par le menton et déposa un baiser sur son front ensanglanté. « Je suis le seul qui vous aime vraiment. »

Molnar ferma les yeux et, de nouveau, secoua la tête.

Spalko le couvait du regard. « Je ne veux pas vous faire de mal, László. Vous le savez, n'est-ce pas ? » Il s'exprimait d'une voix douce contrastant avec la sauvagerie de ses actes. « Mais votre entêtement me déconcerte. » Il se remit à travailler Molnar. « Je me demande si vous saisissez bien ce qui vous arrive. La douleur que vous endurez, vous la devez à Vadas. C'est lui qui vous a mené jusqu'ici. Conklin aussi, bien sûr, mais Conklin est mort. »

La bouche de Molnar s'ouvrit démesurément. Un effroyable hurlement en jaillit. Il lui manquait plusieurs dents. Spalko s'était fait un plaisir de les lui arracher d'un geste lent et minutieux.

« Je vous assure qu'il m'en coûte de vous faire subir ce traitement », dit Spalko toujours concentré sur sa tâche. A présent, il devenait important que Molnar dépasse la souffrance qui lui était infligée et comprenne enfin. « Je ne suis que l'instrument de votre obstination. C'est Vadas le seul responsable. »

Spalko s'arrêta un instant. Ses gants étaient couverts de sang et il haletait comme s'il venait de grimper trois étages en courant. Malgré la jouissance qu'il en retirait, l'art de l'interrogatoire n'était pas de tout repos. Molnar se mit à gémir.

« Qu'est-ce qui vous tracasse, László ? Vous priez un dieu qui n'existe pas et qui, par conséquent, ne peut vous protéger ni vous venir en aide. Comme disent les Russes, "Prier Dieu, c'est ramer sur le sable". » Sur le visage de Spalko s'étala un sourire de connivence, comme s'il s'apprêtait à se confier à un camarade. « Et les Russes savent de quoi ils parlent, hein ? Leur histoire s'est écrite dans le sang. D'abord les tsars, ensuite les apparatchiks, comme si le Parti valait mieux que les despotes qu'il a déboulonnés ! Je vous le répète, László, les Russes ont peut-être lamentablement échoué en matière de politique, mais pour ce qui est de la religion, ils voyaient juste. La religion – toutes les religions – est une aberration destinée aux faibles, aux timorés, aux moutons de Panurge qui faute de savoir diriger se laissent mener par le bout du nez. Même si leur soumission les conduit droit à l'abattoir. » Spalko secoua la tête d'un air sage et désolé. « Non, non, il n'y a qu'une seule réalité, László : le pouvoir. L'argent et le pouvoir. Rien d'autre ne compte ici-bas. »

Molnar s'était quelque peu détendu durant ce discours qui, prononcé d'un ton faussement badin, presque amical, tendait à le rapprocher de son bourreau. Mais soudain, ses yeux s'écarquillèrent, en proie à une panique sans nom. Spalko poursuivit en ces termes : « Vous seul pouvez vous aider, László. Dites-moi ce que je veux savoir. Dites-moi où Vadas a caché Félix Schiffer.

— Arrêtez ! hoqueta Molnar. Je vous en prie, arrêtez !

— Impossible, László. Je suis sûr que vous comprenez pourquoi, maintenant. Votre sort est entre vos mains. » Comme pour illustrer ses dires, Spalko enfonça le scalpel. « Vous seul pouvez m'arrêter. »

Soudain, Molnar prit une expression hébétée. Il se mit à regarder autour de lui d'un air éperdu, comme s'il venait seulement de saisir ce qui lui arrivait. Spalko comprit que l'instant était venu. L'interrogatoire touchait à sa fin. Les suppliciés, au lieu de progresser lentement vers l'autel de la confession, résistaient jusqu'à la limite de leurs forces. Jusqu'au moment où ils craquaient. Il arrivait toujours un instant où, tel un élastique trop tendu, leur esprit revenait automatiquement en arrière, vers une nouvelle réalité – réalité savamment reconstruite par le tortionnaire.

« Je ne...

— Parlez, fit Spalko d'une voix madrée pendant que sa main gantée caressait le front trempé de sa victime. Parlez et ce sera fini, comme si tout n'avait été qu'un rêve. »

Les yeux de Molnar roulèrent dans leurs orbites. « Vous promettez ? demanda-t-il tel un petit enfant.

— Faites-moi confiance, László. Je suis votre ami. Comme vous, je veux que la souffrance s'arrête. »

Molnar s'était mis à pleurer. De grosses larmes s'accumulaient entre ses paupières puis roulaient le long de ses joues tels deux ruisselets rosâtres. Il éclata en sanglots et gémit comme jamais il n'avait gémi depuis qu'il avait quitté l'enfance.

Spalko s'interdit de prononcer une seule parole. Il savait que l'instant crucial venait d'arriver. A présent, c'était tout ou rien : soit Molnar enjambait le précipice au bord duquel il l'avait consciencieusement conduit, soit il résistait et sombrait définitivement dans la souffrance.

Le torrent d'émotions libéré par l'interrogatoire de Spalko secoua le corps de Molnar. Il leva la tête. Son visage gris portait les stigmates de l'épuisement; ses yeux encore embués de larmes semblaient perdus tout au fond de leurs orbites. Impossible de reconnaître, dans cette loque humaine, l'amateur d'opéra légèrement rubicond que les hommes de Spalko avaient drogué dans l'Underground. Il était méconnaissable, comme vidé de toute substance.

« Dieu me pardonne, murmura-t-il d'une voix rauque. Le Dr Schiffer est en Crète. » Il baragouina une adresse.

« Voilà un bon garçon », bêtifia Spalko. La dernière pièce du puzzle venait de s'emboîter. Son « équipe » et lui se mettraient en route ce soir même pour récupérer Félix Schiffer et obtenir de lui les dernières informations nécessaires au lancement de l'assaut final contre l'hôtel Oskjuhlid.

Lorsque Spalko laissa tomber l'instrument de torture, Molnar produisit un petit bruit animal. Ses yeux injectés de sang se révulsèrent; on aurait dit qu'il allait de nouveau fondre en larmes.

Lentement, tendrement, Spalko approcha la tasse des lèvres du supplicié et, d'un œil vide, le regarda avaler le café chaud et sucré. « Enfin, la délivrance. » Nul n'aurait pu dire s'il s'adressait à Molnar ou à lui-même.

CHAPITRE TREIZE

De nuit, le Parlement de Budapest ressemblait à un grand bouclier Magyar dressé face à des hordes d'envahisseurs. Aux yeux du touriste moyen, impressionné par ses dimensions autant que par sa beauté, il apparaissait comme un monument sans âge, une forteresse imprenable. Mais pour Jason Bourne, récemment débarqué d'un périple éclair qui l'avait mené de Washington à Budapest, via Paris, le Parlement n'était rien d'autre qu'un château de contes de fées, une concrétion fantastique formée de pierres blanches et de cuivre blond, susceptible de s'effondrer à tout instant sous le soleil couchant.

Lorsque le taxi le déposa devant le dôme rutilant du centre commercial Mammouth, près de Moszkva Tér, où il comptait se racheter des vêtements, il se sentait d'assez méchante humeur. Ayant pénétré en territoire hongrois sous le nom de Pierre Montefort, coursier militaire français, les services de l'immigration l'avaient laissé passer sans trop de difficultés mais, à présent, il devait se débarrasser de l'uniforme fourni par Jacques avant de se présenter à l'hôtel sous l'identité d'Alex Conklin.

Il acheta un pantalon en velours, une chemise en coton Sea Island, un col roulé noir, des bottines noires à semelles fines et un blouson de cuir noir. Tandis qu'il passait d'une boutique à l'autre, traversait la foule des clients en absorbant graduellement leur énergie, il se sentait faire partie du monde, pour la première fois depuis de nombreux jours. Puis il comprit que cette soudaine éclaircie tenait au fait qu'il avait résolu l'énigme Khan. Bien sûr que ce type n'était pas Joshua; en revanche, il jouait fort bien la comédie. Une entité inconnue – soit Khan lui-même soit un quelconque commanditaire – cherchait à l'atteindre, à le déstabiliser pour qu'il oublie les meurtres d'Alex Conklin et de Mo Panov. Faute de pouvoir le tuer, au moins le rendraient-ils dingue en l'obligeant à pourchasser le fantôme de son fils. Mais comment Khan ou son patron pouvaient-ils connaître Joshua ? Encore une question à creuser. A présent que sa raison avait repris le dessus, il pouvait se servir de son esprit éminemment logique pour analyser un problème après l'autre de manière à établir un plan d'attaque.

Seul Khan était en mesure de lui fournir les informations dont il avait besoin. Il lui restait à renverser la situation en prenant Khan à son propre piège. La première étape consistait à s'assurer que Khan savait où il se trouvait actuellement. Il l'avait certainement suivi à Paris puisqu'il connaissait la destination du vol de Rush Service. C'était là qu'il devait être en ce moment même. Il avait dû entendre parler de la « mort » de Bourne sur l'autoroute A1. Et comme, d'après ce qu'il devinait de lui, Khan était un vrai caméléon – en cela, ils se ressemblaient –, il n'allait pas tarder à mener son enquête auprès de la DGSE. A sa place, Bourne n'aurait pas agi autrement.

Vingt minutes plus tard, Bourne sortait du centre commercial et sautait dans un taxi venant de déposer un client. En quelques minutes, il gagna le Grand Hôtel Danubius sur l'île Marguerite. Le portier en livrée qui faisait le pied de grue sous l'imposant portique de pierre, vint l'accueillir et l'escorta dans le hall.

En traversant le vestibule de marbre ciré, Bourne avait l'impression de n'avoir pas dormi depuis une semaine. Il se présenta au réceptionniste sous le nom d'Alexander Conklin.

« Ah, monsieur Conklin, on vous attend. Veuillez patienter un instant, je vous prie. »

L'homme disparut dans un bureau d'où émergea, un moment plus tard, le directeur de l'hôtel.

« Bienvenue, bienvenue ! Je suis monsieur Hazas. A votre service, monsieur. » Le bonhomme en question était brun, petit, trapu, portait une fine moustache et une raie sur le côté. La main qu'il lui tendit était tiède et sèche. « Monsieur Conklin, c'est un plaisir. » Il fit un geste d'accueil. « Auriez-vous la bonté de me suivre, je vous prie ? »

Il conduisit Bourne dans son bureau, ouvrit un coffre dont il sortit un paquet ayant vaguement la taille et la forme d'un carton à chaussures et lui donna un reçu à signer. Sur l'étiquette était indiqué A L'ATTENTION D'ALEXANDER CONKLIN. A REMETTRE EN MAIN PROPRE. Bourne remarqua l'absence de timbres.

« Un coursier est venu livrer ce colis, dit le directeur en réponse à la question de Bourne.

— Quel coursier ? », demanda Bourne.

M. Hazas écarta les mains d'un air perplexe. « Je n'en sais rien, hélas. »

Bourne sentit la moutarde lui monter au nez. « Qu'est-ce que ça signifie ? Quand vous recevez un paquet, vous devez bien noter le nom de l'expéditeur, non ?

— Oh, assurément, monsieur Conklin. Nous y mettons un point d'honneur, comme en toute chose, d'ailleurs. Toutefois, dans ce cas particulier – je ne saurais dire pourquoi – il semble n'exister aucune trace écrite. » Son haussement d'épaules démentit son sourire radieux.

Après avoir passé trois jours à se battre pour rester en vie, après tous les chocs qu'il avait dû encaisser, ses réserves de patience semblaient épuisées. Tout à coup, la colère et l'amertume accumulées se conjuguèrent pour former un mélange explosif. Il ferma la porte d'un coup de pied, saisit Hazas par son col de chemise lourdement empesé et le cogna si fort contre le mur que ses yeux saillirent comme s'ils allaient lui sortir de la tête.

« Monsieur Conklin, balbutia-t-il, je ne...

— Je veux des réponses ! hurla Bourne, et je les veux tout de suite ! »

M. Hazas, visiblement terrifié, s'était mis à pleurer. « Mais je n'en ai pas. » Ses doigts épais tremblaient en désignant quelque chose. « Voilà... voilà le registre ! Regardez vous-même ! »

Bourne relâcha le directeur dont les jambes se dérobèrent sous lui. Bourne le laissa s'écrouler, se dirigea vers le bureau, prit le registre et parcourut la liste des dépôts, soigneusement tenue en effet. Il remarqua deux écritures bien distinctes, l'une sage, l'autre tarabiscotée – la première appartenait probablement au directeur exerçant dans la journée et l'autre à son homologue de nuit. Bourne découvrit qu'il lisait le hongrois, ce qui ne le surprit pas vraiment. Il tourna un peu le registre, passa en revue les colonnes en cherchant les inscriptions effacées, les ratures ou autres, mais ne trouva rien de tel.

Revenant vers M. Hazas toujours recroquevillé dans son coin, il le redressa sans ménagement. « Comment expliquez-vous qu'on n'ait pas enregistré ce paquet ?

— J'étais présent quand on l'a déposé, monsieur Conklin. » Les yeux du directeur étaient tellement écarquillés que le blanc apparaissait autour des iris. Sa peau avait viré au blême ; il était en sueur. « Je veux dire, j'étais de service. Je vous jure que je n'ai pas vu le coursier, mon personnel non plus. Il a dû déposer le colis sur le comptoir et s'en aller tout de suite après. Il était midi, et midi c'est l'heure où les clients partent. On est très pris à ce moment-là. Je pense qu'il a fait exprès de ne pas laisser de nom – autrement, je ne vois pas. »

Le directeur avait raison, bien sûr. Bourne comprit qu'il s'était énervé pour rien. Aussitôt sa colère tomba et il se mit à regretter d'avoir molesté ce malheureux.

« Toutes mes excuses, monsieur Hazas. Ma journée a été longue et j'ai dû mener plusieurs négociations plutôt délicates.

— Oui, monsieur. » Hazas faisait de son mieux pour rectifier sa cravate et sa veste tout en surveillant Bourne du coin de l'œil au cas où il remettrait ça. « Je comprends très bien. Nous sommes tous un peu surmenés. » Il toussa et injecta un peu de dignité dans son maintien. « Puis-je vous suggérer un traitement Spa – il n'y a rien de tel qu'un bain de vapeur et un bon massage pour retrouver son équilibre intérieur.

— C'est très aimable à vous, le remercia Bourne. Plus tard, peut-être.

— Le Spa ferme à neuf heures », l'informa M. Hazas, soulagé que ce fou lui ait enfin parlé de manière tant soit peu raisonnable. « Mais si vous le souhaitez, je peux demander qu'on le rouvre pour vous.

— Une autre fois, merci beaucoup. S'il vous plaît, faites-moi monter une brosse à dents et du dentifrice. J'ai oublié d'en emporter », dit Bourne en ouvrant la porte pour sortir.

Dès qu'il fut seul, Hazas ouvrit un tiroir de son bureau et, d'une main tremblante, sortit une bouteille de schnaps et un godet. Quelques gouttes se répandirent sur son registre. Il n'y prit pas garde. Une fois avalé, l'alcool glissa dans son estomac en le brûlant tout du long. Lorsqu'il s'estima revenu à un état à peu près normal, il saisit le téléphone et composa un numéro local.

« Il est arrivé. Ça fait moins de dix minutes, dit-il à son interlocuteur sans éprouver le besoin de se présenter au préalable. Mon impression ? C'est un dingue. Et je vais vous expliquer pourquoi. Quand il a vu que je refusais de lui dire d'où venait le colis, il a failli m'étrangler. »

Le combiné glissait dans sa paume moite. Il changea de main et se versa encore deux doigts de schnaps.

« Bien sûr, je ne lui ai rien révélé. D'ailleurs, la livraison n'est enregistrée nulle part. J'y ai veillé personnellement. Il sait chercher, je dois le reconnaître. » Il écouta un instant. « Il vient de monter dans sa chambre. Oui, j'en suis sûr. »

Hazas reposa le combiné et composa un deuxième numéro, délivra le même message, mais cette fois à un maître bien plus terrifiant. Quand ce fut fait, il s'affala dans son fauteuil et ferma les yeux. *Dieu merci, c'est fini, j'ai fait ma part,* pensa-t-il.

Bourne prit l'ascenseur pour le dernier étage, glissa sa clé dans une large porte en tek poli et découvrit une grande suite tendue de somptueuses étoffes. Par la fenêtre, on apercevait le parc centenaire, sombre et feuillu. On avait donné à cette île le nom de la fille du roi Bela IV, Marguerite, ayant vécu au treizième siècle. Sur la rive est, les ruines du couvent dominicain où elle avait séjourné luisaient sous les projecteurs. Il traversa la suite en direction de la salle de bains et, tout en marchant, se déshabilla en laissant tomber ses vêtements un à un derrière lui. En passant près du lit, il y jeta le paquet.

Il passa sous la douche dix minutes de bonheur sans mélange en réglant la température de l'eau au maximum supportable, puis se savonna pour débarrasser son corps de toute la crasse accumulée. Avec précaution, il s'inspecta les côtes, les muscles du torse, comme pour faire le bilan des plaies et bosses dont Khan l'avait gratifié. Son épaule droite lui faisait très mal, il passa donc dix minutes à l'étirer et à la remuer délicatement. En s'accrochant de toutes ses forces à l'échelle du camion-citerne, il l'avait presque luxée. Il s'était sûrement déchiré plusieurs ligaments, mais que pouvait-on y faire ? Il fallait juste essayer de ne pas trop forcer dessus.

Après être resté trois minutes sous le jet glacé, il sortit de la douche et se sécha. Drapé dans un luxueux peignoir, il s'assit sur le lit et défit le paquet. A l'intérieur, il trouva une arme et des munitions. *Alex*, se demanda-t-il pour la énième fois, *dans quelle sale affaire trempais-tu ?*

Il resta un long moment à fixer l'arme. D'elle émanait quelque chose de mauvais, comme si une liqueur maléfique suintait du canon. Mais très vite, Bourne comprit que cette obscurité venait de lui, qu'elle remontait des profondeurs de son propre inconscient, telles des bulles d'air vicié éclatant à la surface de l'eau. Dans le centre commercial, tout à l'heure, il s'était dit que la réalité était une chose nette et bien ordonnée, rationnelle comme une équation mathématique. A présent, il se rendait compte de son erreur. Le monde réel était un immense chaos sur lequel les êtres humains tentaient d'imposer un système rationnel, pour donner une logique à des événements dus au seul hasard. Par exemple, il s'était emporté contre le directeur de l'hôtel alors que c'était Khan qu'il aurait voulu étrangler, pas ce pauvre bonhomme. Cette pensée lui causa un choc. Khan ne cessait de le harceler, de le filer, de le tourmenter ; il avait fini par le déstabiliser. Bourne rêvait de réduire son visage en bouillie, le bourrer de coups et l'extirper de sa mémoire.

En voyant le bouddha, le souvenir du petit Joshua était revenu le torturer. C'était le crépuscule sur Phnom Penh, le ciel prenait des teintes allant du safran au vert doré. Joshua sortait en courant de la maison près de la rivière pour accueillir son père rentrant du travail. David Webb le soulevait pour le faire tourner et voulait l'embrasser sur les joues. L'enfant se détournait. Il n'aimait pas que son père l'embrasse.

Bourne revoyait son fils se blottir au creux de son lit, le soir. En fond sonore, le chant des criquets et les coassements de trois grenouilles. Les lumières des bateaux qui passaient sur le fleuve balayaient le mur du fond. Webb lisait une histoire à Joshua. Un samedi matin, le père et le fils s'amusaient à lancer et rattraper une balle de base-ball que Webb avait ramenée d'Amérique. Soudain un rayon de soleil tombait sur l'innocent visage de Joshua qui s'illuminait d'une clarté radieuse.

Bourne cligna les yeux et, malgré lui, revit le petit bouddha de pierre autour du cou de Khan. Se levant d'un bond, il poussa un cri guttural et envoya valser la lampe, le buvard, le bloc-notes et le cendrier de cristal posés sur la table de nuit. Il se martela le crâne avec les poings puis, dans un gémissement de douleur, tomba à genoux en se balançant d'avant en arrière. Ce n'est qu'en entendant la sonnerie du téléphone qu'il émergea de sa crise de désespoir.

Aussitôt, il regretta de s'être laissé aller. Le téléphone continuait de carillonner mais Bourne n'avait aucune envie de répondre. Pourtant, au bout de quelques sonneries, il décrocha. « János Vadas, murmura une voix rauque de fumeur. Matthias Church. Minuit pile. » La communication s'interrompit avant que Bourne ait pu prononcer un mot.

Lorsque Khan apprit que Jason Bourne était mort, il éprouva une drôle d'impression. Comme si on l'avait retourné comme un gant. Comme si tous ses nerfs étaient à vif, exposés à un air corrosif. Il se toucha le front du dos de la main, persuadé qu'il se consumait de l'intérieur.

Il se trouvait dans l'aéroport d'Orly et discutait avec la DGSE. Leur soutirer des informations avait été un jeu d'enfant. Il s'était présenté comme un journaliste du *Monde* dont il avait obtenu un laissez-passer – contre une somme astronomique – par son contact parisien. Le prix lui importait peu ; il avait de l'argent à ne savoir qu'en faire, mais le temps passé à attendre l'avait épuisé nerveusement. Les minutes s'égrenaient, se transformaient en heures ; à l'après-midi succédait le soir. Sa légendaire patience l'avait quitté. Dès qu'il avait rencontré David Webb – Jason Bourne –, le temps avait fait volte-face. Depuis, le présent n'en finissait pas de se mêler au passé Il serra les poings, une veine se mit à battre sur sa tempe ; combien de fois avait-il cru devenir fou depuis lors ? Rester assis sur ce banc, à côté de Bourne, lui parler comme si de rien n'était, comme si le passé ne signifiait rien, comme s'il n'avait jamais existé... Cette épreuve avait dépassé toutes les autres car elle l'avait coupé en deux, créant de toutes pièces un autre Khan. Cet épisode irréel – dont il avait pourtant rêvé, qu'il avait appelé de ses prières, et ce pendant des années – l'avait profondément secoué. Il en était sorti écorché vif, avec l'impression que chacune de ses terminaisons nerveuses avait été mise à nu. Tous ses sentiments – soigneusement jugulés depuis tant d'années – l'assaillaient avec une force renouvelée. Et maintenant cette nouvelle qui lui tombait dessus, tel un coup de masse venu du ciel. Le vide intérieur qu'il avait espéré combler s'avérait tout à coup immense, insondable, une béance menaçant de l'engloutir. Rester ici un instant de plus lui paraissait insupportable.

Tantôt, calepin en main, il discutait tranquillement avec l'attaché de presse de la DGSE, tantôt le malaise s'emparait de lui et le projetait violemment dans les jungles du Viêtnam, vers une cabane de bois et de bambous. Celle du missionnaire Richard Wick, l'homme élancé à la mine sombre qui l'avait recueilli après le meurtre du trafiquant d'armes vietnamien. Malgré son comportement austère, le missionnaire avait le rire facile et ses yeux noisette révélaient une grande gentillesse. Wick avait beau s'escrimer toute la journée à transformer le jeune païen en enfant du Christ, le soir, pendant et après le dîner, il se montrait doux et aimable. Si bien qu'il gagna bientôt la confiance de Khan.

Le temps passant, Khan avait fini par décider de tout lui avouer. Un soir, il voulut lui parler de son passé, mettre son âme à nu. Khan aurait tant aimé qu'on le guérisse, qu'on vide l'abcès qui s'était développé en lui et distillait son poison jour après jour. Il aurait voulu crier sa rage d'avoir été abandonné et s'en débarrasser une bonne fois pour toutes, car il venait de comprendre que cette rage, cette amertume n'avaient cessé de le retenir prisonnier.

Il désirait se confier à Wick, lui décrire la tempête d'émotions qui lui tordait les entrailles, mais l'occasion ne se présentait jamais. Wick passait beaucoup de temps à porter la Bonne Parole dans « ce trou perdu, oublié de Dieu ». Pour ce faire, il organisait des séances d'étude de la Bible auxquelles Khan devait impérativement assister. En fait, Wick avait un passe-temps favori. Il obligeait Khan à réciter par cœur des passages de la Bible, debout devant tout le monde, comme une sorte de singe savant qu'on exhibe contre de l'argent dans une baraque foraine.

Khan détestait cela. Il se sentait humilié. Mais curieusement, plus Khan avait honte, plus Wick semblait fier de lui. Puis un jour, le missionnaire recueillit un autre jeune garçon. Un orphelin blanc dont Wick avait connu les parents, des missionnaires. Wick reporta sur lui toute l'affection que Khan rêvait de recevoir, une affection à laquelle il n'avait jamais eu droit et, pire encore, n'aurait jamais droit. Malgré cela, les abominables séances de récitation se poursuivirent. L'autre garçon y assistait lui aussi, mais en silence, sans endurer la même humiliation.

Persuadé que Wick l'utilisait comme un objet, il finit par prendre la mesure de sa perfidie. Et ce jour-là, il résolut de s'enfuir. Son bienfaiteur, son protecteur ne s'intéressait pas à lui en tant que personne. Il ne cherchait qu'à convertir un sauvage, histoire d'ajouter un nom sur la liste des âmes perdues qu'il avait sauvées et conduites vers Dieu.

A ce moment précis, son portable sonna, le replongeant de force dans la triste réalité. Il consulta l'écran pour voir qui l'appelait puis, s'excusant, s'écarta du fonctionnaire de la DGSE pour se fondre dans l'anonymat tourbillonnant de la foule.

« Quelle surprise ! s'exclama-t-il.

— Où êtes-vous ? » Stepan Spalko parlait sur un ton sec comme s'il avait la tête ailleurs.

« A Orly. Je viens d'apprendre la mort de David Webb par la DGSE.

— Mort pour de bon, vous êtes sûr ?

— Il semble qu'il roulait à moto quand il a percuté un camion de plein fouet. » Khan se tut, le temps d'une réaction qui ne vint pas. « Vous n'avez pas l'air de sauter de joie. C'est pourtant ce que vous vouliez ?

— Se réjouir de la mort de Webb me semble prématuré, repartit sévèrement Spalko. J'ai un contact à la réception du Grand Hôtel Danubius, ici à Budapest. Il vient de m'annoncer qu'Alexander Conklin est arrivé tout à l'heure. »

La surprise lui coupa les jambes. Khan s'approcha d'un mur et s'y appuya. « Webb ?

— Je suppose qu'il ne s'agit pas du fantôme d'Alexander Conklin ! »

A son grand dam, Khan sentit une sueur froide perler sur sa peau. « Mais comment pouvez-vous être sûr que c'est lui ?

— Mon contact m'a transmis sa description. J'ai vu le portrait-robot qu'ils ont diffusé. »

Khan grinça des dents. Il savait que cette conversation risquait de mal finir mais ne pouvait s'empêcher de continuer. « Vous saviez que David Webb et Jason Bourne étaient un seul et même homme. Pourquoi me l'avoir caché ?

— Je ne vois pas pourquoi je vous aurais mis au courant, répliqua Spalko d'une voix atone. Vous m'avez interrogé sur Webb et je vous ai répondu. Je n'ai pas l'habitude de lire dans l'esprit des gens. Mais j'applaudis votre intuition. »

Khan fut pris d'un spasme de haine si violent qu'il en frissonna. Pourtant ce fut d'une voix parfaitement maîtrisée qu'il répondit : « A présent que Bourne a réussi à atteindre Budapest, combien de temps pensez-vous qu'il lui faudra pour vous localiser ?

— J'ai déjà pris mes précautions pour éviter que cela n'arrive, dit Spalko. Mais je ne peux m'empêcher de songer que ce genre de souci m'aurait été épargné si vous aviez tué ce fils de pute quand vous en aviez l'occasion. »

Khan ne lui faisait plus du tout confiance. Spalko lui avait menti et, pire encore, l'avait mené en bateau. A ces mots, il sentit le poignard de l'angoisse s'enfoncer plus profondément dans son cœur. Pourquoi Spalko voulait-il la mort de Bourne ? Il éluciderait ce mystère avant d'accomplir sa propre vengeance. Lorsqu'il reprit la parole, il ne se soucia pas de contrôler sa voix. C'est sur un ton menaçant qu'il déclara : « Oh, je tuerai Bourne. Mais ce sera à *mes* conditions et au moment où *moi* je le déciderai. »

Humanistas Ltd. possédait trois hangars à l'aéroport Ferihegy. Un camion sortit de l'un d'eux et s'approcha d'un petit jet dont le fuselage argenté s'ornait du logo de Humanistas : une main tenant une croix verte. Des hommes en uniforme étaient en train de charger la dernière caisse d'armes pendant que Hasan Arsenov vérifiait le manifeste. Profitant qu'Arsenov s'éloignait pour discuter avec un manutentionnaire, Stepan Spalko se tourna vers Zina et sur un ton enjoué lui dit : « Dans quelques petites heures, je pars pour la Crète. Je veux que tu m'accompagnes. »

Zina écarquilla les yeux de surprise. « Cheik, il était prévu que je rentre en Tchétchénie avec Hasan pour effectuer les derniers préparatifs en vue de notre mission. »

Les yeux de Spalko ne quittaient pas les siens. « Arsenov n'a pas besoin de ton aide pour régler les derniers détails. Pour tout dire, je crois qu'il vaudrait mieux que tu ne sois pas là pour le... distraire. »

Sans parvenir à détourner le regard, Zina ouvrit la bouche.

« Que ce soit bien clair, Zina. » Spalko vit Arsenov revenir vers eux. « Je ne te donne pas d'ordre. La décision t'appartient. »

Malgré le peu de temps dont il disposait pour lui parler, Spalko s'exprimait sur un ton posé et distinct, si bien qu'elle saisit parfaitement la portée de ses paroles. Il lui offrait une opportunité – oui mais laquelle ? – qui allait certainement changer le cours de sa vie. Quoi qu'elle choisisse de faire, il n'y aurait pas de retour en arrière ; sa façon de parler ne laissait planer aucun doute là-dessus. La décision lui appartenait peut-être mais si jamais elle refusait, elle se mettrait hors du coup et définitivement. De toute façon, elle n'avait pas l'intention de refuser.

« J'ai toujours rêvé de visiter la Crète », murmura-t-elle pendant qu'Arsenov les rejoignait.

Spalko lui adressa un signe de tête puis se tourna vers le chef terroriste tchétchène. « Tout est en ordre ? »

Arsenov leva les yeux de son écritoire à pince. « Comment pourrait-il en être autrement, Cheik ? » Il consulta sa montre. « Zina et moi décollerons dans une heure.

— En fait, Zina reste avec les armes, corrigea Spalko calmement. La cargaison est censée être arraisonnée par mon bateau de pêche dans les îles Féroé. Je veux que l'un de vous deux assiste au transfert et à la dernière étape du voyage vers l'Islande. Or, ton unité a besoin de toi. » Il sourit. « Je suis sûr que vous pourrez vous passer de Zina pendant quelques jours. »

Arsenov fronça les sourcils, jeta un coup d'œil à Zina qui eut l'habileté d'affronter son regard sans sourciller, puis hocha la tête. « Il en sera fait comme vous le souhaitez, Cheik, cela va sans dire. »

Le Cheik avait menti à Hasan en lui parlant des îles Féroé. Et ce mensonge plaisait énormément à Zina puisqu'il la faisait participer à la petite conspiration que Spalko venait de monter. C'était très excitant. Quand elle vit l'expression sur le visage de Hasan, son cœur se serra mais, très vite, elle songea à l'aventure qui l'attendait et à la douce voix du Cheik lui murmurant : *« Je pars pour la Crète, je veux que tu m'accompagnes. »*

Debout à côté de Zina, Spalko tendit la main. Arsenov lui saisit l'avant-bras à la manière des guerriers. *« La illaha ill Allah.*

— *La illaha ill Allah,* entonna Arsenov, tête penchée.

— Une limousine attend à l'extérieur. Elle vous conduira au terminal des passagers. Bientôt Reykjavík, mon ami. » Spalko se détourna, marcha vers le pilote pour discuter avec lui un instant, en laissant Zina faire ses adieux à son amant actuel.

Khan se sentait assailli par des émotions peu familières. Quarante minutes plus tard, tandis qu'il attendait l'embarquement du vol pour Budapest, il était encore sous le choc. Jason Bourne vivait toujours. Khan s'assit, coudes posés sur les genoux, et enfouit son visage dans ses mains en tentant – mais peine perdue – de trouver un sens au monde. Khan ne fonctionnait pas comme les autres. Pour lui, les événements du présent prenaient à tout moment leur source dans le passé, or aujourd'hui ce passé ne lui fournissait aucun modèle valable. Il n'était qu'une énigme – et sa mémoire, cette pute, vendait son subconscient au plus offrant, déformait les faits, télescopait des événements ou les effaçait purement et simplement. Tout cela pour remplir un peu plus la poche de poison qui grandissait au fond de lui.

Mais les émotions qui rampaient en lui étaient encore plus douloureuses. Il avait fallu que Stepan Spalko lui annonce que Jason Bourne était encore vivant. Cela le mettait hors de lui. Pourquoi ne l'avait-il pas découvert par lui-même ? Pourquoi son instinct normalement si bien aiguisé ne l'avait-il pas poussé à creuser la question ? Comment avait-il pu croire qu'un agent de la carrure de Jason Bourne pût succomber à un banal accident de la circulation ? Et où était le corps ? Y avait-il eu identification en bonne et due forme ? On lui avait dit que les débris n'étaient pas encore déblayés, que l'explosion et l'incendie subséquent avaient occasionné tant de dommages qu'il faudrait des heures, sinon des jours, pour tout comprendre et que même à ce moment-là, il était douteux qu'on retrouve quoi que ce soit de déterminant. Ce discours aurait dû éveiller ses soupçons. Cet accident n'était qu'un habile stratagème auquel lui-même aurait eu recours dans les mêmes circonstances – en fait, voilà trois ans, il avait fait à peu près la même chose pour quitter de toute urgence les docks de Singapour.

Une autre question ne cessait de tourner dans son esprit, une question qu'il s'efforçait vainement d'étouffer. Qu'avait-il ressenti au moment précis où il avait appris que Jason Bourne était encore vivant ? De l'exultation ? De la peur ? De la rage ? Du désespoir ? Ou bien un mélange de tout cela – un kaléidoscope faisant défiler toute la gamme dans les deux sens, jusqu'à la nausée ?

Une voix annonça son vol. Quelque peu étourdi, il prit place dans la file d'embarquement.

Tout à ses sombres réflexions, Spalko sortit de la Clinique EuroCenter Bio-I, au 75 Hattyu utca. Khan risquait de poser problème. Certes, l'homme lui était fort utile ; il n'avait pas son pareil pour éliminer les gêneurs, rien à dire là-dessus, mais ce précieux talent s'effaçait devant le danger de voir le tueur à gages se retourner contre son commanditaire. Ce dilemme ne cessait de le tarauder depuis la première fois où Khan avait raté Jason Bourne. Il y avait eu quelque chose d'absurde dans cet échec, une aberration qui lui était restée en travers du gosier comme une arête de poisson. Depuis, il tentait de la cracher ou de l'avaler. Et pourtant, elle restait bien en place, refusant de se laisser déloger. Cette dernière conversation l'avait convaincu de la nécessité de revoir entièrement ses plans au sujet de Khan, et ce de toute urgence. Il fallait à tout prix éviter qu'on fourre son nez dans l'opération de Reykjavík. Bourne ou Khan, c'était du pareil au même, à présent. A ses yeux, ils représentaient une grave menace, l'un comme l'autre.

Après avoir contourné l'affreuse clinique de style moderniste, il entra dans le café du coin, sourit à un homme au visage terne et se pencha légèrement vers lui.

« Désolé, Peter », dit-il en s'asseyant à sa table.

Le Dr Peter Sido l'arrêta d'un geste. « Ce n'est pas grave, Stepan. Je sais combien vous êtes occupé.

— Pas trop occupé pour trouver le Dr Schiffer.

— Et Dieu merci ! » Sido versa une cuillerée de crème fouettée dans son café et secoua la tête. « Honnêtement, Stepan, je ne vois pas comment je ferais sans vous et vos contacts. Quand j'ai découvert que Félix avait disparu, j'ai cru que j'allais devenir dingue.

— Ne vous tracassez pas, Peter. Chaque jour nous rapproche de lui. Ayez confiance en moi.

— J'ai confiance. » Sido était un homme au physique parfaitement insipide. De taille et de corpulence moyennes, des lunettes cerclées d'acier magnifiaient ses yeux gris sale. Ses cheveux bruns, courts et informes n'avaient pas dû voir de peigne depuis bien longtemps. Il portait un costume de tweed brun à chevrons, légèrement râpé aux poignets, une chemise blanche et une cravate marron et noire passée de mode depuis dix bonnes années. On aurait pu le prendre pour un vendeur ou un entrepreneur, mais il n'était ni l'un ni l'autre. Son aspect banal cachait un esprit des plus remarquables.

« Je n'ai qu'une question à vous poser, reprit Spalko. Le produit est-il prêt ? »

Visiblement, Sido s'attendait à cette question car il hocha aussitôt la tête. « Tout est synthétisé. Le produit est à votre disposition.

— Vous l'avez amené ?

— Juste un échantillon. Le reste est en lieu sûr, dans la chambre froide de la Clinique Bio-I. Et ne vous inquiétez pas pour l'échantillon ; je l'ai mis dans une mallette de ma fabrication. Le produit est extrêmement délicat. Tant qu'on ne l'utilise pas, on doit le conserver à moins trente-deux degrés Celsius. Ma mallette possède son propre système de réfrigération. Il dure quarante-huit heures. » Glissant une main sous la table, il ramena une boîte métallique grande comme deux livres de poche posés l'un sur l'autre. « Ça ira comme ça ?

— Parfaitement, merci. » Spalko prit possession de la mallette. Elle était plus lourde qu'elle ne paraissait, sans doute à cause du système de refroidissement. « Le liquide est bien contenu dans l'ampoule que je souhaitais ?

— Evidemment. » Sido soupira. « Je ne comprends toujours pas très bien pourquoi vous avez besoin d'un agent pathogène illégal de ce genre. »

Spalko l'observa un instant, sortit une cigarette et l'alluma. Il savait que se fendre tout de suite d'une explication lui gâcherait son effet, et avec le Dr Peter Sido l'effet était essentiel. Ce type était un biochimiste génial mais pour les choses courantes, ses compétences laissaient à désirer. Non qu'il se distinguât de la plupart des scientifiques qui ne lèvent jamais le nez de leurs tubes à essai. Mais en l'occurrence, la naïveté du brave docteur servait au mieux les objectifs de Spalko. Il voulait revoir son ami, rien d'autre ne comptait davantage pour lui. Par conséquent, il ne prêterait aux explications de Spalko qu'une oreille distraite. Il avait juste besoin qu'on apaise sa conscience.

Enfin, Spalko se décida à parler. « Comme je l'ai dit, la Force antiterroriste américano-britannique m'a contacté.

— Ils seront présents au sommet, la semaine prochaine ?

— Bien sûr », mentit Spalko. La Force antiterroriste américano-britannique n'existait que dans son imagination. « En fait, ils sont sur le point de porter un grand coup à la menace bioterroriste qui, vous le savez mieux que quiconque, repose sur des pathogènes mortels à diffusion aérienne autant que sur des substances chimiques. Comme ils ont besoin de les tester, ils se sont adressés à moi et nous avons conclu cet accord. Je retrouve le Dr Schiffer et vous me fournissez le produit qui leur permettra d'effectuer leurs essais.

— Oui, je sais tout cela. Vous m'avez expliqué... » La voix de Sido se cassa. D'un geste nerveux, il ne cessait de frapper la nappe avec sa cuiller. Spalko lui demanda d'arrêter.

« Désolé, marmotta-t-il en repoussant ses lunettes sur son nez. Mais je ne saisis toujours pas ce qu'ils vont faire du produit. Je veux dire, c'est quoi ces essais ? »

Spalko se pencha vers lui. L'instant crucial venait d'arriver ; il devait convaincre Sido. Il regarda à droite et à gauche et quand il se décida à parler, ce fut avec un filet de voix. « Ecoutez attentivement, Peter. Je vous en ai déjà trop dit. Toute cette affaire est top secret, vous comprenez ? »

Pour toute réponse, Sido creusa les épaules et hocha la tête.

« En réalité, rien qu'en vous disant cela, je crains d'avoir violé la clause de confidentialité qu'ils m'ont donnée à signer.

— Oh, mon Dieu. » Sido paraissait franchement navré. « Je vous ai mis en danger.

— Je vous en prie, ne vous en faites pas pour ça, Peter. Je m'en sortirai, dit Spalko. A moins, bien sûr, que vous n'en parliez à quelqu'un.

— Oh, mais je n'en ferai rien. Jamais de la vie ! »

Spalko sourit. « Je le sais, Peter. Je vous fais confiance, voyez-vous.

— Et j'apprécie votre confiance, Stepan. Je sais que vous êtes sincère. »

Spalko dut se mordre la lèvre pour ne pas rire. Rassuré, il s'enfonça un peu plus dans ses affabulations. « Je ne sais rien de leurs essais, Peter, pour la bonne raison qu'ils ne m'en ont pas parlé, fit-il d'une voix si ténue que l'autre dut se pencher au point que leurs nez se touchèrent presque. Et je n'ai pas l'intention de leur poser la question.

— Bien sûr que non.

— Mais je crois – et vous devez le croire vous aussi – que ces gens font l'impossible pour assurer notre sécurité dans un monde de moins en moins sûr. » Finalement, tout reposait toujours sur une question de confiance, pensa Spalko. Mais pour que le pigeon – dans le cas présent, Sido – s'y laisse prendre, il suffisait de le persuader que vous *lui* accordiez *votre* confiance. Après cela, vous pouviez le plumer sans qu'il se doute le moins du monde que vous le bernez depuis le début. « A mon sens, quelle que soit leur mission, nous avons le devoir de les aider de notre mieux. C'est ce que je leur ai dit dès qu'ils ont fait appel à moi.

— Je n'aurais pas agi autrement. » Sido essuya les gouttes de sueur couvrant sa lèvre supérieure. « Croyez-moi, Stepan, vous pouvez compter sur moi. »

L'observatoire naval, situé entre Massachusetts Avenue et la 34e Rue, était chargé d'indiquer l'heure officielle sur l'ensemble du territoire des Etats-Unis. C'était l'un des rares endroits du pays où la lune, les étoiles et les planètes étaient placées en observation constante. Leur plus grand télescope, datant d'une bonne centaine d'années, servait encore. Grâce à lui, en 1877, le Dr Asaph Hall avait découvert les deux lunes de Mars. Nul ne sait pourquoi il avait choisi de les appeler Deimos (anxiété) et Phobos (peur), mais curieusement, lorsque le DCI était d'humeur mélancolique, c'était à l'observatoire qu'il se rendait. Voilà pourquoi il s'était fait installer un bureau au cœur de ce bâtiment, non loin du fameux télescope centenaire.

C'est là que Martin Lindros le trouva, en pleine téléconférence. Il discutait avec Jamie Hull, chef des services de sécurité à Reykjavík.

« Feyd al-Saoud, je m'en contrefiche, disait Hull de sa voix dédaigneuse. Les Arabes connaissent que dalle à la sécurité moderne, donc ils ne demandent pas mieux que de nous suivre. » Il secoua la tête. « C'est le Russe, Boris Illyich Karpov, qui me fait vraiment chier. Il remet tout en question. Si je dis blanc, il dit noir. Je crois que ce connard prend son pied à me contredire.

— Seriez-vous en train de me dire que vous êtes incapable d'embobiner un malheureux analyste russe, Jamie ?

— Euh, quoi ? » Hull, perplexe, écarquilla ses yeux bleus et sa moustache blonde se mit à tressauter. « Non, monsieur. Absolument pas.

— Parce que je peux vous remplacer en un clin d'œil, vous le savez ? » Une note cruelle durcit la voix du DCI.

« Oui, monsieur.

— Et croyez-moi, je le ferais. Je ne suis foutrement pas d'humeur à...

— Ce ne sera pas nécessaire. Je vais m'occuper de Karpov.

— J'y compte bien. » Lindros perçut une soudaine lassitude dans le ton du vieux guerrier et se prit à espérer que Jamie ne la détecterait pas à travers la connexion électronique. « Nous avons besoin d'un front uni avant, durant et après la visite du Président. Est-ce clair ?

— Oui, m'sieur.

— Aucune trace de Jason Bourne, je suppose.

— D'aucune sorte, monsieur. Croyez-moi, nous avons été super-vigilants. »

Constatant que le DCI venait d'obtenir toutes les informations dont il avait besoin pour le moment, Lindros s'éclaircit la gorge.

« Jamie, mon rendez-vous suivant vient d'arriver, dit le DCI sans se retourner. Je vous rappelle demain. » Il déconnecta le téléconférencier, joignit le bout de ses doigts et se mit à fixer la grande photo en couleurs représentant la planète Mars et ses deux lunes inhabitables.

D'un coup d'épaule, Lindros se débarrassa de son imperméable, s'avança et s'assit près de son patron. Dans la petite pièce que le DCI s'était choisie, on suffoquait même en plein hiver. Sur un mur trônait le portrait du Président. En face, l'unique fenêtre donnait sur de hauts conifères se découpant en ombres chinoises sous les puissants faisceaux des projecteurs de sécurité. « Les nouvelles de Paris sont bonnes, dit-il. Jason Bourne est mort. »

Le DCI leva la tête et soudain, ses traits relâchés retrouvèrent un semblant d'expression. « Ils l'ont eu ? Comment ? J'espère que ce salopard a péri dans les plus atroces souffrances.

— C'est bien possible, monsieur. Il est mort lors d'une collision sur une autoroute, au nord-ouest de Paris. La moto qu'il conduisait a percuté un énorme poids lourd. Un officier de la DGSE a été témoin de l'accident.

— Mon Dieu, souffla le DCI. Il ne doit rester qu'une tache d'huile sur le macadam. » Ses sourcils se rejoignirent. « Il ne subsiste aucun doute ?

— Jusqu'à ce qu'ils nous confirment l'identification, il subsiste toujours un doute, répondit Lindros. Nous leur avons expédié les rapports dentaires de Bourne et un échantillon de son ADN, mais les autorités françaises me disent qu'il y a eu une terrible explosion suivie d'un incendie si intense qu'ils doutent même de pouvoir récupérer les ossements. En tout cas, il va leur falloir un jour ou deux pour passer au crible la scène de l'accident. Ils m'ont promis de me contacter dès qu'ils auront de plus amples informations. »

Le DCI hocha la tête.

« Et Jacques Robbinet est indemne, ajouta Lindros.

— Qui ?

— Le ministre français de la Culture, monsieur. C'était un ami de Conklin. Il a travaillé autrefois pour les services secrets. Nous redoutions qu'il ne figure sur la liste des prochaines victimes de Bourne. »

Les deux hommes restèrent immobiles. Le DCI regardait dans le vague. Peut-être songeait-il à Alex Conklin, peut-être méditait-il sur l'emprise que la peur et l'anxiété exerçaient sur la vie moderne, en se demandant comment le Dr Hall avait pu avoir une si juste prémonition. Il s'était engagé dans les services secrets en croyant à tort que son travail lui permettrait d'oublier un peu la peur et l'anxiété qui le hantaient depuis sa naissance, apparemment. Mais hélas, les opérations crépusculaires dans lesquelles il avait baigné avaient abouti au résultat contraire. Pourtant jamais il n'avait songé à démissionner. Il ne s'imaginait pas faisant autre chose. Il était espion jusqu'au bout des ongles. Un homme de l'ombre dont les actes échappaient au commun des mortels.

« Monsieur, si je puis me permettre, il se fait tard. »

Le DCI soupira. « Dites-moi quelque chose qui me surprenne, Martin.

— Je pense qu'il est temps pour vous de retrouver Madeleine », ajouta Lindros d'une voix douce.

Le DCI se passa une main sur le visage. Il se sentait si fatigué, tout à coup. « Maddy est chez sa sœur, à Phoenix. La maison est sombre, ce soir.

— Rentrez quand même. »

Pendant que Lindros se levait, le DCI tourna la tête vers son adjoint. « Martin, écoutez-moi, vous pensez peut-être que l'affaire Bourne est classée, mais vous vous trompez. »

Lindros avait repris son imperméable ; il s'arrêta dans son élan. « Je ne comprends pas, monsieur.

— Bourne est peut-être mort mais durant les dernières heures de sa vie, il a réussi à nous faire tourner en bourrique.

— Monsieur...

— Il nous a ridiculisés. Nous ne pouvons pas laisser passer cela. Aujourd'hui, tous les regards sont braqués sur nous. On nous observe, nom de Dieu ! Et qui dit observation dit questions délicates, et si on ne répond pas tout de suite aux questions délicates, on doit en payer les conséquences. » Les yeux du DCI étincelèrent. « Il nous manque un élément pour emballer ce regrettable épisode et le jeter dans les poubelles de l'histoire.

— Quel est cet élément, monsieur ?

— Il nous faut un bouc émissaire, Martin, un type qui endossera toute cette merde, pendant que nous, nous continuerons à fleurer bon la rose. » Il scruta son adjoint. « Disposez-vous de ce genre de personne, Martin ? »

Une boule d'angoisse s'était lovée au creux de l'estomac de Lindros.

« Allez, allez, Martin, dit le DCI avec rudesse, exprimez-vous. »

Lindros le regardait sans répondre, comme si ses mâchoires refusaient de fonctionner.

« Vous voyez qui je veux dire, pas vrai ? lâcha le DCI.

— Vous adorez ça, n'est-ce pas ? »

L'accusation le toucha mais il n'en laissa rien paraître. Ses fils n'avaient pas choisi ce métier et il ne cessait de s'en féliciter. Sinon, il leur en aurait fait baver. Celui qui le surpasserait n'était pas né ; il s'était assez battu pour être et rester le meilleur. « Puisque vous refusez de le nommer, je vais le faire pour vous. Le détective Harris.

— Nous ne pouvons pas lui faire ça », s'écria Lindros d'une voix tendue. La colère sifflait dans sa tête comme une canette de soda dont on viendrait d'arracher la capsule.

« Nous ? Qui a parlé de nous, Martin ? C'était votre mission. J'ai été clair à ce sujet dès le départ. Maintenant c'est à vous et à vous seul qu'il appartient de désigner le responsable.

— Mais Harris n'a rien fait de mal. »

Le DCI souleva un sourcil. « Je ne partage pas votre opinion, mais même si vous aviez raison, qui s'en soucie ?

— Moi, monsieur.

— Très bien, Martin. Alors, j'en conclus que vous endosserez la responsabilité des fiascos d'Alexandrie et de Washington Circle. »

Lindros serra les lèvres. « Je n'ai pas d'autre choix ?

— Moi je n'en vois pas. Vous si ? La salope a décidé d'avoir ma peau d'une manière ou d'une autre. Si je dois sacrifier quelqu'un, je préfère que ce soit un ringard de la police d'Etat de Virginie que mon propre adjoint. Martin, de quoi j'aurais l'air si jamais on apprenait que mon plus proche collaborateur s'est pris les pieds dans le tapis ?

— Bon Dieu, s'écria Lindros hors de lui, comment vous avez fait pour survivre si longtemps dans ce nid de vipères ? »

Le DCI se leva et enfila son manteau. « Qu'est-ce qui vous fait croire que je survis ? »

A 23 h 40, Bourne se présenta devant l'église Matthias, un édifice de style gothique, et passa les vingt minutes suivantes à reconnaître le quartier. L'air était vif et froid, le ciel clair mais, près de l'horizon, traînait une épaisse couche de nuages et le vent toujours plus frais se chargeait d'une senteur humide et musquée, annonciatrice de pluie. De nouveau, une odeur ou bien un son extirpa un souvenir de sa mémoire altérée. Il était déjà venu ici, mais quand et sur quelle mission ? Impossible de s'en souvenir. Encore une fois confronté à ce terrible sentiment de perte, il songea si intensément à Alex et Mo qu'il n'aurait pas été étonné de les voir apparaître en chair et en os à l'instant même.

Bourne grimaça et reprit sa surveillance. Il fallait s'assurer que le secteur était bien sécurisé et qu'aucun ennemi ne circulait près du lieu de rendez-vous.

Sur le coup de minuit, il s'avança vers l'imposante façade sud de l'église d'où s'élevait une tour de pierre gothique haute de quatre-vingts mètres, chargée de gargouilles. Une jeune femme se tenait sur la première marche. Elle était grande, mince, d'une beauté remarquable. Ses longs cheveux roux luisaient sous la lumière des réverbères. Derrière elle, au-dessus du portail, un bas-relief du quatorzième siècle représentait la Vierge Marie. La jeune femme lui demanda son nom.

« Alex Conklin, répondit-il.

— Passeport, je vous prie », répondit-elle comme un fonctionnaire de l'immigration.

Quand il lui tendit ses papiers, il la regarda les examiner visuellement puis en les effleurant du pouce. Elle possédait des mains intéressantes ; longues et fines, avec des doigts interminables mais puissants, aux ongles courts. Des mains de musicienne. Elle ne devait pas avoir plus de trente-cinq ans.

« Comment puis-je être sûre que vous êtes bien Alexander Conklin ? demanda-t-elle.

— Comment peut-on être vraiment sûr de quoi que ce soit ? dit Bourne. C'est une question de foi. »

La femme renifla dédaigneusement. « Quel est votre prénom ?

— Il est inscrit sur le pass... »

Elle lui décocha un regard noir. « Je veux dire votre *vrai* prénom. Celui qu'on vous a donné en naissant.

— Alexsei », dit Bourne, se rappelant soudain que Conklin était un immigré russe.

La jeune femme hocha la tête. Il observa son visage sculpté, ses yeux verts typiquement hongrois, larges et bien dessinés, ses lèvres pleines et généreuses. En elle, il y avait quelque chose de très collet monté et en même temps, cette sorte de sensualité surannée, pleine de réserve, évoquant une époque plus innocente que la nôtre, un siècle où les silences revêtaient souvent plus d'importance que les paroles. « Bienvenue à Budapest, monsieur Conklin. Je suis Annaka Vadas. » D'un bras joliment tourné, elle lui indiqua le chemin. « Suivez-moi, je vous prie. »

Elle lui fit traverser le parvis et longer la façade latérale de l'église. Dans la rue sombre, il eut du mal à apercevoir une petite porte de bois renforcée par des plaques de fer. Annaka alluma une lampe de poche d'où jaillit un puissant faisceau de lumière puis plongea la main dans son sac, sortit une vieille clé qu'elle glissa dans la serrure et tourna dans un sens, puis dans l'autre. Enfin elle exerça une pression sur la porte qui s'ouvrit.

« Mon père vous attend à l'intérieur », dit-elle. Ils pénétrèrent dans l'église. Sous le faisceau mouvant de la torche, Bourne remarqua les fresques colorées couvrant le plâtre des murs, représentant des scènes de la vie des saints hongrois.

« En 1541, Buda a été envahie par les Turcs qui transformèrent cette église en mosquée. Elle le resta pendant cent cinquante ans, dit-elle en balayant l'espace de sa torche. Ils enlevèrent le mobilier et passèrent une couche de peinture blanche sur les fresques. Mais aujourd'hui, tout a été restauré. L'église a retrouvé l'aspect qu'elle avait au treizième siècle. »

Bourne vit quelque chose briller dans les hauteurs. Annaka le conduisit vers les petites chapelles de la partie nord. La plus proche du chœur abritait les sarcophages d'un monarque du douzième siècle, Béla III, et de sa femme, Anne de Châtillon, leurs gisants sculptés avec une précision proprement spectrale. Dans l'ancienne crypte, près d'une rangée de statues médiévales, il aperçut une silhouette cachée dans l'ombre.

János Vadas lui tendit la main. Comme Bourne s'apprêtait à la serrer, trois hommes surgirent d'un coin sombre. Aussitôt, Bourne dégaina, geste qui fit naître un faible sourire sur le visage de Vadas.

« Regardez le percuteur, monsieur Bourne. Croyez-vous vraiment que je vous aurais fourni une arme en état de marche ? »

En disant cela, Annaka braqua un pistolet sur lui.

« Alexsei Conklin était un vieil ami, monsieur Bourne. Et, sachez-le, votre visage fait la une des journaux. » Son visage à lui était celui d'un prédateur. Des sourcils sombres et broussailleux, une mâchoire carrée, des yeux étincelants. Dans sa jeunesse, ses cheveux avaient formé un V sur son front mais à présent, la soixantaine venue, cette ligne brisée avait disparu au profit d'un promontoire triangulaire luisant. « On prétend que vous avez tué Alexsei et un autre homme, un certain Dr Panov, je crois. Rien que pour la mort d'Alexsei j'aurais été en droit de vous abattre sur-le-champ.

— C'était un vieil ami, plus que cela... un mentor. »

Vadas prit un air triste et résigné. Il soupira. « Et vous l'avez trahi. Tout cela parce que vous êtes obsédé par l'invention de Félix Schiffer. Comme tant d'autres.

— J'ignore de quoi vous voulez parler.

— Comme de bien entendu, répliqua Vadas sans cacher son scepticisme.

— Réfléchissez, je connais le véritable prénom d'Alex. Alexsei et Mo Panov étaient mes amis.

— Si bien qu'en les tuant vous auriez commis un acte de pure folie.

— Exactement.

— M. Hazas vous prend pour un fou, en effet, dit Vadas calmement. Vous vous rappelez M. Hazas, le directeur d'hôtel que vous avez failli écorcher vif. Il a dit que vous étiez dingue, si je me rappelle bien.

— C'est donc grâce à lui que vous avez pu me contacter, dit Bourne. J'ai dû lui tordre le bras un peu trop fort, mais je savais qu'il mentait.

— Il a menti pour me rendre service », rétorqua Vadas avec une nuance de fierté.

Sous le regard attentif d'Annaka et des trois hommes, Bourne se dirigea vers Vadas en lui présentant son pistolet inutile. Au moment où Vadas tendait la main pour le prendre, Bourne attrapa l'homme, le fit pivoter et au même instant, pointa son arme de céramique contre sa tempe. « Croyez-vous vraiment que j'aurais utilisé une arme inconnue sans au préalable prendre soin de la démonter et de la remonter ? »

S'adressant à la jeune femme, il prononça d'une voix atone : « Baissez votre arme, à moins que vous ne souhaitiez que la cervelle de votre père éclabousse cinq cents ans d'histoire. Ne le regardez pas ; faites ce que je vous dis ! »

Annaka s'exécuta.

« Poussez-la vers moi. Avec le pied. »

Elle fit ce qu'on lui ordonnait.

Durant toute la scène, aucun des trois hommes n'avait esquissé un geste. A présent, ils n'en avaient plus du tout l'intention. Bourne gardait quand même un œil sur eux. Il écarta le canon de la tempe de Vadas et le libéra.

« J'aurais pu vous descendre, si je l'avais voulu.

— Et moi je vous aurais tué, répliqua Annaka férocement.

— Je n'en doute pas un seul instant », dit Bourne. Levant le pistolet de céramique, il leur montra qu'il n'avait pas l'intention de s'en servir. « Mais nous aurions tort d'en venir à de telles extrémités. Nous ne sommes pas ennemis. » Il ramassa le pistolet d'Annaka et le lui tendit, crosse en avant.

Sans un mot, elle le prit et le remit en joue.

« En quoi avez-vous transformé votre fille, monsieur Vadas ? Elle serait capable de tuer pour vous, certes, mais il semble également qu'elle ait une fâcheuse tendance à s'échauffer sans raison. »

Vadas s'interposa entre Annaka et Bourne et posa la main sur le pistolet de sa fille. « J'ai assez d'ennemis comme ça, Annaka », fit-il d'une voix douce.

Annaka baissa son arme mais ses yeux lançaient encore des éclairs de colère, nota Bourne.

Vadas se tourna vers Bourne. « Comme je disais, tuer Alexsei aurait été un acte de pure folie, or vous n'avez absolument rien d'un malade mental.

— On m'a tendu un piège, on m'a transformé en bouc émissaire de manière à couvrir le véritable meurtrier.

— Intéressant. Pourquoi cela ?

— J'ai voyagé jusqu'ici pour le découvrir. »

Vadas considéra Bourne d'un œil scrutateur puis promena son regard autour de lui et leva les bras. « S'il avait vécu, c'est ici que j'aurais donné rendez-vous à Alexsei, voyez-vous. Cet endroit signifie beaucoup pour moi. A l'aube du quatorzième siècle, la première église paroissiale de Buda se dressait ici même. L'orgue gigantesque que vous voyez là-haut, sur le balcon, a résonné lors des deux mariages du roi Matthias. Les deux derniers rois de Hongrie, François Joseph Ier et Charles IV, ont été couronnés dans cette église. Oui, ces lieux sont chargés d'histoire. Une histoire dont Alexsei et moi nous apprêtions à changer le cours.

— Avec l'aide du Dr Schiffer, n'est-ce pas ? », s'enquit Bourne.

Vadas n'eut pas le temps de répondre. Un grondement se répercuta contre les murs de l'église. Le vieil homme fut projeté en arrière, bras écartés. Du sang jaillit de son front. Bourne se jeta sur Annaka et plongea avec elle sur le pavage. Les hommes de Vadas réagirent aussitôt en se déployant et commencèrent à répliquer tout en cherchant un abri. Le premier fut touché presque immédiatement. Il dérapa sur le marbre, s'écroula et mourut avant même de toucher le sol. Un deuxième tentait désespérément de se retrancher derrière le banc qu'il venait d'atteindre quand il fut atteint à la colonne vertébrale. Il s'arc-bouta et lâcha son arme.

Bourne regarda le troisième garde du corps plonger pour se mettre à couvert puis reporta son attention sur Vadas, étendu sur le dos dans une grande mare de sang, immobile. Il ne respirait plus. D'autres coups de feu retentirent. Bourne se retourna vers le garde qui se relevait en tirant vers le balcon. Soudain, la tête de l'homme fut projetée en arrière, il écarta les bras. Sur son torse, une tache de sang apparut. Il y porta les mains comme pour arrêter l'hémorragie mais déjà ses yeux se révulsaient.

Bourne coula son regard vers l'obscure balustrade et vit remuer une silhouette plus sombre encore. Il tira. Des éclats de pierre volèrent. Puis s'emparant de la torche d'Annaka, il la braqua sur le balcon tout en courant vers l'escalier en spirale qui y conduisait. Retrouvant ses esprits, Annaka comprit brusquement l'étendue du drame. Quand elle vit son père mort, elle poussa un cri strident.

« Reculez ! hurla Bourne. Vous êtes en danger ! »

Ignorant son ordre, Annaka se précipita vers son père.

Bourne la couvrit en arrosant copieusement la zone sombre derrière la balustrade. Personne ne répliqua mais il n'en fut guère surpris. Ayant accompli sa mission, le tueur avait probablement décampé.

Bourne avait déjà perdu trop de temps. Il grimpa l'escalier de pierre en notant au passage la présence d'une douille sur une marche. Le balcon apparemment désert était pavé de dalles de pierre ; le mur derrière l'orgue s'ornait de panneaux de bois délicatement sculptés. Bourne se pencha derrière l'instrument mais ne vit personne. Il vérifia le sol tout autour puis la cloison lambrissée et remarqua qu'un panneau semblait légèrement déboîté. Juste de quelques millimètres, comme si...

Bourne l'effleura du bout des doigts. En réalité, ce panneau servait de porte. Il l'ouvrit et se retrouva face à un escalier en colimaçon. L'arme au poing, il monta jusqu'à une nouvelle porte donnant sur le toit de l'église. Dès qu'il passa la tête à l'extérieur, une balle siffla. Il recula vivement mais eut le temps d'apercevoir une silhouette marchant sur les ardoises. Le toit était extrêmement pentu et pour tout arranger, la pluie le rendait encore plus glissant. Le seul point positif était que l'assassin, trop occupé à garder l'équilibre, ne se risquerait plus à lui tirer dessus.

Bourne vit aussitôt que ses semelles dérapaient, aussi se déchaussa-t-il et balança-t-il ses bottes toutes neuves par-dessus le parapet. Puis il traversa le toit à quatre pattes, comme un crabe. Trente mètres sous lui, la place où s'élevait l'église luisait sous l'éclat des vieux réverbères. S'accrochant des doigts et des orteils, il se lança à la poursuite du sniper. Tout au fond de lui, un soupçon grandissait. La silhouette entr'aperçue ressemblait à Khan. Mais comment aurait-il fait pour arriver à Budapest avant lui ? Et pourquoi avait-il tué Vadas et pas lui ?

Levant la tête, il vit l'ombre du tueur progresser vers le clocher sud. Toujours à quatre pattes, Bourne partit dans sa direction, bien déterminé à ne pas le laisser filer. Les ardoises étaient dans un tel état de décrépitude que l'une d'elles se brisa en deux lorsqu'il s'y cramponna. Un bout lui resta dans la main et, pendant un instant, il crut perdre l'équilibre, juché tout en haut du toit pentu. Il se rétablit pourtant et balança au loin le morceau d'ardoise qui vint heurter le toit de la petite chapelle, trois mètres en dessous.

Il se força à anticiper. Quand le sniper gagnerait le refuge du clocher, le danger atteindrait son point culminant. Si jamais Bourne ne trouvait pas très vite un endroit où se cacher, le tueur l'abattrait sans aucune difficulté. La pluie tombait de plus belle, amoindrissant d'autant plus les sens du toucher et de la vue. Quinze mètres devant lui, le clocher sud ressemblait à une masse brumeuse.

Bourne avait parcouru les trois quarts du chemin quand il entendit un bruit – le choc du métal contre la pierre – et se jeta à plat ventre sur les ardoises. L'eau ruisselait sur son corps. Lorsqu'il perçut le sifflement de la balle près de son oreille, les ardoises à côté de son genou droit explosèrent. Il lâcha prise, dévala la pente raide et bascula par-dessus le toit.

Par pur instinct, il avait immédiatement relâché ses muscles. Dès que son épaule heurta le toit de la chapelle en dessous, il roula sur lui-même, se servant de la force d'inertie pour prolonger sa chute et réduire l'impact. Toujours en boule, il finit par se réfugier au pied d'un vitrail placé hors de la ligne de mire du tueur.

Le clocher n'était pas très loin. Une tour plus petite se dressait à deux pas de lui, percée d'une fenêtre étroite comme une fente. Une fenêtre médiévale n'ayant pas de vitre, il se faufila à l'intérieur du bâtiment. Se dirigeant à tâtons, il trouva l'escalier et déboucha sur un petit parapet reliant le clocher sud.

Bourne n'avait aucun moyen de savoir si le tueur l'apercevrait au moment où il franchirait ce parapet. Il inspira profondément, passa le seuil comme un boulet de canon et courut le long de l'étroit passage de pierre. Devant lui, une ombre frémit. Il plongea et roula en boule. Une balle siffla. Bourne se leva et, dans le même mouvement, reprit sa course. Sans laisser au tueur le temps de tirer à nouveau, il s'élança tête la première par une fenêtre du clocher.

D'autres coups de feu résonnèrent. Des éclats de pierre volèrent près de lui, ce qui ne l'empêcha pas de grimper à quatre pattes l'escalier en spirale placé au centre du clocher. Au-dessus de lui, un déclic métallique l'informa que son adversaire était à court de munitions. Il accéléra le rythme et monta les marches quatre à quatre, afin de profiter de son avantage momentané. Il y eut un autre déclic, un chargeur vide heurta les marches en pierre. Bourne avança le dos courbé, de manière à passer inaperçu. L'autre avait renoncé à tirer, ce qui le conforta dans son impression qu'il tenait l'avantage.

Mais Bourne ne se contenterait pas d'une impression ; il lui fallait une certitude. Braquant la torche d'Annaka vers le haut de l'escalier en spirale, il l'alluma d'un coup de pouce. Une ombre furtive glissa hors du faisceau lumineux. Avant que le sniper ne repère sa position, il éteignit la lampe.

L'escalier débouchait sur une plate-forme dominant la place de quelque quatre-vingts mètres. Le sniper n'avait plus aucune échappatoire. Pour se sortir de ce piège, il fallait qu'il tue Bourne. Se voyant acculé, il redoublerait d'agressivité mais prendrait aussi des risques inconsidérés. Et c'est là-dessus que Bourne comptait.

Après les toutes dernières marches, se dessinait un espace circulaire entouré de hautes arches ouvertes au vent et à la pluie. Il ralentit brusquement, sachant que son apparition déclencherait un déluge de plomb. Comme il ne pouvait cependant pas rester là indéfiniment, il prit sa torche, la posa devant lui sur une marche plus haute, s'allongea en baissant la tête puis tendit la main jusqu'au bouton d'allumage.

S'ensuivit une assourdissante grêle de balles. L'écho s'en répercutait encore du haut en bas de la cage d'escalier que déjà Bourne franchissait d'un bond les dernières marches en espérant que sa diversion avait porté ses fruits. Le tueur, persuadé que Bourne avait lancé l'assaut final, venait de gâcher ses dernières munitions. C'était du moins ce que Bourne imaginait.

Fendant le nuage de poussière qui flottait dans l'air, Bourne se précipita sur son adversaire, le repoussa et le plaqua contre une arche. Le tueur ramena violemment ses deux poings sur le dos de Bourne qui tomba à genoux, tête baissée. Cette nuque offerte était une cible trop tentante. L'homme s'apprêtait à frapper du tranchant de la main quand Bourne se retourna, lui bloqua le bras et, grâce à la force d'inertie, parvint à le déséquilibrer et à le frapper au niveau des reins.

Le tueur contre-attaqua en enroulant ses chevilles autour de celles de Bourne qui bascula en arrière. Aussitôt, il lui sauta dessus. Ils combattirent au corps à corps sous le faisceau de la torche voilé par les volutes de poussière. Il faisait malgré tout assez clair pour que Bourne voie son visage. Des traits taillés à la serpe, des cheveux blonds, des yeux clairs. Bourne resta interdit, réalisant que depuis le début, il avait cru se battre contre Khan.

Bourne n'avait pas l'intention de tuer son adversaire ; il voulait à tout prix l'interroger, apprendre qui il était et pourquoi Vadas avait été condamné à mort. Mais l'homme se défendait comme un beau diable. Lorsqu'il frappa Bourne à l'épaule droite, son bras s'en trouva comme paralysé. Avant qu'il puisse réagir en se repositionnant pour parer le prochain coup, l'homme le frappa trois fois de suite. Bourne recula d'un pas chancelant, passa sous une arche et se retrouva de dos à la rambarde de pierre. L'homme se jeta sur lui, tenant son arme déchargée à l'envers, crosse en avant, dans la nette intention de l'utiliser comme une matraque.

Bourne s'ébroua. Il devait très vite récupérer l'usage de son côté droit endolori. Le tueur était presque sur lui, bras levé. La lourde crosse luisait sous la lumière diffuse des réverbères de la place, tout en bas. Il vit son visage déformé par un rictus de haine, ses lèvres retroussées comme celles d'un loup enragé. Son bras décrivit une courbe, la crosse s'abattit avec une force visiblement calculée pour lui fracasser le crâne. Bourne esquiva le coup de justesse. Emporté par son élan, le tueur bascula et passa par-dessus la rambarde.

Bourne réagit en une fraction de seconde. Il se retourna et agrippa la main de l'homme. Mais la pluie l'empêcha d'assurer sa prise. On aurait dit que leurs doigts étaient couverts d'huile. Avec un cri épouvantable, l'homme tomba dans le vide. Au terme d'une chute vertigineuse, il s'écrasa sur le trottoir.

CHAPITRE QUATORZE

KHAN arriva à Budapest à la nuit tombée. Il prit un taxi devant l'aéroport et se présenta à l'hôtel Danubius sous le nom de Heng Raffarin, journaliste au *Monde.* Bien qu'il possédât d'autres faux papiers dont ceux d'un inspecteur adjoint d'Interpol, il avait choisi de franchir l'immigration sous cette même identité.

« Je viens de Paris pour interviewer M. Conklin, dit-il d'une voix harassée. Je suis horriblement en retard. Pourriez-vous informer M. Conklin que je suis arrivé ? Nos emplois du temps respectifs sont terriblement serrés. »

Comme Khan le prévoyait, le réceptionniste regarda automatiquement dans les casiers alignés derrière lui. Chacun portait un numéro de chambre gravé à la feuille d'or. « M. Conklin n'est pas dans sa suite pour le moment. Souhaitez-vous lui laisser un message ?

— Je suppose que je n'ai pas le choix. Nous verrons tout cela demain matin. » Khan fit semblant de rédiger un mot pour « M. Conklin », le cacheta et le donna à l'employé. Puis il prit sa clé, se retourna comme s'il partait, mais du coin de l'œil observa le geste du réceptionniste. L'homme glissa l'enveloppe dans le casier marqué PENTHOUSE N°3. Satisfait, Khan emprunta l'ascenseur pour gagner sa propre chambre, à l'avant-dernier étage.

Il se lava, sortit quelques instruments d'un petit sac puis monta à l'étage du dessus par l'escalier. Il attendit dans le couloir pendant un bon moment, se contentant de tendre l'oreille afin de s'accoutumer à tous les petits bruits familiers de l'hôtel, et resta là, immobile comme une pierre, à guetter l'indice – un son, une vibration, une sensation – qui déterminerait sa prochaine décision. Avancer ou battre en retraite.

Le temps passant, il résolut de poursuivre sa reconnaissance. S'enfonçant prudemment dans le couloir, il commença par s'assurer qu'il ne comportait aucun piège. Lorsqu'il arriva devant la double-porte en tek de la Penthouse n°3, il sortit un crochet qu'il glissa dans la serrure. Un instant plus tard, la porte s'ouvrait.

De nouveau, il s'immobilisa, hésitant à pénétrer dans la suite, à l'affût d'une odeur révélatrice. Son instinct lui disait que les lieux étaient vides mais il se méfiait. Légèrement déstabilisé par le manque de sommeil et l'afflux des émotions, il promena son regard alentour. Hormis un paquet ouvert ayant à peu près la taille d'un carton à chaussures, il ne vit rien qui indiquât la présence de quelqu'un. Le lit était fait. Personne n'y avait dormi. Où était passé Bourne ? se demanda Khan.

Son premier tour d'horizon terminé, il raffermit son esprit et traversa la pièce jusqu'à la salle de bains. Quand il alluma, il vit le peigne en plastique, la brosse à dents, le dentifrice et le petit flacon de bain de bouche fournis par l'hôtel, à côté du savon, du shampooing et de la crème pour les mains. Dévissant le tube de dentifrice, il le pressa légèrement et fit disparaître quelques millimètres de pâte dans le siphon du lavabo. Puis il sortit un trombone et une petite boîte en argent contenant deux capsules enrobées d'une cosse de gélatine facile à dissoudre. L'une blanche, l'autre noire.

« L'une te fait battre le cœur, l'autre le ralentit, et les pilules que Père te donne ne font rien du tout », chanta-t-il d'une belle voix de ténor sur l'air du « Lapin blanc », tout en extrayant la capsule blanche de son réceptacle.

Il était sur le point de l'enfoncer dans le tube de dentifrice en s'aidant du trombone déplié quand quelque chose l'arrêta. Il compta jusqu'à dix puis reboucha, prenant bien soin de reposer le tube à la même place.

Immobile, décontenancé, il se mit à fixer les deux capsules qu'il avait lui-même préparées en attendant son vol pour Paris. A ce moment-là, il savait parfaitement ce qu'il comptait faire – la capsule noire contenait assez de venin de krait pour paralyser Bourne sans endommager ses facultés intellectuelles. Bourne savait des choses sur Spalko que Khan ignorait ; ça tombait sous le sens puisque Bourne avait remonté sa piste jusqu'à Budapest.

Khan voulait le faire parler avant de le tuer. Telle était du moins son intention de départ.

Mais il n'arrivait pas à nier davantage l'évidence. Son esprit assailli depuis des années par des pulsions vengeresses avait fini par se laisser envahir par d'autres scénarios. Il avait beau les rejeter avec toute l'énergie dont il était capable, ils demeuraient ancrés en lui. Et il se rendait compte que plus il les repoussait, plus ils refusaient de disparaître.

Coincé dans le labyrinthe de sa mémoire, incapable de suivre le plan qu'il avait méticuleusement établi, il perdait les pédales. Au lieu d'agir, il n'en finissait pas d'errer dans le théâtre de son esprit, obsédé par l'expression de Bourne au moment où il avait vu le petit bouddha suspendu à la chaîne en or passée autour de son cou. Khan toucha la figurine ; son contact le rassura. Sa forme arrondie, son poids familier le calmèrent, comme toujours. Qu'est-ce qui lui arrivait ?

Avec un petit grognement de colère, il se tourna, retraversa la suite à grands pas et sortit. Pendant qu'il regagnait sa chambre, il attrapa son téléphone portable et composa un numéro local. Après deux sonneries, une voix répondit.

« Oui ? dit Ethan Hearn.

— Où en es-tu ? demanda Khan.

— Eh bien, je trouve ce boulot plutôt agréable.

— Je te l'avais dit.

— Où es-tu ? demanda le tout nouveau chargé du développement de Humanistas Ltd.

— A Budapest.

— Quelle surprise ! répondit Hearn. Je pensais que tu devais partir pour l'Afrique de l'Est.

— J'y ai renoncé », fit Khan. Ayant atteint le vestibule, il se dirigeait à présent vers la porte d'entrée. « En fait, j'ai l'intention de reprendre un peu mon indépendance.

— Si tu es ici, c'est sûrement pour quelque chose d'important.

— Pour tout dire, c'est ton patron qui m'intéresse. Qu'as-tu découvert ?

— Rien de concret. Mais il est sur un coup, c'est certain, et pas n'importe lequel.

— Qu'est-ce qui te fait dire cela ? demanda Khan.

— D'abord, il accueille royalement un couple de Tchétchènes, répondit Hearn. En soi, la chose n'a rien d'étrange. Nous entretenons des liens très étroits avec la Tchétchénie. Et pourtant, c'était bizarre, très bizarre même. Ces gens étaient habillés à l'Occidentale – l'homme était imberbe, la femme tête nue – mais je les ai reconnus, enfin surtout lui. Hasan Arsenov, le chef des rebelles tchétchènes.

— Continue, le pressa Khan en se disant que sa taupe lui en donnait pour son argent, et plus encore.

— Il y a deux nuits de cela, il m'a demandé de me rendre à l'opéra, poursuivit Hearn. Sous prétexte de ferrer un nouveau donateur. Un type plein aux as, nommé László Molnar.

— Qu'y a-t-il de si bizarre à cela ? s'étonna Khan.

— Deux choses, répondit Hearn. Primo, Spalko m'a renvoyé chez moi au milieu de la soirée en m'ordonnant de prendre une journée de repos le lendemain. Secundo, Molnar a disparu.

— Disparu ?

— Il s'est littéralement volatilisé. Comme s'il n'avait jamais existé, précisa Hearn. Spalko me croit trop naïf pour l'avoir remarqué. » Il ricana.

« Ne sois pas trop confiant, l'avertit Khan. C'est là qu'on commet des erreurs. Et rappelle-toi ce que je t'ai dit : ne sous-estime jamais Spalko. Cela reviendrait à signer ton arrêt de mort.

— J'ai saisi, Khan. Bon sang, je ne suis pas stupide.

— Si tu l'étais, je ne t'aurais pas engagé, lui rappela Khan. Tu as l'adresse de ce László Molnar ? »

Ethan Hearn la lui donna.

« A présent, dit Khan, tu continues à ouvrir l'œil tout en faisant bien attention à toi. Je veux que tu me rapportes tout ce que tu peux trouver à son sujet. »

Jason Bourne vit Annaka Vadas sortir de la morgue. La police avait dû l'y conduire pour qu'elle reconnaisse le corps de son père et ceux des trois gardes abattus avec lui. Quant au tueur, son visage était en bouillie suite à sa chute, d'où l'impossibilité de l'identifier à partir de son dossier dentaire. La police devait être en train de comparer ses empreintes à celles contenues dans la base de données de l'Union européenne. D'après des bribes de conversations surprises dans l'église Matthias, il savait que la police n'arrivait pas à comprendre pourquoi János Vadas avait été assassiné par un tueur à gages. Annaka ne leur étant d'aucun secours, ils avaient renoncé à la cuisiner et l'avait laissée partir. Rien ne les mènerait sur la piste de Bourne, bien entendu. Par nécessité, il s'était tenu à l'écart de l'enquête – après tout, il était recherché par les polices du monde entier – mais au fond de lui, subsistait une certaine inquiétude. Pouvait-il faire confiance à Annaka ? Quelques heures plus tôt, cette fille avait quand même failli lui loger une balle dans la tête. Il espérait qu'elle aurait révisé son opinion à son sujet au vu de son comportement après le meurtre de son père.

Apparemment c'était le cas, car elle n'avait pas parlé de lui à la police. En outre, il avait retrouvé ses bottes dans la petite chapelle qu'Annaka lui avait montrée, posées entre les sarcophages du roi Bela II et d'Anne de Châtillon. Avec l'aide intéressée d'un chauffeur de taxi, il l'avait filée jusqu'au poste de police puis à la morgue. A présent, les policiers lui souhaitaient bonne nuit en touchant leur casquette. Déclinant leur offre de la raccompagner chez elle, elle avait sorti son téléphone portable, pour appeler un taxi, supposa-t-il.

Quand il fut certain qu'elle était seule, il surgit du coin sombre où il se cachait et traversa rapidement la rue pour la rejoindre. Dès qu'elle le vit, elle rempocha son téléphone. Son expression affolée l'arrêta net.

« Vous ! Comment m'avez-vous retrouvée ? » Elle jeta autour d'elle un regard un peu trop inquiet, estima-t-il. « Vous me suivez depuis le début ?

— Je voulais m'assurer que vous alliez bien.

— Mon père a été abattu sous mes yeux, répondit-elle sèchement. Comment pourrais-je aller bien ? »

Il s'aperçut qu'ils se tenaient sous un réverbère. Quelles cibles de choix ils faisaient ! La nuit, Bourne résonnait toujours en termes de sécurité ; c'était sa seconde nature – il n'y pouvait rien. « Les policiers ne sont pas des tendres, ici.

— Vraiment ? Et comment savez-vous cela ? » Apparemment, sa réponse lui importait peu car elle s'éloigna de lui en faisant claquer ses talons sur les pavés.

« Annaka, nous avons besoin l'un de l'autre. »

Elle se tenait très droite, la tête dressée sur son cou gracile. « C'est absurde. Qu'est-ce qui vous fait dire ça ?

— C'est la vérité. »

Elle pivota sur elle-même et l'affronta. « Non, ce n'est pas la vérité. » Ses yeux étincelaient. « C'est à cause de vous que mon père est mort.

— Là, c'est vous qui êtes absurde. » Il secoua la tête. « Votre père a été assassiné parce qu'il trempait dans une affaire louche avec Alex Conklin. C'est à cause de cette affaire qu'Alex a été tué et que je suis ici. »

Elle émit un petit ricanement. Bourne devinait la raison de son apparente insensibilité. Son père l'avait embarquée dans un monde dominé par les mâles, contrainte à participer à une guerre qui n'était pas la sienne. Elle savait se défendre, c'était incontestable.

« Vous ne voulez pas savoir qui a tué votre père ?

— Franchement non. » Elle posa un poing sur sa hanche. « Je veux l'enterrer et oublier jusqu'aux noms d'Alexsei Conklin et du Dr Félix Schiffer.

— Vous ne pensez pas ce que vous dites !

— Est-ce que vous me connaissez, monsieur Bourne ? Non, vous ne savez rien de moi. » Le menton toujours levé, elle le considérait de son regard clair. « Vous êtes dans le noir le plus complet. Voilà pourquoi vous êtes venu à Budapest en vous faisant passer pour Alexsei. Une ruse stupide, transparente comme du plastique. Et maintenant que vous avez déboulé ici, maintenant que le sang a été répandu, vous pensez qu'il est de votre devoir de fourrer votre nez dans les projets de mon père et d'Alexsei.

— Me connaissez-vous, Annaka ? »

Un sourire sardonique déforma son visage. Elle fit un pas vers lui. « Oh oui, monsieur Bourne, je vous connais bien. J'ai vu défiler des tas de gens comme vous. Ils se croyaient tous plus malins les uns que les autres, ce qui ne les a pas empêchés de se faire descendre.

— Alors dites-moi qui je suis ?

— Vous croyez que je vais me priver de ce plaisir ? Monsieur Bourne, je sais exactement qui vous êtes. Vous êtes un chat devant une pelote de laine. Vous ne pensez qu'à une chose : dérouler cette pelote, quelles qu'en soient les conséquences. Ce n'est qu'un jeu pour vous – un mystère à élucider. Rien d'autre ne compte. C'est ce mystère même qui vous définit. Sans lui, vous n'existeriez pas.

— Vous vous trompez.

— Oh non, je ne me trompe pas. » Son sourire sardonique s'épanouit. « Vous êtes tellement pris dans votre jeu que vous ne pouvez même pas imaginer qu'il ne m'intéresse pas. Je ne cherche qu'à fuir tout cela. Je ne veux pas travailler avec vous, ni vous aider à trouver l'assassin de mon père. Pourquoi vous aiderais-je ? Ça le ferait revenir, peut-être ? Il est mort, monsieur Bourne. Il ne pense plus, il ne respire plus. Il n'est plus qu'un tas de chair et d'os posé là en attendant que le temps fasse son œuvre. »

Elle se tourna et s'éloigna d'un pas vif.

« Annaka...

— Allez-vous-en, monsieur Bourne. Quoi que vous ayez à dire, cela ne m'intéresse pas. »

Il courut pour la rattraper. « Comment pouvez-vous dire une chose pareille ? Six hommes ont perdu la vie à cause de... »

A son regard triste, il comprit qu'elle était au bord des larmes. « J'ai supplié mon père de rester en dehors de cette histoire mais vous savez, les vieux amis, l'attrait du mystère, et tout le reste. Je l'ai averti que ça finirait mal. Il s'est contenté de rire – oui, il a ri – et de répondre que j'étais sa fille et que je ne pouvais pas comprendre. Il m'a remise à ma place, comme on dit !

— Annaka, on me pourchasse pour un double meurtre que je n'ai pas commis. Mes deux meilleurs amis ont été abattus et je suis le suspect numéro un. Saisissez-vous ce...

— Seigneur, vous n'avez pas écouté un mot de ce que j'ai dit ? C'est rentré par une oreille et ressorti par l'autre.

— Je ne peux pas m'en sortir seul, Annaka. J'ai besoin de votre aide. Je n'ai nulle part où aller. Ma vie est entre vos mains. S'il vous plaît, parlez-moi du Dr Félix Schiffer. Dites-moi ce que vous savez et je jure que vous ne me reverrez plus jamais. »

Elle vivait au 106-108 Fo utca à Víziváros, un petit quartier vallonné, coincé entre le secteur du Château et le Danube. Pour accéder aux immeubles, au lieu de rues on grimpait des escaliers. Depuis ses fenêtres, on voyait Bem tér où, quelques heures avant le soulèvement de 1956, des milliers de personnes s'étaient rassemblées en brandissant des drapeaux hongrois dont ils avaient soigneusement enlevé le marteau et la faucille, avant de marcher sur le Parlement.

Son appartement était exigu et encombré, surtout à cause du grand piano de concert prenant la moitié du salon. Des livres, des magazines, des journaux sur l'histoire et la théorie musicales, des biographies de compositeurs, de chefs d'orchestre et d'interprètes remplissaient les bibliothèques tapissant les murs du sol au plafond.

« Vous jouez ? demanda Bourne.

– Oui », répondit simplement Annaka.

Il s'assit sur le tabouret du piano, regarda la partition posée sur le pupitre. Le nocturne de Chopin Opus 9, n° 1 en si bémol mineur. *Pour s'attaquer à cela, elle devait avoir un excellent niveau,* pensa-t-il.

La fenêtre du salon donnait sur le boulevard et les immeubles d'en face. Quelques réverbères étaient allumés; une musique de jazz des années cinquante – Thelonious Monk – flottait dans la nuit. De temps en temps, un chien aboyait et par moments, on entendait le bourdonnement de la circulation.

Après avoir allumé les lampes, elle entra dans la cuisine et mit de l'eau à chauffer pour le thé. D'un placard jaune bouton d'or, elle sortit deux tasses avec soucoupes et, pendant que le thé infusait, déboucha une bouteille de schnaps et en versa une bonne rasade dans les tasses.

Ouvrant le réfrigérateur, elle demanda : « Vous voulez manger un morceau ? Du fromage, de la saucisse ? » Elle lui parlait comme à un vieil ami.

« Je n'ai pas faim.

— Moi non plus. » Elle soupira en refermant le frigo. C'était comme si, ayant pris la décision de l'emmener chez elle, elle avait du même coup baissé les armes. Ils ne firent aucune allusion à János Vadas ni à l'échec de Bourne, sur le toit de l'église. Cela lui convenait.

Elle lui tendit le thé arrosé puis ils passèrent au salon et s'assirent sur un canapé vieux comme Hérode.

« Mon père traitait avec un intermédiaire professionnel nommé László Molnar, dit-elle sans préambule. C'était lui qui cachait votre Dr Schiffer.

— Cachait ? » Bourne secoua la tête. « Je ne comprends pas bien.

— Le Dr Schiffer avait été enlevé. »

Bourne se tendit brusquement. « Par qui ? »

Elle haussa les épaules. « Mon père le savait, mais pas moi. » Elle fronça les sourcils, prenant un air concentré. « C'est pour cela que Alexsei l'a contacté. Il avait besoin que mon père l'aide à récupérer le Dr Schiffer et le mettre à l'abri. »

Tout à coup, il entendit la voix de Mylène Dutronc : « *Ce jour-là, Alex a passé et reçu de nombreux appels en un très court laps de temps. Il était terriblement tendu et je me suis dit qu'une très importante opération de terrain était en train de mal tourner. Je l'ai entendu mentionner le nom du Dr Schiffer à plusieurs reprises. A mon avis, c'était lui le sujet de l'opération.* » Telle était donc cette importante opération de terrain.

« Ainsi, votre père a réussi à délivrer le Dr Schiffer. »

Annaka hocha la tête. La lumière de la lampe donnait à ses

cheveux une teinte lustrée tirant sur le cuivre foncé. Ses yeux et une partie de son front étaient plongés dans leur ombre portée. Elle se tenait assise, genoux joints, légèrement penchée, les mains serrées autour de sa tasse de thé comme pour en absorber la chaleur.

« Dès que mon père a retrouvé le Dr Schiffer, il l'a confié à László Molnar. C'était une précaution indispensable. Alexsei et lui avaient terriblement peur des ravisseurs du Dr Schiffer. »

Cette dernière affirmation faisait écho, elle aussi, aux paroles de Mylène, se dit Bourne. « *Ce jour-là, il était effrayé.* »

Les pensées tourbillonnaient dans sa tête. « Annaka, si vous voulez comprendre ce qui s'est passé, il vous faut d'abord admettre que votre père est tombé dans un traquenard. Quand nous sommes entrés dans l'église, le tueur était déjà là ; il savait ce que votre père s'apprêtait à faire.

— Que voulez-vous dire ?

— Votre père a été abattu avant d'avoir pu me parler. Quelqu'un veut m'empêcher de retrouver le Dr Schiffer et tout me porte à croire que ce quelqu'un est le ravisseur de Schiffer. Cet homme dont votre père et Alex avaient si peur. »

Annaka écarquilla les yeux. « J'ai l'impression que László Molnar est en danger.

— Cet homme mystérieux connaîtrait-il les liens de votre père avec Molnar ?

— Mon père était la prudence même, cela me paraît donc improbable. » Elle le considéra d'un regard obscurci par la crainte. « D'un autre côté, toutes ses précautions ne lui ont pas sauvé la vie. »

Bourne l'approuva d'un hochement de tête. « Savez-vous où vit Molnar ? »

Annaka le conduisit jusqu'à l'appartement de Molnar, dans le quartier des ambassades, Rózsadomb, la Colline rose. Budapest était un amoncellement de bâtiments de couleur claire ressemblant à des gâteaux d'anniversaire couverts de sucre glace, avec des linteaux ornementaux, des corniches, longeant de jolies rues pavées, des balcons en fer forgé chargés de pots de fleurs, des petits cafés éclairés par des lustres ouvragés projetant une lumière citron sur des lambris d'ocre rouge et de scintillants vitraux fin de siècle. Comme Paris, Budapest devait d'abord son charme au fleuve sinueux qui la coupait en deux et ensuite, aux ponts qui l'enjambaient. Venaient après ses sculptures ornementales, ses flèches gothiques, ses escaliers majestueux, ses remparts illuminés, ses dômes incrustés de cuivre, ses murs couverts de lierre, ses statues monumentales et ses mosaïques rutilantes. Et quand il pleuvait, des parapluies se déployaient par milliers comme des voiles le long du fleuve.

Tous ces détails, et d'autres encore, Bourne les connaissait. Profondément bouleversé, il avait l'impression de débarquer dans une ville vue en rêve, nimbée d'une clarté onirique, surréelle, jaillie tout droit de son subconscient. Malgré cela, il lui était impossible d'isoler le moindre souvenir particulier de cette marée d'émotions débordant de sa mémoire brisée.

« Que se passe-t-il ? demanda Annaka comme si elle percevait son malaise.

— Je suis déjà venu ici, dit-il. Vous vous rappelez, je vous ai dit que les policiers n'étaient pas des tendres, à Budapest. »

Elle hocha la tête. « Vous avez tout à fait raison sur ce point. Seriez-vous en train de me dire que vous ne savez pas comment vous le savez ? »

Il posa sa nuque contre l'appuie-tête. « Il y a des années de cela, j'ai été victime d'un terrible accident. En fait, ce n'était pas un accident. J'étais sur un bateau quand on m'a tiré dessus. Je suis tombé à l'eau et j'ai bien failli mourir à cause du choc, de l'hémorragie et du froid. Un médecin français m'a recueilli sur l'île de Port Noir, a extrait la balle et m'a soigné. Je me suis parfaitement rétabli physiquement mais ma mémoire est restée déficiente. J'ai souffert d'amnésie pendant quelque temps, puis lentement, péniblement, des fragments de mon passé ont ressurgi. Mais je n'ai pas tout à fait retrouvé la mémoire et je ne la retrouverai sans doute jamais. Tel est mon destin. »

Tout en conduisant, Annaka changea d'expression. Le récit de Bourne l'avait touchée.

« Ne pas savoir qui on est. Vous ne pouvez pas imaginer ce que ça représente, dit-il. Pour comprendre, il faut l'avoir vécu.

— Un bateau sans amarres. »

Il lui jeta un coup d'œil. « Oui.

— Autour de vous, la mer immense. Aucune terre en vue, pas de lune, pas d'étoiles pour vous guider et vous indiquer le chemin du retour.

— C'est un peu cela, oui », fit-il, surpris. Il aurait voulu lui demander d'où elle tenait un tel savoir mais remit cela à plus tard.

Ils venaient de s'arrêter devant un grand bâtiment de pierre sculptée.

Ils descendirent de voiture et passèrent sur le perron. Lorsque Annaka appuya sur un bouton, une faible ampoule s'alluma, révélant un parterre de mosaïque et une cloche sur un mur. Personne ne répondit au carillon.

« Cela ne veut sans doute rien dire, fit Annaka. Molnar se trouve probablement avec le Dr Schiffer. »

Bourne se dirigea vers l'entrée, un grand panneau épais orné d'une vitre en verre dépoli tenant la moitié de la porte. « Nous en aurons le cœur net dans une minute. »

Il se pencha sur la serrure et, un moment plus tard, la porte s'ouvrit. Annaka pressa un autre bouton ; la minuterie s'alluma et les éclaira pendant trente secondes, le temps qu'ils s'engagent dans un large escalier incurvé et atteignent l'appartement de Molnar au premier étage.

Bourne eut plus de mal à crocheter cette serrure-là, mais elle finit par céder. Annaka était sur le point de passer le seuil quand Bourne la retint. Pointant son pistolet de céramique, il poussa lentement le battant. Il y avait de la lumière mais pas de bruit. Passant du salon à la chambre puis de la salle de bains à la cuisine, ils découvrirent un appartement propre et bien rangé, sans trace de lutte et encore moins de son propriétaire.

« Ce qui me tracasse, dit Bourne en baissant son arme, c'est qu'il ait laissé allumé. Il ne peut pas être sorti avec le Dr Schiffer.

— Il va donc revenir bientôt, supposa Annaka. Nous devrions l'attendre. »

Bourne hocha la tête. Dans le salon, il remarqua plusieurs photos encadrées, posées sur les étagères et le bureau. « C'est lui, Molnar ? » demanda-t-il à Annaka en désignant un homme bien en chair, affublé d'une épaisse crinière noire coiffée en arrière et luisante de gomina.

« C'est lui. » Elle regarda autour d'elle. « Mes grands-parents habitaient cet immeuble. Quand j'étais enfant, je jouais souvent dans les couloirs. Tous les gosses qui vivaient ici connaissaient des tas de cachettes. »

Bourne effleura les pochettes des vieux trente-trois tours empilés près d'une chaîne stéréo dernier cri, équipée d'une platine-disques perfectionnée. « C'est un fanatique d'opéra à ce que je vois, et il ne jure que par le vinyle. »

Annaka regarda attentivement. « Pas de lecteur CD ?

— Les gens comme Molnar vous diront que le transfert sur support numérique enlève toute la chaleur et la subtilité d'un enregistrement. »

Bourne se tourna vers le bureau sur lequel était posé un ordinateur portable branché à la fois sur une prise électrique et un modem. L'écran était noir, mais quand il toucha l'appareil, il s'aperçut qu'il était tiède. Dès qu'il pressa sur une touche, l'écran s'alluma ; l'ordinateur était resté en mode veille.

Annaka s'approcha pour regarder par-dessus l'épaule de Bourne : « Anthrax, fièvre hémorragique argentine, cryptococcosis, peste pulmonaire..., lut-elle. Dieu du ciel, que fabriquait Molnar sur ce site web ? Comment on appelle ces trucs déjà ? – des agents pathogènes mortels.

— Tout ce que je sais c'est que le Dr Schiffer possède la clé de cette énigme, dit Bourne. Alex Conklin a pris contact avec lui à l'époque où il travaillait pour la DARPA – le programme de recherche en armement dirigé par le ministère de la Défense américain. Un an plus tard, le Dr Schiffer est passé au Directorat des armes tactiques non létales de la CIA. Peu après, il a disparu de la circulation. J'ignore totalement en quoi les recherches de Schiffer pouvaient passionner Conklin au point qu'il ait pris le risque de se mettre à dos le Directorat en enlevant un de ses éminents spécialistes en armement.

— Le Dr Schiffer est peut-être un bactériologiste ou un épidémiologiste. » Annaka frissonna. « Ce qu'on raconte sur ce site me donne la chair de poule. »

Elle passa dans la cuisine pour se servir un verre d'eau, laissant Bourne naviguer à son aise. Il voulait découvrir un indice permettant de comprendre l'intérêt de Molnar envers les armes bactériologiques. Comme il ne trouvait rien, il cliqua sur la barre de menu, déroula les adresses récemment visitées par Molnar et fit apparaître la toute dernière. Un forum de discussion destiné aux scientifiques. Passant dans le dossier « Archives », il rechercha la dernière date d'utilisation du forum et ce que Molnar avait bien pu écrire. Environ quarante-huit heures avant, László 1647M s'était branché sur le forum. Le cœur battant la chamade, Bourne consacra plusieurs minutes à lire un dialogue entre Molnar et un autre internaute.

« Annaka, regardez, appela-t-il. On dirait que le Dr Schiffer n'est ni bactériologiste ni épidémiologiste. C'est un spécialiste du comportement bactériologique.

— Monsieur Bourne, vous feriez mieux de venir voir, répondit Annaka. Tout de suite. »

La tension dans la voix de la jeune femme lui fit presser le pas. Annaka se tenait devant l'évier comme s'il était envoûté, un verre d'eau à quelques centimètres de la bouche, le visage blême. Dès qu'elle le vit, elle se passa nerveusement la langue sur les lèvres.

« Qu'est-ce qu'il y a ? »

Elle désigna un espace compris entre le comptoir et le réfrigérateur. Sept ou huit grilles métalliques couvertes de plastique blanc y étaient empilées.

« De quoi s'agit-il ? s'enquit Bourne.

— Les étagères du réfrigérateur, répondit Annaka. On les a sorties. » Elle se tourna vers lui. « Pourquoi a-t-on fait cela ?

— Molnar compte peut-être s'acheter un nouveau frigo.

— Celui-là est neuf. »

Il vérifia derrière. « Il est branché et le compresseur semble fonctionner normalement. Vous n'avez pas regardé à l'intérieur ?

— Non. »

Il attrapa la poignée et ouvrit la porte. Annaka eut un hoquet.

« Mon Dieu », s'exclama-t-il.

Une paire d'yeux voilés par la mort fixaient le vide. Dans le ventre du réfrigérateur sans étagères, gisait le corps de László Molnar ramassé sur lui-même, d'une pâleur tirant sur le bleu.

CHAPITRE QUINZE

Le gémissement des sirènes les sortit de leur stupeur. Courant à la fenêtre, Bourne examina la rue et vit arriver cinq ou six Opel Astra et Skoda Felicia, clignotants bleu et blanc allumés. Des agents de police en descendirent précipitamment et foncèrent droit sur l'immeuble de Molnar. Il s'était encore laissé piéger ! La scène ressemblait tant au regrettable épisode du domaine Conklin qu'il comprit aussitôt que les deux événements étaient du même auteur. De cette importante constatation découlaient deux informations essentielles. Primo, Annaka et lui avaient été filés. Par qui ? Khan ? Peu probable. Khan avait des méthodes plus directes. Secundo, Khan n'était sans toute pour rien dans les meurtres d'Alex et de Mo. En tout cas, Bourne ne voyait pas pourquoi il aurait menti sur ce point. Ne restait donc qu'une seule personne, l'inconnu qui avait attiré la police sur la propriété de Conklin. Etait-ce l'homme pour lequel ce dernier travaillait à Budapest ? Il y avait quelque chose de convaincant dans ce raisonnement. Conklin s'apprêtait à s'envoler pour Budapest quand on l'avait assassiné. Le Dr Schiffer avait séjourné à Budapest ; c'était là qu'habitaient János Vadas et László Molnar. Tous les chemins menaient à cette ville.

Tout en suivant le fil tortueux de ses réflexions, il ordonna à Annaka d'essuyer, de ranger le verre d'eau et de passer un coup d'éponge sur le robinet de la cuisine. Puis, s'emparant de l'ordinateur portable de Molnar, il essuya la chaîne hi-fi, la poignée de la porte d'entrée puis ils quittèrent l'appartement en vitesse.

Déjà, ils entendaient la police monter peu discrètement les

marches. L'ascenseur devait être plein de flics, pas question de l'emprunter.

« On n'a pas le choix, dit Bourne en s'engageant dans les escaliers. Il faut qu'on monte.

— Mais pourquoi ont-ils débarqué comme ça? demanda Annaka. Comment ont-ils fait pour savoir que nous étions là ?

— Ils ne pouvaient pas le savoir, répondit Bourne sans cesser de l'entraîner à sa suite, à moins qu'on ne nous ait filés. » Il n'aimait pas la situation dans laquelle la police les mettait. Elle lui rappelait trop le sinistre destin du tueur de l'église Matthias. Quand on grimpait trop haut, il arrivait hélas qu'on tombe, et qu'on se fasse très mal.

Ils étaient arrivés à l'avant-dernier étage quand Annaka le tira par la main en murmurant : « Par ici ! »

Elle l'entraîna dans le couloir. Derrière eux, l'escalier résonnait sous les cris et les bruits de pas. Le genre de vacarme que produisent tous les groupes de policiers, surtout au moment d'appréhender un odieux assassin. Un peu avant la fin du couloir, une porte se présenta, une sorte d'issue de secours. Annaka tira sur la poignée, ouvrit. Ils se retrouvèrent dans un petit vestibule long d'à peine trois mètres, à l'extrémité duquel ils virent une autre porte, celle-là constituée de plaques de métal cabossées. Bourne passa devant Annaka.

La porte était munie de deux verrous, l'un en haut, l'autre en bas. Il les tourna, tira le battant vers lui et tomba aussitôt sur un mur de brique, aussi froid qu'une tombe.

« Regardez un peu ça ! » dit le détective Csilla sans prêter attention à la jeune recrue qui venait de vomir sur ses chaussures impeccablement cirées. L'école de police ne vous changeait pas fondamentalement un homme, médita-t-il tout en étudiant la victime rigide, enfoncée dans son propre réfrigérateur.

« Personne dans l'appartement, annonça l'un de ses hommes.

— Cherchez quand même les empreintes, ordonna le détective Csilla, un gaillard blond au nez cassé, aux yeux brillant d'intelligence. Je doute que l'assassin ait commis la bêtise d'en laisser, mais on ne sait jamais », ajouta-t-il. Puis il désigna le cadavre. « Vérifiez ces marques de brûlure, voulez-vous? Les piqûres ont l'air très profondes.

— Torturé, nota son sergent, un jeune homme aux hanches étroites, par un professionnel.

— Plus qu'un professionnel, dit le détective Csilla en se penchant pour renifler la victime comme s'il s'agissait d'un quartier de viande avariée. Ce type adore son boulot.

— Au téléphone, l'informateur disait que le meurtrier était encore dans l'appartement. »

Le détective Csilla leva les yeux. « Dans l'appartement peut-être pas, mais dans l'immeuble si. » Il se retira pour laisser la place aux techniciens qui arrivaient munis de leurs mallettes et de leurs appareils photo avec flash. « Déployez les hommes.

— C'est déjà fait », déclara son sergent comme pour lui rappeler à demi-mot qu'il ne comptait pas rester sergent toute sa vie.

« On a passé assez de temps avec le mort, dit le détective Csilla. Rejoignons-les. »

Tandis qu'ils s'enfonçaient dans le couloir, le sergent expliqua qu'on avait déjà sécurisé l'ascenseur ainsi que les étages inférieurs. « Le meurtrier ne dispose que d'une seule issue.

— Placez les tireurs d'élite sur le toit, commanda le détective Csilla.

— Ils y sont déjà, répliqua son sergent. Je les ai fait monter par l'ascenseur quand nous sommes entrés dans l'immeuble. »

Csilla hocha la tête. « Combien d'étages au-dessus de nous ? Trois ?

— Oui, m'sieur. »

Csilla monta les marches deux à deux. « Avec le toit sécurisé, nous pouvons nous permettre de prendre notre temps. »

Il ne leur fallut pas longtemps pour trouver la porte menant au petit vestibule.

« Où ça mène ? demanda Csilla.

— Je ne sais pas, monsieur », dit son sergent, ennuyé de ne pouvoir fournir de réponse.

Les deux hommes virent la porte de métal cabossée. « C'est ça ? » Csilla jeta un œil. « Des verrous en haut et en bas ? » Il se pencha et vit luire le métal. « On les a tirés récemment. » Il sortit son arme, ouvrit la porte et découvrit le mur de brique.

« On dirait que notre meurtrier est tombé sur un os. Nous aussi, d'ailleurs. »

Csilla entreprit d'examiner la maçonnerie pour tenter de repérer les éventuels rajouts. Puis d'une main experte, essaya une brique après l'autre. La sixième remua légèrement. Il plaqua sa main sur la bouche de son sergent pour étouffer son cri de surprise, lui lança un regard noir puis lui chuchota à l'oreille

« Prenez trois hommes avec vous et passez l'immeuble d'à côté au peigne fin. »

L'oreille tendue, cherchant à déceler le moindre bruit dans la pénombre, Bourne crut d'abord que le frottement venait des rats qui peuplaient l'espace humide et inconfortable séparant l'immeuble de Molnar du bâtiment mitoyen. Puis le bruit recommença et Bourne comprit ce que c'était : le raclement d'une brique contre du mortier.

« Ils ont trouvé notre cachette », murmura-t-il en saisissant le bras d'Annaka. « Il faut qu'on bouge. »

Le renfoncement où ils étaient blottis mesurait à peine soixante centimètres de large mais semblait s'élever à l'infini dans la pénombre au-dessus de leurs têtes. Le sol sous leurs pieds était constitué de tuyaux de métal. On aurait pu rêver support plus stable et Bourne préférait ne pas songer à la chute qui les attendait si jamais un tuyau cédait sous leur poids.

« Savez-vous comment on sort d'ici ? chuchota Bourne.

— Je crois que j'ai une idée », dit-elle.

Elle se tourna vers la droite, avança à tâtons en s'appuyant au mur de l'immeuble voisin.

Elle trébucha et se remit d'aplomb. « C'est quelque part par là », souffla-t-elle.

Ils se mirent en marche, posant un pied devant l'autre. Puis, tout à coup, un tuyau céda; la jambe gauche de Bourne passa au travers. Il perdit l'équilibre, son épaule heurta le mur. Le portable de Molnar lui échappa. Il tentait de le rattraper quand Annaka se baissa pour l'aider à se relever. L'ordinateur alla cogner contre un tuyau, rebondit et disparut par le trou qui venait de se former.

« Ça va? demanda Annaka pendant qu'il retrouvait l'usage de ses deux jambes.

— Oui, ça va, dit-il d'un air sinistre, mais l'ordinateur de Molnar est perdu. »

Un instant plus tard, il s'immobilisa. Quelque chose remuait derrière eux. Un déplacement lent et furtif, une respiration. Il sortit sa torche, le pouce posé sur l'interrupteur, et colla ses lèvres contre l'oreille d'Annaka. « Il est là. Plus un mot. » Il la sentit hocher la tête; les effluves parfumés – citrus et musc – émanant de sa peau lui chatouillèrent les narines.

Un bruit métallique retentit dans leur dos. Le policier venait de heurter du bout du pied une soudure en relief reliant deux tuyaux.

Ils retinrent leur souffle. Le cœur de Bourne battait la chamade. Puis la main d'Annaka rejoignit la sienne pour mieux le guider le long du mur jusqu'à une zone dépourvue de mortier.

Mais un autre problème se présentait à eux. Dès qu'ils auraient franchi le mur, le policier qui les suivait apercevrait la pâle lueur venant de l'autre côté et les repérerait aussitôt. Comptant sur la chance, Bourne murmura à l'oreille d'Annaka : « Prévenez-moi quand vous serez sur le point de passer le mur. »

En guise de réponse, elle serra sa main dans la sienne et ne la lâcha pas. Quand elle serra de nouveau, il braqua sa torche derrière eux et l'alluma brusquement. La lumière soudaine aveugla momentanément leur poursuivant. Bourne en profita pour aider Annaka à défoncer le pan de mur. Un orifice d'un mètre de côté apparut.

Annaka se glissa dans le trou. A cet instant, Bourne sentit les tuyaux vibrer sous les semelles de ses chaussures. Une seconde plus tard, il recevait un coup terrible.

Ebloui par la torche, le détective Csilla tentait de récupérer un peu de netteté. Il s'était laissé surprendre, chose qu'il détestait puisqu'il se piquait de penser à tout. Il agita vainement la tête – le faisceau lumineux l'avait rendu aveugle pour un temps indéterminé. S'il campait sur ses positions jusqu'à ce que la torche s'éteigne, le meurtrier aurait tout le temps de s'enfuir. Aussi résolut-il d'attaquer malgré son handicap. Avec un grognement rageur, il suivit les tuyaux et se rua sur le malfaiteur, tête baissée comme dans un combat de rue.

L'espace était tellement restreint, il faisait tellement sombre que le sens de la vue importait peu, de toute façon. Il décida de se servir de ses poings, du tranchant de ses mains et du talon de ses grosses chaussures, comme on le lui avait appris à l'école de police. Csilla croyait en la discipline, la rigueur et la supériorité donnée par l'effet de surprise. Au moment où il s'élança vers lui, il savait que le meurtrier ne s'attendait pas à une telle attaque. Il fit donc pleuvoir les coups sur son adversaire et ce, dans un laps de temps assez court pour que l'autre n'ait pas l'occasion de se remettre de sa stupeur.

Mais l'homme en question était fort et solidement bâti. Pire, il connaissait parfaitement les règles du corps à corps. Presque aussitôt, Csilla comprit que si la lutte se prolongeait trop, il aurait le dessous. Aussi chercha-t-il une issue rapide et sûre à leur empoignade. Et c'est alors qu'il commit l'erreur d'exposer son cou. La pression le surprit mais il ne ressentit aucune douleur. Lorsque ses jambes se dérobèrent sous lui, il était déjà évanoui.

Bourne traversa le mur puis aida Annaka à remettre les briques à leur place.

« Qu'est-ce qui vous est arrivé ? demanda-t-elle un peu essoufflée.

— Un policier qui a voulu faire le malin. »

Ils se trouvaient dans un autre petit couloir de service tapissé de briques. Après avoir passé une porte, ils aboutirent dans un vestibule appartenant à l'immeuble mitoyen, éclairé par une faible lumière filtrant à travers les rondelles de verre dépoli ponctuant le papier peint fleuri. Ici et là, des bancs de bois sombre.

Annaka avait déjà pressé le bouton de l'ascenseur. Quand la cabine arriva à leur niveau, Bourne aperçut à l'intérieur deux policiers, pistolet au poing.

« Oh, merde ! », s'exclama-t-il en agrippant la main d'Annaka. Il l'entraîna vers l'escalier mais en entendant le martèlement des bottes sur les marches, il comprit que cette issue-là leur était également interdite. Les deux policiers venaient d'ouvrir les grilles de l'ascenseur. Ils firent irruption dans le vestibule. Bourne poussa Annaka, lui fit grimper un étage puis, une fois arrivé dans le couloir, crocheta rapidement la première serrure qu'ils rencontrèrent et referma la porte sur eux avant que la police ne les repère.

A l'intérieur de l'appartement, tout était sombre et calme. Impossible de dire s'il était occupé ou pas. Bourne se dirigea vers une fenêtre, l'ouvrit et vit un rebord de pierre surplombant une étroite allée. En bas, une paire de bennes à ordures en métal vert. Sur la rue Endrodi, un réverbère éclairait une échelle d'incendie, trois fenêtres plus loin. Apparemment, l'allée était déserte.

« Allez ! », ordonna-t-il en enjambant le rebord.

Annaka écarquilla les yeux. « Vous êtes fou ?

— Vous voulez qu'ils vous attrapent ? » Il la regarda calmement. « C'est notre seule issue. »

Elle avala sa salive. « J'ai le vertige.

— Nous ne sommes pas très haut. » Il tendit la main en remuant les doigts. « Allez, on n'a pas de temps à perdre. »

Prenant une profonde inspiration, elle enjamba la fenêtre qu'il referma derrière elle. Elle se tourna, regarda en bas et serait tombée si Bourne ne l'avait pas rattrapée et rabattue contre la façade de l'immeuble. « Seigneur, et vous qui disiez qu'on n'était pas très haut !

— C'est ce que je pense. »

Elle se mordit la lèvre. « Je vous tuerai pour ça.

— Vous avez déjà essayé. » Il lui serra la main. « Contentez-vous de me suivre et tout ira bien, c'est promis. »

Ils coulissèrent vers l'extrémité de la corniche. Il ne voulait pas la brusquer mais il valait mieux faire vite. La police patrouillait dans tout l'immeuble. Ils surgiraient dans l'allée d'un instant à l'autre.

« Il faut que vous me lâchiez la main, à present, dit-il en ajoutant aussitôt, comme elle s'apprêtait à lui obéir : Ne regardez pas en bas ! Si vous sentez venir le vertige, fixez le mur de l'immeuble, concentrez-vous sur quelque chose de petit, un dessin dans la pierre, n'importe quoi. Braquez votre esprit là-dessus et vous n'aurez plus peur. »

Elle hocha la tête et lui lâcha la main. A cet instant, il lança une jambe, franchissant l'espace entre deux corniches. Sa main droite agrippa le rebord supérieur de la fenêtre suivante puis il transféra son poids de la jambe gauche sur la droite. Soulevant son pied gauche de la corniche où se tenait Annaka, il se faufila doucement sur le rebord de l'autre puis se tourna vers elle et, dans un sourire, lui tendit la main.

« A vous, maintenant.

— Non. » Elle agitait frénétiquement la tête de droite à gauche. Son visage avait perdu toute couleur. « Je n'y arriverai pas.

— Si, vous y arriverez. » De nouveau, il remua les doigts dans un geste d'invite. « Allez, Annaka, faites le premier pas ; après, le reste vous semblera facile. Déplacez simplement votre poids de gauche à droite. »

Elle secoua la tête sans rien répondre.

Il souriait toujours pour éviter de lui montrer l'anxiété croissante qu'il ressentait. Ici, sur la façade latérale de l'immeuble, ils étaient complètement vulnérables. Si jamais la police s'engageait dans l'allée, ils étaient morts. Il fallait qu'ils atteignent l'échelle d'incendie et vite. « La jambe, Annaka, tendez votre jambe droite.

— Mon Dieu ! » Elle se trouvait tout au bout de la corniche, à l'endroit qu'il venait de franchir quelques minutes auparavant. « Et si je tombe ?

— Vous ne tomberez pas.

— Mais que...

— Je vous retiendrai. » Son sourire s'épanouit. « Maintenant il faut y aller. »

Elle fit ce qu'il la suppliait de faire, déplaça son pied droit et enjamba le vide. Ensuite, il lui montra comment agripper le rebord supérieur avec la main droite. Ce qu'elle fit sans hésitation.

« Maintenant, déplacez votre poids de la gauche vers la droite, et passez.

— Je suis paralysée. »

Elle allait regarder en bas et il le savait. « Fermez les yeux, dit-il. Vous sentez ma main sur les vôtres ? » Elle hocha la tête, comme terrifiée à l'idée que la vibration de son larynx la projette dans le vide. « Déplacez votre poids de la gauche vers la droite, Annaka. Bien, à présent levez la jambe gauche et posez...

— Non. »

Il lui passa la main autour de la taille. « Très bien, maintenant, levez juste votre jambe gauche. » Dès qu'elle s'exécuta, il l'attira sans ménagement contre lui. La peur, le relâchement de la tension la faisaient grelotter.

Il ne restait que deux corniches à passer. Bourne aida Annaka à se glisser vers l'extrémité du rebord et répéta le mouvement. Plus vite ils franchiraient l'obstacle, mieux cela vaudrait pour eux deux. Elle réussit un peu mieux le deuxième et le troisième passages, soit par courage soit parce qu'elle ne pensait plus à rien et suivait les ordres sans réfléchir.

Lorsque enfin ils parvinrent à l'échelle de secours, ils commencèrent à descendre. Le réverbère de la rue Endrodi étirait les ombres le long de l'allée. Bourne aurait aimé l'éteindre d'un tir bien ajusté, mais il n'osait pas, préférant presser l'allure.

Ils étaient arrivés au tiers de l'échelle qui s'achevait soixante centimètres au-dessus des pavés quand, du coin de l'œil, Bourne vit la lumière changer. Des ombres parcouraient la rue, venant de directions opposées ; les silhouettes de deux policiers avançant l'un vers l'autre.

Au moment où le suspect avait été repéré, le sergent avait fait sortir un agent de l'immeuble. Le meurtrier était assez malin pour s'être frayé un chemin vers le bâtiment mitoyen. Ayant habilement réussi à s'échapper de l'appartement de László Molnar, il semblait peu probable que l'individu se laisse bêtement coincer dans l'escalier de l'autre immeuble. Pour s'échapper, il devrait trouver une issue. Le sergent avait ordonné qu'on couvre toutes les bases. Il avait donc posté un homme sur le toit, un deuxième à l'entrée principale, un troisième près de l'issue de service. Il ne restait plus que l'allée latérale. Bien qu'il doutât que le suspect parvienne jusque-là, il ne voulait prendre aucun risque.

Et heureusement pour lui, car au moment où il contournait l'immeuble pour s'engager dans l'allée, il vit une forme se dessiner sur l'échelle d'incendie. Grâce aux réverbères de la rue Endrodi, il aperçut son agent de l'autre côté, et d'un signe, lui indiqua la fameuse échelle. Arme au poing, le sergent avançait résolument en direction de l'échelle d'incendie, quand la forme bougea et se déchira en deux. Le sergent tressaillit de surprise. Il y avait *deux* personnes sur cette fichue échelle !

Il braqua son pistolet et tira. Des étincelles explosèrent sur le métal et aussitôt après, l'une des deux silhouettes fit un bond, toucha le sol en roulant sur elle-même et disparut entre les deux énormes bennes à ordures. L'agent se mit à courir ; le sergent, lui, resta à bonne distance, regardant son homme se rapprocher d'une benne, s'accroupir et progresser ainsi jusqu'à l'endroit où se terrait l'un des deux individus.

Le sergent leva les yeux vers la deuxième silhouette. Il faisait trop sombre pour qu'il puisse distinguer tous les détails. Pourtant une chose était sûre : elle avait disparu. L'échelle d'incendie semblait vide. Où donc était passé le deuxième suspect ?

Reportant son attention sur son agent, il s'aperçut que lui aussi s'était volatilisé. Il fit quelques pas, cria son nom. N'obtenant pas de réponse, il sortait son talkie-walkie pour demander des renforts quand quelque chose lui tomba dessus. Il chancela, s'écroula et se releva sur un genou en s'ébrouant. Puis une ombre jaillit d'entre les deux bennes. A peine eut-il le temps de réaliser qu'il ne s'agissait pas de son subordonné qu'il encaissa un coup assez violent pour lui faire perdre conscience.

« C'était pas si dur, hein ? dit Bourne en se baissant pour aider Annaka à se relever.

— Trop aimable, lança-t-elle en lui indiquant d'un signe de tête qu'elle pouvait se débrouiller toute seule.

— Je croyais que vous aviez peur du vide.

— J'ai encore plus peur de mourir, répliqua-t-elle.

— Partons avant que les autres ne rappliquent, dit-il. Je pense que vous devriez passer la première. »

La lumière des réverbères empêchait Khan de voir nettement Bourne et Annaka dévaler la rue. Il ne distinguait pas leurs visages mais reconnut quand même la silhouette de Bourne à sa démarche. Quant à sa compagne, son esprit l'enregistra de manière automatique mais il ne lui accorda pas grande attention. Il s'intéressait davantage à l'étrange coïncidence qui avait conduit la police dans l'appartement de László Molnar au moment précis où Bourne s'y trouvait. Et, tout comme Bourne, il n'en revenait pas de l'extraordinaire ressemblance entre ce scénario et celui de Manassas. Il y décelait la marque de Spalko. A une nuance près. A Manassas, il avait repéré le tueur envoyé par Spalko, alors qu'ici, il n'avait rien remarqué de suspect lors de sa reconnaissance des quatre pâtés de maisons entourant l'immeuble de Molnar. Alors, qui avait appelé la police ? Il fallait bien que quelqu'un soit posté dans les parages pour avertir les flics de l'arrivée sur les lieux de Bourne et de la femme.

Il démarra sa voiture de location et, dès que Bourne sauta dans un taxi, entreprit de le suivre. La femme continua de son côté. Connaissant Bourne, Khan s'attendait à une poursuite mouvementée. Fausses pistes, changements de direction, de taxi... Il réussit donc à le pister malgré toutes ces manœuvres censées déjouer n'importe quelle filature.

Finalement, le taxi de Bourne s'arrêta sur Fo utca, à quelques centaines de mètres des magnifiques dômes des Bains Király. Bourne disparut au numéro 106-108.

Khan ralentit, se gara un peu plus haut, le long du trottoir d'en face – il ne voulait pas passer devant l'entrée –, coupa le moteur et resta tapi dans l'obscurité. Alex Conklin, Jason Bourne, László Molnar, Hasan Arsenov. Sans cesser de songer à Spalko, il s'interrogeait sur les liens unissant tous ces noms apparemment disparates mais obéissant certainement à une logique. Il y avait toujours une logique, il suffisait de la saisir.

Cinq ou six minutes passèrent ainsi, puis un autre taxi se gara devant le 106-108. Khan vit la jeune femme en descendre et s'efforça d'apercevoir son visage avant qu'elle ne franchisse les lourdes portes d'entrée. Mais tout ce qu'il remarqua fut sa chevelure rousse. Il se remit à observer la façade de l'immeuble. Comme aucune lumière ne s'était allumée après que Bourne eut pénétré dans le hall, il en déduisit qu'il devait attendre la femme – que cet immeuble était le sien. Comme de bien entendu, trois minutes plus tard, les fenêtres du troisième – et dernier – étage s'éclairèrent.

A présent qu'il savait où ils étaient, il décida de se mettre à méditer, mais après avoir vainement tenté de faire le vide pendant une heure, il renonça. Dans la pénombre, sa main agrippa le petit bouddha de pierre sculptée. Presque aussitôt, il tomba dans un profond sommeil. Comme une pierre, il s'enfonça dans les abysses où le guettait son cauchemar familier.

L'eau bleu nuit ne cesse de tourbillonner, comme possédée par une énergie maligne. Il veut rejoindre la surface, son corps se tend, ses os craquent. Malgré tous ses efforts, l'obscurité l'avale. La corde nouée autour de sa cheville l'attire vers le bas. Ses poumons brûlent. Il voudrait respirer mais il sait que dès qu'il ouvrira la bouche, l'eau s'engouffrera dans son corps et l'entraînera par le fond.

Il tend la main pour détacher la corde, mais ses doigts glissent sur la surface visqueuse. L'épouvantable appréhension de ce qui l'attend dans le noir le traverse tel un courant électrique. La terreur l'oppresse comme un étau ; il voudrait parler mais s'oblige à se taire. A cet instant, il entend le son monter des profondeurs – un sinistre carillon, des moines qui psalmodient avant leur massacre par les Khmers rouges. Finalement, la clameur se rassemble en un chant solitaire, la voix vibrante d'un ténor qui se met à hululer une prière désespérée.

Ses yeux fouillent la pénombre. Il commence à entrevoir la forme attachée à l'autre bout de la corde, la forme qui l'emporte vers son destin, inexorablement. Il devine que le chant lugubre émane de cette silhouette ballottée par le courant qui l'aspire en vrille ; cette silhouette, il la connaît aussi bien que son propre visage, que son propre corps. Puis soudain, il comprend. Et cette découverte lui perce le cœur. Le chant ne peut venir de la forme familière qui flotte au-dessous de lui car elle est morte. Sa masse inerte l'entraîne vers son destin.

Le chant est si proche de lui qu'il en reconnaît les accents, la vibration lancinante – c'est sa propre voix surgie du tréfonds de son être. Un hululement émanant de chaque partie de son corps.

« Lee-Lee ! Lee-Lee ! », hurle-t-il un instant avant de rejoindre les abysses...

CHAPITRE SEIZE

SPALKO et Zina arrivèrent en Crète avant le lever du jour. Leur avion atterrit à l'aéroport Kazantzakis, dans les faubourgs d'Iráklion. Quatre hommes les accompagnaient, dont un chirurgien. Zina avait pris le temps de les observer durant le vol. Ils n'étaient pas particulièrement grands. La taille idéale pour passer inaperçu au milieu d'une foule. Spalko avait un sens aigu de la sécurité et lorsqu'il agissait non pas en tant que Stepan Spalko, président de Humanistas Ltd., mais comme le Cheik, il savait se faire discret. Tout son personnel devait se plier à cette règle. Ces hommes bougeaient très peu. Pour Zina, leur immobilité révélait leur puissance. Ils avaient un contrôle absolu sur leur corps, se déplaçant avec la fluidité et l'assurance des danseurs ou des grands yogis. Dans leurs yeux sombres, elle décelait cette farouche détermination qui n'apparaît qu'après de longues années d'entraînement intensif. Même quand ils lui souriaient avec respect, elle sentait la menace tapie en eux, lovée comme un serpent prêt à fondre sur sa proie.

La Crète, la plus grande île de la Méditerranée, constituait une transition entre l'Europe et l'Afrique. Elle avait passé des siècles à cuire sous l'ardent soleil méditerranéen, l'œil braqué sur ses voisins méridionaux : Alexandrie et Benghazi. Une île aussi idéalement située ne pouvait qu'attirer les convoitises. Placée au carrefour des civilisations, son histoire fut bien sûr traversée par les conflits les plus sanglants. Comme des vagues se brisant sur un rivage, des envahisseurs venus de diverses contrées mouillèrent dans ses criques, accostèrent sur ses plages, apportant avec eux leur culture, leur langage, leur architecture et leur religion.

Les Sarrasins fondèrent Iráklion en 824 et l'appelèrent Chandax, forme dérivée de l'arabe *kandak*, désignant les fossés entourant une cité. Les Sarrasins y régnèrent cent quarante ans, jusqu'à l'arrivée des pirates byzantins qui durent affréter pas moins de trois cents navires pour emporter chez eux leur incroyable butin.

Durant l'occupation vénitienne, la ville prit le nom de Candie et devint le plus important centre culturel de la Méditerranée orientale. Un Age d'Or qui s'acheva avec l'invasion turque.

Chaque pierre portait témoignage de cet extraordinaire syncrétisme : la forteresse massive dominant la superbe baie d'Iráklion ; l'hôtel de ville et sa *loggia* vénitienne ; le « Koubes », fontaine turque située près de l'ancienne église du Sauveur, transformée en mosquée par les musulmans.

Toutefois, c'est en vain qu'on aurait cherché à l'intérieur de la ville moderne des vestiges de la culture minoenne, la première et, selon les archéologues, la plus importante des civilisations crétoises. A quelques kilomètres de la capitale, on pouvait encore visiter les vestiges du palais de Cnossos ; les historiens tenaient à souligner que si les Sarrasins avaient choisi ce lieu pour y fonder Chandax c'est qu'il avait abrité, des centaines d'années plus tôt, le principal débouché maritime du peuple minoen.

Au fond, la Crète demeurait une île empreinte de mystère et quiconque y posait le pied se trouvait confronté à l'énigme de ses origines mythiques. Des siècles avant que les Sarrasins, les Vénitiens ou les Turcs n'y débarquent, la Crète surgissait déjà des brumes de la légende pour occuper le devant de la scène. Minos, premier roi de Crète, était un démagogue. Sa mère, Europe, avait été enlevée par Zeus métamorphosé en taureau, animal qui devint très tôt le symbole de l'île.

Minos et ses deux frères se disputaient le royaume mais Minos eut l'idée de faire appel à Poséidon et de lui promettre éternelle allégeance en échange de son aide. Entendant sa prière, le dieu fit surgir de la mer bouillonnante un taureau blanc comme neige. L'animal aurait dû être sacrifié en signe de soumission à Poséidon, mais le roi Minos, poussé par sa cupidité, préféra le garder. Fou de rage, Poséidon fit en sorte que la femme de Minos s'éprît de la bête. En secret, elle convainquit Dédale, l'architecte préféré de Minos, de lui construire une vache en bois creux qui lui permît de s'accoupler au taureau. De cette étonnante union naquit le Minotaure – une créature monstrueuse mi-homme mi-taureau – dont la cruauté provoquait tant de ravages sur l'île que Minos dut commander à Dédale la construction d'un immense labyrinthe au tracé si complexe que personne ne pourrait s'en échapper. Il y enferma le Minotaure.

Pendant que Spalko parcourait avec son équipe les rues en pente de la ville, cette légende lui trottait obstinément dans la tête. Il éprouvait une certaine affinité avec les mythes grecs – accordant la part belle aux viols, aux incestes, aux carnages et à la violence sous toutes ses formes. Il y retrouvait souvent des traits de son propre caractère, aussi n'éprouvait-il aucune difficulté à s'imaginer sous l'aspect d'un demi-dieu.

Comme beaucoup de villes méditerranéennes, Iráklion était bâtie à flanc de montagne. Ses maisons de pierre se dressaient le long de rues escarpées, heureusement desservies par des taxis et des bus. En fait, l'île était traversée par une chaîne montagneuse connue sous le nom de Montagnes blanches.

L'adresse que Spalko avait obtenue en interrogeant László Molnar correspondait à une maison à mi-hauteur, appartenant à un architecte nommé Istos Deadalika, dont la réputation s'avérait aussi légendaire que celle de son antique homonyme. L'équipe de Spalko avait appris que la bâtisse avait été louée par une compagnie affiliée à László Molnar. Ils y arrivèrent juste au moment où le ciel nocturne s'apprêtait à se diviser comme une coquille de noix, laissant filtrer l'éclat sanglant du soleil renaissant.

Après une brève reconnaissance, ils coiffèrent tous de minuscules écouteurs avec micro, reliés en réseau. Puis ils vérifièrent leurs armes, de puissantes arbalètes composites, parfaitement adaptées à l'attaque silencieuse. Spalko et deux de ses hommes synchronisèrent leurs montres puis il les envoya vers la porte de derrière pendant que Zina et lui approchaient par-devant. Le dernier membre de l'équipe fut chargé de faire le guet et de les avertir en cas d'anomalie ou si la police débarquait.

La rue était déserte et calme; rien ne bougeait. La maison elle-même n'était pas éclairée, mais Spalko n'en fut pas surpris. Consultant sa montre, il se mit à compter dans son micro jusqu'à ce que la trotteuse atteigne le haut du cadran.

A l'intérieur de la maison, les mercenaires ne savaient plus où donner de la tête. C'était le jour du départ. Dans quelques heures, ils s'en iraient comme leurs collègues l'avaient déjà fait. Ils étaient censés déplacer le Dr Schiffer tous les trois jours, opération s'effectuant avec rapidité et discrétion, vers un lieu déterminé à la dernière minute. De telles mesures de sécurité nécessitaient que certains d'entre eux restent en arrière pour faire disparaître jusqu'aux moindres signes de leur passage.

Les mercenaires étaient dispersés à travers la maison. Il y en avait un dans la cuisine, en train de préparer du café turc, un deuxième dans la salle de bains. Le troisième avait allumé la télévision par satellite. Il regarda l'écran d'un œil vague un petit moment puis se dirigea vers la fenêtre donnant sur la rue. Tout semblait normal. Il s'étira comme un chat et fit quelques mouvements d'assouplissement. Passant son holster en bandoulière, il partit faire son tour de garde matinal.

L'homme déverrouilla la porte d'entrée, ouvrit, et avant de comprendre ce qui lui arrivait, fut atteint en plein cœur par la balle tirée par Spalko. Il tangua, partit en arrière, bras écartés, yeux révulsés. Avant de toucher le sol, il était déjà mort.

Spalko et Zina pénétrèrent dans le vestibule à l'instant même où le reste de l'équipe défonçait la porte de derrière. Le mercenaire dans la cuisine laissa tomber sa tasse de café, dégaina et blessa l'un des hommes de Spalko avant de succomber à son tour.

Adressant un signe de tête à Zina, Spalko monta les marches quatre à quatre.

Quand elle s'était aperçue qu'on tirait à travers la porte de la salle de bains, Zina avait ordonné à l'un des hommes de Spalko de ressortir par-derrière et aux autres de défoncer la porte. Ce qui fut fait en un clin d'œil. Quand ils firent irruption dans la salle de bains, aucune fusillade ne les accueillit. L'endroit était désert. Le mercenaire venait de s'enfuir par la fenêtre. Zina avait fort pertinemment anticipé son geste en envoyant un de leurs hommes le cueillir de l'autre côté.

Un instant plus tard, elle entendit le sifflement caractéristique du carreau d'arbalète jaillissant vers sa cible, suivi d'un puissant grognement guttural.

A l'étage, Spalko visitait une pièce après l'autre. La première chambre étant vide, il se glissa dans la deuxième. En passant devant le lit, il vit quelque chose bouger dans le miroir mural au-dessus de la commode sur sa gauche. Il y avait quelqu'un de caché sous le lit. Aussitôt, il tomba à genoux et tira. Le carreau traversa un pan de la couverture; le lit se souleva sur ses pieds. Un corps s'agitait en gémissant.

Toujours à genoux, Spalko ajusta un autre carreau sur son arbalète, et s'apprêtait à tirer quand il tomba à la renverse. Un objet contondant venait de s'écraser sur son crâne, une balle ricocha ; il sentit un poids l'écraser. Immédiatement, il lâcha l'arbalète, sortit un couteau de chasse et le brandit vers le haut, pour poignarder son agresseur. Lorsque la lame eut pénétré la chair jusqu'à la garde, il la tourna en grinçant des dents. De grosses gouttes de sang le récompensèrent de son effort.

Avec un bref ahanement, il se débarrassa du mercenaire, récupéra son couteau, essuya la lame sur la couverture puis tira un deuxième trait du haut vers le bas. Le rembourrage du matelas explosa et l'individu caché en dessous cessa de se débattre.

Après avoir inspecté les autres pièces du premier étage, il redescendit. Le salon empestait la cordite. Au même instant, un de ses hommes entra par la porte de derrière, en traînant le dernier mercenaire survivant mais grièvement blessé. Depuis le début de l'assaut ne s'étaient écoulées que trois minutes, ce qui servait au mieux les plans de Spalko ; moins ils attireraient l'attention sur la maison mieux ce serait.

En revanche, pas la moindre trace du Dr Félix Schiffer. Pourtant Spalko était certain que László Molnar lui avait dit la vérité. Ces hommes faisaient bien partie du contingent de mercenaires engagés par Molnar au moment où Conklin et lui avaient organisé la fuite de Schiffer.

« Quel est le bilan de l'opération ? demanda-t-il à ses hommes.

— Marco est blessé. Rien de grave, la balle lui a traversé le bras gauche et elle est ressortie, dit l'un d'eux. En face, deux morts, un blessé grave. »

Spalko hocha la tête. « Et deux autres cadavres à l'étage. »

Avec le canon de son pistolet-mitrailleur, l'homme donna une chiquenaude au mercenaire et ajouta : « Celui-là n'en a plus pour longtemps si on ne le soigne pas. »

Spalko regarda Zina et hocha la tête. Elle s'approcha du blessé, s'agenouilla et le retourna sur le dos. L'homme gémit ; du sang jaillit de lui.

« Comment tu t'appelles ? », dit-elle en hongrois.

Il la regarda avec des yeux obscurcis par la douleur et la certitude que la mort approchait.

Elle sortit une petite boîte d'allumettes. « Comment tu t'appelles ? », répéta-t-elle, en grec cette fois.

Comme elle n'obtenait toujours pas de réponse, elle s'adressa aux hommes de Spalko : « Tenez-le bien. »

Deux d'entre eux s'exécutèrent. Le mercenaire se débattit un peu puis cessa de bouger. Il se mit à l'observer avec calme ; c'était un soldat de métier, après tout.

Elle frotta une allumette. Une vive odeur de soufre accompagna l'éclat de la flamme. Avec le pouce et l'index, elle lui écarta les paupières et approcha la flamme de son globe oculaire.

L'homme cligna son autre œil, comme possédé par un tic. Il se mit à respirer bruyamment. La flamme se reflétait sur la surface luisante de la cornée. Elle l'approcha un peu plus. L'homme mourait de peur, Zina le savait, mais sous la peur elle devinait son incrédulité. Le blessé ne pouvait tout simplement pas imaginer qu'elle oserait mettre sa menace à exécution. Dommage pour lui. Il faut dire qu'il ne la connaissait pas.

Le mercenaire poussa un hurlement épouvantable. Son corps s'arc-bouta malgré les efforts déployés par ses tortionnaires pour l'immobiliser. Il continua à se tortiller et à crier après que l'allumette, presque consumée, fut tombée sur sa poitrine. Son œil sain roula dans son orbite comme pour chercher un refuge dans la pièce.

Lorsque, d'un geste placide, Zina craqua une deuxième allumette, le mercenaire fut pris d'un haut-le-cœur et vomit. Zina ne se détourna pas. Il était essentiel, à présent, qu'il comprenne que seule une réponse satisfaisante de sa part mettrait fin à son supplice. Il n'était pas stupide ; il savait ce qu'il se passait. Il devait également songer que tout l'or du monde ne pouvait compenser une telle torture. A travers les larmes qui embuaient son œil indemne, Zina lut sa capitulation. Mais elle ne le lâcherait pas. Pas avant qu'il ne lui ait avoué où ils avaient conduit Schiffer.

Debout derrière elle, Stepan Spalko ne perdait rien du spectacle. Bien qu'il s'en défendît, il était impressionné. Il lui avait demandé de procéder à l'interrogatoire sans trop savoir comment Zina s'y prendrait. Dans un sens, il s'agissait d'un test ; mais c'était plus que cela – cet événement lui donnait l'occasion de la connaître de manière plus intime, plus délectable.

Spalko était passé maître dans l'art de manipuler les êtres et les événements. Aussi était-il bien placé pour savoir qu'il fallait se méfier des mots. Le mensonge était le propre de l'homme. Certains mentaient parce qu'ils adoraient cela ; d'autres mentaient sans le savoir, pour détourner l'attention ; et d'autres enfin, se mentaient à eux-mêmes. De fait, on ne pouvait déterminer la véritable nature de l'être humain qu'en observant ses actions, surtout dans des circonstances extrêmes ou quand il subissait une pression particulière. Sous la contrainte, les gens cessaient de mentir ; dès lors, on pouvait se fier sans hésitation aux paroles qu'ils proféraient.

Il venait d'apprendre une vérité essentielle sur Zina et se demandait si Hasan Arsenov savait de quoi elle était capable, s'il l'avait même soupçonné un seul instant. Tout au fond d'elle-même, Zina était aussi dure que le roc ; plus solide même que son petit ami, le farouche terroriste. Tout en la regardant interroger le malheureux mercenaire, une certitude se fit jour en lui. Elle était capable de vivre sans Arsenov, alors qu'Arsenov ne pouvait vivre sans elle.

Bourne s'éveilla au son des arpèges, les narines délicieusement chatouillées par l'arôme du café. Pendant un instant, il resta suspendu entre le sommeil et la conscience, l'esprit assez clair malgré tout pour se rappeler qu'il était étendu sur le canapé d'Annaka Vadas, blotti sous un édredon douillet, la tête calée sur un oreiller en plume d'oie. Quand il ouvrit les yeux, il découvrit un appartement inondé de soleil. Il se tourna et la vit assise face au grand piano luisant, une grosse tasse de café posée à côté d'elle.

« Quelle heure est-il ? »

Elle continua ses gammes sans même lever la tête. « Midi passé.

— Bon Dieu !

— Hé oui, c'est l'heure de mes exercices et aussi celle de vous lever. » Elle se mit à jouer une mélodie qu'il reconnut sans réussir à trouver son titre. « En fait, quand je me suis réveillée, je pensais que vous aviez regagné votre hôtel. Puis en entrant dans le salon j'ai vu que vous dormiez comme un bébé. Alors je suis allée faire du café. Vous en voulez un peu ?

— Avec plaisir.

— Vous savez où il se trouve. »

Elle releva la tête et sans faire mine de détourner les yeux, le regarda s'extirper de sous l'édredon, enfiler son pantalon et sa chemise et se diriger à petits pas vers la salle de bains. Quand il eut fini, il passa dans la cuisine. Comme il se versait du café, elle lui lança : « Vous avez un beau corps, dommage qu'il soit couvert de cicatrices. »

Il chercha partout la crème ; apparemment, elle buvait son café noir. « Les cicatrices me donnent du caractère.

— Même celle que vous avez au cou ? »

Fourrageant dans le réfrigérateur, il ne répondit pas mais toucha involontairement sa blessure. Ce geste lui rappela la tendre sollicitude de Mylène Dutronc.

« Celle-là est toute fraîche, reprit-elle. Qu'est-ce qui s'est passé ?

— J'ai rencontré une créature très grande et très en colère. »

Elle s'agita sur son siège, soudain mal à l'aise. « Qui a tenté de vous étrangler ? »

Il trouva enfin la crème, s'en versa une dose, ajouta deux cuillerées de sucre et avala sa première gorgée. Revenant dans le salon, il répondit : « Il arrive que la colère produise ce genre d'effet, vous n'allez pas me dire que vous l'ignoriez ?

— Comment le saurais-je ? Je n'appartiens pas au monde de brutes dans lequel vous évoluez. »

Il la regarda calmement. « Vous avez tenté de m'abattre, l'auriez-vous oublié ?

— Je n'oublie jamais rien », fit-elle laconiquement.

Il lui avait dit quelque chose qui l'avait irritée mais ne savait pas quoi. C'était comme si une partie d'elle-même était sur le point de craquer. Peut-être n'était-ce que le choc engendré par la mort violente de son père.

Il décida de tenter une autre approche. « Il n'y a rien de comestible dans votre frigo.

— D'habitude, je prends mes repas à l'extérieur. Il y a une brasserie à deux cents mètres d'ici.

— Vous croyez qu'on pourrait y aller ? demanda-t-il. Je meurs de faim.

— Dès que j'aurai fini. Avec ce qui s'est passé la nuit dernière, j'ai pris du retard. »

Elle s'installa mieux. Le tabouret du piano racla le sol. Puis les premières mesures du *Nocturne* de Chopin en si mineur s'élevèrent dans la pièce, tourbillonnant comme des feuilles roussies par un bel après-midi d'automne. Il fut surpris de constater à quel point cette musique l'apaisait, lui procurait du plaisir.

Au bout de quelques instants, il se leva, se dirigea vers le petit bureau et ouvrit l'ordinateur.

« S'il vous plaît, ne faites pas cela, dit Annaka sans quitter des yeux sa partition. Ça me dérange. »

Bourne s'assit pour tenter de se détendre pendant que la sublime musique se répandait dans tout l'appartement.

Quand le *Nocturne* s'acheva, les dernières notes continuèrent à vibrer dans l'air. Annaka passa dans la cuisine. Elle fit couler l'eau pour qu'elle rafraîchisse. Ces quelques secondes parurent très longues à Bourne. Puis elle revint, un verre d'eau à la main, qu'elle avala d'un trait. Bourne, assis au bureau, ne put s'empêcher de la regarder et d'observer tout particulièrement la courbe de son cou d'opale et les petites boucles cuivrées s'enroulant sur sa nuque.

« Vous avez fait des merveilles la nuit dernière, lui dit-il gentiment.

— Merci d'avoir réussi à me faire bouger de cette maudite corniche. » Elle évitait son regard comme si son compliment la gênait. « J'ai eu la frousse de ma vie. »

La brasserie où ils étaient installés l'un en face de l'autre, à une table près de la vitre, s'ornait de nombreux lustres en cristal, coussins de velours et cloisons translucides fixées à des montants de merisier. La terrasse était déserte puisqu'il faisait trop froid dehors pour que les clients s'y assoient sous le pâle soleil matinal.

« Je crains que l'appartement de Molnar n'ait été placé sous surveillance, dit Bourne. C'est la seule explication au fait que la police ait débarqué au moment pile.

— Mais pourquoi cette surveillance ?

— Pour nous voir venir. Depuis que j'ai débarqué à Budapest, on n'a pas arrêté de me couper l'herbe sous le pied. »

Annaka jeta un coup d'œil nerveux par la vitre. « Alors, que faire à présent ? Le simple fait de penser que quelqu'un m'épie – nous épie – quand je suis chez moi me donne la chair de poule.

— Personne ne nous a suivis ici, je m'en suis assuré. » Il se tut le temps qu'on les serve. « Rappelez-vous les précautions que je nous ai fait prendre la nuit dernière, après que nous avons échappé à la police. Nous avons emprunté des taxis différents, changé deux fois, rebroussé chemin... »

Elle hocha la tête. « Hier soir, j'étais trop épuisée pour faire autre chose qu'obéir à vos ordres bizarroïdes.

— Personne ne sait où nous sommes allés ni que nous sommes ensemble.

— Eh bien, je préfère ça ! » Elle souffla comme si elle n'avait pas respiré depuis longtemps.

Lorsque Khan vit Bourne et la femme sortir de l'immeuble, une seule pensée lui vint à l'esprit : Spalko avait beau faire le malin en lui assurant qu'il n'entendrait plus jamais parler de Bourne, ce dernier n'était pas près de lâcher le morceau. Il était même en train de refermer le cercle. Bourne avait obtenu des renseignements sur László Molnar, l'homme qui intéressait tant Spalko. Mieux encore, il savait où vivait Molnar et très probablement, se trouvait chez lui lorsque la police était arrivée. Pourquoi Molnar revêtait-il une telle importance aux yeux de Bourne ? Khan devait le découvrir.

Bourne et la femme apparurent sur le trottoir. Il les regarda s'éloigner à la dérobée puis sortit de sa voiture de location, fonça vers le 106-108 Fo utca, crocheta la serrure, passa dans le hall où il appela l'ascenseur, monta jusqu'au dernier étage et continua par l'escalier donnant sur le toit. Bien évidemment, une alarme équipait la porte. Il coupa le circuit électrique et l'alarme par la même occasion. Pour lui, ce fut un jeu d'enfant. Il poussa le battant et traversa le toit en direction de la façade.

Les deux mains posées sur le parapet, il se pencha et vit la baie vitrée au troisième étage, juste au-dessous de lui. Alors, il enjamba le parapet et se laissa doucement glisser sur la corniche de la première fenêtre. Celle-ci était fermée, mais la suivante s'entrouvrit sans peine. Il sauta et atterrit à l'intérieur de l'appartement.

Il aurait bien aimé inspecter les lieux, mais ne sachant pas quand ils rentreraient, préféra ne pas s'y risquer. Ce n'était pas le moment de se laisser aller. Il avait une chose précise à accomplir. Cherchant du regard un endroit convenable, il leva subrepticement les yeux vers le lustre en verre dépoli. Pourquoi pas, se dit-il, c'était une cachette comme une autre, peut-être même meilleure que la plupart.

Il tira le tabouret du piano sous le lustre, grimpa puis sortit le micro miniaturisé qu'il jeta dans la boule de verre dépoli. Quand il redescendit, il colla un écouteur sur son oreille et activa le micro.

Tout en remettant le tabouret à sa place, il perçut de légers bruits de frottement. Quand il se dirigea vers le canapé encombré d'un oreiller et d'un édredon, il entendit ses propres pas claquer sur le parquet ciré. Il prit l'oreiller, colla son nez dessus et reconnut l'odeur de Bourne. Puis quelque chose le perturba, un souvenir ancien, effacé. Le souvenir grandit, prit forme... Soudain, Khan lâcha l'oreiller comme s'il venait de se brûler. Il quitta l'appartement en toute hâte par le même chemin, reprit le couloir en sens inverse mais au lieu de sortir par l'entrée principale, emprunta l'issue de service. On n'est jamais trop prudent.

Annaka attaqua son petit déjeuner. Le soleil entrait à flots par la vitre, éclairant ses doigts extraordinaires. Elle maniait ses couverts comme des instruments de musique.

« Où avez-vous appris à jouer comme ça ? demanda-t-il.

— Ça vous a plu ?

— Oui, beaucoup.

— Pourquoi ? »

Il tendit l'oreille. « Pourquoi ? »

Elle hocha la tête. « Oui, pourquoi cela vous plaît-il tant? Qu'avez-vous perçu dans ma musique ? »

Bourne réfléchit un instant. « Une sorte de mélancolie, je suppose. »

Elle posa son couteau et sa fourchette et se mit à fredonner un passage du *Nocturne*. « Vous connaissez les septièmes de dominante? Chopin s'en est servi pour repousser les limites de la dissonance et du ton. » Elle se remit à chanter d'une voix cristalline. « Ça donne une impression de bonheur et de mélancolie en même temps. »

Elle se tut et laissa suspendues au-dessus de la table ses belles mains pâles aux longs doigts légèrement recourbés, comme possédés par l'énergie créatrice du compositeur.

« Autre chose ? »

Il s'accorda encore quelques secondes de réflexion puis fit non de la tête.

S'emparant de ses couverts, elle se remit à manger. « Ma mère m'a appris à jouer. C'était son métier, professeur de piano. Dès qu'elle a senti que j'étais prête, elle m'a initiée à Chopin. C'était son préféré, mais sa musique est extrêmement difficile à interpréter – pas seulement du point de vue technique mais aussi pour réussir à dégager l'émotion juste.

— Votre mère joue toujours ? »

Annaka secoua la tête. « Comme Chopin, elle était de santé fragile. Tuberculose. Elle est morte quand j'avais dix-huit ans.

— Mauvais âge pour perdre un parent.

— Ma vie en a été définitivement bouleversée. J'ai beaucoup souffert, bien sûr, mais je me suis aperçue également – vous imaginez ma surprise, ma honte – qu'au fond, j'étais en colère contre elle.

— En colère ? »

Elle hocha la tête. « Je me suis sentie abandonnée. On m'avait coupé les amarres. Je me suis retrouvée en pleine mer sans espoir de regagner le port. »

Tout à coup, Bourne comprit pourquoi Annaka avait tout de suite compati à son problème d'amnésie.

Elle fronça les sourcils. « Mais en fait, ce que je regrette le plus c'est de l'avoir traitée méchamment. Au début, quand elle m'a proposé de m'apprendre le piano, je me suis rebellée.

— Rien de plus normal, la rassura-t-il. C'était d'elle que venait l'idée. De plus, elle enseignait la musique. » Il ressentit un petit *frisson* au creux de l'estomac, comme si Annaka venait d'exécuter l'une de ces fameuses dissonances. « Quand j'ai parlé de base-ball à mon fils, il m'a fait la tête. Lui, il préférait jouer au foot. » Le regard de Bourne se perdit dans le vague, comme chaque fois qu'il déterrait ses vieux souvenirs. « Tous ses copains jouaient au foot, mais ce n'était pas la seule raison. Sa mère était thaï; elle avait tenu à lui donner un enseignement bouddhiste dès son plus jeune âge. Son côté américain ne l'intéressait pas. »

Ayant terminé son repas, Annaka repoussa son assiette.

« Au contraire, je pense pour ma part que son côté américain tenait une grande place dans sa vie, répondit-elle. Comment aurait-il pu en être autrement? Ne croyez-vous pas qu'on se chargeait de le lui rappeler chaque jour à l'école ? »

A ces mots, Bourne revit Joshua, le visage couvert de pansements, un œil au beurre noir. Dao lui avait dit que l'enfant avait fait une chute dans la maison, mais le lendemain elle avait tenu à le conduire elle-même en classe, et n'était rentrée qu'au bout de plusieurs heures. Bourne ne l'avait jamais questionnée; en même temps, son travail l'accaparait tellement qu'il avait du mal à s'en abstraire.

« Cela ne m'a jamais effleuré l'esprit », répondit-il à Annaka.

Annaka haussa les épaules et, sans manifester la moindre ironie, ajouta : « Pourquoi cela vous aurait-il effleuré l'esprit? Vous êtes américain. Le monde vous appartient. »

Venait-il de découvrir la source de son animosité? se demanda-t-il. Lui reprochait-elle seulement sa nationalité? Sa présence aurait-elle fait ressurgir son rejet viscéral des méchants Américains ?

Elle redemanda du café au serveur. « Au moins, vous pouvez faire des choses avec votre fils, poursuivit-elle. Tandis que moi, avec ma mère... » Elle haussa les épaules.

« Mon fils est mort, dit Bourne, ainsi que sa sœur et sa mère. Ils ont été tués à Phnom Penh, voilà de nombreuses années.

— Oh ! » Il lui sembla que l'enveloppe de glace et d'acier qui la couvrait venait enfin de se fissurer. « Je suis désolée. »

Il détourna la tête; chaque fois qu'il parlait de Joshua, c'était comme si on répandait du sel sur une plaie ouverte. « Vous vous êtes sûrement réconciliée avec votre mère avant sa mort.

— J'aurais aimé. » Annaka baissa les yeux vers sa tasse, d'un air profondément concentré. « Lorsqu'elle m'a initiée à Chopin, j'ai enfin pris la mesure du cadeau qu'elle m'avait fait. J'aimais tellement jouer les *Nocturnes*, même à l'époque où j'en étais encore aux balbutiements.

— Vous ne lui avez jamais avoué ?

— J'étais adolescente ; nous n'avions pas de vraies discussions. » Un voile de regret obscurcit ses yeux. « A présent qu'elle est partie, je m'en veux de ne pas l'avoir fait.

— Vous aviez votre père.

— Oui, bien sûr, dit-elle. J'avais un père. »

CHAPITRE DIX-SEPT

Les bureaux du Directorat des armes tactiques non létales étaient répartis entre une série de bâtiments en brique rouge couverts de lierre, d'apparence parfaitement banale. Autrefois, ils avaient abrité un lycée de jeunes filles. L'Agence avait jugé plus prudent d'investir un site existant que d'en bâtir un neuf. Au lieu de recourir à des prestataires extérieurs, ils s'étaient servis des structures en place pour y creuser un vrai dédale de laboratoires, de salles de conférences et de sites d'essai, en mettant à contribution leur propre personnel hautement qualifié.

Lindros produisit son badge officiel, ce qui ne l'empêcha pas d'être introduit dans une pièce toute blanche dépourvue de fenêtre où l'on entreprit de le photographier, de relever ses empreintes et de scanner sa rétine. Puis on le laissa seul.

Au bout d'une quinzaine de minutes, un homme de la CIA entra et s'adressa à lui en ces termes : « Directeur adjoint Lindros, le directeur Driver va vous recevoir. »

Sans un mot, Lindros suivit le type. Ils passèrent encore cinq minutes à arpenter des couloirs uniformes, éclairés de manière indirecte. Il avait l'impression de tourner en rond.

Finalement, l'homme s'arrêta devant une porte qui, aux yeux de Lindros, ressemblait à toutes celles qu'ils avaient dépassées. Comme les autres, elle ne portait aucune inscription, aucun signe distinctif hormis deux petites ampoules. L'une, rouge foncé, était allumée. Le type cogna trois fois à la porte. Un instant plus tard, la lumière rouge s'éteignit et la deuxième ampoule passa au vert. Le type ouvrit en s'effaçant pour laisser passer Lindros.

De l'autre côté, se trouvait le directeur Randy Driver. Ses

cheveux blond clair, coupés en brosse, son nez en lame de couteau et ses petits yeux bleus donnaient à son visage une expression de méfiance perpétuelle. On sentait qu'il n'était pas peu fier de ses larges épaules et de son torse musclé. Il était assis dans un fauteuil pivotant formé de lanières tressées, de style contemporain, derrière un bureau en verre fumé et aluminium. Au centre de chaque mur de métal blanc figurait une reproduction d'une œuvre de Mark Rothko, faisant penser à des bandages colorés appliqués sur une plaie à vif.

« Directeur adjoint, que me vaut le plaisir? s'écria Driver avec un sourire crispé qui démentait ses paroles. J'avoue que je ne suis pas habitué aux inspections-surprises. Un rendez-vous eût été plus courtois.

— Toutes mes excuses, répliqua Lindros, mais ce n'est pas une inspection-surprise. J'enquête sur un meurtre.

— Le meurtre d'Alexander Conklin, je suppose.

— C'est cela. J'ai besoin d'interroger l'un de vos collaborateurs. Un certain Dr Félix Schiffer. »

Ce fut comme si Lindros avait lâché une bombe paralysante. Derrière son bureau, Driver se changea en bloc de marbre et son sourire crispé se figea dans un affreux rictus. Puis, Driver se reprit et affectant la décontraction, demanda : « Et pourquoi cela?

— Je viens de vous le dire, fit Lindros. Ça fait partie de l'enquête en cours. »

Driver écarta les mains. « Je ne vois pas en quoi.

— Il n'est pas nécessaire que vous voyiez », rétorqua Lindros sans s'embarrasser de détails. Driver l'avait laissé poireauter comme un enfant en retenue et maintenant il le faisait tourner en bourrique. Lindros perdait rapidement patience face à ce genre de personnage. « Une seule chose est nécessaire : que vous me disiez où se trouve le Dr Schiffer. »

Le visage de Driver se ferma hermétiquement. « Au moment où vous avez passé ce seuil, vous êtes entré sur mon territoire. » Il se leva. « Pendant que vous subissiez les procédures d'identification, j'ai pris la liberté d'appeler le DCI. Ses services ignorent totalement ce que vous faites ici.

— Ça n'a rien d'étonnant », répliqua Lindros, sachant qu'il avait déjà perdu la partie. « Le DCI me reçoit en entretien chaque soir pour que je lui rende compte de ma journée.

— Tout ce qui concerne vos opérations me laisse parfaitement indifférent, directeur adjoint. J'ai une ligne de conduite : personne n'interroge les membres de mon personnel sans une autorisation écrite du DCI.

— Le DCI m'a donné carte blanche pour mener mon enquête partout où je l'estime nécessaire.

— C'est vous qui le dites. » Driver haussa les épaules. « Vous comprenez mon point de v...

— Pas le moins du monde », le coupa Lindros sans toutefois ignorer que poursuivre dans ce sens ne le mènerait nulle part. Pire, ce n'était pas politique. Mais Randy Driver l'avait envoyé sur les roses et il n'arrivait pas à l'avaler. « Selon *mon* point de vue, vous vous accrochez à une position qui ressemble beaucoup à de l'obstruction. »

Driver se pencha en avant. Quand il écrasa ses poings sur le bureau, ses articulations craquèrent. « Je me fiche de votre point de vue. En l'absence de documents officiels dûment signés, je n'ai rien de plus à vous dire. Cet entretien est terminé. »

Le type dehors avait dû suivre la conversation car, à ces mots, il ouvrit la porte et resta planté là, à attendre que Lindros sorte pour le raccompagner.

Le détective Harris se rendait sur les lieux d'une infraction quand lui vint son idée géniale. Il avait reçu un appel à toutes les radios. Un individu mâle de type caucasien circulant en Pontiac noire GTO dernier modèle, immatriculée en Virginie, avait grillé un feu rouge dans les environs de Falls Church, et se dirigeait vers le sud, sur la route 649. Martin Lindros lui avait ordonné de ne plus se mêler de l'enquête sur les meurtres Conklin-Panov, sans lui fournir le début d'une explication. Lorsque l'appel était tombé, Harris se trouvait à Sleepy Hollow, où venait de se commettre un cambriolage avec meurtre dans un magasin de sanitaires. La 649 était à deux pas.

Sa voiture de patrouille vira d'un coup sec, fit un tête-à-queue et fila vers la route 649, tous phares allumés, sirène hurlante. Presque aussitôt, Harris vit la GTO noire et, derrière elle, trois voitures de la police d'Etat.

Franchissant la ligne jaune dans un tintamarre d'avertisseurs et de crissements de pneus, il fonça sur la GTO. Le conducteur le vit, changea de file et lorsque Harris commença à slalomer à travers les embouteillages, donna un coup de volant et se mit à rouler comme un fou sur la bande d'arrêt d'urgence.

Harris, calculant les trajectoires, mit le pied au plancher pour intercepter le chauffard qui n'eut d'autre choix que de filer droit sur une station-service. S'il n'avait pas freiné, il aurait embouti la rangée de pompes à essence.

Pendant que la GTO s'arrêtait dans un crissement de freins, se balançant sur ses amortisseurs surdimensionnés, Harris descendit prestement de sa voiture, saisit son revolver de service et s'avança vers le contrevenant.

« Sortez de cette voiture, les mains en l'air ! cria-t-il.

— Monsieur l'agent...

— La ferme ! Faites ce que je vous dis ! », hurla Harris sans cesser d'avancer, tout en essayant de voir si l'autre était armé.

« OK, OK ! »

Le conducteur apparut à l'instant même où les autres voitures de patrouille arrivaient. L'individu, mince comme un fil de fer, n'avait pas plus de vingt-deux ans. Ils trouvèrent un litre d'alcool dans la GTO et un pistolet sous le siège avant.

« J'ai un permis pour ça ! dit le jeune homme. Regardez dans la boîte à gants ! »

Le jeune homme, coursier en diamants de son état, possédait en effet un port d'armes. Pourquoi s'était-il soûlé ? Ça, c'était une autre affaire. D'ailleurs, Harris n'en avait cure.

De retour au poste, quelque chose le chiffonnait, puis il comprit quoi. Le permis ne portait pas de visa. Il appela l'armurerie ayant soi-disant vendu l'arme au jeune homme. Une voix à l'accent étranger reconnut la transaction mais Harris trouva bizarre le ton de son interlocuteur. Il se fendit donc d'une visite au magasin qui en fait n'existait pas. A la place, il trouva un Russe assis devant un serveur informatique. Il arrêta le Russe et saisit le serveur.

Il regagna le commissariat, se connecta à la base de données des permis de port d'armes, accéda aux fichiers des six derniers mois puis entra le nom du prétendu magasin d'armes et découvrit, à son grand étonnement, que plus de trois cents fausses ventes s'y étaient effectuées dans le but d'obtenir des permis officiels. Mais il n'était pas au bout de ses surprises. Quand il eut inspecté tous les dossiers contenus dans le serveur confisqué, il bondit sur le téléphone pour appeler Lindros sur son portable.

« Salut, c'est Harris.

— Tiens, salut, fit Lindros comme s'il pensait à autre chose.

— Qu'est-ce qui se passe ? demanda Harris. Tu n'as pas l'air dans ton assiette.

— Je suis dans une impasse. Pire, je viens de me faire casser la gueule, au sens figuré, et maintenant je me demande si j'ai assez de munitions pour aller voir le Vieux.

— Ecoute, Martin, je sais que je suis officiellement déchargé de cette affaire...

— Bon Dieu, Harris, j'avais l'intention de t'en parler.

— Ça m'est égal à présent », l'interrompit le détective. Il lui fit le récit abrégé de sa dernière interpellation, lui parla du chauffard, de son pistolet et de l'arnaque des armes faussement enregistrées. « Tu vois comment ça marche ? poursuivit-il. Ces types-là peuvent procurer des armes à n'importe qui.

— Ah ouais, et alors ? répondit Lindros sans grand enthousiasme.

— Ils peuvent donc inscrire le nom qu'ils veulent sur le registre. Celui de David Webb par exemple.

— C'est une belle théorie mais...

— Martin, ça n'a rien d'une théorie ! » Harris hurlait presque dans le combiné. Ses collègues levèrent le nez de leurs dossiers, surpris par le ton de sa voix. « Ça s'est passé comme ça !

— Quoi ?!

— Bon, OK. Cette bande d'escrocs a "vendu" une arme à un certain David Webb, sauf que Webb ne l'a jamais achetée, pour la bonne raison que le magasin indiqué sur le permis n'existe pas.

— OK, mais comment savons-nous que Webb ne connaissait pas ces types et ne leur a pas demandé de lui procurer une arme en fraude ?

— Ça, c'est la cerise sur le gâteau, s'exclama Harris. Je possède le registre électronique de la bande organisée. Chaque vente y est méticuleusement enregistrée. Les fonds qui ont servi à l'achat de l'arme de Webb ont été virés à partir de Budapest. »

Le monastère était perché au sommet d'une crête. Sur les terrasses escarpées s'étageant le long des pentes, poussaient des orangers, des oliviers, alors que tout là-haut, autour de l'édifice religieux planté comme une molaire dans le lit de la roche elle-même, on ne trouvait que des chardons et du ciste sauvage. Les chèvres crétoises, qu'on rencontrait partout dans ces montagnes, étaient les seules créatures capables de grimper jusqu'au monastère.

L'ancienne bâtisse de pierre était abandonnée depuis des lustres. Parmi tous les peuples ayant occupé la Crète, lequel avait bien pu la construire ? C'était une question ardue pour un laïque. Témoin muet des prières, des sacrifices et de maintes effusions de sang, elle était passée entre de nombreuses mains, tout comme l'île dans son entier. Il suffisait d'y jeter un œil en passant pour voir qu'elle ne datait pas d'hier.

Depuis la nuit des temps, le problème de la sécurité tenait une place considérable dans la vie quotidienne des guerriers. Les moines eux-mêmes avaient dû se plier à la règle, d'où le choix de ce nid d'aigle. Sur l'une des pentes, croissaient d'odorants bosquets en terrasses ; sur l'autre, une gorge encaissée, semblable à une balafre faite par un coutelas sarrasin, entaillait la chair de la montagne.

Ayant rencontré une sérieuse résistance dans la maison d'Iráklion, Spalko entreprit de planifier ce nouvel assaut avec le plus grand soin. Il était exclu d'attaquer en plein jour. Quel que soit le chemin qu'ils décideraient d'emprunter, ils n'avaient aucune chance d'atteindre à découvert les épaisses murailles crénelées du monastère. Par conséquent, Spalko et Zina laissèrent les hommes rassembler l'équipement et ramener leurs compatriotes blessés vers l'avion pour que le chirurgien s'occupe d'eux, puis louèrent des motos afin de reconnaître les alentours du monastère.

Parvenus au bord de la gorge, ils laissèrent les motos et descendirent à pied. Le ciel était d'un bleu intense, si lumineux qu'il éclipsait toutes les autres couleurs. Des oiseaux volaient en cercle, à la recherche des courants ascendants, et quand la brise se leva, un délicieux parfum monta des orangers en fleur. Dès l'instant où elle s'était installée à bord du jet privé, Zina avait patiemment attendu de découvrir pourquoi Spalko souhaitait voyager seul avec elle.

« Le monastère possède une entrée souterraine », dit Spalko tandis qu'ils dévalaient les éboulis pour accéder au fond de la gorge. Sur les pentes escarpées, les châtaigniers avaient laissé place à des cyprès plus robustes, dont les troncs tordus jaillissaient de niches de terre lovées entre les gros rochers. Leurs branches flexibles leur servaient de rampes improvisées pendant qu'ils poursuivaient leur descente.

Où le Cheik avait-il obtenu cette information ? Zina devait se contenter de suppositions. Cet homme entretenait un réseau de relations aux dimensions planétaires, qui lui fournissait directement tous les renseignements dont il avait besoin.

Ils se reposèrent un instant, adossés à un affleurement rocheux. L'après-midi commençait ; ils mangèrent des olives, des galettes de pain et un peu de poulpe mariné dans un mélange d'huile d'olive, de vinaigre et d'ail.

« Dis-moi, Zina, fit Spalko, tu penses encore à Khalid Murat – il te manque ?

— Il me manque beaucoup. » Zina s'essuya les lèvres d'un revers de main et mordit dans son pain. « Mais c'est Hasan notre chef, à présent ; tout a une fin. Murat a connu une mort tragique mais peu surprenante. Nous sommes tous dans le collimateur du régime russe ; c'est notre lot quotidien, on ne doit jamais l'oublier.

— Et si je te disais que les Russes n'ont rien à voir dans la mort de Khalid Murat ? », poursuivit Spalko.

Zina cessa de mâcher. « Je ne comprends pas. Je sais ce qui s'est passé. Tout le monde le sait.

— Non, répondit doucement Spalko, tout ce que vous savez c'est ce que Hasan Arsenov vous a dit. »

Elle le regarda fixement et commença à entrevoir la vérité. Ses genoux faiblirent.

« Comment... » L'émotion lui nouait la gorge. Elle dut s'éclaircir la voix avant de continuer sa phrase, consciente qu'une partie d'elle-même refusait d'entendre la réponse à la question qu'elle s'apprêtait à formuler. « Comment le savez-vous ?

— Je le sais, repartit Spalko sur un ton égal, parce que Arsenov a passé un contrat avec moi pour assassiner Khalid Murat.

— Mais *pourquoi* ? »

Le regard perçant de Spalko s'enfonça dans le sien. « Oh, tu le sais, Zina – toi plus que les autres puisque tu es sa maîtresse et que tu le connais mieux que quiconque –, tu le sais très bien. »

Oui, Zina le savait, hélas. Hasan le lui avait tant de fois répété. Khalid faisait partie de l'ordre ancien. Il n'imaginait rien au-delà des frontières de la Tchétchénie ; selon Hasan, il aurait peur de s'attaquer au monde tant qu'il ne trouverait pas le moyen de repousser les infidèles russes.

« Tu le soupçonnais, n'est-ce pas ? »

Mais non, jamais elle ne l'avait soupçonné, pensa-t-elle. Et c'était bien cela le plus énervant. Elle avait gobé son histoire d'un bout à l'autre. Elle aurait voulu mentir au Cheik pour qu'il la croie plus maligne, mais l'acuité de son regard lui fit comprendre qu'il l'avait percée à jour et que, si elle osait mentir, il lui retirerait sa confiance et se débarrasserait d'elle.

Elle secoua donc la tête d'un air piteux. « Il m'a menée en bateau.

— Tu n'es pas la seule, loin de là, répondit-il calmement. Peu importe. » Un sourire éclaira soudain son visage. « Mais à présent, tu connais la vérité et tu comprends que le pouvoir appartient à ceux qui possèdent des informations que les autres n'ont pas. »

Elle resta immobile un instant, les fesses appuyées contre la roche chauffée par le soleil, à se frotter les cuisses avec la paume. « Ce que je ne saisis pas, dit-elle, c'est pourquoi vous avez décidé de m'en parler. »

Spalko perçut une double nuance de peur et d'inquiétude dans la voix de Zina et décida que le moment était venu. Elle se savait au bord du gouffre. Connaissant bien la nature des gens, il aurait mis sa main au feu qu'elle avait deviné ses intentions dès l'instant où il lui avait proposé de l'accompagner en Crète, dès l'instant où elle était entrée dans son jeu en mentant à Arsenov.

« Oui, dit-il, tu as été choisie.

— Mais pour quoi faire ? » Elle s'aperçut qu'elle tremblait.

Quand il s'approcha d'elle, il lui masqua le soleil mais la chaleur qui émanait de son corps était aussi intense. Comme dans le hangar, son odeur virile effleura ses narines ; elle sentit le désir monter en elle.

« Tu as été choisie pour accomplir de grandes choses. » Il s'approcha davantage, sa voix se faisait à la fois plus sourde et plus puissante.

« Zina, murmura-t-il, Hasan Arsenov est un faible. Je l'ai compris le jour où il m'a demandé de prendre en charge son projet d'assassinat. Pourquoi a-t-il besoin de moi ? me suis-je demandé. Quand un valeureux guerrier estime que son chef n'est plus apte à commander, il l'élimine de ses propres mains au lieu de recourir à des intermédiaires qui, à force de sagesse et de patience, auront un jour l'occasion de profiter de sa faiblesse. »

Zina frissonnait, autant émue par ses paroles que par sa forte présence physique. Sa peau se couvrait de piqûres d'épingles, ses cheveux se dressaient sur sa tête. Elle avait la bouche sèche, la gorge serrée par le désir.

« Si Hasan Arsenov est un faible, Zina, à quoi peut-il me servir ? » Lorsque Spalko toucha sa poitrine, les narines de Zina frémirent. « Je vais te le dire. » Elle ferma les yeux. « La mission que nous allons bientôt entreprendre est jalonnée de dangers. » Il la serra doucement et fit courir sa main sur son corps avec une lenteur atroce. « Si jamais les choses tournent mal, il est toujours sage d'avoir sous la main un responsable officiel, susceptible d'attirer sur lui l'attention de l'ennemi pendant que le vrai travail continue à s'accomplir. » Il se pressa contre elle et la sentit se raidir dans une sorte de spasme impossible à contrôler. « Tu vois où je veux en venir ?

— Oui, murmura-t-elle.

— Toi, tu es forte, Zina. Si tu avais voulu détrôner Khalid Murat, tu ne serais pas venue me chercher. Tu l'aurais éliminé toute seule et tu aurais été fière de l'avoir fait, aussi bien pour toi que pour ton peuple. » Il lui glissa une main entre les cuisses. « J'ai raison, n'est-ce pas ?

— Oui, souffla-t-elle. Mais nos hommes n'accepteront jamais d'être dirigés par une femme. C'est inconcevable.

— Inconcevable pour eux, pas pour nous. » Il lui écarta la jambe. « Réfléchis, Zina. Comment comptes-tu t'y prendre ? »

L'afflux d'hormones qui la traversait l'empêchait de réfléchir. Une partie de son esprit approuvait ce discours. S'il l'avait conduite ici, ce n'était pas simplement pour la prendre contre les rochers, sous le soleil ardent. Comme dans la maison de l'architecte, il la soumettait à un test. Si elle s'abandonnait totalement, si elle ne faisait pas fonctionner ses méninges, si elle succombait au désir au point de ne pouvoir répondre à sa question, il la rejetterait et trouverait quelqu'un pour la remplacer.

Pendant qu'il entrouvrait son chemisier, caressait sa peau brûlante, elle se concentra et rassembla ses souvenirs. Khalid Murat avait toujours sollicité ses avis. Deux fois par semaine, après le départ de ses conseillers, il lui demandait ce qu'elle pensait de la réunion qui venait de se tenir ; il l'écoutait et souvent agissait en fonction de ses réponses. Le sachant violent et jaloux, elle n'avait jamais osé avouer à Hasan le rôle qu'elle avait joué auprès de leur chef.

Mais à présent, écartelée sur ce rocher, soumise aux avances empressées du Cheik, elle se libérait enfin de l'emprise de Hasan. Saisissant la tête du Cheik, elle l'attira vers son cou et lui murmura à l'oreille : « Je trouverai quelqu'un – quelqu'un qui en impose, qui m'aimera et fera mes quatre volontés – et je commanderai à travers lui. Les Tchétchènes verront son visage, entendront sa voix mais c'est moi qui lui dicterai sa conduite. »

Il s'était légèrement reculé, le temps d'écouter ce qu'elle avait à dire. Elle le regarda au fond des yeux et y perçut une lueur d'admiration mêlée de désir. Dans un frisson d'exultation, elle comprit qu'elle venait de réussir brillamment son deuxième test. Alors, elle s'ouvrit pour recevoir son membre et poussa un long gémissement de bonheur et de joie partagée.

CHAPITRE DIX-HUIT

L'odeur du café flottait encore dans l'appartement. Ils étaient rentrés très vite, sans prendre le temps d'avaler un café ou un dessert, contrairement à la vieille tradition. Bourne était trop préoccupé. Mais ce répit, malgré sa brièveté, avait permis à son corps de récupérer quelques forces et à son subconscient de traiter les informations indispensables.

Quand ils pénétrèrent dans l'appartement, leurs corps se touchèrent. Les effluves de citrus et de musc émanaient d'elle comme la brume d'une rivière ; il ne put s'empêcher d'emplir ses poumons de cet enivrant parfum. Puis, pour se changer les idées, il revint à l'affaire qui l'occupait.

« Avez-vous remarqué les brûlures, les lésions, les piqûres et les marques laissées par les liens sur le corps de László Molnar ? »

Elle frémit. « Je préférerais ne plus y penser.

— Il a été torturé pendant de nombreuses heures, peut-être même deux jours. »

Elle lui lança un regard en dessous.

« Ce qui veut dire, poursuivit-il, qu'il a très bien pu avouer où se trouve le Dr Schiffer.

— Ou peut-être pas, répliqua-t-elle. Ce qui expliquerait pourquoi on l'a tué.

— Je ne pense pas que nous puissions nous permettre une telle supposition.

— Qu'entendez-vous par "nous" ?

— Oui, je sais, je dois me débrouiller tout seul.

— Seriez-vous en train d'essayer de me culpabiliser ? Vous oubliez que je me fiche éperdument du Dr Schiffer. »

« Si jamais Schiffer tombait entre de mauvaises mains, le monde courrait à sa perte. Et ça vous est égal ?

— Que voulez-vous dire ? »

Dans sa voiture de location, Khan posa un doigt sur l'écouteur enfoncé dans son oreille. Leurs paroles lui parvenaient clairement.

« Alex Conklin était un grand spécialiste dans son domaine. Il n'avait pas son pareil pour organiser et exécuter des missions complexes. En tout cas, je n'ai jamais rencontré meilleur que lui. Comme je vous le disais, il voulait tellement s'adjoindre le Dr Schiffer qu'il l'a débauché alors qu'il travaillait sur un programme top secret du ministère de la Défense, et l'a fait passer à la CIA avant d'organiser sa "disparition". Ce qui me porte à croire que les recherches du Dr Schiffer étaient si importantes qu'Alex a estimé nécessaire de le protéger comme la prunelle de ses yeux. Les événements ont montré qu'il avait raison puisque le Dr Schiffer a été kidnappé. Votre père est intervenu pour le délivrer et le cacher dans un lieu que seul László Molnar connaissait. Maintenant votre père est mort ainsi que Molnar, à la différence près que Molnar a subi la torture avant de mourir. »

Khan se redressa, son cœur battait la chamade. Votre père ? La femme avec laquelle Bourne parlait et dont il avait négligé jusqu'alors la présence, ne serait autre qu'Annaka ?

Annaka se tenait dans un rayon de soleil filtrant à travers les baies vitrées. « Quel pouvait bien être le domaine de recherches du Dr Schiffer pour que tant de gens s'intéressent à lui ?

— Je croyais que vous vous fichiez du Dr Schiffer, s'étonna Bourne.

— Epargnez-moi vos sarcasmes. Contentez-vous de répondre.

— Schiffer est le plus éminent expert mondial en matière de comportement des particules bactériologiques. C'est ce que j'ai découvert sur le forum internet que Molnar consultait. Je vous l'ai dit quand vous étiez dans la cuisine, devant le fameux réfrigérateur et son macabre contenu.

— Tout ça, c'est du charabia pour moi.

— Vous vous souvenez quand même du site web en question ?

— Anthrax, fièvre hémorragique argentine...

— Cryptococcosis, peste pulmonaire. A mon avis, le bon docteur travaillait probablement sur ces composants mortels ou quelque chose d'approchant. Peut-être pire encore. »

Annaka le fixa un instant, puis secoua la tête.

« Le Dr Schiffer a dû inventer un engin destiné à la guerre biologique. C'est ce qui excitait tant Alex – tout en l'effrayant. Si cette arme existe, Schiffer détient le Saint-Graal des terroristes.

— Oh, mon Dieu ! Mais ce n'est qu'une supposition. Comment pouvez-vous en être sûr ?

— Je commence juste à creuser la question, répondit Bourne. Vous n'avez toujours pas envie de retrouver le Dr Schiffer ?

— Mais je ne vois pas comment nous pourrions faire. » Elle se tourna et s'avança vers le piano, comme attirée par une pierre sacrée ou un talisman capable d'éloigner le mal.

« Nous, fit remarquer Bourne. Vous avez dit *nous*.

— Ma langue a fourché.

— Très freudien comme lapsus, non ?

— Arrêtez ça tout de suite », répliqua-t-elle avec humeur.

Il connaissait assez son caractère à présent, pour savoir qu'elle pensait ce qu'elle disait. Il alla s'asseoir derrière le petit bureau et vit la ligne LAN reliant son ordinateur portable à internet.

« J'ai une idée », dit-il. A cet instant même, il remarqua les éraflures. Le soleil tapait sur la surface vernie du tabouret, faisant ressortir plusieurs marques toutes fraîches. Quelqu'un s'était introduit dans l'appartement pendant leur courte absence. Pour quelle raison ? Il chercha autour de lui d'autres signes d'intrusion.

« Qu'est-ce que c'est ? demanda Annaka. Qu'est-ce qui se passe ?

— Rien », dit-il. Pourtant, le coussin ne se trouvait pas dans la position où il l'avait laissé en partant ; il était à présent légèrement penché sur la droite.

Elle se planta devant lui, une main sur la hanche. « Alors, qu'est-ce que vous avez en tête ?

— Il faut d'abord que j'aille chercher quelque chose à mon hôtel », improvisa-t-il. Sans pour autant l'alarmer, il avait besoin d'une excuse pour s'esquiver et mener un discret travail de reconnaissance. Il était possible – peut-être même probable – que leur visiteur traînât encore dans les parages. Après tout, quelqu'un avait épié leurs faits et gestes quand ils étaient entrés dans l'appartement de László Molnar. Mais comment diable leur guetteur s'y était-il pris pour les pister jusqu'ici ? se demanda-t-il. Bourne avait employé toutes les ruses possibles et imaginables. La réponse tombait sous le sens : Khan avait retrouvé sa trace.

Bourne attrapa sa veste de cuir et s'avança vers la porte. « Je ne serai pas long, c'est promis. Pendant ce temps, si vous voulez vous rendre utile, retournez sur ce site web et voyez si vous pouvez dénicher quelque chose d'autre. »

Jamie Hull, chef du service de sécurité américain au sommet sur le terrorisme de Reykjavík, avait une dent contre les arabes. Il ne les aimait pas, ne leur faisait pas confiance. Ces gens ne croyaient même pas en Dieu – du moins pas dans le bon – sans parler du Christ notre Sauveur, pensa-t-il amèrement tout en traversant d'un pas rapide le vestibule du vaste hôtel Oskjuhlid.

Autre raison de les détester : les arabes contrôlaient les deux tiers des réserves mondiales de pétrole. Sans cela, personne ne leur aurait accordé la moindre attention et, tout bien pesé, on les aurait laissés s'entre-déchirer dans leurs incompréhensibles guerres tribales. Seulement voilà, quatre équipes de sécurité arabes étaient présentes au sommet, une pour chaque pays participant. Feyd al-Saoud coordonnait leur action.

Bien qu'arabe, Feyd al-Saoud n'était pas un mauvais bougre. Il était quoi déjà ? saoudien – ou sunnite ? Hull secoua la tête. Il n'en savait fichtrement rien. Encore une bonne raison pour se méfier de ces types. On ne savait jamais d'où ils sortaient ni quel bras ils allaient vous couper. Selon leur humeur. Feyd al-Saoud avait étudié en Occident, quelque part à Londres. Oxford – ou bien Cambridge ? s'interrogea Hull. Mais quelle différence cela faisait-il ? L'avantage c'était qu'on pouvait lui parler en bon anglais sans qu'il vous regarde comme s'il venait de vous pousser une deuxième tête.

En plus, c'était un homme raisonnable, c'est-à-dire qu'il savait rester à sa place. Dès qu'un problème se présentait, il n'hésitait pas à en référer à Hull, ce qui n'était vraiment pas le cas de Boris Illyich Karpov, cet enfoiré de socialiste. Bien qu'il regrettât amèrement d'avoir dit du mal de lui au Vieux qui l'avait aussitôt envoyé sur les roses, il fallait bien admettre que ce Karpov était le salopard le plus exaspérant que Hull ait eu la malchance de côtoyer dans le cadre de son travail.

Il entra dans la salle de conférences où le sommet devait se tenir. L'amphithéâtre formait un ovale parfait, avec un plafond ondoyant, constitué de panneaux bleus servant de déflecteurs acoustiques. Ces panneaux cachaient de gros conduits d'aération alimentant la salle d'un air filtré par un système HVAC [1] indépendant du réseau desservant l'hôtel. A part cela, les murs étaient recouverts de

1. Système de chauffage et de climatisation *(NdT)*.

lambris de tek vernis, les sièges de velours bleu, les surfaces horizontales de bronze ou de verre fumé.

Chaque matin depuis son arrivée, ses deux homologues et lui se rencontraient afin de discuter et peaufiner leurs savants dispositifs de sécurité. L'après-midi, ils rassemblaient leurs équipes respectives pour passer les troupes en revue et les informer des toutes dernières procédures. Depuis qu'ils étaient là, l'hôtel avait été fermé au public pour permettre aux vigiles d'effectuer leurs tournées d'inspection destinées à sécuriser l'ensemble du secteur.

En traversant le forum inondé de lumière, il aperçut ses homologues : la fine silhouette de Feyd al-Saoud, ses yeux sombres, son nez en bec d'aigle, son port royal; et celle, plus impressionnante, de Boris Illyich Karpov, chef de l'unité d'élite Alpha du FBS. Une vraie armoire à glace, des épaules de déménageur, des hanches étroites, un visage aplati de Tatar et un faciès de brute épaisse, rehaussé par d'épais sourcils sombres et une crinière noire. Hull n'avait jamais vu Karpov sourire, quant à Feyd al-Saoud, il doutait qu'il sache ce que signifiait ce verbe.

« Salut les touristes ! », lança Boris Illyich Karpov avec cet humour pince-sans-rire qui rappelait à Hull un présentateur de journal télévisé des années 1950. « Il ne nous reste plus que trois jours avant le début du sommet et nous ne sommes pas au bout de nos peines. On s'y met ?

— Mais certainement », dit Feyd al-Saoud en s'installant à sa place habituelle, sur l'estrade où dans exactement trente-six heures, les cinq chefs des principaux Etats arabes siégeraient aux côtés des représentants des Etats-Unis et de la Russie, afin de donner le coup d'envoi de la première initiative concertée arabo-occidentale en faveur de la lutte contre le terrorisme international. « J'ai reçu des instructions de mes homologues des autres nations islamiques invitées, dont je serais ravi de vous faire part.

— Des réclamations, vous voulez dire », s'écria Karpov sur un ton agressif. Le fait que leurs réunions se passent en anglais le mettait hors de lui ; mais ils avaient voté et il avait perdu par une voix contre deux.

« Boris, pourquoi voyez-vous toujours les choses sous un jour négatif ? » intervint Hull.

Karpov se hérissa. Hull savait que l'absence de formalisme propre aux Américains lui déplaisait. « Les réclamations ont une certaine odeur, monsieur Hull. » Il tapota l'extrémité de son nez rouge. « Je les renifle.

— Je suis surpris que vous puissiez encore sentir quoi que ce soit, Boris, après toutes ces années passées à siroter de la vodka.

— La vodka nous rend forts, elle fait de nous de vrais hommes. » Karpov plissa ses lèvres rouges dans une moue de dérision. « Contrairement à vous, les Américains.

— Vous feriez mieux de vous taire, Boris ! Votre pays n'est qu'une abjecte erreur. Le communisme a tellement corrompu la Russie qu'elle est en train d'imploser. Quant à votre peuple, il est en pleine faillite spirituelle. »

Karpov bondit. Ses joues étaient aussi cramoisies que son nez et ses lèvres. « J'en ai assez de vos insultes !

— Dommage. » Hull se leva et donna un coup de pied dans sa chaise en oubliant complètement les recommandations du DCI. « Parce que je ne fais que m'échauffer.

— Messieurs, messieurs ! s'interposa Feyd al-Saoud. Dites-moi, je vous prie, en quoi ces querelles puériles peuvent nous aider à faire avancer la mission qui nous a été confiée. » Il s'exprimait d'une voix étonnamment posée tout en les considérant l'un après l'autre. « Nous avons des comptes à rendre à nos chefs d'Etat respectifs, à qui nous vouons une loyauté sans faille. Je me trompe ? Alors, faisons en sorte de ne pas les décevoir. » Il ne les lâcherait pas avant qu'ils aient tous les deux abondé dans son sens.

Karpov se rassit, les bras croisés sur la poitrine. Quant à Hull, il redressa son siège, le rapprocha de la table et s'affala dessus d'un air fielleux.

Tout en les observant, Feyd al-Saoud ajouta : « Même si nous ne nous aimons pas, nous devons apprendre à collaborer. »

Hull devinait obscurément qu'en plus de son insupportable intransigeance, Karpov l'agaçait pour quelque chose de bien précis. Il lui fallut quelques instants pour comprendre quoi, mais il y parvint. Ce type – avec son attitude suffisante – lui rappelait un peu David Webb, ou Jason Bourne comme le personnel de l'Agence avait reçu consigne de l'appeler. Hull avait eu beau manœuvrer comme un chef, Bourne l'avait coiffé sur le poteau. Il était devenu le chouchou d'Alex Conklin. De guerre lasse, Hull s'était vu relégué dans un service de lutte antiterroriste. Bien sûr, il avait fait des merveilles dans ses nouvelles fonctions, mais sans jamais réussir à avaler le cuisant échec que Bourne lui avait fait subir. En son temps, Conklin avait été une légende au sein de l'Agence. Depuis que Hull y était entré, quelque vingt ans plus tôt, il avait rêvé de travailler sous ses ordres. Les rêves d'enfant, on y renonce facilement. En revanche, les rêves d'adulte, c'était une autre affaire. Une vocation contrariée engendrait une amertume incurable ; du moins pour les hommes de son espèce.

Lorsque le DCI lui avait appris que Bourne risquait de se rendre à Reykjavík, il avait explosé de joie. Intérieurement bien sûr. Sachant déjà que Bourne avait trahi son mentor et viré casaque, cette dernière nouvelle le mit dans un état de jubilation extrême. Si seulement Conklin l'avait choisi, lui au lieu de l'autre, il serait encore vivant. Son rêve le plus fou se réaliserait peut-être bientôt. L'Agence ayant lancé une sanction contre Bourne, Hull se chargerait d'en être l'exécuteur. Mais hélas, peu après, il avait appris la mort de son ennemi et son exultation s'était muée en déception. Son humeur s'en était ressentie. Il avait commencé à s'en prendre à tous ceux qui passaient à sa portée, y compris les agents des services secrets qu'il aurait dû ménager car il était vital d'entretenir avec eux des relations franches et cordiales. Aujourd'hui, sa frustration se reportait sur Karpov auquel il lança un regard meurtrier, aussitôt suivi d'une réponse similaire.

*

En quittant l'appartement d'Annaka, Bourne évita d'emprunter l'ascenseur, préférant s'engouffrer dans l'escalier de service menant au toit. Il y trouva le système d'alarme qu'il débrancha sans aucune difficulté.

Le soleil avait disparu, laissant place à d'épais nuages gris ardoise emportés par un vent plutôt vif. Bourne regarda vers le sud les quatre dômes des Bains Kiraly puis, s'avançant vers le parapet, se posta à l'endroit d'où Khan était descendu à peine une heure plus tôt.

A partir de cet observatoire, il inspecta la rue, d'abord pour vérifier ce qu'il se passait près de l'entrée de l'immeuble noyée dans l'ombre, et ensuite pour repérer les piétons au comportement inhabituel, ceux qui marchaient trop lentement ou faisaient le pied de grue sans aucune raison. Il vit deux jeunes femmes passer, bras dessus bras dessous, une mère poussant un landau et un vieil homme qu'il examina très attentivement, se souvenant du talent de Khan en matière de déguisement.

Ne constatant rien d'anormal, il se polarisa sur les voitures en stationnement. En Hongrie, tous les véhicules de location devaient arborer un autocollant particulier. Et dans un quartier résidentiel comme celui-ci, une voiture de location n'était pas chose courante.

Ayant repéré une Skoda noire, garée le long du trottoir d'en face, au bout du pâté de maisons, il étudia sa position par rapport à l'immeuble. A supposer que quelqu'un soit assis au volant, il aurait bénéficié d'une vue directe sur l'entrée principale du 106-108 Fo utca. Mais pour l'instant, il n'y avait ni conducteur ni passager dans cette voiture.

Il vit volte-face et revint très vite sur ses pas.

Accroupi dans l'escalier, prêt à bondir, Khan regardait Bourne s'approcher de lui. L'occasion était trop belle. Obnubilé par ce qu'il se passait dans la rue, Bourne avait complètement baissé la garde. Comme dans un rêve – un rêve qui le hantait depuis des années –, il vit Bourne se diriger droit sur lui, les yeux vagues, perdu dans ses pensées. Khan bouillait de rage. Cet homme-là s'était assis à côté de lui sans le reconnaître. Même lorsque Khan s'était présenté à lui, il n'avait rien voulu entendre. Preuve flagrante venant confirmer sa conviction que Bourne ne s'était jamais intéressé à lui, qu'il l'avait abandonné d'un cœur léger, trop heureux de se débarrasser de lui.

Si bien que lorsqu'il se dressa sur ses jambes pour se jeter tête la première sur Bourne, il se sentait possédé par une sainte fureur. Bourne s'apprêtait à franchir le seuil obscur quand il reçut un coup terrible sur l'arête du nez. Du sang jaillit, Bourne recula en titubant. Profitant de son avantage, Khan chargea de nouveau, mais Bourne l'arrêta d'un formidable coup de pied.

« Che-sah ! », souffla Bourne.

Khan esquiva, n'encaissa qu'une partie du choc et répliqua en repliant le bras pour coincer Bourne au niveau des hanches. Ce dernier, au lieu de perdre l'équilibre, eut une réaction surprenante. Il se redressa en appuyant son dos et ses fesses contre la porte d'acier puis, déployant vivement sa jambe droite, lui porta à l'épaule droite un coup terriblement douloureux qui l'obligea à relâcher sa prise.

« Mee-sah ! » articula Bourne.

Il s'avança vers Khan qui frissonna comme s'il souffrait, ce qui ne l'empêcha pas de se servir de sa main dépliée comme une pointe de flèche pour frapper Bourne au sternum. Aussitôt après, il lui saisit la tête à deux mains et l'écrasa contre la porte. Les yeux de Bourne se voilèrent.

« Dis-moi ce que mijote Spalko, tonna Khan. Tu le sais, n'est-ce pas ? »

Secoué par la douleur et le choc, Bourne s'ébroua pour dissiper son vertige et retrouver une vision plus ou moins nette.

« Qui est... Spalko ? » Sa voix semblait venir de très loin.

« Tu es au courant de tout, je le sais. »

Bourne secoua la tête, geste qui eut pour effet d'enfoncer une dizaine de poignards dans son crâne. Il ferma les yeux très fort.

« Je croyais... je croyais que tu voulais ma peau.

— Ecoute-moi !

— Qui es-tu ? murmura Bourne d'une voix rauque. Comment sais-tu pour mon fils ? Comment sais-tu pour Joshua ?

— Ecoute-moi ! » Khan rapprocha sa tête de celle de Bourne. « Stepan Spalko est l'homme qui a commandité la mort d'Alex Conklin, l'homme qui t'a piégé – qui nous a piégés tous les deux. Pourquoi a-t-il fait cela, Bourne ? Tu le sais et j'ai besoin que tu me le dises ! »

Bourne avait l'impression d'être pris à l'intérieur d'un bloc de glace. Autour de lui, les choses se déplaçaient avec une infinie lenteur. Impossible de réfléchir, impossible d'aligner deux pensées logiques. Puis il remarqua un détail dont l'étrangeté l'extirpa de l'étrange torpeur qui le possédait. Il y avait quelque chose dans l'oreille droite de Khan. Qu'est-ce que c'était ? Feignant une douleur extrême, il bougea légèrement la tête et vit qu'il s'agissait d'un récepteur électronique miniaturisé.

« Qui es-tu ? hurla-t-il. Bordel, qui es-tu ? »

On aurait cru assister à deux conversations se déroulant simultanément, comme si les deux hommes appartenaient à deux mondes différents. Leurs voix s'élevaient, leurs émotions brûlaient comme des braises, mais plus ils criaient plus ils semblaient s'éloigner l'un de l'autre.

« Je te l'ai déjà dit ! hurla Khan, les mains rougies par le sang de Bourne, ce même sang qui commençait à se coaguler dans les narines de l'Américain. Je suis ton fils ! »

Ces mots brisèrent la stase. Leurs deux mondes se heurtèrent de nouveau. Une fureur meurtrière s'empara de Bourne, comme l'autre jour face aux mensonges du directeur de l'hôtel. Elle se remit à lui marteler les oreilles. Dans un hurlement, il repoussa violemment son adversaire qui passa à travers la porte donnant sur le toit.

Ignorant la douleur lancinante qui cognait dans son crâne, Bourne bloqua la cheville de Khan avec son pied et le fit basculer en arrière. Khan l'agrippa et l'entraîna dans sa chute. Au moment où son dos heurtait les ardoises, il leva les jambes, souleva Bourne et d'une formidable ruade l'envoya rouler plus loin.

Bourne rentra la tête, se reçut sur les épaules, atterrit en boule, ce qui atténua l'impact de sa chute. Ils bondirent sur leurs pieds au même moment. Bras tendus, doigts recroquevillés, prêts à empoigner l'adversaire. Lorsque Khan le saisit, Bourne abattit ses bras sur ses poignets et le fit lâcher prise tout en l'obligeant à pivoter sur lui-même, puis, d'un coup de tête, écrasa les terminaisons nerveuses situées juste sous l'oreille de Khan qui perdit le contrôle de la partie gauche de son corps. Bourne en profita pour lui balancer un crochet au visage.

Khan vacilla, ses genoux fléchirent un peu mais, comme un boxeur poids lourd mis KO, refusa de tomber. Tel un taureau furieux, Bourne lui assena une série de coups bien ajustés. A chaque impact, Khan reculait d'un pas, se rapprochant toujours plus du parapet. Mais la fureur aveugle de Bourne lui fit commettre une erreur. Khan reprit sa garde et, à sa grande surprise, au lieu de continuer à reculer, contre-attaqua, en avançant son pied arrière. A mi-course, il transféra tout son poids sur sa jambe levée et frappa. Bourne crut que ses dents allaient se déchausser. Il s'écroula.

Lorsque Bourne tomba à genoux, Khan lui décocha un formidable coup de pied dans les côtes. Il serait tombé si Khan ne l'avait saisi à la gorge.

« Il vaudrait mieux que tu parles maintenant, articula-t-il tout en l'étranglant. Il vaudrait mieux que tu me dises tout ce que tu sais. »

Bourne, hors d'haleine, inondé de douleur, s'écria : « Va au diable ! »

Khan le frappa à la mâchoire du tranchant de la main.

« Pourquoi tu n'entends jamais ce que je dis ?

— Tu ne parles pas assez fort, répliqua Bourne.

— Tu es complètement fou.

— C'est bien ce que tu cherches, n'est-ce pas ? » Bourne secouait obstinément la tête. « Me rendre fou avec toute cette histoire sur toi et Joshua....

— Je *suis* ton fils.

— Ecoute-toi parler – tu n'es même pas capable de prononcer son nom. Laisse tomber ; ça ne te mènera nulle part. Tu es un assassin international nommé Khan. Jamais je ne t'aiderai à trouver Spalko ni qui que ce soit d'autre. Je ne me laisserai plus jamais avoir par personne, désormais.

— Tu te comportes comme un imbécile. Tu... » Il se tut et, avec un brusque hochement de tête, décida de changer de tactique. Il posa le petit bouddha sculpté au creux de sa paume libre.

« Regarde-le, Bourne ! cracha-t-il comme si ses mots étaient empoisonnés. Regarde-le !

— N'importe qui peut se procurer ce genre de talisman, en Asie du Sud-Est...

— Pas celui-ci. C'est toi qui me l'as donné – oui, tu me l'as donné. » Ses yeux lançaient des étincelles, sa voix tremblait malgré lui. « Et ensuite tu m'as laissé mourir dans la jungle du... »

Un coup de feu ricocha près de la main droite de Khan qui relâcha Bourne et bondit en arrière. Un deuxième tir faillit lui fracasser l'épaule pendant qu'il courait s'abriter derrière l'édicule en brique abritant la cage d'ascenseur.

Tournant la tête, Bourne vit Annaka accroupie sur le palier, serrant son arme à deux mains. Elle s'avança prudemment et lui lança un coup d'œil inquiet.

« Ça va ? »

Il fit oui de la tête. Khan profita de cette diversion pour surgir de sa cachette et sauter sur le toit de l'immeuble voisin. Au lieu de vider son chargeur sur lui, Annaka leva son arme et se tourna vers Bourne.

« Ne dites pas de sottises, s'exclama-t-elle. Vous êtes couvert de sang !

— Ce n'est que mon nez. » Quand il s'assit, ses vertiges reprirent de plus belle. Comme elle semblait douter de son explication, il se crut obligé d'ajouter : « Je vous assure, c'est impressionnant mais ce n'est rien. »

Voyant qu'il recommençait à saigner, elle appliqua un mouchoir en papier sur son nez.

« Merci. »

Elle éluda son merci en ajoutant : « Vous disiez que vous deviez prendre quelque chose à votre hôtel. Pourquoi êtes-vous monté sur le toit ? »

Il voulut se dresser sur ses jambes mais n'y parvint qu'avec son aide. « Attendez un peu. » Elle jeta un coup d'œil dans la direction où Khan avait disparu puis se retourna vers Bourne comme si elle venait de comprendre. « C'est lui qui nous surveillait, n'est-ce pas ? C'est lui qui a appelé la police quand nous étions dans l'appartement de László Molnar.

— Je n'en sais rien. »

Elle secoua la tête. « Je ne vous crois pas. Pourquoi m'auriez-vous menti, autrement ? Vous ne vouliez pas m'inquiéter parce que vous m'aviez affirmé que nous étions en sécurité ici. Qu'est-ce qui s'est passé de nouveau entre-temps ? »

Il hésita un instant avant de comprendre qu'il n'avait pas d'autre choix que de tout lui avouer. « Quand nous sommes rentrés de déjeuner, j'ai vu des éraflures sur votre tabouret de piano.

— Quoi ? » Elle écarquilla les yeux. « Je ne comprends pas. »

Bourne songea au récepteur miniature enfoncé dans l'oreille de Khan. « Retournons dans l'appartement et je vous montrerai. »

Comme il s'avançait vers la porte, elle marqua un temps d'arrêt. « Je ne sais pas. »

Il se tourna vers elle et dit sur un ton las : « Qu'est-ce que vous ne savez pas ? »

Le visage de la jeune femme avait pris une expression sévère, mêlée d'une certaine tristesse. « Vous m'avez menti.

— Je l'ai fait pour vous protéger, Annaka. »

Ses grands yeux luisaient. « Comment puis-je vous faire confiance désormais ?

— Annaka...

— S'il vous plaît, dites-moi quelque chose. Je veux vraiment savoir. » Elle se figea sur place, apparemment résolue à ne plus bouger de là. « J'ai besoin d'une réponse valable à laquelle me raccrocher.

— Que voulez-vous que je vous dise ? »

Elle leva les bras et les laissa retomber dans un geste d'exaspération. « Quand allez-vous cesser ce dialogue de sourds ? » Elle secoua la tête. « Où avez-vous appris à traiter les gens comme de la merde ?

— Je voulais vous préserver », dit-il. Elle l'avait profondément blessé et, bien qu'il n'en laissât rien deviner, il se doutait qu'elle s'en était rendu compte. « Je croyais agir pour le mieux. Je le crois toujours. Même si cela impliquait de vous cacher la vérité, au moins pour quelques instants. »

Elle le contempla longuement. Une rafale de vent souleva ses cheveux cuivrés et les fit onduler comme l'aile d'un oiseau. Des cris, des exclamations montèrent de la rue. Sans doute des passants alertés par les détonations. Venaient-elles d'un pot d'échappement ou d'autre chose ? L'agitation se calma. A présent, hormis l'aboiement intermittent d'un chien, il n'y avait plus aucun bruit dans le quartier.

« Vous pensiez être capable de gérer la situation, reprit Annaka, vous pensiez être capable de *le* gérer. »

Les jambes raides, Bourne se dirigea vers le parapet et se pencha par-dessus. Contre toute attente, la voiture de location était encore là, sans personne à l'intérieur. Soit ce n'était pas la sienne, soit Khan n'avait toujours pas quitté les lieux. Bourne se redressa non sans mal. Des vagues de douleur se brisaient sur les rives de sa conscience, cognant plus fort au fur et à mesure que l'action des endorphines se dissipait. Chaque os de son corps lui faisait mal, mais ses côtes et sa mâchoire le mettaient carrément au supplice.

Il trouva malgré tout la force de lui répondre sincèrement : « Je suppose que c'est cela, oui. »

D'une main, elle écarta les cheveux qui balayaient sa joue. « Qui est-ce, Jason ? »

C'était la première fois qu'elle l'appelait par son prénom, mais il le remarqua à peine. Pour l'instant, il s'évertuait – en vain – à fournir une réponse satisfaisante pour elle comme pour lui.

Debout dans les escaliers de l'immeuble d'à côté, Khan fixait le plafond d'un œil vague. Qu'attendait-il? Que Bourne vienne le chercher? Ou qu'Annaka Vadas apparaisse devant lui? Dans son esprit embrumé par les coups, il la revoyait pointer son arme sur lui et presser la détente. Normalement, il aurait dû sauter dans sa voiture et vider les lieux. Et pourtant, il était encore là, aussi amorphe qu'une mouche prise dans une toile d'araignée.

Son crâne bourdonnait d'invectives contre lui-même. J'aurais dû, j'aurais dû, se rabâchait-il. Il aurait dû tuer Bourne dès le premier jour, quand il l'avait tenu dans sa ligne de mire. Il ne l'avait pas fait parce qu'il suivait un plan très précis. Un point c'est tout. Un plan tracé au cordeau, destiné – du moins le croyait-il – à assouvir son désir de vengeance. Il aurait dû tuer Bourne dans l'avion de Paris. Il en avait pourtant eu l'intention, et voilà quelques minutes, il avait encore tenté sa chance.

Evidemment, l'intervention d'Annaka Vadas l'en avait empêché. Mais ce n'était qu'une mauvaise excuse, il le savait bien. La vérité était autre, aveuglante, incompréhensible. Il aurait pu le tuer bien avant qu'Annaka ne s'en mêle mais il avait sciemment *choisi de ne pas exercer sa vengeance*.

Pourquoi ? Il aurait été bien en peine de le dire.

Son esprit calme comme un lac, en temps normal, sautait d'un souvenir à l'autre comme si le présent lui était insupportable. Il vit défiler la pièce qui lui avait servi de prison pendant des années, les trafiquants d'armes vietnamiens, son bref moment de liberté puis sa rencontre avec le missionnaire, Richard Wick. Il revit la maison de Wick, ressentit de nouveau la joie de pouvoir se déplacer en toute liberté, une joie qui s'était estompée peu à peu. Et enfin, l'horreur vécue auprès des Khmers rouges.

Le pire dans l'affaire – et il n'en finissait pas de refouler ce regrettable épisode – demeurait son attirance pour l'idéologie des Khmers rouges. Tout cela parce que cette théorie aux relents nihilistes était issue d'un groupe de jeunes Cambodgiens radicaux ayant fait leurs classes à Paris. Quelle ironie ! « Le passé est mort ! Construisez l'avenir sur les ruines fumantes du passé ! » Tel était le mantra que les Khmers rouges répétaient inlassablement jusqu'à ce qu'il détruise toute autre pensée, toute autre opinion.

Leur vision du monde l'avait fasciné pendant un temps. Mais quoi de moins étonnant ? N'était-il pas lui-même un réfugié involontaire, un laissé-pour-compte, un réprouvé ? Il n'avait pas fait le choix de son destin. On avait choisi pour lui. Pour Khan, le passé était bel et bien mort – comme le lui rappelait son cauchemar récurrent. S'ils lui avaient si facilement appris à détruire, c'est qu'ils l'avaient détruit lui-même au préalable.

Non contents de croire à son histoire d'abandon, ils l'avaient lentement privé de sa vie, de son énergie, en le saignant un peu chaque jour. Son interlocuteur avait coutume de dire qu'ils voulaient lui vider l'esprit jusqu'à obtenir une ardoise muette sur laquelle tracer leur version extrémiste de l'avenir radieux dont ils attendaient l'avènement. S'ils le vidaient de son sang c'était pour son bien, lui répétait-il en souriant, afin de le débarrasser des toxines du passé. Chaque jour, il lui lisait des extraits de leur manifeste puis énumérait les noms de leurs opposants assassinés. La plupart lui étaient inconnus, bien sûr, mais certains autres lui disaient quelque chose – des moines, surtout, ainsi que des garçons de son âge qu'il avait croisés sur sa route. Parmi ceux-là, il identifia quelques-uns des gosses qui s'étaient moqués de lui, l'avaient traité comme un paria en jetant le manteau de la honte sur ses frêles épaules. Au bout d'un certain temps, il ajouta une autre activité à son emploi du temps. Après la séance de lecture, il lui demanda de réciter tel ou tel passage du manifeste. Khan obéissait mais cela lui coûtait davantage chaque fois.

Un jour, après l'exercice de récitation, son interlocuteur se mit à descendre la liste des derniers sacrifiés à la cause révolutionnaire. Il termina par le nom de Richard Wick, le missionnaire qui l'avait recueilli en pensant le ramener à la civilisation chrétienne. Khan ne sut jamais quel genre d'émotion suscita en lui cette nouvelle. Il se souvenait seulement d'une impression de dislocation. Le dernier être qui le reliait encore au monde réel venait de disparaître, le laissant à son absolue solitude. Il s'était caché dans les latrines, seul endroit relativement tranquille, pour pleurer. Mais il n'aurait su dire pourquoi. Il haïssait cet homme qui s'était servi de lui, avait trahi son affection. Et voilà qu'à présent, il déplorait sa mort.

Le même jour, son interlocuteur le fit sortir du bunker de béton où il logeait depuis sa capture. Malgré les épais nuages et la pluie battante, la lumière du jour lui avait blessé les yeux. Du temps avait passé ; c'était la saison humide.

Allongé dans l'escalier, Khan songea soudain que jamais, au cours de sa jeunesse, il n'avait été maître de son destin. Mais ce qui le troublait le plus, c'est que rien n'avait changé depuis. Il s'était laissé bercer par une illusion de liberté, en se donnant beaucoup de mal pour se faire une place dans un domaine où il croyait – fort naïvement, tout compte fait – que les êtres libres prospéraient. A présent, il se rendait compte que, depuis sa toute première mission pour Spalko, il s'était fait manipuler. Et aujourd'hui, plus que jamais.

S'il voulait briser ses chaînes, il allait devoir régler le problème Spalko, et vite. Sa dernière conversation téléphonique avec lui s'était mal passée, il en était conscient. Khan s'était laissé emporter et le regrettait amèrement. Donner libre cours à sa colère, manifestation fort inhabituelle chez lui, n'avait servi qu'à éveiller les soupçons de Spalko. Il comprenait aussi que, dès l'instant où Bourne s'était assis près de lui sur ce banc, à Alexandrie, sa froideur légendaire avait fondu comme neige au soleil. Depuis, des émotions impossibles à nommer, à analyser, faisaient surface, ébranlant sa conscience, troublant sa détermination. Il s'aperçut dans un sursaut que, depuis que Jason Bourne était entré dans sa vie, il avait perdu toute volonté propre.

Il s'assit et regarda autour de lui. Il avait entendu un bruit ; il en était certain. Se levant, il posa une main sur la rampe, les muscles tendus, prêt à bondir. Le bruit recommença. Il tourna la tête. Qu'est-ce que c'était ? Ce bruit, il l'avait déjà entendu quelque part. Mais où ?

Son cœur s'emballa, son sang battait à coups sourds dans sa gorge. Le son montait vers lui, le long de la cage d'escalier ; il vibrait sous son crâne. Une voix, toujours la même, l'appelait : « *Lee-Lee ! Lee-Lee !* »

Mais Lee-Lee ne pouvait répondre ; Lee-Lee était morte.

CHAPITRE DIX-NEUF

Au fond de la gorge, dans la plus profonde crevasse de la paroi septentrionale, s'ouvrait l'entrée souterraine du monastère, dissimulée aux regards par les ombres et le travail du temps. Plus le soleil baissait, plus la crevasse ressemblait à un défilé, ce qu'elle avait dû être plusieurs siècles auparavant, lorsque les moines avaient édifié leur forteresse. Des moines guerriers sans doute, à voir ces immenses fortifications évoquant d'anciennes batailles et autres massacres perpétrés pour la sauvegarde de leur antre sacré.

En suivant le soleil, l'équipe s'engagea sans bruit dans le défilé. Entre Spalko et Zina, il n'était plus question de discussions intimes. Ils se comportaient comme si leur corps à corps passionné, bien que bref, n'avait jamais eu lieu. Dans un certain sens, cet événement pouvait passer pour une bénédiction ; en tout cas, la passation de pouvoir avait eu lieu et ce silence, ce secret ne faisaient qu'ajouter à la solidité de leurs nouveaux liens. Fidèle à son habitude, Spalko avait jeté un pavé dans la mare pour le plaisir de regarder l'onde de choc se multiplier, se propager à la surface de l'eau en perturbant à la fois son état d'origine et la vie de ses habitants.

Ils allumèrent leurs torches et s'enfoncèrent dans la pénombre en laissant derrière eux les rochers éclaboussés de soleil. Ils étaient quatre en tout : Spalko, Zina et les deux soldats restants – le troisième ayant été transféré à l'aéroport Kazantzakis où le chirurgien l'attendait à bord de l'avion. Leurs sacs à dos en nylon étaient bourrés d'un équipement allant des grenades de gaz lacrymogènes jusqu'aux pelotes de ficelle. Comme Spalko ne savait pas exactement ce qu'ils allaient trouver à l'arrivée, il avait choisi de parer à toute éventualité.

Les hommes ouvraient la marche, leurs armes semi-automatiques passées à l'épaule, prêtes à servir. Lorsque le défilé devint plus étroit, ils se placèrent en file indienne. Bientôt, tandis que le ciel disparaissait sous une paroi rocheuse, ils pénétrèrent dans une caverne humide. Une odeur fétide émanant de matières en décomposition les saisit à la gorge.

« Ça sent comme dans une tombe, dit l'un des hommes.

— Regardez ! cria l'autre. Des ossements ! »

Ils s'arrêtèrent et braquèrent leurs torches sur des restes de petits mammifères. Moins de cent mètres plus loin, ils tombèrent sur le fémur d'un animal de plus grande taille.

Zina s'accroupit pour le ramasser.

« Ne fais pas ça ! l'avertit le premier homme. Ça porte malheur de toucher des os humains.

— Qu'est-ce que tu racontes ? Les archéologues passent leur vie à manipuler des os. » Zina se mit à rire. « En plus, il n'est peut-être pas humain pour un sou. » Pourtant, elle le laissa tomber dans la poussière.

Cinq minutes plus tard, ils se rassemblaient autour d'un squelette d'apparence parfaitement humaine. Ils promenèrent les faisceaux de leurs torches sur les arcades sourcilières, plongeant les orbites dans une ombre sinistre.

« De quoi est-il mort, à votre avis ? demanda Zina.

— De froid, probablement, dit Spalko. Ou de faim.

— Pauvre diable ! »

Ils poursuivirent leur avancée dans le lit de la roche au sommet de laquelle le monastère était construit. Plus ils progressaient, plus les ossements se multipliaient. Rien que des squelettes humains, et dans un état toujours plus pitoyable.

« Je n'ai pas l'impression que ces gens soient morts de froid ou de faim, fit remarquer Zina.

— De quoi, alors ? », demanda l'un des hommes sans obtenir de réponse.

Spalko leur ordonna de s'arrêter. D'après ses calculs, ils atteindraient bientôt la verticale des remparts crénelés du monastère. Leurs torches révélèrent une étrange structure, juste devant eux.

« La caverne se divise en deux, dit un homme en éclairant alternativement les deux branches du tunnel.

— Les cavernes naturelles ne se divisent pas comme ça »,

déclara Spalko. Il les dépassa et plongea la tête dans le tunnel de gauche. « Celui-ci est une impasse, expliqua-t-il en effleurant les bords des deux entrées. Ces tunnels ont été creusés par l'homme voilà de nombreuses années, expliqua-t-il. Probablement dès la construction du monastère. » Il s'engagea dans le passage de droite. « Oui, celui-ci se poursuit, mais avec des tas de tours et de détours. » Sa voix résonnait étrangement.

Quand il ressortit, son visage avait une drôle d'expression. « Finalement, ça n'a rien d'un simple tunnel, dit-il. Pas étonnant que Molnar ait choisi cet endroit pour y cacher le Dr Schiffer. Je crois qu'il s'agit d'un labyrinthe. »

Les deux soldats échangèrent des regards inquiets.

« Dans ce cas, demanda Zina, comment ferons-nous pour retrouver notre chemin ?

— Nous n'avons aucun moyen de savoir ce qui nous attend à l'intérieur. » Spalko exhiba un petit objet rectangulaire pas plus gros qu'un jeu de cartes et, avec un grand sourire, montra à Zina comment il fonctionnait. « C'est un système de positionnement global. Je viens de lui indiquer notre point de départ. » Il hocha la tête. « Allons-y. »

Cinq minutes plus tard, ils ressortaient du labyrinthe. Ils avaient fait fausse route.

« Qu'est-ce qui cloche ? », demanda Zina.

Spalko fronça les sourcils. « Le GPS ne fonctionne pas là-dedans. »

Elle secoua la tête, perplexe. « Pourquoi, à votre avis ?

— Il se peut qu'un certain minéral composant cette roche bloque le signal partant du satellite », supposa Spalko. Il voulait éviter de leur avouer qu'il ignorait totalement pourquoi le GPS ne marchait pas à l'intérieur du labyrinthe. Il ouvrit donc son sac à dos et en sortit la pelote de ficelle. « Nous allons faire comme Thésée et dérouler cette ficelle derrière nous. »

Zina lorgna la pelote d'un air dubitatif. « Et s'il n'y en a pas assez ?

— Thésée n'a pas rencontré ce genre de problème, dit Spalko. Et nous sommes presque au niveau des murailles du monastère, alors espérons que nous en aurons assez, nous aussi. »

Le Dr Félix Schiffer s'ennuyait. Il ne faisait rien depuis des jours, à part obéir aux ordres. Ses protecteurs l'avaient envoyé en Crète où il avait atterri en pleine nuit, dans le plus grand secret, et depuis, ils le déplaçaient périodiquement d'un endroit à l'autre. Jamais ils ne restaient au même endroit plus de trois jours de suite. Au début, la maison d'Iráklion lui avait bien plu, mais à la longue il s'en était lassé, faute d'activité. Ils lui interdisaient les journaux, la radio. Quant à la télévision, il n'y en avait pas; de toute façon, on ne lui aurait pas permis de la regarder. Pourtant, songeait-il morose, n'importe quelle émission aurait mieux valu que le spectacle de ce tas de pierres pourries. Ici, il dormait sur un méchant lit de camp et pour se réchauffer, devait se contenter d'un feu de bois. Pour tout meuble, il n'y avait que quelques gros coffres et des buffets massifs. Les hommes n'avaient apporté que des chaises pliantes, des lits de camp et des draps. Pas de sanitaires non plus; les toilettes de fortune qu'ils avaient aménagées dans la cour dégageaient une puanteur qu'on sentait jusqu'à l'intérieur du monastère. Il faisait sombre et humide, même à midi, et quand le soir tombait, c'était l'horreur pure. Pas la moindre loupiote pour lire. Encore eût-il fallu avoir quelque chose à lire.

Il rêvait de liberté. S'il avait cru en Dieu, il aurait prié pour sa délivrance. Tant de jours avaient passé depuis sa dernière rencontre avec László Molnar, sa dernière discussion avec Alex Conklin. Quand il s'en ouvrait à ses protecteurs, ils lui sortaient invariablement leur mot sacré : sécurité. Communiquer était contraire à la sécurité, un point c'est tout. Ils s'efforçaient de le rassurer en lui disant qu'il retrouverait bientôt son ami et bienfaiteur. Mais quand il leur demandait quand, ils se contentaient de hausser les épaules en replongeant dans leurs éternelles parties de cartes. Il voyait bien qu'ils s'ennuyaient eux aussi, du moins ceux qui n'étaient pas de garde.

Il y en avait sept. Au départ, ils étaient plus nombreux mais une partie de leur équipe était restée à Iráklion. D'après les rares informations qu'il avait pu glaner, leurs compagnons se faisaient attendre. Du coup, pas de jeux de cartes aujourd'hui – ses gardiens étaient tous en patrouille. L'atmosphère terriblement tendue qui régnait autour de lui le faisait grincer des dents.

Schiffer était un homme plutôt grand, avec des yeux bleus perçants, un nez en lame de couteau et une tignasse poivre et sel. Avant que la DARPA ne le recrute et que, du même coup, il ne disparaisse de la circulation, les gens le prenaient souvent pour James Coburn. Ne sachant guère se comporter en société, il ne trouvait rien à leur répondre, se contentant de marmonner un truc inintelligible et de tourner les talons. Son embarras ne faisait que renforcer le malentendu.

Il se leva et traversa la pièce en traînant les pieds. Un garde l'arrêta avant qu'il n'atteigne la fenêtre et lui fit rebrousser chemin.

« Sécurité, articula le mercenaire d'une voix tendue démentant son regard morne.

— Sécurité ! Sécurité ! Ce mot me donne la nausée ! », s'emporta Schiffer.

Il n'en fut pas moins rapatrié vers la chaise éloignée de toutes les ouvertures qu'il n'était pas censé quitter. L'humidité le fit frissonner.

« Mon labo me manque ; mon travail me manque ! » Schiffer scrutait le visage renfrogné du mercenaire. « J'ai l'impression d'être en prison, vous comprenez ça ? »

Leur chef, Sean Keegan, sentant que son protégé allait piquer une crise de nerfs, s'avança à grands pas vers lui. « Asseyez-vous, je vous prie, docteur.

— Mais je...

— C'est pour votre bien », ajouta Keegan, un de ces Irlandais au regard sombre. Cheveux bruns, visage coupé à la serpe, expression farouche. Une physionomie de voyou. « On nous a engagés pour assurer votre sécurité et nous ferons tout pour remplir notre mission. »

Schiffer obtempéra et s'assit. « Quelqu'un aurait-il l'amabilité de m'expliquer ce qui se passe ? »

Keegan baissa les yeux vers lui et le fixa quelques instants. Puis semblant se raviser, s'accroupit près de la chaise et, à voix basse, lui dit : « J'ai évité de vous en informer, mais je suppose qu'il vaut mieux que vous le sachiez, à présent.

— Quoi ? » L'appréhension tordait les traits de Schiffer. « Qu'est-ce qui est arrivé ?

— Alex Conklin est mort.

— Oh mon Dieu, non ! » Schiffer passa la main sur son visage soudain couvert de sueur.

« Quant à László Molnar, nous n'avons plus de nouvelles de lui depuis deux jours.

— Seigneur tout-puissant !

— Calmez-vous, docteur. Il est tout à fait possible que Molnar soit injoignable pour des raisons de sécurité. » Les yeux de Keegan croisèrent les siens. « D'un autre côté, les hommes que nous avons laissés dans la maison d'Iráklion n'ont toujours pas donné signe de vie.

— Ça j'avais compris, dit Schiffer. Vous croyez que quelque chose... d'ennuyeux leur est arrivé ?

— C'est à envisager. »

Le visage de Schiffer luisait de sueur ; la peur le faisait transpirer comme une fontaine. « Alors, il se peut que Spalko ait découvert ma cachette ; et même qu'il soit déjà en Crète. »

Les traits de Keegan s'étaient changés en pierre. « C'est une hypothèse que nous sommes en train d'étudier. »

Sous le coup de la peur, Schiffer devint agressif. « Eh bien, aboya-t-il, que comptez-vous faire ?

— Nous avons des hommes armés de pistolets-mitrailleurs en faction sur les remparts, mais je doute fort que Spalko soit assez stupide pour tenter un assaut en terrain découvert. » Keegan secoua négativement la tête. « Non, docteur, s'il est ici, s'il se dirige vers nous, il ne dispose pas de cinquante possibilités. » Il se leva, passa la sangle de son pistolet-mitrailleur sur son épaule. « Il devra passer par le labyrinthe. »

Au fur et à mesure qu'il s'enfonçait dans le labyrinthe avec sa petite équipe, Spalko sentait croître son inquiétude. A chaque bifurcation, il se disait que pour des assaillants, ce dédale était la seule approche logique, ce qui revenait à dire qu'ils risquaient de foncer tête baissée dans un piège.

Il posa les yeux sur la pelote de ficelle déjà aux deux tiers déroulée. Ils ne devaient plus être très loin du centre du monastère, à présent ; en tout cas, grâce à la ficelle, ils savaient qu'ils ne tournaient pas en rond. Chaque fois qu'il changeait de direction, il le faisait sans hésiter.

S'adressant à Zina, il dit dans un souffle : « Je flaire une embuscade. Je veux que tu restes ici en arrière-garde. » Il tapota son sac à dos. « Si nous rencontrons des problèmes, tu sais quoi faire. »

Zina hocha la tête. Les trois hommes se remirent en marche, presque accroupis. A peine eurent-ils disparu qu'elle entendit plusieurs courtes rafales de pistolet-mitrailleur. Sans hésiter, elle ouvrit son sac à dos, sortit une grenade lacrymogène et rejoignit ses compagnons en suivant la ficelle.

Avant même de franchir le deuxième tournant, elle renifla l'odeur de la cordite. Elle passa la tête au coin et vit l'un des hommes affalé par terre, baignant dans son sang. Spalko et l'autre soldat étaient pris sous un feu nourri. De sa cachette, elle voyait nettement que la fusillade venait de deux directions différentes.

Elle dégoupilla la grenade et la balança par-dessus la tête de Spalko. L'engin toucha le sol puis roula sur la gauche avant d'émettre un sifflement assourdi. Spalko avait prévenu son acolyte d'une tape dans le dos. Ils s'écartèrent pour se mettre hors de portée du gaz.

Lorsqu'ils entendirent des quintes de toux, des râles, des vomissements, ils en profitèrent pour enfiler leurs masques à gaz et se tenir prêts à affronter un deuxième assaut. Spalko fit rouler une autre grenade vers la droite, coupant court à la fusillade qui venait de redémarrer, mais trop tard pour sauver son compagnon. L'homme reçut trois balles à la poitrine et au cou. Il s'écroula. Du sang jaillit à gros bouillons d'entre ses lèvres entrouvertes.

Spalko et Zina se séparèrent, l'un à droite, l'autre à gauche, et se mirent à arroser les mercenaires impuissants. Ils en tuèrent deux chacun. Quand la voie fut libre, ils repérèrent l'escalier tous les deux en même temps et s'y précipitèrent.

Sean Keegan empoigna Félix Schiffer tout en hurlant ses ordres aux hommes postés sur les remparts. Il leur commanda d'abandonner leurs positions et de rappliquer au centre du monastère où il se dirigea lui-même en traînant derrière lui son fardeau mort de peur.

Il avait commencé à agir dès que les premières bouffées de gaz avaient filtré du labyrinthe souterrain. Quelques instants plus tard, la fusillade avait cessé. Un silence trop profond lui sifflait aux oreilles. Voyant ses deux hommes apparaître, il leur indiqua l'escalier de pierre qui descendait vers l'endroit où il avait envoyé le reste de la troupe tendre une embuscade à Spalko.

Ayant collaboré pendant des années avec l'IRA avant de se mettre à son compte, Keegan était habitué aux confrontations inégales. Il ne comptait plus les fois où il avait dû combattre un ennemi plus nombreux et mieux armé. En fait, il adorait cela. Pour lui, c'était aussi excitant qu'un défi.

Mais à présent, la fumée emplissait le monastère en grosses nappes tourbillonnantes d'où jaillissait une grêle de balles. Ses hommes n'avaient aucune chance; ils allaient se faire exterminer avant même de pouvoir identifier leurs meurtriers.

Sans demander son reste, Keegan s'élança à travers les pièces du monastère, petites et oppressantes comme un terrier, et traînant toujours le Dr Schiffer, partit en quête d'une issue.

Comme prévu, Spalko et Zina se séparèrent dès qu'ils émergèrent de l'épaisse fumée qui filtrait par la porte en haut des escaliers donnant sur le labyrinthe. Spalko entreprit de visiter méthodiquement les nombreuses pièces pendant que Zina cherchait un passage donnant à l'extérieur.

Spalko repéra Schiffer et Keegan le premier. Il les héla et reçut en réponse une rafale de mitraillette qui l'obligea à plonger derrière un gros coffre en bois.

« Tu n'as aucune chance de sortir d'ici vivant, lança-t-il au mercenaire. C'est pas toi que je veux. C'est Schiffer.

— Ça revient au même, lui retourna Keegan. On m'a confié une mission et j'ai l'intention de la mener jusqu'au bout.

— Quel bout ? répliqua Spalko. Ton employeur, László Molnar, est mort. János Vadas aussi.

— Je ne te crois pas », répondit Keegan. Comme Schiffer pleurnichait, d'un geste il lui intima de se taire.

« Comment tu crois qu'on vous a trouvés ? poursuivit Spalko. J'ai fait parler Molnar. Allons ! Tu sais bien que lui seul connaissait votre cachette. »

Silence.

« Ils sont tous morts, reprit Spalko en avançant imperceptiblement. Tu peux toujours attendre pour toucher ton dernier versement. Livre-moi Schiffer et je te donnerai ce qui t'est dû, plus une prime. Qu'en penses-tu ? »

Keegan était sur le point de répondre quand Zina, débouchant par un autre côté, lui logea une balle à l'arrière du crâne.

L'explosion de sang qui en résulta fit glapir le Dr Schiffer comme un chien apeuré. Son dernier protecteur venait de se faire abattre. Lorsqu'il vit Stepan Spalko s'avancer vers lui, il fit volte-face et courut se jeter dans les bras de Zina.

« Tu es coincé, Félix, dit Spalko. Est-ce que tu comprends bien cela ? »

Schiffer fixait Zina de ses yeux écarquillés puis se mit à bafouiller. Elle tendit la main vers lui et lui caressa la tête, lissant ses cheveux pour dégager son front moite, comme elle l'aurait fait avec un enfant fiévreux.

« Tu m'appartenais autrefois, reprit Spalko en enjambant le cadavre de Keegan. Et tu m'appartiens de nouveau. » De son sac à dos, il sortit deux objets en acier chirurgical, verre et titane.

« Oh, mon Dieu ! » Un gémissement jaillit spontanément de la gorge de Schiffer.

Zina lui sourit et l'embrassa sur les deux joues comme le font de bons amis se retrouvant après une longue absence. C'est alors qu'il fondit en larmes.

Spalko, se réjouissant de l'effet produit sur son inventeur par la vision du diffuseur NX20, déclara : « C'est bien ainsi qu'on ajuste les deux éléments, n'est-ce pas Félix ? » Une fois monté, le NX20 n'était guère plus gros que l'arme automatique que Spalko portait en bandoulière. « Maintenant que je possède la charge adéquate, tu vas m'apprendre à m'en servir correctement.

— Non, répondit Schiffer d'une voix chevrotante. Non, non, non !

— Ne t'inquiète donc pas », murmura Zina pendant que Spalko attrapait Schiffer par la nuque, geste qui déclencha chez le scientifique un nouveau spasme de terreur. « Tu es entre de bonnes mains, à présent. »

Il n'y avait que quelques marches mais Bourne eut du mal à les descendre. Chaque fois qu'il posait le pied, ses côtes meurtries le soumettaient à un terrible supplice. Il rêvait d'un bain chaud et d'un peu de repos mais pour l'instant, il y avait plus urgent à faire.

De retour dans l'appartement, il désigna à Annaka le plateau de son tabouret. Elle jura entre ses dents. Ensemble, ils le tirèrent sous le lustre et il grimpa.

« Vous voyez ? »

Elle secoua la tête. « Je n'y comprends rien. »

Il se dirigea vers le petit bureau et gribouilla sur un carnet : *Avez-vous un escabeau ?*

Elle le considéra d'un air bizarre mais opina du chef.

Allez le chercher, écrivit-il.

Quand elle le posa au centre du salon, Bourne l'escalada et se pencha pour regarder à l'intérieur du lustre en verre. Et, bien sûr, il trouva ce qu'il cherchait. D'un geste prudent, il saisit le petit objet du bout des doigts, redescendit et le lui présenta, posé au creux de sa paume.

« Qu'est-ce que... ? » Devant son hochement de tête impératif, elle s'interrompit.

« Vous auriez une paire de pinces ? », demanda-t-il.

Tout en ouvrant la porte d'un petit placard, elle lui adressa de nouveau un regard intrigué mais n'en revint pas moins munie des pinces souhaitées. Bourne coinça le petit objet carré entre les extrémités dentelées et pressa. L'objet se brisa.

« C'est un transmetteur électronique miniaturisé, expliqua-t-il.

— Quoi ? » Sa curiosité s'était muée en perplexité.

« Voilà pourquoi l'homme sur le toit est entré ici par effraction. Il voulait installer ceci dans le lustre. Pour nous espionner. »

Elle examina son salon et se mit à frissonner. « Mon Dieu, je ne me sentirai plus jamais à l'aise dans cette pièce. » Puis elle se tourna vers Bourne. « Qu'est-ce qu'il veut? Pourquoi surveiller chacun de nos mouvements? » Elle renifla légèrement. « C'est à cause du Dr Schiffer, n'est-ce pas?

— Peut-être bien, dit Bourne. Je ne sais pas. » Tout à coup, un vertige le saisit et, sur le point de s'évanouir, il tomba assis sur le canapé.

Annaka courut dans la salle de bains chercher un flacon de désinfectant et quelques pansements. Pendant ce temps, la tête posée sur les coussins, Bourne tentait de faire le vide. Il fallait débarrasser son esprit des événements traumatisants qui venaient de se dérouler. Il devait se calmer, rester concentré, ne pas perdre de vue les prochaines étapes de son action.

Annaka revint chargée d'un plateau surmonté d'un bol en porcelaine contenant de l'eau chaude, plus une éponge, quelques serviettes, une poche à glace, un flacon de désinfectant et un verre d'eau.

« Jason? »

Il ouvrit les yeux.

Elle lui tendit le verre d'eau et quand il eut bu, lui passa la poche de glace. « Votre joue commence à gonfler. »

Quand il pressa la poche contre son visage, il sentit la douleur s'atténuer lentement, sa joue s'engourdir. Il inspira sans excès mais quand il voulut se tourner pour poser le verre vide sur la table basse, il resta bloqué. Reprenant prudemment sa position initiale, il se mit à penser à Joshua. Son fils revivait dans son esprit faute d'exister dans la réalité. En ressuscitant l'être cher dont le fantôme avait hanté David Webb autant que Jason Bourne, Khan avait ranimé un passé insupportable. C'était sans doute pour cette unique raison qu'il lui vouait une haine aussi tenace.

En regardant Annaka effacer les traces de sang séché sur son visage, il se rappela leur brève conversation de tout à l'heure, dans la brasserie. Dès qu'il avait abordé le sujet de son père, elle s'était effondrée. Pourtant, il éprouvait le besoin d'en reparler. Ils avaient un point commun. Lui était un père ayant perdu sa famille dans des circonstances tragiques. Elle était une fille ayant perdu son père dans le même genre de circonstances.

« Annaka, commença-t-il doucement. Je sais combien ce sujet

vous est pénible, mais j'aimerais beaucoup en savoir davantage sur votre père. » Il la sentit se raidir, mais poursuivit néanmoins. « Pouvez-vous me parler de lui ?

— Que voulez-vous que je vous raconte? Comment Alexsei et lui se sont rencontrés, je suppose ? »

Elle se concentra sur les gestes qu'elle était en train de faire, seule manière de ne pas croiser son regard, sans doute.

« Je pensais plutôt à vos relations avec lui. »

Une ombre passa sur le visage de la jeune femme. « Voilà une bien étrange – et intime – question à poser.

— Mon passé, voyez-vous.... » La voix de Bourne se cassa. Il était incapable de mentir mais ne parvenait pas non plus à lui avouer la vérité.

« Ce passé qui ne vous revient que par intermittence. » Elle hocha la tête. « Je comprends. » Quand elle essora l'éponge, l'eau du bol devint rose. « Eh bien, János Vadas était un père parfait. Quand j'étais petite, il changeait mes couches, me lisait des histoires pour m'endormir, me chantait des chansons quand j'étais malade. Il a assisté à tous mes anniversaires et à tous les moments importants de ma vie. Honnêtement, je ne vois pas comment il faisait. » Elle essora de nouveau l'éponge; il avait recommencé à saigner. « Pour lui, je comptais plus que tout. Et il ne cessait jamais de me répéter combien il m'aimait.

— Vous avez eu beaucoup de chance.

— Oui, plus que mes amis, plus que tous les gens que j'ai pu rencontrer. » Les sourcils froncés, elle s'évertuait à stopper l'hémorragie.

Bourne flottait. Dans une sorte de transe, il songea à son fils Joshua – à Dao, à Alyssa – et à tous les instants de bonheur qu'ils auraient pu partager, à tous ces menus événements qui jalonnent une enfance et qu'un père aimant garde précieusement au fond de son cœur.

Elle réussit enfin à étancher le saignement et jeta un œil sous la poche de glace. Son expression resta impassible. Elle s'accroupit, les mains posées sur les genoux.

« Je pense que vous devriez ôter votre veste et votre chemise. »

Il la regarda fixement.

« Il faut que j'examine l'état de vos côtes. J'ai remarqué votre grimace quand vous vous êtes tourné pour poser le verre. »

Elle tendit la main pour qu'il lui rende la poche de glace qu'elle tritura dans tous les sens. « Je vais la remplir. »

Quand elle revint, il était torse nu. Une impressionnante boursouflure rouge zébrait son flanc droit. Il sursauta quand elle l'effleura du bout des doigts.

« Mon Dieu, c'est d'un *bain* de glace dont vous avez besoin, s'exclama-t-elle.

— Au moins, il n'y a rien de cassé. »

Elle lui lança la poche. Lorsqu'il l'appliqua sur sa blessure, il ne put réprimer un hoquet. Elle s'accroupit de nouveau en laissant son regard errer sur lui, et Bourne se demanda à quoi elle pouvait bien songer.

« Vous ne pouvez vous empêcher de penser à l'enfant que vous avez perdu, n'est-ce pas ? »

Il grinça des dents. « C'est juste que... L'homme sur le toit – celui qui nous espionnait – n'a cessé de me suivre depuis les Etats-Unis. Il prétend vouloir me tuer, mais je sais qu'il ment. En fait, il veut que je le conduise vers quelqu'un. Voilà pourquoi il nous surveillait. »

L'expression d'Annaka s'assombrit. « Le conduire vers qui ?

— Un nommé Spalko. »

Elle ne cacha pas sa surprise. « Stepan Spalko ?

— Exact. Vous le connaissez ?

— Bien sûr que je le connais, s'écria-t-elle. Tout le monde le connaît, en Hongrie. C'est le président de Humanistas Ltd., la célèbre organisation humanitaire. » Elle fronça les sourcils. « Jason, là vous me faites peur. Cet homme est dangereux. Si vraiment il en veut à M. Spalko, nous devrions contacter les autorités. »

Il secoua la tête. « Pour leur dire quoi ? Qu'un certain Khan cherche à prendre contact avec Stepan Spalko ? Nous ne savons même pas pourquoi. Imaginez leur réponse. Pourquoi le fameux Khan ne décroche-t-il pas son téléphone pour l'appeler ?

— Alors, essayons au moins de joindre quelqu'un chez Humanistas.

— Annaka, jusqu'à ce que je sache ce qui se trame, je ne contacterai personne. Je dispose de très peu d'éléments pour l'instant. Une telle intervention ne ferait que brouiller mes maigres pistes. »

Il se leva, marcha jusqu'au petit bureau et s'assit devant l'ordinateur portable. « Je vous ai parlé d'une idée qui m'est venue. Ça vous ennuie si j'utilise votre ordinateur ?

— Pas du tout », dit-elle en se levant.

Comme Bourne tapotait sur le clavier, elle ramassa le bol, l'éponge, les autres ustensiles, et se dirigea à petits pas vers la cuisine. Pendant qu'il se connectait, il entendit de l'eau couler. Il pénétra sur le serveur du gouvernement américain, surfa d'un site à l'autre. Quand elle revint, il avait trouvé celui qu'il cherchait.

L'Agence possédait tout un tas de sites accessibles au grand public mais également des douzaines d'autres qu'on ne pouvait visiter qu'en entrant un mot de passe. Ceux-là constituaient le légendaire intranet de la CIA.

Annaka nota son extrême concentration. « Qu'est-ce que c'est ? » Elle se posta derrière Bourne. Un moment plus tard, elle écarquillait les yeux. « Que faites-vous donc ?

— A votre avis ? lança Bourne. Je me connecte en fraude sur la grande base de données de la CIA.

— Mais comment...

— Ne cherchez pas à savoir, répondit Bourne pendant que ses doigts volaient sur les touches du clavier. Croyez-moi, ça ne vous vaudrait que des ennuis. »

Alex Conklin ne connaissait que la voie directe pour entrer sur ce site, pour la bonne raison qu'il recevait automatiquement toutes les données mises à jour, chaque lundi à six heures du matin. C'était Deron, l'artiste et maître faussaire, qui avait enseigné à Bourne l'art de pirater les bases de données gouvernementales. Talent indispensable dans son domaine d'activités.

Le problème majeur était le suivant. Le pare-feu de la CIA – le logiciel assurant la sécurité de leurs données – était particulièrement retors. Non seulement son mot de passe changeait toutes les semaines mais en plus, il était verrouillé par un algorithme aléatoire, lui-même rattaché au mot de passe. Deron lui avait montré comment contourner la difficulté en faisant croire au système que vous possédiez le fameux code. Quand on arrivait à le gruger, il vous le fournissait sans faire de manière.

Après, il fallait s'attaquer à l'algorithme, dérivation de l'algorithme de base encryptant les fichiers centraux de la CIA. Bourne connaissait cette dernière formule par cœur, Deron lui ayant conseillé de la mémoriser.

Bourne navigua vers le site de la CIA. Une fenêtre apparut, dans laquelle on lui demandait de taper le mot de passe actuel. L'algorithme contenait un grand nombre de chiffres et de lettres, bien plus que l'espace donné ne pouvait en accepter. Après qu'il eut entré les trois premières séries de composants, le programme réagit en se bloquant. Le truc, avait dit Deron, consistait à finir de taper l'algorithme avant que le programme ne réalise que quelqu'un voulait forcer l'entrée. Sinon, il se fermait définitivement et tout était fichu. La formule en question était interminable ; la moindre erreur, la moindre hésitation eût été fatale. Bourne se mit à transpirer. Il avait du mal à comprendre que le logiciel puisse rester bloqué si longtemps.

Il parvint néanmoins à taper tous les composants de l'algorithme sans que le programme se ferme. La fenêtre disparut, l'écran changea.

« Je suis entré, dit Bourne.

— Pure alchimie », murmura Annaka, fascinée.

Bourne cliqua sur le site du Directorat des armes tactiques non létales, entra le nom de Schiffer mais ne reçut en retour que quelques données dépourvues d'intérêt. On ne disait rien des recherches de Schiffer, ni de ses antécédents. En fait, on aurait pu croire que le Dr Félix Schiffer n'était qu'un scientifique de seconde zone occupant un poste subalterne au sein du Directorat.

Il existait une autre possibilité. Bourne utilisa le chemin détourné que Deron lui avait également fait mémoriser, celui que Conklin empruntait pour se tenir au courant des événements se déroulant dans les coulisses du ministère de la Défense.

Une fois entré, il se dirigea vers le site de la DARPA et cliqua sur les archives. Heureusement pour lui, les ingénieurs informaticiens du gouvernement avaient la réputation de laisser traîner les fichiers périmés. Celui de Schiffer ne contenait pas grand-chose. Après sa formation au MIT, une grande firme pharmaceutique lui avait confié la direction d'un laboratoire. Moins d'un an plus tard, il en partait avec un autre chercheur, le Dr Peter Sido, avec lequel il collabora pendant cinq ans, avant d'être recruté par le gouvernement et d'entrer à la DARPA. On ne disait pas pourquoi il avait renoncé à sa carrière dans le secteur privé pour intégrer le service public, mais certains scientifiques étaient ainsi. Inadaptés à la vie en société, ils réagissaient comme ces prisonniers qui, une fois leur peine purgée, replongent dès leur libération, juste pour retrouver le monde bien réglé de la prison et laisser l'administration penser à leur place.

Poursuivant sa lecture, Bourne découvrit que Schiffer avait été rattaché au Bureau scientifique de la Défense, service qui trafiquait avec les systèmes d'armes biologiques. Bourne eut un sinistre pressentiment. Quand il travaillait pour la DARPA, le Dr Schiffer avait effectué des recherches sur le « nettoyage » biologique des espaces infectés par l'anthrax.

Bourne passa plusieurs pages sans obtenir davantage de précisions. Il ne comprenait toujours pas pourquoi Conklin s'intéressait tellement à ce type.

Toujours penchée sur l'épaule de Bourne, Annaka demanda : « Existe-t-il un moyen quelconque de découvrir où se cache le Dr Schiffer ?

— Non, je ne le crois pas.

— Bon, très bien. » Elle posa les mains sur ses épaules d'un geste amical. « Le buffet est vide et nous avons tous les deux besoin d'avaler quelque chose de consistant.

— A mon avis, nous ferions mieux de rester ici, si cela ne vous ennuie pas. Un peu de repos ne nous fera pas de mal.

— Vous avez raison. Vous n'êtes pas en état de vous promener. » Elle sourit en attrapant son manteau. « Je descends faire des courses. J'en ai pour cinq minutes. Vous avez envie de manger un truc en particulier ? »

Il fit non de la tête et la regarda s'avancer vers la porte. « Annaka, soyez prudente. »

Elle se retourna, glissa la main dans son sac et, sans la sortir complètement, lui montra son arme. « Ne vous inquiétez pas, tout ira bien. » Elle ouvrit la porte. « A tout de suite. »

Il l'entendit partir mais déjà, il reprenait ses recherches. Son rythme cardiaque s'accéléra. Il tenta en vain de se calmer. Malgré sa détermination, il hésitait. Continuer lui faisait terriblement peur mais il n'avait pas le choix.

Il considéra ses deux mains comme si elles ne lui appartenaient plus. Pendant cinq minutes, il s'évertua à franchir le pare-feu de l'Armée américaine. Soudain, il rencontra un problème technique. L'équipe informatique avait dû renforcer ses défenses en ajoutant une troisième couche dont Deron ne lui avait pas parlé. Peut-être ne l'avait-il même pas remarquée. Ses doigts restèrent suspendus au-dessus du clavier de l'ordinateur comme ceux d'Annaka sur les touches de son piano. Il pouvait encore faire marche arrière ; il n'était pas trop tard, se dit-il. Et il n'y aurait aucune honte à cela. Pendant des années, il s'était répété que tout ce qui concernait sa première famille – y compris les renseignements engrangés dans les bases de données de l'Armée américaine – était un sujet à éviter. Le souvenir de leur mort atroce le torturait déjà suffisamment. Il n'arrivait pas à l'accepter, il se sentait encore coupable de les avoir abandonnés à leur sort. Pendant que lui se trouvait bien à l'abri dans son bureau, en train de participer à une réunion, ils s'étaient fait mitrailler par cet avion descendant en piqué sur le fleuve. Jamais il n'effacerait ces images de son esprit. Leurs derniers instants. Leur terreur indicible. Ayant connu la guerre dans son enfance, Dao avait certainement très vite repéré le vrombissement paresseux des moteurs dans l'air chaud et humide. D'abord, elle avait vu l'avion se découper sur le rond blanc du soleil et, quand le grondement s'était rapproché, quand la carcasse de métal avait masqué l'astre du jour, elle avait compris. Le cœur serré par la panique, elle avait dû courir vers ses enfants pour tenter de les protéger de son corps. Mais déjà les balles commençaient à trouer la surface de la rivière boueuse. « Joshua ! Alyssa ! Venez ! », avait-elle crié, comme si prononcer leurs noms avait pu leur sauver la vie.

Assis devant l'ordinateur d'Annaka, Bourne s'aperçut qu'il pleurait. D'abord, il laissa couler les larmes qu'il avait retenues pendant toutes ces années, puis se ravisant, s'essuya les joues d'un revers de manche et, de peur de changer d'avis, retourna vite à ses recherches.

Il trouva le moyen de vaincre l'ultime protection du pare-feu et, au bout de cinq minutes d'un travail acharné, parvint à se connecter. Sans réfléchir, avant que ses nerfs ne lâchent à nouveau, il cliqua sur le dossier des disparus, entra les noms et date de décès dans les champs requis. Dao Webb, Alyssa Webb, Joshua Webb. Puis il resta là, à contempler les caractères qu'il venait de taper. *C'était ma famille, des êtres de chair et de sang. Des gens qui riaient, pleuraient, me serraient dans leurs bras, m'appelaient « chéri » et « papa ».* Qu'étaient-ils, à présent ? Des noms sur un écran d'ordinateur. Des statistiques dans une base de données. Son cœur se brisa ; il sentit poindre de nouveau ce désespoir fou, lancinant qui s'était abattu sur lui dès l'annonce de leur disparition. *Si jamais je replongeais là-dedans,* songea-t-il, *je n'en sortirais pas indemne.* Anéanti par le chagrin, il appuya sur « Entrée ». Il n'avait pas le choix ; il ne pouvait revenir en arrière. Ne reviens jamais en arrière : le jour même où Alex Conklin l'avait recruté, il s'était fixé cette ligne de conduite. Ensuite, Conklin avait fait naître un nouveau David Webb puis il était devenu Jason Bourne. Alors pourquoi entendait-il encore leurs voix ? « *Chéri, tu m'as manqué !* », « *Papa, tu es revenu !* »

Traversant la barrière perméable du temps, ces souvenirs s'étaient accrochés au filet de sa mémoire. Du coup, il ne comprit pas tout suite ce qu'il lisait. Il dut fixer le texte plusieurs minutes avant de remarquer que quelque chose clochait.

D'abord, il vit ce qu'il avait espéré ne jamais voir. Les photos – horriblement nettes – de Dao, sa femme bien-aimée, les épaules et la poitrine déchiquetées par la mitraille, le visage grotesquement défiguré. Sur la deuxième page, il découvrit sa fille Alyssa. Son pauvre corps et sa tête portaient des blessures plus atroces encore. Elle était si petite, si vulnérable. Paralysé de douleur et d'épouvante, il s'obligea à continuer. La tragédie n'était pas finie. Il restait une page, une dernière série de photos.

Les dents serrées, il passa sur la troisième page, s'attendant à visionner les photos du cadavre de Joshua. Mais il n'y en avait aucune.

Stupéfait, il ne réagit pas tout de suite. D'abord, il crut à une panne informatique. Le serveur l'avait peut-être redirigé vers une autre page d'archive. Mais pas du tout, le nom était bien là : Joshua Webb. En dessous, figuraient des mots qui percèrent son cerveau comme une aiguille chauffée à blanc. « Trois pièces de vêtement, dont la liste suit, une chaussure déchiquetée retrouvée à dix mètres des cadavres de Dao et Alyssa Webb. Après une heure de recherches, Joshua Webb a été déclaré mort. NBF. »

NBF. Le terrible acronyme employé par l'Armée pour indiquer que le corps du disparu n'avait pas été retrouvé. Ces lettres explosèrent devant ses yeux. Une main de glace se referma sur son cœur. Ils avaient cherché Joshua pendant une heure – *seulement* une heure ? Pourquoi ne pas lui en avoir parlé ? Trois cercueils avaient été portés en terre. Il avait assisté à la cérémonie, l'esprit déchiré par la douleur, le remords, la culpabilité. Et eux, ces salauds, pendant ce temps-là, ils savaient et ne disaient rien ! Il recula sur sa chaise, le visage livide, les mains tremblantes, sentant monter en lui une rage meurtrière.

Il pensa à Joshua ; il pensa à Khan.

Dans une vision d'horreur, il se souvint du petit bouddha de pierre taillée suspendu au cou de Khan. Il n'avait pas voulu y croire au début, mais finalement Khan était peut-être réellement Joshua ! Dans ce cas, son fils était devenu une machine à tuer, un monstre. Bourne était bien placé pour savoir que la jungle du Sud-Est asiatique transformait facilement les hommes en tueurs fous. Mais bien sûr, il restait une autre possibilité, à laquelle il s'accrochait désespérément : Joshua aurait pu se trouver pris dans un complot bien plus vaste et complexe qu'il ne l'avait envisagé de prime abord. Dans ce cas, ces rapports n'étaient peut-être qu'un tissu de mensonges. La conspiration toucherait donc les plus hautes sphères du gouvernement américain. Mais curieusement, à cette pensée, il se sentit encore plus désemparé. L'obsession du complot le poursuivait depuis trop longtemps.

Il revit Khan lui désigner le bouddha de pierre, il l'entendit affirmer : *« C'est toi qui me l'as donné – oui, c'est toi. Et après, tu m'as laissé mourir... »*

Brusquement, la gorge de Bourne se serra, son estomac se noua violemment. Il se précipita dans la salle de bains et vomit tout ce qu'il avait dans le ventre.

Dans les boyaux du siège central de la CIA, l'officier de garde de la salle de contrôle se détourna de son écran d'ordinateur puis décrocha le téléphone et composa un numéro spécifique. Il laissa le répondeur lui dire : « Parlez » avant de demander le DCI. Une fois sa voix analysée, comparée à celles figurant sur la liste des officiers de garde, l'appel fut transmis. Un homme lui demanda : « Ne quittez pas, je vous prie. » Et un instant plus tard, la voix chaude et claire du DCI retentit à son oreille.

« Je crois de mon devoir de vous faire savoir, monsieur, qu'une alarme interne a été déclenchée. Quelqu'un a réussi à franchir le pare-feu de l'Armée dans l'intention de consulter le registre des décès. Les dossiers suivants sont concernés : Dao Webb, Alyssa Webb, Joshua Webb. »

Un silence bref mais inquiétant s'ensuivit. « Vous dites Webb, mon petit ? Vous êtes bien sûr de vous ? »

Devant le ton inquiet du DCI, le jeune officier de garde sentit son front se couvrir de sueur. « Oui m'sieur.

— D'où provient l'intrusion ?

— De Budapest, monsieur.

— L'alarme a-t-elle fonctionné ? A-t-elle enregistré la totalité de l'adresse IP ?

— Oui m'sieur. 106-108 Fo utca. »

Un sourire sinistre se peignit sur le visage du DCI. Par pure coïncidence, il venait de feuilleter le dernier rapport de Martin Lindros. Apparemment, les Français avaient eu beau fouiller les décombres de l'accident auquel Jason Bourne était supposé avoir succombé, ils n'avaient pas trouvé le moindre bout de tissu humain. Pas même une molaire. Donc, contrairement à ce qu'affirmait le témoin oculaire de la DGSE, on ne pouvait se permettre d'affirmer que Bourne était mort. Le DCI écrasa son poing sur son bureau. Il enrageait. Bourne leur avait encore échappé. C'était très énervant et terriblement décevant mais pas si étonnant que ça. Après tout, Alex avait fait de Bourne un agent hors pair, capable de se sortir des pires situations. Il n'en connaissait pas de meilleur. Combien de fois Alex Conklin lui-même ne s'était-il pas fait passer pour mort ? Il est vrai qu'Alex n'employait pas des méthodes aussi spectaculaires, songea le DCI.

Bien sûr, on ne devait pas exclure la possibilité que quelqu'un d'autre que Jason Bourne ait forcé le pare-feu de l'Armée américaine pour accéder aux registres de décès bouffés aux mites de trois individus ne faisant en rien partie du personnel militaire et que tout le monde ou presque avait oubliés aujourd'hui. Mais c'était plus qu'improbable.

Non, se dit-il toujours plus excité, Bourne avait survécu au terrible accident de Paris ; il était vivant et en pleine possession de ses moyens. A Budapest – pourquoi justement là ? Et pour une fois, il venait de commettre une erreur qui allait leur servir. Pourquoi s'intéressait-il aux registres de décès de sa première famille ? Le DCI n'en avait pas la moindre idée. Une seule chose l'intéressait. Piégé par sa curiosité, Bourne venait de signer son arrêt de mort. Plus rien ne les empêcherait désormais d'exécuter la sanction pesant sur lui.

Le DCI saisit le téléphone. Il aurait pu en charger un subordonné mais ne voulait pas se priver du plaisir de formuler les termes de la sentence. Tout en composant un numéro à l'étranger, il répétait dans sa tête : *Maintenant, je te tiens, espèce de salopard.*

CHAPITRE VINGT

POUR une ville fondée par les Britanniques à la fin du dix-neuvième siècle pour servir de camp d'entretien sur la voie ferrée Mombasa-Ouganda, Nairobi n'avait rien de bien original, avec son horizon barré de fines tours modernes. Autrefois, la plaine fertile sur laquelle elle s'étendait avait été le territoire des Massaïs. C'était avant l'arrivée de la civilisation occidentale. Actuellement, Nairobi connaissait le plus fort taux de développement urbain d'Afrique de l'Est. Dans cette ville où se côtoyaient, de manière étonnante, vestiges du monde ancien et signes patents de la modernité, on rencontrait toutes les misères habituellement attachées aux croissances trop rapides. La richesse tapageuse voisinait avec la plus abjecte pauvreté. Inégalités par trop criantes qui mettaient parfois le feu aux poudres. Après, il fallait restaurer le calme. Avec une population fortement touchée par le chômage, Nairobi vivait dans un climat d'insécurité permanente. Les émeutes, les agressions nocturnes étaient monnaie courante, surtout à l'intérieur et à la périphérie du Parc Uhuru, à l'ouest du Centre municipal.

Tout cela n'intéressait guère les membres du détachement qui venait de quitter l'aéroport Wilson, à bord de deux limousines blindées. Ils n'avaient pourtant pas manqué de noter certains signes annonciateurs de violence, comme la présence de miliciens patrouillant dans le Centre municipal, le quartier des ministères et des ambassades, à l'ouest de la ville. Ils en repérèrent également le long de Letama et de River Road. Ensuite, ils passèrent devant le bazar où l'on trouvait pratiquement de tout en matière d'armement. Les surplus de l'Armée, allant du lance-flammes au tank en passant par les lance-missiles sol-air portables, étaient exposés aux regards, à côté des robes en vichy et des textiles colorés, ornés de motifs tribaux.

Spalko était assis dans la limousine de tête, près d'Hasan Arsenov. Le véhicule qui les suivait était occupé par Zina, Magomet et Akhmed, deux des plus fidèles lieutenants d'Arsenov, porteurs de leur indéfectible barbe bouclée. Vêtus du costume noir traditionnel, ils regardaient bouche bée la tenue occidentale de Zina. Elle leur sourit tout en scrutant leur visage pour voir s'ils changeaient d'expression.

« Tout est fin prêt, Cheik, dit Arsenov. Mes hommes sont parfaitement entraînés. Ils parlent couramment islandais, ont mémorisé la schématique de l'hôtel et les procédures que vous avez établies. Ils n'attendent que mon ordre pour passer à l'action. »

Tout en observant le défilé des habitants de Nairobi et des étrangers de passage, tachés de rouge par les rayons du soleil couchant, Spalko se souriait à lui-même. « J'ai l'impression de détecter une note de scepticisme dans ta voix ?

— Si tel est le cas, s'empressa de répondre Arsenov, c'est sans doute à cause de mon impatience. J'ai attendu toute ma vie l'occasion de me libérer du joug russe. Mon peuple a trop longtemps vécu en paria ; il espère depuis des siècles être accueilli dans la communauté de l'Islam. »

Spalko hocha la tête d'un air rêveur. Pour lui, l'opinion d'Arsenov ne revêtait plus aucun intérêt ; bientôt, il passerait à la trappe et cesserait tout bonnement d'exister.

Le même soir, tous les cinq se retrouvèrent dans une salle à manger privée que Spalko avait réservée au dernier étage de l'hôtel 360, sur l'avenue Kenyatta. Comme leurs chambres, elle disposait d'une vue imprenable sur la ville. On apercevait même le Parc national, peuplé de girafes, de gnous, de gazelles de Thompson et de rhinocéros – sans oublier les lions, les léopards et les buffles d'eau. Durant le dîner, on ne parla pas affaires, on n'évoqua même pas la raison de ce voyage.

Quand les assiettes furent vides, l'atmosphère changea du tout au tout. L'équipe de Humanistas Ltd., qui les avait précédés à Nairobi, avait installé dans la salle un système de projection relié à un ordinateur. On déplia un écran et Spalko fit défiler une présentation PowerPoint montrant les côtes de l'Islande, la ville de

Reykjavík et ses environs, puis des vues aériennes de l'hôtel Oskjuhlid, suivies de photos prises à l'intérieur et à l'extérieur de l'établissement. « Voilà le système HVAC. Comme vous pouvez le voir ici et ici, il est équipé de capteurs de mouvements et de détecteurs de chaleur à infrarouge tout ce qu'il y a de plus sophistiqué, dit-il. Et voici le panneau de contrôle. Comme toutes les installations de l'hôtel, il possède un système de sécurité fonctionnant sur l'électricité, mais relié à une batterie de secours en cas de besoin. » Il poursuivit son discours en énumérant chacune des étapes du plan, à la minute près, depuis leur arrivée sur les lieux jusqu'à leur départ. Le moindre détail avait été pensé ; tout était prêt.

« A demain matin, au lever du soleil, dit-il en se levant, aussitôt imité par les quatre autres. *La illaha ill Allah.*

— *La illaha ill Allah* », reprirent-ils en chœur d'un air solennel.

*

Tard dans la nuit, Spalko fumait, allongé sur son lit. Malgré la lampe allumée, il voyait encore les lumières scintillantes de la ville et, au-delà, l'obscurité boisée du parc animalier. Il paraissait abîmé dans ses pensées mais en réalité, son esprit était parfaitement clair. Il attendait.

Le lointain grondement des animaux sauvages empêchait Akhmed de dormir. Il s'assit sur son lit et se frotta les yeux de ses poings. D'habitude, il dormait comme une souche et, du coup, ne savait quoi faire en cas d'insomnie. Il avait bien tenté de se recoucher sur le dos, mais à présent il était bel et bien éveillé, à écouter les puissants battements de son cœur. Et ses yeux refusaient de se fermer.

Il songeait aux merveilleux lendemains qui l'attendaient. Qu'Allah fasse de ce jour le début d'une ère nouvelle pour nous tous, priait-il.

Dans un soupir, il s'assit, balança ses jambes hors du lit et se leva en rajustant les curieux vêtements occidentaux qu'on l'obligeait à porter. Un pantalon et une chemise. S'y habituerait-il jamais ? Allah fasse que non.

A peine eut-il ouvert la porte de sa chambre qu'il vit passer Zina. Elle marchait avec une grâce lente et mystérieuse, ses hanches ondulant de manière provocante. Souvent, quand elle passait près de lui, il se surprenait à se lécher les lèvres et à respirer son parfum à pleins poumons.

Il glissa la tête dehors et la vit s'éloigner. Où pouvait-elle bien aller? Un instant plus tard, il obtint la réponse qu'il cherchait. Devant ses yeux écarquillés de stupeur, elle frappa discrètement à la porte du Cheik qui, très vite, apparut dans l'embrasure. Peut-être l'avait-il convoquée pour lui parler de quelque manquement à la discipline. Comment savoir?

C'est alors qu'elle dit sur un ton qu'il ne lui connaissait pas : « Hasan est endormi ». A ces mots, Akhmed comprit tout.

Sans un mot, Spalko fit un pas en arrière pour la laisser entrer et referma doucement la porte. Il l'enlaça puis la renversa sur le lit. Quelques instants plus tard, elle gémissait de plaisir, la peau couverte des fluides de leur jouissance. Leur façon de faire l'amour avait quelque chose de frénétique, comme s'ils étaient les derniers humains sur Terre. Quand ce fut terminé, elle s'installa à califourchon sur lui et se mit à le caresser, à lui murmurer son désir dans des termes hautement explicites jusqu'à ce que, n'y tenant plus, il la prenne à nouveau.

Ensuite, elle resta couchée près de lui, leurs corps étroitement imbriqués, à tirer sur sa cigarette en faisant des ronds de fumée. La chambre était sombre si bien qu'elle contemplait son amant à la lueur des têtes d'épingles lumineuses étoilant la nuit sur Nairobi. Dès qu'il avait posé la main sur elle, la première fois, elle avait souhaité le connaître intimement. Elle ne savait rien de son passé – d'après ce qu'on racontait, elle n'était pas la seule dans ce cas. Si un jour, il consentait à lui confier les petits secrets de sa vie, elle saurait qu'il était lié à elle comme elle était liée à lui.

Elle fit courir le bout de ses doigts sur le coquillage de son oreille, et la peau bizarrement douce de sa joue. « Je veux savoir ce qui t'est arrivé », dit-elle à voix basse.

Les yeux de Spalko passèrent lentement du vague au net. « C'est une très vieille histoire.

— Raison de plus pour me la raconter. »

Il tourna la tête et la regarda droit dans les yeux « Tu veux vraiment savoir?

— Oui, vraiment. »

Il inspira puis relâcha. « A cette époque, mon jeune frère et moi vivions à Moscou. Il avait tendance à se fourrer dans tous les pétrins possibles et imaginables, c'était plus fort que lui; il souffrait d'une sorte de dépendance.

— La drogue?

— Allah soit loué, non. Sa drogue à lui c'était le jeu. Il pariait sur tout et n'importe quoi, même quand il était à court d'argent. Il m'en empruntait et moi, bien sûr, je faisais semblant de croire aux histoires farfelues qu'il me servait. »

Il se tourna sur le côté et secoua son paquet pour sortir une cigarette qu'il alluma. « Quoi qu'il en soit, vint un temps où ses histoires devinrent peu plausibles, à moins que je n'aie décidé de ne plus entrer dans son jeu. Je lui ai dit : "Ça suffit", en croyant – stupidement, je ne l'ai compris qu'ensuite – qu'il arrêterait. » Il aspira la fumée et la laissa ressortir avec un sifflement. « Mais bien sûr, il n'a pas arrêté. Et que crois-tu qu'il ait fait? Il s'est adressé aux seules personnes qu'il aurait dû fuir comme la peste. Tout cela parce qu'elles seules acceptaient de lui prêter de l'argent.

— La pègre. »

Il hocha la tête. « Exactement. Il leur a emprunté de l'argent en sachant bien que s'il perdait, il ne pourrait jamais les rembourser. Il n'ignorait pas les risques qu'il prenait avec eux, mais comme je l'ai dit, c'était plus fort que lui. Il a parié et, comme toujours ou presque, il a perdu.

— Et? » Zina était sur des charbons ardents.

« Le jour du remboursement, ne le voyant pas venir, ils sont partis à sa recherche. »

Spalko contempla le bout rougeoyant de sa cigarette. Les fenêtres étaient ouvertes. Un ton au-dessus du faible bourdonnement de la circulation et du bruissement des feuilles de palmier, on entendait par intermittence le puissant rugissement d'un fauve ou bien quelque hululement surnaturel.

« D'abord, ils l'ont passé à tabac, poursuivit-il d'une voix à peine plus forte qu'un soupir. Rien de trop méchant, puisque, à ce moment-là, ils croyaient encore récupérer leur argent. Quand ils ont compris qu'il était fauché et ne réunirait jamais la somme, ils se sont fâchés pour de bon et l'ont abattu comme un chien en pleine rue. »

Il avait fini sa cigarette mais le mégot se consumait entre ses doigts. Son esprit était ailleurs. A côté de lui, Zina ne disait rien, trop captivée par son histoire pour intervenir.

« Six mois passèrent, reprit-il en balançant d'une pichenette le mégot par la fenêtre. J'ai fait ce que je devais faire; j'ai remboursé tous ses créanciers, et finalement j'ai sauté sur l'occasion. Le caïd qui avait ordonné la mort de mon frère se rendait chaque semaine chez le barbier de l'hôtel Métropole.

— Laisse-moi deviner, l'interrompit Zina. Tu t'es fait passer pour le barbier et, quand il s'est assis dans le fauteuil, tu lui as tranché la gorge d'un coup de rasoir. »

Il la fixa un instant puis éclata de rire. « C'est excellent, un vrai film de gangsters, s'exclama-t-il en hochant la tête. Mais dans la vraie vie, ça n'aurait pas marché. Le caïd se faisait raser par le même barbier depuis quinze ans. Jamais il n'aurait accepté de remplaçant. » Il se pencha et lui posa un baiser sur les lèvres. « Ne sois pas déçue. Prends cela comme une leçon et assimile. » Il glissa son bras autour d'elle et la serra contre lui. Quelque part dans le parc, un léopard miaula.

« Non, j'ai attendu qu'il soit rasé de frais, tout propre et décontracté grâce aux bons soins de son barbier favori, et je me suis posté devant le Métropole, en pleine rue. Un endroit que seul un fou aurait choisi. Quand il est sorti, j'ai tiré sur lui et ses gardes du corps.

— Et puis tu as disparu.

— Si on veut, oui, dit-il. Ce jour-là, j'ai réussi à disparaître, mais six mois plus tard, dans une autre ville, un autre pays, un type dans une voiture m'a jeté un cocktail Molotov. »

Elle fit courir tendrement ses doigts sur sa chair reconstituée. « Je t'aime comme ça, imparfait. La douleur que tu as endurée te rend... héroïque. »

Spalko ne répondit rien. Bientôt, le souffle de Zina devint plus profond, plus régulier. Elle glissait dans le sommeil. Evidemment, l'histoire qu'il venait de lui débiter n'était qu'un tissu de mensonges, pourtant elle tenait debout, il fallait bien le reconnaître – un vrai film de gangsters ! La vérité – quelle était la vérité ? Il l'avait presque oubliée. Ayant passé trop de temps à peaufiner cette existence factice, certains jours il n'arrivait plus à distinguer le vrai du faux. En tout cas, jamais il n'avait révélé la vérité à quiconque de peur de se placer en position d'infériorité. Quand les gens vous connaissent bien, ils croient vous posséder – comme si des aveux proférés dans un moment de faiblesse, d'intimité comme ils disent, vous liaient éternellement à eux.

Zina était comme les autres, elle voulait savoir. L'écorce amère de la déception le fit grincer des dents. Décidément, ses semblables le décevraient toujours. Ils n'appartenaient pas à la même sphère de connaissance que lui et donc, ne pouvaient percevoir les nuances de l'existence comme lui les percevait.

Il les trouvait amusants pendant un moment, mais pas plus. Il emporta cette pensée dans le gouffre profond du sommeil. A son réveil, il vit que Zina était retournée près d'Hasan Arsenov. Le cocu ne se douterait de rien.

A l'aube, tous les cinq s'entassèrent dans deux Range Rover fournies et conduites par des membres de Humanistas, et quittèrent le centre-ville en direction d'un immense faubourg populeux s'étendant comme un chancre au sud de Nairobi. Personne ne parlait ; ils avaient à peine touché à leur petit déjeuner tant ils étaient tendus, même Spalko.

Le ciel était clair mais un brouillard toxique planait sur le gigantesque faubourg comme une preuve patente du manque d'hygiène et de la présence permanente du spectre du choléra. Ils croisèrent des bâtiments délabrés, des cabanes en tôle, d'autres en bois, et des immeubles de béton peuplés de squatteurs, qui auraient pu passer pour des bunkers sans ces alignements de linge étendu sur des fils claquant dans l'air sablonneux. Ils virent aussi des amoncellements de terre repoussés au bulldozer et se demandèrent ce que c'était jusqu'à ce qu'ils aperçoivent des restes calcinés. Des chaussures aux semelles brûlées, les lambeaux d'une robe bleue. Ces menus objets, vestiges d'une violence inconnaissable bien que récente, semblaient symboliser la sinistre réalité des lieux, rajoutant une touche morbide à la laideur de la misère qui les entourait. Il y avait peut-être de la vie ici, mais c'était une vie désorganisée, chaotique et lugubre à tous points de vue. Même sous la lumière du jour naissant, on sentait que ces lieux ne sortaient jamais de la nuit noire. Au milieu de cette étendue qui leur rappelait le bazar de la veille, ils éprouvaient un sentiment de fatalité, comme si la ville tout entière fonctionnait sur une économie basée sur le marché noir. Et, au fond d'eux-mêmes, ils se sentaient responsables de cette désolation, de ce spectacle navrant qu'ils traversaient, ralentis par la foule épaisse encombrant les trottoirs craquelés, débordant sur les rues sales et défoncées. Les feux de circulation n'existaient pas, mais même s'il y en avait eu, leur cortège se serait fait alpaguer par les hordes de mendiants ou les vendeurs colportant leurs pathétiques marchandises.

Enfin arrivés plus ou moins au centre du faubourg, ils pénétrèrent dans un immeuble d'un étage. Les locaux étaient vides et sentaient le brûlé. Une impalpable couche de cendre blanche recouvrait tout. Les chauffeurs portèrent à l'intérieur deux grosses malles rectangulaires contenant le matériel.

Une fois ouvertes, elles révélèrent des combinaisons Hazmat argentées qui furent distribuées selon les indications de Spalko. Les combinaisons possédaient leurs propres systèmes de respiration. Ensuite, Spalko lui-même se pencha sur l'une des malles, prit la valise du NX20, sortit l'engin et assembla soigneusement les deux pièces pendant que les quatre rebelles tchétchènes se pressaient autour de lui pour regarder. Il le tendit à Hasan Arsenov le temps d'attraper la boîte, petite mais pesante, que le Dr Peter Sido lui avait remise. Avec d'infinies précautions, il la déverrouilla. La fiole de verre apparut sous les yeux médusés de tous les assistants. Elle était si minuscule, si mortelle. Ils eurent soudain l'impression de manquer d'air et, de fait, leur souffle devint plus pénible.

Spalko ordonna à Arsenov de tenir le NX20 à bout de bras. D'un coup de pouce, il ouvrit un clapet en titane placé au sommet de l'engin et installa la fiole dans la chambre à cartouche. Le NX20 n'était pas encore armé, expliqua-t-il. Le Dr Schiffer l'avait équipé de plusieurs sécurités pour éviter les dispersions accidentelles ou prématurées. Il désigna le sceau hermétique qui, une fois la chambre pleine, s'activerait au moment où il fermerait et verrouillerait le clapet. Il joignit le geste à la parole puis récupéra le NX20 des mains d'Arsenov et conduisit ses compagnons jusqu'à l'escalier intérieur ayant résisté à l'incendie pour la seule et bonne raison qu'il était en béton.

Parvenus au premier étage, ils se massèrent près d'une fenêtre aux vitres fracassées, comme toutes les autres dans l'immeuble ; il ne restait plus que le cadre. Dehors, ils regardèrent le lent défilé des estropiés, des boiteux, des affamés, des malades. Sous le bourdonnement accablant des mouches, ils virent un chien à trois pattes s'accroupir pour déféquer dans un marché à ciel ouvert où des marchandises usagées s'entassaient dans la poussière. Un enfant courait nu dans la rue, en pleurant. Une vieille femme marchait, le dos voûté, en se raclant la gorge et crachant.

Ce spectacle ne revêtait qu'un intérêt secondaire pour les hommes de l'escouade, trop occupés à étudier chacun des gestes de Spalko, à boire ses paroles avec une concentration presque compulsive. La précision mathématique de l'arme agissait comme un talisman contre les miasmes qui semblaient planer dans l'air.

Spalko leur montra les deux détentes du NX20 – une petite et, juste derrière, une grande. La petite, leur dit-il, faisait passer la charge de la chambre à cartouche dans la chambre de tir. Un autre sceau hermétique entrait alors en action. Il suffisait de presser ce bouton-ci, sur le côté gauche, et le NX20 était prêt à tirer. Il appuya sur la petite détente, pressa le bouton et sentit un léger déplacement à l'intérieur de l'arme, la première annonce de la mort.

L'engin possédait un canon massif et particulièrement laid dont l'intérêt pratique compensait la médiocre esthétique. Contrairement aux armes conventionnelles, on n'avait pas besoin de calculer précisément sa ligne de feu, fit-il remarquer en sortant le canon par la fenêtre. Ils retinrent leur souffle pendant que Spalko arrondissait son index autour de la grosse détente.

Dehors, la vie allait son train désordonné et hasardeux. Un jeune homme mangeait en plongeant deux doigts de sa main droite dans le bol de bouillie de maïs qu'il tenait collé sous son menton, pendant qu'un groupe de gens affamés le regardaient faire de leurs yeux anormalement grands. Une petite fille d'une maigreur incroyable passa à vélo tandis que deux vieillards édentés contemplaient la terre tassée de la rue comme si la triste histoire de leur vie y était inscrite.

Engoncés dans leurs combinaisons Hazmat, ils perçurent un léger sifflement, rien de plus. Par ailleurs, comme l'avait prédit le Dr Schiffer, on ne vit se dégager aucun nuage.

Les secondes s'égrenaient avec une lenteur atroce. Les membres de l'escouade fixaient intensément l'espace de la rue, leurs sens en alerte comme aiguisés par la fébrilité de l'attente. Leur pouls résonnait à leurs oreilles, leur cœur cognait sourdement. Ils respiraient à peine.

Le Dr Schiffer avait dit qu'au bout de trois minutes, ils sauraient si le diffuseur avait fonctionné. Tels avaient été en gros ses derniers mots avant que Spalko et Zina ne jettent son corps presque inerte dans le labyrinthe.

Spalko, l'œil braqué sur sa montre, leva la tête à l'instant même où la trotteuse acheva son troisième tour de cadran. Ce qu'il vit le sidéra. Déjà une douzaine de personnes s'étaient écroulées. Puis un cri retentit, rapidement étouffé. Ce premier appel, repris par d'autres, se transforma très vite en un lugubre hululement. Dans la rue, les gens tombaient comme des mouches, en proie à d'atroces convulsions. La mort déroulait sa lente spirale de silence. Les malheureux n'avaient nulle part où se cacher, nulle part où s'enfuir. Ceux qui avaient encore la force de courir pour se mettre à l'abri étaient fauchés comme les autres.

Spalko adressa un signe aux Tchétchènes qui le suivirent dans l'escalier de béton. En bas, les chauffeurs se tenaient prêts. Ils attendirent que Spalko démonte le NX20 et le remette à sa place. Quand ce fut fait, ils rabattirent le couvercle des malles et les hissèrent dans les Range Rover.

Ils sillonnèrent à pied les rues entourant le point d'impact. A quatre cents mètres à la ronde, ils constatèrent le même résultat. Des morts, des agonisants, partout. Ils regagnèrent leurs véhicules, le goût du triomphe dans la bouche. A peine furent-ils installés que les Range Rover démarrèrent et traversèrent la zone de huit cents mètres de rayon correspondant au périmètre de dispersion du NX20 – toujours d'après le Dr Schiffer. Spalko eut la satisfaction de vérifier que le brave docteur n'avait péché ni par mensonge ni par exagération.

Quand les effets de la charge seront dissipés, c'est-à-dire dans une heure, combien dénombrerait-on de morts ? se demanda-t-il. Il avait renoncé à compter après mille, mais on pouvait facilement imaginer un chiffre de trois mille, peut-être cinq.

Avant de quitter la cité de la mort, il donna l'ordre aux chauffeurs d'allumer l'incendie. Stimulées par une substance hautement inflammable, des langues de feu jaillirent aussitôt jusqu'au ciel et ravagèrent la totalité du quartier.

Ce magnifique feu de joie effacerait les traces de leur odieux forfait. Personne n'en saurait rien, du moins pas avant l'achèvement de leur mission, au sommet de Reykjavík.

Dans quarante-huit heures, ce sera fait, exultait Spalko. Rien ne les arrêterait plus désormais.

Le monde m'appartient.

Troisième partie

CHAPITRE VINGT ET UN

« JE redoute une hémorragie interne, dit Annaka en examinant de nouveau la boursouflure décolorée zébrant le flanc de Bourne. Il faut aller à l'hôpital.

— Vous plaisantez, je suppose », rétorqua-t-il. Certes, la douleur empirait ; à chaque inspiration, un terrible élancement lui déchirait le thorax. Deux côtes enfoncées, sans doute, songea-t-il. Mais pas question d'aller à l'hôpital ; trop risqué pour un homme dans sa situation.

« Très bien, admit-elle. Un médecin, alors. » Elle se dépêcha de lever la main, comme pour prévenir son objection. « L'ami de mon père, Istvan, est un homme discret. Mon père avait recours à ses services de temps en temps et tout s'est toujours bien passé. »

Bourne secoua la tête et répondit : « Allez chez le pharmacien, si vous y tenez, mais rien de plus. »

Avant qu'il ne change d'avis, Annaka attrapa son manteau et son sac en promettant de revenir vite.

Dans un sens, il était heureux de se retrouver seul un instant ; il avait besoin de réfléchir. Recroquevillé sur le canapé, il s'enveloppa dans l'édredon. Ses pensées s'agitaient frénétiquement sous son crâne. De toute évidence, le Dr Schiffer était la clé de l'énigme. Il fallait absolument lui mettre la main dessus et, quand ce serait fait, il connaîtrait le nom de celui qui avait commandité les meurtres d'Alex et de Mo, celui qui l'avait piégé. Seulement voilà, le temps manquait. Schiffer avait disparu depuis des jours. Molnar était mort depuis quarante-huit heures. Si, comme Bourne le craignait, Molnar avait parlé sous la torture et révélé la cachette de Schiffer, il y avait fort à parier que ce dernier se trouvait à présent entre des mains ennemies et que par conséquent, l'ennemi en question s'était emparé de son invention, cette arme biologique portant le nom de code NX20 qui avait tant affolé Léonard Fine, le contact de Conklin, quand Bourne l'avait évoquée devant lui.

Qui *était* l'ennemi ? Le seul nom dont il disposait était celui de Stepan Spalko, un humanitaire internationalement connu. Et pourtant, selon Khan, ce même Spalko aurait organisé les assassinats d'Alex et de Mo et fait porter le chapeau à Bourne. Khan pouvait mentir, c'était fort possible. Il avait peut-être des comptes personnels à régler avec Spalko.

Khan !

Il lui suffisait de l'évoquer pour se retrouver en proie à d'incontrôlables émotions. Rassemblant toute sa volonté, il tenta de focaliser sa rage sur son propre gouvernement. Ils lui avaient menti – ils s'étaient tous ligués pour lui cacher la vérité. Pourquoi ? Qu'essayaient-ils de couvrir ? Croyaient-ils que Joshua était encore vivant ? Dans ce cas, pourquoi s'acharnaient-ils à lui dissimuler la vérité ? *Qu'est-ce qu'ils pouvaient bien tramer ?* Il se prit la tête à deux mains. Sa vue se brouillait – ce qui, un instant plus tôt, lui semblait net, évident, s'enfonçait dans le flou le plus total. Il se dit qu'il devenait dingue. Avec un cri inarticulé, il rejeta l'édredon, se leva sans accorder la moindre attention à la douleur lancinante qui vrillait ses côtes et courut prendre le pistolet en céramique caché sous sa veste. Il le soupesa. Contrairement aux armes en acier, dont le poids vous rassurait, celle-ci était aussi légère qu'une plume. Il glissa son index dans le pontet et la contempla un long moment, comme si par sa seule volonté, il pouvait faire apparaître les obscurs fonctionnaires de la Défense responsables de cet ignoble mensonge. Ceux-là mêmes qui, au lieu de lui dire que le corps de Joshua n'avait jamais été retrouvé, avaient estimé plus commode de lui annoncer son décès, alors que nul ne savait de façon certaine s'il était mort ou pas.

Lentement, la douleur reflua dans son corps, une souffrance immense, ravivée par chaque inspiration. Il fut bien obligé de regagner le canapé et de nouveau, se pelotonna sous l'édredon. Dans la douce quiétude de l'appartement, une question, toujours la même, resurgit spontanément dans son esprit : Et si jamais Khan disait la vérité – et s'il était vraiment Joshua? Aussitôt suivie de cette réponse, terrible, invariable : dans ce cas, il serait devenu un assassin capable de commettre des meurtres de sang-froid sans en éprouver aucun remords. Un homme n'ayant plus rien d'humain.

Jason Bourne laissa retomber sa tête. Depuis qu'Alex Conklin avait fait de lui sa créature, des dizaines d'années plus tôt, jamais il ne s'était senti si proche du désespoir.

Lorsque Kevin McColl avait reçu l'ordre d'exécuter Bourne, il était très occupé avec Ilona, une jeune Hongroise de sa connaissance aussi désinhibée qu'athlétique. Cette fille faisait des trucs géniaux avec ses jambes. Quand l'appel était arrivé, elle était justement en train de lui démontrer ses talents.

Pour tout dire, Ilona et lui se trouvaient aux Bains Kiraly sur Fo utca. Comme on était un samedi, jour des femmes, elle s'était arrangée pour le faire entrer discrètement. Il devait d'ailleurs reconnaître que cette clandestinité rajoutait du piquant à l'aventure. Comme tous les hommes exerçant son métier, il avait vite pris l'habitude d'enfreindre les lois – de vivre selon ses propres lois.

Avec un grognement de dépit, il se détacha d'elle et saisit son téléphone cellulaire. Pas question de faire la sourde oreille car ce téléphone ne sonnait que pour les exécutions. Il écouta sans mot dire la voix du DCI lui expliquer qu'il devait se mettre en route sur-le-champ. La sanction était urgente, la cible proche.

Et donc, tout en reluquant la peau luisante de sueur d'Ilona sous la lumière scintillante reflétée par les carreaux de mosaïque, il entreprit de renfiler ses vêtements. C'était un homme d'une taille impressionnante, bâti comme un demi de mêlée, au visage lisse et imperturbable. Il passait le plus clair de son temps à soulever de la fonte et ça se voyait. Ses muscles saillaient à chacun de ses mouvements.

« Je n'ai pas fini, dit Ilona en le dévorant de ses grands yeux sombres.

— Moi non plus », répondit McColl. Et il la planta là.

Deux avions privés étaient posés sur le tarmac de l'aéroport Nelson, à Nairobi. Tous deux appartenaient à Stepan Spalko. Sur le fuselage et la queue s'affichait le logo de Humanistas Ltd. Le deuxième, réservé au personnel de Humanistas appelé en renfort, s'apprêtait à décoller pour Budapest. Quant au premier, il était censé accueillir Arsenov et Zina et les emmener en Islande où ils devaient retrouver leurs acolytes partis de Tchétchénie via Helsinki.

Spalko se tenait face à Arsenov, Zina attendait un pas derrière lui, sur sa gauche. Dans sa fatuité, Arsenov pensait que ce retrait exprimait la déférence qu'elle ressentait envers lui. Spalko, lui, n'était pas dupe. Elle le dévorait littéralement des yeux.

« Vous avez tenu votre promesse, Cheik, dit Arsenov. Cette arme nous apportera la victoire à Reykjavík, je n'en doute pas un seul instant. »

Spalko hocha la tête. « Bientôt vous obtiendrez tout ce que vous méritez.

— Je suis bien incapable de vous exprimer l'étendue de notre gratitude.

— Vous vous sous-estimez, Hasan. » Spalko sortit une mallette en cuir et l'ouvrit. « Passeports, badges, cartes, diagrammes, les toutes dernières photos, tout ce qu'il vous faut. » Il lui tendit l'ensemble. « Vous rejoindrez le bateau à quinze heures demain. » Il regarda Arsenov. « Puisse Allah vous accorder force et courage. Puisse Allah guider votre bras. »

Comme Arsenov se détournait, tout occupé à inventorier son précieux chargement, Zina déclara : « Puissent nos prochaines retrouvailles déboucher sur un glorieux avenir, Cheik. »

Spalko sourit. « Le passé s'effacera pour laisser place à ce glorieux avenir », répondit-il en posant sur elle un regard intense.

Savourant discrètement le plaisir que lui causait cette promesse, Zina escalada la passerelle métallique, à la suite de Hasan Arsenov.

Spalko regarda la porte se refermer derrière eux puis se dirigea vers son propre avion attendant sur le tarmac. Tout en marchant, il sortit son téléphone cellulaire, composa un numéro et, quand il entendit la voix familière à l'autre bout de la ligne, annonça sans préambule : « Bourne progresse trop rapidement. Ça ne me dit rien qui vaille. En l'état actuel des choses, je dois relever Khan de sa mission – oui, je sais, à supposer qu'il ait jamais eu l'intention de l'exécuter. Khan est un être plein de surprises, une véritable énigme, même pour moi. Aujourd'hui, il devient imprévisible. J'en conclus qu'il est incontrôlable. Si Bourne meurt maintenant, Khan disparaîtra dans la nature et je n'arriverai jamais à lui mettre la main dessus. Or, rien ne doit venir ternir notre grand projet. Me suis-je bien fait comprendre? Bon. A présent, écoute. Il n'existe qu'un seul moyen de les neutraliser tous les deux. »

Non seulement McColl était en possession du nom et de l'adresse d'Annaka Vadas – par un extraordinaire coup de chance, elle vivait à deux pas des Bains – mais il avait reçu sa photo sur son téléphone par fichier jpg. Du coup, il la reconnut sans peine quand elle sortit du 106-108 Fo utca. Aussitôt frappé par sa beauté et sa démarche altière, il la regarda ranger son portable, ouvrir la portière d'une Skoda bleue et s'installer au volant.

Juste avant que Annaka ne glisse sa clé dans le contact, Khan se redressa sur la banquette arrière et dit : « Je devrais tout avouer à Bourne. »

Sans manifester la moindre surprise, ni prendre la peine de se retourner – elle était bien entraînée –, elle mit le contact puis lui jeta un regard appuyé dans le rétroviseur. « Lui avouer quoi ? Tu ne sais rien, lâcha-t-elle, laconique.

— J'en sais suffisamment. C'est toi qui as attiré la police dans l'appartement de Molnar. Je sais aussi pourquoi. Bourne risquait de découvrir la vérité, n'est-ce pas ? Il risquait de comprendre que Spalko était l'homme qu'il cherchait. Ce n'est pas faute de lui avoir dit. Mais j'ai l'impression qu'il se méfie de tout ce que je peux lui raconter.

— Pourquoi te ferait-il confiance ? Tu n'as aucune crédibilité à ses yeux. Il est persuadé que tu fais partie d'une vaste machination destinée à le manipuler. »

Tout en parlant, Annaka déplaça imperceptiblement la main. Khan arrêta son geste et lui serra le bras comme dans un étau. « Ne fais pas cela. » Il lui prit son sac, l'ouvrit et sortit l'arme. « Tu as déjà tenté de me tuer une fois. Crois-moi, je ne te laisserai pas recommencer. »

Elle observa son reflet dans le rétroviseur. Traversée par une myriade d'émotions, elle répliqua : « Tu crois que je te mens à propos de Jason, mais tu te trompes.

— Ce que j'aimerais savoir, dit-il sans tenir compte de son commentaire, c'est comment tu as pu le convaincre de ton amour filial, alors qu'en réalité tu haïssais cordialement ton père. »

Trop occupée à retrouver un souffle normal et reprendre ses esprits, elle ne répondit rien. Elle savait qu'elle courait un grave danger. Comment allait-elle se tirer de ce guêpier ?

« Tu as dû jubiler quand ils l'ont abattu, poursuivit Khan, bien que, te connaissant comme je te connais, tu as dû regretter de ne pas l'avoir fait toi-même.

— Si tu as l'intention de me tuer, dit-elle brusquement, fais-le tout de suite et épargne-moi tes bavardages. »

Vif comme un serpent, il se pencha et la saisit à la gorge. Pour la première fois, il lut de la peur dans ses yeux. Après tout, c'était cela qu'il espérait. « Je ne t'épargnerai pas, Annaka. Je te rendrai la monnaie de ta pièce.

— Je pensais juste que tu pouvais te passer d'une bonne d'enfant.

— Tu pensais rarement quand nous étions ensemble, rétorqua-t-il, du moins pas à moi. »

Elle lui adressa un sourire glacial. « Oh, mais je n'ai jamais cessé de penser à toi.

— Oui, et ensuite tu allais faire ton rapport à Stepan Spalko. » Il resserra sa prise et lui secoua la tête de droite et de gauche. « C'est vrai ou pas ?

— Pourquoi me le demander si tu connais déjà la réponse ? haleta-t-elle.

— Ça fait combien de temps qu'il me fait tourner en bourrique ? »

Annaka ferma un instant les yeux. « Depuis le début. »

La fureur le fit grincer des dents. « A quoi joue-t-il ? Qu'est-ce qu'il attend de moi ?

— Ça, je l'ignore. » Sa gorge émit un petit sifflement quand il la serra au point de compresser la trachée artère. Au moment où il relâcha son emprise, elle murmura faiblement : « Fais-moi mal si tu veux, tu n'obtiendras rien d'autre. Parce que je te dis la vérité.

— La vérité ! » Il partit d'un rire amer. « Tu ne reconnaîtrais pas la vérité même si tu l'avais devant le nez. » Néanmoins, il la crut. Elle ne lui apprendrait rien de plus. « Qu'est-ce que tu fabriques avec Bourne ? demanda-t-il, dégoûté.

— Je le tiens à l'écart de Stepan. »

Il hocha la tête. Ça cadrait assez bien avec ce que Spalko lui avait dit. « Logique. »

Elle mentait avec une telle assurance. Et ses mensonges sonnaient juste. Depuis toute petite, elle savait travestir la vérité. Mais aujourd'hui, la chose était d'autant plus simple que, depuis le dernier appel de Spalko, ce mensonge était devenu vérité. Spalko avait modifié ses plans, et maintenant qu'elle y songeait, l'aveu qu'elle venait de faire tombait à merveille. Khan l'avait peut-être agressée par hasard. Il fallait juste qu'elle s'arrange pour sortir vivante de ce mauvais pas.

« Où est Spalko ? lui demanda-t-il. Ici, à Budapest ?

— En fait, il va bientôt rentrer de Nairobi. »

Khan exprima sa surprise. « Qu'est-ce qu'il fichait à Nairobi ? »

Elle rit mais les doigts qui lui enserraient la gorge transformèrent son rire en toux sèche. « Tu crois peut-être qu'il me l'aurait dit ? Tu sais qu'il adore les petits secrets. »

Il posa ses lèvres contre son oreille. « Je sais que *nous* adorions les petits secrets, Annaka – sauf que ces secrets n'en étaient pas, hein ? »

Dans le rétroviseur, Annaka lui jeta un regard lourd de sous-entendus. « Je ne lui disais pas tout. » C'était vraiment bizarre de lui parler sans le regarder en face. « Je gardais certains trucs pour moi. »

Les lèvres de Khan s'ourlèrent de mépris. « Tu ne crois quand même pas que je vais avaler ça.

— Avale ce que tu veux, répondit-elle platement, comme d'habitude. »

Il la secoua encore une fois. « Ce qui signifie ? »

Elle hoqueta et se mordit la lèvre inférieure. « Jusqu'à ce que je te rencontre, je n'avais jamais mesuré combien je haïssais mon père. » Il desserra son étreinte et avala sa salive. « Mais grâce à toi et tes pulsions parricides, j'ai compris où était ma voie ; tu m'as appris à attendre le bon moment, à savourer la vengeance par anticipation. Tu as raison, quand mon père est mort, j'ai amèrement regretté de ne pas avoir appuyé sur la détente. »

Sa déclaration le choqua mais il se garda bien de le montrer. Il venait juste de comprendre qu'elle l'avait percé à jour. Il n'avait jamais réalisé à quel point elle le connaissait. Il en ressentit une honte mêlée de rancune.

« Nous sommes restés ensemble un an, dit-il, toute une vie pour des gens comme nous.

— Treize mois, vingt et un jours et six heures, répliqua-t-elle. J'ai rompu au moment même où j'ai compris que je ne pouvais pas te contrôler comme Stepan le souhaitait. Voilà pourquoi je m'en souviens si bien.

— Et quelle est la cause de cette étonnante faiblesse ? » Il s'efforçait d'adopter un ton badin mais il bouillait en dedans.

Annaka le fixait obstinément dans le rétroviseur. « C'est que, articula-t-elle, quand j'étais avec toi, je n'arrivais même plus à me contrôler moi-même. »

Disait-elle la vérité ou se jouait-elle de lui, encore une fois ? Jusqu'à ce que Jason Bourne fasse irruption dans sa vie, Khan n'était que certitudes, et voilà qu'à présent tout lui échappait. La honte, la rancune l'assaillirent de nouveau. Son don d'observation, son instinct infaillible fondaient comme neige au soleil. C'était inquiétant. Malgré tous ses efforts, il succombait, laissant ses sentiments répandre un nuage délétère sur son esprit d'habitude si vigilant, si calculateur. Il la désirait encore, et plus que jamais. Dans un élan irrépressible, ses lèvres se posèrent sur son cou.

Ce soudain baiser l'empêcha de remarquer l'ombre projetée à l'intérieur de la Skoda. Annaka, elle, la repéra aussitôt et tourna la tête juste à temps pour voir un Américain bâti en hercule ouvrir violemment la portière arrière et abattre le canon de son arme sur la nuque de Khan.

Ce dernier lâcha la jeune femme et s'affala, inconscient, sur la banquette.

« Bonjour, mademoiselle Vadas », lança l'Américain dans un hongrois dépourvu d'accent. Il sourit en refermant sa grosse main sur l'arme d'Annaka. « Mon nom c'est McColl, mais appelez-moi Kevin, j'en serais ravi. »

Zina rêvait d'une steppe russe éclairée par un soleil orange, envahie par une horde de barbares des temps modernes – une armée de Tchétchènes brandissant des NX20 – descendant du Caucase pour semer la dévastation et apaiser dans le sang leurs âmes tourmentées. L'expérience qu'elle venait de vivre avec Spalko était si forte qu'elle abolissait le temps. Elle se revoyait enfant, dans le taudis ébranlé par les bombes qu'elle occupait avec ses parents. Le visage ravagé de sa mère lui disant : « *Je ne peux pas me lever. Même pour notre eau. Je ne peux pas aller...* »

Mais il fallait bien que quelqu'un y aille. Elle avait quinze ans à l'époque, l'aînée de quatre enfants. Un jour, le beau-père de sa mère avait débarqué chez eux pour emmener son frère Kanti, le dernier héritier mâle du clan ; les Russes avaient tué tous les autres, y compris ses propres fils, ou les avaient envoyés à Pobedinskoe et Krasnaya Turbina, ces camps dont on ne revient pas.

A la suite de quoi, elle dut remplacer sa mère pour toutes les corvées. Elle collectait les bouts de métal, partait chaque jour puiser de l'eau. La nuit, trop fatiguée pour dormir, elle revoyait le visage baigné de larmes de Kanti, terrorisé à l'idée de quitter sa famille et tout ce qu'il connaissait.

Trois fois par semaine, elle se faufilait à l'extérieur, traversait un terrain jonché de mines non explosées afin de voir son frère, embrasser ses joues pâles et lui donner des nouvelles de la maison. Un jour, quand elle arriva, elle trouva son grand-père mort. Kanti avait disparu. Les Forces spéciales russes avaient ratissé le secteur, tué le vieil homme et emmené l'enfant au camp de Krasnaya Turbina.

Pendant six mois, elle avait remué ciel et terre pour obtenir des nouvelles de Kanti, mais elle était trop jeune et manquait d'expérience en la matière. En outre, sans argent, personne n'était disposé à lui fournir d'informations. Trois ans plus tard, sa mère mourut à son tour, ses sœurs furent placées dans des orphelinats et Zina rejoignit les forces rebelles. La voie qu'elle avait choisie n'avait rien de facile : elle avait dû endurer la méchanceté des hommes, apprendre à se soumettre, à obéir, mais surtout à ne jamais sous-estimer ses propres talents. Grâce à son intelligence exceptionnelle, Zina comprit très vite comment se servir de ses atouts physiques. Cette découverte lui permit également de mieux appréhender les jeux de pouvoir. Contrairement à un homme qui s'élève dans la hiérarchie à la force du poignet, pour progresser elle utilisa les avantages qu'elle avait reçus en naissant. Elle passa un an à endurer les brimades de ses supérieurs puis réussit à en convaincre un de lancer une attaque de nuit sur Krasnaya Turbina.

Elle s'était engagée dans les rangs de la rébellion et avait accepté de vivre l'enfer pour cette seule et unique raison. Pourtant, elle paniquait à l'idée de ce qu'elle allait trouver dans ce camp. Or, elle ne trouva rien, aucune trace de son frère. C'était comme si Kanti avait purement et simplement cessé d'exister.

Zina se réveilla en poussant un cri étouffé, se redressa et regarda autour d'elle. Elle était assise dans l'avion de Spalko, en route pour l'Islande. L'esprit encore embrumé de sommeil, elle revit le visage baigné de larmes de Kanti, renifla l'odeur âcre montant des charniers de Krasnaya Turbina. Elle baissa la tête, rongée par l'incertitude. Si, par quelque miracle il vivait encore, elle ne le saurait jamais, ne pourrait jamais voler à son secours ; le soustraire à l'enfer russe.

Sentant quelqu'un approcher, elle leva les yeux. C'était Magomet, l'un des deux lieutenants qu'Hasan avait emmenés avec lui à Nairobi pour qu'ils témoignent plus tard du premier épisode de leur libération. Akhmed, son collègue, faisait comme si elle n'existait pas, attitude qu'il avait adoptée depuis qu'il l'avait vue habillée à l'occidentale. Magomet avait la dégaine d'un ours, des yeux de jais et une longue barbe bouclée qu'il peignait avec les doigts quand il était anxieux. Il s'appuya au dossier de son siège et se pencha légèrement vers elle.

« Tout va bien, Zina ? », demanda-t-il.

Zina chercha d'abord Hasan du regard et, le voyant endormi, retroussa les lèvres dans un vague sourire. « Je rêvais de notre prochain triomphe.

— Il sera magnifique, n'est-ce pas? Nous tenons notre revanche ! Notre place au soleil ! »

Elle savait que sa présence tout près de lui le rendait dingue, aussi se garda-t-elle de répondre. Il devait déjà s'estimer heureux qu'elle ne l'envoie pas sur les roses. Elle s'étira en bombant la poitrine et, non sans amusement, le vit écarquiller les yeux. Il ne lui manque qu'une langue pendante, pensa-t-elle.

« Tu veux du café ? demanda-t-il.

— Peut-être bien. » Le sachant à l'affût de la moindre ambiguïté, elle prit soin de s'exprimer sur un ton égal. Son statut, rehaussé par l'importante tâche que le Cheik lui avait confiée, la confiance implicite qu'il mettait en elle, Magomet les percevait assez nettement, tout comme Akhmed qui, à l'instar de la plupart des mâles tchétchènes, la considérait comme une inférieure puisque femme. Un instant, elle faillit se laisser gagner par le découragement. La barrière culturelle qu'elle espérait abattre était si solide. Mais il lui suffit de se concentrer un peu pour retrouver ses esprits. Le plan qu'elle avait mis au point, sur l'instigation du Cheik, tenait le coup ; il marcherait – elle le savait aussi sûrement que deux et deux font quatre. Voyant Magomet s'éloigner, elle lui lança d'une voix assurée, comme s'il lui devait déjà obéissance : « Et pendant que tu y es, prends-en une tasse toi aussi. »

Quand il lui tendit son café, elle se mit à le siroter sans même lui proposer de s'asseoir. Il resta donc debout, accoudé à son dossier, en tenant sa tasse à deux mains.

« Dis-moi, fit Magomet. A quoi il ressemble ?

— Le Cheik ? Hasan ne te l'a pas dit ?

— Hasan Arsenov ne dit jamais rien.

— Peut-être veut-il préserver le rapport privilégié qu'il entretient avec lui, dit-elle en observant Magomet par-dessus sa tasse.

— Et toi ? »

Zina eut un rire étouffé. « Non. Moi je suis partageuse. » Elle avala une petite gorgée de café. « Le Cheik est un visionnaire. Il voit le monde non comme il est mais comme il sera dans un an, dans cinq ans ! C'est vraiment génial de se trouver en sa présence. Il contrôle jusqu'au moindre détail de sa personne et quand on pense à la puissance qu'il exerce sur le monde entier... »

Magomet poussa un soupir de soulagement. « Alors nous sommes vraiment sauvés.

— Oui, sauvés. » Zina posa sa tasse, sortit le rasoir et la crème à raser qu'elle avait trouvés dans les toilettes de l'avion. « Viens te mettre ici, face à moi. »

Magomet n'hésita qu'un instant. Quand il s'assit, leurs genoux se touchèrent.

« Décidément, tu ne peux pas descendre de l'avion avec une tête pareille. »

Il la scruta de ses yeux sombres tout en se peignant la barbe des doigts. Sans le lâcher du regard, Zina lui prit la main, l'écarta puis ouvrit le rasoir et appliqua de la crème sur sa joue droite. Lorsque la lame lui racla la peau, Magomet eut un frémissement mais la laissa faire, les yeux fermés.

A un moment donné, elle vit Akhmed se redresser pour l'observer. Elle avait déjà rasé la joue gauche de Magomet. Akhmed s'approcha et sans faire aucun commentaire, contempla le visage à demi imberbe de son compagnon d'armes. Sa barbe disparaissait, ses traits apparaissaient.

Enfin, il s'éclaircit la gorge et lui dit d'une voix douce : « Tu pourrais me raser, moi aussi ? »

« J'aurais jamais cru que ce type se trimbalerait avec un flingue aussi nul », dit Kevin McColl en tirant Annaka hors de la Skoda. Il empocha le pistolet en émettant un petit sifflement de mépris.

Annaka se fit humble, trop heureuse qu'il ait pris son arme pour celle de Khan. Plantée sur le trottoir, elle baissait la tête, absorbée dans la contemplation de ses chaussures, mais se réjouissait intérieurement. Comme tant d'hommes, ce McColl était incapable d'imaginer qu'elle puisse posséder une arme, et encore moins qu'elle sache s'en servir. S'il l'avait su, il en aurait été choqué, très certainement.

« Avant tout, je veux que vous sachiez que je ne vous ferai aucun mal. Il vous suffira de répondre à mes questions en toute sincérité et d'obéir à mes ordres à la lettre. » Il appuya son pouce sur la terminaison nerveuse située sur la face interne de son coude, juste assez pour lui faire comprendre qu'il ne plaisantait pas. « On est d'accord ? »

Elle hocha la tête et, quand il enfonça son pouce plus profondément, poussa un petit cri.

« Je vous ai posé une question. J'attends une réponse. »

Elle dit : « Oui, on est d'accord.

— Bien. » Il la fit avancer jusqu'au 106-108 Fo utca et la poussa dans le renfoncement de la porte d'entrée. « Je cherche Jason Bourne. Où est-il ?

— Je n'en sais rien. »

Une vive douleur lui traversa le bras, ses genoux fléchirent.

« On recommence, dit-il. Où est Jason Bourne ?

— En haut, répondit-elle, les joues baignées de larmes. Dans mon appartement. »

Il desserra sa prise. « Vous voyez comme c'est facile ? Pas de chichis, pas de bobos. Bon, si on montait ? »

Ils entrèrent dans le hall avec sa clé, elle alluma la lumière et ils s'engagèrent dans l'escalier. Au troisième étage, McColl l'arrêta. « Maintenant vous m'écoutez, articula-t-il. Vous allez faire comme si de rien n'était. Pigé ? »

Elle esquissa un hochement de tête, se ravisa et prononça : « Oui. »

Il l'attira brusquement à lui. « A la moindre entourloupe, je vous étripe comme une truie. » Il la poussa pour la faire avancer. « OK. On y va. »

Elle marcha jusqu'à sa porte, enfonça la clé dans la serrure et ouvrit. Jason était couché sur le canapé, les paupières mi-closes.

Il leva les yeux. « Je croyais que vous étiez... »

A cet instant, McColl écarta Annaka et leva son arme. « Papa est rentré ! », cria-t-il en visant la silhouette étendue. Puis il pressa la détente.

CHAPITRE VINGT-DEUX

Annaka attendit le bon moment pour intervenir. Dès que McColl se mit en position de tir, elle lui décocha un vigoureux coup de coude. La balle passa au-dessus de la tête de Bourne et s'enfonça dans le mur, juste sous le plafond.

Dans un beuglement de rage, McColl repositionna son bras droit vers sa cible toujours allongée et du gauche empoigna Annaka par les cheveux et la fit basculer en arrière. A ce moment, Bourne sortit son pistolet en céramique de sous l'édredon, déterminé à blesser l'intrus à la poitrine. Mais Annaka se trouvait dans la ligne de mire. Réajustant son tir, il toucha l'homme au bras droit. L'arme tomba sur le tapis, du sang jaillit de la blessure mais McColl eut le réflexe de ramener Annaka contre lui pour s'en faire un bouclier.

Un genou à terre, Bourne essayait de suivre les déplacements de l'homme qui reculait vers la porte ouverte sans pour autant lâcher Annaka.

« C'est pas fini, loin de là ! cria-t-il, le regard braqué sur Bourne. Je n'ai jamais raté une exécution et c'est pas aujourd'hui que ça va commencer. » Sur cette sinistre déclaration, il empoigna Annaka et la jeta vers Bourne.

Bourne attrapa la jeune femme avant qu'elle ne heurte le canapé, la fit pivoter sur elle-même puis fonça vers la porte juste à temps pour voir l'ascenseur se refermer. Ralenti par ses côtes douloureuses et ses jambes en coton, il s'engouffra en boitillant dans la cage d'escalier. Hors d'haleine, il voulut s'arrêter une seconde afin de reprendre son souffle et emmagasiner assez d'oxygène pour continuer sa course, mais il y renonça et se mit à dévaler les marches deux à deux. Presque arrivé sur le palier du rez-de-chaussée, son pied gauche dérapa, il s'écroula et descendit les derniers degrés sur le dos. Il se releva en grognant, ouvrit la porte à toute volée et passa dans le vestibule. Du sang tachait le sol en marbre mais l'assassin avait disparu. Quand il posa le pied dans le hall, ses jambes se dérobèrent sous lui. Il s'assit, à demi évanoui, son arme dans une main, l'autre posée sur sa cuisse, paume levée. Il avait tellement mal que sa vue se troublait. Il avait l'impression de ne plus savoir respirer.

Il faut que je rattrape ce fumier, pensa-t-il. Mais un vacarme démentiel résonnait sous son crâne. Incapable d'esquisser le moindre geste, il comprit que son cœur battait à tout rompre. A peine eut-il le temps de se dire que l'Agence n'avait pas mis beaucoup de temps à comprendre que sa mort était une mise en scène, qu'Annaka débarquait dans le hall.

Quand elle le vit, elle se renfrogna. « Jason ! » S'agenouillant près de lui, elle lui passa un bras autour du corps.

« Aidez-moi à me relever », dit-il.

D'un mouvement de hanche, elle parvint à le soulever. « Où est-il ? Où a-t-il disparu ? »

Normalement, il aurait dû pouvoir lui répondre. Bon Dieu, pensa-t-il, elle avait peut-être raison. Il avait peut-être vraiment besoin d'un médecin.

Khan reprit vite connaissance, sans doute ranimé par le venin qui courait dans ses veines. En tout cas, quelques minutes après l'agression, il sortait de la Skoda, affligé d'une forte migraine. Mais plus que sa tête, c'était son ego qui le faisait souffrir. Ressassant ce pitoyable épisode, il finit par s'apercevoir avec une clarté nauséeuse, que s'il ne s'était pas laissé emporter par les sentiments stupides et dangereux qu'il vouait à Annaka, on ne l'aurait pas assommé si facilement.

Encore une magnifique démonstration de l'effet pervers des élans du cœur. Il devait éviter tout attachement. Déjà, avec ses parents, sa faiblesse sentimentale lui avait coûté cher ; même chose avec Richard Wick et, plus récemment, Annaka, qui le trompait depuis le début avec Stepan Spalko.

Spalko, comme par hasard. « *Nous ne sommes pas des étrangers, loin de là. Nous partageons des secrets intimes,* lui avait-il dit, cette fameuse nuit, à Groznyï. *J'aime à croire que nous sommes plus l'un pour l'autre qu'un homme d'affaires et son client.* »

Comme Richard Wick, il lui avait mis le grappin dessus, offert son amitié, en lui proposant de l'initier aux secrets – intimes – de ce monde. « *Votre superbe réputation, vous la devez en grande partie aux missions que je vous ai confiées.* » Comme Wick, Spalko avait l'air de se prendre pour son bienfaiteur. Ces gens-là vivaient dans l'illusion. Ils croyaient appartenir à un plan supérieur, une élite. Comme Wick, Spalko lui avait menti dans le but de faire de lui sa chose.

Qu'est-ce que Spalko voulait de lui ? Peu lui importait désormais. Khan n'avait plus qu'un seul but : obtenir réparation des injustices dont il avait été victime. L'apaisement ne viendrait qu'avec la mort de Spalko. Sur cette mission, il jouerait en même temps le rôle du commanditaire et celui de l'exécuteur, pour la première et la dernière fois.

Recroquevillé dans un renfoncement obscur, à l'entrée de l'immeuble, il frottait machinalement la bosse qui enflait derrière son crâne quand il entendit la voix. Elle montait des abysses où Khan s'enfonçait en regardant les vagues par en dessous.

« Lee-Lee, murmura-t-il. Lee-Lee ! »

C'était sa voix à elle. Il savait ce qu'elle voulait ; elle voulait qu'il la rejoigne dans l'abîme. Il serra sa tête endolorie entre ses deux mains et un terrible sanglot s'échappa de ses lèvres comme une dernière bulle d'air avant l'asphyxie. Lee-Lee. Cela faisait si longtemps qu'il n'avait pas pensé à elle – à moins que... Il rêvait d'elle presque toutes les nuits ; il lui avait fallu du temps pour le comprendre. Pourquoi ? Qu'y avait-il de changé aujourd'hui pour qu'elle se manifeste si clairement ?

C'est alors qu'il entendit le claquement de la porte d'entrée. Il reprit ses esprits juste à temps pour voir l'hercule sortir en courant du 106-108 Fo utca. L'homme se tenait une main et, à en juger d'après la trace de sang qu'il laissait derrière lui, Khan se dit qu'il avait dû tomber sur Jason Bourne. Un petit sourire joua sur son visage, car il savait que ce type était celui qui l'avait assommé.

Sa première réaction fut de le tuer mais il s'efforça de se calmer et, se ravisant, sortit de l'ombre pour le suivre sur Fo utca.

La synagogue de la rue Dohány était la plus grande d'Europe. Sa façade ouest s'ornait d'un appareillage byzantin rouge et jaune, couleurs du blason de Budapest. Un énorme vitrail couronnait l'entrée. Au-dessus de cet impressionnant dispositif architectural s'élevaient deux tours polygonales de style mauresque, coiffées de stupéfiantes coupoles en cuivre rehaussées d'or.

« Je vais le chercher », dit Annaka pendant qu'ils descendaient de la Skoda. Au téléphone, une assistante avait tenté de la diriger vers un médecin de garde mais à force d'insister – elle tenait à voir le Dr Ambrus en personne, elle était une vieille amie de la famille –, on avait fini par lui indiquer cet endroit. « Moins de gens vous verront dans cet état mieux ça vaudra. »

Bourne acquiesça. « Je n'arrive plus à me souvenir du nombre de fois où vous m'avez sauvé la vie, Annaka. »

Elle le regarda en souriant. « Alors cessez de compter.

— L'homme qui vous a attaquée...

— Kevin McColl.

— C'est un spécialiste de l'Agence. » Bourne n'eut pas besoin de préciser de quel genre de spécialiste il s'agissait. Encore une chose qui lui plaisait en elle. « Vous vous êtes très bien débrouillée.

— Jusqu'à ce qu'il m'utilise comme bouclier, dit-elle amèrement. Je n'aurais jamais cru...

— On s'en est sortis. C'est tout ce qui compte.

— Mais il court toujours, et sa menace...

— La prochaine fois, je serai là pour le recevoir. »

Le petit sourire revint sur son visage. Elle le conduisit dans la cour à l'arrière de la synagogue. Il pourrait attendre là sans craindre de tomber sur quelqu'un, le rassura-t-elle.

Le Dr Istvan Ambrus assistait à un service religieux mais quand elle entra et lui expliqua qu'elle venait pour une urgence, il l'accueillit à bras ouverts.

« Bien sûr, je serais ravi de vous offrir mon aide, Annaka », dit-il en se levant de son siège. Ils traversèrent ensemble la magnifique salle de prière éclairée par des lustres de cristal. Derrière eux, se dressaient les grandes orgues à cinq mille tuyaux, objet fort incongru dans un lieu de culte juif mais qui avait vu passer des compositeurs aussi fameux que Franz Liszt et Camille Saint-Saëns.

« La mort de votre père nous a tous profondément choqués. » Il lui prit la main et la serra l'espace d'une seconde. Il avait les doigts solides et courts d'un chirurgien ou d'un maçon. « Comment vous portez-vous, ma chère ?

— Pas trop mal », dit-elle doucement en le conduisant à l'extérieur.

Sous la terre de la cour où Bourne attendait, reposaient les corps de cinq mille Juifs ayant péri lors du terrible hiver 44-45. Adolf Eichmann en avait parqué dix fois plus à l'intérieur de la synagogue avant de les envoyer vers les camps d'extermination. La cour, entourée d'arches ouvrant sur un déambulatoire, était remplie de stèles grises couvertes d'un lierre vert foncé rampant jusque sur le tronc des arbres dont un vent froid agitait les feuilles, produisant un étrange bruissement qui, étant donné l'endroit, évoquait un murmure produit par des milliers de voix étouffées.

Il était impossible de rester assis là sans songer aux victimes de cet âge obscur et aux souffrances indicibles qui leur avaient été infligées. Bourne se dit qu'un autre âge obscur était peut-être en train d'advenir, un âge de terreur et d'anéantissement. Il sortit de sa contemplation en voyant Annaka en compagnie d'un individu énergique au visage rond, avec une moustache en pinceau et de bonnes joues. Il portait un complet veston marron et ses chaussures, étonnamment petites, brillaient comme des sous neufs.

« Alors, c'est vous la catastrophe ambulante ! » dit-il après qu'Annaka eut fait les présentations en lui précisant que Bourne connaissait leur langue maternelle. « Non, restez assis, poursuivit-il en s'installant près de Bourne pour l'ausculter. Eh bien, cher monsieur, je constate que la description d'Annaka était bien en dessous de la vérité. On dirait que vous êtes passé dans un hachoir.

— Je ne me sentirais pas plus mal en point, docteur. » Bourne grimaça involontairement quand les doigts du Dr Ambrus tâtèrent un point particulièrement douloureux.

« En arrivant, je vous ai vu noyé dans vos pensées, dit le Dr Ambrus sur un ton badin. Cette cour nous rappelle ceux que nous avons perdus et, dans un sens plus large, ce que l'humanité tout entière a perdu durant l'Holocauste. » Ses doigts incroyablement légers et agiles parcouraient le flanc de Bourne. « Mais tout n'est pas aussi sinistre dans l'histoire de cette époque, vous savez ? Juste avant qu'Eichmann et ses acolytes n'entrent ici, des prêtres ont aidé le rabbin à déménager les vingt-sept rouleaux de la Torah contenus dans l'Arche de la Synagogue. Les prêtres les ont enterrés dans le cimetière chrétien où ils sont restés jusqu'à la fin de la guerre. » Il sourit discrètement. « Qu'est-ce que cette anecdote nous apprend ? Eh bien, que même au cœur des périodes les plus sombres, subsiste toujours une petite lumière. La compassion peut se nicher dans les endroits les plus inattendus. Et vous avez deux côtes fêlées. »

Il se leva. « Venez. J'ai chez moi tout ce qu'il faut pour vous bander. Dans une semaine, la douleur aura diminué et vous serez presque rétabli. » Il agita son index charnu. « Mais dans l'intervalle, vous devez promettre de vous reposer. Pas d'exercice fatigant. En fait, pas d'exercice du tout, ce serait encore mieux.

— Ça je ne peux pas vous le promettre, docteur. »

Le Dr Ambrus soupira en décochant un bref coup d'œil à Annaka. « Je ne sais pas pourquoi mais ça ne me surprend guère. »

Bourne se mit debout. « En fait, docteur, j'ai très peur de ne pouvoir suivre aucune de vos recommandations. Par conséquent, je vous prie de faire en sorte de protéger mes côtes du mieux possible.

— Que diriez-vous d'une cotte de mailles ? » Ravi de sa plaisanterie, le Dr Ambrus se mit à glousser mais s'arrêta vite en remarquant la mine renfrognée de Bourne. « Bon Dieu, je me demande quel genre d'épreuve vous attend, mon cher.

— Il vaut mieux que vous ne le sachiez pas », fit Bourne d'un air sinistre.

Bien que visiblement déconcerté, le Dr Ambrus tint parole et les conduisit chez lui. Construite sur une colline de Buda, sa maison possédait un petit cabinet d'examen, comme d'autres ont un bureau. Devant la fenêtre grimpaient des roses mais les pots de géranium, eux, étaient encore vides. Il faisait trop froid. A l'intérieur, les murs crème s'agrémentaient de moulures blanches et sur les armoires vitrées, trônaient les photos encadrées de la femme d'Ambrus et de ses deux fils.

Le Dr Ambrus fit asseoir Bourne sur la table d'examen et, tout en marmonnant entre ses dents, inspecta d'un regard fluide le contenu de ses armoires, choisissant un ustensile par-ci, deux autres par-là. Puis il rejoignit son patient qui entre-temps s'était dévêtu jusqu'à la taille, et projeta le faisceau d'une lampe réfléchissante sur la zone critique. Quelques minutes plus tard, le thorax de Bourne s'ornait de trois couches de bandage – coton, spandex et une matière caoutchouteuse contenant soi-disant du Kevlar – bien serrées.

« Je suis très content de moi, déclara-t-il une fois qu'il en eut terminé.

— Je n'arrive pas à respirer, hoqueta Bourne.

— Parfait, vous aurez d'autant moins mal. » Il agita un petit flacon de plastique marron. « Je vous aurais bien donné des antalgiques, mais pour un homme comme vous – hum, je crois qu'il vaut mieux pas. La drogue risque de diminuer vos sensations, d'annihiler vos réflexes et la prochaine fois que je vous verrais, il se pourrait que ce soit sur une dalle à la morgue. »

Bourne accueillit son trait d'esprit avec un faible sourire. « Je ferai de mon mieux pour vous éviter ce désagrément. » Puis il glissa la main dans sa poche. « Combien vous dois-je ? »

Le Dr Ambrus leva les bras. « Rien du tout.

— Comment vous remercier, Istvan ? dit Annaka.

— En revenant me voir, ma chère, ce paiement-là me suffira amplement. » Le Dr Ambrus prit le visage de la jeune femme dans ses mains et lui déposa un baiser sur chaque joue. « Promettez-moi de venir dîner très bientôt. Vous manquez à Bela autant qu'à moi. Venez, ma chère. Venez. Elle vous préparera son meilleur goulasch. Vous l'aimiez tant quand vous étiez enfant.

— C'est promis, Istvan. A bientôt. »

Satisfait de lui avoir soutiré cette promesse, le Dr Ambrus les laissa partir.

CHAPITRE VINGT-TROIS

« IL faut faire quelque chose au sujet de Randy Driver », lança Lindros.

Le DCI acheva de signer la série de lettres entassées sur son bureau et les glissa dans son classeur d'un geste négligent avant de lever les yeux vers son adjoint. « Il paraît qu'il vous a sonné les cloches.

— Je ne comprends pas. Ça vous amuse, monsieur ?

— Pardonnez-moi, Martin, fit-il avec un sourire affecté qu'il ne prit pas la peine de cacher. J'ai peu d'occasions de me distraire, en ce moment. »

Le soleil éblouissant qui, une bonne partie de la journée, avait illuminé la statue des trois soldats de la Guerre d'Indépendance postée devant la fenêtre, avait disparu. Dans le crépuscule, les trois personnages de bronze semblaient harassés. Les ombres de la nuit avaient trop rapidement avalé la fragile lumière de ce jour de printemps.

« Je veux qu'on s'occupe de lui. Je veux accéder... »

Le visage du DCI s'assombrit. « Je veux, je veux... qu'est-ce que vous êtes, un gosse de trois ans ?

— Vous m'avez confié l'enquête sur les meurtres de Conklin et de Panov. Je me contente d'obéir à vos ordres.

— Enquête ? » Les yeux du DCI étincelaient de colère. « Il n'y a pas d'enquête. Martin, je vous ai expliqué dans des termes dépourvus d'ambiguïté que je voulais que ça cesse. Cette salope est en train de nous saigner à mort. Tout ce que je veux, c'est qu'on cautérise la plaie et qu'on oublie tout ça. Et vous, vous cavalez comme un malade d'un bout à l'autre du Beltway en renversant tout sur votre passage comme un éléphant dans un magasin de porcelaine. Vous croyez vraiment que j'ai besoin de ça ? » Il fit un geste de la main pour écarter d'avance les protestations de son adjoint. « Quant à Harris, vous n'avez qu'à l'envoyer se faire voir. Et de manière assez explicite pour que la Conseillère pour la Sécurité nationale comprenne que nous savons ce que nous faisons.

— Si vous le dites, monsieur, mais avec tout le respect que je vous dois, ce serait une très grave erreur, étant donné les circonstances. » Comme le DCI le regardait bouche bée, il balança sur le bureau la sortie imprimante que Harris lui avait envoyée.

« Qu'est-ce que c'est ? » s'étonna le DCI. Il aimait qu'on lui explique ce que contenaient les documents avant de prendre la peine de les lire.

« Ce document fait partie d'un dossier électronique portant sur un trafic d'armes illégales impliquant un cartel russe. Le pistolet qui a servi à l'assassinat de Conklin et de Panov est là-dedans, faussement enregistré sous le nom de Webb. Ce qui prouve que Webb a été piégé et qu'il n'a pas tué ses deux meilleurs amis. »

Le DCI se mit à parcourir le texte. Ses gros sourcils blancs se rejoignirent. « Martin, cela ne prouve rien.

— J'insiste. Avec tout le respect que je vous dois, monsieur, je ne vois pas comment vous pouvez ignorer les faits alors que vous les avez sous le nez. »

Le DCI soupira, reposa la feuille tout en s'enfonçant dans son fauteuil. « Ecoutez, Martin, vous êtes mon meilleur élève. Mais il m'apparaît tout à coup qu'il vous reste beaucoup de choses à apprendre. » Il désigna de l'index le papier posé sur son bureau. « Ce document me dit que le pistolet employé par Bourne pour tuer Alex et Mo Panov a été payé par virement électronique à partir de Budapest. Bourne possède je ne sais combien de comptes en banque à l'étranger. A Zurich et à Genève pour la plupart. Pourquoi n'en aurait-il pas ouvert un à Budapest aussi ? » Il grogna. « C'est un truc de métier, parmi les nombreux autres que lui a enseignés ce pauvre Alex. »

Lindros en aurait pleuré. « Alors, vous croyez que...

— Vous voulez que je présente cette soi-disant preuve à la salope ? » Le DCI secoua la tête. « Elle me l'enfoncerait dans la gorge. »

Bien sûr, le Vieux avait aussitôt fait la relation avec l'effraction sur les bases de données gouvernementales, commise par Bourne à Budapest. Effraction qui lui avait permis de lui envoyer Kevin

McColl, son exécuteur des basses œuvres. Mais pas question d'en parler à Martin ; il s'occuperait seul de la suite des opérations. Non, s'obstina le DCI, l'argent qui a servi à payer l'arme du crime venait de Budapest et c'était à Budapest que Bourne s'était réfugié. Encore une foutue preuve de sa culpabilité.

Lindros interrompit sa songerie. « Alors, vous ne m'autorisez pas à retourner voir Driver...

— Martin, il sera bientôt sept heures trente et mon estomac commence à gargouiller. » Le DCI se leva. « Pour vous montrer que je ne vous en veux pas, je vous invite à dîner. »

Le DCI était un habitué de l'Occidental Grill. Civils, fonctionnaires de rang inférieur faisaient la queue pour y obtenir une table, mais pas lui. Quand il quittait les sphères obscures où il avait établi sa tanière, il venait ici exercer son pouvoir au grand jour, au cœur du Tout-Washington. Rares étaient ceux qui jouissaient de ce privilège et, pour clore une journée difficile, il n'y avait rien de tel que faire un tour ici pour constater l'étendue de son influence.

Ils laissèrent la voiture au voiturier et montèrent la longue volée de marches en granit menant au restaurant. Une fois entrés, ils suivirent un couloir étroit orné de photos de présidents et autres célèbres politiciens ayant dîné au grill. Comme à son habitude, le DCI fit une courte halte devant le portrait de J. Edgar Hoover et de son ombre, Clyde Tolson. Il scruta le cliché d'un air pénétré comme s'il avait le pouvoir de réduire en cendres le duo infernal et l'effacer à tout jamais de ce minipanthéon.

« Je me souviens précisément du jour où nous avons intercepté le mémo de Hoover exhortant les hauts fonctionnaires à enquêter sur les relations entre Martin Luther King Jr. et le parti communiste, dans le cadre des manifestations contre la guerre au Viêtnam. » Il secoua la tête. « J'ai vécu des trucs énormes.

— C'est de l'histoire ancienne, monsieur.

— Peut-être, mais pas très reluisante, Martin. »

Sur cette déclaration, il franchit les portes en verre et entra dans la salle. Des box en bois, des cloisons de verre taillé et un bar surmonté d'un miroir. Comme d'habitude, il y avait la queue. Tel le *Queen Mary* traversant une flottille de canots à moteur, le DCI dépassa tout le monde et s'arrêta devant l'estrade présidée par un élégant maître d'hôtel aux cheveux argentés.

A l'approche du DCI, l'homme se tourna. Les bras chargés de menus, il s'exclama en écarquillant les yeux : « Monsieur le directeur ! » Son teint fleuri à l'accoutumée, semblait aujourd'hui étrangement hâve. « Nous ignorions totalement que vous viendriez dîner ce soir.

— Depuis quand avez-vous besoin que je vous prévienne, Jack ? s'étonna le DCI.

— Puis-je vous suggérer de prendre un verre au bar, monsieur le directeur ? Je vous sers votre sour mash préféré ? »

Le DCI se tapota l'estomac. « J'ai faim, Jack. Nous nous passerons d'apéritif. Conduisez-nous à ma table. »

Le maître d'hôtel avait l'air franchement embarrassé. « Je vous en prie, accordez-moi une minute, monsieur le directeur, dit-il en tournant les talons.

— Mais qu'est-ce qui lui prend ? », marmonna le DCI, légèrement ennuyé.

Lindros, lui, avait déjà remarqué que la table du DCI était occupée. Il pâlit. Notant son expression déconfite, le DCI se retourna en tendant le cou pour repérer, derrière la foule des garçons et des clients, sa table bien-aimée. La prestigieuse place exclusivement réservée à sa personne était à présent occupée par Roberta Alonzo-Ortiz, la Conseillère pour la Sécurité nationale des Etats-Unis. La dame était en grande conversation avec deux sénateurs siégeant au Comité des Services des Renseignements étrangers.

« J'aurai sa peau, Martin. Dieu m'est témoin. Je la dépècerai membre après membre, cette salope ! »

A cet instant, le maître d'hôtel revint, en sueur. Son col trop serré l'empêchait visiblement de respirer. « Nous vous avons dressé une charmante table, monsieur le directeur. Une table pour quatre, vous serez à l'aise, messieurs. Et les boissons sont offertes par la maison, d'accord ? »

Le DCI ravala sa rage. « Bon, ça ira, lâcha-t-il, conscient que les taches rouges marquant ses joues avaient du mal à disparaître. On vous suit, Jack. »

Le maître d'hôtel les fit passer par un chemin détourné, pour leur éviter de longer l'ancienne table du DCI. Ce dernier lui en fut reconnaissant.

« Je lui ai pourtant dit, monsieur le directeur, fit le maître d'hôtel dans un demi-murmure. Je lui ai bien expliqué que cette table-là était la vôtre, mais elle s'est obstinée. J'ai compris à son air qu'il valait mieux ne pas insister. Que pouvais-je faire ? On vous amène les boissons dans une minute. » Jack débita tout cela dans un souffle, tout en les faisant asseoir et leur présentant le menu et la carte des vins. « Avez-vous encore besoin de moi, monsieur le directeur ?

— Non, merci Jack. » Le DCI consulta son menu.

Un instant plus tard, un garçon costaud avec des favoris en forme de côtelettes d'agneau leur apporta deux verres de sour mash, posa la bouteille sur la table et une carafe d'eau à côté.

« Avec les compliments du maître d'hôtel », dit-il.

Si Lindros avait imaginé que le DCI avait retrouvé son calme, il aurait compris sa méprise en le voyant lever son verre pour lamper son bourbon. Sa main tremblait, ses yeux flamboyaient de rage.

Lindros repéra aussitôt l'ouverture et, en habile tacticien, s'y engouffra. « La Conseillère pour la Sécurité nationale veut qu'on s'occupe du double meurtre de manière à l'enterrer au plus vite. Mais si le postulat sous-tendant l'enquête – en gros, que Jason Bourne est le coupable – se révèle erroné, tout le reste s'écroule, y compris la position clairement affichée par la NSA. »

Le DCI leva les yeux et se mit à considérer son adjoint d'un air sagace. « Je vous connais, Martin. Vous avez une idée derrière la tête, n'est-ce pas ?

— Oui, m'sieur, vous avez raison, et si je ne me trompe pas, la NSA nagera bientôt dans le ridicule. Mais pour que cela arrive, j'ai besoin de la pleine et entière coopération de Randy Driver. »

Le garçon apparut avec les salades.

Le DCI attendit qu'ils soient seuls pour leur reverser du bourbon. Avec un sourire pincé, il dit : « Cette histoire avec Randy Driver – vous croyez que c'est bien nécessaire ?

— Plus que nécessaire, monsieur. Vital.

— Vital, hein ? » Le DCI attaqua sa salade en considérant d'un air vengeur le morceau de tomate piqué sur sa fourchette. « Je signerai ce bout de papier dès demain matin.

— Merci, monsieur. »

Le DCI fronça les sourcils et regarda son adjoint droit dans les yeux, sans le lâcher. « Pour me remercier, Martin, il n'y a qu'une seule chose à faire. Amenez-moi les munitions nécessaires pour lui faire la peau, à cette salope. »

Comme McColl avait une femme dans chaque port, il disposait toujours d'un endroit où se terrer. C'était un avantage, il le savait. Il y avait bien la planque de l'Agence à Budapest – en fait, ils en avaient plusieurs, mais l'agent préférait éviter de se pointer avec un bras ensanglanté dans une résidence officielle, ce qui l'obligerait à informer ses supérieurs de son échec. Echec d'autant plus cuisant qu'il portait sur une mission ordonnée par le DCI en personne. Dans son service, on ne s'intéressait qu'aux résultats.

Le bras replié pour mieux dissimuler sa blessure, McColl se présenta chez Ilona. Comme toujours, elle était prête à passer à l'action. Lui, pour une fois, ne l'était pas, ayant un boulot à terminer. Il l'envoya préparer quelque chose à manger – un truc bourré de protéines, lui précisa-t-il, parce qu'il avait besoin de reprendre des forces. Puis il pénétra dans la salle de bains, se mit torse nu et nettoya le sang collé sur son bras droit. Quand il versa de l'eau oxygénée sur la plaie, la douleur explosa, lui parcourut le bras et descendit jusque dans ses jambes. Manquant de s'évanouir, il dut s'asseoir sur l'abattant des toilettes, le temps de récupérer. Un moment plus tard, la douleur initiale se transforma en un élancement profond. Il se pencha sur la plaie pour tenter de déterminer son degré de gravité. Elle était propre ; enfin une bonne nouvelle. La balle était ressortie après avoir traversé le muscle sans occasionner de déchirure. Il se pencha, posa le coude sur le bord du lavabo et versa encore un peu d'eau oxygénée en sifflant entre ses dents. Puis il se leva, fourragea dans l'armoire à pharmacie. Pas de compresses stériles. En revanche il trouva un rouleau de sparadrap dans le placard sous le lavabo. Avec une paire de ciseaux à ongles, il en coupa un long bout qu'il enroula autour de la blessure.

Quand il revint, le repas était prêt. Il s'assit et enfourna la nourriture sans prendre le temps de la goûter. C'était chaud et nourrissant, rien d'autre ne comptait. Pendant ce temps, debout derrière lui, Ilona massait les épaules massives de son amant.

« Tu es tellement tendu », dit-elle. C'était une femme menue aux yeux brillants, au sourire franc et aux courbes placées là où il fallait. « Qu'est-ce que tu as fait après m'avoir quittée ? Tu semblais si calme tout à l'heure, aux Bains.

— J'ai bossé », répondit-il sans entrer dans les détails. Il n'avait aucune envie de bavarder mais savait par expérience qu'elle n'aimait pas qu'on élude ses questions. Il avait juste besoin de rassembler ses pensées pour organiser le deuxième assaut et en finir avec Jason Bourne. « J'ai un boulot stressant, je te l'ai déjà dit.

— Et si tu démissionnais, lança-t-elle sans cesser de le masser.

— J'aime ce que je fais, dit-il en écartant son assiette vide. Je ne démissionnerai jamais.

— Et pourtant tu as l'air triste. » Elle passa devant lui et lui tendit la main. « Allez, viens te coucher. Je vais te soigner.

— Vas-y toi, répliqua-t-il. Attends-moi. J'ai quelques appels à passer. Après je serai tout à toi. »

Dans la petite chambre anonyme d'un hôtel miteux, le matin s'annonça par un déchaînement de cris. Budapest s'éveillait. Les bruits de la rue traversaient les murs épais comme du papier à cigarette. Emergeant d'un sommeil agité, Annaka resta un moment couchée sans bouger, sous la clarté grise de l'aube. Bourne dormait à côté d'elle sur le grand lit. Finalement, elle tourna la tête pour le regarder.

Comme sa vie avait changé depuis qu'elle l'avait rencontré sur les marches de l'église Matthias ! Son père était mort et, à présent, elle ne pouvait même plus rentrer chez elle puisque Khan et la CIA connaissaient son adresse. A dire vrai, son appartement lui manquait moins que son piano. Elle se languissait de lui tout comme les vrais jumeaux – elle avait lu cela quelque part – désirent ardemment se revoir dès qu'une trop grande distance les sépare.

Quant à Bourne, que ressentait-elle pour lui ? La réponse n'était pas évidente. Depuis sa tendre enfance, les émotions les plus naturelles lui étaient étrangères. Comme si on lui avait greffé un interrupteur dans le cœur, coupant le circuit des sentiments. Les plus grands spécialistes s'y étaient cassé les dents. Il s'agissait d'un mécanisme mental profondément ancré en elle, relevant de l'instinct de survie.

Elle avait menti à Khan sur toute la ligne. Par exemple, en lui disant qu'elle perdait les pédales en sa présence. Si elle l'avait quitté, c'était que Spalko le lui avait ordonné. Un point c'est tout. Et elle avait obéi sans broncher, allant même jusqu'à éprouver un malin plaisir à voir le visage de Khan se décomposer au moment où elle lui avait annoncé que tout était fini entre eux. Le blesser avait suscité en elle une certaine jouissance mais aussi une réelle curiosité. Car tout en constatant combien il tenait à elle, elle demeurait incapable de percevoir, de ressentir dans sa chair, la réalité de cette souffrance. Bien sûr, autrefois, elle avait aimé sa mère, mais à quoi cet amour lui avait-il servi ? Sa mère n'avait pas pu la protéger ; pire, elle était morte.

Lentement, en prenant soin de ne pas faire bouger le lit, elle s'écarta de Bourne, se tourna et se leva. Elle attrapait son manteau quand Bourne s'éveilla d'un profond sommeil et, passant aussitôt à l'état de conscience, murmura son nom.

Annaka sursauta. « Je pensais que vous dormiez. Je vous ai réveillé ? »

Bourne la regarda sans ciller. « Où allez-vous ?

— Nous... nous avons besoin de vêtements. »

Non sans efforts, il se dressa sur son séant.

« Comment vous sentez-vous ?

— Bien », dit-il. Il n'était pas d'humeur à supporter sa sympathie. « En plus des vêtements, il nous faut des déguisements.

— Nous ?

— McColl vous connaissait, ce qui veut dire qu'on lui a remis une photo de vous.

— Mais pourquoi ? » Elle secoua la tête, incrédule. « Comment la CIA savait-elle que nous étions ensemble ?

— Ils ne le savaient pas – du moins, ils n'en étaient pas certains, répondit-il. J'ai réfléchi à la question. Ils ne disposaient que d'un seul moyen de vous repérer : votre adresse IP. J'ai dû déclencher une alarme interne quand j'ai forcé l'intranet du gouvernement.

— Dieu du ciel ! » Elle enfila son manteau. « Malgré tout, je risque moins d'ennuis que vous en sortant dans la rue.

— Vous ne connaîtriez pas une boutique vendant du maquillage de théâtre ?

— Il y a un quartier pas loin d'ici... Oui, je suis sûre que je peux trouver ce genre de magasin. »

Sur le bureau, Bourne attrapa un carnet, un bout de crayon et griffonna une liste. « Voilà ce dont nous avons besoin, dit-il. Je vous ai aussi indiqué ma taille de chemise. Vous avez assez d'argent ? Moi j'en ai plus qu'il n'en faut, mais en dollars. »

Elle fit non de la tête. « Trop dangereux. Il faudrait que je passe à la banque pour les changer en forint hongrois et ça se remarquerait. Il y a des guichets automatiques dans toute la ville.

— Soyez prudente, lui conseilla-t-il.

— Ne vous inquiétez pas. » Elle jeta un œil sur la liste. « Je serai de retour dans deux heures. Jusque-là, ne quittez pas cette chambre. »

Elle emprunta le minuscule ascenseur grinçant. Le petit vestibule était désert. Le réceptionniste, derrière son comptoir, leva la tête de son journal et lui décocha un regard las avant de replonger dans sa lecture. Elle sortit dans les rues animées de Budapest. La présence de Kevin McColl rendait les choses plus complexes et la mettait mal à l'aise. Stepan la rassura quand elle lui donna de ses nouvelles par téléphone. Durant les dernières heures, chaque fois qu'elle avait fait couler l'eau dans la cuisine c'était pour l'appeler discrètement.

Lorsqu'elle se mêla aux autres piétons, elle consulta sa montre. Il était dix heures passées. Dans un bar, elle avala un café et un petit pain au sucre puis se dirigea vers un guichet automatique, situé non loin du quartier commerçant où elle comptait se rendre. Elle glissa sa carte de crédit, retira le maximum autorisé, plaça les billets dans son sac et, la liste de Bourne en main, partit faire ses achats.

Au même moment, de l'autre côté de la ville, Kevin McColl entrait d'un pas décidé dans la succursale de la banque détenant le compte d'Annaka Vadas. Il sortit ses accréditations et, comme il se doit, fut introduit dans le bureau vitré du directeur, un homme d'une austère élégance. Ils échangèrent une poignée de main en se présentant mutuellement puis le directeur désigna à McColl un fauteuil profond placé face à son bureau.

Joignant le bout de ses doigts, le directeur demanda : « Que puis-je faire pour vous, monsieur McColl ?

— Nous sommes à la recherche d'un fugitif, un criminel international, commença McColl.

— Tiens donc ! Et pourquoi les services d'Interpol ne couvrent-ils pas cette affaire ?

— Ils sont au courant, dit McColl, ainsi que la DGSE à Paris où le fugitif en question se trouvait juste avant de débarquer ici.

— Et comment s'appelle cet individu ? »

McColl sortit la circulaire de la CIA, la déplia et la posa sous le nez du directeur.

L'homme ajusta ses lunettes et entreprit d'examiner le document. « Ah oui, Jason Bourne. Je regarde CNN. » Il lui jeta un coup d'œil par-dessus la monture dorée de ses lunettes. « Vous dites qu'il est ici, à Budapest.

— Nous l'y avons vu. »

Le directeur reposa le document. « Et que puis-je faire ?

— Il est en compagnie de l'une de vos clientes, Annaka Vadas.

— Ah oui ? » Le directeur fronça les sourcils. « Son père a été tué – on lui a tiré dessus voilà deux jours. Pensez-vous que votre fugitif soit le meurtrier ?

— C'est tout à fait possible. » McColl bridait son impatience. « J'apprécierais grandement que vous m'aidiez à découvrir si

Mlle Vadas a utilisé sa carte de crédit durant les dernières vingt-quatre heures.

— Je comprends. » Le directeur eut un hochement de tête signifiant que oui, il comprenait parfaitement. « Le fugitif a besoin d'argent. Je crains qu'il ne l'oblige à lui en procurer.

— Bien sûr. » Tout était bon, pensa McColl, pour forcer ce type à cracher le morceau.

Le directeur fit pivoter son fauteuil et se mit à pianoter sur le clavier de son ordinateur. « Voyons voir. Ah oui, la voilà. Annaka Vadas. » Il secoua la tête. « Quelle tragédie ! Cette pauvre jeune femme n'a vraiment pas de chance. »

Il contemplait l'écran de son ordinateur quand un petit signal électronique retentit. « Il semble que vous ayez raison, monsieur McColl. Le code PIN d'Annaka Vadas a été utilisé dans une billetterie voilà moins d'une demi-heure.

— Quelle billetterie ? », s'enquit McColl en se penchant vers son interlocuteur.

Le directeur inscrivit l'adresse sur une feuille de calepin et la tendit à McColl qui, s'étant levé, la lui arracha presque des mains et partit en lui jetant un « Merci » par-dessus l'épaule.

Descendu dans le hall de l'hôtel, Bourne demanda au réceptionniste de lui indiquer le cybercafé le plus proche. Une douzaine de pâtés de maisons plus loin, il entra dans le AMI internet Café, au 40 Vaci utca, un lieu bondé, enfumé, où les gens consultaient leur courrier électronique, effectuaient des recherches ou se contentaient de surfer sur la toile, tout en tirant sur leurs cigarettes. Il commanda un double expresso et un petit pain beurré à la jeune femme aux cheveux hérissés qui tenait la boutique. Elle lui tendit un bout de papier portant un tampon indiquant l'heure, le numéro de son poste internet et le dirigea vers un ordinateur libre déjà branché sur la toile.

Il s'assit et se mit au travail. Dans le champ « rechercher », il entra le nom de Peter Sido, l'ancien associé du Dr Schiffer, mais ne trouva rien. En soit, la chose avait de quoi étonner, pour ne pas dire plus. Sido étant un scientifique de renom – puisqu'il avait collaboré avec Félix Schiffer –, il ne pouvait pas ne pas figurer *quelque part* sur le web. De toute évidence, cette étrange « absence » était voulue. Bourne allait devoir emprunter un autre chemin.

Le nom de Sido l'intriguait. En tant que linguiste, Bourne reniflait l'astuce. Etait-ce un nom d'origine russe ? Slave ? Il visita des sites en langue russe mais en ressortit bredouille. Enfin, mû par un pressentiment, il passa sur un site traitant de la langue hongroise et obtint ce qu'il cherchait.

En fait, les noms de famille hongrois – que les Hongrois appelaient noms dérivés – possédaient très souvent une signification. Certains patronymes se transmettaient par le père, d'autres s'inspiraient d'un lieu, ce qui permettait d'identifier les gens d'après leurs origines géographiques. D'autres encore découlaient d'une profession – Bourne nota non sans intérêt que Vadas signifiait chasseur – ou d'une caractéristique personnelle. En hongrois, Sido signifiait Juif.

Donc Peter Sido était hongrois, tout comme Vadas. Conklin avait choisi de travailler avec Vadas. Coïncidence ? Bourne ne croyait pas aux coïncidences. Il existait un lien quelque part, il le sentait. Par association d'idées, Bourne déboucha sur l'hypothèse suivante : en Hongrie, tous les hôpitaux et centres de recherche de classe internationale se trouvaient à Budapest. Sido n'était peut-être pas très loin d'ici, après tout.

Les mains de Bourne volèrent au-dessus du clavier. Le répertoire téléphonique de Budapest apparut sur l'écran. Il existait bien un Dr Peter Sido dans cette ville. Bourne nota l'adresse et le numéro de téléphone puis se déconnecta, paya ce qu'il devait, attrapa la tasse et le petit pain et s'assit dans le coin restauration, à une table écartée. Tout en dévorant son petit pain à belles dents, il sortit son téléphone cellulaire, composa le numéro de Sido et avala son double expresso. Après plusieurs sonneries, une femme répondit.

« Allô, dit Bourne d'une voix cordiale, madame Sido ?

— Oui ? »

Il raccrocha aussitôt puis termina goulûment son petit déjeuner en attendant le taxi qu'il venait d'appeler. Un œil sur la porte d'entrée, il détaillait tous les gens entrant dans la boutique. McColl était peut-être encore à ses trousses, ou un autre agent de la CIA. S'étant assuré qu'on ne l'observait pas, il sortit dans la rue, sauta dans son taxi et donna au chauffeur l'adresse du Dr Peter Sido. Moins de vingt minutes plus tard, le taxi s'arrêtait devant une petite maison à la façade de pierre, donnant sur un jardinet. De minuscules balcons en fer forgé saillaient à chaque étage.

Il grimpa les marches et frappa. Une femme élégante, entre deux âges et plutôt replète, lui ouvrit. Elle avait de doux yeux bruns, un beau sourire et des cheveux châtains relevés en chignon.

« Madame Sido ? Vous êtes bien l'épouse du Dr Peter Sido ?

— C'est exact. » Elle l'observait avec curiosité. « Puis-je vous aider ?

— Je m'appelle David Schiffer.

— Oui ? »

Il lui sourit d'un air engageant. « Je suis le cousin de Félix Schiffer, madame Sido.

— Vous m'en voyez navrée, répliqua la femme de Peter Sido, mais Félix n'a jamais parlé de vous. »

Bourne s'attendait à cette réponse. Il partit d'un petit rire gêné. « Cela n'a rien de surprenant. Nous nous sommes perdus de vue, voyez-vous. Je viens à peine de rentrer d'Australie.

— D'Australie ! Ma parole ! » Elle fit un pas de côté. « Eh bien, donnez-vous la peine d'entrer. Vous devez me trouver impolie.

— Pas du tout, fit Bourne. Simplement surprise. N'importe qui le serait à votre place. »

Elle l'introduisit dans un petit salon, confortable mais sombre, et le pria de faire comme chez lui. Flottait dans l'air une odeur de levure et de sucre. Quand il fut bien installé dans un fauteuil profond, elle proposa : « Que diriez-vous d'une tasse de café ou de thé ? J'ai du stollen. Tout frais de ce matin.

— Du stollen, j'en raffole ! s'exclama-t-il. Avec le stollen, il faut du café. Merci beaucoup. »

Elle gloussa et se dirigea vers la cuisine. « Vous êtes sûr de ne pas avoir du sang hongrois, monsieur Schiffer ?

— Appelez-moi David, je vous prie », dit-il en se levant pour la suivre. Ne connaissant pas l'histoire de la famille Schiffer, il avançait en terrain mouvant. « Puis-je vous aider ?

— Eh bien pourquoi pas, merci David. Au fait, appelez-moi Eszti. » Elle désigna un plat à gâteau. « Et si vous nous en coupiez un morceau chacun ? »

Parmi les quelques photos de famille collées sur la porte du réfrigérateur, il vit celle d'une jeune femme très jolie. Elle posait seule, tenant d'une main son béret écossais, ses longs cheveux flottant dans le vent. Derrière elle, se profilait la Tour de Londres.

« Votre fille ? », demanda Bourne.

Eszti Sido leva rapidement les yeux vers lui et sourit. « Oui, Roza, ma cadette. Elle étudie à Londres. Cambridge, précisa-t-elle avec un orgueil bien compréhensible. Mes deux autres filles – les voilà, entourées de leur famille – sont mariées et heureuses en ménage, Dieu merci. Roza est la plus ambitieuse. » Elle esquissa un timide sourire. « Je peux vous confier un secret, David ? J'aime tous mes enfants, mais Roza est ma préférée – celle de Peter aussi. Je pense qu'il se reconnaît un peu en elle. Elle adore les sciences. »

Après quelques minutes passées à s'affairer dans la cuisine, un pichet de café et des assiettes de stollen furent disposés sur un plateau que Bourne apporta dans le salon.

« Alors, comme ça, vous êtes le cousin de Félix, reprit-elle quand ils furent installés tous les deux, lui dans le fauteuil, elle dans le canapé, séparés par la table basse où Bourne avait posé le plateau.

— Oui, et je suis impatient d'avoir de ses nouvelles, répondit Bourne pendant qu'elle versait le café. Seulement, voyez-vous, je n'arrive pas à le joindre. Et je pensais... eh bien, j'espérais que votre mari pourrait m'aider.

— Je ne crois pas qu'il sache où est Félix. » Eszti Sido lui tendit sa tasse et une tranche de stollen sur une assiette. « Je ne veux pas vous inquiéter, David, mais il était un peu déprimé ces derniers mois. Cela fait pas mal de temps que mon mari et lui n'ont pas travaillé ensemble de manière officielle, mais ils continuaient de s'écrire. Tout récemment encore. » Elle versa de la crème dans son café. « Ils sont toujours d'excellents amis, voyez-vous.

— Si je comprends bien, ce récent courrier était de nature personnelle, dit Bourne.

— Je l'ignore. » Eszti fronça les sourcils. « Je crois qu'il avait rapport à leur travail.

— Vous n'en sauriez pas plus, par hasard, Eszti ? J'ai fait un long voyage pour retrouver mon cousin et je vous avoue très franchement que je commence à m'inquiéter un peu pour lui. Tout ce que vous ou votre mari pourriez m'apprendre me serait certainement très utile.

— Bien sûr, David, je comprends parfaitement. » Elle cassa un petit bout de son gâteau. « J'imagine que Peter serait ravi de vous voir. Mais pour l'instant, il travaille.

— Consentiriez-vous à me donner son numéro de téléphone ?

— Oh, cela ne vous servirait à rien. Peter ne répond jamais quand il est au bureau. Vous allez être obligé de le retrouver là-bas. A la clinique Eurocenter Bio-I, 75 Hattyu utca. Quand vous y serez, vous passerez d'abord par un détecteur d'objets métalliques et après, vous vous arrêterez à l'accueil. A cause des recherches qu'ils mènent dans ce centre, les mesures de sécurité sont très strictes. Pour pénétrer dans son service, il faut porter un badge. Blanc pour les visiteurs, vert pour les chercheurs, bleu pour les assistants et le personnel technique.

— Merci pour l'information, Eszti. Puis-je vous demander quelle est la spécialité de votre époux ?

— Vous voulez dire que Félix ne vous en a jamais parlé ? »

Bourne prit une gorgée de son délicieux café. « Comme vous le savez sûrement, Félix est un homme très secret. Il ne parle jamais de ses activités.

— En effet. » Eszti se mit à rire. « Peter est pareil. D'ailleurs ça vaut mieux. Son domaine de recherches est tellement effrayant. Je suis sûre que si j'en savais davantage, je ferais des cauchemars. Il est épidémiologiste. Vous comprenez mieux maintenant. »

Le cœur de Bourne eut un raté. « Effrayant, comme vous dites. Il doit travailler sur ces affreux virus, alors. L'anthrax, la peste pulmonaire, la fièvre hémorragique argentine.... »

Le visage de Eszti Sido s'assombrit. « Oh, non, non, je vous en prie ! » Elle agita ses doigts boudinés. « C'est exactement cela, mais je ne veux surtout pas en entendre parler.

— Pardonnez-moi. » Bourne se pencha pour la resservir, ce dont elle le remercia d'un air soulagé.

Puis elle s'enfonça dans le canapé, sa tasse à la main, les yeux perdus dans le vague. « Vous savez, David, maintenant que j'y songe, je me souviens d'un soir, il n'y a pas si longtemps. Peter est rentré tout excité. Si excité que, pour une fois, il est sorti de sa réserve et m'a parlé d'une chose qui le préoccupait. J'étais en train de préparer le dîner. Il était rentré plus tard que d'habitude et moi, je ne savais plus où donner de la tête – j'avais mis un rôti à cuire et, vous savez ce que c'est, la cuisson du rôti... Alors comme il ne venait pas, j'ai sorti la viande du four. Quand Peter s'est enfin décidé à passer le pas de la porte, je l'ai remise à cuire. J'étais furieuse contre lui, ce soir-là, je peux vous le dire. » Elle prit une autre gorgée. « Bon, où en étais-je ?

— Le Dr Sido est rentré tout excité, l'aida Bourne.

— Ah oui, très juste. » Elle prit un petit morceau de stollen du bout des doigts. « Félix l'avait appelé, m'a-t-il dit. Il venait de faire une découverte au sujet de la *chose* sur laquelle il travaillait depuis plus de deux ans. »

Bourne avait la bouche sèche. Il lui semblait étrange que le destin du monde reposât entre les mains d'une maîtresse de maison confortablement assise dans son salon devant une tasse de café et une succulente pâtisserie. « Votre mari vous a-t-il dit de quoi il s'agissait ?

— Bien sûr qu'il me l'a dit ! s'écria Eszti Sido avec enthousiasme. Voilà pourquoi il était si excité. C'était un diffuseur biochimique – ou un truc comme ça. Selon Peter, le principal intérêt de cet engin, ce qui le rendait si extraordinaire, c'était qu'on pouvait le transporter facilement. Dans un étui à guitare, comme il disait. » Elle considéra Bourne d'un regard bienveillant. « Est-ce là une comparaison intéressante pour un truc scientifique ?

— Intéressante, oui », dit Bourne. Son esprit fonctionnait à toute vitesse, agençant frénétiquement les pièces du puzzle qui avait failli lui coûter plusieurs fois la vie.

Il se leva. « Eszti, je dois partir, je le crains. Merci beaucoup de m'avoir accordé votre temps et votre hospitalité. Tout était délicieux – surtout le stollen. »

Elle rougit et sourit aimablement quand elle le vit se diriger vers la porte. « Revenez, David, quand les choses iront mieux.

— Je reviendrai », l'assura-t-il.

Une fois dans la rue, il s'accorda une minute de réflexion. L'information fournie par Eszti Sido confirmait à la fois ses soupçons et ses pires frayeurs. Le Dr Schiffer avait mis au point un engin portatif capable de disperser des agents pathogènes chimiques et biologiques dans l'atmosphère. Voilà pourquoi tout le monde rêvait de mettre la main sur lui. Dans une grande ville comme New York ou Moscou, l'utilisation d'une telle arme entraînerait des milliers de morts. Toutes les personnes vivant à l'intérieur du rayon de dispersion succomberaient immanquablement, sans qu'on puisse rien faire pour les sauver. Ce scénario terrifiant risquait fort de devenir réalité s'il ne retrouvait pas le Dr Schiffer. Et Sido était l'une des rares personnes à savoir où il se trouvait. D'où l'état d'excitation décrit par Eszti.

Il fallait à tout prix qu'il parle au Dr Peter Sido, et le plus tôt serait le mieux.

« Vous courez après les ennuis, j'espère que vous le comprenez, dit Feyd al-Saoud.

— Je le comprends, répondit Jamie Hull. Mais c'est à cause de Boris. Vous savez comme moi que ce type est un gros salopard.

— Pour commencer, répondit Feyd al-Saoud sur un ton égal, si vous persistez à l'appeler Boris, je ne vois pas comment vous arriverez à vous entendre. Ce sera la lutte à mort entre vous. » Il écarta les mains. « J'ai peut-être tort, monsieur Hull, mais j'aimerais que vous m'expliquiez pourquoi vous tenez tant à compliquer davantage une mission déjà hautement délicate. »

Les deux agents étaient en train de vérifier le système HVAC de l'hôtel Oskjuhlid, qu'ils avaient truffé de détecteurs thermiques à infrarouge et de capteurs de mouvement. Chaque jour, tous trois effectuaient ensemble une inspection de ce système. Cette tournée-là venait en supplément.

Dans un peu plus de huit heures, le premier contingent de négociateurs arriverait. Douze heures après, ce serait le tour des dirigeants politiques, et le sommet commencerait. Aucune marge d'erreur ne serait admise. Pour personne, pas même pour Boris Illyich Karpov.

« Entendriez-vous par là que ce type *n'est pas* un gros salopard ? », s'étonna Hull.

Feyd al-Saoud vérifia un branchement en le comparant au schéma qu'il semblait trimbaler partout avec lui. « Franchement, j'ai d'autres chats à fouetter. » Satisfait de voir que la jonction était bonne, Feyd al-Saoud poursuivit sa vérification.

« OK, venons-en au fait. »

Feyd al-Saoud se tourna vers lui. « Je vous demande pardon ?

— Je me disais qu'on formait une bonne équipe, vous et moi. On s'entend bien. En matière de sécurité, nous sommes sur la même longueur d'onde.

— Vous voulez dire que j'exécute vos ordres à la lettre. »

Hull prit un air choqué. « J'ai dit ça, moi ?

— Monsieur Hull, inutile de feindre. Je lis en vous comme dans un livre ouvert. Vous êtes comme la plupart des Américains. Totalement transparent. Si jamais une situation paraît vous échapper un tant soit peu, soit vous vous mettez en colère soit vous boudez. »

Hull l'aurait volontiers étranglé. « Nous ne sommes pas des enfants, quand même ! s'exclama-t-il.

— Mais si, rétorqua Feyd al-Saoud sans hausser le ton. Parfois, vous me rappelez mon fils de six ans. »

Hull aurait voulu sortir son Glock 31.357 mm et le coller sous le nez de cet arabe. Pour qui se prenait-il ? Parler sur ce ton à un représentant du gouvernement américain !

« Alors, que pensez-vous de la situation ? », demanda-t-il d'une voix aussi calme que possible.

Feyd al-Saoud poursuivit sans manifester aucune émotion. « En toute honnêteté, je préférerais que M. Karpov et vous régliez vos différends vous-mêmes. »

Hull secoua la tête. « Ça n'arrivera pas, mon ami, vous le savez aussi bien que moi. »

Feyd al-Saoud le savait. Malheureusement. Hull et Karpov ne pouvaient définitivement pas se sentir et, du coup, la situation était bloquée. On pouvait au mieux espérer que les hostilités se réduisent à quelques échauffourées ne débouchant pas sur une escalade de la violence et la guerre totale.

« Je ne prendrai parti ni pour l'un ni pour l'autre. A mon avis, ça vaudra mieux pour vous comme pour lui, dit-il. Sinon, je ne vois pas qui pourrait vous empêcher de vous entre-tuer ? »

Après avoir effectué ses premières emplettes, Annaka sortit de la boutique de vêtements pour hommes. Pendant qu'elle se dirigeait vers le quartier du théâtre, elle aperçut un mouvement suspect dans le reflet d'une vitrine. Sans marquer de temps d'hésitation ni presser le pas, elle décida de ralentir en faisant semblant de flâner, juste pour en avoir le cœur net. En effet, quelqu'un la suivait. Aussi naturellement que possible, elle traversa la rue et se posta devant une vitrine dont le reflet lui révéla la silhouette de Kevin McColl. L'homme traversa la rue, lui aussi, mais se dirigea vers un café, au coin du pâté de maisons. Elle n'avait pas le choix. Elle devait lui fausser compagnie avant d'atteindre le secteur des boutiques de maquillage.

Le plus discrètement possible, elle sortit son téléphone portable et composa le numéro de Bourne.

« Jason, souffla-t-elle, McColl m'a repérée.

— Où êtes-vous ? demanda-t-il.

— En bas de Vaci utca.

— Je ne suis pas très loin.

— Je vous avais dit de rester à l'hôtel. Qu'est-ce que vous avez fait ?

— J'ai trouvé une piste, dit-il.

— Vraiment ? » Son cœur battait la chamade. L'aurait-il démasquée ? « De quoi s'agit-il ?

— D'abord, il faut s'occuper de McColl. Je veux que vous vous rendiez au 75 Hattyu utca. Attendez-moi au comptoir d'accueil. » Il lui fournit tous les détails nécessaires.

Elle écouta attentivement, puis répondit : « Jason, vous êtes sûr d'en être capable ?

— Contentez-vous de faire ce que j'ai dit, lança-t-il d'un ton sévère, et tout ira bien. »

Elle se déconnecta puis héla un taxi. Quand la voiture s'arrêta près d'elle, elle donna l'adresse que Bourne lui avait fait répéter au téléphone. Une fois installée sur la banquette arrière, elle se retourna mais ne vit pas McColl. Pourtant, elle savait qu'il la suivait. Un instant plus tard, une Opel cabossée vert foncé apparut, se faufila entre les voitures et vint se coller derrière le taxi. Dans le rétroviseur extérieur, Annaka reconnut le chauffeur à son impressionnante carrure. Ses lèvres s'ourlèrent d'un sourire amusé. Kevin McColl avait mordu à l'hameçon ; à présent, il ne restait plus qu'à espérer que le plan de Bourne fonctionnerait.

Ayant récemment regagné le siège social de Humanistas Ltd. à Budapest, Stepan Spalko étudiait les informations chiffrées diffusées sur le réseau clandestin international afin de collecter les dernières nouvelles du sommet, quand son portable se mit à sonner.

« Oui, quoi ? dit-il d'un ton sec.

— J'ai rendez-vous avec Bourne au 75 Hattyu utca », annonça Annaka.

Spalko s'éloigna de l'équipe de techniciens assis devant les postes de déchiffrage. « Il s'agit de la clinique Eurocenter Bio-I, dit-il. Bourne connaît donc l'existence de Peter Sido.

— Il prétend avoir trouvé une nouvelle piste fantastique, mais a refusé de me dire laquelle.

— Ce type ne se repose jamais, dit Spalko. Je m'occupe de Sido. Arrange-toi pour l'empêcher d'accéder à son bureau.

— Je comprends, répondit Annaka. Mais je pense que Bourne aura déjà fort à faire avec cet agent de la CIA qui ne me lâche pas d'une semelle.

— Je ne veux pas que Bourne se fasse tuer, Annaka. Il m'est bien plus précieux vivant – du moins pour l'instant. » Tout en parlant, Spalko passait en revue les diverses possibilités, les éliminant les unes après les autres jusqu'à obtenir la bonne conclusion. « Je me charge du reste. »

Annaka hocha la tête. « Tu peux compter sur moi, Stepan.

— Je le sais. »

Annaka regardait les rues de Budapest défiler à toute vitesse derrière sa vitre. « Je ne t'ai pas remercié d'avoir tué mon père.

— J'ai pris mon temps.

— Khan croit que je regrette de ne pas l'avoir fait moi-même.

— Il a raison ? »

Légèrement contrariée, Annaka essuya les larmes qui embuaient ses yeux. « C'était mon père, Stepan. Quoi qu'il ait fait... c'était quand même mon père. Il m'a élevée.

— Bien mal, Annaka. Il n'a jamais vraiment su jouer son rôle de père auprès de toi. »

Elle songea aux mensonges qu'elle avait servis à Bourne sans une once de remords. Tous ces discours sur l'enfance idéale qu'elle aurait aimé vivre. Son père ne lui avait jamais lu d'histoires le soir pour l'endormir, n'avait jamais changé ses couches; ni assisté à ses remises de diplômes – il était toujours à des kilomètres de là. Quant à ses anniversaires, il les oubliait systématiquement. Une autre larme involontaire roula sur sa joue et glissa jusqu'à sa bouche. Son goût salé avait l'amertume du souvenir.

Elle rejeta la tête en arrière. « Un enfant ne peut jamais condamner complètement son père.

— C'est pourtant ce que j'ai fait avec le mien.

— C'était différent, rétorqua-t-elle. Et de toute façon, je connais les sentiments que tu éprouvais pour ma mère.

— Je l'aimais, oui. » L'image de Sasa Vadas se dessina dans l'esprit de Spalko. Ses grands yeux lumineux, sa peau laiteuse, sa bouche pleine au dessin délicat, ce sourire distant qui vous attirait vers elle, inexorablement. « C'était une femme unique, une personne très spéciale, une vraie princesse. D'ailleurs, elle avait un nom de princesse.

— Elle était aussi proche de toi que de moi, dit Annaka. Elle t'avait percé à jour, Stepan. Au fond de son cœur, elle devinait les drames que tu avais endurés, bien que tu ne lui en aies pas soufflé mot.

— J'ai longtemps attendu pour me venger de ton père, Annaka, mais je ne l'aurais jamais fait si je n'avais pas su que tu partageais mon désir. »

Annaka se mit à rire. Elle était redevenue elle-même et regrettait de s'être laissée aller. Ce bref épanchement sentimental la dégoûtait. « Tu ne crois quand même pas que je vais tomber dans le panneau, Stepan?

— Ecoute, Annaka...

— Tu te fatigues pour rien. Je te connais trop bien. Tu l'as tué parce que sa mort t'arrangeait, un point c'est tout. Et tu as eu raison. Il se serait empressé de tout raconter à Bourne. Et Bourne se serait lancé à ta poursuite, avec l'énergie du désespoir. C'est vrai, je désirais la mort de mon père, mais ce n'est qu'une simple coïncidence.

— A présent, tu comprends l'importance que tu revêts à mes yeux.

— Que tu dises ou non la vérité, ça m'est égal, Stepan. Je suis incapable de m'attacher à quelqu'un. C'est plus fort que moi. »

Martin Lindros présenta ses papiers officiels à Randy Driver, chef du Directorat des armes tactiques non létales. Driver détailla Lindros comme s'il se croyait en mesure de l'intimider, prit les papiers et, s'abstenant de tout commentaire, les jeta sur son bureau.

Driver avait adopté la posture du marine, dos droit, ventre rentré, muscles tendus, prêt à se lancer dans la bataille. Ses yeux bleus rapprochés louchaient presque, tant il était concentré. Une légère odeur d'antiseptique planait dans le bureau tapissé de métal blanc, comme si, en prévision de la visite de Lindros, on l'avait passé au fumigène.

« Je vois que vous n'avez pas chômé depuis notre dernière rencontre », dit-il en évitant le regard de son visiteur. Apparemment, il venait juste de réaliser que Lindros n'était pas du genre à se laisser intimider par ses allures de matamore. Il avait donc décidé de passer à la joute verbale.

« Je chôme rarement, répliqua Lindros. Vous m'avez simplement obligé à faire des heures supplémentaires.

— J'en suis heureux. » Un sourire contraint crispa le visage de Driver.

Lindros passa d'un pied sur l'autre. « Pourquoi me considérez-vous comme un ennemi ?

— Probablement parce que vous en êtes un. » Driver finit par s'asseoir derrière son bureau en verre fumé et aluminium. « Si un type déboulait chez vous et se mettait à creuser dans votre jardin, comment l'appelleriez-vous ?

— Je ne fais qu'enquêter...

— Arrêtez les conneries, Lindros ! » Driver s'était levé d'un bond, le teint blême. « Ça pue la chasse aux sorcières à plein nez ! Vous êtes le limier du Vieux. Mais vous ne m'aurez pas à l'esbroufe. Votre enquête n'a rien à voir avec le meurtre d'Alex Conklin.

— Et qu'est-ce qui vous fait penser cela ?

— Parce que c'est sur moi que vous enquêtez ! »

Soudain Lindros trouva un intérêt à la conversation. Driver venait de baisser la garde. Tout en soupesant ses paroles, il lui adressa un sourire bonhomme. « Et pourquoi diable enquêterions-nous sur vous, Randy ? » Il avait choisi ses mots avec soin, l'emploi du *nous* signifiant qu'il agissait avec l'entier soutien du DCI. Celui du prénom ne servait qu'à énerver son interlocuteur.

« Vous savez très bien pourquoi, bordel ! », tempêta Driver. Il se jetait tête baissée dans le piège tendu par Lindros. « Je suis sûr que vous le saviez déjà la première fois où vous avez mis les pieds ici. Je l'ai vu à votre air de ne pas y toucher. J'ai bien remarqué votre expression au moment où vous m'avez interrogé sur Félix Schiffer.

— Je voulais vous donner une chance de vous justifier avant de mettre le DCI au courant. » Lindros prenait un vif plaisir à s'enfoncer dans la brèche que Driver venait d'ouvrir, bien qu'il ignorât jusqu'où elle le mènerait. D'un autre côté, il fallait user de prudence. Au moindre faux mouvement, à la moindre erreur, Driver découvrirait la supercherie et, très probablement, se fermerait comme une huître en attendant le conseil de son avocat. « Il est encore temps, Randy. »

Driver le fixa un instant puis essuya son front moite avec les mains. Il s'affala à moitié sur son bureau avant de se rejeter en arrière, contre le dossier de son fauteuil tressé.

« Dieu tout-puissant, quel foutu bordel ! », marmonna-t-il. Comme un homme venant d'encaisser un coup d'une violence exceptionnelle, il expulsa tout l'air contenu dans ses poumons puis se tourna vers le mur pour regarder les estampes de Rothko comme s'il s'agissait de portes ouvertes vers la liberté. A la fin, d'un air résigné, il reporta son attention sur l'homme qui se tenait en face de lui.

Il fit un geste. « Asseyez-vous, monsieur le directeur adjoint », articula-t-il d'une voix affligée. Quand Lindros fut installé, il dit : « Tout a commencé avec Alex Conklin. Ça commence toujours avec Alex, pas vrai ? » Il soupira, comme envahi par une soudaine nostalgie. « Voilà presque deux ans, Alex est venu me voir avec une proposition. Il s'était lié d'amitié avec un scientifique de la DARPA ; pure coïncidence, je tiens à le préciser, encore que j'en doute. Alex se liait si facilement. Je crois que chez lui rien ne relevait du pur hasard. Le scientifique en question était Félix Schiffer, vous l'aurez compris. »

Il se ménagea une pause. « Je meurs d'envie d'un cigare. Ça vous ennuie ?

— Nullement », répondit Lindros. Voilà qui expliquait l'odeur de désodorisant. Ce bâtiment, comme tous les immeubles du gouvernement, était censé être non fumeur.

« Ça vous dit ? s'enquit Driver. C'est Alex qui me les a offerts. »

Lorsque Lindros déclina son offre, Driver ouvrit un tiroir, sortit un cigare d'un humidificateur puis exécuta le complexe rituel de l'allumage. Lindros comprit qu'il faisait cela pour se calmer les nerfs. Il renifla la première bouffée de fumée bleue flottant à travers la pièce. C'était un Havane.

« Alex est venu me voir, poursuivit Driver. Non, pour être plus précis... il m'a emmené dîner et m'a raconté qu'il avait fait la connaissance d'un type travaillant à la DARPA. Félix Schiffer. L'homme détestait l'ambiance militaire qui règne là-bas. Il voulait changer d'air. Alex m'a demandé d'aider son ami.

— Et vous avez accepté, commenta Lindros, juste pour lui faire plaisir ?

— Bien sûr. Le général Baker, le patron de la DARPA, ne s'est pas gêné pour débaucher l'un de nos gars, l'année dernière. » Driver tira sur son cigare. « Il avait une dette envers moi. J'ai sauté sur l'occasion de lui rendre la monnaie de sa pièce, à ce petit snobinard de Baker. »

Lindros s'agita. « Lorsque Conklin est venu vous voir, vous a-t-il dit sur quoi travaillait Schiffer à la DARPA ?

— Bien sûr. Les spécialités en aérosol. Ses recherches portaient sur le nettoyage des espaces clos infectés par des substances biologiques. »

Lindros se redressa. « Comme l'anthrax ? »

Driver hocha la tête. « Exactement.

— Où en était-il de ses recherches ?

— A la DARPA ? » Driver haussa les épaules. « Je n'ai pas demandé.

— En revanche, je suis sûr que vous êtes parfaitement au courant des découvertes qu'il a pu faire après avoir intégré votre équipe. »

Driver lui décocha un regard furibond avant de pianoter sur son ordinateur. Il fit pivoter l'écran pour lui montrer quelque chose.

Lindros se pencha. « Pour moi, c'est du charabia, mais je ne suis pas scientifique. »

Driver contemplait la braise de son cigare comme si, le moment de vérité arrivé, il ne pouvait se résoudre à regarder Lindros dans les yeux. « En effet, *c'est* du charabia, enfin plus ou moins. »

Lindros se raidit. « Qu'est-ce que vous voulez dire ? »

Toujours fasciné par le bout de son cigare, Driver rétorqua : « Il serait déraisonnable de penser que Schiffer travaillait effectivement là-dessus. »

Lindros secoua la tête. « Je ne saisis pas. »

Driver soupira. « Il est possible que Schiffer ne soit pas du tout un expert dans sa partie. »

Lindros sentait grossir une boule d'angoisse au creux de son estomac. Il hasarda : « Il existe une autre possibilité, n'est-ce pas ?

— Eh bien, oui, maintenant que vous le dites. » Driver se passa la langue sur les lèvres. « On peut imaginer que Schiffer travaillait sur quelque chose de radicalement différent. Et qu'il refusait que le fruit de ses recherches tombe entre les mains de la DARPA ou les nôtres. »

Lindros semblait perplexe. « Pourquoi n'en avez-vous pas parlé au Dr Schiffer ?

— J'aimerais bien pouvoir le faire, dit Driver. Seulement voilà, je ne sais pas où il est.

— Si vous ne le savez pas, s'écria Lindros, furieux, je vois pas qui le saurait.

— Alex et personne d'autre.

— Bon sang de bon Dieu, Alex Conklin est mort ! » Lindros se leva et, se penchant en avant, lui arracha le cigare de la bouche. « Randy, depuis combien de temps le Dr Schiffer a-t-il disparu ? »

Driver ferma les yeux. « Six semaines. »

A présent, Lindros comprenait pourquoi Driver l'avait fichu à la porte la première fois ; il paniquait à l'idée que l'Agence apprenne l'existence d'une brèche dans la sécurité. Et quelle brèche ! Lindros explosa : « Comment diable avez-vous pu laisser une telle chose se produire ? »

Le regard bleu de Driver se posa sur lui et y resta un instant. « C'était Alex. Je lui faisais confiance. Pourquoi me serais-je méfié ? Je le connaissais depuis des années. C'était un personnage légendaire à l'Agence, nom de Dieu ! Et qu'est-ce qu'il fait ? Il enlève Schiffer. »

Driver contemplait son cigare sur le sol comme si en tombant il s'était mué en objet maléfique. « Il s'est servi de moi, Lindros, il m'a manipulé comme un pantin. Il n'a jamais vraiment voulu que j'embauche Schiffer. Il n'avait pas envie qu'il passe sous la coupe de l'Agence. Il souhaitait juste l'éloigner de la DARPA pour mieux le faire disparaître ensuite.

— Pourquoi ? insista Lindros. Pourquoi aurait-il fait cela ?

— Je l'ignore. Mais je donnerais tout pour le savoir. »

On percevait un réel malaise dans la voix de Driver et, pour la première fois depuis qu'ils se connaissaient, Lindros se surprit à le plaindre. Tout ce qu'il avait toujours entendu dire au sujet d'Alexander Conklin se révélait juste. C'était un expert de la manipulation. Gardien des plus sombres secrets, il ne se fiait à personne – sauf à Jason Bourne, son protégé. L'espace d'un instant, il se demanda comment le DCI allait réagir à cette nouvelle tournure des événements. Conklin et lui avaient été de grands amis pendant des dizaines d'années ; ils avaient gravi ensemble les échelons de l'Agence – c'était toute leur vie. Ils s'étaient épaulés, entraidés et, à présent, ce coup dur. Conklin n'avait pas hésité à violer tous les protocoles majeurs de l'Agence pour arriver à ses fins : voler le Dr Félix Schiffer. Il avait arnaqué non seulement Randy Driver mais l'Agence elle-même. Comment faire pour cacher cette nouvelle au Vieux ? se demanda Lindros. Mais, tout en pensant cela, il savait qu'il avait un problème plus urgent à traiter.

« De toute évidence, Conklin savait sur quoi travaillait réellement Schiffer et c'est justement pour cela qu'il s'intéressait à lui, dit Lindros. Mais qu'est-ce que ça pouvait bien être ? »

Driver le considéra d'un air désarmé.

Stepan Spalko se tenait au centre de Kapisztran tér, à portée de voix de sa limousine garée. Au-dessus de lui, se dressait la Tour de Marie-Madeleine, dernier vestige de l'église franciscaine du treizième siècle qui s'élevait autrefois sur cet emplacement. La nef et le chœur avaient été détruits par les bombardements nazis durant la Seconde Guerre mondiale. Pendant qu'il attendait, une rafale de vent glacial souleva l'ourlet de son manteau noir et glissa sur sa peau.

Spalko consulta sa montre. Sido était en retard. Il savait depuis longtemps maîtriser son impatience, mais aujourd'hui c'était différent. Ce rendez-vous revêtait une telle importance qu'il ne pouvait s'empêcher de ressentir une pointe d'anxiété. Au sommet de la tour, le carillon composé de vingt-quatre cloches sonna le quart. Sido était *très* en retard.

Fatigué de suivre les mouvements de la foule, Spalko s'apprêtait à enfreindre le protocole et à appeler Sido sur le téléphone cellulaire qu'il lui avait donné quand il le vit se précipiter vers lui. Il transportait une sorte de valise à échantillons comme en ont les joailliers.

« Vous êtes en retard, dit Spalko laconiquement.

— Je sais, mais je n'y peux rien. » Le Dr Sido s'essuya le front avec la manche de son pardessus. « J'ai eu du mal à sortir la chose de l'entrepôt. Il y avait des gens à l'intérieur et j'ai dû attendre que la chambre froide soit vide pour ne pas éveiller...

— Pas ici, docteur ! »

Spalko l'aurait giflé. Sido n'ignorait pourtant pas qu'il était interdit d'évoquer ce genre de sujet dans un lieu public. Il le prit par le coude et l'attira sans ménagement à l'abri de la tour projetant une ombre morne sur le trottoir.

« Vous feriez mieux de tenir votre langue en présence d'étrangers, Peter, dit Spalko. Nous faisons partie d'un groupe d'élite, vous et moi. Je vous l'ai déjà dit.

— Je sais, répondit le Dr Sido nerveusement, mais j'ai du mal à... »

Il lui coula un regard en biais. « Voilà le produit, dit-il. Tout ce que vous avez demandé et plus encore. » Il lui tendit la valise. « Mais finissons-en rapidement. Je dois retourner au labo. Quand vous avez appelé, j'étais en train d'effectuer un calcul chimique de la plus haute importance. »

Spalko repoussa la main de Sido. « Gardez-la encore, Peter, au moins pendant quelque temps. »

Les lunettes de Sido étincelèrent. « Mais vous disiez que vous en aviez besoin maintenant... immédiatement. Je vous ai prévenu, dès qu'on la met dans la valise, la substance ne dure que quarante-huit heures.

— Je n'ai pas oublié.

— Stepan, je nage complètement. J'ai pris un grand risque en la sortant de la clinique pendant les heures de travail. Maintenant je dois rentrer ou... »

Spalko sourit tout en serrant plus fort le coude de Sido. « Vous restez ici, Peter.

— Quoi ?

— Pardonnez-moi de ne pas vous l'avoir précisé plus tôt, mais, eh bien, pour le prix que vous exigez, je veux plus que le produit, je vous veux, vous. »

Le Dr Sido secoua la tête. « Mais c'est tout à fait impossible. Vous le savez !

— Rien n'est impossible, Peter.

— Eh bien, ça oui », répliqua le Dr Sido, inflexible.

Avec un charmant sourire, Spalko sortit une photo de son pardessus. « A votre avis, que vaut ce cliché ? », dit-il en la lui tendant.

Le Dr Sido avala convulsivement sa salive. « Où avez-vous trouvé cette photo de ma fille ? »

Spalko continuait à sourire gracieusement. « C'est l'un de mes hommes qui l'a prise, Peter. Regardez la date.

— Hier ! » Dans un spasme, Sido déchira la photo en plusieurs morceaux. « On peut truquer une photo comme on veut, de nos jours, déclara-t-il froidement.

— C'est vrai, admit Spalko. Mais je vous assure que celle-ci n'est pas truquée.

— Menteur ! Je m'en vais ! s'écria le Dr Sido. Lâchez-moi. »

Spalko obéit mais tout en le regardant partir, lança : « Vous aimeriez parler à Roza, Peter ? » Il lui tendit un téléphone cellulaire. « Je veux dire, tout de suite ? »

Le Dr Sido s'arrêta net et se retourna vers Spalko. La rage, la peur assombrissaient son visage. « Vous vous prétendiez l'ami de Félix ; je vous prenais pour *mon* ami. »

Le bras toujours tendu vers Sido, Spalko reprit : « Roza aimerait vous parler. Si vous partez maintenant... » Il haussa les épaules sans finir sa phrase. Son silence était lourd de menaces.

D'un pas pesant, le Dr Sido rebroussa chemin, prit le téléphone de sa main libre et le porta à son oreille. Son cœur battait si fort qu'il pouvait à peine penser. « Roza ?

— Papa ? Papa ! Où suis-je ? Qu'est-ce qui se passe ? »

La voix paniquée de sa fille le transperça comme une flèche empoisonnée. Il ne se rappelait pas avoir éprouvé une telle frayeur de toute sa vie.

« Ma chérie, que t'est-il arrivé ?

— Des hommes sont entrés dans ma chambre, ils m'ont emmenée, je ne sais pas où, ils m'ont mis une cagoule sur la tête, ils...

— Ça suffit », dit Spalko en arrachant l'appareil des doigts inertes du Dr Sido. Il coupa la communication et rangea le téléphone.

« Qu'est-ce que vous lui avez fait ? » Les violentes émotions qui le traversaient faisaient trembler sa voix.

« Rien pour l'instant, répondit Spalko avec calme. Et rien ne lui arrivera, Peter, tant que vous m'obéirez. »

Le Dr Sido déglutit et laissa Spalko lui reprendre le bras. « Où... où allons-nous ?

— On va faire une petite virée, déclara Spalko en poussant le Dr Sido vers la limousine. Prenez ça comme des vacances, Peter. Des vacances bien méritées. »

CHAPITRE VINGT-QUATRE

La clinique Eurocenter Bio-I était un bâtiment moderne de couleur gris ardoise. Bourne entra du pas rapide et décidé de l'homme affairé.

A l'intérieur, tout n'était que luxe. L'entrée pavée de marbre, les colonnes de style classique alternant avec des statues de bronze. Dans les murs, des niches voûtées abritaient les bustes des demi-dieux ayant marqué l'histoire de la biologie, de la chimie, de la microbiologie et de l'épidémiologie. Dans cet environnement aussi paisible qu'un cloître, l'affreux détecteur d'objets métalliques détonnait carrément. Loin derrière cet édicule, on apercevait un grand comptoir occupé par trois hôtesses d'accueil qui semblaient s'ennuyer ferme.

Bourne passa le contrôle sans encombre, son pistolet étant indétectable. Au comptoir d'accueil, il joua de nouveau l'homme pressé.

« Alexander Conklin pour le Dr Peter Sido, dit-il si sèchement que sa requête aurait pu passer pour un ordre.

— Vos papiers, je vous prie, monsieur Conklin », répondit l'une des trois hôtesses. Sans y prendre garde, elle avait employé le même ton que lui.

Bourne lui tendit son faux passeport, l'hôtesse l'examina brièvement avant de vérifier si la photo correspondait bien au visage du visiteur. Puis elle lui rendit ses papiers et lui remit un badge en plastique blanc. « Vous êtes prié de ne pas vous en séparer, monsieur Conklin. » Le ton et le comportement de Bourne étaient tels qu'elle omit de lui demander si le Dr Sido l'attendait, tenant pour acquis que « M. Conklin » avait effectivement rendez-vous. Elle lui indiqua la direction à prendre.

« *Pour pénétrer dans son service, il faut un badge. Blanc pour les visiteurs, vert pour les chercheurs, bleu pour les assistants et le personnel technique* », lui avait expliqué Eszti Sido. Par conséquent, il commencerait par rechercher un membre du personnel.

En se dirigeant vers l'aile d'épidémiologie, il croisa quatre hommes, dont aucun n'avait la bonne morphologie. Il lui fallait un individu ayant plus ou moins sa taille. En chemin, il essaya toutes les portes non marquées bureau ou labo, dans l'espoir de tomber sur une pièce de stockage ou un débarras où il ne risquait guère de rencontrer un membre de l'équipe médicale. Quant aux personnes chargées de l'entretien, elles ne prenaient certainement pas leur service avant le soir.

Finalement, il vit arriver un homme en blouse blanche ayant à peu près sa corpulence. Son badge vert lui apprit qu'il s'agissait du Dr Lenz Morintz.

« Pardonnez-moi, docteur Morintz, dit Bourne avec un sourire penaud, pourriez-vous m'indiquer l'aile de microbiologie ? J'ai l'impression que je me suis perdu.

— En effet, répondit le Dr Morintz. Vous vous dirigez droit vers le service d'épidémiologie.

— Oh mon Dieu, s'écria Bourne. J'ai dû tourner en rond.

— Ne vous en faites pas, le rassura le Dr Morintz. Ça nous arrive à nous aussi. »

Comme il se tournait pour lui indiquer la bonne direction, Bourne le frappa du tranchant de la main. Le bactériologiste s'écroula. Bourne l'empoigna avant qu'il ne touche le sol, le redressa et le porta dans la pièce de stockage la plus proche, sans prêter attention à la douleur lancinante qui lui martelait les côtes.

Une fois à l'intérieur, Bourne alluma la lumière, enleva sa veste, la roula en boule et la cacha dans un coin. Puis il débarrassa le Dr Morintz de sa blouse et de son badge. Avec du sparadrap, il lui attacha les mains dans le dos et lui lia les chevilles. Le dernier morceau servit à le bâillonner. Ensuite il le traîna dans un coin, entre deux gros cartons, éteignit la lumière et sortit dans le couloir.

Le taxi d'Annaka venait de se garer devant la clinique Eurocenter Bio-I. Elle attendait à l'intérieur, laissant le compteur tourner. Stepan avait bien insisté. La mission entrait maintenant dans sa phase décisive. Chacun de leurs choix, chacun de leurs mouvements revêtaient désormais une importance cruciale. La moindre erreur pouvait déboucher sur un désastre. Bourne ou Khan. Elle ne savait lequel redouter le plus ; l'un comme l'autre représentaient un danger majeur. Des deux, Bourne semblait le plus solide, mais Khan était un homme sans scrupule. Elle et lui se ressemblaient étrangement, et cela elle ne pouvait se permettre de l'ignorer.

Pourtant, elle finissait par penser qu'elle s'était peut-être trompée sur son compte. Khan paraissait changé. D'abord, il n'avait pas pu se résoudre à tuer Jason Bourne, malgré son désir affiché de se débarrasser de lui. Et ensuite, tout aussi bizarrement, il avait commis une erreur en essayant de l'embrasser dans la Skoda. Depuis qu'elle avait rompu, elle n'avait cessé de se demander si ses sentiments pour elle étaient sincères. A présent, elle en était sûre. Khan était capable d'aimer ; il pouvait, si on l'encourageait suffisamment, forger des liens émotionnels. Franchement, elle n'aurait jamais imaginé pareille chose de la part d'un homme au passé si lourd.

« Mademoiselle ? » La voix du chauffeur de taxi la sortit de sa rêverie. « Vous attendez quelqu'un ou vous voulez que je vous conduise ailleurs ? »

Annaka se pencha et lui glissa une liasse de billets dans la main. « Je descends ici. »

Pourtant elle ne bougeait pas, se contentant de regarder autour d'elle en se demandant où était Kevin McColl. Stepan lui avait conseillé de ne pas se tracasser pour l'agent de la CIA, mais c'était facile à dire. Il était bien tranquillement assis dans son bureau de Humanistas alors qu'elle, se trouvait sur le terrain avec un assassin dangereux et expérimenté à ses trousses, plus l'homme grièvement blessé qu'il cherchait à descendre. Quand les balles commenceraient à siffler, ce serait elle qui risquerait sa peau, pas lui.

Lorsque enfin elle se décida à descendre de voiture, elle était si nerveuse qu'elle ne cessait de balayer la rue du regard, craignant d'apercevoir l'Opel cabossée. Puis elle se reprit et, avec un petit râle d'énervement, entra dans la clinique.

La description de Bourne lui parut en tout point exacte. Elle se demanda où il avait pu obtenir une information aussi précise en si peu de temps. Il fallait au moins lui reconnaître ça : il était remarquablement doué pour faire parler les gens.

Quand elle passa le détecteur de métal, un employé l'arrêta et lui demanda d'ouvrir son sac pour en examiner le contenu. Suivant les instructions de Bourne à la lettre, elle s'approcha ensuite du haut comptoir de marbre, sourit à celle des trois hôtesses qui leva les yeux assez longtemps pour remarquer sa présence.

« Je m'appelle Annaka Vadas, annonça-t-elle. J'attends un ami. »

L'hôtesse hocha la tête et se replongea dans son travail. Les deux autres discutaient au téléphone ou entraient des données dans un ordinateur. Un téléphone sonna. La femme qui lui avait souri décrocha, prononça quelques mots puis, à sa grande surprise, lui fit signe d'approcher.

Lorsque Annaka s'avança, la réceptionniste articula : « Mademoiselle Vadas, le Dr Morintz vous attend. » Elle jeta un bref coup d'œil sur le permis de conduire d'Annaka puis lui remit un badge en plastique blanc. « Veuillez l'accrocher à votre vêtement et ne pas l'enlever, mademoiselle Vadas. Le docteur est dans son laboratoire. »

D'un geste, elle lui indiqua le chemin. Annaka, perplexe, s'engagea dans le couloir. Au premier croisement, elle tourna à gauche et heurta un homme vêtu d'une blouse blanche.

« Oh, excusez-moi ! Que... ? » Levant les yeux, elle reconnut Jason Bourne. Sur sa blouse, un badge en plastique vert portait le nom du Dr Lenz Morintz; elle se mit à rire. « Oh, je vois ! Enchantée de faire votre connaissance, docteur Morintz. » Elle plissa les yeux. « Bien que cette photo ne vous flatte guère.

— Vous savez ce que c'est, avec ces appareils bon marché... », lança Bourne. A ces mots, il l'attrapa par le coude et l'entraîna vers le coin de mur qu'elle venait de dépasser. « Ils vous font une de ces tronches ! » Hasardant un coup d'œil à l'angle du mur, il ajouta : « Et voilà la CIA. Pile à l'heure. »

Annaka vit Kevin McColl montrer ses accréditations à l'une des hôtesses. « Comment a-t-il fait pour passer son arme sous le détecteur de métal ? demanda-t-elle.

— Il ne l'a pas passée, dit Bourne. Pourquoi croyez-vous que je vous aie fait venir ici ? »

Malgré elle, Annaka le considéra avec admiration. « Un piège. McColl est venu sans arme. » Ce type est vraiment futé, pensa-t-elle, et aussitôt une légère inquiétude s'empara d'elle. Stepan savait-il bien où il mettait les pieds ?

« Ecoutez, j'ai découvert que l'ancien associé de Schiffer, Peter Sido, travaillait ici. Si quelqu'un sait où Schiffer se trouve, c'est lui. Il faut qu'on lui parle, mais d'abord on doit s'occuper de McColl une bonne fois pour toutes. Vous êtes prête ? »

Annaka regarda de nouveau McColl et, toute tremblante, approuva d'un hochement de tête.

Redoutant que sa Skoda de location n'ait été repérée, Khan avait emprunté un taxi pour filer l'Opel verte cabossée. Il attendit que Kevin McColl sorte de son emplacement de parking pour demander au chauffeur de démarrer; lorsque l'agent de la CIA descendit de voiture, il paya le chauffeur et continua à pied.

Le soir précédent, tout en filant McColl à partir de l'immeuble d'Annaka, il avait appelé Ethan Hearn pour lui donner le numéro minéralogique de l'Opel verte. En l'espace d'une heure, Hearn lui avait fourni le nom et le numéro de l'agence de location. Se faisant passer pour un agent d'Interpol, il avait obtenu de l'employé dûment intimidé, le nom de McColl et son adresse aux Etats-Unis. L'homme n'avait pas indiqué son lieu de résidence à Budapest mais, en bon Américain, avait quand même eu l'arrogance d'utiliser son vrai nom. Ensuite, tout s'était passé comme sur des roulettes. Il lui avait suffi de joindre son contact à Berlin pour lui demander d'entrer le nom de McColl dans sa base de données et, en quelques minutes, il avait appris que l'homme appartenait à la CIA.

McColl tourna au coin de la rue, s'engagea sur Hattyu utca et pénétra dans un immeuble de pierre grise, au numéro 75. Une vraie forteresse médiévale. Heureusement, Khan ne lui avait pas couru après – il aimait prendre son temps – car une seconde plus tard, McColl repassait la tête dehors. Etonné, Khan le regarda se diriger vers une poubelle et, après s'être assuré que personne ne l'observait, sortir son arme et l'y déposer.

Khan attendit que McColl disparaisse dans la clinique pour le suivre. Il poussa la porte d'acier et de verre et de là, regarda McColl produire les accréditations fournies par l'Agence. En voyant le détecteur de métal, Khan comprit pourquoi McColl s'était débarrassé de son arme. Etait-ce une coïncidence ou Bourne lui avait-il tendu un piège? Khan opta pour la deuxième solution. C'était ce qu'il aurait fait à sa place.

Pendant que McColl recevait son badge et s'enfonçait dans le couloir, Khan franchit le détecteur de métal puis exhiba la carte d'Interpol qu'il s'était procurée à Paris. Ce qui, bien sûr, ne manqua pas d'alarmer l'hôtesse. D'autant plus qu'elle venait de voir passer un agent de la CIA. Elle se demanda à voix haute si elle devait alerter la sécurité de la clinique ou bien appeler la police. D'un ton posé, Khan lui certifia qu'ils enquêtaient tous les deux sur la même affaire, que leur visite n'avait rien d'inquiétant. Quelques témoins à interroger, un point c'est tout. Si jamais quelque chose venait perturber leur enquête, l'admonesta-t-il, il fallait s'attendre à de lourdes conséquences. Il savait qu'elle n'avait pas envie d'en porter la responsabilité. Bien que moyennement convaincue, la femme hocha la tête et lui fit signe de passer.

Lorsque Kevin McColl aperçut Annaka Vadas devant lui, il comprit que Bourne n'était pas loin. Personne ne l'avait vu arriver, il en était sûr et certain. Mais au cas où, il vérifia quand même la présence du petit carré de plastique accroché à son bracelet-montre. A l'intérieur de ce boîtier était enroulée une minuscule bobine de fil de nylon. Il aurait largement préféré exécuter Bourne avec une arme à feu. C'était la méthode la plus propre et la plus rapide. Le corps humain, quelle que soit sa puissance, ne pouvait résister à une balle tirée en plein cœur, dans les poumons ou le cerveau. Bien sûr, il existait d'autres façons de procéder, davantage basées sur la force et l'effet de surprise, mais elles prenaient plus de temps et leur résultat n'était pas garanti. En l'occurrence, la présence du détecteur de métal ne lui avait pas laissé le choix. Il comprenait également qu'en tout état de cause, il serait certainement obligé d'éliminer Annaka Vadas par la même occasion. A cette pensée, il éprouvait une sorte de regret. C'était un beau brin de fille ; quelle pitié de devoir tuer un canon pareil.

En la voyant marcher dans le couloir, il se dit qu'elle s'apprêtait à rejoindre Jason Bourne ; autrement, que ferait-elle ici ? Il resta en retrait, s'amusant à tapoter le carré de plastique fixé à l'intérieur de son poignet. Dès que l'occasion se présenterait...

Caché dans une pièce de stockage, Bourne vit passer Annaka. La jeune femme savait précisément où il se trouvait mais eut l'intelligence de ne pas tourner la tête. Grâce à son ouïe exercée, Bourne perçut l'approche de McColl avant même de le voir. Chaque personne avait sa façon de marcher, un pas qui lui était propre et qu'on reconnaissait facilement s'il n'était pas contrefait. McColl, lui, marchait d'un pas lourd et assuré ; ses semelles claquaient comme une menace. Un chasseur professionnel.

A cet instant, Bourne comprit que l'élément déterminant serait le facteur temps. S'il se montrait trop tôt, McColl le verrait et réagirait, ce qui gâcherait l'effet de surprise. S'il attendait trop, il serait obligé de lui courir après et McColl l'entendrait approcher, à coup sûr. Ayant calculé la longueur des pas de McColl, Bourne prévoyait à la seconde près le moment où l'assassin de la CIA passerait devant la porte. Il évacua de son esprit la souffrance qui ravageait son corps. Ignorant si ses côtes l'empêcheraient d'agir à sa guise, il résolut de faire confiance au triple bandage avec lequel le Dr Ambus les avait enveloppées.

A présent, il voyait nettement la redoutable silhouette de Kevin McColl. A l'instant même où l'agent passa devant la porte entrouverte, Bourne bondit et, les deux mains jointes, lui assena un terrible coup au rein droit. L'homme bascula vers Bourne qui l'attrapa et entreprit de le traîner dans le débarras.

Pourtant McColl retrouva vite ses esprits, pivota sur lui-même et, avec une grimace de douleur, enfonça son énorme poing dans la poitrine de Bourne. La douleur éclata comme un soleil. Pendant que Bourne reculait en titubant, McColl sortit le fil de nylon et l'approcha prestement de son cou. Du tranchant de sa main, Bourne lui porta deux coups bien ajustés qui durent lui faire très mal. McColl n'en montra rien. Les yeux rougis, le visage crispé par la détermination, il enroula le fil de nylon autour du cou de Bourne et tira si fort que, tout de suite, Bourne sentit le sol se dérober sous ses pieds.

Bourne cherchait désespérément à reprendre sa respiration. McColl en profita pour serrer davantage. C'est alors que Bourne comprit son erreur. Cessant de se débattre, il se concentra uniquement sur la contre-attaque. Aussitôt, il lui décocha un violent coup de genou dans l'aine. McColl en eut le souffle coupé. Il desserra sa prise juste assez pour que Bourne glisse deux doigts entre le fil de nylon et sa gorge.

Mais le géant récupéra plus vite que prévu. Avec un grognement de rage, il projeta toute son énergie dans ses bras et tira sur le fil de nylon, lui imprimant une force renouvelée. Profitant de l'avantage qu'il venait de s'arroger, Bourne recourba ses deux doigts autour du garrot toujours plus tendu, puis exerça une violente rotation. Le fil se brisa comme la ligne d'un pêcheur venant de ferrer un trop gros poisson.

Avec la même main, Bourne décocha un uppercut qui atteignit l'autre sous le menton et projeta sa tête contre le montant de la porte. Bourne voulut se jeter sur lui, mais McColl ne lui en laissa pas le temps et répliqua d'un coup de coude qui l'envoya à l'autre bout de la pièce. McColl le suivit, saisit un cutter et lacéra sa blouse blanche. Bourne bondit en arrière. Le coup de lame suivant déchira sa chemise et fit apparaître ses côtes bandées.

Un sourire de triomphe éclaira le visage de McColl. Il venait enfin de découvrir le point faible de son adversaire. Il allait pouvoir s'en servir. Faisant passer le cutter dans sa main gauche, il feinta puis voulut lui assener un direct au thorax. Bourne réussit à parer avec l'avant-bras.

L'occasion était trop belle. Ce geste venait de dénuder le cou de Bourne. De nouveau McColl brandit le cutter et l'approcha de sa gorge.

En entendant les premiers bruits de lutte, Annaka avait fait demi-tour et tout de suite après, avait vu deux médecins se diriger vers l'endroit où le couloir se divisait. Il y avait une chance sur deux pour qu'ils passent devant la pièce de stockage. Prenant les devants, elle leur coupa littéralement la route, les bombarda de questions et tout en parlant, orienta leurs pas vers l'autre branche du couloir.

Une fois le danger écarté, elle leur faussa compagnie et revint très vite à son point de départ. Apparemment, Bourne était en difficulté. Or Stepan tenait absolument à le capturer vivant. Elle pressa donc le pas et ouvrit la porte à toute volée à l'instant même où le cutter de McColl effleurait la gorge de Bourne.

Elle se jeta sur le tueur. Le choc suffit à écarter la lame luisante qui partit racler une étagère métallique. Des étincelles jaillirent. Du coin de l'œil, McColl repéra la présence de la jeune femme, se retourna et, levant brusquement son coude droit, la frappa au cou.

Annaka vacilla, porta instinctivement ses deux mains à sa gorge et tomba à genoux. Toujours armé de son cutter, McColl s'avança vers elle et lacéra son manteau. De son côté, Bourne profita de la diversion pour récupérer le fil de nylon enroulé autour de sa main et le passer autour du cou de McColl.

Ce dernier s'arc-bouta, mais au lieu de protéger sa gorge, visa les côtes fêlées de Bourne. Son coup de coude lui fit voir trente-six chandelles, mais il tint bon et le traîna pour l'éloigner d'Annaka. Les talons du tueur crissèrent contre le carrelage. Ses coudes battaient l'air de plus en plus frénétiquement. En vain.

Le visage de McColl virait au pourpre, on voyait les tendons de son cou saillir comme des cordes de piano tendues à se rompre. Peu après, ses yeux commencèrent à lui sortir des orbites. Des vaisseaux sanguins éclatèrent dans son nez et ses joues ; ses lèvres se retroussèrent, découvrant ses gencives pâles. De sa bouche béante, sa langue gonflée jaillit. Il lui restait malgré tout assez de forces pour décocher un dernier coup dans les côtes meurtries de

Bourne. Ce dernier grimaça et desserra sa prise juste assez pour que McColl reprenne son souffle.

C'est alors qu'Annaka prit le relais. Elle se rua sur lui comme une furie en le bourrant de coups de pied au ventre. Sans se laisser démonter, McColl lui saisit le genou et la déséquilibra. Elle se retrouva de dos, le cou entravé par son bras gauche. McColl appuyait déjà sa paume sur la tempe de la jeune femme, bien résolu à lui briser la nuque.

Khan observait toute la scène depuis sa cachette, un petit bureau sombre, situé juste en face. Il vit Bourne prendre le risque de laisser filer la cordelette en nylon qu'il avait si adroitement enroulée autour du cou de McColl et cogner la tête de l'assassin contre une étagère avant de lui enfoncer un pouce dans l'œil.

Sur le point de hurler, McColl saisit l'avant-bras de Bourne entre ses mâchoires, ce qui étouffa son cri. Il agitait bras et jambes comme un dément refusant de se laisser terrasser, refusant de mourir. Bourne sortit son arme en céramique et cogna la zone tendre située au-dessus de l'oreille gauche. McColl tomba à genoux, la tête secouée de tremblements, les deux mains pressées contre son œil abîmé. Mais ce n'était qu'une ruse. Il déplia brusquement ses deux bras pour agripper les jambes d'Annaka qui bascula en arrière. Quand il se jeta sur elle et la prit à la gorge, Bourne comprit qu'il n'avait pas le choix. Il colla le canon de son arme sur la nuque de McColl et appuya sur la détente.

La détonation fut étonnamment silencieuse, en revanche le trou formé par la balle était impressionnant. McColl restait cramponné à la jeune femme. Bourne rangea son arme et pour libérer Annaka, dut forcer chacun des doigts de l'assassin.

Bourne se baissa pour l'aider à se relever. Khan le vit grimacer, la main plaquée sur ses côtes douloureuses. Etaient-elles seulement fêlées, ou carrément cassées, ou quelque chose entre les deux ? se demanda-t-il.

Khan recula dans l'ombre du bureau. C'était lui qui l'avait blessé. Il se souvenait précisément du moment où il l'avait frappé, du puissant impact qui s'était répercuté dans les os de sa main. Il y avait mis toute sa force. A cet instant, un frémissement l'avait traversé, comme une décharge électrique émanant du corps de Bourne. Pourtant, curieusement, il n'en concevait aucune satisfaction. Bien au contraire, il ne pouvait s'empêcher d'admirer la force et la ténacité de cet homme. Il tenait le choc, il poursuivait son combat titanesque contre McColl, malgré les coups qui ne cessaient de pleuvoir sur son torse endolori.

Soudain, il se ravisa. Qu'est-ce qui lui prenait de s'apitoyer ainsi ? se demanda-t-il dans un sursaut de colère. Bourne passait son temps à le rejeter. Même confronté à l'évidence, il refusait obstinément de reconnaître Khan comme son fils. Que devait-il en conclure ? Pour une raison inconnue, Bourne avait décidé de croire dur comme fer à la mort de Joshua. De là à penser qu'il ne l'avait jamais aimé...

« Les renforts sont arrivés il y a quelques heures », dit Jamie Hull au DCI par l'intermédiaire de leur liaison vidéo sécurisée. « Nous les avons familiarisés avec l'ensemble du dispositif. On n'attend plus que les officiels.

— A l'heure où nous parlons, le président des Etats-Unis se trouve à bord de l'avion », répondit le DCI tout en désignant un siège à Martin Lindros. « Dans cinq heures et vingt minutes environ, il foulera le sol islandais. Je prie le ciel que vous soyez prêts à l'accueillir.

— Parfaitement monsieur, je suis prêt. Nous le sommes tous.

— Excellent. » Mais son froncement de sourcils s'accentua lorsqu'il posa les yeux sur les notes étalées sur son bureau. « Dites-moi un peu comment les choses se passent avec le camarade Karpov.

— Aucun souci, repartit Hull. J'ai l'affaire Boris bien en main.

— Vous m'en voyez grandement soulagé. Les relations entre le Président et son homologue russe sont loin d'être au beau fixe. Vous n'avez pas idée du sang et des larmes qu'il a fallu verser pour persuader Aleksandr Yevtushenko de venir s'asseoir à la table des négociations. Vous imaginez aisément sa réaction s'il apprenait que son chef de la sécurité et vous êtes à couteaux tirés.

— Cela n'arrivera pas, monsieur.

— Je l'espère bien, gronda le DCI. Tenez-moi informé constamment.

— C'est entendu, monsieur », promit Hull en terminant la conversation.

Le DCI fit pivoter son fauteuil et enfonça ses doigts dans sa tignasse blanche. « Nous pénétrons dans la dernière ligne droite, Martin. Je me demande si vous souffrez autant que moi de rester coincé ici, derrière un bureau, pendant que Hull s'active sur le terrain.

— Je partage votre sentiment, monsieur. » Pendant toute la

conversation, Lindros avait rongé son frein, hésitant à révéler la vérité à son supérieur. Soudain, il faillit perdre son calme mais son sens du devoir l'emporta. Ces derniers temps, le Vieux l'avait traité comme un chien, et pourtant Lindros n'était pas homme à se venger bassement.

Il s'éclaircit la gorge. « Monsieur, je suis retourné voir Randy Driver.

— Et alors ? »

Lindros respira profondément et rapporta au Vieux la confession de Driver. Il lui dit que Conklin avait organisé le transfert du Dr Félix Schiffer de la DARPA vers l'Agence, pour une raison inconnue mais douteuse, qu'il l'avait ensuite fait « disparaître », et conclut en déclarant que depuis la mort de Conklin, personne ne savait où se trouvait Schiffer.

Le Vieux cogna du poing contre son bureau. « Dieu du Ciel, quand je pense que le sommet est sur le point de commencer et qu'un chercheur du Directorat ne répond plus à l'appel ! C'est une vraie catastrophe ! Si l'autre salope apprend ça, je vais en prendre plein la gueule, je vous en fiche mon billet. »

Pendant un instant, on aurait pu entendre une mouche voler dans le vaste bureau du DCI. Du haut de leurs cadres, les grands hommes d'Etat, passés ou présents, les contemplaient avec une réprobation muette.

Puis le DCI réagit. « Vous avez bien dit qu'Alex Conklin avait fait disparaître un scientifique au nez et à la barbe du ministère de la Défense pour le faire entrer chez nous et l'emmener ensuite Dieu sait où ? »

Lindros croisa les mains sur ses genoux sans rien dire, mais se garda bien de quitter le Vieux du regard.

« Eh bien, j'avoue que... ce n'est pas une pratique admise par l'Agence. Alexander Conklin n'aurait jamais fait une chose pareille. Sinon, il aurait enfreint toutes les règles en vigueur. »

Tout en songeant aux recherches qu'il avait effectuées dans les archives ultrasecrètes Quatre-Zéro, Lindros s'agita sur son siège. « Il ne s'est jamais gêné pour agir à sa guise quand il était sur le terrain, monsieur. Vous le savez comme moi. »

Le DCI ne le savait que trop bien. « Là c'est différent, protesta-t-il. C'est arrivé ici. Chez nous. Ce serait un affront caractérisé envers l'Agence, et envers moi. » Le Vieux hocha la tête. « Je refuse de le croire, Martin. Bon sang, il doit bien y avoir une autre explication ! »

Mais Lindros tenait bon. « Vous savez bien que non. Je suis

vraiment navré de devoir vous annoncer une nouvelle aussi décevante, monsieur. »

A ce moment, le secrétaire du Vieux apparut, lui tendit une feuille de papier et s'éclipsa. Le DCI déplia la note.

« *Votre femme souhaiterait vous parler*, lut-il. *Elle dit que c'est important.* »

Il froissa la feuille puis leva les yeux. « Bien sûr qu'il y a une autre explication. Jason Bourne.

— Je ne saisis pas, monsieur. »

Le DCI regarda Lindros droit dans les yeux et articula d'un ton morne : « Tout cela est l'œuvre de Bourne, pas d'Alex. Je ne vois pas d'autre explication.

— En l'occurrence, je pense que vous avez tort, monsieur, répliqua Lindros, se préparant à affronter son supérieur. Avec tout le respect que je vous dois, je pense que votre amitié pour Alex Conklin a faussé votre jugement. Après avoir étudié les dossiers Quatre-Zéro, j'ai acquis la ferme conviction que personne n'a jamais été plus proche de Conklin que Jason Bourne, pas même vous. »

Un sourire énigmatique s'étala sur le visage du DCI. « Alors là, vous avez mis dans le mille, Martin. Et c'est justement parce que Bourne connaissait parfaitement Alex qu'il a pu se servir de son implication auprès de ce Dr Schiffer. Croyez-moi, Bourne a senti venir le vent et il en a profité.

— Il n'y a pas de preuve...

— Mais si, il y en a. » Le DCI changea de position sur son siège. « Je sais où est Bourne.

— Ah bon ? » Lindros le considéra, éberlué.

« 106-108 Fo utca, lut le DCI sur un bout de papier. Ça se trouve à Budapest. » Il foudroya son adjoint du regard. « Ne disiez-vous pas que l'arme ayant servi aux meurtres d'Alex et de Mo Panov avait été payée sur une banque de Budapest ? »

Le cœur de Lindros se contracta dans sa poitrine. « Si, monsieur. »

Le DCI hocha la tête. « Voilà pourquoi j'ai donné cette adresse à Kevin McColl. »

Le visage de Lindros vira au blanc. « Oh, mon Dieu, je veux parler à McColl.

— Je sais, ça fait mal, Martin, et je compatis. » Le DCI désigna le téléphone d'un geste du menton. « Appelez-le si ça vous chante, mais vous connaissez la réputation de McColl. Il y a de fortes chances pour que Bourne soit déjà mort. »

Bourne referma d'un coup de pied la porte du débarras puis ôta la blouse tachée de sang. Il était sur le point de la jeter sur le cadavre de Kevin McColl quand il vit une petite lumière clignoter sur la hanche du cadavre. Son téléphone cellulaire. S'accroupissant, il le sortit de son étui en plastique et reconnut le numéro appelant. Aussitôt, la rage le saisit.

Il se connecta et dit au DCI : « Si vous continuez comme ça, la facture des pompes funèbres risque d'être salée.

— Bourne ! cria Lindros. Attendez ! »

Mais Bourne n'attendit pas. Il projeta le téléphone contre le mur si violemment qu'il s'ouvrit comme une huître.

Annaka lui décocha un regard inquiet. « Un vieil ennemi ?

— Un vieux fou », grommela Bourne en récupérant sa veste de cuir. Il poussa un grognement involontaire lorsque la douleur l'atteignit comme un coup de masse.

« J'ai l'impression que McColl vous a salement amoché », fit remarquer Annaka.

Sur sa chemise lacérée, Bourne enfila sa veste portant encore le badge blanc des visiteurs. Il ne pensait qu'à une chose : trouver le Dr Sido. « Et vous ? Comment vous sentez-vous ? »

Elle s'abstint de frotter la marque rouge qui lui zébrait la gorge. « Ne vous inquiétez pas pour moi.

— Alors, faites-en autant pour moi », répliqua Bourne en s'emparant d'un flacon de détergent posé sur une étagère. Avec un chiffon, il entreprit d'effacer de son mieux les taches de sang sur le manteau d'Annaka. « Il faut qu'on mette la main sur le Dr Sido aussi vite que possible. Ils vont s'apercevoir de la disparition du Dr Morintz d'un instant à l'autre.

— Où est Sido ?

— Dans le service d'épidémiologie. » Il fit un geste vers elle. « Venez. »

Passant la tête à l'extérieur, il s'assura que personne ne traînait dans le coin. Quand ils émergèrent dans le corridor, Bourne remarqua le bureau entrouvert, fit un pas dans sa direction mais, au même moment, des voix s'élevèrent. On approchait. Bourne s'accorda une seconde de réflexion, histoire de s'orienter, puis ils foncèrent jusqu'au service d'épidémiologie dont ils franchirent bientôt les portes battantes.

« Sido est dans le labo 902 », dit-il en examinant les numéros affichés sur les portes.

L'aile consacrée aux recherches épidémiologiques formait un carré autour d'un espace ouvert percé de portes menant aux labos et aux bureaux. Elles se ressemblaient toutes sauf une. Placée au centre du mur le plus éloigné, celle-là était en métal. Munie de barreaux, elle donnait sur l'extérieur. De toute évidence, on se trouvait au fond de la clinique et cette porte servait à évacuer les déchets médicaux toxiques, à en juger d'après les inscriptions figurant sur les réduits qui la flanquaient.

« Voilà son labo ! », s'exclama Bourne en se mettant à courir.

Le suivant comme son ombre, Annaka avisa le boîtier d'alarme fixé sur le mur juste devant elle, précisément à l'endroit que Stepan lui avait indiqué. En arrivant à sa hauteur, elle souleva la vitre de protection. Déjà, Bourne cognait à la porte du labo de Sido. N'obtenant aucune réponse, il ouvrit. Au moment où il pénétrait dans la pièce, Annaka abaissa la poignée et l'alarme d'incendie se déclencha.

Tout à coup, l'aile se trouva remplie de monde. Trois vigiles apparurent, des hommes qui connaissaient leur métier, de toute évidence. Bourne lança un regard désespéré à travers le bureau vide. Il remarqua une chope de café à moitié pleine, la page de veille vacillant sur l'écran de l'ordinateur. Lorsqu'il appuya sur une touche, la partie supérieure de l'écran se couvrit d'équations chimiques complexes. En bas, il lut la légende suivante : « Le produit doit être conservé à – 32 degrés Celsius car il est extrêmement fragile. Exposé à la chaleur, il perd toutes ses propriétés. » Malgré le vacarme grandissant, Bourne faisait marcher ses méninges. Le Dr Sido était parti mais pas depuis longtemps. Tout prouvait qu'il avait quitté son bureau en toute hâte.

A cet instant, Annaka se précipita vers lui et lui prit le bras. « Jason, les vigiles interrogent tout le monde ; ils vérifient les badges. Il est temps qu'on sorte d'ici. » Elle l'entraîna vers la porte. « Si on parvient à atteindre la porte de derrière, on pourra s'enfuir par là. »

Dans la partie centrale de l'aile, régnait un véritable chaos. De l'eau jaillissait en tous sens des atomiseurs censés éteindre l'incendie. Comme les locaux contenaient quantité de matériaux inflammables, dont des bouteilles d'oxygène, la panique gagna rapidement tout le personnel. Quant à l'équipe de sécurité, elle s'évertuait à calmer tout ce petit monde afin de pouvoir procéder au recensement.

Bourne et Annaka se dirigeaient vers la porte métallique quand Bourne aperçut Khan au milieu de la foule hystérique. Aussitôt, il saisit Annaka et lui fit un rempart de son corps. Que venait-il faire ici ? s'interrogea-t-il. Avait-il l'intention de les tuer ou seulement de les intercepter ? Cherchait-il à obtenir de lui des renseignements sur Félix Schiffer et le diffuseur biochimique ? Mais non, l'expression sur le visage de Khan traduisait tout autre chose. Bourne n'y reconnaissait pas sa froideur habituelle.

« Ecoute-moi ! cria Khan dans le vain espoir de couvrir les hurlements de la foule affolée et le mugissement de la sirène. Bourne, il faut que tu m'écoutes ! »

Mais Bourne, poussant Annaka devant lui, avait déjà gagné la sortie. Faisant irruption dans l'allée derrière la clinique, il vit un camion Hazmat garé au bord du trottoir. Six hommes armés de mitraillettes attendaient à côté. Flairant aussitôt le piège, Bourne se retourna vers Khan et, d'instinct, poussa un cri pour l'avertir du danger.

Annaka pivota sur elle-même, aperçut Khan et immédiatement, ordonna qu'on ouvre le feu. Tenant compte de l'avertissement de Bourne, Khan s'écarta une fraction de seconde avant que la rafale ne fauche les vigiles qui le poursuivaient. Tout de suite après, la panique atteignit son point culminant ; le personnel de la clinique se mit à courir en hurlant, franchit les portes à battants et se rua dans le couloir menant à l'entrée principale.

Deux hommes attrapèrent Bourne par-derrière. Il se débattit et parvint à se dégager.

« Trouvez-le ! rugit Annaka. Trouvez Khan et tuez-le !

— Annaka, que... »

Abasourdi, Bourne regarda les deux hommes qui venaient de tirer passer en courant près de lui et sauter par-dessus leurs victimes.

Bourne décida de passer à l'action. D'un coup de poing, il assomma l'un de ses agresseurs, mais un autre arriva à la rescousse.

« Attention, prévint Annaka. Il est armé ! »

Un type lui attrapa les bras par-derrière pendant que son collègue le fouillait. Bourne se débattit, se libéra et décocha un terrible uppercut sur le nez de l'indiscret. L'os se brisa, le sang jaillit, l'homme tomba à la renverse en se tenant le nez.

« Qu'est-ce que vous fichez ? »

Armée d'une mitraillette, Annaka finit par s'avancer vers lui et, du canon de son arme, défonça un peu plus ses côtes brisées. La douleur lui coupa le souffle. Il bascula en avant, perdant l'équilibre. Ses genoux fléchirent ; il crut défaillir tant la souffrance était atroce. Puis ils se jetèrent tous sur lui. Il reçut un coup à la tempe et s'affaissa entre leurs bras, presque inconscient.

Les deux hommes partis en reconnaissance réapparurent. « Il s'est envolé, rapportèrent-ils à Annaka.

— Peu importe », dit-elle. Désignant l'homme qui gisait sur le sol, elle ordonna : « Portez-le dans le camion. Dépêchons ! »

Lorsqu'elle se retourna vers Bourne, elle vit que l'homme au nez cassé tenait le canon de son arme contre sa tempe, prêt à appuyer sur la détente. Ses yeux lançaient des éclairs.

Annaka lui dit d'un ton calme mais ferme : « Baisse ton arme. Il faut qu'on le prenne vivant. » Elle le fixa sans bouger un muscle. « Ce sont les ordres de Spalko. Tu le sais. » Finalement l'homme obtempéra.

« Très bien, dit-elle. Allez ! Dans le camion. »

Bourne la regarda longuement, révolté par sa trahison.

Souriant d'un air crispé, Annaka tendit la main pour qu'on lui remette une seringue hypodermique emplie d'un liquide clair qu'elle lui injecta d'un geste sûr. Les yeux de Bourne se troublèrent peu à peu.

CHAPITRE VINGT-CINQ

HASAN Arsenov avait chargé Zina d'améliorer l'aspect physique des membres de l'équipe. Comme une vraie styliste, elle prit sa tâche au sérieux sans pourtant se départir d'une légère ironie. Telle une planète tournée vers son soleil, elle s'alignait sur le Cheik désormais, et du même coup, son esprit, son cœur s'écartaient de l'orbite de Hasan. Les premières graines avaient été plantées une certaine nuit, à Budapest – cela dit, les prémices de cet éloignement dataient sans doute de plus longtemps –, pour éclore sous le soleil brûlant de Crète. Elle vénérait le souvenir de leur rencontre amoureuse sur cette île méditerranéenne comme une légende secrète et trop intime pour la partager avec un autre que lui. Leur union ressemblait à celle de – qui déjà ? – Thésée et Ariane. Le Cheik lui avait fait le récit du terrible destin du Minotaure. Ensemble, ils étaient entrés dans un labyrinthe grandeur nature, et en avaient triomphé. Tout excitée par leur merveilleuse aventure, elle ne s'apercevait même pas que cette légende antique qui la faisait tant vibrer appartenait à la culture occidentale et qu'en s'unissant corps et âme à Stepan Spalko, elle s'était écartée de l'Islam qui l'avait nourrie, élevée comme une seconde mère, lui avait prodigué secours et consolation durant les jours sombres de l'occupation russe. Il ne lui était jamais venu à l'esprit que pour embrasser l'une, elle devait s'éloigner de l'autre. L'eût-elle compris, son cynisme naturel lui aurait conseillé de ne pas faire machine arrière.

A la tombée de la nuit, grâce à ses talents de maquilleuse et de costumière, les hommes de l'escouade débarquèrent à l'aéroport Keflavik rasés de frais, coiffés à l'européenne et vêtus de complets sombres, comme n'importe quel voyageur occidental. Les femmes avaient renoncé au *khidzhab* traditionnel, le foulard qui d'habitude leur couvrait le visage. Elles étaient maquillées et habillées à la mode de Paris. Ils passèrent donc l'immigration sans incident, se servant des fausses identités et des faux passeports français fournis par Spalko.

Désormais, suivant les ordres d'Arsenov, ils ne parleraient plus qu'islandais, même entre eux. Dans le terminal, Arsenov s'adressa à une agence de location qui lui procura une berline et trois camionnettes pour l'escouade composée de six hommes et quatre femmes. Arsenov et Zina entrèrent dans Reykjavík en voiture, les autres partirent pour Hafnarfjördur, au sud de la capitale. Cette ville abritait le plus ancien port de commerce du pays. Spalko y avait loué une grande demeure en bois, perchée au sommet d'une falaise donnant sur la baie. Le village, peuplé d'étranges petits chalets multicolores, était séparé du rivage par des masses de lave solidifiée, nimbées d'une brume permanente qui vous donnait l'impression de vous perdre dans le temps. Comment imaginer, au milieu de ces jolis chalutiers peints de couleurs vives flottant bord à bord dans la baie, que de redoutables drakkars vikings avaient un jour appareillé dans ce port pour s'élancer vers de nouvelles conquêtes ?

En traversant Reykjavík, Arsenov et Zina se familiarisèrent avec des rues qu'ils ne connaissaient que par les cartes. Ils repérèrent les divers itinéraires et l'état de la circulation. C'était une ville pittoresque, construite sur une péninsule. D'où qu'on se tenait, on apercevait soit les montagnes incrustées de neige soit les eaux bleu sombre de l'Atlantique Nord. L'île elle-même résultait de la grande dérive des continents qui avait séparé l'Amérique de l'Eurasie. En raison de sa relative jeunesse, la croûte terrestre y était plus fine que sur ces deux continents, d'où l'extraordinaire activité géothermique bien utile pour chauffer les foyers islandais. Toute la ville était reliée au pipeline d'eau chaude de Reykjavík Energy.

Parvenus au centre-ville, ils passèrent devant l'Eglise Hallgrimskirkja, un édifice moderne très bizarre, évoquant plus un vaisseau spatial futuriste qu'un lieu de culte et dépassant largement en hauteur tous les immeubles avoisinants. Après avoir croisé le bâtiment des services de santé, ils roulèrent vers l'hôtel Oskjuhlid.

« Tu es certain qu'ils emprunteront bien cette route ? demanda Zina.

— Absolument. » Arsenov hocha la tête. « C'est le plus court chemin et j'imagine qu'ils voudront gagner l'hôtel au plus vite. »

Le quartier de l'hôtel était truffé de vigiles américains, arabes et russes.

« Ils l'ont transformé en forteresse, dit Zina.

— Exactement comme sur les photos que nous a montrées le Cheik, répondit Arsenov avec un petit sourire. Mais peu importe qu'ils soient dix, cent ou mille. »

Ils se garèrent et firent leurs emplettes dans plusieurs boutiques. Arsenov regrettait la coquille protectrice de leur voiture. Trop étranger à ce monde, il ne se sentait pas à son aise au cœur de la foule. Ces gens minces, à la peau claire, aux yeux bleus étaient si différents de lui. Avec ses cheveux, ses yeux noirs, sa peau basanée et son épaisse ossature, il se sentait aussi balourd qu'un homme de Neandertal parmi des hommes de Cro-Magnon. En revanche, il constatait que Zina n'éprouvait pas ce genre d'embarras. Elle abordait les lieux nouveaux, les gens nouveaux, les idées nouvelles avec un enthousiasme hallucinant. Soudain, il se prit à s'inquiéter pour l'avenir. Quelle influence aurait-elle sur leurs futurs enfants ?

Vingt minutes après l'assaut de la clinique Eurocenter Bio-I, Khan se demandait encore s'il avait jamais ressenti un tel désir de vengeance. Certes, il s'était trouvé dépassé par les événements. Seul et peu armé, il eût été stupide et par trop téméraire de se lancer à l'attaque des hommes envoyés par Spalko pour les capturer, Bourne et lui. Encore une fois, il s'était divisé en deux. Son esprit rationnel lui avait déconseillé d'agir pendant qu'une autre partie de lui-même lui dictait le contraire. Cette envie de se jeter dans la bataille et de mettre en pièces les sbires de Spalko lui était venue au moment où Bourne s'était tourné vers lui pour l'avertir du danger. Un sentiment surgissant du plus profond de son être, si puissant qu'il avait annihilé tout réflexe de survie élémentaire. Il aurait pu abattre les deux hommes qu'Annaka avait lancés à ses trousses. Mais à quoi bon? D'autres les auraient suivis.

Il s'était installé au café Grendel, à un bon kilomètre de la clinique qui, à l'heure actuelle, devait regorger de policiers et d'agents d'Interpol, et sirotait son double expresso en songeant à la pulsion primale qui l'habitait encore. Il revit l'inquiétude sur le visage de Jason Bourne au moment où lui-même s'apprêtait à tomber dans le piège tendu par Annaka. On aurait dit que Bourne s'intéressait plus au sort de Khan qu'à sa propre sécurité. Mais c'était impossible, bien évidemment.

D'habitude, dès qu'un événement venait de se produire, Khan passait très vite à autre chose. Il n'était pas homme à s'encombrer l'esprit inutilement. Mais aujourd'hui, c'était différent. Quand il avait vu Bourne se diriger vers la sortie avec Annaka, il avait tenté de le prévenir, lui faire comprendre qui elle était. Mais trop tard. Qu'est-ce qui l'avait poussé à prendre une telle décision ? A moins que... Il se souvint, avec une clarté excessive à son goût, de sa réaction à la vue des graves blessures qu'il avait infligées à Bourne. Etaient-ce des remords ? Impossible !

Il devenait dingue à force de repenser à la scène entrevue dans le débarras. Au lieu de rester à couvert derrière McColl, Bourne n'avait pas hésité à se sacrifier pour porter secours à Annaka. Depuis cet instant, Khan s'était évertué à comparer les deux personnalités de Bourne. David Webb, l'honorable professeur d'université, et Jason Bourne, l'assassin international. Il s'agissait d'un seul et même individu et pourtant Khan ne connaissait aucun assassin capable de risquer sa vie pour sauver une quasi-inconnue.

Alors, qui était Jason Bourne ?

Il secoua la tête, renonçant à trouver une réponse satisfaisante. Pour l'instant, mieux valait laisser ce problème exaspérant de côté. Khan comprenait enfin pourquoi Spalko l'avait appelé, quand il était à Paris. C'était pour le tester; et il avait raté son test. Désormais, Spalko le considérait comme une menace imminente. Du même coup, Khan avait rejoint Bourne dans sa liste des hommes à abattre. Aux yeux de Khan, Spalko était définitivement passé dans le camp des ennemis. Et ses ennemis, il les traitait depuis toujours d'une seule et même manière : il les éliminait. Non seulement il ne rejetait pas le danger mais il l'envisageait comme un défi à relever. Spalko croyait ne faire qu'une bouchée de lui. Il ignorait seulement que son arrogante certitude aurait pour seule conséquence d'accroître la détermination de Khan.

Khan vida sa tasse, ouvrit son téléphone portable d'un coup de pouce et composa un numéro.

« Je m'apprêtais à t'appeler mais je voulais attendre d'être sorti de l'immeuble, déclara Ethan Hearn. Je sens que quelque chose se trame. »

Khan consulta sa montre. Il n'était pas encore cinq heures. « Quoi exactement ?

— Voilà environ deux minutes, j'ai vu arriver un camion

Hazmat. Je suis descendu au sous-sol juste à temps pour voir deux hommes et une femme transporter un type sur un brancard et le faire entrer dans les locaux.

— Cette femme c'est Annaka Vadas, dit Khan.

— Super-bien roulée.

— Ecoute-moi, Ethan, répondit Khan d'un ton vif, si tu l'approches, méfie-toi. C'est une vraie vipère.

— Dommage, médita Hearn.

— Personne ne t'a vu ? demanda Khan pour changer de sujet.

— Non, fit Hearn. J'ai fait très attention.

— Bien. » Khan s'accorda une seconde de réflexion. « Penses-tu pouvoir découvrir l'endroit où ils l'ont conduit ? Je veux dire, l'endroit précis.

— Je le sais déjà. J'ai regardé les numéros d'étage défiler au-dessus de l'ascenseur. Ils l'ont monté au quatrième. C'est l'étage personnel de Spalko ; on n'y accède qu'avec une clé magnétique.

— Tu peux te la procurer ? demanda Khan.

— Impossible. Il ne s'en défait jamais.

— Il va falloir trouver un autre moyen, dit Khan.

— Je croyais que les clés magnétiques étaient infalsifiables. »

Khan eut un petit rire. « Seuls les idiots croient ça. Il y a toujours moyen d'entrer dans une pièce fermée à clé, Ethan, comme il y a toujours moyen d'en sortir. »

Khan se leva, jeta quelques pièces sur la table et sortit du café. Il préférait ne pas rester trop longtemps au même endroit. « A propos, j'ai besoin d'entrer à Humanistas.

— Il y a des tas...

— J'ai des raisons de penser que Spalko m'attend. » Khan traversa la rue tout en surveillant les alentours au cas où quelqu'un l'observerait.

« Ça risque de pas être facile », dit Hearn. Il garda le silence, le temps de soupeser le problème, puis s'écria : « Un instant, ne quitte pas. Laisse-moi jeter un œil sur mon agenda électronique. J'ai peut-être trouvé un truc. C'est bon, me revoilà. » Hearn gloussa. « J'ai un truc. Et je crois que tu vas aimer. »

Arsenov et Zina rejoignirent la maison quatre-vingt-dix minutes après les autres. Les membres de l'équipe avaient eu le temps de se changer – ils étaient en jeans et chemises de travail, à présent – et de garer le van dans le grand garage. Les femmes transportèrent les sacs de nourriture qu'Arsenov et Zina avaient apportés tandis que les hommes ouvraient la caisse d'armes légères et aidaient à préparer les bombes de peinture.

Dès que Arsenov leur eut donné les photos remises par Spalko, ils se mirent à peindre la camionnette aux couleurs des véhicules officiels. Pendant que la peinture séchait, ils firent entrer le deuxième van dans le garage et, au moyen d'un pochoir, tracèrent le logo *Hafnarfjördur Fruits et légumes primeurs* sur ses deux faces.

Puis ils rentrèrent. Les femmes avaient préparé le repas. La maison embaumait. Avant de s'asseoir pour manger, ils dirent leurs prières. Zina n'arrivait pas à se concentrer, tant l'excitation bourdonnait en elle comme un courant électrique. Ses lèvres invoquaient Allah mais son esprit était tourné vers le Cheik et le rôle qu'elle comptait jouer dans leur prochain triomphe.

Durant le dîner, les conversations allèrent bon train, animées par la tension mêlée d'impatience qui habitait tous les convives. Arsenov qui, d'habitude, considérait ce genre de relâchement avec un froncement de sourcils réprobateur, leur permit de se défouler, mais juste le temps du repas. Ensuite, il laissa les femmes nettoyer et retourna dans le garage avec les hommes. Ils appliquèrent des décalcomanies officielles et autres inscriptions sur les flancs et le capot de la première camionnette, puis la sortirent du garage et firent entrer la troisième qu'ils aspergèrent des couleurs de Reykjavík Energy.

Leur travail terminé, la fatigue se fit sentir. Il fallait se coucher tôt car le lendemain, ils devaient se lever aux aurores. Pourtant, Arsenov ne les lâcha pas tout de suite. Il leur fit répéter leurs rôles respectifs en insistant pour qu'ils s'expriment en islandais. Il voulait vérifier leur réaction à la fatigue nerveuse. Non qu'il doutât d'eux. Ses neuf compatriotes avaient fait leurs preuves depuis longtemps. Ils étaient solides, aussi bien au physique qu'au mental et, chose primordiale en l'occurrence, totalement dépourvus de scrupules. Pourtant, aucun d'entre eux n'avait encore participé à une opération d'une telle envergure. D'ailleurs, sans le NX20, ils n'en auraient jamais eu l'occasion. De ce fait, Arsenov éprouva une grande satisfaction à les voir donner tout ce qui leur restait d'énergie et de résistance pour accomplir leur devoir sans faillir.

Il les félicita puis, comme s'ils étaient ses propres enfants, leur lança d'une voix chargée d'une vibrante affection : « *La illaha ill Allah.*

— *La illaha ill Allah* », répondirent-ils en chœur. Leurs yeux brillaient d'une telle passion qu'Arsenov en fut ému jusqu'aux larmes. Ils étaient là à s'observer mutuellement quand l'énormité de la besogne qui les attendait leur revint en mémoire. Arsenov contemplait ses compagnons – sa famille – rassemblés sur cette terre étrange et hostile, à la veille du plus extraordinaire événement dont son peuple ait eu à s'enorgueillir. Jamais il n'avait tant frémi en songeant à l'avenir, jamais il n'avait ressenti à ce point la justesse de leur cause. Il leur était profondément reconnaissant d'y participer avec lui.

Zina était sur le point de monter avec les autres lorsque Arsenov l'arrêta en lui posant la main sur le bras. Elle le repoussa d'un hochement de tête. « Il faut que je leur montre comment on se sert de l'eau oxygénée », dit-elle. Il la laissa s'éloigner.

« Puisse Allah t'accorder un sommeil paisible », dit-elle d'une voix douce tout en grimpant les escaliers.

Allongé sur le dos, Arsenov cherchait en vain le sommeil, comme à l'accoutumée. A côté de lui, dans l'autre lit, Akhmed ronflait comme un sonneur. Une brise légère soulevait les rideaux de la fenêtre ouverte; Arsenov avait grandi dans le froid; aujourd'hui, il ne pouvait plus s'en passer. Il contemplait le plafond tout en songeant à son mentor et ami Khalid Murat, comme il le faisait toujours au cours des heures sombres. Bien sûr, sa mort était nécessaire, mais Arsenov l'avait trahi et c'était ça qui le rongeait. En plus, il y avait cette blessure à la jambe. La douleur commençait à passer mais il la sentait encore trop à son goût. Elle lui rappelait de mauvais souvenirs. Il avait abandonné Khalid Murat, et cette culpabilité, il la traînerait jusqu'à la fin de ses jours.

Arsenov se leva, passa dans le couloir et descendit l'escalier sur la pointe des pieds. Il avait coutume de dormir tout habillé. Dehors, la nuit était glaciale. Il sortit une cigarette et l'alluma. Posée sur l'horizon, une lune énorme commençait sa course à travers le ciel pailleté d'étoiles. Il n'y avait pas d'arbres; on n'entendait pas le moindre insecte.

Comme il s'éloignait de la maison, son esprit agité s'éclaircit peu à peu. Le calme revint. Quand il aurait fini sa cigarette, peut-être arriverait-il à voler quelques heures de sommeil avant le rendez-vous de trois heures trente avec le bateau de Spalko.

Sa cigarette étant presque consumée, il se disposait à rentrer quand il entendit chuchoter. Alarmé, il sortit son arme et regarda autour de lui. Portées par l'air cristallin de la nuit, les voix venaient de derrière une paire d'énormes rochers se dressant comme les cornes d'un monstre, au bord de la falaise.

Il jeta son mégot, en écrasa le bout incandescent d'un coup de talon puis s'avança vers les rochers. Malgré les consignes de sécurité, il n'aurait pas hésité à vider son chargeur sur d'éventuels espions.

Pourtant, en approchant de la paroi, au lieu des infidèles qu'il s'attendait à découvrir, ce fut Zina qu'il aperçut. Elle discutait à voix basse avec une autre silhouette, plus grande qu'elle. De là où il se tenait, Arsenov ne voyait pas de qui il s'agissait. Il avança de deux ou trois pas sans toutefois parvenir à déchiffrer leurs paroles. Mais avant même de remarquer la main de Zina posée sur le bras de l'inconnu, il reconnut le ton si particulier qu'elle employait toujours quand elle voulait le séduire.

Il dut presser son poing contre sa tempe pour atténuer le soudain élancement qui lui vrilla le crâne. Il se retint de hurler. Telles des pattes d'araignée, les ongles de Zina couraient sur l'avant-bras de... qui était ce type qu'elle cajolait ainsi? La jalousie lui fit oublier toute prudence. Au risque de se faire voir, il s'avança encore un peu et passa sous un rayon de lune. Au même instant, le visage de Magomet entra dans son champ de vision.

Une fureur aveugle s'empara de lui; il tremblait des pieds à la tête. Par pur réflexe, il songea à son mentor. Qu'aurait fait Khalid Murat en pareille circonstance? se demanda-t-il. La réponse était évidente. Il se serait présenté devant les coupables et les aurait pris à part, l'un après l'autre, pour écouter leurs explications avant de se forger son opinion.

Arsenov se dressa de toute sa hauteur et marcha vers eux, le bras droit tendu, la main crispée sur son arme. Magomet, qui se tenait presque face à lui, l'aperçut et recula brusquement, repoussant la caresse de Zina. Il ouvrit la bouche comme pour crier mais la surprise, la panique l'avaient rendu muet.

« Magomet, qu'y a-t-il? s'étonna Zina qui aussitôt se retourna et perçut la gravité de la situation.

— Hasan, non! », hurla-t-elle. Une seconde plus tard, Arsenov pressait la détente.

La balle s'engouffra dans la bouche ouverte de Magomet et fit exploser l'arrière de son crâne. Projeté en arrière, l'homme s'affala dans un amas de sang et de matière cervicale.

Puis Arsenov tourna son arme vers Zina. C'est vrai, pensa-t-il, Khalid Murat n'aurait certainement pas agi ainsi, mais Khalid

Murat était mort alors que lui, Hasan Arsenov, l'artisan de son trépas, était bien vivant et maître du jeu. Rien n'était plus comme avant. Le monde avait changé.

« A ton tour », dit-il.

Lorsqu'elle plongea son regard tout au fond de ses yeux noirs, elle comprit qu'il voulait la voir ramper, se traîner à genoux en implorant son pardon. Peu lui importaient les explications qu'elle pourrait lui fournir. Il n'était plus dans son état normal. Mais par ailleurs, s'humilier devant lui ne servirait à rien. Si elle lui offrait ce qu'il exigeait au moment où il l'exigeait, elle s'enfermerait dans un piège, s'engagerait sur une pente glissante impossible à remonter. Il n'existait qu'une seule manière de se sortir de ce mauvais pas.

Ses yeux étincelèrent. « Arrête ça ! ordonna-t-elle. Tout de suite ! » Tendant la main, elle referma ses doigts sur le canon qu'elle détourna délicatement. Puis jetant un rapide coup d'œil sur le cadavre de Magomet, elle se jura de ne plus jamais commettre semblable erreur.

« Qu'est-ce qui t'a pris ? souffla-t-elle. A un moment pareil ! Tu as perdu la tête ? »

Elle avait jugé pertinent de commencer son discours en lui rappelant la raison de leur présence à Reykjavík. Aveuglé par la passion, il en avait oublié leur grand projet l'espace d'un instant. La voix de la jeune femme, sa main posée sur le bras de Magomet l'avaient fait réagir instinctivement.

D'un geste maladroit, il baissa son arme.

« Qu'est-ce qu'on va faire maintenant ? dit-elle. Qui va remplacer Magomet ?

— C'est de ta faute, lâcha-t-il avec dégoût. A toi de trouver une solution.

— Hasan. » Elle se garda bien de le toucher ou même de s'approcher davantage. « Tu es notre chef. C'est à toi de décider. »

Il regarda autour de lui d'un air hagard, comme au sortir d'une transe. « Je suppose que les gens du coin auront pris le coup de feu pour une explosion produite par le pot d'échappement d'un camion. » Il la fixa. « Qu'est-ce que tu faisais dehors avec lui ?

— Je tentais de le dissuader de poursuivre sur la voie où il s'était engagé, avança prudemment Zina. Quelque chose a changé dans son comportement dès le moment où je l'ai rasé, à bord de l'avion. Il m'a fait des propositions. »

De nouveau, les yeux d'Arsenov étincelèrent. « Et qu'est-ce que tu as répondu ?

— Que vas-tu imaginer, Hasan? s'écria-t-elle d'une voix aussi autoritaire que celle de son amant. Tu ne me fais pas confiance ?

— J'ai vu tes mains sur lui, tes doigts... » Les mots restèrent coincés dans sa gorge.

« Hasan, regarde-moi. » Elle fit un geste vers lui. « Je t'en prie, regarde-moi. »

Il se tourna vers elle. Lentement, comme un enfant boudeur. Un sentiment de triomphe s'empara d'elle. Il marchait; son erreur de jugement avait failli lui coûter cher mais elle venait de redresser la situation. Elle le tenait toujours sous son emprise.

Avec un imperceptible soupir de soulagement, elle ajouta : « Ce genre de problème se traite avec délicatesse. Tu peux comprendre cela. Si je l'avais simplement éconduit, méprisé, si je l'avais mis en colère, il aurait pu se venger et compromettre toute la mission. » Elle soutint son regard. « Hasan, je ne pensais qu'à une chose : accomplir jusqu'au bout ce pour quoi nous sommes ici. C'est mon seul but en ce moment, et toi aussi tu devrais te concentrer uniquement là-dessus. »

Il resta immobile pendant un long moment, absorbant ses paroles. Le chuintement des vagues qui s'écrasaient contre les falaises, tout en bas, parut grimper en intensité. Puis, tout à coup, Arsenov hocha la tête. L'incident était oublié.

« Maintenant, il faut qu'on s'occupe de Magomet.

— Nous allons l'envelopper dans une couverture et l'emmener avec nous jusqu'au point de rendez-vous. L'équipage du navire nous débarrassera de lui quand ils seront au large. »

Arsenov se mit à rire. « Vraiment, Zina, tu es la femme la plus pragmatique que je connaisse. »

Bourne s'éveilla assis dans une sorte de fauteuil de dentiste, au beau milieu d'une pièce aux murs de béton noir. Une large rigole centrale traversait le sol carrelé de blanc. Un tuyau d'arrosage était accroché à un mur. Tout près de lui, sur un chariot métallique, luisaient plusieurs rangées d'ustensiles en acier, dont l'aspect cruel révélait l'usage. Un frisson de terreur le parcourut. Quand il voulut bouger les poignets et les chevilles, il vit les grosses lanières de cuir qui les retenaient aux accoudoirs du fauteuil, munis de ces sangles qui servent à boucler les camisoles de force.

« Vous ne pouvez pas vous libérer », dit la voix d'Annaka dans son dos. Elle marcha jusqu'à lui et contourna le fauteuil. « Inutile d'essayer. »

Bourne la fixa quelques secondes comme s'il avait du mal à la voir nettement. Elle portait un pantalon de cuir blanc et un chemisier sans manches en soie noire, au décolleté plongeant. Tenue qu'elle n'aurait jamais osé porter quand elle se faisait passer pour une jeune pianiste candide, doublée d'une fille dévouée. Bourne s'en voulait de s'être laissé abuser par l'antipathie qu'elle avait manifestée à son égard dans les premiers temps. Il aurait dû se méfier. Elle était trop disponible, trop bien renseignée sur l'immeuble de Molnar. Mais il était trop tard pour faire preuve de jugeote. Il ravala son amertume et se prépara à affronter cette toute nouvelle situation.

« Je dois reconnaître que vous êtes une excellente actrice », marmonna-t-il.

Un lent sourire s'épanouit sur ses lèvres, révélant sa dentition régulière, éclatante de blancheur. « C'est juste. Je vous ai bien eu, mais Khan lui aussi s'y est laissé prendre. » Elle souleva l'unique chaise et s'assit près de lui. « Voyez-vous, je le connais bien, votre fils. Mais oui, Jason. J'en sais plus que vous ne le croyez, beaucoup plus que vous-même. » Elle partit d'un petit rire ravi, aussi cristallin que le tintement d'une clochette. Savourant l'effet produit par ses paroles, elle ajouta : « Pendant de longues années, Khan s'est demandé si vous étiez mort ou vivant. En fait, ses nombreuses tentatives pour vous retrouver s'étaient soldées par des échecs – la CIA vous avait fourni une magnifique couverture. Puis un jour, Stepan lui a proposé son aide. Pourtant, avant même qu'il ne découvre votre existence, je peux vous dire qu'il passait le plus clair de son temps à imaginer le meilleur moyen de se venger de vous. » Elle hocha la tête. « Eh oui, Jason, il vous vouait une haine sans mélange. » Elle se pencha vers lui, les coudes posés sur les genoux. « Ça vous fait quoi d'entendre ça ?

— J'applaudis votre talent. » Malgré le terrible choc causé par ses révélations, il restait bien déterminé à lui donner le change. Il ne mordrait pas à l'hameçon.

Annaka fit une moue. « J'ai des tas d'autres qualités.

— La loyauté, par exemple. » Il secoua la tête d'un air écœuré. « Vous m'avez sauvé la vie, je vous ai rendu la pareille. Ça ne signifie rien pour vous ? »

Elle s'appuya contre le dossier de sa chaise. Ses gestes devenaient plus nerveux, comme si elle venait de passer sur un autre registre, celui de la femme affairée. « Nous tombons d'accord au moins sur un point. La vie et la mort sont les seules choses qui comptent vraiment.

— Alors libérez-moi, dit-il.

— Oui, j'ai fait des pieds et des mains pour vous garder en vie, Jason. » Elle rit. « Mais dans la vraie vie, ce n'est pas si simple. Je vous ai sauvé pour une seule et unique raison : Stepan. »

Bourne fronça les sourcils en s'efforçant de comprendre ce qu'elle disait. « Comment pouvez-vous laisser commettre une chose pareille ?

— Et pourquoi pas ? Stepan est mon amant. Et autrefois, il était l'ami de ma mère. Son unique ami. »

Bourne manifesta sa surprise. « Spalko et votre mère se connaissaient ? »

Annaka hocha la tête. Maintenant qu'il était réduit à l'impuissance, solidement ligoté dans ce fauteuil, elle semblait encline aux confidences, songea Bourne, soupçonneux.

« Il l'a rencontrée après que mon père l'a éloignée, poursuivit Annaka.

— Eloignée... pourquoi ? » Malgré sa défiance, Bourne tendit l'oreille. Cette femme aurait été capable de dresser un serpent venimeux.

« Il l'a envoyée dans un sanatorium. » Les yeux d'Annaka se voilèrent. L'espace d'un instant, l'ombre d'un sentiment vrai passa sur son visage. « Il l'a fait interner. Ça n'avait rien de bien compliqué ; c'était une femme fragile physiquement, incapable de lui tenir tête. A cette époque-là... oui, une telle chose était encore possible.

— Pourquoi aurait-il commis un acte aussi moche ? Je ne vous crois pas, lâcha Bourne d'une voix atone.

— Je me fiche que vous me croyiez ou pas. » Elle le dévisagea comme un reptile hypnotise sa proie. Puis, sans doute parce qu'elle en éprouvait le besoin, poursuivit son récit. « Elle était devenue encombrante. La maîtresse de mon père ne supportait plus sa présence ; par certains côtés, c'était un homme abominablement faible. » Ce déversement de haine avait plaqué un masque hideux sur son doux visage. Bourne comprit qu'elle ne mentait pas. « J'avais découvert la vérité mais il ne l'a jamais su, et moi je n'ai rien fait pour le détromper. *Jamais.* » Elle rejeta la tête en arrière. « Toujours est-il que Stepan fréquentait le même sanatorium. Il rendait régulièrement visite à son frère... celui qui avait tenté de le tuer. »

Bourne la contempla, abasourdi, parfaitement incapable de déterminer si elle affabulait ou non. Le seul aspect de sa personnalité qui n'avait pas varié depuis le début était cette redoutable animosité qui se manifestait librement, à présent. Elle était en guerre et jouait magistralement chacun de ses rôles comme d'autres partent à l'offensive, lançant des escarmouches sur le territoire ennemi. Dans ses yeux implacables, il lut cette incroyable perversité qui la poussait à séduire les gens pour mieux les manipuler.

Elle se pencha et lui prit le menton entre le pouce et l'index. « Vous n'avez jamais vu Stepan, n'est-ce pas ? Il a subi une grave opération de chirurgie plastique au visage et au cou. Quelle que soit l'explication qu'il choisit de servir aux autres, moi je sais la vérité. Son frère l'a arrosé d'essence avant d'approcher un briquet de sa tête. »

Bourne ne put s'empêcher de réagir. « Mon Dieu, pourquoi ? »

Elle haussa les épaules. « Comment savoir ? Le frère en question était un fou dangereux. Stepan était au courant, et son père aussi, mais il a refusé de l'admettre jusqu'au dernier moment. Même après, il a continué à défendre son fils en répétant qu'il ne s'agissait que d'un tragique accident.

— Je veux bien vous croire, intervint Bourne. Mais ça ne me dit pas pourquoi vous avez comploté contre votre propre père. »

Elle rit. « Vous êtes mal placé pour parler ainsi, alors que vous n'avez cessé de chercher à vous entre-tuer, Khan et vous. Seigneur, je n'avais jamais vu deux hommes se battre avec une telle fureur !

— C'est lui qui est venu me chercher. Moi, je n'ai fait que me défendre.

— Mais il vous hait, Jason, avec une ferveur que j'ai rarement rencontrée. Il vous hait tout autant que je haïssais mon père. Et vous savez pourquoi ? Parce que vous l'avez abandonné, tout comme mon père a abandonné ma mère.

— Vous parlez comme s'il était vraiment mon fils, éructa Bourne.

— Oh mais oui, j'avais oublié, vous cherchez à vous convaincre du contraire. Pratique, n'est-ce pas ? Comme ça, vous n'êtes pas obligé de vous sentir coupable de l'avoir laissé seul dans la jungle.

— Mais c'est faux. Je n'ai jamais fait cela ! » Tout en sachant qu'elle l'entraînait sciemment vers un sujet brûlant, Bourne n'arrivait pas à se raisonner. « On m'a annoncé officiellement sa mort. Je n'ai pas pensé une seule seconde qu'il ait pu en réchapper. Ce n'est qu'en fouillant dans les archives du gouvernement que j'ai commencé à douter.

— Avez-vous pris la peine d'effectuer des recherches par vous-même ? Avez-vous passé le secteur au crible ? Non, vous avez enterré votre famille sans même regarder dans les cercueils ! Autrement, vous auriez vu que votre fils n'y était pas. Mais non, comme un lâche, vous avez préféré fuir le pays. »

Bourne tira furieusement sur les sangles. « Quel admirable couplet sur l'amour familial ! Surtout venant de vous !

— Ça suffit comme ça. » Stepan Spalko entra en scène juste au bon moment. Un vrai Monsieur Loyal. « Trêve de sagas familiales. J'ai à m'entretenir de sujets autrement plus importants avec monsieur Bourne. »

Obéissante, Annaka se leva et tapota la joue de Bourne. « Ne faites pas cette tête-là, Jason. Vous n'êtes pas le premier homme que j'ai mené en bateau, et vous ne serez pas le dernier.

— En effet, articula-t-il. Le dernier, ce sera Spalko.

— Annaka, laisse-nous à présent », ordonna Spalko en nouant son tablier de boucher. Il portait des gants en latex ; le tablier semblait propre et bien repassé, sans la moindre tache de sang.

Comme Annaka tournait les talons, Bourne reporta son attention sur l'homme qui, aux dires de Khan, avait fomenté les meurtres d'Alex et Mo. « Vous ne vous méfiez pas d'elle ? Pas même un petit peu ?

— Mais si. C'est une menteuse hors pair. » Spalko gloussa. « Et j'en connais un bout sur le mensonge. » Il se dirigea vers le chariot et d'un regard de connaisseur, entreprit d'examiner les divers instruments posés dessus. « Vous vous dites certainement qu'elle me trahira comme elle vous a trahi. » Il se tourna vers Bourne. Un étrange reflet apparut sur la peau trop lisse de sa joue. « A moins que vous ne cherchiez à nous monter l'un contre l'autre ? C'est la procédure standard, n'est-ce pas ? Un agent de votre carrure se doit d'appliquer les consignes inscrites dans le manuel. » Il haussa les épaules, choisit un instrument et le fit tournoyer entre ses doigts. « Monsieur Bourne, je veux savoir comment vous avez appris l'existence du Dr Schiffer et de sa petite invention.

– Où est Félix Schiffer ?

— Vous ne pourrez pas l'aider, monsieur Bourne. Même si par miracle vous parveniez à détacher vos liens. Il a cessé de m'être utile. Personne ne peut plus rien pour lui, sauf à le ressusciter.

— Vous l'avez tué, cria Bourne, tout comme vous avez tué Alex Conklin et Mo Panov ! »

Spalko haussa les épaules. « Conklin m'a privé du Dr Schiffer au moment où j'avais le plus besoin de lui. Je l'ai récupéré, bien sûr. J'obtiens toujours ce que je désire. Mais ce cher Conklin l'a payé de sa vie. On ne s'oppose pas à moi impunément.

— Et Panov ?

— Il se trouvait au mauvais endroit au mauvais moment, dit Spalko. C'est aussi simple que cela. »

Mo Panov avait consacré sa vie à soulager les autres, pensa Bourne, accablé. Il ne méritait pas une fin aussi tragique. « Comment pouvez-vous parler ainsi ? On n'élimine pas deux personnes d'un claquement de doigts.

— Mais si, mais si, monsieur Bourne. » Spalko éclata de rire. « Et d'ici demain, vous comprendrez que ce double assassinat était un geste de miséricorde, au regard de ce que je m'apprête à vous faire subir. »

Bourne tentait d'ignorer les instruments de torture qui luisaient à côté de lui. Mais tout à coup, le cadavre bleui de László Molnar, enfoncé dans son propre réfrigérateur, se présenta devant ses yeux. Bourne avait pu constater *de visu* les dommages que les outils de Spalko pouvaient infliger à un corps humain.

A présent qu'il tenait la preuve que Spalko était responsable de la mort de Molnar, il n'avait plus aucune raison de douter des autres révélations de Khan au sujet de leur ennemi commun. Par voie de conséquence, pourquoi douterait-il davantage du reste ? Peut-être Khan était-il sincère depuis le départ. Peut-être était-il effectivement Joshua Webb, le propre fils de Bourne. Tout concordait, il suffisait d'ouvrir les yeux. L'énorme vérité pesait de tout son poids sur ses épaules. Il n'osait regarder en face... mais quoi ?

Tout cela n'avait plus d'importance désormais. La séance de torture venait de commencer. « Je vous repose la question. Que savez-vous de l'invention du Dr Schiffer ? »

Bourne fixait un point, au-delà de Spalko. Une tache imaginaire sur le mur de béton.

« Ainsi, vous refusez de me répondre, dit Spalko. J'admire votre courage. » Il lui fit un sourire charmeur. « Mais, hélas, votre entêtement est inutile. »

A ces mots, il enfonça l'extrémité d'une vrille d'acier dans la chair de Bourne.

CHAPITRE VINGT-SIX

KHAN entra chez Houdini, au 87 Vaci utca. On y vendait des jeux de patience et des accessoires de magie. Les étagères murales et les vitrines de la minuscule boutique étaient bourrées de casse-tête, puzzles et autres objets bizarres, neufs ou d'occasion. De jeunes enfants émerveillés, et d'autres plus grands, encombraient les allées, tirant leurs parents par la main pour leur montrer toutes ces merveilles entassées.

Khan s'approcha d'une vendeuse très occupée et lui annonça qu'il souhaitait voir Oszkar. Elle lui demanda son nom, décrocha un téléphone, composa un numéro intérieur, discuta un instant avec son interlocuteur puis lui désigna l'arrière-boutique.

Au fond, il poussa une porte donnant sur un minuscule vestibule éclairé par une ampoule nue. La couleur des murs était impossible à déterminer; une odeur de chou bouilli planait dans l'air. Après avoir grimpé un escalier métallique en colimaçon, il déboucha dans un bureau tendu de livres – des ouvrages de magie, des biographies et autobiographies de magiciens et illusionnistes fameux, éditions princeps essentiellement. Une photo dédicacée de Harry Houdini pendait au mur, au-dessus d'un antique bureau à caisson. Khan reconnut le vieux tapis persan recouvrant le plancher. Il était toujours aussi poussiéreux. Et l'énorme fauteuil trônait toujours à la même place, face au bureau.

On aurait dit qu'Oszkar n'avait pas changé de position depuis la dernière visite de Khan, un an plus tôt. C'était un homme d'âge moyen, avec d'énormes favoris, un nez bulbeux et un corps en forme de poire. Dès qu'il vit Khan, il se leva et, avec un large sourire, se précipita pour lui serrer la main.

« Content de vous revoir, dit-il en lui désignant un siège. Que puis-je faire pour vous ? »

Khan lui expliqua ce dont il avait besoin. Pendant qu'il parlait, Oszkar écrivait en hochant la tête de temps à autre.

Puis il leva les yeux. « C'est tout ? » Il semblait déçu ; il n'aimait rien tant que les paris impossibles.

« Justement non, répondit Khan. J'ai un problème avec une serrure magnétique.

— Ah, nous y voilà enfin ! » Oszkar rayonnait. Il se leva en se frottant les mains l'une contre l'autre. « Suivez-moi, mon ami. »

Il conduisit Khan dans un couloir tendu de papier peint, éclairé par des sortes de lampes à gaz. L'homme marchait en se dandinant comme un pingouin mais dès qu'on le voyait à l'œuvre, on oubliait cette allure comique. Il était capable de se débarrasser de trois paires de menottes en l'espace de quatre-vingt-dix secondes. En fait, Oszkar était l'adresse incarnée.

Il poussa une porte et entra dans son atelier – un large espace divisé en deux parties égales par des établis et des comptoirs de métal. Il laissa passer Khan puis se mit à farfouiller dans une série de tiroirs d'où émergea enfin un petit carré noir et chrome.

« Toutes les serrures magnétiques marchent à l'électricité, vous savez cela, n'est-ce pas ? » Il attendit que Khan opine du chef pour continuer. « Et elles sont toutes à l'abri des défaillances. Je m'explique. Pour fonctionner, elles ont besoin d'être alimentées constamment. Quand quelqu'un installe ce système, il sait que si on coupe le courant, la serrure s'ouvrira. Donc si ce quelqu'un est un brin parano, il prévoira certainement un générateur de secours, peut-être même deux.

— Le type en question est effectivement parano, l'assura Khan.

— Très bien, apprécia Oszkar. Donc, renoncez tout de suite à couper le courant – ce serait trop long, et même si vous aviez le temps, il vous faudrait encore arrêter les générateurs de secours. » Il leva un doigt. « Mais ce qu'on ignore en général c'est que toutes les serrures magnétiques sont branchées sur alimentation DC, donc... » Il se remit à farfouiller et brandit un autre objet. « Vous avez juste besoin d'un générateur portable AC qui vous fournira assez de jus pour vaincre la serrure magnétique. »

Khan prit le générateur en main. Il était plus lourd qu'il n'en avait l'air. « Comment ça va marcher ?

— Imaginez un court-circuit sur un système électrique. » Oszkar tapota le générateur. « Cet innocent petit engin perturbera l'alimentation DC assez longtemps pour que vous ouvriez la porte, mais sans couper le courant. A la fin, le cycle se rétablira et la serrure se refermera d'elle-même.

— De combien de temps disposerai-je ? demanda Khan.

— Cela dépend de la fabrication et du modèle de la serrure magnétique. » Oszkar haussa ses épaules charnues. « Si on met les choses au mieux, disons quinze minutes, peut-être vingt, mais pas plus.

— Puis-je recommencer l'opération ? »

Oszkar secoua la tête. « Vous risqueriez fort de bloquer la serrure et alors, pour sortir, il ne vous resterait plus qu'à défoncer la porte à coups de masse. » Il se mit à rire et décocha une bonne bourrade dans le dos de Khan. « Mais je ne me fais pas de souci, j'ai foi en vous. »

Khan le regarda de travers. « Foi en moi ? Vous n'avez jamais eu foi en rien !

— Très juste. » Oszkar lui tendit une petite serviette en cuir munie d'une fermeture Eclair. « La foi ne vaut pas le savoir-faire. »

A deux heures quinze précises, heure locale islandaise, Arsenov et Zina déposèrent dans l'une des camionnettes le cadavre de Magomet soigneusement enveloppé, et roulèrent vers le sud en direction d'une anse déserte. Arsenov tenait le volant. Plongée dans la lecture d'une carte détaillée, Zina lui indiquait de temps à autre la direction à suivre.

« Les autres sont nerveux, je le sens, dit-il au bout de quelques kilomètres. C'est plus que de l'impatience.

— C'est plus qu'une mission de routine, Hasan. »

Il lui décocha un coup d'œil. « Parfois je me demande si tu n'as pas de l'eau froide dans les veines. »

Elle afficha un sourire de pure forme tout en posant rapidement sa main sur sa cuisse. « Tu sais très bien ce qui court dans mes veines. »

Il hocha la tête. « Ça oui. » Il devait le reconnaître. Autant il adorait son rôle de leader politique et militaire, autant son bonheur ne serait pas complet sans Zina. Il espérait de tout son être qu'un jour la guerre se terminerait. Ce jour-là, il abandonnerait ses oripeaux de rebelle, l'épouserait et lui ferait de beaux enfants.

« Zina, dit-il en quittant la route goudronnée pour s'engager sur le sentier creusé d'ornières qui descendait le long de la falaise vers la crique, nous n'avons jamais parlé de nous.

— Que veux-tu dire par là ? » Bien sûr, elle savait ce qu'il voulait dire. Elle essayait seulement d'éloigner la soudaine épouvante qui lui tordait les entrailles. « Mais si, on en a déjà parlé. »

Le chemin devenait plus raide. Arsenov dut ralentir. Zina apercevait déjà le dernier virage ; au-delà, s'ouvrait l'anse rocheuse balayée par les vagues furieuses de l'Atlantique Nord.

« Non. Pas de notre avenir, de notre mariage, des enfants que nous aurons un jour. Le moment est idéal, tu ne trouves pas ? Promettons-nous de nous aimer pour toujours. »

A cet instant, Zina comprit combien le Cheik avait vu juste. Hasan Arsenov venait de se trahir. Il avait peur de mourir. Sa voix, son regard restaient fermes mais ses mots révélaient une incommensurable faiblesse.

En même temps, elle sentait qu'il doutait d'elle. En s'engageant dans la rébellion, elle avait appris au moins une chose : les gens assaillis par le doute perdaient le sens de l'initiative, ils hésitaient, reculaient au lieu d'agir. Hasan venait de se montrer tel qu'il était vraiment, peut-être à cause de l'extrême tension du moment. Sa fragilité l'écœura tout autant qu'elle avait écœuré le Cheik. Bientôt ses doutes allaient affecter ses pensées. Certes, elle avait commis une terrible bévue en se rapprochant de Magomet. Elle avait voulu le rallier à sa cause mais avait agi dans la précipitation, trop impatiente d'embrasser l'avenir radieux promis par le Cheik. Pourtant, à en juger d'après la réaction violente de Hasan, ses doutes à son sujet dataient d'avant. Se méfiait-il d'elle au point de lui retirer toute sa confiance ?

Ils arrivèrent au point de rendez-vous quinze minutes en avance. Elle se tourna et prit le visage de Hasan entre ses deux mains. Tendrement, elle lui dit : « Hasan, nous avons longtemps cheminé côte à côte dans l'ombre de la mort. Nous avons survécu par la volonté d'Allah, mais aussi grâce à notre indéfectible dévotion l'un pour l'autre. » Elle se pencha pour l'embrasser. « Alors, prenons un engagement. Si nos ennemis préfèrent la vie, nous, nous préférons mourir pour la gloire d'Allah. »

Arsenov ferma un instant les yeux. Voilà pourquoi il l'avait choisie. Et pourtant il avait craint que ce jour n'arrive jamais. A présent, il comprenait pourquoi il avait si mal réagi en la voyant avec Magomet. Il avait douté d'elle et il avait eu tort.

« Aux yeux d'Allah, sous la main d'Allah, dans le cœur d'Allah », dit-il en forme de bénédiction.

Ils échangèrent un baiser. Bien entendu, Zina avait l'esprit ailleurs. Il planait très loin de là, au-dessus de l'Atlantique Nord.

Elle se demandait ce que faisait le Cheik, en ce moment même. Elle brûlait de voir son visage, de le toucher. Bientôt, se dit-elle. Très bientôt, elle obtiendrait tout ce qu'elle souhaitait.

Ils descendirent de la camionnette pour observer la rive. Les vagues grondaient en s'écrasant sur les galets. La lune courait vers l'horizon nimbé par l'obscure clarté du Grand Nord. Dans une demi-heure, la lumière jaillirait et ce serait le début d'une longue journée. Ils se tenaient à peu près au centre de la baie. De chaque côté d'eux, ses bras se refermaient sur une mer apprivoisée, sans danger pour les navigateurs sur le point d'accoster. Le souffle glacé émanant des flots noirs faisait frissonner Zina. Arsenov, lui, l'accueillait comme un bienfait.

Ils aperçurent un faisceau de lumière puis un clignotement, à trois reprises. Le bateau était là. Arsenov alluma sa torche pour signaler leur présence. Ils discernaient à peine le chalutier qui approchait toutes lumières éteintes. Regagnant l'arrière de la camionnette, ils joignirent leurs forces pour sortir le cadavre et le traîner jusqu'à la rive.

« Ils risquent d'être étonnés de te revoir, dit Arsenov.

— Ce sont les hommes du Cheik, rien ne les étonne », répondit Zina en se rappelant qu'elle était censée avoir déjà rencontré cette équipe. Heureusement, le Cheik avait dû leur passer la consigne.

Lorsque Arsenov ralluma sa torche, ils virent se dessiner une barque si lourdement chargée qu'elle s'enfonçait dans l'eau. Elle contenait deux hommes et plusieurs caisses ; le reste attendait sur le chalutier. Arsenov consulta sa montre ; pourvu qu'ils aient terminé avant les premières lueurs de l'aube.

Les deux hommes firent glisser la proue de leur embarcation sur les galets et sautèrent par-dessus bord. Sans pour autant se répandre en salutations, ils traitèrent Zina comme s'ils la connaissaient, suivant les ordres qu'ils avaient reçus.

Avec une grande efficacité, tous les quatre entreprirent de décharger les caisses et les empilèrent bien proprement à l'arrière de la camionnette. Entendant un bruit, Arsenov se retourna et vit qu'un deuxième canot venait d'accoster sur les galets. Rassuré, il estima qu'ils auraient fini avant le jour.

Ils chargèrent le cadavre de Magomet dans le premier canot, à présent vide. Zina ordonna aux membres de l'équipage de le jeter à l'eau dès qu'ils gagneraient le large. Ils ne posèrent aucune question, ce qui plut à Arsenov. De toute évidence, Zina les avait impressionnés.

A eux six, ils montèrent très vite les dernières caisses dans la camionnette. Puis les hommes rembarquèrent, toujours dans le plus grand silence. Arsenov et Zina remirent les canots à flot et les hommes regagnèrent le chalutier.

Arsenov et Zina échangèrent un regard. Avec l'arrivée du chargement, leur mission leur semblait tout à coup plus réelle que jamais.

« Tu sens cela, Zina? dit Arsenov en touchant une caisse. Tu sens la mort qui sommeille là-dedans ? »

Elle posa sa main sur la sienne. « Moi je sens la victoire. »

*

En rentrant à la base, ils furent accueillis par les autres membres de l'escouade. Avec leurs cheveux soigneusement décolorés à l'eau oxygénée et leurs lentilles de contact bleues, on avait du mal à les reconnaître. Personne ne fit allusion à la mort de Magomet. Certes, il avait mal fini, mais le moment eût été mal choisi pour s'inquiéter des détails – ils avaient autre chose en tête.

Prudemment, ils déchargèrent puis ouvrirent les caisses contenant les fusils-mitrailleurs compacts, les paquets d'explosif C4, les tenues Hazmat. Une autre caisse, plus petite que les autres, était remplie de sacs d'échalotes, couchés sur un lit de glace. Sur un signe d'Arsenov, le nouvel Akhmed – un blond aux yeux clairs – enfila des gants de latex et porta la caisse de légumes dans la camionnette marquée *Hafnarfjördur Fruits et légumes primeurs*. Puis il s'installa au volant et démarra.

Arsenov et Zina ouvrirent la dernière caisse, celle du NX20. Ils considérèrent ensemble les deux éléments reposant innocemment à l'intérieur de leur berceau de mousse et repensèrent au carnage de Nairobi. Arsenov consulta sa montre. « Le Cheik va bientôt arriver avec la charge. »

Les derniers préparatifs avaient commencé.

Peu après neuf heures du matin, une camionnette du grand magasin Fontana s'arrêta devant l'entrée de service, au sous-sol de Humanistas Ltd. Deux vigiles procédèrent aux vérifications d'usage. L'un d'eux consulta le bordereau des livraisons prévues pour la journée et, bien que Fontana y figurât en toutes lettres – un colis pour le bureau d'Ethan Hearn –, crut nécessaire d'exiger le double du bon de commande. Le chauffeur s'exécuta puis le garde lui ordonna d'ouvrir le compartiment arrière. Il y grimpa, contrôla la présence de chaque élément de la liste puis son collègue l'aida à ouvrir tous les cartons. Ils trouvèrent deux chaises, une crédence, une armoire vitrée et un canapé-lit. Ensuite, ils inspectèrent la crédence et l'armoire, regardèrent sous les coussins du canapé et des sièges. Comme tout était en ordre, les vigiles restituèrent le bon de livraison en indiquant au chauffeur et au garçon livreur la direction du bureau d'Ethan Hearn.

Le chauffeur se gara près de l'ascenseur. Ils se mirent à deux pour décharger les meubles et, en trois voyages, montèrent l'ensemble au cinquième étage où Hearn les attendait, tout content de leur désigner l'emplacement de chaque chose. Les livreurs repartirent contents eux aussi, grâce au généreux pourboire dont Hearn les gratifia.

Après leur départ, Hearn ferma la porte et entreprit de transférer les piles de dossiers qui s'amoncelaient près de son bureau dans l'armoire vitrée, en les classant par ordre alphabétique. Une atmosphère feutrée s'installa dans la pièce bien rangée. Quelques instants plus tard, Hearn se leva, s'avança vers la porte, l'ouvrit et se retrouva nez à nez avec la femme qu'il avait aperçue la veille au soir, près du brancard.

« Vous êtes Ethan Hearn ? » Pour lui tendre la main, elle attendit qu'il opine du chef. « Annaka Vadas. »

Il serra sa main ferme et sèche sans trop s'y attarder. Se rappelant l'avertissement de Khan, il scruta la jeune femme d'un air à la fois ingénu et interrogateur. « On se connaît ?

— Je suis une amie de Stepan. » Son sourire était proprement éblouissant. « Ça vous ennuie si j'entre, à moins que vous ne comptiez sortir ?

— J'ai un rendez dans... – il consulta sa montre – peu de temps.

— Je ne vous retiendrai pas longtemps. » Elle s'avança vers le canapé et s'assit en croisant les jambes. Quand elle leva les yeux vers Hearn, elle lui parut un peu tendue, comme sur l'expectative.

Il s'installa dans son fauteuil pivotant et s'arrangea pour lui faire face. « Que puis-je pour vous aider, mademoiselle Vadas ?

— Je crois que vous faites erreur, répondit-elle sur ton enjoué. C'est moi qui suis en mesure de vous aider. »

Il secoua la tête. « Je ne saisis pas très bien. »

Elle regarda la pièce autour d'elle en marmonnant entre ses dents. Puis elle se pencha et posa ses coudes sur ses genoux. « Oh, mais je crois que si, Ethan. » De nouveau, ce sourire éclatant. « Voyez-vous, j'en sais plus sur vous que Stepan lui-même. »

Affichant un autre regard interrogateur, il écarta les mains dans un geste d'impuissance.

« N'allez pas chercher midi à quatorze heures, lança-t-elle. Je sais que vous ne travaillez pas uniquement pour Stepan.

— Je ne... »

Mais déjà, elle posait son index sur les lèvres d'Ethan. « Je vous ai vu hier, dans le garage. Ne me dites pas que vous faisiez une petite promenade de santé. Non, vous aviez l'air bien trop intéressé par ce qui se passait. »

Il était trop abasourdi pour se défendre. De quoi parlait-elle, exactement ? se demanda-t-il. Elle l'avait repéré, malgré toutes ses précautions. Il prit le temps de la contempler. Elle était vraiment belle. Plus que belle, formidable.

Elle dressa la tête. « Vous ne travaillez pas pour Interpol – vous ne procédez pas comme eux. La CIA, non, je ne crois pas. Si les Américains tentaient d'infiltrer son organisation, Stepan le saurait. Alors pour qui, hein ? »

Hearn ne voulait pas le dire ; il ne pouvait pas. Il était seulement terrifié à l'idée qu'elle soit déjà au courant de tout.

« Ne faites pas cette tête de carême, Ethan. » Annaka se leva. « Je m'en fiche, je vous assure. Ce que je recherche, c'est une police d'assurance, un point c'est tout. Au cas où les choses tourneraient au vinaigre. Et vous êtes cette police d'assurance. Je ne soufflerai mot de votre petite trahison. Ce sera notre secret à tous les deux. »

Elle traversa la pièce et franchit la porte sans laisser Hearn reprendre son souffle. Il dut rester un instant sans bouger, histoire de se remettre. Puis il se précipita vers le couloir et regarda à droite et à gauche.

Quand il fut certain qu'elle était partie, il ferma la porte, se dirigea vers le canapé et dit : « Dégagé. »

Il ôta les coussins et les posa sur la moquette. Quand les panneaux de contreplaqué couvrant le mécanisme du canapé-lit commencèrent à remuer, il se baissa et les souleva pour les démonter complètement.

En dessous, au lieu du matelas et du cadre de lit, était couché Khan.

Hearn vit qu'il suait à grosses gouttes. « Je sais, tu m'avais prévenu, mais...

— Du calme. » Khan enjamba l'espace pas plus large qu'un cercueil. Hearn tremblait comme s'il craignait de recevoir une gifle, mais Khan avait d'autres préoccupations, autrement plus importantes. « Evite de refaire la même erreur, c'est tout. »

Khan alla vers la porte, y colla l'oreille mais n'entendit que le bruit de fond provenant des autres bureaux de l'étage. Il était entièrement vêtu de noir, pantalon, chaussures, chemise, plus une veste courte. Hearn trouva son torse plus développé que lors de leur dernière rencontre.

« Remets le canapé comme tu l'as trouvé, ordonna Khan, et après, retourne au travail comme si de rien n'était. Tu as une réunion bientôt ? Vas-y et ne sois pas en retard. Tout doit paraître normal. C'est essentiel. »

Hearn hocha la tête, balança les panneaux de contreplaqué dans le trou du canapé-lit et replaça les coussins. « Nous sommes au cinquième étage, dit-il. Ta cible est au troisième.

— Voyons les plans. »

Hearn s'assit devant son ordinateur et fit monter les plans de l'immeuble.

« Montre-moi le troisième », dit Khan, penché par-dessus son épaule.

Khan étudia scrupuleusement la disposition de l'étage en question. « Qu'est-ce que c'est que ça ? demanda-t-il en désignant un point sur l'écran.

— Je ne sais pas. » Hearn tenta d'agrandir l'image. « On dirait un espace vide.

— Ou bien, suggéra Khan, une pièce attenante à la suite de Spalko.

— Sauf qu'elle n'a pas d'issue, fit remarquer Hearn.

— Intéressant. M. Spalko aurait-il effectué quelques modifications à l'insu de ses architectes ? »

Ayant mémorisé le plan au sol, Khan se détourna. A présent qu'il savait tout ce qu'il avait besoin de savoir, lui restait à découvrir les lieux de ses propres yeux. Sur le point de sortir du bureau, il se retourna vers Hearn. « Rappelle-toi. Ne sois pas en retard à ton rendez-vous.

— Et toi ? s'enquit Hearn. Tu ne peux pas entrer là-bas. »

Khan secoua la tête. « Moins tu en sais, mieux ça vaut. »

Les drapeaux flottaient au vent. L'interminable matinée islandaise brillait d'un soleil éclatant. Les sources thermales répandaient leur odeur minérale. Dans un coin – le plus sûr, selon Jamie Hull, Boris Illyich Karpov et Feyd al-Saoud – de l'aéroport

Keflavik, on avait installé une grande estrade et un système de sonorisation. Apparemment, aucun des trois chefs de la sécurité, pas même le camarade Boris, n'aimait voir son grand patron apparaître dans ce genre de manifestation publique. Mais, sur ce point, les chefs d'Etat étaient tous les mêmes. Ils estimaient essentiel de montrer au monde entier non seulement qu'ils s'entendaient comme larrons en foire mais surtout qu'ils n'avaient pas peur. Pourtant, ils n'ignoraient pas que les risques d'assassinat avaient grimpé en flèche depuis l'annonce du sommet. Mais ce genre de risque faisait partie de leur travail. Quand on veut changer le monde, il faut s'attendre à rencontrer quelques obstacles sur la route.

Ainsi donc, en ce premier matin, les drapeaux des Etats-Unis, de la Russie et des quatre nations islamiques les plus influentes claquaient dans le vent mordant. On avait drapé le devant de l'estrade d'un tissu orné du logo du sommet; les services de sécurité, armés jusqu'aux dents, quadrillaient le périmètre; des tireurs d'élite, juchés sur les bâtiments alentour, occupaient tous les points stratégiques possibles et imaginables. Des journalistes avaient afflué de tous les coins de la planète. On leur avait demandé de se présenter deux heures avant la conférence de presse afin de pouvoir les filtrer, vérifier leurs accréditations, scanner leurs empreintes digitales et les entrer dans diverses bases de données. On avait prévenu les photographes de ne pas charger leurs appareils à l'avance, à cause du passage aux rayons X qui s'effectuerait sur les lieux mêmes. Toutes les boîtes de pellicule furent examinées, tous les photographes surveillés pendant qu'ils chargeaient leurs appareils. Quant aux téléphones cellulaires, on les confisqua purement et simplement. Après les avoir dûment étiquetés, on les stocka hors du périmètre. Leurs propriétaires ne les récupéreraient qu'à la fin de la conférence de presse. Aucun détail n'avait été laissé de côté.

Le président des Etats-Unis fit son apparition, escorté par Jamie Hull et deux agents des services secrets. Via une oreillette électronique, Hull restait en contact permanent avec chacun des membres de son contingent ainsi qu'avec les deux autres chefs de la sécurité. Juste derrière le président des USA venait Aleksandr Yevtushenko, le président russe, accompagné par Boris et une escouade d'agents du FSB à la mine patibulaire. En dernier lieu, les dirigeants des quatre Etats islamiques foulèrent le tarmac avec leurs services de sécurité respectifs.

La foule des curieux plus les gens de la presse s'agglutinèrent au pied de l'estrade où tout ce beau monde était à présent installé ; les gardes les refoulèrent aussitôt. Une fois les micros testés, on donna le clap de départ. Le président des USA prit la parole en premier. C'était un homme de belle prestance, avec un nez proéminent et des yeux d'épagneul.

« Chers concitoyens du monde », commença-t-il de sa voix de stentor, aiguisée par une campagne électorale couronnée de succès puis dépouillée de ses dernières scories par les nombreuses conférences de presse et enfin richement cuivrée par les discours plus intimistes de Rose Garden et de Camp David, « c'est un grand jour pour la paix mondiale et la lutte internationale en faveur de la justice et de la liberté, contre les forces de la violence et du terrorisme.

« Aujourd'hui, nous nous trouvons de nouveau à un carrefour de l'histoire mondiale. Laisserons-nous l'humanité plonger dans les affres de la terreur et des guerres interminables ou mettrons-nous nos forces en commun pour frapper au cœur nos ennemis où qu'ils se terrent ?

« Le terrorisme nous a déclaré la guerre. Et ne vous y trompez pas, le terrorisme est une hydre des temps modernes, un monstre à plusieurs têtes. Ne nous berçons pas d'illusions. La route qui nous attend s'annonce semée d'embûches mais nous resterons soudés dans un même désir d'avancer. Unis, nous parviendrons à détruire le monstre. Unis, nous ferons de ce monde un lieu de paix où chaque citoyen pourra vivre en toute sécurité. »

Le discours du Président s'acheva dans un tonnerre d'applaudissements. Puis il passa le micro à son homologue russe qui dit plus ou moins la même chose, et se fit également applaudir copieusement. Les quatre dirigeants arabes s'exprimèrent l'un après l'autre, et bien que leurs paroles soient plus circonspectes que celles des deux premiers intervenants, ils affirmèrent eux aussi leur désir impérieux d'une collaboration internationale destinée à déraciner le terrorisme une bonne fois pour toutes.

Une courte séance de questions-réponses s'ensuivit, après laquelle les six hommes se placèrent côte à côte pour la photo. C'était un spectacle impressionnant qui fut immortalisé au moment où, main dans la main, ils levèrent les bras tous ensemble, geste sans précédent symbolisant la solidarité entre l'Ouest et l'Est, le Nord et le Sud.

Comme la foule se dispersait lentement, l'humeur ambiante devint plus jubilatoire. Journalistes et photographes, même les plus fatigués, s'accordaient à dire que le sommet débutait sous les meilleurs auspices.

« Vous vous rendez compte que j'en suis à ma troisième paire de gants ? »

Assis sur la chaise utilisée la veille par Annaka, non loin du fauteuil de torture taché de sang, Stepan Spalko s'accordait un peu de repos. Devant lui, un sandwich au bacon, salade et tomate. Nourriture qu'il appréciait depuis son long séjour aux Etats-Unis pour ses opérations. Le sandwich reposait sur une assiette en porcelaine ; à sa main droite, un verre à pied taillé dans le cristal le plus fin contenait un vieux bordeaux.

« Peu importe. Il se fait tard. » Il tapota le chronomètre passé à son poignet. « J'ai l'impression, cher monsieur Bourne, que ce merveilleux divertissement touche à sa fin. Je dois avouer que vous m'avez fait passer une nuit fort agréable. » Il s'esclaffa. « Compliment que vous auriez du mal à me retourner, n'est-il pas vrai ? »

Son sandwich était coupé en deux triangles égaux, selon ses strictes indications. Il en prit un, mordit dedans et mâcha lentement, avec volupté. « Vous savez, monsieur Bourne, un sandwich au bacon, salade et tomate ne vaut rien si le bacon ne sort pas de la poêle et si les tranches sont trop fines. »

Il avala, posa son sandwich, leva le verre en cristal et prit une gorgée de bordeaux qu'il fit rouler sur sa langue. Puis il recula sa chaise, se leva et s'avança jusqu'au fauteuil de dentiste où Jason Bourne était toujours sanglé. Sa tête dodelinait sur sa poitrine. Des éclaboussures de sang mouchetaient le carrelage tout autour de lui.

De son index replié, Spalko lui releva le menton. Ses yeux boursouflés, engourdis par une douleur infinie, étaient cerclés de sombre. Son visage semblait exsangue. « Avant de partir, je ne résiste pas à l'envie de vous raconter un truc marrant. L'heure de mon triomphe aura bientôt sonné. Je peux bien vous le dire, à présent. Ça n'a plus d'importance. Tout ce qui m'intéresse c'est de vous avoir là, à ma merci, vivant mais incapable de me nuire en aucune manière. » Il éclata de rire. « Quel prix terrible vous avez payé pour votre silence ! Et pour quel résultat, monsieur Bourne ? Aucun ! »

Lorsque Khan vit le garde debout dans le corridor, à côté de l'ascenseur, il préféra faire demi-tour et se dirigea vers la porte des escaliers. Mais à travers la lucarne de verre renforcé par un réseau de fils de fer, il repéra deux vigiles armés qui discutaient en fumant sur le palier. Toutes les quinze secondes l'un ou l'autre jetait un coup d'œil dehors, pour vérifier ce qu'il se passait dans le couloir du cinquième étage. Mieux valait donc éviter les escaliers.

Khan rebroussa chemin et se mit à arpenter le couloir d'un pas nonchalant, tout en sortant le pistolet à air comprimé qu'Oszkar lui avait procuré. Dès que le garde l'aperçut, Khan leva son arme, visa son cou et tira une flèche. L'homme s'écroula sur place, assommé par la substance chimique contenue dans la pointe de la flèche.

Khan courut vers lui et commençait à le traîner vers les toilettes messieurs quand la porte s'ouvrit. Un deuxième garde apparut, mitraillette pointée sur la poitrine de Khan.

« On ne bouge plus, dit-il. Jette ton arme et fais-moi voir tes mains. »

Khan s'exécuta, tendit les mains vers le garde mais, dans le même geste, effleura l'étui dissimulé à l'intérieur de son poignet. Le ressort se détendit, une flèche jaillit. L'homme porta la main à sa gorge. Il crut à une piqûre d'insecte. Mais une seconde plus tard, sa vue se troubla. A peine eut-il le temps de s'en apercevoir qu'il tombait à son tour, inanimé.

Khan traîna les deux corps dans les toilettes, ressortit et appela l'ascenseur. Un instant plus tard, les doubles portes coulissèrent. Il entra et appuya sur le bouton du troisième étage. Arrivée au quatrième, la cabine se bloqua soudainement. Khan eut beau faire, aucun bouton ne fonctionnait. L'ascenseur était coincé, par une intervention humaine sans aucun doute. C'était d'autant plus inquiétant que Khan ne disposait que d'un court laps de temps pour s'échapper du piège tendu par Spalko.

Il grimpa sur la rampe garnissant le pourtour de la cabine et s'étira pour atteindre la trappe de maintenance. Sur le point de l'ouvrir, il s'arrêta et regarda de plus près. Quelque chose brillait d'un éclat métallique ! Sortant de sa poche la minitorche d'Oszkar, il braqua le faisceau sur la vis la plus éloignée et vit le fil de cuivre entortillé tout autour. La trappe était piégée ! Dès que Khan commencerait à la dévisser, la charge installée au sommet de la cabine était censée exploser.

Au même instant, il y eut une forte secousse, Khan tomba de son perchoir, la cabine se décrocha et ce fut la chute.

Le téléphone de Spalko sonna. Il sortit de la salle d'interrogatoire. Le soleil se déversait à flots dans sa chambre. Quand il entra, sa douce chaleur lui caressa le visage.

« Oui ? »

Son pouls s'accéléra lorsqu'on lui annonça la nouvelle. Il était là ! Khan était là ! Son poing se crispa sur l'appareil. Il les tenait tous les deux. Cette partie de son travail allait bientôt s'achever. Il dépêcha ses hommes au deuxième étage, puis appela les services de sécurité centraux et leur ordonna de déclencher un exercice d'alerte à l'incendie. Dans peu de temps, la totalité du personnel de Humanistas aurait évacué le bâtiment. Vingt secondes plus tard, l'alarme se mit à hurler et, à travers tout l'immeuble, des hommes et des femmes quittèrent leurs bureaux et se dirigèrent en ordre vers les escaliers, d'où on les escorta dans la rue. Spalko avait déjà appelé son chauffeur et son pilote. Ce dernier devait se tenir prêt à faire décoller l'avion attendant sous le hangar de Humanistas, à l'aéroport Ferihegy. Suivant ses instructions, le plein était fait, l'appareil révisé, le plan de vol transmis à la tour de contrôle.

Il lui restait un appel à passer avant de retourner auprès de Jason Bourne.

« Khan est dans l'immeuble, dit-il lorsque Annaka décrocha. Coincé dans l'ascenseur. J'ai envoyé des hommes s'occuper de lui, au cas où il parviendrait à s'échapper, mais tu le connais mieux que quiconque. » Il grogna en entendant sa réponse. « Ce que tu me dis là ne me surprend pas. Fais comme tu le sens. »

Du talon de la main, Khan cogna sur le bouton d'arrêt d'urgence, mais rien ne se passa, l'ascenseur poursuivait sa descente effrénée. Sortant un outil du kit d'Oszkar, il ouvrit rapidement le panneau de commande. A l'intérieur, malgré l'enchevêtrement des fils, il repéra aussitôt ceux qu'on avait débranchés. Adroitement, il les remit en place. Le frein d'urgence réagit. Dans un hurlement métallique et une gerbe d'étincelles, la cabine s'arrêta d'un coup sec, entre le deuxième et le troisième étage. Le souffle suspendu, Khan continuait à fourrager dans les fils.

Au deuxième étage, les tueurs de Spalko se postèrent devant les portes de l'ascenseur, enfoncèrent une clé permettant de les ouvrir manuellement et aperçurent au-dessus d'eux le fond de la cabine en suspension entre deux étages. Les ordres étaient formels. Ils levèrent leurs mitraillettes et ouvrirent le feu. La puissance de tir fut telle que le tiers inférieur de la cabine fut littéralement haché menu. Nul ne pouvait survivre à un pareil déluge de plomb.

Bras et jambes écartés, pieds et mains fermement coincés contre les parois de la cage d'ascenseur, Khan vit le fond de la cabine se détacher. Heureusement, les portes de la cabine et la cage elle-même formaient bouclier, arrêtant les ricochets. Avant de se glisser à l'extérieur, il avait rebranché le panneau de commande, ce qui lui avait permis d'entrouvrir les portes. En se tortillant, il avait réussi à se hisser entre la cabine et la paroi de la cage. Quand la fusillade avait commencé, il se trouvait à peu près au niveau du toit.

L'écho des détonations résonnait encore qu'il perçut une sorte de bourdonnement, comme un essaim d'abeilles sortant de la ruche. Levant les yeux, il vit deux cordes de rappel se dérouler en vrille. On venait de les lancer à partir du dernier étage. Quelques instants plus tard, deux gardes en tenue anti-émeute glissaient le long des filins.

L'un d'eux aperçut Khan et braqua sa mitraillette vers lui. Khan le visa de son pistolet à air comprimé, tira; l'homme engourdi lâcha son arme. Sans attendre que le deuxième garde appuie sur la détente, Khan bondit et empoigna l'homme inconscient toujours suspendu au filin par son harnais de rappel, si bien que lorsque le deuxième garde, dont le casque anti-émeute cachait le visage, se décida à tirer, Khan fit pivoter le corps du premier et s'en servit comme d'un bouclier. Puis, d'un coup de pied, il désarma le deuxième garde.

Quand ils atterrirent ensemble sur le toit de la cabine, Khan repéra le petit bloc d'explosif C4 collé au centre de la trappe de maintenance et relié hâtivement au dispositif d'ouverture. Les vis avaient été desserrées; si jamais l'un d'entre eux heurtait la plaque par inadvertance, la déplaçait ne serait-ce que d'un cheveu, une terrible déflagration s'ensuivrait.

Khan pressa de nouveau la détente, mais l'homme connaissait maintenant les effets du pistolet à air comprimé. Il s'écarta vivement, roula sur lui-même en balançant au passage un coup de pied sur le poignet de son adversaire dont l'arme s'envola, puis s'empara du pistolet-mitrailleur de son collègue évanoui. Khan l'en empêcha d'un coup de talon sur la main. Le garde lâcha l'arme. Khan la ramassa. Les autres gardes, postés au deuxième étage, se mirent à tirer à l'arme automatique vers le haut.

Profitant de cette diversion, l'homme lui fit un croc-en-jambe, lui arracha la mitraillette des mains et tira. Khan évita la rafale en sautant de la cabine; il se laissa glisser le long de la paroi jusqu'au frein d'urgence. A l'abri des balles, il examina le système défectueux. Son adversaire était couché à plat ventre sur le toit de la cabine. Quand il se décida à tirer, Khan avait déjà réussi à débloquer le frein. Aussitôt, la cabine plongea, entraînant le garde avec elle.

Khan s'élança, agrippa la corde de rappel la plus proche, grimpa jusqu'au troisième étage et appliqua le courant AC sur la serrure magnétique. Au même instant, la cabine d'ascenseur s'écrasait au deuxième sous-sol. Le choc délogea la trappe de maintenance, le C4 explosa. Le souffle brûlant emplit la cage mais Khan avait déjà franchi la porte, tête la première, après avoir interrompu le circuit magnétique.

Le couloir du troisième étage était entièrement tapissé de marbre couleur café au lait. Des appliques en verre dépoli fournissaient un éclairage tamisé. En se relevant, Khan vit Annaka s'enfuir en courant, à moins de cinq mètres de lui. L'explosion avait dû la surprendre, pensa-t-il, et lui flanquer une frousse terrible aussi. De toute évidence, ni elle ni Spalko ne s'attendaient à le voir accéder au troisième étage. Il rit sous cape en se lançant à sa poursuite. Comment auraient-ils pu anticiper une chose pareille ? Il venait d'accomplir un véritable exploit.

Annaka passa une porte qui se referma derrière elle en claquant. Khan entendit le cliquetis du verrou. En premier lieu, il devait rejoindre Bourne et Spalko, mais Annaka avait son intérêt elle aussi. C'était une sorte de joker. Tout en marchant, il ouvrit sa panoplie de crochetage, puis arrivé devant la porte, sortit un crochet, le glissa dans la serrure et se mit à titiller les goupilles. Moins de quinze secondes plus tard, la porte s'ouvrait. Annaka se trouvait à l'autre bout de la pièce. Elle lui jeta un coup d'œil affolé par-dessus l'épaule avant de passer dans la pièce suivante dont la porte se referma comme la première.

Après coup, il se dit que cette expression sur le visage de la jeune femme aurait dû lui mettre la puce à l'oreille. Annaka n'affichait jamais sa peur. Et cette pièce ne lui disait rien qui vaille. Elle était petite, carrée, sans fenêtres. Ses murs, ornés de grosses moulures, étaient peints en blanc mais il y avait là quelque chose d'étrange, d'inachevé. L'endroit ne contenait absolument rien. Quand il comprit le piège, il était trop tard. Le sifflement avait déjà commencé. Il leva les yeux vers les orifices percés en haut des murs, d'où s'échappait le gaz. En retenant son souffle, il gagna la porte du fond et voulut crocheter la serrure, mais en vain. Elle devait être verrouillée de l'extérieur, pensa-t-il, tout en rebroussant chemin pour tenter de ressortir par où il était entré. Cette porte-là semblait également verrouillée de l'extérieur.

Le gaz se répandait rapidement dans la pièce vide. Il était bel et bien pris au piège.

*

Près de l'assiette en porcelaine couverte de miettes de pain et du verre à pied au fond duquel stagnait la lie du bordeaux, Stepan Spalko avait disposé les objets trouvés sur Bourne : le pistolet en céramique, le téléphone portable de Conklin, la liasse de billets et le couteau à cran d'arrêt.

Bourne s'était placé en état de méditation delta, d'abord pour survivre aux vagues de souffrance qui revenaient le tourmenter à chaque nouvelle torsion, chaque nouvelle piqûre, ensuite pour économiser son énergie interne et enfin, évacuer les effets débilitants de la torture afin de mieux reconstituer ses forces.

Telles des flammes capricieuses, des images de Marie, Alison et Jamie surgissaient par éclairs dans son esprit vide. D'autres souvenirs revenaient, plus nets, plus vifs. Il vit ainsi défiler des épisodes de sa vie à Phnom Penh, la ville baignée de soleil où il avait passé plusieurs années. Son cerveau totalement apaisé ressuscita Dao, Alyssa et Joshua. Il se revit lançant une balle de base-ball à Joshua, lui montrant comment se servir du gant qu'il lui avait ramené des Etats-Unis. Soudain, Joshua se tourna vers lui et dit : « *Pourquoi as-tu essayé de nous dupliquer ? Pourquoi tu ne nous as pas sauvés ?* » La confusion s'empara de lui. Puis il vit le visage de Khan, planant comme une lune dans un ciel sans étoiles. Khan ouvrit la bouche et dit : « *Tu as voulu créer des répliques de Joshua et d'Alyssa. Tu as même repris les initiales de leurs prénoms.* »

Il voulut s'extraire de sa méditation forcée, détruire la forteresse intérieure qu'il avait érigée pour se protéger de Spalko. La pire des tortures n'était rien face à ce visage accusateur, cette culpabilité lancinante.

La culpabilité.

C'était bien elle qui lui faisait si peur. Depuis que Khan lui avait dévoilé sa véritable identité, Bourne avait fui la vérité, tout comme il avait fui Phnom Penh au lendemain du drame. Jusqu'à présent, il avait expliqué son départ précipité par le besoin de mettre de la distance entre lui et les événements atroces qui venaient de le toucher, mais en fait, il ne cherchait qu'à se défaire du fardeau de sa culpabilité. Il était absent au moment où sa famille avait le plus besoin de lui. Et pour survivre à cette incontournable évidence, il avait tordu le cou à la vérité.

Dieu lui vienne en aide. Il n'était qu'un lâche. Annaka elle-même l'avait dit.

Lorsque Bourne entrouvrit ses yeux injectés de sang, il vit Spalko lever le pistolet vers lui. « Je me suis servi de vous pour brouiller mes traces. J'avais toutes les organisations de renseignements mondiales sur les talons. En cela, vous m'avez été fort utile. » Il pointa l'arme sur Bourne, juste entre les deux yeux. « Mais, malheureusement, vous ne m'êtes plus d'aucune utilité désormais. » Son doigt se raidit sur la détente.

A ce moment précis, Annaka fit irruption dans la pièce. « Khan a réussi à pénétrer à cet étage », annonça-t-elle.

Malgré lui, Spalko manifesta de la surprise. « J'ai entendu l'explosion. Elle ne l'a pas tué ?

— Il n'était plus dans l'ascenseur quand la cabine a explosé au sous-sol.

— Par chance, la dernière livraison d'armes a été transférée. » Finalement, son regard se posa sur elle. « Où est-il à présent ?

— Dans la pièce d'à côté. Enfermé. Il est temps de partir. »

Spalko hocha la tête. Annaka avait parfaitement mesuré l'étendue des talents de Khan. Il se félicita d'avoir encouragé leur liaison. Grâce à son incroyable duplicité, elle l'avait percé à jour mieux que Spalko lui-même n'aurait jamais espéré le faire. Il resta là, à contempler Bourne, tout en se disant qu'il n'en avait pas encore terminé avec lui.

« Stepan. » Annaka posa la main sur son bras. « L'avion attend. Il nous faudra du temps pour quitter l'immeuble sans être vus. Les systèmes d'incendie ont été activés. La cage d'ascenseur a été vidée de l'oxygène qu'elle contenait. Tout risque majeur est donc écarté. Mais le hall d'entrée est peut-être en flammes à l'heure actuelle. Et les pompiers ne vont pas tarder à débarquer, s'ils ne sont pas déjà là. »

Elle avait pensé à tout. Spalko la regarda d'un air admiratif puis, sans prévenir, brandit l'arme en céramique et l'écrasa sur la tempe de Bourne.

« Je l'emporte en souvenir de notre première et dernière rencontre. »

Puis ils quittèrent la pièce.

Couché sur le ventre, Khan s'acharnait sur une moulure ; au moyen du petit levier fourni par Oszkar, il creusait le bois avec des gestes frénétiques. Le gaz lui irritait les yeux. Il avait l'impression que ses poumons allaient exploser à cause du manque d'oxygène. Dans quelques secondes, il s'évanouirait, son système nerveux autonome prendrait le relais et le gaz achèverait son œuvre de destruction.

Mais à force de creuser, un petit trou s'était formé dans les boiseries. Un léger courant d'air frais s'y engouffra, venant de la pièce voisine. Il y colla son nez et respira à pleins poumons. Puis, retenant son souffle, il se dépêcha d'installer la petite charge de C4 qu'Oszkar avait jointe à sa panoplie. En voyant l'explosif sur la liste, ce dernier avait compris la gravité du danger que Khan s'apprêtait à affronter. Il ne s'était donc pas fait tirer l'oreille pour lui fournir tous les ustensiles d'évasion nécessaires.

De nouveau, Khan exposa son visage au courant d'air, prit une profonde inspiration, puis combla le trou avec du C4 en l'enfonçant aussi loin que possible. Ceci fait, il se précipita de l'autre côté de la pièce et pressa sur la commande.

L'explosion arracha un pan du mur. Sans attendre que les poussières de plastique et de bois retombent, Khan franchit d'un bond les gravats et atterrit dans la chambre de Spalko.

Le soleil était bas sur l'horizon. Ses rayons obliques faisaient scintiller les eaux du Danube. Khan courut vers les fenêtres et les ouvrit en grand afin de dissiper les émanations délétères. Soudain, il entendit les sirènes, se pencha vers la rue et vit les camions de pompiers, les voitures de police et l'agitation habituelle en cas d'incendie. Très vite, il recula et regarda autour de lui en repassant dans son esprit les plans d'architecture que Hearn lui avait montrés sur son ordinateur.

La pièce non identifiée se trouvait juste là, derrière ces panneaux de bois vernis. L'oreille collée à la cloison, il la tapota sur quelques dizaines de centimètres. Le troisième panneau sur la gauche sonnait creux. Une porte. Il appuya d'un côté ; le panneau bascula.

Dès qu'il pénétra dans la pièce de béton noir carrelée de blanc, une odeur de sang mêlé de sueur le prit à la gorge. Bourne était assis là, torse nu. Khan s'immobilisa, n'en croyant pas ses yeux. On l'avait ligoté sur un fauteuil de dentiste. Des éclaboussures sanglantes parsemaient le carrelage blanc. Ses bras, ses épaules, sa poitrine, son dos n'étaient que plaies et boursouflures. Le bandage protégeant ses côtes avait été en partie arraché. Seule la dernière couche adhérait encore à sa chair tuméfiée.

Bourne dodelinait de la tête en regardant Khan avec l'expression d'un taureau blessé, moribond, mais toujours rétif.

« J'ai entendu la deuxième explosion, dit Bourne d'une voix nasillarde. Je t'ai cru mort.

— Déçu ? » Khan eut un sourire carnassier. « Où est-il ? Où est Spalko ?

— Tu arrives un peu tard, j'en ai peur, répondit Bourne. Il est parti, et Annaka Vadas est partie avec lui.

— Elle travaillait pour lui depuis le début, s'écria Khan. J'ai essayé de te prévenir, à la clinique, mais tu ne voulais rien entendre. »

Bourne soupira et ferma les yeux comme pour écarter ces reproches acerbes. « Je n'avais pas le temps.

— On dirait que tu n'as jamais le temps d'écouter quand on te parle. »

Khan s'approcha, la gorge nouée. Il aurait dû partir sans attendre, courir après Spalko, mais quelque chose l'en empêchait, le clouait sur place. Il posa les yeux sur les affreuses blessures sadiquement infligées par Spalko.

Bourne articula : « Et maintenant, tu vas me tuer. » Ce n'était pas une question, juste une constatation.

Khan savait que l'instant était propice. Il devait saisir sa chance. La part d'ombre qui sommeillait au fond de lui, qu'il avait cultivée, nourrie au fil des ans au point d'en faire son unique compagne, qui se repaissait chaque jour de sa haine et recrachait chaque jour son poison dans ses veines, refusait de disparaître. Elle voulait tuer Bourne. Khan la sentait prendre possession de lui. Elle avait presque gagné. Presque. Une pulsion meurtrière prit naissance dans ses entrailles et s'éleva jusqu'à son bras mais soudain, quelque chose la détourna vers son cœur, et son bras retomba, impuissant.

Brusquement, il tourna les talons et repassa dans la luxueuse chambre de Spalko. Un moment plus tard, il revenait avec un verre d'eau et quelques objets grappillés dans la salle de bains. Portant le verre à la bouche de Bourne, il versa lentement jusqu'à ce qu'il soit vide. On aurait dit que ses mains bougeaient d'elles-mêmes. Elles détachèrent les sangles retenant les poignets et les chevilles de Bourne.

Ce dernier le regardait nettoyer et désinfecter ses blessures. Il n'arrivait même pas à soulever ses bras des accoudoirs. Il était libre mais une étrange paralysie le rivait à ce fauteuil plus sûrement que des chaînes. Incapable de détacher ses yeux du visage de Khan, il en fouillait chaque courbe, chaque angle, chaque trait. Etait-ce la bouche de Dao ? Ce nez ressemblait-il au sien ? Ou était-ce une illusion ? Il avait besoin de savoir si cet homme était bien son fils ; il avait besoin de comprendre ce qu'il s'était passé. Mais il ne pouvait se défaire entièrement de ses doutes. Il avait peur. A la seule pensée de se retrouver face à son propre enfant, après tant d'années, il perdait tous ses moyens. Mais d'un autre côté, ce silence entre eux devenait intolérable. Il choisit donc de parler tout en évitant soigneusement le sujet.

« Tu voulais savoir ce que Spalko manigançait, dit-il en se forçant à respirer à fond chaque fois que le produit désinfectant touchait sa chair, lui envoyant des décharges de douleur à travers le corps. Il a subtilisé une arme mise au point par Félix Schiffer – un biodiffuseur portable. Je ne sais comment il s'y est pris mais il a obligé Peter Sido – un épidémiologiste travaillant pour la clinique – à lui fournir la charge. »

Khan laissa tomber un morceau de gaze imbibé de sang et en prit un propre. « Qui contient quoi ?

— Anthrax, fièvre hémorragique, je ne sais pas. Je ne suis sûr que d'une chose, c'est qu'elle est mortelle. »

Khan continuait à laver les blessures de Bourne. Le sol était à présent jonché de tampons de gaze ensanglantés. « Pourquoi tu me dis ça maintenant ? répliqua-t-il avec une méfiance non dissimulée.

— Parce que je sais ce que Spalko compte faire de cette arme. »

Khan leva les yeux.

Bourne dut se faire violence pour le regarder dans les yeux. Prenant une profonde inspiration, il poursuivit. « Spalko est tenu par un timing très serré. Il fallait qu'il parte très vite.

— Le sommet sur le terrorisme, à Reykjavík. »

Bourne hocha la tête. « Je ne vois pas d'autre possibilité. »

Khan se leva et se rinça les mains au tuyau d'arrosage en regardant l'eau rosie tourbillonner puis disparaître par la grille. « C'est toi qui le dis.

— J'ai longtemps cherché, reprit Bourne. Et finalement, j'ai réussi à reconstituer le puzzle. Si Conklin avait enlevé Schiffer c'était pour le cacher. Même chose pour Vadas et Molnar. Tout cela parce qu'il avait eu vent des intentions de Spalko. J'ai obtenu le nom de code du biodiffuseur – NX20 – grâce à un carnet trouvé chez Conklin.

— Donc, Conklin est mort à cause de cela. » Khan hocha la tête. « Pourquoi ne s'est-il pas adressé à l'Agence ? Je suis sûr que la CIA aurait été mieux armée que lui pour traiter cette information et prendre les mesures nécessaires à la protection du Dr Schiffer.

— Les raisons ne manquent pas, dit Bourne. Il pensait peut-être qu'on ne le croirait pas. La bonne réputation de Spalko jouait en sa faveur. Ce type est un illustre humanitaire, après tout. Ou alors, il ne disposait pas d'assez de temps ; ses renseignements n'étaient peut-être pas assez concrets pour que la bureaucratie de l'Agence réagisse tout de suite. En plus, Alex n'était pas du genre à partager ses secrets comme ça. »

Bourne se redressa péniblement en s'appuyant d'une main au dossier du fauteuil. Il avait les jambes en coton d'être resté si longtemps dans la même position. « Spalko a tué Schiffer et tout me porte à croire que le Dr Sido est entre ses griffes. Mort ou vivant. Il va profiter du sommet pour assassiner quelqu'un. Il faut que je l'en empêche. »

Khan se tourna vers Bourne et lui tendit le téléphone portable. « Tiens, prends ça et appelle l'Agence.

— Tu imagines peut-être qu'ils vont me croire ? N'oublie pas que je suis l'homme qui a tué Conklin et Panov à Manassas.

— Dans ce cas, c'est moi qui le ferai. La bureaucratie de la CIA a beau être ce qu'elle est, ils ne peuvent pas ne pas prendre au sérieux une menace d'attentat contre le président des Etats-Unis. »

Bourne secoua la tête. « Je connais le chef de la sécurité américain. Un dénommé Jamie Hull. Il ne voudra rien entendre. Ce type se croit plus fort que tout le monde. » Ses yeux, si mornes tout à l'heure, étincelaient à présent. « Il ne reste qu'une seule possibilité. Mais je ne pense pas pouvoir y arriver seul.

— A en juger d'après ton aspect, répliqua Khan, tu n'arriveras à rien du tout, seul ou pas seul. »

Non sans appréhension, Bourne plongea son regard dans celui de Khan. « Raison de plus pour que tu m'aides.

— Tu es dingue ! »

Sentant monter l'hostilité, Bourne se raidit. « Tu veux la peau de Spalko tout autant que moi. Où est le problème ?

— Le problème ! Mais j'en vois des tas ! ricana Khan. Regarde-toi ! Tu n'es plus qu'une loque. »

Bourne venait de s'extraire du fauteuil et parcourait la pièce en étirant ses muscles. A chaque pas, il retrouvait un peu plus de force et de confiance en lui. Son corps fonctionnait encore. En le voyant faire, Khan fut sincèrement étonné.

Bourne se tourna vers lui et dit : « Je te promets de ne pas être une charge pour toi. »

Khan se garda de rejeter son offre de prime abord. Bien au contraire, il se surprit à accepter, mais à contrecœur, sans bien savoir pourquoi il agissait ainsi. « En tout premier lieu, il faut qu'on sorte d'ici sains et saufs.

— Je sais, dit Bourne. Avec l'incendie que tu as cru bon d'allumer, tout l'immeuble regorge de pompiers, et de policiers aussi, je suppose.

— Si je n'avais pas allumé cet incendie, je ne serais pas là. »

Bourne constata que sa petite plaisanterie n'avait pas détendu l'atmosphère, bien au contraire. Ils n'étaient pas sur la même longueur d'onde. Bourne se demanda s'ils le seraient jamais. « Merci de m'avoir sauvé la vie », dit-il.

Khan évita de croiser son regard. « Te monte pas le bourrichon. Je suis venu ici pour tuer Spalko.

— Tiens, rétorqua Bourne, pour une fois que ce type sert à quelque chose ! »

Khan secoua la tête. « Ça ne peut pas marcher. Je ne te fais pas confiance et je sais bien que c'est réciproque.

— Moi, j'essaie de toutes mes forces, répondit Bourne. Je sais ce qui nous oppose mais ce n'est rien face à la catastrophe qui nous attend tous.

— Ne me dis pas ce que je dois penser, repartit Khan d'un ton brusque. Je n'ai pas besoin de toi pour ça, je n'en ai jamais eu besoin. » Il réussit à lever les yeux vers Bourne. « Très bien, les choses étant ce qu'elles sont, j'accepte de t'aider mais à une condition. Que tu nous fasses sortir d'ici.

— C'est comme si c'était fait. » Le sourire de Bourne confondit Khan. « Contrairement à toi, j'ai eu de nombreuses heures pour songer à la question. Pendant ce temps-là, je me disais que même si par miracle j'arrivais à me libérer de ce fauteuil, je n'irais pas bien loin avec les maigres moyens laissés à ma disposition. J'aurais été bien en peine d'affronter tous les hommes de Spalko. J'en suis donc venu à une autre solution. »

Khan afficha une expression désabusée destinée à masquer son dépit. Bourne en savait plus que lui et cela l'énervait au plus haut point. « Et quelle est cette solution ? »

D'un geste du menton, Bourne désigna la grille d'évacuation.

« Le drain ? fit Khan incrédule.

— Pourquoi pas ? » Bourne s'agenouilla près de la grille. « On peut passer par là. Elle est assez large. » Il fit jaillir la lame de son couteau à cran d'arrêt et l'inséra entre la grille et son support. « Si tu me donnais un coup de main ? »

Khan se baissa. D'une torsion du poignet, Bourne souleva légèrement la grille. Khan l'attrapa et ensemble, ils l'empoignèrent et la firent glisser de côté.

Khan vit Bourne grimacer sous l'effort. A cet instant, une étrange sensation s'empara de lui. Une sensation ressemblant vaguement à de l'orgueil, qu'il ne parvint à identifier qu'après avoir écarté le malaise qu'elle véhiculait. Il avait ressenti ce genre de chose étant enfant, avant le traumatisme qui l'avait jeté sur les routes du Cambodge. Depuis ce jour, il avait réussi à enfouir ses souvenirs au plus profond de lui. Et la vie avait pris le dessus. Jusqu'à aujourd'hui.

Ils firent rouler la grille. Bourne ramassa l'un des bandages ensanglantés que Spalko lui avait arrachés pour en envelopper le téléphone portable qu'il enfonça dans sa poche, avec le cran d'arrêt. « A qui l'honneur ? », demanda-t-il.

Khan haussa les épaules pour bien lui montrer qu'il ne l'impressionnait pas plus que ça. Il devinait où menait le drain et se doutait que Bourne le savait, lui aussi. « C'est ton idée. »

Bourne se plaça au centre de l'orifice circulaire. « Attends dix secondes avant de me suivre », dit-il juste avant de disparaître dans le trou.

La limousine blindée de Spalko fonçait vers l'aéroport. Assise à l'arrière, Annaka ne se tenait plus de joie. Elle sentait que rien ni personne ne les arrêterait plus, désormais. Tout compte fait, sa petite visite à Ethan Hearn s'avérait inutile mais elle avait quand même bien fait de prendre ses précautions. Un peu de prudence ne coûtait rien, d'autant plus qu'au moment où elle avait décidé de se rapprocher de Hearn, Spalko semblait ne plus avoir le vent en poupe. Mais à présent, elle le regardait et regrettait d'avoir douté de lui. Cet homme possédait le courage, le savoir-faire et les moyens d'obtenir tout ce qu'il désirait. Tout lui réussirait, même cette chose audacieuse qu'il s'apprêtait à accomplir. Certes, tout à l'heure, quand il s'était agi de sortir discrètement de l'immeuble, elle s'était montrée sceptique et n'avait changé d'avis qu'en arrivant dans l'ancien tunnel antiaérien passant sous le Danube. Spalko avait découvert ce passage après avoir acheté l'immeuble dont il avait ensuite entrepris la rénovation en s'arrangeant pour l'effacer des relevés architecturaux. Elle était donc la seule personne à partager ce secret avec lui.

La limousine et son chauffeur les avaient attendus dans un coin écarté, sous la lumière flamboyante de cette fin d'après-midi. A présent, ils roulaient à toute vitesse sur l'autoroute menant à l'aéroport Ferihegy. Elle se glissa tout près de Stepan et, lorsqu'il tourna vers elle son visage si charismatique, pressa ses deux mains dans la sienne un court instant. Il s'était débarrassé de son tablier de boucher, de ses gants de Latex couverts de sang et les avait abandonnés quelque part dans le tunnel. Maintenant, il portait un jean, une chemise blanche amidonnée et des chaussures de marche. Il n'avait pas fermé l'œil de la nuit mais ça ne se voyait pas.

Il sourit. « Je suppose qu'une coupe de champagne serait la bienvenue. Qu'en dis-tu ? »

Elle s'esclaffa. « Tu penses à tout, Stepan. »

Il lui désigna les flûtes disposées dans le petit placard aménagé à l'intérieur de la portière. Elles étaient en cristal, pas en plastique. Comme elle se penchait pour les prendre, il sortit une petite bouteille de champagne du compartiment réfrigérateur. De chaque côté d'eux, de hauts bâtiments défilaient rapidement, reflétant les derniers rayons du soleil couchant.

Spalko déchira le papier d'aluminium, fit sauter le bouchon, versa le champagne moussant dans la première flûte, puis dans l'autre et reposa la bouteille. Ils trinquèrent sans rien dire. Tout en sirotant son champagne, elle le regardait dans les yeux. Ils étaient comme frère et sœur. Mieux que cela, puisqu'ils n'avaient pas à porter le fardeau de la rivalité fraternelle. De tous les hommes qu'elle avait connus, songea-t-elle, Stepan était le plus à même de satisfaire ses désirs. Non pas qu'elle ait jamais imaginé se caser. Quand elle était petite fille, elle rêvait d'un père comme lui. Et puis Stepan était entré dans sa vie. Elle l'avait choisi. Il était fort, compétent, invincible. Le père idéal.

Ils s'éloignaient de la ville, les immeubles devenaient plus rares. La lumière continuait à baisser dans le ciel rouge. Le vent soufflait à peine. Toutes les conditions étaient réunies pour un décollage parfait.

« Si on mettait un peu de musique, proposa Spalko. Pour aller avec le champagne ! » Il leva la main vers le lecteur CD à plusieurs plateaux, enchâssé au-dessus de sa tête. « Qu'est-ce qui te plairait ? Bach ? Beethoven ? Non, bien sûr. Chopin ! »

Il trouva le disque et appuya sur le bouton Lecture. Mais au lieu des accents lyriques de son compositeur favori, elle entendit vibrer sa propre voix :

« *Vous ne travaillez pas pour Interpol – vous ne procédez pas comme eux. La CIA, non, je ne crois pas. Si les Américains tentaient d'infiltrer son organisation, Stepan le saurait. Alors pour qui, hein ?* »

Annaka se figea, sa flûte suspendue devant ses lèvres entrouvertes.

« *Ne faites pas cette tête de carême, Ethan.* »

Horrifiée, elle vit Stepan lui adresser un large sourire par-dessus sa flûte.

« *Je m'en fiche, je vous assure. Ce que je recherche c'est une police d'assurance, un point c'est tout. Au cas où les choses tourneraient au vinaigre. Et vous êtes cette police d'assurance.* »

Spalko pressa sur le bouton Stop ; le silence se fit. On n'entendait que le bourdonnement assourdi du puissant moteur de la limousine.

« Je suppose que tu te demandes comment j'ai eu vent de sa trahison. »

Annaka s'aperçut qu'elle avait perdu l'usage de la parole. Son esprit restait bloqué au moment où Stepan lui avait gentiment demandé quelle musique lui ferait plaisir. Elle aurait tant aimé revenir en arrière, que le temps se stabilise sur cet instant de pur bonheur. La réalité venait de lui apparaître, tel un gouffre béant s'ouvrant sous ses pieds, mais elle n'arrivait pas à réagir. Il y avait un avant et un après. Entre les deux, elle revoyait le geste de Spalko, son doigt posé sur la touche de lecture. Elle venait de passer de la félicité absolue au malheur absolu.

Que signifiait cet horrible sourire de crocodile sur le visage de Stepan ? Elle y voyait mal. Par réflexe, elle se frotta les yeux.

« Mon Dieu, Annaka, ne me dis pas que tu pleures ! » Spalko hocha la tête avec tristesse. « Tu m'as déçu, Annaka. Toutefois, pour être tout à fait honnête avec toi, je sentais venir ta trahison. Je me demandais juste quand tu allais te décider. Sur ce point, ton M. Bourne était dans le vrai.

— Stepan, je... » Elle s'arrêta d'elle-même. Sa propre voix lui semblait étrangère et jamais elle ne s'abaisserait à le supplier. Sa vie était assez misérable comme ça.

Il lui montra un petit objet coincé entre son pouce et son index, un disque minuscule, plus petit qu'une pile bouton. « J'ai caché un micro électronique dans le bureau de Hearn. » Il ricana. « Le plus drôle c'est que j'étais loin de le soupçonner. Mais par principe, je fais installer un système d'écoute dans le bureau de toutes mes nouvelles recrues, au moins durant les six premiers mois. » Il rempocha l'objet avec la dextérité d'un magicien. « Tu as manqué de chance, Annaka. Et moi pas. »

Il vida sa flûte et la reposa. Annaka n'avait toujours pas bougé. Elle était assise toute droite, le bras à moitié replié, les doigts crispés à la base de sa flûte.

Il la regarda tendrement. « Tu sais, Annaka, si tu étais quelqu'un d'autre, tu serais déjà morte. Mais nous avons trop de choses en commun. Et d'abord ta mère, si tu veux tout savoir. » Il redressa la tête pour que la lumière du soleil couchant vienne caresser la peau de son visage. Sa joue trop lisse, aussi luisante qu'un bout de plastique, brillait du même éclat que les tours vitrées qu'ils venaient de dépasser. Les maisons s'espaçaient au fur et à mesure qu'ils approchaient de leur destination. La limousine bifurqua vers l'aéroport.

« Je t'aime, Annaka. » Il la prit par la taille. « Je t'aime comme je n'ai jamais aimé. » Curieusement, la détonation produite par le pistolet en céramique de Bourne s'entendit à peine. Le torse d'Annaka fut projeté en arrière mais le bras accueillant de Spalko le retint. En même temps, elle leva la tête. Au tremblement qui la parcourut, il comprit que la balle avait dû se loger près du cœur. Il ne la lâchait pas des yeux. « C'est vraiment dommage, n'est-ce pas ? »

Il sentit le sang tiède se répandre sur sa main et s'écouler sur le siège en cuir. Un sourire semblait plisser les yeux d'Annaka mais son visage n'était plus qu'un masque. Même la mort ne lui faisait pas peur, songea-t-il. Quelle chose étonnante, n'est-ce pas ?

« Tout va bien, monsieur Spalko ? demanda le chauffeur.

— Maintenant oui », répondit Stepan Spalko.

CHAPITRE VINGT-SEPT

Le Danube était froid et sombre. Malgré ses graves blessures, Bourne arriva le premier au point de jonction entre le canal et le fleuve. Khan, lui, éprouva quelque difficulté. La température de l'eau lui importait peu, en revanche l'obscurité faisait ressurgir le cauchemar qui ne cessait de le tourmenter.

Le choc de l'eau, la surface miroitant au-dessus de lui. Sous ses pieds, un corps blanchâtre à moitié décomposé semblait l'entraîner par le fond en tournoyant lentement. Et cette corde liée à sa cheville. Lee-Lee l'appelait, Lee-Lee voulait qu'il la rejoigne...

Il se sentit basculer dans l'obscurité, l'eau noire se referma sur lui. Puis, soudain, il sursauta. On le tirait. Qui cela? Lee-Lee? se demanda-t-il dans un accès de panique.

Tout à coup, il sentit contre lui la tiédeur d'un autre corps. Un corps massif et, malgré ses blessures, encore immensément puissant. Bourne l'attrapa par la taille et poussa sur ses jambes pour s'extraire avec lui du courant violent où Khan venait de tomber. En deux battements, ils regagnèrent la surface.

Etait-ce une crise nerveuse ou un accès de colère, toujours est-il que lorsqu'ils émergèrent et grimpèrent sur la rive, Khan se mit à se débattre comme un beau diable. On aurait dit qu'il lui en voulait à mort. Il aurait voulu l'assommer mais ne parvint qu'à rejeter violemment ce bras qui lui entourait la taille tout en foudroyant Bourne du regard. Ils s'affalèrent, épuisés, sur la berge en pierre.

« Qu'est-ce que tu comptais faire? s'écria Khan. Tu as failli me noyer! »

Bourne ouvrit la bouche pour répliquer mais se ravisa, préférant lui désigner un point, en aval. Une barre de fer, fichée dans la vase, émergeait du fleuve. De l'autre côté du Danube, à grand renfort de sirènes, camions de pompiers, ambulances et voitures de police s'étaient massés devant l'immeuble de Humanistas Ltd. Une foule de badauds entourait les petits groupes d'employés qu'on venait d'évacuer, se pressant par vagues le long des trottoirs. D'autres, penchés à leur fenêtre, se démanchaient le cou pour mieux voir. Des bateaux convergeaient vers la rive devant les lieux du sinistre, et bien que la police leur fasse signe de s'écarter, leurs passagers s'agglutinaient sur les bastingages pour ne rien perdre du spectacle. Ils en furent pour leurs frais. Visiblement, l'incendie déclenché par l'explosion de la cage d'ascenseur était déjà maîtrisé.

Protégés des regards par les ombres de la berge, Bourne et Khan se dirigèrent vers l'échelle et grimpèrent le plus vite possible. Heureusement pour eux, tout le monde n'avait d'yeux que pour l'immeuble enfumé. Quelques mètres plus loin, ils rencontrèrent une zone de travaux. D'énormes piliers en bois soutenaient les plaques de béton de la rive, rongées par l'eau du Danube. Ils s'abritèrent dessous.

« Passe-moi ton téléphone, dit Khan. Le mien a pris l'eau. »

Bourne déballa le portable de Conklin et le lui tendit.

Khan composa le numéro d'Oszkar et quand il l'obtint, lui donna leur position et la liste de ce dont ils avaient besoin. Il écouta un moment avant de s'adresser à Bourne.

« Oszkar est mon contact à Budapest. Il nous réserve un vol. Et il va te trouver des antibiotiques. »

Bourne hocha la tête. « A présent, voyons ce qu'il a dans le ventre, ton Oszkar. Dis-lui que nous avons besoin des plans de l'hôtel Oskjuhlid à Reykjavík. »

Il se mordit la lèvre. Khan le dévisageait d'un air si furibond que Bourne craignit un instant qu'il ne raccroche purement et simplement. Il fallait absolument qu'il apprenne à lui parler sur un ton moins agressif.

Khan transmit le message à Oszkar. « Il me demande une heure environ, annonça-t-il.

— Il n'a pas dit “impossible” ? s'étonna Bourne.

— Oszkar ne dit jamais “impossible”.

— Mes propres contacts n'auraient pas fait mieux. »

Un vent froid et capricieux s'était levé, les contraignant à s'enfoncer davantage dans leur caverne de fortune. Bourne sauta sur l'occasion pour évaluer les dommages que Spalko lui avait infligés ; Khan avait correctement soigné les nombreuses piqûres qui parsemaient ses bras, sa poitrine et ses jambes. Khan enleva sa parka et la secoua. Ce faisant, Bourne remarqua les poches qui en tapissaient la doublure. Elles semblaient toutes pleines.

« Qu'est-ce que tu as là-dedans ? demanda-t-il.

— Des trucs utiles », répondit Khan sans prendre la peine de s'expliquer. Il lui tourna le dos et composa un autre numéro sur le téléphone portable de Bourne.

« Ethan, c'est moi, dit-il. Tout va bien ?

— Ça dépend, dit Hearn. Dans la mêlée, j'ai découvert que mon bureau était sur écoute.

— Spalko sait pour qui tu travailles ?

— Je n'ai jamais mentionné ton nom. Et de toute façon, quand je t'appelais c'était presque toujours de l'extérieur.

— Il vaudrait mieux que tu files.

— C'est bien ce que j'étais en train de me dire, fit Hearn. Je suis content que tu sois d'accord. Après les explosions, j'étais un peu désorienté.

— Reprends-toi, dit Khan. Qu'est-ce que tu as sur lui ?

— Pas mal de choses.

— Prends tout et tire-toi. Quoi qu'il arrive, je lui ferai payer. »

Il entendit Hearn reprendre son souffle. « Et qu'est-ce que ça signifie ?

— Ça signifie que j'ai besoin d'un soutien. Si pour une raison ou pour une autre, tu ne peux m'amener le matériel, je veux que tu contactes... attends, ne quitte pas. » Il se tourna vers Bourne et dit : « Y a-t-il quelqu'un à l'Agence à qui on puisse éventuellement transmettre des infos sur Spalko ? »

Bourne fit non de la tête avant de changer d'avis, se remémorant les paroles de Conklin au sujet du directeur adjoint – ce type n'était pas seulement intelligent, c'était un esprit libre. « Martin Lindros », annonça-t-il.

Khan hocha la tête, répéta le nom, puis se déconnecta et rendit le téléphone à Bourne.

Ce dernier avait l'impression de tourner en rond. Cherchant désespérément un moyen d'ouvrir le dialogue avec Khan, il finit par se résoudre à lui demander comment il avait fait pour accéder à la salle d'interrogatoire. Lorsque Khan se mit à parler, il éprouva un vif soulagement. Le jeune homme lui raconta sa cachette dans le canapé-lit, l'explosion dans la cage d'ascenseur et son évasion de la pièce verrouillée de l'extérieur, en se gardant bien toutefois d'évoquer la trahison d'Annaka.

Au fur et à mesure de ce récit, Bourne sentait croître son admiration. Pourtant il avait l'esprit ailleurs, comme si cette scène ne le concernait pas vraiment. Il avait du mal à communiquer avec Khan ; ses blessures psychiques saignaient encore et pour l'instant, il ne se sentait pas la force d'affronter sans détour les questions et les doutes qui l'envahissaient. Les deux hommes discutèrent donc d'une manière hachée, maladroite, évitant soigneusement la question principale qui se dressait entre eux, telle une forteresse assiégée mais impossible à conquérir.

Une heure plus tard, Oszkar arriva dans la camionnette de sa société. Il amenait avec lui des serviettes, des couvertures et des vêtements de rechange, plus des antibiotiques pour Bourne et une Thermos de café bien chaud. Les deux hommes s'installèrent sur la banquette arrière et pendant qu'ils se changeaient, Oszkar empaqueta leurs vêtements sales et déchirés, hormis l'étonnante parka de Khan. Puis il leur donna des bouteilles d'eau et de quoi se restaurer. Ils mangèrent et burent avec avidité.

Oszkar fut sans doute surpris à la vue des blessures de Bourne, mais il n'en montra rien. Khan en conclut qu'il avait compris que l'opération avait connu une fin heureuse. Enfin, il tendit à Bourne un ordinateur portable léger comme une plume.

« J'ai téléchargé les plans de tous les systèmes et sous-systèmes de l'hôtel, dit-il. De même que des cartes de Reykjavík et des environs. Plus quelques informations basiques que j'estime vous être utiles.

— Je dois avouer que je suis impressionné », déclara Bourne à l'intention d'Oszkar. Mais cette remarque s'adressait également à Khan.

Martin Lindros reçut l'appel peu après onze heures du matin. Il sauta dans sa voiture et fonça vers l'Hôpital George Washington. Normalement, le trajet prenait un quart d'heure ; il arriva moins de huit minutes plus tard. Le détective Harry Harris l'attendait aux urgences. Lindros utilisa ses accréditations pour s'épargner les tracasseries administratives. Un interne lâcha un instant son travail pour lui montrer le chemin. Lindros tira le rideau isolant la salle des urgences et le referma derrière lui.

« Mais qu'est-ce qui t'est arrivé ? », s'écria-t-il.

Calé sur son lit, Harris réussit tant bien que mal à le regarder de biais. Son visage était tuméfié, décoloré, sa lèvre supérieure fendue et une estafilade fermée par des points de suture soulignait son œil gauche.

« Je me suis fais virer... voilà ce qui m'est arrivé. »

Lindros secoua la tête. « Je ne comprends pas.

— La Conseillère pour la Sécurité nationale a appelé mon patron. Directement. En personne. Et elle lui a demandé de me fiche à la porte. Sans indemnité, sans pension. C'est ce qu'il m'a dit quand il m'a convoqué dans son bureau, hier. »

Lindros serra les poings. « Et ensuite ?

— Qu'est-ce que tu veux de plus ? Il m'a foutu dehors. Comme un malpropre. Après une carrière exemplaire.

— Non, je te demande comment tu as fait pour atterrir ici, reprit Lindros.

— Oh, ça ! » Harris détourna la tête ; son regard se perdit dans le vague. « J'ai dû me soûler la gueule, je suppose.

— Tu supposes ? »

Harris se retourna vers lui, les yeux brillants. « Je me suis salement torché, ça te va ? Je pense que c'était le moins que je puisse faire.

— Mais il s'est passé autre chose.

— Ouais. J'ai eu des mots avec deux motards, si je me souviens bien. La discussion a dû dégénérer.

— Ils t'ont passé à tabac et toi tu t'es dit que tu l'avais bien mérité. »

Harris ne répondit rien.

Lindros se passa la main sur le visage. « Je sais que je t'ai promis de m'occuper de ça, Harry. Je croyais avoir la situation bien en main. Même le DCI s'en est mêlé, plus ou moins. C'est juste que je n'arrive pas à imaginer que la Conseillère soit capable de confisquer l'affaire.

— Je l'encule, marmonna Harris. Je les encule tous. » Il rit amèrement. « Ma mère disait tout le temps "Un bienfait est toujours perdu".

— Ecoute, Harry, sans toi, je n'aurais jamais débrouillé l'affaire Schiffer. Je n'ai pas l'intention de t'abandonner maintenant. Je te sortirai de là.

— Ah ouais ? Putain, ça me brancherait de savoir comment.

— Comme le grand Hannibal l'a dit un jour : "Soit on trouve un moyen, soit on en fabrique un". »

Quand ils furent prêts, Oszkar les conduisit à l'aéroport. Bourne était trop heureux de ne pas avoir à prendre le volant. Pourtant, malgré la douleur, il restait en alerte, ravi de constater qu'Oszkar se servait habilement de ses rétroviseurs pour surveiller les véhicules qui les suivaient. Mais, apparemment, personne ne s'intéressait à eux.

Il aperçut bientôt la tour de contrôle. Un moment plus tard, Oszkar s'engagea sur une bretelle. Pas de flics à l'horizon. Rien de suspect. Et pourtant, quelque chose vibrait en lui, comme une alarme.

Personne ne les importuna lorsqu'ils traversèrent le tarmac en direction des pistes réservées aux appareils privés. Leur avion les attendait, prêt à décoller. Ils descendirent de la camionnette. Avant de partir, Bourne saisit la main d'Oszkar. « Encore merci.

— Pas de quoi, fit Oszkar dans un sourire. Je mets tout ça sur la note. »

Ils escaladèrent la passerelle et pénétrèrent dans la cabine.

Le pilote les accueillit, remonta la passerelle et verrouilla la porte. Bourne lui indiqua leur destination. Cinq minutes plus tard, ils roulaient sur le tarmac. Dans deux heures et dix minutes, ils atterriraient à Reykjavík.

« Dans trois minutes, nous serons en vue du bateau de pêche », dit le pilote.

Spalko ajusta son oreillette, prit la boîte réfrigérée de Sido, avança jusqu'au fond de l'appareil et ajusta son harnais en jouant des épaules. Tout en réglant les sangles, il contemplait la nuque de Peter Sido, menotté sur son siège, à côté d'un garde dûment armé.

« Vous savez où vous devez le conduire, demanda-t-il discrètement au pilote.

— Oui m'sieur. N'importe où au Groenland. »

Spalko se posta devant l'issue arrière, fit un signe au garde qui se leva et s'enfila dans l'étroite allée pour le rejoindre.

« Vous avez prévu assez de carburant ? demanda-t-il au pilote.

— Oui m'sieur, répondit l'homme. J'ai calculé au poil près. »

Spalko jeta un coup d'œil par le petit hublot rond. Ils descendaient. Le bleu profond des lames frangées d'écume prouvait déjà que la tumultueuse réputation de l'Atlantique Nord n'était pas surfaite.

« Trente secondes, monsieur, avertit le pilote. Il y a un sacré vent soufflant nord nord-est. Seize nœuds.

— Compris. » Spalko sentit l'avion ralentir. Il portait une combinaison étanche de 7 mm sous ses vêtements. Contrairement aux tenues de plongée qui laissent filtrer un peu d'eau sous la couche de néoprène de manière à garder le corps à la bonne température, celle-là était hermétiquement fermée aux pieds et aux poignets pour empêcher l'eau d'entrer. Sous l'épaisse pellicule de trilaminate, une protection thermique Thinsulate l'aiderait à lutter encore plus efficacement contre le froid. Bien qu'il ait calculé au mètre près son point de largage, le contact de l'eau froide risquait de le paralyser et se révéler fatal, malgré toutes ses protections. Non, tout irait pour le mieux. Il enchaîna la boîte à son poignet droit puis enfila ses gants étanches.

« Quinze secondes, annonça le pilote. Vent constant. »

Bien, pas de rafales, songea Spalko. Il fit un signe du menton, le garde abaissa le gros levier et ouvrit la porte en grand. Le vent s'engouffra dans la cabine en mugissant. Sous ses pieds, le vide, et quatre mille mètres plus bas, l'océan. Si jamais il le heurtait en chute libre, il s'y écraserait comme sur du béton.

« Go ! », cria le pilote.

Spalko sauta. Un violent courant d'air siffla dans ses oreilles. Le vent lui fouetta le visage. Il se recroquevilla. Quinze secondes plus tard, il tombait à la vitesse de deux cents kilomètres-heure, vélocité terminale. Et pourtant il avait l'impression de flotter, ou plutôt de s'enfoncer tout doucement dans une couche moelleuse.

Il regarda en bas et aperçut le chalutier. Se servant de la pression de l'air, il se déplaça horizontalement pour compenser le vent nord nord-est de seize nœuds. Une fois stabilisé, il vérifia l'altimètre à son poignet. A huit cents mètres, il tira sur la poignée de libération et sentit un léger rebond au niveau de ses épaules. La voilure en nylon se déploya dans un doux bruissement. En une seconde, sa surface de résistance passa de trois mètres carrés à près de quatre-vingts. A présent, il descendait à l'allure de croisière de seize pieds par seconde.

Au-dessus de lui, la voûte céleste ; en dessous, l'Atlantique Nord à perte de vue, brassé par les courants, luisant tel du cuivre martelé sous les rayons du soleil déclinant. Il vit le chalutier ballotté par les vagues et tout au loin, une langue de terre s'avançant dans la mer. La péninsule islandaise sur laquelle la ville de Reykjavík était bâtie. Le vent le faisait dériver. Il passa quelques minutes à compenser sa poussée en modifiant à plusieurs reprises la surface de sa voile. Avec volupté, il laissa l'air lui emplir les poumons, savourant cette étonnante sensation de tomber au creux d'un nid de plumes.

Il laissa errer ses pensées puis dans le bleu infini qui l'entourait, se mit à songer à sa vie. Toutes ces années de travail intensif, de manœuvres, de manipulations. Toute cette organisation méticuleuse qu'il avait dû échafauder pièce par pièce pour en arriver là. Et voilà qu'aujourd'hui, son existence touchait à son but ultime, sa sublime réalisation. Il repensa à l'année qu'il avait passée sous les tropiques, à Miami, à ce qu'il avait dû endurer pour remodeler son visage détruit. Devant Annaka, il avait pris un certain plaisir à s'inventer un frère. De toute façon, il avait bien fallu lui fournir une explication à sa présence au sanatorium. Autrement, comment lui faire avaler cette histoire d'amour passionné avec sa mère ? Convaincre les médecins et les infirmières de lui accorder quelques entretiens privés avec leur patiente avait été chose facile. Les humains sont fondamentalement corrompus, songea-t-il. Sa splendide réussite, il la devait en grande partie à cette constatation.

Sasa était une femme tellement fascinante ! Elle n'avait pas sa pareille et ne l'aurait jamais. Tout naturellement, il s'était dit qu'Annaka tiendrait d'elle. Il était bien plus jeune alors, ce qui pouvait excuser sa bêtise.

S'il lui avait avoué la vérité, comment Annaka aurait-elle réagi ? se demanda-t-il soudain. Voilà des années, il avait eu pour maître un roi du crime, un monstre sadique qui l'avait impliqué dans une vendetta en sachant parfaitement qu'il risquait d'y passer. En effet, il était tombé dans un piège – et en était sorti défiguré. Vladimir avait payé cher sa trahison. Spalko s'était vengé mais pas de la manière héroïque qu'il avait décrite à Zina. Il avait commis des actes peu glorieux, mais à cette époque, il n'avait pas les coudées franches. Aujourd'hui, c'était bien différent.

Il se trouvait à plus de cent cinquante mètres du point de largage quand le vent tourna brusquement, l'éloignant du bateau. Il manœuvra son parachute pour compenser la dérive. Mais impossible de revenir en arrière. Sous ses pieds, les reflets qui luisaient sur le pont lui disaient que l'équipage surveillait attentivement sa descente. Ils venaient à sa rencontre.

L'horizon s'élevait, les vagues grossissaient à vue d'œil. A présent il ne voyait plus qu'elles. Tout à coup, le vent cessa. Sa chute se poursuivit sans encombre ; il redonna de la portance juste au bon moment ce qui lui permit d'effectuer un amerrissage exemplaire.

Ses jambes touchèrent l'eau en premier. Puis tout son corps glissa dans l'océan. Il avait beau s'attendre à un choc, l'eau glacée lui fit quand même l'effet d'un coup de masse. Ses poumons se vidèrent brusquement. Le poids de la boîte réfrigérée l'attirait vers le fond, mais il réagit aussitôt. De quelques battements puissants, il refit habilement surface, expulsa l'air de ses poumons et d'une rotation du cou, se débarrassa de son harnais.

Les moteurs du chalutier ronronnaient au loin. Sans même prendre la peine de vérifier visuellement sa présence, il se mit à nager vers lui. La houle était si forte et les courants si rapides qu'il y renonça très vite. Au moment où le bateau parvint à sa hauteur, il était à bout de forces. Sans la protection de la combinaison étanche, il serait déjà mort d'hypothermie.

Un membre d'équipage lui jeta un filin; un autre balança une échelle de corde par-dessus le bastingage. Spalko attrapa le filin et s'y accrocha de toutes ses forces pendant qu'on le faisait glisser vers le côté du bateau où pendait l'échelle. Il grimpa mais, au tout dernier moment, l'océan le happa.

Soudain, une main puissante le saisit et l'aida à s'extirper des vagues. Quand il leva les yeux, il vit un homme au regard bleu vif et aux épais cheveux blonds.

« *La illaha ill Allah*, dit Hasan Arsenov. Bienvenue à bord, Cheik ! » Pour répondre, Spalko attendit que les hommes d'équipage l'enveloppent dans des couvertures absorbantes. « *La illaha ill Allah*, lança-t-il. J'ai failli ne pas te reconnaître.

— Quand je me suis vu dans la glace après m'être décoloré les cheveux, avoua Arsenov, j'ai eu du mal à me reconnaître, moi aussi. »

Spalko dévisagea le chef terroriste. « Comment tu te sens avec ces lentilles de contact ?

— Tout le monde les supporte bien. » Arsenov ne pouvait détacher son regard de la boîte métallique que transportait le Cheik. « La voilà enfin. »

Spalko acquiesça d'un hochement de tête tout en jetant un coup d'œil par-dessus l'épaule d'Arsenov. Zina était là, baignée par les derniers rayons du soleil. Ses cheveux dorés cascadaient dans son dos, ses yeux de cobalt le dévoraient littéralement.

« On fonce vers la côte, ordonna Spalko à l'équipage. Je vais passer des vêtements secs. »

Il descendit dans la cabine avant où il trouva quelques effets bien pliés sur une couchette, plus une paire de grosses chaussures noires. Il déverrouilla la boîte et la posa sur la couchette. Tout en s'extrayant de ses habits dégoulinants et de sa combinaison étanche, il examina son poignet. Les menottes lui avaient légèrement entamé la peau. Il frotta ses mains l'une contre l'autre pour rétablir la circulation.

Dans son dos, la porte s'ouvrit et se referma tout aussi vite. Il n'eut pas besoin de se retourner pour savoir qui venait d'entrer.

« Laisse-moi te réchauffer », ronronna Zina.

Un instant plus tard, il sentit ses seins contre son dos. Une douce chaleur émanait d'elle. Elle colla son ventre contre ses fesses. Encore excité par le saut en parachute, il éprouvait à son contact des poussées de plaisir voluptueux. Le récent dénouement de sa longue liaison avec Annaka Vadas ne faisait qu'accentuer ses sensations. Il désirait Zina de tout son corps.

Spalko se tourna et s'assit au bord de la couchette. Elle grimpa à califourchon sur lui, comme une femelle en chaleur. Ses yeux brillaient, sa gorge roucoulait. Il la pénétra et elle se perdit en lui. Pour l'instant, tout était pour le mieux.

Quelque quatre-vingt-dix minutes plus tard, Jamie Hull vérifiait l'entrée de service de l'hôtel Oskjuhlid, quand il aperçut le camarade Boris. En le voyant, le chef de la sécurité russe arbora une mine étonnée mais Hull ne s'y laissa pas prendre. Il avait le net sentiment que Boris le suivait comme son ombre. Ou alors devenait-il parano ? A vrai dire, toutes les conditions étaient réunies pour ça. Les dignitaires venaient de s'installer à l'hôtel. Demain matin à huit heures, le sommet commencerait et, pour lui, la tension serait à son comble. Tout pouvait arriver. Il tremblait à la pensée que le camarade Boris ait eu vent de la découverte faite par Feyd al-Saoud et de ce qu'ils avaient échafaudé ensemble.

Pour donner le change, Hull afficha un sourire et se prépara à avaler deux ou trois couleuvres à la sauce russe, si besoin était. Le camarade Boris devait continuer à tout ignorer ; il ferait tout pour cela.

« On fait des heures supplémentaires, à ce que je vois, mon bon monsieur Hull, brailla Karpov. Pas de repos pour les braves, hein ?

— On aura tout le temps de se reposer quand le sommet sera fini et notre boulot avec.

— Mais notre boulot n'est jamais fini. » Hull remarqua que Karpov portait encore un de ses méchants costumes en serge. La chose ressemblait plus à une cotte de mailles qu'à un vêtement un tant soit peu décent. « On a beau travailler comme des dingues, il reste toujours des tas de trucs à faire. Ça fait partie des charmes de notre métier, pas vrai ? »

Hull eut envie de le contredire juste pour le plaisir, mais se mordit la langue.

« Tout est sûr par ici ? » Karpov dardait ses petits yeux de corbeau tout autour de lui. « Selon vos normes américaines, bien sûr.

— Mon inspection ne fait que commencer.

— Alors mon aide sera la bienvenue, hein ? Deux têtes valent mieux qu'une, quatre yeux valent mieux que deux. »

Soudain, une vague de fatigue s'abattit sur Hull. Depuis combien de temps moisissait-il dans ce maudit pays ? Depuis quand n'avait-il pas bénéficié d'une bonne nuit de sommeil ? Impossible à dire. On ne savait même pas en quelle saison on était puisqu'il n'y avait pas un seul arbre à l'horizon ! Il éprouvait ce genre de déphasage dont souffrent, paraît-il, les sous-mariniers débutants.

Hull regarda son équipe arrêter un camion de produits alimentaires, questionner le chauffeur et grimper à l'arrière pour vérifier le chargement. La procédure, la méthode lui parurent correctes.

« Ce patelin me flanque le bourdon, pas toi ? demanda-t-il à Boris.

— Le bourdon ? Pour moi, c'est un vrai paradis, mon ami ! tonna Karpov. Viens donc passer un hiver en Sibérie si tu veux savoir ce que c'est que le bourdon. »

Hull fronça les sourcils. « On t'a envoyé en Sibérie ? »

Karpov éclata de rire. « Oui, mais pas comme tu crois. J'ai travaillé comme agent là-bas, voilà plusieurs années, quand la tension avec la Chine était à son summum. Tu sais, les manœuvres militaires secrètes, la collecte de renseignements ultrasecrets. Tout ça dans la région la plus inhospitalière que tu puisses imaginer. » Karpov grogna. « A moins que ce genre de chose dépasse ton entendement, puisque tu es américain. »

Hull ne se départit nullement de son sourire mais l'effort lui coûta. Son amour-propre en prenait un coup. Heureusement, une autre camionnette se présentait, le précédent véhicule ayant obtenu l'autorisation de passer. Celle-là appartenait à Reykjavík Energy. Curieusement, le camarade Boris crut bon de s'avancer vers elle. Hull s'empressa de le suivre. A l'intérieur, se trouvaient deux hommes en uniforme.

Comme le chauffeur tendait sa feuille de route à l'un des vigiles, Karpov s'empara du document et le parcourut. « De quoi il s'agit ? aboya-t-il comme à son habitude.

— Vérification géothermique trimestrielle, articula le chauffeur d'une voix morne.

— C'est vraiment nécessaire ? » Karpov lança un regard furieux au blond qui tenait le volant.

« Oui, monsieur. Notre système forme un réseau desservant toute la ville. Si nous n'effectuons pas des visites régulières, nous risquons une panne générale.

— Vaut mieux pas », fit Hull. D'un hochement de la tête, il donna le feu vert à l'un des vigiles. « Inspectez le véhicule. Si tout va bien, laissez-les passer. »

Il s'éloigna de la camionnette, suivi de Karpov.

« Tu n'aimes pas ce boulot, on dirait, lança le Russe. Je me trompe ? »

Oubliant un instant ses bonnes résolutions, Hull pivota sur lui-même et dévisagea son homologue. « Si, je l'aime énormément. » Puis, se rappelant qu'il ne devait pas faire de vagues, il se fendit d'un grand sourire innocent. « En fait, t'as raison. Je préférerais un truc plus... disons plus physique. »

Karpov hocha la tête. Cette réponse parut l'adoucir. « Je comprends. Rien ne vaut l'action, le sang.

— Tout à fait, s'exclama Hull emporté par son élan. Prends la sanction qui vient de tomber, par exemple. Qu'est-ce que je ne donnerais pas pour qu'on me charge d'exécuter Bourne. J'adorerais lui loger une balle entre les deux yeux. »

Les sourcils en chenille de Karpov se soulevèrent. « On dirait que cette affaire te touche personnellement. Tu devrais te méfier, mon ami. Les émotions ont tendance à brouiller le jugement.

— Tu parles ! répliqua Hull. Ce type m'a coupé l'herbe sous le pied et je ne suis pas près de l'oublier. »

Karpov le considéra un instant. « On dirait que je t'ai mal jugé, mon bon ami. J'ai l'impression que tu as l'étoffe d'un vrai guerrier. » Il lui donna une bourrade dans le dos. « Qu'est-ce que tu dirais d'échanger des histoires de guerriers devant une bonne bouteille de vodka ?

— Je dirais que c'est envisageable », répondit Hull en regardant négligemment la camionnette de Reykjavík Energy démarrer et pénétrer dans l'hôtel.

Vêtu de l'uniforme de Reykjavík Energy, les yeux bleuis par des lentilles de contact, le nez épaté par un morceau de latex moulé, Stepan Spalko descendit de la camionnette et dit au chauffeur d'attendre. Muni d'une écritoire à pince et d'une petite boîte à outils, il traversa les entrailles labyrinthiques de l'hôtel. Il avait si bien intégré le plan des lieux que son tracé semblait flotter dans son esprit comme un décor en trois dimensions. Il connaissait les tours et détours du vaste complexe mieux que la plupart des employés de maintenance, affectés à un secteur en particulier.

Il lui fallut dix minutes pour atteindre les abords de la salle prévue pour le sommet. Et malgré le badge agrafé à sa combinaison, on l'arrêta à quatre reprises, pour vérification. Ensuite, il s'engouffra dans les escaliers, descendit trois étages et, à peine arrivé au sous-sol, rencontra une nouvelle patrouille. Comme il se trouvait tout près d'un point de jonction thermique, sa présence n'étonna guère. La sous-station HVAC n'était pas loin, aussi le garde insista-t-il pour l'accompagner.

Spalko s'arrêta devant un placard électrique et l'ouvrit. Le regard attentif du garde lui faisait l'effet d'une main crispée autour de sa gorge.

« Ça fait longtemps que vous êtes ici ? demanda-t-il en islandais tout en ouvrant sa boîte à outils.

— Vous parleriez pas russe, des fois ? répondit le garde.

— Eh bien si ! » Spalko farfouilla dans la boîte. « Vous êtes là, depuis quoi, deux semaines ?

— Trois, admit le garde.

— Très bien. Vous avez donc pu visiter mon merveilleux pays ? » Il trouva l'objet qu'il cherchait au milieu du fouillis. « Vous le connaissez un peu ? »

Le Russe fit non de la tête, ce qui permit à Spalko d'amorcer un discours tout préparé. « Eh bien, laissez-moi vous éclairer. L'Islande est une île de 103 000 kilomètres carrés, s'élevant en moyenne à 500 mètres au-dessus de la mer. Son point culminant, Hvannadalshnjúkur, se dresse à 2119 mètres ; les glaciers couvrent plus de onze pour cent du pays, parmi eux le Vatnajökull, le plus grand d'Europe. Nous sommes gouvernés par le Althing, dont les 63 membres sont élus tous les... »

S'apercevant que le garde, mort d'ennui, commençait à s'écarter de lui, il cessa son babillage de guide touristique et se mit au travail. Il saisit un petit disque en plastique et y pressa deux jeux de deux fils jusqu'à obtenir la certitude que les quatre contacts étaient bien isolés.

« Voilà qui est fait, dit-il en refermant bruyamment le placard du disjoncteur.

— Où on va maintenant? Le système thermique? demanda le garde en espérant visiblement que le contrôle se terminerait bientôt.

— Non non, répondit Spalko. Il faut que je demande à mon patron d'abord. Je retourne à la camionnette. » Il s'éloigna en lui adressant un signe de la main. Mais le garde ne faisait déjà plus attention à lui.

Spalko regagna le véhicule, y grimpa, s'assit près du chauffeur et attendit qu'un garde s'avance vers la portière d'un pas traînant.

« Hé les gars, qu'est-ce qui se passe?

— On a fini notre boulot. » Avec un sourire de triomphe, Spalko griffonna n'importe quoi sur son bloc tout en consultant sa montre. « Ça nous a pris plus de temps que prévu. Merci de le noter.

— Ben, d'accord. »

Pendant que le chauffeur mettait le contact et passait une vitesse, Spalko déclara : « Voilà l'intérêt de faire un galop d'essai. Nous disposerons de trente minutes, pas une de plus, avant de les voir rappliquer. »

*

L'avion privé traversait le ciel d'Europe. Assis non loin de Bourne, Khan regardait droit devant lui, les yeux vides. Bourne ferma les paupières. Les loupiotes au-dessus d'eux étaient éteintes. Seules quelques veilleuses projetaient leurs ovales lumineux dans la pénombre. Dans une heure, ils arriveraient à l'aéroport de Keflavik.

Bourne ne bougeait pas un muscle mais se faisait violence pour ne pas s'effondrer. Il aurait tant aimé pleurer sur ses péchés, seulement Khan était assis tout près, de l'autre côté de l'allée, et Bourne s'interdisait toute manifestation de faiblesse devant lui. Ils avaient quand même réussi à calmer le jeu mais, au fond, la tension demeurait, prête à éclater à tout moment, à tout propos. Bourne avait engrangé une telle somme d'émotions que sa poitrine oppressée se soulevait avec difficulté. Son corps perclus de douleur ne le faisait pas autant souffrir que l'angoisse lui étreignant le cœur. Il agrippa ses accoudoirs si fort que ses articulations craquèrent. Il devait à tout prix recouvrer son sang-froid, mais rester assis là un instant de plus lui paraissait impossible.

Il se leva et, tel un somnambule, se faufila dans l'allée pour s'installer sur le siège près de Khan. Le jeune homme ne réagit pas. Si le rythme de sa respiration n'avait été si rapide, on aurait pu le croire plongé dans une profonde méditation.

Le cœur de Bourne cognait à tout rompre contre ses côtes fêlées. « Si tu es mon fils, je veux en être sûr. Si tu es réellement Joshua, j'ai besoin d'en avoir le cœur net.

— En d'autres termes, tu ne me crois pas.

— Je *veux* te croire », répondit Bourne en tentant d'ignorer la tonalité acerbe, et pourtant presque familière à présent, de la voix du jeune homme. « Il faut que tu le comprennes.

— J'ai renoncé à te comprendre. » Khan se tourna vers lui, le visage déformé par la rage. « Tu ne te souviens pas du tout de moi ?

— Joshua avait six ans, ce n'était qu'un enfant. » De nouveau, Bourne sentit l'émotion le prendre à la gorge. « En plus, pendant quelques années, j'ai souffert d'amnésie.

— Amnésie ? » Cette révélation sembla surprendre Khan.

Bourne lui expliqua ce qu'il s'était passé. « Je ne me souviens pas très bien du passé de Jason Bourne, conclut-il. Et celui de David Webb est encore plus obscur. De temps à autre, une odeur, une voix déclenchent quelque chose en moi, et un pan de ma vie me revient en mémoire. Mais c'est ainsi, je perçois des fragments d'un tout qui m'a été définitivement confisqué. »

A la lueur des veilleuses, Bourne chercha le regard sombre de Khan, histoire d'apercevoir une expression, une réaction, même la plus infime. « C'est vrai. Nous sommes totalement étrangers l'un à l'autre. Alors, avant de continuer... » Il s'arrêta, incapable d'achever sa phrase. Puis il se reprit et se força à parler car le silence, si prompt à s'installer entre eux, était pire que la dispute. « Essaie de comprendre. J'ai besoin d'une preuve tangible, quelque chose d'irréfutable.

— Va te faire voir ! »

Khan se leva, voulut enjamber Bourne pour passer dans l'allée mais de nouveau, comme dans la salle de torture, quelque chose l'arrêta. Au même instant, la voix de Bourne retentit dans sa tête. Ils étaient perchés tous les deux sur un toit, à Budapest. « *C'est bien ce que tu cherches, n'est-ce pas ? Me rendre fou avec toute cette histoire sur toi et Joshua... Jamais je ne t'aiderai à trouver*

Spalko ni qui que ce soit d'autre. Je ne me laisserai plus jamais avoir par personne désormais. »

Khan agrippa le bouddha de pierre qui pendait à son cou et se rassit. Spalko les avait piégés l'un et l'autre pour les réunir ensuite. Le plus drôle c'était que seule leur commune inimitié envers Spalko les maintenait soudés, du moins pour l'instant.

« Il y a quelque chose, fit-il d'une voix qu'il reconnut à peine. Je fais toujours le même cauchemar. Je rêve que je me noie, que son cadavre m'emporte par le fond. Elle me parle, je l'entends m'appeler, ou alors c'est ma voix qui prononce son nom. Je ne sais pas... »

Bourne se rappela la scène du Danube et la panique qui s'était emparée de Khan. Plus il se débattait plus le courant menaçait de l'emporter. « Que dit cette voix ?

— C'est *ma* voix. Je dis "Lee-Lee, Lee-Lee". »

Le cœur de Bourne rata un battement. Du tréfonds de sa mémoire morcelée, il vit Lee-Lee flotter vers lui. L'espace d'un bref instant, l'image de sa fille bien-aimée surgit devant ses yeux, son visage ovale, les yeux clairs de son père, les cheveux noirs et lisses de sa mère. « Oh, mon Dieu, murmura Bourne. Lee-Lee. C'est comme ça que Joshua surnommait Alyssa. Il était le seul à l'appeler ainsi. Et personne ne connaissait ce surnom, à part Dao. »

Lee-Lee.

« Grâce à l'aide qu'on m'a apportée, j'ai réussi à retrouver quelques souvenirs de cette époque. Parmi les plus forts, il y en a un qui vous concerne tous les deux, ta sœur et toi. Alyssa t'admirait. » Bourne poursuivit. « Elle ne te lâchait pas d'une semelle. La nuit, quand elle faisait des cauchemars, toi seul pouvais la calmer. Tu l'appelais Lee-Lee et elle t'appelait Joshy. »

Ma sœur, oui. Lee-Lee. Khan ferma les yeux et replongea aussitôt sous l'eau boueuse de la rivière, à Phnom Penh. A demi noyé, en état de choc, il l'avait vue tomber à l'eau, le corps criblé de balles. Lee-Lee. Quatre ans. Morte. Ses yeux clairs – les yeux de son papa – le fixaient sans le voir. Des yeux accusateurs. *Pourquoi toi ?* semblait-elle dire. *Pourquoi toi et pas moi ?* Mais il savait qu'il se faisait des idées. Il se sentait coupable, c'est tout. Si Lee-Lee avait pu parler, elle aurait dit : *Je suis contente que tu ne sois pas mort, Joshy. Je suis si heureuse que l'un de nous deux reste auprès de papa.*

Khan cacha son visage dans ses mains et se tourna vers le hublot en Perspex. Il voulait mourir. Pourquoi n'avait-il pas disparu dans cette rivière ? Pourquoi le destin avait-il choisi Lee-Lee ? Cette existence lui était insupportable. Il ne lui restait plus rien ni personne. Au moins, dans la mort, il la retrouverait...

« Khan. »

C'était la voix de Bourne. Mais Khan n'avait aucune envie de lui faire face, de le regarder dans les yeux. Il le haïssait et l'aimait tout à la fois. Comment une telle chose pouvait-elle exister ? Cette anomalie émotionnelle le prenait de court. Il se sentait totalement impuissant. Avec un cri étranglé, il se leva, le bouscula et se dirigea d'un pas mal assuré vers l'avant de la cabine. Loin de Bourne.

Le cœur chargé de regrets, Bourne regarda son fils s'éloigner et dut se faire violence pour ne pas le retenir, le prendre dans ses bras et le serrer contre lui. Il devinait que c'était la dernière chose à faire. Khan en avait trop bavé. Une telle démonstration d'affection ne ferait que raviver la violence qui couvait entre eux.

Bourne ne se berçait pas d'illusions. Il leur faudrait parcourir un dur chemin avant d'accepter l'idée qu'ils appartenaient à la même famille. La tâche était peut-être même au-dessus de leurs forces. Mais Bourne n'était pas homme à baisser les bras si facilement. Il refoula donc cette pensée désagréable.

L'angoisse le saisit lorsqu'il comprit enfin la raison qui l'avait poussé à nier l'évidence. Annaka, qu'elle aille au diable, le lui avait pourtant expliqué.

Il leva les yeux. Khan se tenait devant lui, accroché au dossier d'un siège, comme s'il redoutait de tomber.

« Tu disais que tu venais de découvrir que j'étais porté disparu. »

Bourne hocha la tête.

« Combien de temps m'ont-ils cherché ? demanda Khan.

— Tu sais bien que je ne peux répondre à cela. Personne ne le peut. » Bourne avait menti par instinct. Les autorités avaient abandonné les recherches au bout d'une heure, mais lui annoncer cela froidement n'aurait fait qu'attiser sa blessure. Et il tenait absolument à préserver son fils de l'horrible vérité.

Soudain Khan sembla se calmer. Bourne trouvait son silence inquiétant. On aurait dit qu'il se préparait à commettre un acte lourd de conséquences. « Pourquoi tu n'as pas vérifié ? »

L'accusation résonna aux oreilles de Bourne comme une sentence de mort. Son sang se glaça. Depuis qu'il avait retrouvé son fils, lui-même n'arrêtait pas de se poser cette question.

« J'avais perdu la tête. J'étais fou de douleur, expliqua-t-il. Mais je sais que ce n'est pas une excuse. En fait, j'avais honte de n'avoir pas accompli mon devoir de père. »

Khan changea d'expression. Un spasme de douleur crispa son visage comme si une pensée nauséeuse venait de se former en lui. « Tu as dû avoir... des ennuis quand ma mère et toi viviez à Phnom Penh.

— Qu'est-ce que tu veux dire ? », répliqua Bourne sur un ton plus vif qu'il ne l'aurait voulu. Mais Khan le considérait d'un air tellement inquiétant.

« Tu sais bien. Tes collègues devaient te faire des réflexions, non ?

— J'aimais Dao de tout mon cœur.

— Marie n'est pas thaï, n'est-ce pas ?

— Khan, on ne choisit pas la personne dont on tombe amoureux. »

Il y eut une courte pause. Un silence pesant s'abattit sur eux. Puis Khan reprit sur un ton badin, comme si une autre idée venait de lui traverser l'esprit : « Et après, quand nous sommes nés. Deux petits métis...

— Je n'ai jamais abordé la chose sous cet angle, répondit Bourne calmement. J'aimais Dao, je vous aimais, toi et Alyssa. Mon Dieu, vous étiez toute ma vie. Durant les semaines et les mois qui ont suivi, j'ai cru perdre la raison. J'étais devenu une loque, incapable de choisir entre la vie et la mort. Si je n'avais pas rencontré Alex Conklin, je ne serais pas là aujourd'hui. Il m'a sauvé du suicide et malgré cela, il m'a fallu des années de travail acharné pour retrouver l'envie de vivre. »

De nouveau, le silence se fit. Bourne écouta un instant leurs deux souffles puis, inspirant profondément, avoua : « Je n'ai jamais réussi à m'enlever de l'idée que j'aurais dû être présent au moment où c'est arrivé. »

Khan le regarda longuement. La tension avait disparu. Avaient-ils franchi le Rubicon ? « Si tu avais été là, tu serais mort toi aussi. »

A ces mots, il se détourna. Mais Bourne eut le temps de reconnaître dans ses yeux le regard de Dao. Il ne savait pas pourquoi mais le monde venait de changer du tout au tout.

CHAPITRE VINGT-HUIT

COMME la plupart des grandes villes du monde, Reykjavík accueillait un certain nombre d'établissements de restauration rapide. Chaque jour, ces restaurants recevaient des cargaisons de viande fraîche, de poisson et de fruits et légumes. *Hafnarfjördur Fruits et légumes primeurs* en était l'un des principaux fournisseurs. Tôt dans la matinée, la camionnette de la compagnie s'était garée devant le Kebab Höllin, situé dans le centre-ville, pour y livrer ses laitues, petits oignons et échalotes. Au même instant, de nombreux véhicules similaires sillonnaient la ville, à la différence près que ceux-là appartenaient effectivement à la fameuse société de fruits et légumes.

En fin d'après-midi, les trois sites du Centre hospitalier universitaire Landspitali virent se présenter un grand nombre de personnes gravement malades. Les médecins désemparés effectuèrent des prises de sang qui, à l'heure du dîner, révélèrent des résultats alarmants. Il y avait tout lieu de croire qu'une épidémie d'hépatite A venait de se déclarer.

Les fonctionnaires du ministère de la Santé étudièrent sans répit toutes les manières d'endiguer la crise naissante. Mais leur tâche se trouvait compliquée par plusieurs facteurs déterminants : l'incroyable rapidité et la virulence de la contagion, la difficulté d'identifier les sources de cette infection d'origine alimentaire, et surtout – bien que personne n'osât l'exprimer ouvertement – les conséquences désastreuses de l'épidémie sur le déroulement du sommet international de Reykjavík vers lequel les yeux du monde entier étaient braqués. Le tout premier aliment suspect sur la liste était l'échalote, responsable de la récente épidémie d'hépatite A aux Etats-Unis, mais on retrouvait ce légume dans presque toutes les chaînes de fast-food locales. Par ailleurs, on ne pouvait raisonnablement éliminer le risque de contamination par la viande ou le poisson.

Ils travaillèrent tard dans la nuit. On interrogea les patrons de toutes les compagnies spécialisées dans la livraison de légumes frais. On inspecta les entrepôts, les conteneurs de stockage et les camions de chacune de ces firmes, dont *Hafnarfjördur Fruits et légumes primeurs*. Tout cela en vain. Au bout du compte, ils durent s'avouer impuissants.

Peu après neuf heures du soir, les fonctionnaires du ministère de la Santé exposèrent leurs résultats à la presse. Reykjavík était en état d'alerte. Faute d'avoir repéré l'origine de l'infection, ils annoncèrent qu'ils plaçaient la ville sous quarantaine. La menace d'une épidémie massive planait au-dessus de leurs têtes. C'était une vraie catastrophe mais ils ne pouvaient l'avouer franchement. Le sommet sur le terrorisme allait bientôt commencer; Reykjavík était sous les feux de l'actualité. Les fonctionnaires cherchèrent donc à rassurer les médias en leur disant que toutes les mesures avaient été prises pour endiguer la contagion. Ils répétèrent jusqu'à plus soif que tout le personnel du ministère se chargeait d'assurer la sécurité de la population.

Vingt-deux heures allaient sonner quand Jamie Hull s'engagea dans le couloir de l'hôtel en direction de la suite présidentielle. Il ne savait plus où donner de la tête. Comme si le soudain déclenchement de l'épidémie d'hépatite A ne suffisait pas, voilà que le Président en personne le convoquait pour une réunion impromptue.

En arrivant, il vit les hommes des services secrets monter la garde devant les appartements présidentiels. Plus loin dans le couloir, le FSB russe et les services de renseignements arabes faisaient de même pour leurs chefs respectifs. Pour des raisons bien compréhensibles, tous les dirigeants logeaient dans la même aile.

Il passa la porte gardée par une paire de malabars aussi taciturnes que des sphinx et pénétra dans la suite. Le Président arpentait la pièce comme un lion en cage, tout en dictant son discours à deux de ses rédacteurs, sous le regard attentif de son attaché de presse qui, lui, jetait des notes sur son ordinateur portable. Il vit encore trois agents secrets postés dans un coin, veillant à ce que le Président ne s'approche pas des fenêtres.

Malgré son impatience, il attendit que le Président renvoie les rédacteurs qui s'éclipsèrent dans la pièce d'à côté en trottinant comme des souris.

« Jamie, dit le Président avec un large sourire. C'est bien que vous soyez venu. » Il lui serra la main, lui fit signe de s'asseoir et s'installa en face de lui.

« Jamie, je compte sur vous pour que ce sommet se déroule sans anicroche, déclara-t-il.

— Monsieur, je puis vous assurer que tout est sous contrôle.

— Même Karpov ?

— Comment ? »

Le Président sourit. « J'ai entendu dire que M. Karpov et vous n'étiez pas en très bons termes. »

Hall avala sa salive en se demandant si cette convocation ne préludait pas à son licenciement. « Nous avons eu quelques frictions d'ordre mineur, fit-il d'une voix hésitante, mais tout ça c'est du passé.

— Je suis heureux de vous l'entendre dire, s'exclama le Président. J'ai assez de problèmes avec Aleksandr Yevtushenko sans cela. Il ne manquerait plus qu'il m'envoie sur les roses à cause d'un accrochage avec son chef de la sécurité. » Il se frappa les cuisses et se leva. « Eh bien, le spectacle est pour huit heures demain matin. Il reste beaucoup de détails à régler. » Il lui tendit la main, Hull se leva. « Jamie, personne ne sait mieux que moi combien cette situation peut devenir périlleuse. Mais il est trop tard pour faire marche arrière. Je pense que vous en êtes d'accord. »

Quand Hull se retrouva dans le couloir, son portable sonna.

« Jamie, où êtes-vous ? aboya la voix du DCI.

— Je sors d'un briefing avec le Président. Il a été ravi d'apprendre que j'avais la situation bien en main, et que le camarade Karpov ne posera plus de problèmes. »

Au lieu d'afficher sa satisfaction, le DCI fit monter la tension d'un cran. « Jamie, écoutez-moi bien attentivement. Il y a un élément nouveau, mais ça reste à confirmer. »

Instinctivement, Hull jeta un regard circulaire et s'éloigna pour que les agents des services secrets n'entendent pas sa conversation. « J'apprécie la confiance que vous placez en moi, monsieur.

— Cela concerne Jason Bourne, poursuivit le DCI. En fait, il n'a pas été tué à Paris.

— Quoi ? » L'espace d'un instant, Hull perdit les pédales. « Bourne est vivant ?

— Vivant, et plus dangereux que jamais. Jamie, nous sommes bien d'accord, cet appel, cette conversation n'a jamais eu lieu. Si jamais vous en parlez à qui que ce soit, je nierai tout et ça bardera pour votre matricule. Suis-je assez clair ?

— Parfaitement, monsieur.

— J'ignore ce que Bourne s'apprête à faire, mais j'ai toujours eu la conviction qu'il suivait vos traces. Qu'il ait assassiné Alex Conklin et Mo Panov ou pas, une chose est sûre : il a tué Kevin McColl.

— Seigneur ! Je connaissais Kevin McColl, monsieur.

— Nous le connaissions tous, Jamie. » Le Vieux se racla la gorge. « Cet acte ne demeurera pas impuni. »

Soudain, la colère de Hull laissa place à une intense exaltation. « Laissez-moi faire.

— Usez de prudence, Jamie. Avant tout, il faut assurer la sécurité du Président.

— Je comprends, monsieur. Absolument. Mais je peux vous garantir que si Jason Bourne ose se pointer ici, il ne quittera pas l'hôtel vivant. »

Deux membres de l'escouade tchétchène attendaient devant la camionnette de Reykjavík Energy quand le véhicule dépêché par les services de santé tourna au coin de la rue en direction de l'hôtel Oskjuhlid. La camionnette garée le long du trottoir était entourée de cônes de plastique orange. Aussitôt les deux hommes firent semblant de s'affairer.

Le véhicule sanitaire freina brutalement.

« Qu'est-ce que vous faites ? demanda l'un de ses occupants. C'est une urgence.

— Va te faire voir, petit mec ! répondit l'un des Tchétchènes en islandais.

— Qu'est-ce que vous venez de dire ? » L'infirmier outré descendit de voiture.

« Vous êtes aveugle ou quoi ? On a un travail important à faire ici, marmonna le Tchétchène. Faites un détour, bordel ! »

Sentant que la situation risquait de mal tourner, le deuxième infirmier rejoignit son collègue. Au même instant, Arsenov et Zina bondirent de la camionnette et, du bout de leurs pistolets, poussèrent les deux hommes à l'arrière du véhicule de Reykjavík Energy.

Arsenov, Zina et un autre membre de l'escouade se présentèrent sur la zone de livraison de l'hôtel Oskjuhlid à bord du véhicule sanitaire. Le quatrième Tchétchène était parti chercher Spalko et le reste de l'escouade avec la camionnette de Reykjavík Energy.

Vêtus comme des agents du service public, ils présentèrent au contrôle les badges du ministère de la Santé que Spalko s'était procurés à grands frais. Quand on l'interrogea, Arsenov répondit d'abord en islandais avant de bredouiller quelques mots d'anglais quand il vit que les vigiles américains et arabes ne comprenaient rien à ce qu'il disait. Il leur expliqua qu'on les avait envoyés vérifier les cuisines de l'hôtel peut-être infectées par le virus de l'hépatite A. Personne – et encore moins les membres des diverses équipes de sécurité – ne souhaitait que les hauts dignitaires tombent malades, aussi les laissa-t-on entrer avec empressement. Puis on leur indiqua les cuisines. Arsenov et Zina laissèrent leur compagnon s'occuper de cette partie de l'hôtel et s'engagèrent dans une autre direction.

Bourne et Khan étudiaient encore les plans des divers systèmes souterrains de l'hôtel Oskjuhlid lorsque le pilote annonça qu'ils allaient bientôt atterrir à Keflavik. Bourne, qui faisait les cent pas pendant que Khan tapait sur le clavier de l'ordinateur portable, regagna son siège avec réticence. Il souffrait de partout et le fait de rester assis dans l'avion n'avait fait qu'aggraver les choses. Par ailleurs, il devait s'efforcer de juguler les sentiments que leurs récentes retrouvailles avaient fait naître en lui. Ils avaient déjà assez de mal à se parler et Bourne savait pertinemment que si jamais il donnait libre cours à ses émotions, Khan se rétracterait instinctivement.

Parvenir à la réconciliation était un processus pénible pour l'un comme pour l'autre. Mais Khan souffrait sans doute plus que lui, supposait Bourne. Un père aimait son fils de manière inconditionnelle tandis qu'un fils réclamait beaucoup plus de la part de son père.

Bourne se rendait compte qu'il avait peur de Khan. A cause de ce qu'il avait subi, de ce qu'il était devenu. Mais il l'impressionnait aussi par ses prouesses, son intelligence, son ingéniosité. Le seul fait de s'échapper de cette pièce verrouillée représentait un véritable exploit.

Il y avait quelque chose de plus grave, une pierre d'achoppement qui risquait de compromettre leur rapprochement. S'il voulait accepter Bourne, Khan devrait abandonner tout ce qui avait constitué sa vie jusqu'à présent.

En cela, Bourne ne se trompait pas. Dès qu'il s'était assis près de lui sur ce banc, dans le square de la vieille ville d'Alexandrie, Khan n'avait cessé de lutter contre lui-même. A présent il continuait, à la différence près que la lutte était devenue explicite. Quand il repassait le film de ces derniers jours, Khan revoyait toutes les occasions manquées. Il aurait pu tuer Bourne plusieurs fois mais n'avait rien fait. Sur le moment, la raison de son hésitation ne lui était pas apparue. Maintenant il comprenait pourquoi. En fait, il n'avait pas hésité, il avait reculé délibérément comme s'il répugnait à lui faire du mal. Et malgré cela, il n'arrivait pas à lui ouvrir son cœur. Dans la clinique de Budapest, il avait bien failli oublier sa propre sécurité pour se lancer au secours de Bourne et se serait jeté tête baissée dans la bataille si ce dernier ne l'avait mis en garde. Aussitôt, il avait fait taire ses sentiments pour ne s'occuper que de Spalko. A présent, il comprenait que cette décision relevait d'une autre logique : il s'agissait du dévouement d'un fils pour son père.

Pourtant, à sa grande honte, il réalisait que Bourne lui faisait peur. C'était un homme impressionnant par sa force, son endurance, son intellect. Près de lui, Khan se sentait minable, comme si tout ce qu'il avait accompli au cours de sa vie ne valait rien.

Il y eut un roulement, un rebond, un bref crissement de caoutchouc contre le tarmac puis l'avion se posa vraiment, sortit de la piste principale et gagna l'extrémité de l'aéroport réservée aux vols privés. Avant même que l'appareil ne s'immobilise, Khan s'était levé et se dirigeait vers la sortie.

« Allons-y, dit-il. Spalko dispose d'au moins trois heures d'avance sur nous. »

Mais Bourne lui aussi s'était levé. Posté dans l'allée, il lui barrait le passage.

« On ne sait pas ce qui nous attend à l'extérieur. Je passe le premier. »

Khan, qui avait déjà du mal à se contenir, laissa aussitôt éclater sa colère. « Tu as oublié ce que je t'ai dit – ne me dicte pas ma conduite ! Je sais ce que j'ai à faire et je n'ai pas l'habitude de me laisser mener par le bout du nez. C'est moi qui décide. J'ai toujours procédé ainsi et je ne compte pas changer.

— Tu as raison. Je n'ai pas l'intention de te priver de ton libre arbitre », fit Bourne. Son cœur battait la chamade. Cet inconnu était son fils. Tout ce qu'il dirait ou ferait désormais entraînerait une foule de conséquences. « Mais n'oublie pas que jusqu'à présent tu fonctionnais seul.

— A qui la faute ? »

L'accusation faisait mal. Bourne dut se retenir pour ne pas répliquer vertement. « Ce genre de question est hors de propos, répondit-il d'un ton posé. Maintenant on bosse ensemble.

— Alors du coup, il faudrait que je te laisse tout décider? répliqua Khan furieux. Pourquoi? Tu crois peut-être que tu vaux mieux que moi ? »

L'avion n'avait pas encore atteint le terminal que déjà ils constataient combien leur entente était fragile.

« Il serait absurde de croire une pareille chose. » Par le hublot, il jeta un coup d'œil sur le terminal violemment éclairé. « Je me disais simplement qu'en cas de problème – si on nous tendait un piège, par exemple – il vaudrait mieux que ce soit moi qui...

— Tu n'as donc rien écouté de ce que je t'ai dit? fit Khan en écartant Bourne d'un coup d'épaule. Tu n'as pas vu de quoi j'étais capable ? »

Entre-temps, le pilote était apparu. « Ouvrez la porte, lui ordonna Khan avec brusquerie. Et restez à bord. »

Le pilote obéit, ouvrit la porte et déplia la passerelle.

Bourne fit un pas dans l'allée. « Khan... »

Son fils l'arrêta d'un regard furibond. Par le hublot en Perspex, il vit Khan descendre les marches et discuter avec un fonctionnaire des services d'immigration. Khan lui montra son passeport avant de lui désigner leur avion. L'homme apposa son tampon et salua Khan d'un hochement de tête.

Khan se retourna puis remonta rapidement la passerelle. De retour dans l'avion, il sortit une paire de menottes de sous sa veste et s'enchaîna à Bourne.

« Je m'appelle Khan LeMarc, inspecteur adjoint à Interpol. » Khan glissa l'ordinateur portable sous son bras et entraîna Bourne le long de l'allée. « Tu es mon prisonnier.

— Comment je m'appelle ?

— Toi ? » Khan le poussa à l'extérieur. « Tu es Jason Bourne, recherché pour meurtre par la CIA, la DGSE et Interpol. C'est la seule manière de te faire entrer en Islande sans passeport. De toute façon, ce type a lu la circulaire de la CIA, comme tous les fonctionnaires de police du monde entier. »

Quand ils le croisèrent, l'homme recula ostensiblement pour les laisser passer. Dès qu'ils entrèrent dans le terminal, Khan ouvrit les menottes. Puis ils sautèrent dans le premier taxi et donnèrent au chauffeur une adresse située à huit cents mètres de l'hôtel Oskjuhlid.

Spalko, la boîte réfrigérée coincée entre les jambes, s'assit près du chauffeur de la camionnette de Reykjavík Energy. Ils traversèrent le centre-ville, vers l'hôtel Oskjuhlid. Son téléphone cellulaire sonna. Les nouvelles auraient pu être meilleures.

« Monsieur, nous avons réussi à condamner la salle d'interrogatoire avant que la police et les services de secours n'entrent dans l'immeuble, dit son chef de la sécurité à Budapest. Mais, malheureusement, après avoir passé en revue l'ensemble des locaux, nous n'avons trouvé aucune trace ni de Bourne ni de Khan.

— C'est impossible ! s'écria Spalko. J'ai laissé Bourne attaché dans un fauteuil et Khan enfermé dans une chambre à gaz.

— Il y a eu une explosion, l'informa son chef de la sécurité qui poursuivit en lui décrivant par le menu ce qu'ils avaient découvert.

— Nom de Dieu ! » Contrairement à ses habitudes, Spalko se laissa gagner par la colère. Il écrasa son poing sur le tableau de bord de la camionnette.

« Nous allons étendre le périmètre des recherches.

— Pas la peine, répondit Spalko laconiquement. Je sais où ils sont. »

Bourne et Khan marchaient vers l'hôtel.

« Comment tu te sens ? demanda Khan.

— Bien », répondit Bourne un peu trop rapidement.

Khan lui jeta un coup d'œil. « Pas même quelques petites courbatures ?

— Bon d'accord, j'ai des tas de courbatures, concéda Bourne.

— Les antibiotiques qu'Oszkar t'a donnés sont ce qui se fait de mieux.

— Te fais pas de bile, dit Bourne. Je les prends.

— Qu'est-ce qui te fait croire que je me fais de la bile ? répliqua le jeune homme. Regarde plutôt ça. »

La police locale avait dressé un cordon de sécurité autour de l'hôtel. Pour entrer comme pour sortir, il fallait passer par l'un des deux postes de contrôle tenus à la fois par des policiers et les agents de sécurité des diverses nations représentées au sommet.

Pendant qu'ils étudiaient le dispositif, une camionnette de Reykjavík Energy s'arrêta devant le poste de contrôle placé à l'arrière de l'hôtel.

« C'est la seule manière d'entrer, dit Khan.

— Eh ben, c'est mieux que rien », fit Bourne. Comme la camionnette passait le contrôle, deux employés de l'hôtel sortirent par la même issue.

Bourne glissa un regard à Khan qui hocha la tête. Il les avait remarqués, lui aussi. « Qu'est-ce que tu en penses ? demanda Bourne.

— Je dirais qu'ils ont fini leur journée de travail, répondit Khan.

— C'est aussi mon avis. »

Tout en discutant avec animation, les deux employés firent une courte pause au poste de contrôle, le temps de montrer leurs badges. En temps normal, ils garaient leur voiture dans le parking souterrain de l'hôtel mais, depuis l'arrivée des services de sécurité, tous les membres du personnel avaient été priés de laisser leurs véhicules dans la rue.

Les deux hommes bifurquèrent et s'engagèrent sur une voie latérale, hors du champ de vision de la police et des gardes. Bourne et Khan leur emboîtèrent le pas. Dès qu'ils s'approchèrent de leurs voitures, ils les attrapèrent par-derrière et les renversèrent. Tout cela en deux secondes et dans le plus grand silence. Avec les clés, ils ouvrirent les coffres, y couchèrent les deux hommes évanouis, s'emparèrent de leurs badges et les enfermèrent à l'intérieur.

Cinq minutes plus tard, ils se présentaient au contrôle situé à l'entrée principale de l'hôtel, afin de ne pas éveiller les soupçons des gardes qui venaient de vérifier les badges des deux employés.

Ayant passé sans incident le cordon de sécurité, ils pénétrèrent enfin dans l'hôtel Oskjuhlid.

Le moment était venu de se débarrasser d'Arsenov, pensa Spalko. Cette idée le travaillait depuis longtemps ; depuis qu'il avait découvert l'insupportable faiblesse du chef tchétchène, en fait. Arsenov lui avait dit un jour : « Je ne suis pas un terroriste. Je veux seulement que mon peuple obtienne ce qui lui revient. » Une certitude aussi puérile constituait aux yeux de Spalko une erreur impardonnable. Arsenov se faisait des idées. Un homme qui réclamait de l'argent, exigeait la restitution de prisonniers ou la libération de son pays était universellement considéré comme un terroriste. Qu'il ait raison ou tort, on le condamnait parce que ses méthodes étaient hors la loi. Il n'hésitait pas à tuer pour arriver à ses fins. Ses cibles étaient aussi bien militaires que civiles. Hommes, femmes, enfants, cela ne faisait aucune différence pour lui. Dans ce monde, celui qui semait la terreur récoltait la mort.

Spalko lui ordonna de prendre avec lui Akhmed, Karim et l'une des femmes et de les emmener au sous-sol, dans le local abritant le système HVAC assurant la ventilation de la grande salle de conférences. Il avait légèrement modifié ses plans. Normalement, Magomet aurait dû se joindre à ses trois camarades. Mais Magomet était mort et comme le responsable de sa mort n'était autre qu'Arsenov, ce dernier accepta de le remplacer sans autre récrimination. De toute façon, ils ne pouvaient se permettre la moindre perturbation dans leur emploi du temps.

« Nous disposons de trente minutes exactement à partir de l'arrivée de la camionnette, dit-il. Au bout de ces trente minutes, la sécurité viendra nous contrôler, comme nous l'avons constaté par nous-mêmes la dernière fois. » Il consulta sa montre. « Ce qui signifie qu'il nous reste vingt-quatre minutes pour accomplir notre mission. »

Tandis qu'Arsenov s'éloignait avec Akhmed et les autres membres de l'escouade, Spalko prit Zina à part. « Tu sais que tu ne le reverras pas vivant, n'est-ce pas ? »

Elle hocha sa tête blonde.

« Tu n'as pas de regrets ?

— Au contraire, ce sera un soulagement », répondit-elle.

Spalko fit un geste du menton. « Allez. » Il les regarda se précipiter dans le couloir. « Il n'y a pas de temps à perdre. »

Aussitôt, Hasan Arsenov prit le commandement. La tâche qui leur incombait était d'une importance primordiale et il comptait s'assurer personnellement de sa réussite. Quand ils tournèrent au coin, ils aperçurent le vigile posté près de la grille d'aération.

Sans ralentir l'allure, ils s'avancèrent vers lui.

« Restez où vous êtes », cria l'homme en amenant sa mitraillette à hauteur de la poitrine.

Ils s'arrêtèrent devant lui. « Nous sommes de Reykjavík Energy », l'informa Arsenov en islandais puis, devant le regard inexpressif du garde, redit la même chose en anglais.

L'homme fronça les sourcils. « Il n'y a pas de canalisations de chauffage ici.

— Je sais », lâcha Akhmed tout en saisissant la mitraillette d'une main. De l'autre, il cogna la tête du garde contre le mur.

L'homme s'affaissa. Akhmed acheva de l'assommer avec la crosse de son arme.

« Donnez-moi un coup de main », ordonna Arsenov en glissant ses doigts dans la grille de ventilation. Karim et la femme se précipitèrent pour l'aider pendant qu'Akhmed s'acharnait inutilement sur l'homme à terre.

« Akhmed, passe-moi ton arme ! »

Akhmed tendit la mitraillette à Arsenov puis se remit à cogner sur le visage ensanglanté du garde moribond.

Arsenov dut le saisir au collet pour qu'il arrête. « Quand je te donne un ordre, tu obéis ou, par Allah, je jure que je te casse le cou. »

Hors d'haleine, Akhmed lui lança un regard assassin.

« Nous avons un horaire à respecter, tonna Arsenov. Tu t'amuseras plus tard. »

Akhmed découvrit les dents, se mit à rire et se dégagea d'un geste brusque pour aller aider Karim à enlever la grille. Ensuite, ils soulevèrent le garde, l'enfoncèrent dans le tunnel d'aération et grimpèrent les uns après les autres. Fermant la marche, Akhmed remit la grille en place.

Pour passer, ils durent ramper sur le corps du garde. Arsenov lui posa un doigt sur la carotide. « Mort, constata-t-il.

— Et alors ? fit Akhmed belliqueux. Avant la fin de la matinée, ils seront *tous* morts. »

Ils avancèrent à quatre pattes le long du tunnel jusqu'à la jonction. Juste devant eux, s'ouvrait un puits vertical. Ils sortirent leur matériel d'escalade, coincèrent une barre d'aluminium en travers du puits, amarrèrent la corde et la laissèrent filer tout au fond. Prenant la tête de la troupe, Arsenov enroula la corde autour de sa cuisse gauche et la laissa retomber le long de sa jambe droite. Une main après l'autre, il descendit dans le puits. Peu après, il sentit la corde frémir. Les autres membres de l'escouade amorçaient eux aussi leur descente en rappel.

Parvenu en vue du premier boîtier de jonction, Arsenov s'immobilisa, alluma une minitorche et fit glisser son faisceau sur la paroi du puits, révélant les lignes verticales des câbles électriques. Au milieu de cet enchevêtrement, il vit quelque chose briller.

« Détecteur thermique », lança-t-il.

Karim, l'expert en électronique, le rejoignit. Pendant qu'Arsenov éclairait la cloison, l'homme s'empara d'une paire de pinces et d'un morceau de fil électrique terminé par des pinces crocodile. Dépassant prudemment Arsenov, il continua sa progression en prenant bien garde de ne pas pénétrer dans le champ du détecteur. D'un coup de pied, il fit osciller la corde, toucha la paroi et s'accrocha à un câble. Ses doigts cherchèrent le bon fil. Il l'isola, le sectionna et y fixa une pince crocodile. Ensuite, il choisit un autre fil qu'il dénuda pour le garnir d'une autre pince.

« Dégagé », murmura-t-il.

Quand il passa dans le champ du détecteur, l'alarme resta muette. Le circuit était bien coupé.

Karim rejoignit Arsenov qui reprit sa descente pour atteindre bientôt le fond du puits. Ils se trouvaient à présent au cœur du système HVAC, placé sous la grande salle de conférences.

« Notre objectif est le système HVAC situé sous la salle de conférences », dit Bourne. Khan et lui traversèrent en toute hâte le hall de l'hôtel. Khan ne lâchait pas l'ordinateur d'Oszkar. « C'est l'endroit logique pour activer le diffuseur. »

Il était tard. Hormis les agents de sécurité et le personnel de l'hôtel, il n'y avait personne dans le hall immense et froid. Les dignitaires s'étaient retirés dans leurs suites, certains pour dormir, d'autres pour préparer la séance d'inauguration. Il ne restait que quelques heures avant le début du sommet.

« Les services de sécurité ont dû suivre le même raisonnement, dit Khan. Donc tout se passera bien pour nous jusqu'à ce qu'on approche du centre du réseau souterrain. Après, ils vont vouloir savoir ce qu'on fabrique dans le coin.

— J'y ai réfléchi, dit Bourne. Mes blessures vont enfin servir à quelque chose. »

Ils franchirent sans incident les salles principales de l'hôtel puis traversèrent une cour intérieure ornée d'allées de gravier aux formes géométriques, de conifères taillés et de bancs de pierre futuristes. La salle de conférences se trouvait de l'autre côté. Une fois entrés, ils descendirent trois volées de marches. Khan alluma l'ordinateur pour vérifier les plans et s'assurer qu'ils se trouvaient au bon niveau.

« Par ici », dit Khan en refermant l'ordinateur. Ils se remirent en marche.

Mais à peine eurent-ils parcouru trente mètres qu'une voix rude les interpella : « Un pas de plus et vous êtes morts. »

Au fond du puits d'aération, les rebelles tchétchènes se tenaient accroupis, la peur au ventre, les nerfs tendus à se rompre. Ils attendaient ce moment depuis des mois. A présent, ils étaient en plein cœur de l'action, impatients de se lancer dans la bataille. L'attente insupportable les faisait trembler tout autant que le courant d'air glacial. Il faisait très froid à cette profondeur. Pour atteindre le relais HVAC, il leur suffirait de ramper le long d'un petit conduit horizontal mais, entre eux et leur objectif, il y avait le personnel de sécurité patrouillant dans le couloir de l'autre côté de la grille. Quand les gardes partiraient faire leur ronde, ils continueraient leur route. Pas avant.

Akhmed vérifia sa montre. Il ne leur restait que quatorze minutes pour achever leur mission et regagner la camionnette. Des perles de sueur luisaient sur son front, détrempaient ses aisselles et couraient le long de ses flancs, lui picotant la peau. Il avait la bouche sèche, il respirait à peine. C'était toujours ainsi quand il se trouvait dans le feu de l'action. Son cœur battait à tout rompre, son corps vibrait.

Il remâchait encore la rebuffade d'Arsenov. Ce type l'avait humilié devant tout le monde. Il ne l'emporterait pas au paradis. Tout en dressant l'oreille, Akhmed contemplait Arsenov, le cœur débordant de mépris. Depuis cette fameuse nuit à Nairobi, il avait perdu tout respect pour son chef. Non seulement cet imbécile était cocu, mais en plus, il ne se doutait de rien. Les lèvres épaisses d'Akhmed se retroussèrent dans un sourire. C'était tellement jouissif de posséder un tel ascendant sur Arsenov.

Quand enfin il entendit les voix des gardes s'éloigner, il bondit en avant, impatient d'accomplir son destin. Mais le bras puissant d'Arsenov le retint sans ménagement.

« Pas encore. » Les yeux d'Arsenov lançaient des éclairs.

« Ils sont partis, répliqua Akhmed. Nous perdons du temps.

— On ira quand j'en donnerai l'ordre. »

C'en était trop pour Akhmed. Le visage tordu par la haine, il cracha : « Pourquoi je suivrais tes ordres ? Tu ne mérites pas d'être notre chef. Tu n'es même pas capable de surveiller ta femme. »

Arsenov bondit sur Akhmed. Ils se battirent maladroitement devant leurs deux compagnons médusés, trop terrifiés pour intervenir.

« Je ne tolérerai plus ton insolence, souffla Arsenov. Soit tu suis mes ordres soit je te tue.

— Alors tue-moi, rétorqua Akhmed. Mais sache bien ceci : à Nairobi, la nuit avant l'essai, Zina est entrée dans la chambre du Cheik pendant que tu étais endormi.

— Menteur ! dit Arsenov en songeant au serment qu'ils avaient échangé dans la crique. Zina est incapable de me trahir.

— Souviens-toi où se trouvait ma chambre, Arsenov. C'est toi qui me l'avais attribuée. J'ai vu ta femme passer sous mon nez. »

Les yeux d'Arsenov flamboyaient mais il lâcha Akhmed. « Je t'abattrais sur place si je n'avais pas besoin de toi pour cette mission. » Il adressa un signe aux autres. « Allons-y. »

Karim, l'expert en électronique, passa le premier, suivi par la femme et Akhmed. Arsenov venait en dernier. Très vite, Karim leva la main, leur intimant de s'arrêter.

Arsenov l'entendit murmurer : « Détecteur de mouvement. »

Il vit Karim s'accroupir pour préparer son équipement. Arsenov se félicita de l'avoir enrôlé. Karim avait fabriqué des dizaines de bombes depuis des années. Elles avaient toutes parfaitement fonctionné ; il ne commettait jamais d'erreur.

Comme la première fois, Karim déroula un bout de fil muni d'une pince crocodile à chaque extrémité, repéra les bons câbles, les détacha du mur, en coupa un, appliqua une pince sur le cuivre dénudé, puis, comme précédemment, dénuda le second et fixa la pince crocodile pour former un circuit.

« Dégagé », annonça Karim. La petite troupe passa dans le champ du détecteur de mouvement.

L'alarme se déclencha. Sa puissante vibration résonnant à travers le couloir attira les vigiles qui déboulèrent, mitraillette au poing.

« Karim ! hurla Arsenov.

— C'est un piège ! hurla Karim. Quelqu'un a interverti les fils ! »

Quelques instants plus tôt, Bourne et Khan se tournaient lentement vers le vigile américain qui venait de les interpeller. L'homme en treillis, affublé d'un équipement anti-émeute, s'avança vers eux pour examiner leurs badges. On le sentit se détendre un peu. Il releva sa mitraillette mais son visage reflétait toujours une certaine inquiétude.

« Qu'est-ce que vous fichez là, les gars ?

— Service de maintenance », dit Bourne. Se souvenant du camion de Reykjavík Energy qu'il avait vu pénétrer dans l'hôtel et d'un détail ayant retenu son attention sur les plans téléchargés par Oszkar, il ajouta : « Le système de chauffage thermal est en panne. On est venus aider les types de la compagnie d'énergie à réparer.

— Vous êtes dans la mauvaise section, répondit le garde en levant le doigt pour leur indiquer le bon chemin. Il faut que vous fassiez demi-tour. Vous revenez sur vos pas et après vous prenez à gauche deux fois.

— Merci, dit Khan. Je suppose qu'on a dû tourner en rond. C'est la première fois qu'on intervient dans ce secteur. »

Comme ils s'apprêtaient à repartir, les jambes de Bourne se dérobèrent sous lui. Il tomba en poussant un cri étouffé.

« Qu'est-ce qui lui prend ? », s'étonna le garde.

Khan s'agenouilla près de Bourne et déboutonna sa chemise.

« Bon Dieu ! s'écria le garde penché sur les horribles ecchymoses marquant le torse de Bourne. Mais qu'est-ce qui lui est arrivé ? »

Khan tendit le bras et tira violemment sur le devant de l'uniforme du garde dont la tempe percuta le sol de béton. Pendant que Bourne se relevait, Khan déshabilla l'homme évanoui.

« Il serait plutôt de ta taille que de la mienne », dit Khan en lui tendant la tenue militaire.

Bourne l'enfila, laissant Khan traîner l'homme dans un coin sombre.

A cet instant, l'alarme du détecteur de mouvement se mit à hurler. Ils foncèrent vers la station souterraine.

Les vigiles étaient bien entraînés et, fort heureusement, Américains et Arabes unirent leurs forces dans un ensemble parfait. Chaque type de détecteur possédant une alarme différente, ils se dirigèrent sans hésiter vers le secteur critique. Comme le sommet était sur le point de commencer, tout le monde était sur les dents. Les hommes avaient ordre de tirer à vue et de poser les questions après.

Tout en courant, ils ouvrirent le feu. Les rafales martelèrent la grille d'aération. Ils se divisèrent en deux groupes. Pendant que les uns vidaient leurs chargeurs et se ruaient sur la grille pour la forcer avec des leviers, les autres restèrent en arrière pour les couvrir. Ils trouvèrent trois corps, ceux de deux hommes et d'une femme. Un vigile américain prévint Hull ; un vigile arabe contacta Feyd al-Saoud.

D'autres gardes affectés à un autre endroit de l'étage arrivèrent en renfort

Parmi les gardes restés en retrait, deux pénétrèrent dans le conduit pour mieux l'examiner. Quand il fut certain qu'il ne restait plus personne à l'intérieur, ils entreprirent de sécuriser le secteur. On extirpa les corps criblés de balles du conduit d'aération, ainsi que l'équipement de Karim plus un objet bizarre qu'ils prirent pour une bombe à retardement, à première vue.

Jamie Hull et Feyd al-Saoud débarquèrent sur les lieux presque en même temps. Hull jeta un coup d'œil circulaire avant d'appeler son chef du personnel via sa radio.

« Alerte rouge. On vient de constater une brèche dans la sécurité. Trois ennemis hors d'état de nuire, je répète, trois ennemis hors d'état de nuire. Placez tout l'hôtel en quarantaine absolue, personne n'entre ni ne sort. » Il continua d'aboyer des ordres, intimant à ses hommes de rejoindre les positions prévues en cas d'alerte rouge. Puis il contacta les agents des services secrets se trouvant avec le Président et son équipe, dans l'aile réservée aux dignitaires.

Feyd al-Saoud accroupi examinait les cadavres. Les corps étaient déchiquetés mais les visages, bien que couverts de sang, ne portaient aucune blessure. Il en éclaira un avec une minitorche, puis du bout de l'index effleura l'œil du cadavre. Une lentille bleue resta collée sur son doigt. Les iris des morts étaient brun foncé.

Un agent du FSB avait dû contacter Karpov car le commandant de l'unité Alpha fit son apparition quelques instants plus tard, hors d'haleine. Feyd al-Saoud se dit qu'il avait dû piquer un sprint.

Hull et lui expliquèrent au Russe ce qui venait d'arriver. Le chef de la sécurité arabe leva le doigt pour lui montrer sa trouvaille. « Ils portaient des lentilles de contact colorées – et regardez ça, ils se sont teint les cheveux afin de passer pour des Islandais. »

Une expression sinistre se plaqua sur le visage de Karpov. « Celui-là, je le connais, dit-il en donnant un coup de pied dans le cadavre d'un homme. Il s'appelle Akhmed. L'un des principaux lieutenants d'Arsenov.

— Le chef terroriste tchétchène ? s'écria Hull. Il faut vite en informer votre Président, Boris. »

Karpov se releva, les poings sur les hanches. « J'aimerais bien savoir où se cache Arsenov. »

« On dirait que nous arrivons trop tard », marmonna Khan, caché derrière un pilier métallique. Les deux chefs de la sécurité étaient déjà là. « Sauf que je ne vois Spalko nulle part.

— Il a peut-être préféré ne pas entrer dans l'hôtel. Trop risqué », proposa Bourne.

Khan secoua la tête. « Je le connais. Ce type est à la fois égoïste et perfectionniste. Non, je suis sûr qu'il est quelque part dans le coin.

— Mais pas ici, de toute évidence », fit Bourne pensif. Soudain, il vit le Russe courir vers Jamie Hull et le chef de la sécurité arabe. Ce visage aplati aux traits grossiers, ces sourcils en bataille lui rappelaient vaguement quelqu'un. Dès qu'il l'entendit parler, il s'écria : « Je connais cet homme. Le Russe.

— Rien de bien étonnant. Moi aussi, je le connais, répondit Khan. Boris Illyich Karpov, chef de l'unité d'élite Alpha du FSB.

— Non, je veux dire que je le connais personnellement.

— Comment ? Où l'as-tu rencontré ?

— Je ne sais plus, avoua Bourne. Est-ce un ami, un ennemi ? » Il se frappa le front de ses poings. « Si seulement je pouvais me souvenir. »

Khan se tourna vers lui et, voyant son expression angoissée, ressentit une périlleuse envie de le prendre par les épaules pour le réconforter. Périlleuse parce qu'il ignorait où le mènerait ce geste et même ce qu'il signifiait. Son existence continuait de se désintégrer, comme elle n'avait cessé de le faire depuis le jour où Bourne s'était assis à côté de lui pour lui parler. « *Qui es-tu ?* », lui avait-il dit. Sur l'instant, la réponse s'était affichée dans son esprit ; à présent, il n'en était plus très sûr. Il nageait en pleine confusion. Toutes ses certitudes, tout ce en quoi il avait cru dur comme fer, n'étaient donc que des illusions ?

Khan écarta ces réflexions dérangeantes en se réfugiant dans le monde réel. Il aborda donc le sujet où ils excellaient l'un comme l'autre. « Cet engin me tracasse, dit-il. C'est une bombe à retardement. Tu disais bien que Spalko projetait d'utiliser le biodiffuseur du Dr Schiffer, n'est-ce pas ? »

Bourne hocha la tête. « Je tablerais sur une diversion de type classique, sauf qu'il est à peine minuit et qu'il reste encore huit heures avant l'inauguration du sommet.

— D'où la bombe à retardement.

— Oui, mais pourquoi l'installer maintenant, tellement à l'avance ? dit Bourne.

— La surveillance est moins stricte, fit remarquer Khan.

— Exact, mais en revanche, les chances pour qu'on la découvre lors d'une ronde s'accroissent d'autant. » Bourne secoua la tête.

« Non, un détail nous échappe, j'en suis sûr. Spalko avait autre chose en tête. Mais quoi ? »

Spalko, Zina et le reste de l'escouade avaient atteint leur objectif. Dans ce secteur éloigné de la salle de conférences, la sécurité comportait certaines failles que Spalko comptait exploiter. Les vigiles étaient nombreux, certes, mais ne pouvaient pas couvrir tout l'espace en même temps. Il leur suffisait donc d'en éliminer deux pour que la petite troupe de terroristes prenne possession de la place.

Ils se trouvaient au troisième sous-sol, dans un vaste périmètre dépourvu de fenêtres et ne possédant pour toute ouverture qu'une entrée sans porte. Tout au fond, de nombreuses canalisations de couleur noire s'enfonçaient dans le mur de béton. Sur chacune était inscrite la partie de l'hôtel qu'elle desservait.

Les membres de l'escouade sortirent leurs combinaisons Hazmat, les enfilèrent et s'assurèrent qu'elles étaient hermétiquement scellées. Deux femmes se postèrent sur le seuil, pour faire le guet ; à l'intérieur, un homme les couvrait.

Spalko ouvrit le plus grand des deux conteneurs de métal, celui abritant le NX20. Il assembla soigneusement les deux éléments, vérifia que toutes les attaches étaient bien fixées et, avec maintes précautions, déposa l'arme sur les bras tendus de Zina. Puis il déverrouilla le conteneur réfrigéré de Peter Sido. La fiole en verre était petite, presque minuscule. Ils avaient beau connaître – depuis l'épisode de Nairobi – ses effets dévastateurs, ils avaient du mal à imaginer que cette infime quantité de virus puisse causer la mort de tant d'êtres humains.

Répétant les gestes accomplis à Nairobi, il ouvrit la chambre à cartouche du diffuseur, y inséra la fiole, referma et bloqua le système. Puis il récupéra le NX20 des bras de Zina et glissa l'index sur la petite détente. Dès qu'il la presserait, le virus, encore scellé dans sa fiole, passerait dans la chambre de tir. Ensuite, il ne lui resterait plus qu'à enfoncer le bouton placé sur le côté gauche du fût, verrouillant par là même la chambre de tir, et à appuyer sur la détente principale.

Il cala le biodiffuseur sur ses avant-bras repliés, comme on berce un enfant. Cette arme méritait le respect, même celui de Spalko.

Il regarda Zina dans les yeux et vit briller l'amour qu'elle éprouvait pour lui, rehaussé par la flamme de son enthousiasme patriotique. « Maintenant on n'a plus qu'à attendre l'alarme du détecteur », annonça-t-il.

Quelques secondes plus tard, l'alarme retentit. Malgré l'éloignement, ils la reconnurent à ses vibrations très caractéristiques, répercutées par les cloisons en béton des couloirs. Le Cheik et Zina échangèrent un sourire. Il sentit la tension monter, alimentée par la soif de vengeance et l'espoir d'une rédemption trop longtemps différée.

« Notre heure de gloire va bientôt sonner », déclara-t-il. Sa sentence solennelle leur donna la chair de poule. Spalko avait déjà l'impression d'entendre s'élever leurs cris de victoire.

Mû par le sentiment de l'inéluctable, le Cheik pressa la petite détente. Avec un chuintement sinistre, la charge passa dans la chambre de tir. Il n'y avait plus qu'à attendre le moment propice.

CHAPITRE VINGT-NEUF

« ILS sont tous tchétchènes, n'est-ce pas, Boris ? », demanda Hull.

Karpov hocha la tête. « D'après nos registres, ils font partie du groupuscule terroriste d'Hasan Arsenov.

— Un sacré coup de filet ! », exulta Hull.

Feyd al-Saoud frissonnait dans l'humidité glaciale. « Avec la quantité de C4 présente dans cette bombe à retardement, ils auraient pu volatiliser la quasi-totalité des substructions supportant les étages. La salle de conférences, juste au-dessus, se serait écroulée sous son propre poids. Et tous ses occupants seraient morts sous les décombres.

— Heureusement pour nous, ils ont trébuché sur le détecteur de mouvement », fit remarquer Hull.

Les minutes passant, l'inquiétude sur le visage de Karpov se faisait plus visible. Il raisonnait comme Bourne : « Pourquoi poser cette bombe si tôt ? Nous avions largement le temps de la découvrir avant le début du sommet. »

Feyd al-Saoud se tourna vers l'un de ses hommes. « On gèle ici. Débrouillez-vous pour qu'on augmente la température. On risque de passer pas mal de temps dans ce sous-sol. »

« C'est ça ! », s'écria Bourne. Il attrapa l'ordinateur, l'alluma et déroula les plans jusqu'à tomber sur celui qu'il cherchait. Puis il traça un itinéraire reliant leur position actuelle à la partie principale de l'hôtel. Refermant l'ordinateur d'un coup sec, il lança : « Allez viens ! On fonce !

— Où tu nous emmènes ? demanda Khan tandis qu'ils s'engouffraient dans le dédale du sous-sol.

— Réfléchis. Nous avons vu une camionnette de Reykjavík Energy entrer dans l'hôtel ; l'hôtel est chauffé par le système thermal qui dessert toute la ville.

— Voilà pourquoi Spalko a envoyé les Tchétchènes vers le sous-système HVAC, dit Khan en suivant le couloir qui bifurquait. Ils n'étaient pas censés faire exploser quoi que ce soit. On avait raison, c'était bien une diversion mais pas programmée pour demain matin. C'est maintenant qu'il compte activer le biodiffuseur !

— Exact, dit Bourne. Et le système HVAC n'a rien à voir là-dedans. En fait, Spalko vise les installations centrales de chauffage thermal. A cette heure de la nuit, tous les dignitaires ont regagné leurs chambres et c'est là qu'il a décidé de lâcher le virus. »

« Quelqu'un vient, dit l'une des Tchétchènes.

— Tire à vue, commanda le Cheik.

— Mais c'est Hasan Arsenov ! » cria l'autre femme.

Spalko et Zina échangèrent un regard ahuri. Qu'est-ce qui avait bien pu foirer ? Le détecteur avait réagi, l'alarme s'était déclenchée et peu après, ils avaient entendu des rafales d'armes automatiques. Comment Arsenov avait-il fait pour s'échapper ?

« J'ai dit tire à vue ! » hurla Spalko.

La chose qui hantait Arsenov, qui l'avait fait rebrousser chemin dès l'instant où il avait flairé le piège – le sauvant donc d'une mort certaine qui n'avait en revanche pas épargné ses compatriotes – n'était autre que cette épouvante qui le tenaillait depuis une semaine jusqu'à venir hanter ses rêves. Il avait beau se répéter que son malaise découlait de son sentiment de culpabilité – il avait trahi Khalid Murat mais comme un héros soumis à un terrible dilemme l'obligeant à choisir entre sa fidélité à un homme et son devoir envers tout un peuple –, il n'arrivait pas à s'enlever de l'idée que Zina en était la cause. Il avait refusé de voir la vérité en face et pourtant cette femme n'était plus la même. Elle s'éloignait de lui chaque jour un peu plus. Pour tout dire, elle lui battait froid. Depuis quelque temps, elle s'arrangeait même pour l'éviter. Mais il avait obstinément refusé de l'admettre jusqu'à ce qu'Akhmed lui crache la vérité. Zina se protégeait toujours derrière une vitre, elle ne se livrait jamais tout entière. Sa part cachée, il ne l'avait jamais entrevue. Il avait eu beau essayer, elle s'était toujours rétractée.

Zina ne l'aimait pas – l'avait-elle jamais aimé ? Leur mission déboucherait peut-être sur une victoire sans partage mais elle ne serait jamais sa femme, ils n'auraient jamais d'enfants ensemble. Quand il songeait à leur dernière conversation dans la crique, il se disait qu'il s'était bien fait avoir.

Tout à coup, la honte l'envahit. Il se trouvait lâche – cette femme, il l'aimait plus que sa propre liberté car la liberté ne signifiait rien sans elle. Elle l'avait trahi et même s'il triomphait aujourd'hui, sa réussite aurait un goût de cendre.

Il se dirigeait d'un pas lourd vers la station de chauffage thermal. Sur le point de l'atteindre, il vit une femme de l'escouade, une camarade, lever sa mitraillette d'un geste menaçant.

« Attends ! Ne tire pas ! cria-t-il. C'est moi, Hasan Arsenov ! »

Une balle le toucha au bras gauche. Choqué, il pivota sur lui-même et plongea derrière un coin de mur, juste à temps pour éviter la grêle de balles ricochant dans tous les sens.

Dans la panique, il ne prit pas le temps de réfléchir ni d'émettre des suppositions. La fusillade recommença mais, cette fois, ce n'était pas lui qu'on visait. Hasardant un coup d'œil, il vit que les deux femmes lui tournaient le dos et s'étaient mises à tirer sur deux silhouettes accroupies progressant dans le couloir d'en face.

Arsenov se leva et, profitant de cette diversion, marcha vers la station de chauffage thermal.

Au bruit de la fusillade, Spalko s'étonna : « Arsenov n'est pas seul. »

Zina mit sa mitraillette en bandoulière et d'un signe de tête, ordonna au garde de lui en donner une autre.

Pendant ce temps, Spalko s'avança vers le mur couvert de canalisations de chauffage. Chacune possédait une valve assortie d'une jauge de pression. Il trouva celle correspondant à l'aile des dignitaires et entreprit de la dévisser.

Hasan Arsenov comprit qu'on l'avait condamné à mort. Il aurait dû périr comme les autres dans la sous-station HVAC. « *C'est un piège ! Quelqu'un a interverti les fils !* » avait crié Karim juste avant de succomber. C'était Spalko qui avait interverti les fils ; il n'avait pas seulement besoin d'une diversion, comme il le prétendait, mais de boucs émissaires – de cibles assez prestigieuses pour que leur mort occupe les services de sécurité le temps d'atteindre l'objectif réel et de lâcher le virus. Spalko l'avait mené en bateau avec la complicité de Zina. A présent, la supercherie lui apparaissait dans toute sa terrible réalité.

Il arrive que l'amour se change en haine en un seul battement de cœur. Ses compatriotes s'étaient tous ligués contre lui. Ces hommes, ces femmes aux côtés desquels il s'était battu, avec lesquels il avait ri, pleuré, prié Allah. Ces frères d'armes qui combattaient pour la même cause que lui. Les Tchétchènes ! Tous corrompus par l'influence et le charme empoisonné de Stepan Spalko.

Tout compte fait, Khalid Murat avait eu raison sur toute la ligne. Il se méfiait de Spalko ; il ne l'aurait jamais suivi dans sa folie. Un jour, Arsenov l'avait accusé de raisonner en vieillard, de se montrer trop prudent, de ne pas comprendre le nouveau monde qui s'offrait à eux. Mais à présent, il le regrettait amèrement. Il pensait comme Khalid Murat : ce nouveau monde n'était rien de plus qu'une illusion égoïste créée par un misérable individu qui se faisait appeler Cheik. Si Arsenov avait ajouté foi à ce rêve creux c'était qu'il voulait y croire. Spalko s'était servi de cette faiblesse. Mais c'était bien fini ! se jura Arsenov. C'était fini ! S'il devait mourir aujourd'hui, ce serait à sa façon, et pas comme un mouton à l'abattoir.

Il se colla contre le mur, prit une profonde inspiration et tout en expirant, s'élança vers ses nouveaux ennemis en effectuant un roulé-boulé. Le grondement de la fusillade qui suivit son geste confirma ses soupçons. Recroquevillé sur le sol en béton, il resta là, à se tordre de douleur. Et quand le garde tenant son arme au niveau de la taille, s'approcha pour l'achever, Arsenov lui tira quatre balles dans la poitrine.

Bourne vit les deux terroristes en combinaisons Hazmat leur tirer dessus en se protégeant derrière un pilier en béton. Aussitôt, son sang se glaça dans ses veines. Khan et lui se mirent à couvert derrière un coin de mur et s'empressèrent de répliquer.

« Spalko se trouve dans cette pièce là-bas, avec l'arme, dit Bourne. Il faut y aller, et tout de suite.

— Pas avant que ces deux-là soient à court de munitions. » Khan regarda autour de lui. « Tu te souviens des plans ? Et de ce qu'il y a dans le plafond ? »

Sans cesser de tirer, Bourne hocha la tête.

« On a un panneau d'accès derrière nous, à six mètres environ. Il va falloir que tu me fasses la courte échelle. »

Bourne tira une autre rafale avant de reculer avec Khan.

« Il doit faire très sombre là-dedans », fit-il remarquer.

Khan hocha la tête et lui désigna sa veste miraculeuse. « J'ai une minitorche, là dans ma manche. »

Coinçant sa mitraillette sous son bras, Bourne entrecroisa les doigts pour accueillir le pied de Khan. Ses os craquèrent sous son poids et les muscles de son épaule récriminèrent.

Khan souleva le panneau, le fit glisser sur le côté et se hissa à la force des bras.

« Combien de temps ? demanda Bourne.

— Quinze secondes », répondit Khan en disparaissant par la trappe.

Bourne revint sur ses pas, compta jusqu'à dix puis tourna au coin et se mit à tirer. Une seconde plus tard, il cessait le feu. Son cœur cognait contre ses côtes endolories. Les deux Tchétchènes avaient ôté leurs combinaisons Hazmat et quitté le refuge des piliers. Ils lui faisaient face. Bourne découvrit alors qu'il s'agissait de deux femmes. Une ceinture d'explosifs C4 leur ceignait la taille.

« Nom de Dieu, s'écria Bourne. Khan ! Elles portent des ceintures d'explosifs ! »

A ces mots, le noir se fit. Khan venait de couper les fils électriques alimentant cette zone.

Après avoir tiré, Arsenov se redressa et saisit le garde mortellement blessé à temps pour l'empêcher de s'écrouler. Deux autres silhouettes se profilaient à l'intérieur de la pièce : Spalko et Zina. Se servant du cadavre comme d'un bouclier, il tira sur l'une des deux cibles, celle armée de deux mitraillettes. Zina ! Elle répliqua presque instantanément mais trop tard. A peine sa rafale eut-elle déchiqueté le corps du garde que Zina recula en chancelant.

Arsenov écarquilla les yeux. Une douleur lancinante venait d'éclater dans sa poitrine, suivie d'un étrange engourdissement. Lorsque les lumières s'éteignirent, il s'écroula dans un gargouillis, les poumons gorgés de sang. Comme dans un rêve, il entendit Zina hurler. Soudain une vague de tristesse fondit sur lui. Il se mit à pleurer sur tous ses grands projets de bonheur qui ne se réaliseraient jamais. Un dernier soupir sortit de ses lèvres et il mourut comme il était né, dans la violence et la peine.

*

Un silence de mort s'abattit sur le couloir. Le temps semblait suspendu. Malgré l'obscurité, Bourne ne lâchait pas son arme. Il entendait les deux bombes humaines respirer doucement près de lui. Il sentait à la fois leur peur et leur détermination. Si jamais il faisait un pas vers elles, si elles s'apercevaient de la présence de Khan dans le conduit électrique, elles n'hésiteraient pas à déclencher l'explosion.

Puis, à force de le guetter, Bourne perçut un léger martèlement au-dessus de sa tête. Deux coups rapides, puis plus rien. Khan était là, juste à la verticale. Bourne se rappela la présence d'un autre panneau d'accès situé à proximité de l'entrée de la station de chauffage thermal. Soudain il comprit ce que Khan voulait faire. Pour réussir, il leur faudrait des nerfs d'acier et une main très sûre. Son AR-15 était équipé d'un canon court amoindrissant la précision tout en augmentant la puissance de feu. Il crachait des balles de calibre .223 à une vitesse dépassant les 750 mètres/seconde. Bourne se rapprocha discrètement et s'immobilisa en entendant un glissement furtif. Son cœur battait dans sa gorge. Etait-ce un sifflement, un murmure, des pas ? Le silence revint. Bourne retint son souffle et fixa intensément le canon de son AR-15.

Mais où était Spalko ? Avait-il déjà chargé l'arme biologique ? Resterait-il sur les lieux jusqu'à la fin de l'opération ou s'enfuirait-il pour se mettre à l'abri ? Autant de questions insolubles. Bourne renonça très vite à y répondre. Concentre-toi, se morigéna-t-il. *Détends-toi, respire profondément, calmement. Passe en rythme alpha, comme si tu ne faisais qu'un avec ton arme.*

Soudain il le vit. La minitorche de Khan projeta son faisceau aveuglant sur le visage d'une femme. Il fallait réagir vite, sans hésiter, sans réfléchir. Son index se replia de lui-même sur la détente. Il laissa son instinct parler. L'éclair qui jaillit du canon illumina le couloir. La tête de la femme explosa littéralement, répandant tout autour une bouillie sanglante, mêlée d'os et de bouts de cervelle.

Bourne bondit. Il fallait trouver l'autre femme. Quand la lumière revint, il vit la deuxième bombe humaine étendue près de la première, la gorge béante. Un instant plus tard, Khan sautait de son perchoir. Ensemble, ils pénétrèrent dans la station de chauffage thermal.

*

Quelques instants auparavant, au moment où la lumière s'était éteinte, Spalko s'était mis à genoux pour se rapprocher de Zina en marchant à quatre pattes. L'air autour de lui sentait la mort, un mélange de sang et de cordite. Zina était introuvable. De plus, comme il n'y voyait rien, il était incapable d'ajuster la gueule du NX20 sur la valve du système de chauffage thermal.

Il ne se souvenait plus exactement de l'endroit où la jeune femme se trouvait tout à l'heure. Les bras tendus, il décida de la chercher à tâtons. A moins qu'elle n'ait bougé après qu'Arsenov eut fait irruption sur le pas de la porte. Le Tchétchène avait eu l'intelligence d'utiliser un bouclier humain, mais cette fine mouche de Zina ne s'était pas laissé arrêter par ce subterfuge. Elle était encore vivante car Spalko l'avait entendue crier.

Il patienta, sachant que les deux bombes humaines le protégeraient contre toute intrusion. Bourne ? Khan ? A sa grande honte, il devait reconnaître qu'il avait peur. Quelqu'un se dirigeait vers lui. Ce quelqu'un avait compris sa manœuvre de diversion et suivi son raisonnement : le seul point vulnérable était le système de chauffage thermal. Une vague de panique monta en lui mais en entendant le souffle haché de Zina, il reprit courage. Il rampa vers l'endroit où elle gisait et dut traverser une flaque de sang poisseux.

Quand il déposa un baiser sur sa joue, il remarqua que ses cheveux étaient humides. « Ma belle Zina », lui murmura-t-il à l'oreille. « Ma redoutable Zina. »

Une sorte de spasme la traversa. Le cœur de Spalko se serra. « Zina, ne meurs pas. Tu ne peux pas mourir. » Puis il sentit sur sa langue le goût salé des larmes. Elle pleurait. Sa poitrine se soulevait au rythme irrégulier de ses sanglots étouffés.

« Zina – il embrassa ses joues pour les sécher – tu dois être forte, plus forte que tu ne l'as jamais été. » Il la serra tendrement ; elle lui rendit faiblement son étreinte.

« L'heure est venue de notre triomphe. » Il s'écarta d'elle en lui plaçant le NX20 entre les bras. « Oui, oui, c'est toi que j'ai choisie pour accomplir le geste ultime et ouvrir en grand les portes de l'avenir. »

Elle était incapable de parler. Tout ce qui lui restait d'énergie passait dans l'acte de respirer, de faire en sorte que l'air circule encore un tant soit peu dans ses poumons. De nouveau, Spalko maudit l'obscurité qui l'empêchait de voir ses yeux. L'avait-il convaincue ? Il décida de tenter le tout pour le tout. Il lui prit les mains, plaça la gauche sur le canon du biodiffuseur, la droite à la base de la crosse et fit glisser son index sur la détente principale.

« Tu n'as plus qu'à appuyer, lui murmura-t-il à l'oreille. Mais pas encore, pas encore. Il me faut du temps. »

En effet, il lui fallait du temps pour s'échapper. Il se trouvait pris au piège dans l'obscurité, la seule éventualité qu'il n'avait pas prévue. En plus, il ne pouvait même pas emporter le NX20 avec lui. Il allait devoir courir très très vite et Schiffer avait bien précisé qu'une fois l'arme chargée, on ne devait pas l'agiter. La charge et son conteneur étaient bien trop fragiles.

« Zina, tu le feras, n'est-ce pas ? » Il lui déposa un baiser sur la joue. « Tu possèdes assez de force en toi, je le sais. » Elle essaya de répondre mais il plaqua sa main sur sa bouche, craignant que ses poursuivants n'entendent son cri étranglé. « Je ne serai pas loin, Zina. Souviens-t'en. »

Puis il s'esquiva mais très lentement, très silencieusement, afin qu'elle ne l'entende pas partir. Ses sens étaient déjà très amoindris. En s'en allant, il trébucha sur le corps d'Arsenov et sa combinaison Hazmat se déchira. La panique le saisit de nouveau. Il s'imagina coincé dans le sous-sol au moment où Zina presserait la détente. Le virus mortel s'infiltrerait par la déchirure et il mourrait dans d'atroces souffrances. Il revit dans les moindres détails tous les ravages causés par lui à Nairobi.

Puis, recouvrant son sang-froid, il se débarrassa de l'encombrante combinaison. A pas feutrés, il s'avança vers le seuil et s'engagea dans le passage. Aussitôt les bombes humaines s'apercevant de sa présence, se déplacèrent légèrement. Que se passait-il ?

« La illaha ill Allah, murmura-t-il.

— *La illaha ill Allah »*, répondirent-elles sur le même ton.

Ensuite, il disparut dans l'obscurité.

Ils le virent tous les deux en même temps. L'énorme museau du biodiffuseur du Dr Félix Schiffer était pointé vers eux. Bourne et Khan s'immobilisèrent.

« Spalko a filé. Voilà sa combinaison Hazmat, dit Bourne. Cette station n'a qu'une entrée. » Il repensa au mouvement furtif qu'il avait perçu tout à l'heure. Il avait cru entendre un murmure, des pas. « Il a dû profiter de l'obscurité pour s'enfuir.

— Celui-là, je le connais, annonça Khan. C'est Hasan Arsenov. Mais l'autre, la femme qui tient l'arme, je ne l'ai jamais vue. »

La terroriste était couchée sur le dos, appuyée sur le cadavre d'un de ses camarades. Comment avait-elle réussi à se traîner jusque-là ? Impossible à dire. Elle était grièvement blessée, peut-être mortellement, mais à cette distance c'était difficile à déterminer. Enfermée dans son monde de douleur, elle les regardait approcher. En elle, Bourne devinait quelque chose de plus puissant que la simple souffrance physique.

Khan braquait sur elle la Kalachnikov qu'il avait ramassée près du cadavre de l'une des femmes. « Tu ne t'en sortiras pas », articula-t-il.

Sans cesser de regarder la femme blessée au fond des yeux, Bourne fit un pas en avant et abaissa le canon de la Kalachnikov. « On peut toujours s'en sortir », dit-il.

Puis il s'accroupit près d'elle et sans la lâcher du regard, demanda : « Vous pouvez parler ? Vous pouvez me dire comment vous vous appelez ? »

Elle ne répondit pas. Bourne dut se faire violence pour ne pas baisser les yeux vers son index recourbé sur la détente.

Finalement, les lèvres de la femme s'entrouvrirent et commencèrent à trembler. Elle claquait des dents. Une larme roula sur sa joue tachée de sang.

« Qu'est-ce que ça peut te fiche comment elle s'appelle ? cracha la voix méprisante de Khan. Elle n'a rien d'humain ; on a fait d'elle une machine à tuer.

— On pourrait en dire autant de toi, Khan. » Bourne s'exprimait si posément que sa remarque ne pouvait s'interpréter comme un reproche. Il ne faisait qu'énoncer une vérité qui semblait avoir échappé à son fils.

Il reporta son attention sur la terroriste. « C'est important que vous me disiez votre nom, n'est-ce pas ? »

Elle ouvrit la bouche et au prix d'un effort surhumain, prononça d'une voix tenant à la fois du raclement et du gargouillis : « Zina.

— Eh bien, Zina, la partie est sur le point de se terminer, reprit Bourne. A présent, il ne reste rien sauf la vie et la mort. A la façon dont les choses se présentent, il semble que vous ayez déjà choisi la mort. Si vous pressez la détente, vous irez au paradis et vous deviendrez une *houri*. Pourtant je doute qu'on vous accepte au paradis. Réfléchissez. Que laisserez-vous derrière vous ? Les cadavres de vos compatriotes. N'oubliez pas que l'un d'entre eux au moins est mort par votre faute, puisque c'est vous qui l'avez abattu. Et puis il y a Stepan Spalko. Je me demande bien où il est passé, celui-là. Mais peu importe. Le plus grave c'est qu'il vous a abandonnée au moment crucial.

« Il vous a laissée à votre triste sort, Zina. Il s'est enfui pour sauver sa peau. Je suppose que vous vous demandez ce qu'il adviendra de vous. Si vous pressez la détente, entrerez-vous dans la gloire ou pas ? Que répondrez-vous à Mounkir et Nakir, les anges interrogateurs ? Etant donné votre passé, Zina, lorsqu'ils vous demanderont : “Qui est ton Dieu ? Quelle est ta religion ? Qui est ton Prophète ?”, que direz-vous ? Seul le juste se souvient de la réponse, Zina, vous le savez bien. »

Zina ne cachait plus ses pleurs, à présent. Sa poitrine se soulevait bizarrement ; Bourne redoutait qu'un spasme ne déclenche un réflexe soudain et qu'elle n'appuie sur la détente sans le vouloir. Et si jamais il esquissait le moindre geste vers elle, le résultat serait le même.

« Si vous pressez la détente, si vous choisissez la mort, vous ne pourrez pas leur répondre. Vous le savez. On vous a abandonnée, Zina. Vos plus proches compagnons vous ont tourné le dos. Mais vous aussi, vous les avez trahis. Pourtant il n'est pas trop tard. Vous pouvez vous racheter ; il y a toujours une issue. »

Tout à coup, Khan réalisa que Bourne s'adressait autant à lui qu'à Zina ; cette découverte le secoua presque aussi violemment qu'une décharge électrique. Elle lui traversa le corps, fila jusqu'au bout de ses doigts et illumina son cerveau. Il se sentait mis à nu, exposé aux regards, révélé à lui-même. Il se voyait enfin tel qu'il était vraiment et cette vision l'emplit de terreur. Pendant des années, il avait enterré son être profond dans les jungles du Sud-Est asiatique. C'était il y a si longtemps qu'il ne savait plus ni où ni quand cet effacement s'était produit. En tout cas, il se sentait étranger à lui-même et il en voulait à son père de lui avoir révélé cette évidence. Pourtant, en même temps, il lui en était reconnaissant.

Il s'agenouilla près de l'homme qu'il reconnaissait comme son père, posa la kalachnikov de telle manière que Zina la voie bien et tendit la main vers elle.

« Il a raison, dit Khan d'une voix méconnaissable. Il existe un moyen de vous laver de vos péchés, des meurtres que vous avez commis, des trahisons, du mal que vous avez fait à ceux qui peut-être vous aimaient sans que vous le sachiez. »

Il avança la main un centimètre après l'autre, jusqu'à saisir celle de la femme. Puis tout doucement, il écarta son index de la détente. Elle le laissa faire sans opposer de résistance.

« Merci, Zina, dit Bourne. Khan va prendre soin de vous, à présent. » Il se leva, serra brièvement l'épaule de son fils, se tourna et partit d'un pas rapide et silencieux à la recherche de Spalko.

CHAPITRE TRENTE

STEPAN Spalko descendait en courant le passage en béton, le pistolet en céramique de Bourne à la main. La fusillade qui venait de se produire allait bien sûr attirer l'ensemble du personnel de sécurité dans la section principale de l'hôtel. Devant lui, se profilaient le chef de la sécurité saoudien, Feyd al-Saoud, et deux de ses hommes. Aussitôt il se baissa et se cacha dans un coin sombre. Eux ne l'avaient pas vu. Profitant de l'effet de surprise, il attendit qu'ils s'approchent, surgit de sa cachette et les abattit sans leur laisser le temps de réagir.

Le souffle coupé, il resta un instant à les contempler. Feyd al-Saoud grognait. Spalko l'acheva d'une balle à bout portant dans le front. Le chef de la sécurité saoudien eut un soubresaut avant de retomber inanimé. Sans perdre de temps, Spalko se pencha sur l'un des cadavres, s'empara de son badge, le défit de son uniforme, s'en revêtit et se débarrassa de ses lentilles de contact colorées. Tout en faisant cela, il ne pouvait s'empêcher de penser à Zina. Cette femme ignorait la peur, certes, mais elle avait un défaut : son inconditionnelle loyauté envers lui. Elle l'avait protégé de tous – surtout d'Arsenov. Elle adorait ce rôle, c'était évident, comme il était évident qu'elle l'aimait d'un amour passionné. Et c'était justement cet amour, cette répugnante tendance au sacrifice, qui l'avait poussé à l'abandonner.

En entendant des pas précipités derrière lui, il reprit conscience de la réalité et se remit à courir. Sa rencontre avec les arabes possédait un bon et un mauvais côtés. Elle lui avait permis de trouver un déguisement, mais en même temps elle l'avait ralenti. Il jeta un œil par-dessus son épaule, vit une silhouette en tenue de vigile et poussa un juron. Comme Achab poursuivant sa vengeance jusqu'à ce que sa vengeance le rattrape, il s'aperçut que l'homme en question n'était autre que Jason Bourne.

Bourne vit Spalko déguisé en vigile arabe disparaître derrière une porte donnant sur un escalier. Sautant par-dessus les trois cadavres, il se lança à sa poursuite pour émerger quelques secondes plus tard dans le hall d'entrée, au milieu d'un chaos indescriptible. Peu de temps avant, quand il avait pénétré dans l'hôtel avec Khan, ce vaste espace vitré était presque désert et très silencieux. A présent, il grouillait de monde. Les agents de sécurité couraient en tous sens. Certains rassemblaient le personnel de l'hôtel, leur demandant de se ranger par catégorie, en fonction de leurs attributions et de l'endroit où ils se trouvaient au moment où la fusillade avait éclaté. D'autres avaient déjà commencé à les interroger, tâche laborieuse et qui promettait de s'éterniser puisque chacun devait faire l'effort de se remémorer ses faits et gestes au cours des deux derniers jours. D'autres encore, reliés entre eux par radio, descendaient au sous-sol ou se déployaient vers d'autres secteurs de l'hôtel. Dans cette gigantesque bousculade, personne ne songea à questionner les deux hommes qui, l'un après l'autre, traversèrent la cohue en direction de la sortie.

Il y avait quelque chose de comique à voir Spalko se fondre dans cette foule, se mêler impunément à tous ces gens censés le pourchasser. Bourne songea un instant à les alerter mais changea vite de tactique. Spalko en tirerait certainement profit – Bourne était un assassin recherché par toutes les polices, l'ennemi numéro un de la CIA. Spalko ne pouvait l'ignorer puisque c'était lui qui l'avait mis dans ce pétrin. Tout en franchissant les portes à la suite de Spalko, il réalisa autre chose. *Nous sommes pareils à présent,* pensa-t-il. *Deux caméléons opérant sous le même déguisement et tremblant à l'idée d'être démasqués.* Quelle étrange et troublante sensation ! Spalko et lui étaient sur le même plan, obligés l'un comme l'autre de fuir les autorités internationales.

Une fois dehors, Bourne s'aperçut que l'hôtel était bouclé par un cordon de sécurité. Fasciné autant qu'épouvanté, il vit Spalko traverser au culot le parking des services de sécurité. Le parking avait beau se trouver à l'intérieur du cordon, il était désert puisque tous les vigiles se trouvaient dans l'hôtel.

Bourne le perdit très vite de vue entre les rangées de véhicules. Il se mit à courir. Quelqu'un l'interpella. Il ouvrit la première portière qu'il rencontra – celle d'une Jeep américaine –, fit sauter le panneau en plastique recouvrant la colonne de direction et farfouilla pour trouver les fils. Au même instant, il entendit un bruit de moteur. Spalko quittait le parking à bord de la voiture qu'il venait de voler.

Ils étaient plus nombreux à le héler maintenant. Des bottes martelaient le macadam. Plusieurs coups de feu furent tirés. Bourne se concentrait sur sa tâche, dénudant les fils, les accouplant. Le moteur de la Jeep toussota. Il passa une vitesse puis, dans un grincement de pneus, vira pour sortir du parking et franchit à toute vitesse le poste de contrôle.

C'était une nuit sans lune, encore que le mot nuit ne convînt pas vraiment à cette lueur glauque nimbant Reykjavík. Le soleil, coincé juste derrière l'horizon, donnait au ciel la couleur d'une coquille d'huître. Bourne ne lâchait pas Spalko, malgré les tours et détours qu'il lui faisait prendre à travers la ville, l'attirant vers le sud.

C'était assez étonnant car il s'attendait à le voir prendre la direction de l'aéroport. Spalko gardait certainement un plan en réserve, au cas où les choses tourneraient mal. Et ce plan supposait un avion. Mais plus il y réfléchissait, plus il en doutait. Il commençait à bien le connaître. Pour arriver dans un lieu et pour en partir, Spalko ne choisissait jamais le moyen le plus logique. Il ne raisonnait comme personne. Son cheminement mental était extrêmement mystérieux. C'était un spécialiste de la feinte, du faux-semblant ; il préférait piéger son adversaire plutôt que l'affronter directement.

Donc, il fallait éliminer l'aéroport de Keflavik. Trop évident mais aussi trop surveillé pour que Spalko l'ait choisi comme point d'échappée. Bourne se remit en mémoire la carte de la région qu'il avait étudiée sur le portable d'Oszkar. Qu'y avait-il au sud de la ville ? Hafnarfjördur, un village de pêcheurs. Jamais le genre d'avion que Spalko utilisait n'atterrirait dans un espace aussi réduit. La côte ! Ils étaient sur une île, après tout. Bien sûr ! Spalko comptait s'échapper par bateau.

A cette heure de la nuit, il y avait peu de circulation. En sortant de la ville, les voitures se firent plus rares, les routes plus étroites et sinueuses, taillées au flanc des falaises surplombant l'océan. Lorsque Spalko s'engageait dans un virage particulièrement serré, Bourne ralentissait, éteignait ses phares, puis reprenait de la vitesse tout en espérant que Spalko ne le verrait pas dans son rétroviseur. A chaque fois qu'ils négociaient un tournant, Bourne risquait de le perdre de vue, mais il n'y avait pas d'autre solution. Il fallait lui faire croire qu'il l'avait semé.

L'absence totale d'arbres conférait au paysage une certaine austérité, accentuée par la barrière bleue des glaciers se découpant à l'arrière-plan. Quelques touffes de verdure semées çà et là, apportaient une touche encore plus fantastique à cet éternel hiver. Les acrobaties des oiseaux de mer, silhouettes sombres perdues dans le ciel immense, égayaient cette aube interminable, tenant lieu de nuit. En les voyant, Bourne éprouva une impression de liberté, surtout après toutes ces heures passées dans un sous-sol labyrinthique puant la mort. Malgré le froid, il descendit les vitres et respira l'air du large à pleins poumons. Un doux parfum effleura ses narines lorsqu'il longea une prairie parsemée de fleurs qui, avec la vitesse, lui fit l'effet d'un large tapis roulant multicolore.

En bifurquant vers la mer, la route rétrécit encore. Bourne traversa un vallon verdoyant, prit un autre virage sur les chapeaux de roue avant de découvrir la série de lacets menant jusqu'au pied de la falaise. La voiture de Spalko disparaissait pour réapparaître à la sortie de chaque virage. C'est alors que Bourne aperçut l'Atlantique Nord miroitant paresseusement sous la lueur ardoise de l'aube.

Spalko s'évapora de nouveau dans une courbe. Le virage suivant était si proche que Bourne, craignant de le perdre de vue, décida d'accélérer malgré les risques.

A peine commençait-il à négocier le virage qu'il entendit un bruit familier, à peine perceptible dans le frémissement du vent : la détonation étouffée produite par son arme en céramique. Son pneu avant gauche explosa. Lorsque sa voiture dérapa, il vit Spalko, arme au poing, courir vers son propre véhicule. Mais cette vision ne dura qu'un bref instant. Il fallait d'abord reprendre le contrôle de la Jeep qui dérivait dangereusement vers le bord de la falaise.

Il mit le moteur au point mort mais constata que ça ne suffisait pas. Il aurait fallu couper le contact, or comment faire sans la clé ? L'arrière de la Jeep quitta la route. Bourne déboucla sa ceinture et s'accrocha au volant en attendant que la Jeep bascule par-dessus la falaise. Elle décolla et tourna deux fois sur elle-même. Bourne reconnut l'odeur du métal surchauffé et celle, plus âcre, du caoutchouc ou du plastique brûlé.

Juste avant que la Jeep ne percute la roche, Bourne sauta, atterrit dans un roulé-boulé et s'éloigna de la carcasse qui rebondit sur un affleurement de rochers et s'y fracassa. A la lumière des flammes qui jaillirent du moteur, Bourne aperçut le chalutier ancré au fond de la crique.

Spalko roulait à tombeau ouvert sur la voie sans issue. Bientôt il atteindrait le niveau de la mer. Tournant la tête vers la Jeep en flammes, il se dit : *Qu'il brûle en enfer. Bourne est enfin mort.* Il n'était pourtant pas près de l'oublier. Depuis le début, Bourne n'avait cessé de lui barrer la route. A cause de lui, il avait perdu le NX20 et la confiance des Tchétchènes, ces formidables boucs émissaires. Tous ces mois passés à peaufiner les moindres détails de son plan génial, tout ça pour arriver à ce lamentable fiasco !

Il descendit de voiture et franchit à pied les derniers galets avant la mer. Un canot se dirigeait vers lui. C'était la marée haute et le chalutier était ancré à quelques dizaines de mètres seulement de la rive. En passant le poste de contrôle, devant l'hôtel, il avait appelé le capitaine resté seul à bord avec un homme d'équipage. A peine le capitaine eut-il fait glisser l'avant du canot sur les galets que Spalko enjambait le rebord. Le matelot repoussa l'embarcation en s'aidant d'une rame.

Spalko fulminait. Un silence pesant régna durant le court trajet de retour. Une fois à bord du chalutier, Spalko ordonna : « Tenez-vous prêt à appareiller, capitaine.

— Pardonnez-moi, monsieur, répondit l'homme, mais où se trouve le reste de l'équipe ? »

Spalko saisit le capitaine au collet. « Je vous ai donné un ordre. Tout ce que je vous demande c'est de l'exécuter.

— Oui, très bien, monsieur, grommela le capitaine en lui décochant un regard mauvais. Mais avec un équipage aussi réduit, il va nous falloir du temps.

— Il vaut mieux commencer tout de suite, dans ce cas », rétorqua Spalko en descendant dans la cabine.

L'eau était froide comme de la glace, aussi noire que le sous-sol de l'hôtel. Bourne avait intérêt à se hisser à bord du chalutier sans tarder. Trente secondes après s'être éloigné de la rive, il avait senti ses doigts et ses orteils s'engourdir; encore trente secondes plus tard, il ne les sentait plus du tout.

Les deux minutes nécessaires pour atteindre le bateau furent les plus longues de sa vie. Il leva la main, attrapa une haussière et s'extirpa de cet enfer glacial. Pendant qu'il escaladait le cordage à la force des bras, le vent le fit frissonner. Il éprouva soudain une impression de déphasage. L'odeur de la mer, le sel sur sa peau. Ces sensations le transportèrent ailleurs. Il n'était plus en Islande mais au large de Marseille. Il ne grimpait pas à bord du chalutier de Stepan Spalko mais s'introduisait clandestinement à bord d'un yacht pour exécuter un tueur à gages d'envergure internationale, un dénommé Carlos. Car c'était bien à Marseille que son long cauchemar avait commencé. Il s'était battu avec Carlos puis avait basculé par-dessus bord, grièvement touché. Le traumatisme causé par sa blessure, la peur de mourir noyé l'avaient dépossédé de sa mémoire, de sa vie elle-même.

Tout en franchissant péniblement le plat-bord, il constata qu'il n'était plus dans son état normal. Une chape de terreur venait de s'abattre sur lui. Il revivait la même situation à des années de décalage. Comme si son terrible échec revenait le narguer et lui couper les jambes. Il faillit s'écrouler mais soudain l'image de Khan se forma dans son esprit. Ses propres paroles lui revinrent en mémoire. C'était le jour ô combien mouvementé où ils s'étaient rencontrés. « *Qui es-tu ?* » Il comprenait enfin que Khan ne pouvait toujours pas répondre à cette question et que s'il disparaissait aujourd'hui, personne ne serait capable d'aider son fils. Seul Bourne pouvait lui dire qui il était. Il revit Khan agenouillé dans la station de chauffage thermal. Le feu qui jaillissait de sa kalachnikov n'était qu'un prolongement de la rage qui couvait en lui.

Bourne respira profondément, se focalisa sur les formes qui l'entouraient et se mit à ramper sur le pont. Le capitaine et son homme s'affairaient dans la timonerie. Il les maîtrisa sans peine et entreprit de les ligoter avec les cordages qui traînaient un peu partout. A cet instant, la voix de Spalko retentit derrière lui. « Je pense que vous devriez choisir un bout de corde pour vous-même. »

Bourne se tenait accroupi. Les deux marins étaient couchés sur le côté, dos à dos. D'un geste furtif, Bourne sortit son cran d'arrêt mais s'aperçut aussitôt de son erreur. Le matelot lui tournait le dos mais pas le capitaine. Ce dernier aperçut le couteau. Il regarda Bourne droit dans les yeux mais curieusement ne dit rien, ne fit pas le moindre geste d'avertissement, se contentant de fermer les paupières comme s'il dormait.

« Debout. Tournez-vous », ordonna Spalko.

Bourne s'exécuta tout en gardant sa main droite en retrait

derrière sa cuisse. Vêtu d'un jean repassé et d'un col roulé noir, Spalko se tenait jambes écartées sur le pont, le pistolet de céramique à la main. Encore une fois, Bourne ressentit cette impression de déphasage. L'histoire se rejouait. Spalko venait de prendre l'avantage, comme Carlos autrefois. Il ne lui restait plus qu'à appuyer sur la détente, abattre Bourne et le regarder basculer par-dessus bord. A ceci près qu'un océan glacial avait remplacé les eaux tièdes de la Méditerranée. Cette fois-ci, il n'en réchapperait pas. Il mourrait de froid en l'espace de quelques secondes.

« Vous avez la peau dure, n'est-ce pas, monsieur Bourne ? »

Après avoir fait jaillir la lame du cran d'arrêt, Bourne se jeta sur Spalko. Surpris, ce dernier réagit trop tard. Il tira mais la balle perça la surface de l'eau. En revanche, le couteau, lui, s'enfonça dans son flanc. Spalko poussa un grognement et abattit le canon de son arme sur la joue de Bourne. Le genou gauche de Spalko fléchit. Quant à Bourne, il s'écroula sur le pont.

Se souvenant du point névralgique de son adversaire, Spalko lui décocha un terrible coup de pied dans les côtes. Bourne perdit connaissance. Spalko en profita pour arracher le couteau et le jeter à l'eau. Puis il se pencha vers Bourne et le traîna jusqu'au plat-bord. Comme il commençait à reprendre ses esprits, Spalko le frappa du tranchant de la main puis le redressa tant bien que mal et le coinça contre la rambarde, le haut du corps déjà penché vers les flots.

Passant alternativement de la conscience à l'évanouissement, Bourne finit par réagir en sentant le goût amer des embruns sur sa bouche. La situation lui apparut dans toute son horreur. Ça recommençait, exactement comme la dernière fois. Il était tellement perclus de douleur qu'il parvenait à peine à respirer, mais il fallait penser à la vie – sa vie actuelle, pas celle qui lui avait été ravie. Il ne s'en laisserait pas dépouiller cette fois-ci.

Comme Spalko s'escrimait à le faire glisser par-dessus bord, Bourne fit passer toute son énergie dans sa jambe et décocha une puissante ruade. Sa semelle entra en contact avec la mâchoire de Spalko. Quelque chose craqua. Spalko porta la main à sa bouche et recula en titubant. Sans lui laisser le temps de se servir de son arme, Bourne se jeta sur lui. Spalko réussit quand même à lui donner un autre coup de crosse, à l'épaule cette fois. Cette douleur renouvelée, fulgurante, fit tressaillir Bourne. Il resta un instant désorienté.

Puis il tendit la main, empoigna la mâchoire brisée de Spalko qui poussa un hurlement et se laissa désarmer. Bourne appuya le canon sous le menton de Spalko et tira.

La détonation fut relativement discrète, en revanche la puissance de percussion projeta le corps de Spalko par-dessus la rambarde. Il tomba à l'eau tête la première.

Bourne le vit flotter à plat ventre un instant, ballotté par l'incessant ressac. Puis il coula, comme happé par quelque chose d'immense et d'immensément puissant, tapi au fond de la mer.

CHAPITRE TRENTE ET UN

MARTIN Lindros passa vingt minutes au téléphone avec Ethan Hearn. Ce dernier détenait des tas de renseignements sur le fameux Stepan Spalko. Des révélations si stupéfiantes que Lindros mit un certain temps pour les assimiler l'une après l'autre. A la fin, il décida que l'info la plus importante concernait un virement électronique émanant de l'une des nombreuses sociétés-écrans de Spalko à Budapest. La somme avait servi à acheter une arme auprès d'une certaine compagnie russe exerçant illégalement en Virginie, celle-là même que le détective Harris avait coincée.

Une heure plus tard, les fichiers électroniques transférés par Hearn étaient imprimés en deux exemplaires. Il monta dans sa voiture et se fit conduire au domicile du DCI. Le Vieux venait d'attraper la grippe. S'absenter du bureau en pleine période de crise ne lui vaudrait que des ennuis, se dit Lindros.

Son chauffeur officiel freina devant les hautes grilles de fer forgé, se pencha par la vitre ouverte et appuya sur le bouton de l'interphone. Etonné par le long silence qui s'ensuivit, Lindros commençait à se demander si le Vieux, se sentant mieux, n'aurait pas finalement décidé de retourner au travail sans en informer quiconque.

Puis un ronchonnement crépita dans l'interphone. Le chauffeur annonça Lindros. Un instant plus tard, les barrières s'ouvraient dans un chuintement à peine perceptible. Le chauffeur avança la voiture, Lindros descendit et frappa à la porte au moyen du heurtoir de cuivre. Quand le DCI apparut, Lindros fut surpris par ses traits chiffonnés et ses cheveux en bataille. Sous son lourd peignoir, on devinait un pyjama à rayures. Ses pieds osseux étaient glissés dans des pantoufles en feutre.

« Entrez, Martin. Entrez. » Il se contenta de tourner les talons sans prendre la peine de l'accueillir. Lindros referma la porte derrière lui et suivit le DCI dans son bureau. Toutes les lumières étaient éteintes ; la maison paraissait vide.

Lindros entra dans le bureau de son chef, une pièce typiquement masculine avec des murs vert olive, un plafond crème, d'énormes fauteuils et un canapé de cuir. Il remarqua que le poste de télévision, posé dans la bibliothèque encastrée, était éteint. C'était la première fois. Le Vieux était toujours branché sur CNN, parfois avec le son parfois sans.

Le DCI s'affala dans son fauteuil favori. Sur la table basse à sa droite, s'entassaient une grosse boîte de mouchoirs en papier et toutes sortes de remèdes. Aspirine, Actifed, Vicks Vaporub, Rumicine, Anadvil et autres sirops contre la toux.

« C'est quoi tout ça, monsieur? s'étonna Lindros en désignant la batterie de médicaments.

— Je ne savais pas quoi prendre, expliqua le DCI, alors j'ai sorti tout ce que j'ai pu trouver dans l'armoire à pharmacie. »

Puis Lindros vit la bouteille de bourbon et le verre en cristal taillé, et fronça les sourcils. « Qu'est-ce qui se passe, monsieur? » Il glissa la tête par la porte. « Où est Madeleine?

— Ah, Madeleine! » Le Vieux attrapa son verre de whisky et en prit une lampée. « Madeleine est partie chez sa sœur à Phoenix.

— Et elle vous a laissé seul? » Lindros alluma une lampe à pied. Le DCI cligna les yeux comme un hibou. « Quand rentre-t-elle, monsieur?

— Hum, fit le DCI comme s'il méditait les paroles de son adjoint. Eh bien, voilà le problème, Martin. J'ignore quand elle reviendra.

— Comment cela? s'écria Lindros quelque peu inquiet.

— Elle m'a quitté. Du moins c'est ce que j'imagine. » Le regard fixe, le DCI vida son verre puis serra ses lèvres humides d'un air perplexe. « On n'est jamais sûr de ce genre de choses, n'est-ce pas?

— Vous vous êtes disputés?

— Disputés? » Soudain, le DCI sembla s'apercevoir de sa présence. Il contempla Lindros pendant un instant avant de répondre : « Non. Nous n'avons parlé de rien.

— Alors, qu'est-ce qui vous fait dire cela?

— Vous pensez que je me fais des idées. Tempête sous un crâne, hein ? » Le regard du DCI s'anima et, en même temps, sa voix se brisa. L'émotion le prenait à la gorge. « Certaines de ses affaires ont disparu, voyez-vous – des affaires personnelles, intimes. La maison est sacrément vide sans elles. »

Lindros s'assit. « Monsieur, je compatis sincèrement, mais j'ai quelque chose...

— Peut-être ne m'a-t-elle jamais aimé. » Le Vieux chercha la bouteille. « Ces choses-là sont tellement mystérieuses ! »

Lindros se pencha et lui prit doucement le verre des mains. Le DCI n'en parut pas surpris. « Je me renseignerai, monsieur, si vous le souhaitez. »

Le DCI hocha vaguement la tête. « Très bien. »

Lindros écarta la bouteille. « Mais pour l'instant, nous avons une autre affaire pressante à traiter. » Il posa sur la table basse un dossier contenant les documents fournis par Ethan Hearn.

« C'est quoi ça ? Je ne peux rien lire maintenant, Martin.

— Alors je vais vous expliquer ce qu'il y a dedans », proposa Lindros. Quand il eut fini, un profond silence s'installa dont l'écho sembla se répandre à travers toute la maison.

Le Vieux laissa passer quelques minutes puis leva vers son adjoint des yeux embués de larmes. « Pourquoi a-t-il fait cela, Martin ? Pourquoi Alex a-t-il enfreint toutes nos règles et détourné un membre de notre personnel ?

— Je pense qu'il a senti le vent venir, monsieur. Il avait peur de Spalko. A juste titre, d'ailleurs, les événements l'ont prouvé. »

Le Vieux soupira et reposa sa tête contre le dossier. « Si je comprends bien, il ne s'agit pas vraiment d'une trahison.

— En effet, monsieur.

— Dieu merci. »

Lindros s'éclaircit la gorge. « Monsieur, il faut absolument que vous annuliez la sanction pesant sur Bourne, et sans tarder. On doit lui envoyer quelqu'un pour l'en informer.

— Oui, bien sûr. Je pense que vous êtes le mieux placé pour remplir cette mission, Martin.

— Oui, monsieur. » Lindros se leva.

« Où allez-vous ? bougonna le Vieux.

— Rendre une petite visite au chef de la police de l'Etat de Virginie et lui remettre une copie de ce dossier. Je compte le convaincre de réintégrer le détective Harris, avec les félicitations de la CIA. Quant à la Conseillère pour la Sécurité nationale... ? »

Le DCI saisit le dossier et se mit à le caresser d'une main légère. Ce geste, pour peu violent qu'il fût, redonna quelques couleurs à ses joues. « Accordez-moi une nuit, Martin. » Peu à peu, ses yeux retrouvaient leur ancien éclat. « Je me charge de lui préparer un charmant petit cadeau. » Et il se mit à rire comme il n'avait certainement plus ri depuis des années. « "Que la punition soit proportionnelle au crime", ouais ! »

Khan demeura auprès de Zina jusqu'à la fin. Il avait pris soin de cacher le NX20 et son horrible charge létale. Pour le personnel de sécurité qui fourmillait tout autour d'eux, il faisait figure de héros. Ils ne savaient rien de l'arme biologique. Ils ne savaient rien de lui.

Pour Khan, ce fut un moment extrêmement insolite. La jeune femme mourante ne pouvait ni parler, ni presque respirer et pourtant elle s'accrochait à sa main comme pour l'empêcher de partir. Peut-être refusait-elle de mourir, tout simplement.

Quand Hull et Karpov comprirent que la femme agonisante ne leur fournirait pas de renseignements, ils s'en désintéressèrent et la laissèrent seule avec Khan. Ce dernier, malgré sa grande habitude de la mort, expérimentait quelque chose de totalement inédit. Chacune de ses inspirations laborieuses, douloureuses, durait toute une vie. Il le lisait dans ses yeux qui, comme sa main, ne le lâchaient pas. Noyée dans le silence, elle s'enfonçait lentement au cœur des ténèbres. Il ne pouvait pas rester là sans rien faire.

La détresse de cette femme ravivait la sienne. Les mots lui vinrent spontanément. Il lui parla de sa vie : son abandon, son emprisonnement par les trafiquants d'armes vietnamiens, sa rencontre avec le missionnaire, sa conversion forcée, son lavage de cerveau par les Khmers rouges.

Ensuite il exprima ses sentiments pour Lee-Lee. Cet aveu fut le plus douloureux de tous. « J'avais une sœur, dit-il d'une voix ténue. Elle aurait eu à peu près ton âge, si elle avait vécu. J'avais deux ans de plus qu'elle. Elle essayait de m'imiter et moi – moi je veillais sur elle. Je faisais tout pour qu'il ne lui arrive rien. J'avais décidé ça tout seul, pas pour obéir à mes parents. Mon père n'était pas souvent là. Quand nous jouions dehors, j'étais le seul à pouvoir la protéger, qui d'autre l'aurait fait ? » Sans qu'il comprenne pourquoi, ses yeux rougirent, sa vue se brouilla. Pris de honte, il voulut se détourner mais remarqua quelque chose dans le regard de Zina, une intense compassion à laquelle il se raccrocha. Aussitôt, sa honte se dissipa et il poursuivit son récit en sentant qu'un lien de nature intime l'unissait à cette femme. « Tout compte fait, j'ai manqué à mon devoir. Ma sœur a été tuée, ainsi que ma mère. J'aurais dû mourir aussi, mais j'ai survécu. » D'elle-même sa main remonta jusqu'au bouddha de pierre taillée pour y puiser de la force, comme il le faisait depuis si longtemps. « Pendant des années, je me suis demandé pourquoi j'étais encore vivant. Puisque je l'avais abandonnée. »

Lorsque les lèvres de Zina s'entrouvrirent, il vit ses dents couvertes de sang. Sa main étreignait désespérément la sienne. Du regard, elle le suppliait de poursuivre. Ces paroles non seulement la soulageaient de son angoisse mais calmaient celle de Khan, par la même occasion. Curieusement, la magie fonctionnait. Zina était incapable de parler, la vie la quittait peu à peu, mais son cerveau marchait encore. Elle entendait ce qu'il disait et, à son expression, il voyait que son récit trouvait son chemin en elle – elle comprenait et compatissait.

« Zina, poursuivit-il, on pourrait dire que, dans un sens, nous sommes frère et sœur. Je me reconnais en toi – l'un comme l'autre, nous avons été trahis, abandonnés. Je sais que cela ne t'évoquera pas grand-chose mais j'avais tellement mauvaise conscience que j'en suis venu à haïr mon père au-delà de toute raison. Je ne voyais qu'une chose. Il nous avait abandonnés – il m'avait abandonné. » Ces paroles déclenchèrent de nouveau en lui une prise de conscience qui le laissa pantois. Il avait l'impression de se contempler dans un miroir déformant. S'il se reconnaissait en cette femme c'est qu'il avait changé. Elle était comme lui autrefois. Ruminer sa vengeance contre son père était tellement plus simple qu'affronter sans détour le traumatisme de sa propre culpabilité. Et son désir d'aider Zina sortait tout droit de cette prise de conscience. Il aurait tant aimé la sauver.

Mais il était bien placé pour reconnaître l'approche de la mort. Il savait qu'une fois annoncée, la fin venait très vite. Et quand l'instant du départ arriva, quand il aperçut l'ombre dans ses yeux, il se pencha vers elle et lui sourit. Juste pour la rassurer.

Reprenant les paroles de son père, il dit : « Souviens-toi, Zina, quand tu rencontreras les anges interrogateurs, tu leur diras : "Mon Dieu est Allah, mon prophète Mahomet, ma religion l'Islam et ma qibla la sainte Kaaba". » Elle sembla vouloir répéter après lui mais l'effort était surhumain. « Tu es une juste, Zina. Ils t'accueilleront dans la gloire. »

Elle cligna les yeux puis leur lueur s'éteignit comme on souffle une flamme.

Lorsque Bourne regagna l'hôtel Oskjuhlid, Jamie Hull l'attendait de pied ferme. Il lui avait fallu pas mal de temps pour rentrer. A deux reprises, il avait failli s'évanouir et n'avait évité l'accident qu'en se garant au bord de la route pour attendre, le front sur le volant, que son malaise passe. Il souffrait atrocement, il était vidé et pourtant son désir de revoir Khan le poussait à continuer. Tant pis pour la sécurité, l'essentiel était de retrouver son fils.

Après que Bourne lui eut brièvement expliqué le rôle tenu par Stepan Spalko dans l'attaque de l'hôtel, Hull insista pour l'emmener voir un médecin.

« Spalko jouit d'une telle réputation à travers le monde que certains refuseront de croire à sa culpabilité même après qu'on aura repêché son corps et fourni toutes les preuves », dit Hull.

La salle d'attente du médecin était remplie de malades couchés sur des lits de camp dressés en toute hâte. Les plus grièvement touchés avaient été conduits en ambulance à l'hôpital. Quant aux morts, personne n'avait encore le courage d'en parler.

« Nous savons ce que vous avez accompli et je tiens à vous exprimer toute notre reconnaissance, dit Hull tout en s'asseyant près de Bourne. Le Président souhaite vous parler, bien sûr, mais ça peut attendre. »

La doctoresse arriva et entreprit de recoudre la joue lacérée de Bourne.

« Vous garderez une belle cicatrice, annonça-t-elle. Le mieux serait d'aller consulter un chirurgien plastique.

— Je n'en suis pas à ma première cicatrice, dit Bourne.

— C'est ce que je constate, répliqua-t-elle sèchement.

— Il y a une chose que nous n'arrivons pas à comprendre. Pourquoi ces combinaisons Hazmat? poursuivit Hull. On n'a pas trouvé le moindre agent chimique ou biologique. Vous si ? »

Il fallait vite trouver quoi répondre. Il avait laissé Khan seul avec Zina et l'arme biologique. Une violente appréhension le saisit. « Non. Ça nous a étonnés, nous aussi. Mais après la fusillade, ils étaient tous morts. Donc impossible de savoir. »

Hull hocha la tête. Quand le médecin en eut terminé, il aida Bourne à se relever et à marcher jusqu'au couloir. « Je suppose que vous rêvez d'une douche bien chaude et de vêtements propres mais hélas, il faut absolument que je vous pose d'abord quelques questions. » Il eut un sourire rassurant. « La Sécurité nationale l'exige. Je n'y peux rien. Mais comme nous sommes des gens civilisés, je propose que nous discutions autour d'un repas chaud. Qu'en pensez-vous ? »

Sans ajouter un mot, il lui décocha un coup de poing dans les reins. Bourne tomba à genoux, le souffle coupé. Dans l'autre main de Hull, luisait la lame d'un poignard rétractable. Une lame épaisse en forme de feuille, coincée entre l'index et le majeur. La substance noirâtre qui l'enduisait ne pouvait être que du poison.

Le bras levé, il s'apprêtait à l'enfoncer dans le cou de Bourne quand un coup de feu retentit. Bourne s'affala contre le mur et contempla la scène. Hull gisait sur la moquette marron, le poignard empoisonné dans la main. Du bout du couloir, trottinant sur ses jambes arquées, arrivait Boris Illyich Karpov, le directeur de l'Unité Alpha du FSB, armé d'un pistolet avec silencieux.

« Je dois admettre, dit Karpov en russe tout en aidant Bourne à se relever, que j'ai toujours rêvé de descendre un agent de la CIA.

— Bon Dieu ! Merci, hoqueta Bourne dans la même langue.

— Tout le plaisir était pour moi. » Karpov fixait Hull étendu à ses pieds. « La CIA a annulé la sanction pesant contre toi mais Hull s'en fichait éperdument. Il semble que tu aies encore quelques ennemis parmi tes collègues de l'Agence. »

Bourne respira plusieurs fois à pleins poumons, ce qui réveilla ses douleurs, et attendit que son esprit s'éclaircisse pour répondre : « Karpov... On se connaît, non ? »

Le Russe partit d'un rire tonitruant. « *Gospadin* Bourne, je constate que ton amnésie n'est pas une fausse rumeur. » Il lui passa un bras autour de la taille pour l'aider à marcher. « Tu ne te rappelles pas ? Non, bien sûr que non. Eh bien, pour tout dire, nous nous sommes rencontrés à plusieurs reprises. La dernière fois, tu m'as sauvé la vie. » Devant l'expression ébahie de Bourne, il se remit à rire. « C'est une belle histoire, mon ami. Une de ces histoires qu'on évoque devant une bouteille de vodka. Ou peut-être deux, hein ? Après une nuit comme celle-là, tout est permis !

— D'accord pour la vodka, répondit Bourne, mais je dois d'abord retrouver quelqu'un.

— Viens, dit Karpov. Je vais demander à mes hommes de nettoyer tout ce gâchis. Pendant ce temps, nous pourrons nous consacrer à d'autres activités tout aussi nécessaires. » Le sourire radieux qui illumina son visage effaça la rudesse de ses traits. « Tu sais que tu pues autant qu'un vieux poisson faisandé ? Pour ma part, ça m'est égal, j'ai l'habitude des odeurs nauséabondes ! » Il se remit à rire. « Quel plaisir de te revoir ! Les vrais amis sont tellement rares, surtout dans notre métier. Voilà pourquoi nous devons célébrer dignement nos retrouvailles. Pas vrai ?

— Absolument.

— Mais de qui parlais-tu tout à l'heure, mon bon ami ? Qui dois-tu retrouver si urgemment que tu ne puisses t'accorder d'abord une bonne douche et un repos bien mérité ?

— Un jeune homme nommé Khan. Tu as dû le croiser.

— Mais oui, répondit Karpov. Un jeune homme tout à fait remarquable. Tu sais qu'il a assisté cette jeune Tchétchène pendant toute son agonie ? Quant à elle, elle lui a tenu la main jusqu'au bout. » Il secoua la tête. « Vraiment extraordinaire. »

Il pinça ses lèvres rouges. « Bon, cela dit, méritait-elle un tel dévouement ? Qui était-elle après tout ? Une meurtrière, une terroriste. Il n'y a qu'à voir ce qu'ils ont essayé de faire ici pour comprendre quel genre de monstre c'était.

— Et pourtant, dit Bourne, elle avait besoin qu'il lui tienne la main.

— Je ne saurai jamais comment il a réussi à faire ça.

— Peut-être voulait-il qu'elle lui transmette quelque chose. » Bourne lui lança un regard appuyé. « Tu penses toujours que c'est un monstre ?

— Oh que oui ! s'écria Karpov. J'ai toujours pensé ça des Tchétchènes. L'habitude.

— Rien ne change, n'est-ce pas ? dit Bourne.

— Ça changera quand on les aura tous balayés. » Karpov lui décocha un regard en coin. « Ecoute, monsieur l'idéaliste, ils disent de nous ce que d'autres terroristes disent de vous autres Américains : "Dieu vous a déclaré la guerre." L'expérience nous a montré qu'il fallait prendre ces déclarations au sérieux. »

En fait, Karpov savait parfaitement où se trouvait Khan. Il les attendait dans le grand restaurant de l'hôtel. On venait de le rouvrir et les clients point trop difficiles y trouvaient de quoi se sustenter.

« Spalko est mort », annonça Bourne pour donner le change. La joie de revoir Khan lui nouait la gorge.

Khan posa son hamburger et regarda fixement les points de suture marquant la joue gonflée de Bourne. « Tu es blessé ?

— Un petit peu plus, un petit peu moins.... » Bourne s'assit en grimaçant. « Ça n'est rien. »

Khan hocha la tête sans quitter Bourne des yeux.

Karpov, installé près de Bourne, demanda à un serveur de lui apporter une bouteille de vodka. « Russe, précisa-t-il d'un ton cassant. Pas cette cochonnerie polonaise. Avec des grands verres. On est des hommes, des vrais. Un Russe et deux héros presque aussi bons que des Russes ! » Puis il se tourna vers ses compagnons. « Très bien, qu'est-ce qui manque ? dit-il prudemment.

— Rien, répondirent en chœur Khan et Bourne.

— Vraiment ? » Les sourcils en broussaille du Russe se soulevèrent. « Bon, il ne nous reste plus qu'à trinquer. *In vino veritas.* Les Romains avaient bien raison. Et qui sommes-nous pour les contredire ? C'étaient de sacrés soldats, ces Romains, et ils avaient de grands généraux, mais s'ils avaient bu de la vodka au lieu du vin, ils auraient été encore meilleurs ! » Il partit d'un rire rauque et se tint les côtes jusqu'à ce que les deux autres se sentent obligés de partager son hilarité.

La vodka arriva, ainsi que les verres d'eau. Karpov congédia le garçon.

« La première bouteille, on l'ouvre soi-même, déclara-t-il. C'est la tradition.

— Tu parles, répliqua Bourne en se tournant vers Khan. Cette habitude date de l'époque où la vodka russe était si frelatée qu'on y trouvait souvent de l'essence.

— Ne l'écoute pas. » Karpov plissa les lèvres mais ses yeux étincelaient. Il remplit les verres et les posa devant ses compagnons d'un air solennel. « Partager une bouteille de vodka russe est la définition même de l'amitié, essence ou pas. Parce que cette bouteille de vodka russe nous rappelle le bon vieux temps, les camarades et les ennemis qui nous ont quittés. »

Il leva son verre. Ils l'imitèrent.

« *Na Sdarovye* ! tonna-t-il et il avala cul-sec.

— *Na Sdarovye* ! » répétèrent-ils en essayant de faire aussi bien que lui.

Bourne déglutit. L'alcool lui donna un choc salutaire. Ses yeux pleuraient, son œsophage brûlait, mais deux secondes après, une douce chaleur se répandit dans son estomac, irradiant jusqu'au bout de ses doigts, soulageant ses douleurs.

Karpov s'affala sur la table, le visage légèrement rougi par l'alcool et le plaisir de partager une bonne bouteille avec des amis. « Maintenant, on va se soûler en se racontant nos secrets. C'est génial de se retrouver entre potes. »

Il avala encore une bonne rasade et dit : « Je commence. Voilà mon secret. Je sais qui tu es, Khan. Personne ne t'a jamais pris en photo mais je te connais. » Il posa son index sur son nez. « J'ai travaillé sur le terrain pendant vingt ans, ce qui m'a permis d'exercer mon sixième sens. Et mon sixième sens m'a dit qu'il valait mieux que tu évites de rencontrer Hull. Donc, j'ai tout fait pour ça. Ce type était bien capable de t'arrêter, tout héros que tu es. »

Khan changea légèrement de position. « Pourquoi tu as fait cela ?

— Oh, tu ne vas quand même pas me sauter dessus, hein ? Pas ici, entre amis ! Tu crois que je veux te garder pour moi ? On est potes, pas vrai ? » Il secoua la tête. « Tu ne connais rien à l'amitié, mon jeune ami. » Il se pencha en avant. « Si je t'ai protégé, c'est à cause de Jason Bourne. Jason travaille toujours seul. Du coup, je me suis dit que si vous bossiez ensemble c'est que tu avais une grande importance pour lui. »

Il prit une autre gorgée de vodka et désigna Bourne. « A toi, mon ami. »

Bourne baissa les yeux et contempla son verre, parfaitement conscient du regard insistant de Khan. Il craignait qu'en entendant son secret, Khan ne se lève et s'en aille. Pourtant il avait besoin de cracher sa vérité. Finalement il releva la tête.

« Quand je me battais avec Spalko, j'ai failli baisser les bras. Il était sur le point de m'achever, mais pour tout dire... pour tout dire...

— Allez vas-y, ça te fera du bien », insista Karpov.

Pour se donner du courage, Bourne leva son verre, garda un instant le liquide brûlant dans la bouche, avala puis se tourna vers son fils. « J'ai pensé à toi. Je me suis dit que si j'échouais, si je laissais Spalko me tuer, je manquerais à mes devoirs envers toi. Je n'ai pas pu me résoudre à t'abandonner ; c'était proprement inconcevable.

— Bien ! » Karpov fit cogner son verre contre la table et désigna Khan. « A toi maintenant, mon jeune ami. »

Dans le silence qui suivit, Bourne crut que son cœur allait cesser de battre. Le sang cognait dans ses tempes et la douleur de ses nombreuses blessures – momentanément calmée – repartait de plus belle.

« Alors, dit Karpov, tu as perdu ta langue ? Tes amis t'ont ouvert leur cœur, ne les fais pas attendre. »

Khan dévisagea le Russe et dit : « Boris Illyich Karpov,

j'aimerais me présenter dans les formes. Je m'appelle Joshua. Je suis le fils de Jason Bourne. »

De nombreuses heures et quelques litres de vodka plus tard, Bourne et Khan regagnaient ensemble le sous-sol de l'hôtel Oskjuhlid. L'air glacial était saturé d'odeurs rances mais leurs nez ne sentaient rien d'autre que les vapeurs d'alcool. Il y avait des taches de sang partout.

« Je suppose que tu te demandes où est passé le NX20 », commença Khan.

Bourne hocha la tête. « Hull s'interrogeait à propos des combinaisons Hazmat. Il disait n'avoir découvert aucune trace d'armes chimiques ou biologiques.

— Je l'ai caché, avoua Khan. J'attendais que tu reviennes pour qu'on le détruise ensemble. »

Bourne hésita un instant. « Tu étais sûr que je reviendrais. »

Khan se tourna vers son père. « Oui, j'avais foi en cela. Une foi qui m'est venue tout récemment, je pense.

— Ou revenue.

— Ne me dis pas...

— Je sais, je sais, je ne dois pas te dicter tes pensées. » Bourne baissa la tête. « Certaines habitudes sont plus tenaces que d'autres. »

Khan se dirigea vers la cachette du NX20, une sorte d'habitacle écroulé, derrière un bloc de béton fracturé, le tout dissimulé aux regards par une grosse canalisation de la station d'énergie thermale. « Il a fallu que je quitte Zina un instant pour dissimuler l'arme, précisa-t-il, mais je n'avais pas le choix. » Il souleva le NX20 avec d'infinies et bien compréhensibles précautions, le tendit à Bourne puis se pencha de nouveau et, du même endroit, sortit une petite boîte métallique. « La fiole contenant la charge est enfermée dans ce coffret.

— Il nous faut du feu, dit Bourne se remémorant les indications lues sur l'ordinateur du Dr Sido. L'exposition à la chaleur désactivera la charge. »

La vaste cuisine de l'hôtel était d'une propreté immaculée. Ses surfaces en aluminium luisant semblaient encore plus froides en l'absence du personnel. Bourne leur avait demandé de sortir, le temps d'allumer les gigantesques fours à gaz tenant toute la hauteur de la pièce. Bourne régla les thermostats au niveau maximum. Très vite, des flammes furieuses jaillirent du revêtement de brique. En moins d'une minute, la chaleur devint si intense qu'ils durent s'écarter.

Ils passèrent des combinaisons Hazmat, démontèrent l'arme et en jetèrent chacun un morceau dans le brasier. La fiole suivit le même chemin.

« On dirait un bûcher funéraire viking », murmura Bourne en regardant le NX20 se recroqueviller sous l'effet de la chaleur. Il ferma la porte et ils ôtèrent leurs combinaisons.

Puis, se tournant vers son fils, il ajouta : « J'ai téléphoné à Marie, mais je ne lui ai pas encore parlé de toi. J'attendais...

— Je ne rentre pas avec toi », lâcha Khan.

Bourne prit soin de méditer sa réponse. « A ta place, j'aurais décidé la même chose.

— Je sais, repartit Khan. Mais à mon avis, si tu n'as rien dit à ta femme, c'est pour une bonne raison. »

Un profond silence s'abattit sur eux. Bourne avait du mal à contenir son chagrin. Il aurait voulu détourner les yeux, ravaler l'émotion qui crispait son visage, mais il en était incapable. Il en avait assez de se cacher de son fils, de se mentir à lui-même.

« Tu as Marie, deux jeunes enfants, poursuivit Khan. David Webb s'est bâti une nouvelle vie dont je ne fais pas partie. »

Au cours de ces derniers jours, depuis que sur le campus, la première balle sifflant à ses oreilles l'avait averti que tout recommençait, Bourne avait appris des tas de choses. La plus importante consistait à savoir se taire devant son fils. Khan avait pris sa décision et il fallait la respecter. D'ailleurs toute tentative de le faire changer d'avis eût été inutile. Pire, elle risquerait de ranimer sa colère latente. Il fallait lui laissait le temps. On ne se débarrasse pas d'une rage si nocive, si profondément ancrée, en l'espace de quelques jours. Cela prendrait peut-être même des mois.

Khan avait fait le choix de la sagesse. Bourne le savait. Sa douleur était encore trop vive, ses plaies trop béantes même si elles ne saignaient plus. De plus, son irruption dans la nouvelle existence de David Webb n'aurait eu aucun sens, ainsi qu'il le lui avait subtilement suggéré. Il n'y avait pas sa place.

« Maintenant, plus tard ou jamais, je respecte ton choix. Mais quoi que tu ressentes pour moi, je veux que tu saches que tu as un frère et une sœur. Ces enfants ont le droit de connaître leur grand frère. J'espère que ce jour arrivera – pour notre bien à tous. »

Ils marchèrent ensemble vers la sortie. Bourne savait qu'ils ne se reverraient pas avant très longtemps mais refusait d'admettre l'idée d'une séparation définitive. Il devait absolument le faire savoir à son fils.

Il s'approcha de Khan et le prit dans ses bras. Ils restèrent ainsi sans rien dire pendant quelques secondes. Bourne entendait le sifflement du gaz dans les fours. Le feu achevait son œuvre destructrice, annihilant une bonne fois pour toutes l'horrible menace ayant pesé sur leurs existences.

Il le laissa partir non sans regret. L'espace d'un bref instant, il croisa le regard de son fils et retrouva le petit garçon d'autrefois, quand le soleil éclatant de Phnom Penh faisait jouer ses rayons sur son visage et que derrière lui, dans les ombres mouchetées des palmiers, sa chère Dao les observait tous les deux avec un sourire radieux.

« Je suis aussi Jason Bourne, dit-il. C'est une chose que tu ne dois jamais oublier. »

Epilogue

Lorsque le président des Etats-Unis en personne ouvrit les doubles portes en noyer menant à son bureau de l'aile Ouest, le DCI eut l'impression de passer à nouveau les portes du paradis après avoir poireauté une éternité dans le septième cercle de l'enfer.

Le DCI avait toujours la crève mais quelques appels téléphoniques pressants l'avaient encouragé à s'extirper de son fauteuil de cuir, se doucher, se raser, s'habiller. En fait, il n'attendait que ça. Après avoir remis au Président son rapport ultraconfidentiel comportant toutes les preuves rassemblées par Martin Lindros et le détective Harris, il s'était mentalement préparé à ce qui allait suivre, sans pour autant enlever sa robe de chambre et son pyjama. Enfoncé dans son fauteuil, il s'était mis à écouter le silence oppressant de sa maison déserte, comme si de cette vacuité pouvait émaner l'écho fantomatique de la voix de sa femme.

Pendant que le Président l'introduisait dans son vaste bureau bleu et or, il ressentait encore plus intensément le vide de son foyer. Pourtant sa vie était ici – une vie qu'il s'était bâtie, à la sueur de son front, durant toutes ces années de service dévoué et de subtiles manœuvres politiques. Ici et nulle part ailleurs, il avait assimilé les règles et compris la manière de les détourner.

« Je suis content que vous soyez venu, dit le Président avec son sourire de publicité pour dentifrice. Ça fait si longtemps. Trop longtemps.

— Merci, monsieur, répondit le DCI. Je partage votre avis.

— Asseyez-vous donc. » Le Président lui désigna un fauteuil profond. Il portait un costume bleu sombre impeccablement coupé, une chemise blanche et une cravate rouge à pois bleus. Ses joues étaient légèrement échauffées comme s'il venait de piquer un sprint. « Café ?

— Avec plaisir. Merci, monsieur. »

A cet instant, comme répondant à un appel inaudible, l'un de ses assistants apparut, portant un plateau d'argent sur lequel trônait une cafetière ouvragée et des tasses de porcelaine sur leurs délicates soucoupes. Avec un frémissement de plaisir, le DCI nota qu'il n'y en avait que deux.

« La NSA nous rejoindra dans quelques instants », précisa le Président en s'asseyant face au DCI qui, à cette distance, put corriger sa première impression. Cette rougeur n'était pas due à un quelconque exercice physique mais au plein mûrissement de son pouvoir. « Avant cela, je tenais à vous remercier personnellement pour le bon travail que vous avez accompli durant ces derniers jours. »

L'assistant les servit et s'éclipsa aussitôt en refermant la lourde porte sans faire de bruit.

« Je tremble quand je pense à la catastrophe qui aurait pu s'abattre sur le monde civilisé si votre homme, ce Bourne, n'avait pas été là pour l'empêcher.

— Merci, monsieur. Nous ne l'avons jamais vraiment cru coupable des assassinats d'Alex Conklin et du Dr Panov, mentit le DCI avec une intonation grave et vibrante de sincérité, mais toutes les preuves étaient contre lui – des preuves fabriquées, nous l'avons vite compris – et nous étions obligés d'agir en conséquence.

— Bien sûr, je vois. » Le Président laissa tomber deux morceaux de sucre dans sa tasse et remua son café d'un air soucieux. « Tout est bien qui finit bien. Pourtant, dans le monde où nous vivons – contrairement à celui de Shakespeare – chaque acte comporte des conséquences. » Il prit une petite gorgée. « Fort heureusement, en dépit de ces circonstances dramatiques, le sommet s'est déroulé comme prévu. Vous le savez comme moi. Un succès sur toute la ligne. Je dirais même mieux, le danger nous a permis de resserrer encore plus nos liens. Tous les chefs d'Etat – y compris, Dieu merci, Aleksandr Yevtushenko – ont pu constater en direct les désastres qui guetteraient la planète si jamais nous hésitions à mettre de côté nos préoccupations égoïstes. Ils ont compris que notre seule chance de salut consistait à travailler main dans la main. L'accord est signé, scellé. Sur la base de ce texte, nous continuerons à aller de l'avant, tous ensemble, pour éradiquer le phénomène terroriste. Le Secrétaire d'Etat est déjà en route pour le Moyen-Orient où il doit mener une série de pourparlers. Nos ennemis n'ont qu'à bien se tenir. »

Et votre réélection est assurée, pensa le DCI. *Sans parler de votre renommée pour les siècles à venir.*

L'interphone bourdonna discrètement. Le Président s'excusa, se leva et traversa la pièce pour rejoindre son bureau. Il écouta un instant, puis leva les yeux. Son regard pénétrant se posa quelques secondes sur le DCI. « Un peu malgré moi, je me suis éloigné d'une personne qui aurait pu me fournir des conseils sages et avisés. Je vous assure que ce genre de choses ne se reproduira pas. »

De toute évidence, le Président n'attendait pas de réponse car, aussitôt cette étrange déclaration prononcée, il dit dans l'interphone : « Faites-la entrer. »

Le DCI ne s'était jamais senti aussi mal dans sa peau. Il lui fallut un moment pour se reprendre. Il promena son regard dans la vaste et haute pièce, sur les murs crème, le tapis bleu roi, les meubles confortables, solides et moulurés. Les portraits à l'huile de plusieurs présidents républicains pendaient au-dessus de deux buffets Chippendale jumeaux en merisier. Dans un coin, trônait un drapeau américain à demi déployé. Dehors, une brume blanche et douce comme du velours couvrait la pelouse bien tondue entourant un cerisier dont les branches recourbées abritaient des grappes de boutons rose pâle frémissant sous la brise printanière.

La porte s'ouvrit et l'on fit entrer Roberta Alonzo-Ortiz. Le DCI nota avec plaisir que le Président restait immobile derrière son bureau. Il la regarda marcher vers lui et, de manière clairement intentionnelle, ne lui proposa même pas de s'asseoir. Elle portait un tailleur noir on ne peut plus strict, un chemisier de soie gris acier et des chaussures plates. On aurait dit qu'elle se rendait à un enterrement. Ne se tenant plus de joie, le DCI songea que cette tenue était fort appropriée.

En voyant le DCI, elle marqua une seconde de surprise et juste avant qu'elle ne plaque sur son visage un masque de fausse sérénité, une dernière étincelle d'animosité enflamma son regard. Sa peau semblait tachetée, comme si elle faisait un effort terrible pour surmonter son émotion. Elle ne lui adressa pas un mot et feignit d'ignorer totalement sa présence.

« Mademoiselle Alonzo-Ortiz, je voudrais vous exposer certaines choses afin que vous ayez une vue globale des événements qui se sont déroulés ces derniers jours », commença le Président d'une voix sonore. On sentait qu'il ne souffrirait aucune interruption. « Si j'ai approuvé la sanction de Bourne c'est en suivant aveuglément votre avis. J'ai également abondé dans votre sens quand vous m'avez conseillé de clore au plus vite l'enquête sur les meurtres d'Alex Conklin et de Morris Panov. Tout aussi stupidement, j'ai accepté de condamner le détective Harry Harris de la Police d'Etat de Virginie et de lui faire porter l'entière responsabilité de la débâcle de Washington Circle.

« Je vous l'avoue franchement, je me réjouis que la sanction pesant sur Bourne n'ait pas été exécutée. En revanche, je regrette sincèrement que la carrière d'un excellent détective ait été brisée par votre faute. J'approuve le zèle mais pas quand il s'exerce aux dépens de la vérité. Or, je crois vous avoir demandé de ne jamais me cacher la vérité, le jour où je vous ai nommée à ce poste. »

Tout en prononçant ces paroles, il n'avait pas esquissé le moindre geste. Ses yeux étaient restés braqués sur les siens, avec une expression volontairement neutre. Son élocution coupante révélait une colère contenue mais immense. Le DCI le connaissait suffisamment pour le remarquer. Le Président n'était pas homme à se laisser duper facilement, et surtout il n'oubliait jamais une trahison. Le DCI avait rédigé son rapport sanglant en tenant compte de cela.

« Mademoiselle Alonzo-Ortiz, il n'y a pas de place pour les opportunistes dans mon administration – en tout cas, pas pour des gens capables de sacrifier la vérité au profit de leurs intérêts propres. Si vous aviez respecté la vérité, vous auriez fait en sorte de favoriser l'enquête sur les meurtres au lieu de tout tenter pour accabler des personnes faussement accusées. Si vous aviez agi correctement, nous aurions pu démasquer ce terroriste, Stepan Spalko, avant qu'il ne déclenche le massacre qui a bien failli faire échouer le sommet. En tout état de cause, nous devons une fière chandelle au DCI, et vous la première. »

En entendant ces derniers mots, Roberta Alonzo-Ortiz grimaça, comme si le Président venait de lui infliger un coup terrible, ce qu'il venait d'ailleurs de faire, et de manière parfaitement délibérée.

Il prit une feuille de papier sur son bureau. « Par conséquent, j'accepte votre démission et votre requête de réintégrer le secteur privé. Avec prise d'effet immédiat. »

L'ex-NSA ouvrit la bouche pour répondre mais d'un regard foudroyant, le Président lui en ôta toute velléité.

« Ce sera tout », dit-il laconiquement.

Elle pâlit, hocha imperceptiblement la tête en signe de soumission et tourna les talons.

Au moment où la porte se referma sur elle, le DCI avala une bonne bouffée d'air. Le regard du Président croisa le sien et soudain il comprit tout. Son commandant en chef l'avait convoqué pour assister à l'humiliation de la NSA. C'était sans doute sa manière à lui de se faire pardonner. Durant toutes ces années passées à trimer au service de son pays, le DCI n'avait jamais vu un Président s'excuser. Sa surprise était telle qu'il ne savait que dire.

Comme enivré par l'euphorie, il se leva. Déjà, le Président avait décroché son téléphone et ses yeux se perdaient dans le vague. Le DCI resta un bref instant sans bouger, le temps de savourer son triomphe. Puis il quitta lui aussi le saint des saints et se dirigea vers la sortie en parcourant à grandes enjambées les corridors feutrés du pouvoir. Sa maison, son foyer.

Dans le salon, David Webb avait fini d'accrocher les banderoles multicolores « Joyeux anniversaire ». Dans la cuisine, Marie mettait la dernière touche au gros gâteau qu'elle avait préparé pour le onzième anniversaire de Jamie. La maison embaumait la pizza et le chocolat. Bourne regarda autour de lui en se demandant s'il y avait assez de ballons. Il en compta trente – ça devrait suffire.

Il avait retrouvé l'existence de David Webb mais, à chaque fois qu'il respirait trop fort, ses côtes lui faisaient toujours mal. Son corps endolori lui rappelait qu'il était encore Jason Bourne et qu'il le serait toujours. Longtemps il avait redouté la résurgence de cette part maudite. Aujourd'hui, avec la réapparition de Joshua, tout avait changé. Il avait enfin une bonne raison de redevenir Jason Bourne.

Mais plus question de CIA. Depuis la mort d'Alex, il estimait ne plus rien leur devoir, même si le DCI en personne lui avait demandé de rester avec eux, même s'il appréciait et respectait Martin Lindros, l'homme auquel il devait la levée de la sanction pesant sur lui. D'ailleurs, c'était Lindros qui l'avait fait admettre à l'Hôpital naval de Bethesda. Une équipe d'experts médicaux dépêchés par l'Agence avait regardé ses blessures et examiné de près ses côtes fêlées. Entre deux auscultations, Lindros l'avait interrogé mais avec délicatesse, si bien que ce qui normalement aurait dû être une épreuve pour lui était passé comme une lettre à la poste, ou presque. Lindros avait eu la gentillesse de lui laisser le temps de dormir et de récupérer.

Mais après trois jours de ce régime, Webb ne pensait plus qu'à retrouver ses étudiants. Il avait besoin de passer du temps avec les siens. Et ce, malgré la douleur qui sourdait au fond de lui, ce vide auquel le retour de Joshua avait donné forme. Il avait voulu en parler à Marie, lui raconter par le menu tout ce qui s'était déroulé depuis leur séparation mais dès qu'il tentait d'aborder le sujet qui lui tenait à cœur, son cerveau se brouillait. Non pas qu'il ait eu peur de sa réaction – il lui faisait trop confiance pour cela. Non, c'était sa réaction à lui qu'il appréhendait. Une semaine avait suffi pour qu'il se sente comme un étranger face à Jamie et Alison. Il aurait complètement oublié l'anniversaire de Jamie si Marie ne le lui avait gentiment rappelé. Il y avait un avant et un après. Avant la stupéfiante réapparition de Joshua et après. Il était passé de la noirceur d'un chagrin incurable à la lumière des retrouvailles. De la mort au renouveau miraculeux. Il avait besoin d'intégrer toutes ces mutations. Et cela, il n'y arriverait que dans son for intérieur. Comment partager un tel bouleversement avec Marie alors que lui-même ne parvenait pas à l'assimiler ?

Donc, ce jour-là, celui de l'anniversaire de son plus jeune fils, il n'arrêtait pas de penser à son fils aîné. Où était Joshua ? Peu après avoir entendu de la bouche d'Oszkar que le corps d'Annaka Vadas avait été trouvé sur le bord de l'autoroute menant à l'aéroport Ferihegy, Joshua avait très vite disparu. Avait-il regagné Budapest pour revoir Annaka une dernière fois ? Webb espérait que non.

En tout cas, Karpov avait promis de ne rien révéler, et Webb lui faisait confiance. Il réalisa qu'il ignorait où vivait son fils. Avait-il même un endroit à lui ? Que faisait-il en ce moment ? Cette ignorance le faisait souffrir plus que tout. Il lui manquait terriblement. C'était comme si on l'avait amputé d'un membre. Il avait tant de choses à lui dire, tant de temps à rattraper. Il avait choisi la patience, mais à quel prix ! Si au moins il avait été sûr de revoir Joshua un jour ou l'autre, l'attente eût été moins pénible.

La fête avait commencé. Une vingtaine d'enfants jouaient et criaient à pleins poumons. Et au milieu de ses camarades, il y avait Jamie. Le petit garçon était un leader né, respecté de tous. Il resplendissait de bonheur. Son visage radieux ressemblait tant à celui de Marie. Avait-il jamais vu cette expression de bonheur sans mélange sur les traits de Joshua ? se demanda Webb. A peine cette question germa-t-elle dans son esprit que Jamie leva les yeux. Comme s'il lisait dans les pensées de son père, il lui fit un grand sourire.

Absorbé par ses devoirs de maître de maison, Webb dressa enfin l'oreille. Quelqu'un sonnait à la porte. Quand il alla ouvrir, il tomba sur un livreur FedEx. Le paquet lui était destiné. Il signa, descendit tout de suite dans la cave et tourna la clé dans la serrure. Cette pièce n'appartenait qu'à lui. Elle abritait l'appareil à rayons X que Conklin lui avait offert. Les enfants n'en savaient rien mais tous les paquets destinés à la famille Webb transitaient par ce système de détection.

S'étant assuré que le colis était sans danger, Webb l'ouvrit. A l'intérieur, il découvrit une balle de base-ball et deux gants, l'un pour lui et l'autre assez petit pour s'adapter à la main d'un enfant de onze ans. Il déplia le mot joint et lut :

Pour l'anniversaire de Jamie
Joshua

David Webb n'arrivait pas à détacher ses yeux de ce cadeau qui représentait tant pour lui. Il entendait la musique à l'étage du dessus, des éclats de rire enfantins. De sa mémoire en morceaux, ressurgirent Dao, Alyssa, Joshua. Il les sentait vivre tout près de lui, comme si leur image sortie d'un kaléidoscope se reconstituait peu à peu jusqu'à acquérir la netteté d'une vision réelle. L'odeur du cuir ciré les ramenait à la vie. Il toucha le gant de base-ball, effleura ses coutures. Que de souvenirs tournoyaient au-dedans de lui ! Un sourire doux-amer s'épanouit sur son visage. Il glissa la main dans le gant qui lui était destiné, attrapa la balle et serra comme si elle risquait de se dissoudre à son contact.

Puis il entendit un léger bruit de pas en haut des escaliers. Marie l'appelait.

« J'arrive tout de suite, ma chérie », dit-il.

Il resta sans bouger encore quelques instants, laissant les images du passé graviter autour de lui, puis il souffla, vida ses poumons et laissa le passé derrière lui. Tenant dans la main gauche le cadeau de Jamie, il remonta les escaliers et partit rejoindre sa famille.

DANS LA COLLECTION « GRAND FORMAT »

SANDRA BROWN
Le cœur de l'autre

CLIVE CUSSLER
Atlantide
Bouddha
Glace de feu
Mort blanche
L'or bleu
L'or des Incas
Odyssée
Onde de choc
Pierre sacrée
Raz de marée
Serpent
Walhalla

MARGARET CUTHBERT
Extrêmes urgences

LINDA DAVIES
Dans la fournaise
L'initiée
Les miroirs sauvages
Sauvage
L'utlime recours

ALAN DERSHOWITZ
Le démon de l'avocat

JANET EVANOVICH
Deux fois n'est pas coutume
La prime

JOHN FARROW
La ville de glace
Le lac de glace

GIUSEPPE GENNA
Au nom d'Ismaël
La peau du dragon

GINI HARTZMARK
A l'article de la mort
Crimes au labo
Mauvaise passe
Le prédateur
La sale affaire
La suspecte

PAUL KEMPRECOS
Blues à Cap Cod
Le meurtre du Mayflower

ROBERT LUDLUM
La trahison Prométhée
Le code Altman
Le complot des Matarèse
Objectif Paris
Opération Hadès
La directive Janson
Le pacte Cassandre
Le protocole Sigma
La vendetta Lazare

GAYLE LYNDS
La Spirale
Mascarade

STEVE MARTINI
Irréfutable
L'avocat
Le jury
La liste
L'accusation
Pas de pitié pour le juge
Principal témoin
Réaction en chaîne
Trouble influence

CHARLES MC CARRY
Old boys

PETER MOORE SMITH
Les écorchés
Los Angeles

DAVID MORRELL
Démenti formel
Disparition fatale
Double image
In extremis
Le contrat Sienna
Le Protecteur

PERRI O'SHAUGHNESSY
Amnésie fatale
Entrave à la justice
Intentions de nuire
Intimes convictions
Le prix de la rupture

MICHAEL PALMER
De mort naturelle
Fatal
Le patient
Situation critique
Le Système
Traitement spécial
Un remède miracle

JOHN RAMSEY MILLER
La dernière famille

LISA SCOTTOLINE
La bluffeuse
Dans l'ombre de Mary
Dernier recours
Erreur sur la personne
Justice expéditive
Rien à perdre

SIDNEY SHELDON
Crimes en direct
Matin, midi et soir
Racontez-moi vos rêves
Rien n'est éternel
Un plan infaillible

MARK SINNETT
La frontière

KARIN SLAUGHTER
À froid
Au fil du rasoir
Indélébile
Mort aveugle

Cet ouvrage a été imprimé par

FIRMIN DIDOT

GROUPE CPI

Mesnil-sur-l'Estrée

pour le compte des Éditions Grasset
en janvier 2007

Imprimé en France
Dépôt légal : janvier 2007
N° d'édition : 14695 - N° d'impression : 83196